鲁 迅 全 集

第 十 八 卷

附　集

鲁迅著译年表

全集篇目索引

全集注释索引

人民文学出版社

图书在版编目（CIP）数据

鲁迅全集. 18/鲁迅著. —北京：人民文学出版社，2005. 11（2022.11 重印）
ISBN 978-7-02-005033-8

I. ①鲁… II. ①鲁… III. ①鲁迅著作—全集②鲁迅著作—索引 IV. ①I210.1

中国版本图书馆 CIP 数据核字（2005）第 069997 号

责任编辑　刘　伟
装帧设计　李吉庆
责任印制　王重艺

手绘封面图案（一）

静的顿河

萌芽月刊

萌芽月刊

挚风　曹辰

奔流前哨

十字街头

手绘封面图案（二）

曹迅：三閑集

南腔北調集　魯迅

魯迅：二心集

魯迅自選集

集外集

海　燕

臺

刻程

木紀

魯迅：偽自由書
一名、不三不四集

准風月談

手绘封面图案（三）

凯绥·珂勒惠支
版画选集

凯绥·珂勒惠支
版 画 选 集

一九三六年
上海三闲书屋印造

海上述林 下卷

海上述林 上卷 版

自然文文

引玉集 全

D MITROKHIN, A. KRAV-
CHENKO, N. PISKAREV,
V. FAVORSKY, P. PAV-
LINOV, A. GONCHA-
ROV, M. PIKOV, S. MO-
CHAROV, L. KHIZHIN-
SKY, N. ALEKSEEV, S.
POZHARSKY 木刻59帖

引玉集·

引 玉 集

手绘封面图案（四）

目　录

鲁迅生平著译简表

　　●●●　3

全集篇目索引

　　首字检索表 ●●●●●●●●●●●●●●●●●●●●●●●●●●●●●●●　49

　　篇目 ●●●●●●●●●●●●●●●●●●●●●●●●●●●●●●●●●●●●●●　54

全集注释索引

人物类

　　首字检索表 ●●●●●●●●●●●●●●●●●●●●●●●●●●●●●　79

　　人名 ●●●●●●●●●●●●●●●●●●●●●●●●●●●●●●●●●●　79

　　神话传说和各类作品中人名 ●●●●●●●●●●●●●●●●　85

　　外文人名 ●●●●●●●●●●●●●●●●●●●●●●●●●●●●●●　87

　　注释条目 ●●●●●●●●●●●●●●●●●●●●●●●●●●●●●●　88

　　人名 ●●●●●●●●●●●●●●●●●●●●●●●●●●●●●●●●●●　88

　　神话传说和各类作品中人名 ●●●●●●●●●●●●●●　192

　　外文人名 ●●●●●●●●●●●●●●●●●●●●●●●●●●●●　196

书籍、作品类

　　首字检索表●●●●●●●●●●●●●●●●●●●●●●●●●●●●●　205

　　注释条目●●●●●●●●●●●●●●●●●●●●●●●●●●●●●●　218

报纸、刊物类

　　首字检索表●●●●●●●●●●●●●●●●●●●●●●●●●●●●●　431

　　注释条目●●●●●●●●●●●●●●●●●●●●●●●●●●●●●●　434

团体、流派、机构类

首字检索表 ………………………………………………………… 449

注释条目 …………………………………………………………… 453

国家、民族、地名类

首字检索表 ………………………………………………………… 469

注释条目 …………………………………………………………… 472

历史事件及其他社会事项类

首字检索表 ………………………………………………………… 479

注释条目 …………………………………………………………… 482

引语、掌故、名物、古迹、词语类

首字检索表 ………………………………………………………… 500

注释条目 …………………………………………………………… 511

外文词语类

注释条目 …………………………………………………………… 619

鲁迅生平活动类

年序表 ……………………………………………………………… 625

注释条目 …………………………………………………………… 626

鲁迅笔名类

注释条目 …………………………………………………………… 647

鲁迅生平著译简表

本年表主要记载鲁迅的著译活动,附及他的一些重要的社会经历。表中所列作品发表的时间、报刊及署名等,因各篇均有注释,并有篇目索引可查,故一般从略。

鲁迅生平著译简表

一八八一年(清光绪七年　辛巳)　一岁

　　九月二十五日(夏历八月初三日)　出生于浙江省绍兴府会稽县东昌坊口新台门周家。取名樟寿,字豫山(后改名树人,字豫才)。

一八八七年(光绪十三年　丁亥)　七岁

　　入家塾读书。

一八九二年(光绪十八年　壬辰)　十二岁

　　入三味书屋读书,塾师寿镜吾。

　　幼年时代　常随母亲鲁瑞到农村外祖母家,接触了一些农民生活。

一八九三年(光绪十九年　癸巳)　十三岁

　　秋后　祖父周福清(字介孚)因科场案入狱。周家变卖产业营救。鲁迅避难于亲戚家。

一八九四年(光绪二十年　甲午)　十四岁

　　春　回家,仍就读于三味书屋。

冬　受祖父科场案牵连被"斥革"在家的父亲周凤仪(又名文郁,字伯宜)病重。为了延医买药,常出入于当铺、药店。

一八九五年(光绪二十一年　乙未)　十五岁

本年前后　课余搜集、抄录古书的兴趣日浓,泛读《蜀碧》、《鸡肋编》、《明季稗史汇编》等野史杂说。

一八九六年(光绪二十二年　丙申)　十六岁

十月十二日(夏历九月初六日)　父亲病逝,终年三十七岁。

本年开始写日记,约至1902年往日本留学前中止(这一段日记已佚)。

一八九八年(光绪二十四年　戊戌)　十八岁

五月　往南京考入江南水师学堂,为试习生,后补为三班正式生,分入管轮班。

十月　因不满于江南水师学堂的守旧和腐败,改考入江南陆师学堂附设的矿务铁路学堂(简称"矿路学堂")。

本年　作《戛剑生杂记》短文四则、《莳花杂志》短文二则。

一八九九年(光绪二十五年　己亥)　十九岁

本年　在矿路学堂读书。

一九〇〇年(光绪二十六年　庚子)　二十岁

三月　回家度寒假后,作旧体诗《别诸弟》。

本年　又作旧体诗《莲蓬人》一首。

一九〇一年(光绪二十七年　辛丑)　二十一岁

二月　寒假回家度岁,作旧体诗《庚子送灶即事》一首。

二月十八日(夏历庚子除夕)　作《祭书神文》一篇。

四月　寒假后,作旧体诗《和仲弟送别元韵并跋》。

十一月七日(夏历九月二十七日)　随矿路学堂同学到青龙山煤矿(在今南京官塘煤矿象山矿区)实习。

在矿路学堂时　读严复译述的英国赫胥黎《天演论》。

一九〇二年(光绪二十八年　壬寅)　二十二岁

一月二十七日(夏历辛丑十二月十八日)　从矿路学堂毕业。

二月中旬至三月中旬　回乡探亲。

三月二十四日(夏历二月十五日)　经江南督练公所审核、两江总督批准赴日留学,本日自南京乘船经上海东渡日本。

四月四日(夏历二月二十六日)　抵日本横滨,转赴东京。

四月三十日　入东京弘文学院普通科江南班学习。

十一月　与许寿裳、陶成章等百余人在东京组成浙江同乡会,决定出版《浙江潮》月刊。该刊于次年2月17日首刊。

本年 课余常"赴会馆,跑书店,往集会,听讲演",参加中国留日人士的各种民族民主革命活动。

一九〇三年(光绪二十九年 癸卯) 二十三岁

三月 剪去发辫,摄"断发照"。

六月 在《浙江潮》第五期发表《斯巴达之魂》前部分及所译法国雨果的随笔《哀尘》(附所作《〈哀尘〉译者附记》)。

八、九月 暑假回国探亲。

十月 在《浙江潮》第八期发表《说钼》及《中国地质略论》。

十月 所译法国儒勒·凡尔纳的科幻小说《月界旅行》及附所作《〈月界旅行〉辨言》由东京进化社出版。

十一月 参加鼓吹革命的"浙学会"(原设杭州,为光复会前身)在日本东京开展的一些活动。此时或稍后(一说"1908年")参加光复会。

十二月 所译儒勒·凡尔纳的科幻小说《地底旅行》首二回,发表于《浙江潮》第十期。全书译毕后于1906年3月由南京启新书局出版。

本年 写七绝诗《自题小像》于"断发照"背面,赠许寿裳。

一九〇四年(光绪三十年 甲辰) 二十四岁

四月 在弘文学院结业。

九月 入仙台医学专门学校。

本年　课余翻译《世界史》、《北极探险记》及《物理新诠》（仅译二章）。以上译稿均未发表，已佚。

一九〇五年（光绪三十一年　乙巳）　二十五岁

继续在仙台医学专门学校学习。

春　译美国路易斯·托伦的科幻小说《造人术》，发表于上海《女子世界》1905年第四、五期合刊。

一九〇六年（光绪三十二年　丙午）　二十六岁

一月　开始学习细菌学课程。在课间的"日俄战争教育幻灯会"中，看到日本兵杀害中国人而中国人麻木地充当看客的镜头，深受刺激，决心弃医从文，以文艺来改造国民的精神。

三月　从仙台医学专门学校退学，藤野先生赠照片惜别。至东京与许寿裳等筹商提倡文艺运动。

五月　与顾琅合编的《中国矿产志》由上海普及书局出版。

六月　将学籍列入"东京独逸语协会"所设的德语学校。其间曾大量搜读外国文学作品，特别是被压迫民族文学和具有民主革命思想的俄罗斯文学。

夏秋间　奉母命回国与绍兴府山阴县朱安女士完婚。

一九〇七年（光绪三十三年　丁未）　二十七岁

夏　与许寿裳等筹办《新生》文艺杂志，未果。

　　本年　翻译英国哈葛德与安德鲁·兰格合著的小说《红星佚史》(原名《世界的欲望》)中的十六节诗,收入周作人译《红星佚史》一书,12月由商务印书馆出版。

　　本年　为河南留日学生主办的《河南》月刊撰写《人间之历史》(1926年编入文集《坟》时改题为《人之历史》)、《摩罗诗力说》、《科学史教篇》、《文化偏至论》。

一九〇八年(光绪三十四年　戊申)　二十八岁

　　夏　与许寿裳、钱玄同、周作人等请章太炎在民报社讲解文字学,每周一次,约半年。

　　本年　继续为《河南》月刊翻译匈牙利籁息的《裴彖飞诗论》,撰写《破恶声论》,两者均因刊物停刊而未完稿。

一九〇九年(清宣统元年　己酉)　二十九岁

　　三月　与周作人合译的《域外小说集》第一册出版;7月续出第二册。

　　四月　译俄国安德烈夫的小说《红笑》,未出版,稿佚。

　　四、五月间　为周作人所译俄国阿·康·托尔斯泰的小说《谢历勃里亚尼公爵》作序,未发表,现存残稿,题《〈劲草〉译本序》。

　　八月　结束日本留学生活,回国。在杭州浙江两级师范学堂任生理学和化学教员,其间编有生理课讲义《人生象斅》、《生理实验术要略》等。

一九一〇年(宣统二年 庚戌) 三十岁

七月 辞浙江两级师范学堂教职。回绍兴。

九月 任绍兴府中学堂博物学教员,兼任监学。

本年 在授课之余,开始辑录唐以前小说佚文(后汇成《古小说钩沉》)及有关会稽的史地书(后汇成《会稽郡故书杂集》)。

一九一一年(宣统三年 辛亥) 三十一岁

五月 赴日本促周作人夫妇回国,逗留半月余。

夏 辞绍兴府中学堂职。

十月 辛亥革命爆发。不久,绍兴府中学堂原监督辞职,在学生要求下回校暂复原职。

十一、十二月间 接受以王金发为首的绍兴军政分府委任,任浙江山会初级师范学堂监督。

冬 支持进步青年文学团体"越社"创办《越铎日报》,允任"名誉总编辑"。

本年 作文言短篇小说《怀旧》。辑录、校勘唐代刘恂的博物古籍《岭表录异》,并作《校勘记》,未印。

本年 完成《神异经》等七种的辑录异文工作,题名《小说备校》。

一九一二年(中华民国元年) 三十二岁

一月三日 在《越铎日报》创刊号发表《〈越铎〉出世辞》。

二月 负责编辑的《越社丛刊》第一集出版,刊有所作

《辛亥游录》(署会稽周乔峰)、《〈古小说钩沉〉序》(署周作人)。《古小说钩沉》至此时已辑录校订完毕。

二月　辞山会初级师范学堂职。应中华民国临时政府教育总长蔡元培邀请,赴南京任教育部部员。

三、四月　公余常往江南图书馆借阅和辑录、校勘古书。从唐代沈亚之的《沈下贤文集》中录出《湘中怨辞》、《异梦录》、《秦梦记》三篇,后编入《唐宋传奇集》。

四月中旬　返绍兴安顿家事,准备随临时政府迁往北京。

五月初　离南京北上;5日,抵北京,自即日起重新记日记;6日,寓居宣武门外南半截胡同绍兴县馆内的藤花馆,同日赴教育部报到。

六月二十一日　往教育部主办的夏期演讲会作题为《美术略论》演讲,此后又续讲三次,讲稿均佚。

七月二十二日　作悼范爱农诗《哀范君三章》。

八月二十一日　教育部任命为佥事;26日,任命为社会教育司第一科科长。

八月始　公余继续辑录古书。本年所校辑三国吴谢承《后汉书》、晋谢沈《后汉书》,均于次年3月辑毕并作序。

一九一三年(中华民国二年)　三十三岁

二月　教育部选聘为读音统一会会员。

二月　发表《儗播布美术意见书》。

三月　作《〈谢承后汉书〉序》、《〈谢沈后汉书〉序》、《汪辑本〈谢承后汉书〉校记》、《〈虞预晋书〉序》。

五月至十一月　先后翻译日本上野阳一的论文《艺术玩赏之教育》、《社会教育与趣味》、《儿童之好奇心》,发表于本年《教育部编纂处月刊》。

六月一日　辑校南宋张淏《云谷杂记》,作跋文。次年续校,3月11日作序言。

六月十九日至八月上旬　返绍兴省亲。

十月十五日　以明代吴宽丛书堂本《嵇康集》为底本参校各本;20日校毕后作《〈嵇康集〉跋》。后曾多次校订。

一九一四年（中华民国三年）　三十四岁

三月十一日　作《〈云谷杂记〉序》。

四月起　陆续选购大量佛学书籍,于公余研究佛教思想。

十月　作《〈会稽郡故书杂集〉序》。

十一月二十七日　译日本高岛平三郎的论文《儿童观念界之研究》毕,发表于次年3月出版的《全国儿童艺术展览会纪要》。

本年　又作《〈范子计然〉序》、《〈魏子〉序》、《〈任子〉序》、《〈广林〉序》。

一九一五年（中华民国四年）　三十五岁

一月十五日　为庆祝母亲六十生辰,托金陵刻经处刻《百喻经》印成。

六月　《会稽郡故书杂集》刻本在绍兴印成。

八月三日　教育部指派参加通俗教育研究会;9月1日,被任命为通俗教育研究会小说股主任。

本年　公余开始搜集、研究金石拓本,尤侧重汉代画像及六朝造像。

一九一六年(中华民国五年)　三十六岁

五月六日　自绍兴县馆藤花馆移居馆内补树书屋。

八月　在《教育部参事说帖》上签注对袁世凯任大总统时所订《教育纲要》的意见,主张"明文废止"该《纲要》。

十二月上旬至次年一月上旬　回绍兴省亲。

一九一七年(中华民国六年)　三十七岁

七月三日　因张勋复辟,愤而离去教育部;乱平后,16日回部工作。

一九一八年(中华民国七年)　三十八岁

四月二日　《狂人日记》写成,发表于本年5月《新青年》杂志第四卷第五号,始用"鲁迅"笔名。在同期《新青年》尚发表新诗《梦》、《爱之神》、《桃花》。迄1921年8月止,在《新青年》共发表小说、新诗、杂文、译文、通讯等五十余篇。

六月十一日　作《〈吕超墓志铭〉跋》。

七月二十日　作论文《我之节烈观》。

七月二十九日　作《吕超墓出土吴郡郑蔓镜考》。

九月 开始在《新青年》杂志第五卷第三号《随感录》栏发表杂感(从"二十五"起)。

冬 作小说《孔乙己》。

本年 参与《新青年》编辑工作。

一九一九年(中华民国八年) 三十九岁

三月三十日 在《每周评论》上发表《随感录》三则。

四月二十五日 作小说《药》。

六月末或七月初 作小说《明天》。

八月十二日 在北京《国民公报》"寸铁"栏发表短评四则。

八月十九日至九月九日 陆续发表总题为《自言自语》的散文诗七篇。

十月 作论文《我们现在怎样做父亲》。

十一月二十一日 自宣武门外绍兴县馆迁居西直门内公用库八道湾十一号。

十二月一日至二十九日 返绍兴迁家至北京。

十二月一日 发表小说《一件小事》。

一九二〇年(中华民国九年) 四十岁

八月五日 作小说《风波》。

八月十日 译德国尼采的《察拉图斯忒拉的序言》毕,发表于本年9月《新潮》第二卷第五期。

八月 先后被聘为北京大学、北京高等师范学校讲师。

在北京大学任教期间,曾兼任该校研究所国学门委员会委员。

十月十日　发表小说《头发的故事》。

本年　结合教学,系统研究中国小说史。

一九二一年(中华民国十年)　四十一岁

一月　胡适先后写信给陈独秀、李大钊、鲁迅等人,认为《新青年》杂志"色彩过于鲜明",主张"不谈政治"。鲁迅不以为然,因此认为《新青年》团体的分化已不可避免。

一月　作小说《故乡》。

十二月四日　所作小说《阿Q正传》开始在北京《晨报副刊》连载,次年2月2日载毕。

一九二二年(中华民国十一年)　四十二岁

一月二十八日　编完《爱罗先珂童话集》,并作序。该书收鲁迅译文九篇,另有胡愈之、汪馥泉等人译文,本年7月由上海商务印书馆印行,列为《文学研究会丛书》之一。

二月九日　发表杂文《估〈学衡〉》。

五月　所译俄国阿尔志跋绥夫的小说《工人绥惠略夫》由商务印书馆出版,列为《文学研究会丛书》之一。1927年6月改由上海北新书局重印,列为《未名丛刊》之一。

五月　与周作人、周建人等合译的《现代小说译丛》由商务印书馆出版,列为《世界丛书》之一,内收鲁迅译俄国阿尔志跋绥夫、契里珂夫及芬兰亚勒·吉阿、保加利亚跋佐夫等人的小说九篇。

六月　作小说《白光》、《端午节》。

九月　所译日本武者小路实笃的剧本《一个青年的梦》由商务印书馆出版,列为《文学研究会丛书》之一。1927年7月改由上海北新书局重印,列为《未名丛刊》之一。

十月　作小说《兔和猫》、《鸭的喜剧》、《社戏》。

十一月十七日　发表杂文《反对"含泪"的批评家》。

十一月　作历史小说《不周山》(后改题《补天》)。

十二月三日　编完小说集《呐喊》,并作序。次年8月由北京新潮社出版,列为该社《文艺丛书》之一。

一九二三年(中华民国十二年)　四十三岁

六月　与周作人合译的《现代日本小说集》由商务印书馆出版,列为《世界丛书》之一,内收鲁迅译森鸥外、芥川龙之介、菊池宽等六人的小说十一篇。

七月　所译俄国爱罗先珂的童话剧《桃色的云》由北京新潮社印行,列为该社《文艺丛书》之一。

七月　与周作人关系破裂;8月2日,由八道湾十一号迁居砖塔胡同六十一号。

七月　被聘为北京女子高等师范学校讲师(次年改聘为教授);10月13日开始授课,讲中国小说史及文艺理论。

九月十七日　任北京世界语专门学校董事会成员,开始在该校讲授中国小说史,迄于1925年3月。

十二月十一日　所编讲义《中国小说史略》上册(收第一

篇至第十五篇),由北京新潮社出版。

十二月二十六日　往女子高等师范学校演讲,题为《娜拉走后怎样》。

一九二四年(中华民国十三年)　四十四岁

一月十七日　赴北京师范大学附属中学校友会演讲,题为《未有天才之前》。

二月七日　作小说《祝福》。

二月十六日　作小说《在酒楼上》。

二月十八日　作小说《幸福的家庭》。

三月二十二日　作小说《肥皂》。

五月二十五日　自砖塔胡同六十一号迁居阜成门内西三条二十一号。

五月至六月　在集成国际语言学校讲课。每周一次,至6月底止。

六月十日　作《〈嵇康集〉序》。约在同时,又作《〈嵇康集〉逸文考》、《〈嵇康集〉著录考》。自1913年起多次校勘《嵇康集》,至此基本写定。

六月二十日　《中国小说史略》下册(收第十六篇至第二十八篇),由北京新潮社出版。该书于次年9月由北京北新书局合为一册再版。

七月七日　应西北大学及陕西省教育厅之邀,赴西安作夏期讲学,8月4日离西安返京。在西北大学讲《中国小说的历史的变迁》,自7月27日至29日共讲十一次。

八月十二日　返抵北京。

九月　开始写系列散文诗《秋夜》、《影的告别》等,后集为《野草》。

九月二十二日　始译日本厨川白村的文艺论文集《苦闷的象征》,10 月 10 日译毕,本年 12 月出版,北京新潮社代售,列为《未名丛刊》之一。

十月二十八日　作杂文《论雷峰塔的倒掉》。

十一月十七日　《语丝》周刊在北京创刊,鲁迅为该刊重要撰稿人。

一九二五年(中华民国十四年)　四十五岁

一月十五日　本日起陆续作以《忽然想到》为总题的杂文,至 6 月 18 日止,共十一则。

二月六日　作杂文《再论雷峰塔的倒掉》。

二月九日　作杂文《看镜有感》。

二月十日　应《京报副刊》之请,写《青年必读书》。

二月二十八日　作小说《长明灯》。

三月十八日　作小说《示众》。

三月二十一日　作杂文《战士和苍蝇》。

四月四日　作杂文《夏三虫》。

四月十二日　为任国桢编译的《苏俄的文艺论战》作《前记》。

四月中下旬　创办并编辑《莽原》周刊。

四月二十二日　作杂文《春末闲谈》。

四月二十九日　作杂文《灯下漫笔》。

五月一日　作小说《高老夫子》。

五月五日　作《杂感》。

五月十二日　出席女师大学生自治会召开的师生联席会议，支持学生反对校长杨荫榆的运动。

五月二十七日　所拟稿的《对于北京女子师范大学风潮宣言》，与马裕藻、沈尹默等七人联署在《京报》发表。

五月三十日　作杂文《并非闲话》，驳斥陈西滢在《现代评论》周刊发表的攻击女师大风潮的文章。

六月十六日　作《杂忆》。

七月二十二日　作论文《论睁了眼看》。

八月七日　参加女师大师生组织的校务维持会，至月底共与会十余次。

八月十四日　被教育总长章士钊非法免除教育部佥事职。

八月二十日　作杂文《答ＫＳ君》。

八月二十二日　向平政院投递控告章士钊的诉状。

夏　与韦素园、曹靖华、李霁野、台静农、韦丛芜等组织以翻译出版外国文学著作为宗旨的未名社。

九月十日　开始至黎明中学授课，共三月余。

九月十八日　开始至大中公学授课，共两月余。

九月二十一日　女师大被教育部强行解散后，部分学生在宗帽胡同自办女师大。本日前往女师大新址参加开学典礼。

九月二十三日　开始至中国大学兼课，迄于次年 5 月。

十月十七日　作小说《孤独者》毕。

十月二十一日　作小说《伤逝》毕。

十月　确定与许广平的爱情关系。

十一月三日　作小说《弟兄》。

同日　作《〈热风〉题记》。杂文集《热风》本月由北京北新书局出版。

十一月六日　作小说《离婚》。

十一月十八日　作杂文《十四年的"读经"》。

十二月二日　与张定璜受邀为北京《国民新报》编辑副刊乙刊(即文学艺术版)，迄于 1926 年 4 月。

十二月三日　作《〈出了象牙之塔〉后记》。自 1924 年底始译的日本厨川白村的文艺论集《出了象牙之塔》，本月由未名社出版，列为《未名丛刊》之一。

十二月八日至二十日　连续作《这个与那个》四则。

十二月十八日　作杂文《"公理"的把戏》。

十二月二十九日　作论文《论"费厄泼赖"应该缓行》。

十二月三十一日　编定杂文集《华盖集》，并作《题记》。次年 6 月由北京北新书局出版。

一九二六年(中华民国十五年)　四十六岁

一月十六日　控告章士钊胜诉，教育部令"周树人暂署本部佥事"，"免职之处分系属违法，应予取消"。

一月二十五日　作杂文《一点比喻》。

二月二十一日　开始作系列回忆散文《狗·猫·鼠》等，后集为《朝花夕拾》。

三月十八日　"三一八"惨案发生。作杂文《无花的蔷薇之二》。

三月二十五日　往女师大参加"三一八"惨案中遇害的刘和珍、杨德群追悼会。作杂文《"死地"》。

三月二十六日　因列名于所传北洋军阀政府通缉名单，离寓先后至莽原社、山本医院、德国医院、法国医院暂避。5月2日返寓。

四月一日　作散文《记念刘和珍君》。

六月二日　校韦丛芜译俄国陀思妥耶夫斯基的小说《穷人》毕，并作《小引》。

六月二十五日　本日起陆续作《马上日记》、《马上日记之二》、《马上支日记》，至7月8日止，共十二则。

七月二十一日　为胡斅译苏联勃洛克的长诗《十二个》作《后记》，并译出苏联托洛茨基《文学与革命》一书中《亚历山大·勃洛克》一节，印入该译本卷首。

七月二十八日　接受厦门大学聘请，任该校国文系教授兼国学院研究教授。

八月一日　校《小说旧闻钞》毕，并作序。本月由北京北新书局出版。

八月二十二日　出席女师大毁校周年纪念会，并作演说，记录稿以《记鲁迅先生的谈话》为题公开发表，后收入《华盖集续编》，改题为《记谈话》。

八月二十六日　启程赴厦门,偕许广平同车离京。许赴广州。

八月　小说集《彷徨》由北京北新书局出版。

九月四日　抵厦门,暂住厦门大学生物学院三楼;25日迁居集美楼。

十月十四日　在厦门大学周会作关于"少读中国书"及学生应做"好事之徒"的演讲。

十月十四日　作杂文集《华盖集续编》的《小引》、《校讫记》。该书于次年5月由北京北新书局出版。

十月三十日　编定论文集《坟》,并作《题记》。次年3月由未名社出版。

十一月四日　作《〈嵇康集〉考》讫。

十一月十一日　接广州中山大学聘书。作《写在〈坟〉后面》。

十一月十四日　为董秋芳所译俄国但兼珂等的短篇小说集《争自由的波浪》作《小引》。

十一月　支持并指导厦门大学青年文学团体"泱泱社"、"鼓浪社"编辑出版《波艇》月刊、《鼓浪》周刊。

十二月三日　作评论《〈阿Q正传〉的成因》。

十二月三十日　作历史小说《奔月》毕。

十二月三十一日　辞厦门大学教职。

九月至十二月　编写讲义《中国文学史略》(后改题《汉文学史纲要》)。

一九二七年(中华民国十六年)　四十七岁

一月十六日　乘船离厦门。

一月十八日　抵广州;次日,搬进中山大学,寓大钟楼。

一月二十七日　应邀赴中山大学社会科学研究会(中共中山大学支部主办)演讲。在此期间与共产党人常有接触,并收到他们所赠《少年先锋》、《做什么?》等刊物。

二月十日　中山大学任命为文学系主任兼教务主任。

二月十八日　往香港。当天及次日先后作题为《无声的中国》、《老调子已经唱完》的演讲;20日返广州。

三月二十九日　由中山大学大钟楼移居白云路白云楼二十六号二楼。

四月一日　与成仿吾等联名发表《中国文学家对于英国知识阶级及一般民众宣言》,载本日出版的《洪水》半月刊第三卷第三十期。

四月三日　作历史小说《眉间尺》(后改题《铸剑》)毕。

四月六日　作杂文《略论中国人的脸》。

四月八日　往黄埔军官学校演讲,题为《革命时代的文学》。

四月十日　作杂文《庆祝沪宁克复的那一边》。

四月十五日　为国民党右派在广州发动"四一五"事变,逮捕并屠杀民众,即赴中山大学参加主任紧急会议,营救被捕学生,无效。

四月二十一日　向中山大学提出辞职。此后至5月25日,又曾四次具函坚辞。

四月二十六日　编定散文诗集《野草》并作《题辞》。本年7月由北京北新书局出版,列为《乌合丛书》之一。

五月一日　编定回忆散文集《朝花夕拾》并作《小引》。次年9月由未名社出版,列为《未名新集》之一。

五月二十六日　将去年7月始译的荷兰望·蔼覃的童话《小约翰》译稿整理毕;31日作《引言》。次年1月由未名社出版,列为《未名丛刊》之一。

六月六日　得中山大学委员会来信,同意辞职。

七月十六日　往知用中学演讲,题为《读书杂谈》。

七月二十三日　往广州夏期学术讲演会演讲,题为《魏晋风度及文章与药及酒之关系》,未完;26日续讲毕。

八月二十二日至二十四日　编《唐宋传奇集》并作札记《稗边小缀》;9月10日编定并作《序例》。本年12月及次年2月由上海北新书局分上、下册出版。

九月四日　作《答有恒先生》。

九月十四日　作杂文《可恶罪》。

九月二十四日　作杂文《小杂感》。

九月二十五日　致台静农信,拒绝作为诺贝尔文学奖候选人。

九月二十七日　偕许广平乘"山东"轮离广州赴上海。10月3日抵达。

十月八日　由旅馆迁入东横浜路景云里二十三号,与许广平开始同居生活。

十月十日　发表文艺评论《怎么写(夜记之一)》。

十月二十一日　发表《革命文学》。

十月二十五日　往劳动大学演讲,题为《关于知识阶级》。

十一月七日　应邀往劳动大学讲授"文学讲座"课,一个月后辞职。

十二月三日　与麦克昂(郭沫若)等联名在上海《时事新报》刊登《创造周报》复刊广告,为该刊特约撰述员。

十二月十七日　《语丝》周刊被奉系军阀封闭,由北京移至上海续刊,鲁迅任主编,次年11月辞职。

十二月十七日　发表散文《在钟楼上(夜记之二)》。

十二月十八日　应蔡元培聘请,任国民政府大学院特约撰述员。1931年12月被裁撤。

十二月二十一日　往暨南大学演讲,题为《文艺与政治的歧途》。

十二月二十三日　作杂文《文学和出汗》。

一九二八年(中华民国十七年)　四十八岁

二月十一日　译日本板垣鹰穗的《近代美术史潮论》毕。1929年由上海北新书局出版。

二月二十三日　作《"醉眼"中的朦胧》。

四月三日　译日本鹤见祐辅的随笔集《思想·山水·人物》毕。本书自1925年4月始译,共选译二十篇,1928年5月由上海北新书局出版。

四月四日　作《文艺与革命》(复冬芬信)。

四月十日　作杂文《铲共大观》。

四月二十日　作杂文《我的态度气量和年纪》。

六月二十日　与郁达夫合编的《奔流》月刊创刊。

八月十日　作《文学的阶级性》。

九月九日　由景云里二十三号移居十八号。

十月　杂文集《而已集》由上海北新书局出版。

十二月六日　《朝花》周刊创刊。该刊由鲁迅、柔石、崔真吾、王方仁、许广平等组成的朝花社编印。该社还先后编印《朝花》旬刊、版画丛刊《艺苑朝花》及《近代世界短篇小说集》等。

十二月九日　冯雪峰来访,商谈合编《科学的艺术论丛书》。

本年　创造社、太阳社的部分成员与鲁迅就"革命文学"问题展开论争。

一九二九年(中华民国十八年)　四十九岁

一月二十日　为所编《近代木刻选集(1)》作《小引》;3月10日为《近代木刻选集(2)》作《小引》。二书先后于本年1、3月由朝花社出版。

一月二十四日　为所编日本《蕗谷虹儿画选》作《小引》。本月由朝花社出版。

二月十四日　译日本片上伸的论文《现代新兴文学的诸问题》毕,并作《小引》。本年4月由上海大江书铺出版,列为《文艺理论小丛书》之一。

二月二十一日　移居景云里第二排第一幢十七号。

四月二十日　为所编英国《毕亚兹莱画选》作《小引》。本月由朝花社出版。

四月二十日　作《〈壁下译丛〉小引》。该书为鲁迅在1924年至1928年间所译俄国开培尔、日本厨川白村等人的文艺论文合集,共二十五篇。本月由上海北新书局出版。

四月二十二日　译苏联卢那察尔斯基的论文集《艺术论》毕并作《小引》。本年6月由上海大江书铺出版,列为《艺术理论丛书》之一。

四月二十六日　作《〈近代世界短篇小说集〉小引》。该书为鲁迅、柔石等编译,分(一)、(二)两册,先后于本年4月、9月由朝花社出版。

五月十三日　离沪北上探亲;15日抵北平。

五月二十二日　往燕京大学演讲,题为《现今的新文学的概观》。

五月二十九日、六月二日　先后往北京大学第三院(日记作"二院")及北平大学第二师范学院、第一师范学院演讲,讲题未详。

六月三日　启程南返;5日抵上海。

六月　介绍马克思主义文艺理论的《科学的艺术论丛书》开始陆续出书,鲁迅为丛书编译者之一。

七月二十八日　作《叶永蓁作〈小小十年〉小引》。

八月十六日　编译苏联卢那察尔斯基的论文集《文艺与批评》毕并作《译者附记》。本年10月由上海水沫书店出版,列为《科学的艺术论丛书》之一。

八月二十日　作《柔石作〈二月〉小引》。

九月八日　校德国至尔·妙伦的童话《小彼得》译本毕；15 日作序。该书由许遐(许广平)译,鲁迅校改,本年 11 月上海春潮书局出版。

九月二十七日　子海婴出生。

十二月四日　往暨南大学演讲,题为《离骚与反离骚》。

十二月二十二日　作散文《我和〈语丝〉的始终》。

约十二月　作杂文《流氓的变迁》、《新月社批评家的任务》。

年底　与冯雪峰等多次磋商筹组"中国左翼作家联盟"事。

一九三〇年(中华民国十九年)　五十岁

一月一日　与冯雪峰合编的《萌芽月刊》创刊。

一月十六日　译日本岩崎·昶的论文《现代电影与有产阶级》毕,并作《译者附记》。

一月二十四日　作文艺评论《"硬译"与"文学的阶级性"》。

二月八日　作文艺评论《文艺的大众化》及《〈文艺研究〉例言》。《文艺研究》为鲁迅主编,约于本年 5 月由大江书铺出版,仅出一期。

二月十三日　参加中国自由运动大同盟成立大会,列名为发起人之一(其"宣言"发表所署日期为"十五日")。

二月十六日　参加中国左翼作家联盟筹备会议。与会者有冯乃超、柔石、夏衍、冯雪峰等十二人。

二月二十二日　作杂文《张资平氏的"小说学"》。

二月二十五日　为所编《新俄画选》作《小引》。本年 5 月由上海光华书局出版。

二月至三月间　先后在中华艺术大学、大夏大学、中国公学分院演讲四次，讲题分别为《绘画杂论》、《美术上的写实主义问题》、《象牙塔与蜗牛庐》、《美的认识》。讲稿均佚。

三月一日　发表杂文《习惯与改革》、《非革命的急进革命论者》。

三月二日　出席中国左翼作家联盟（简称"左联"）成立大会，被选为常务委员，并作《对于左翼作家联盟的意见》的演讲。

三月十九日　得知被国民党政府通缉的消息，离寓暂避；4 月 19 日回寓。

四月十一日　《巴尔底山》旬刊（"左联"主办）创刊，列名为"基本成员"。

四月十一日　与上海神州国光社订约编译《现代文艺丛书》，介绍苏联文学作品，后因书店毁约，仅出四种即中止。

四月十二日　译《文艺政策》毕并作后记。该书为苏联关于文艺政策的文件汇编，本年 6 月由上海水沫书店出版，列为《科学的艺术论丛书》之一。

四月十七日　作杂文《"好政府主义"》。

四月十九日　作杂文《"丧家的""资本家的乏走狗"》。

五月五日　为周建人辑译的《进化和退化》作《小引》。

五月七日　应邀往爵禄饭店会见当时党的领导人李立三。

五月八日　为所译苏联普列汉诺夫的论文集《艺术论》作序。本年7月由上海光华书局出版,列为《科学的艺术论丛书》之一。

五月十二日　自景云里十七号迁居北四川路一九四号拉摩斯公寓(今北川公寓)A三楼四号。

六月七日　给中国革命互济会(原名中国济难会)捐款。鲁迅于1927年到上海不久,即与该组织有接触。

六月十六日　校阅柔石译苏联卢那察尔斯基的剧本《浮士德与城》并作后记。

八月六日　往夏期文艺讲习会作关于文艺理论问题的讲话,讲稿佚。

八月三十日　译苏联阿·雅各武莱夫的小说《十月》毕并作后记。1933年2月由上海神州国光社出版,列为《现代文艺丛书》之一。

九月十六日　校阅贺非所译苏联萧洛霍夫的小说《静静的顿河》(第一卷)毕并作后记。

九月十七日　参加"左联"发起的鲁迅五十寿辰纪念会。

九月二十七日　为所编德国版画家梅斐尔德的《士敏土之图》作序。次年2月以"三闲书屋"名义印行。

十月十八日　译日本刘米达夫的《药用植物》毕,发表于本年10、11《自然界》月刊第五卷第九、十期。后收入1936

年上海商务印书馆出版的《药用植物及其他》一书,列为《中学生自然研究丛书》之一。

十一月二十五日　修订《中国小说史略》毕并作《题记》。修订本于次年7月由上海北新书局出版。

十二月二十六日　译苏联法捷耶夫的小说《毁灭》毕。次年9月由上海大江书铺出版;10月以"三闲书屋"名义再版,并加入序言、后记。

十二月三十日　校阅韩侍桁所译苏联伊凡诺夫的小说《铁甲列车 Nr.14—69》并作后记。

一九三一年(中华民国二十年)　五十一岁

一月二十日　得悉柔石、殷夫、胡也频、冯铿和李伟森等人于17日被捕消息后,离寓至黄陆路花园庄旅馆暂避;2月28日回寓。

二月二十八日　于避难处作七律《惯于长夜过春时》一首。

四月一日　校阅孙用译匈牙利裴多菲的长诗《勇敢的约翰》毕并作《校后记》。

四月十七日　往上海同文书院演讲,题为《流氓与文学》,讲稿佚。

四月二十日　与冯雪峰编定《前哨》创刊号("纪念战死者专号")后,携眷与冯雪峰全家拍照,以资纪念。

四月二十五日　在《前哨》创刊号发表《中国无产阶级革命文学和前驱的血》。约在同时,应美国史沫特莱之约,为美国《新群众》杂志作《黑暗中国的文艺界的现状》。

五月二十二日　作《一八艺社习作展览会小引》。

七月二十日　往上海社会科学研究会演讲,题为《上海文艺之一瞥》。

七月二十日　校阅李兰译美国马克·吐温的小说《夏娃日记》毕;9月27日作《小引》。

七月三十日　冯雪峰、丁玲往访,请求帮助创办《北斗》杂志事。

八月十七日　请日本美术教师内山嘉吉为中国青年美术工作者讲授木刻技法,自任翻译,至22日止。

九月二十一日　就"九一八"事变作《答文艺新闻社问》。

十月十日　为曹靖华译苏联绥拉菲摩维支的小说《铁流》作后记。该书由鲁迅校阅并出资,以"三闲书屋"名义于本年12月印行。

十月二十三日　发表论文《"民族主义文学"的任务和运命》。

十月二十九日　作杂文《沉滓的泛起》。

十月　被日本普罗文化联盟选为名誉委员。

十一月十三日　又校《嵇康集》。

十二月十一日　主编的"左联"刊物《十字街头》创刊,刊有所作政治讽刺诗《好东西歌》、《公民科歌》等。

十二月二十日　作杂文《"友邦惊诧"论》。

十二月二十五日　作文艺评论《关于小说题材的通信》。

十二月二十七日　作文艺评论《答北斗杂志社问》。

一九三二年(中华民国二十一年)　五十二岁

一月二十三日　作旧体诗《无题(血沃中原肥劲草)》。

一月三十日　因"一·二八"战事,寓所受战火威胁,避居内山书店三楼;2月6日迁避英租界内山书店支店;3月13日又迁大江南饭店;3月19日返寓。

二月三日　与茅盾、郁达夫、胡愈之等签署《上海文化界告世界书》,抗议日本帝国主义的侵略暴行。

四月二十日　作《林克多〈苏联闻见录〉序》。

四月二十四日　编定杂文集《三闲集》并作序。本年9月由上海北新书局出版。

四月二十六日　编定杂文集《二心集》并作序。本年10月由上海合众书店出版。

五月六日　作杂文《我们不再受骗了》。

九月九日　为与柔石、曹靖华合译的苏联短篇小说集《竖琴》作前记,次日作后记。次年1月由上海良友图书印刷公司出版,列为《良友文学丛书》之一。

九月十八日　为与文尹(杨之华)合译的苏联短篇小说集《一天的工作》作前记,次日作后记。次年3月由上海良友图书印刷公司出版,列为《良友文学丛书》之一。后又与《竖琴》合为一集,题名《苏联作家二十人集》,于1936年7月由上海良友图书印刷公司出版,列为《良友文学丛书特大本》之一。

夏、秋间　曾会晤在上海治病的红军将领陈赓。

十月十日　作文艺评论《论"第三种人"》。

十月十二日　作旧体诗《自嘲（运交华盖欲何求）》。

十月二十五日　作文艺评论《"连环图画"辩护》。

十月二十六日　往野风画会演讲，题为《美术的大众化与旧形式利用问题》，讲稿佚。

十一月十一日　离沪北上探亲；13日抵北平；30日返沪。

十一月二十二日　往北京大学第二院作题为《帮忙文学与帮闲文学》的演讲，又往辅仁大学作题为《今春的两种感想》的演讲；24日，往女子文理学院作题为《革命文学与遵命文学》的演讲，讲稿佚；27日，往北京师范大学作题为《再论"第三种人"》的演讲，讲稿佚；28日，往中国大学作题为《文艺与武力》的演讲，讲稿佚。

十一月　在北平期间，曾同北平"左联"的成员见面，听取北方左翼文化运动的情况。

本月下旬　接待瞿秋白夫妇来寓所避难约一个月。以后他们曾多次来寓避难。

十二月十日　作《辱骂和恐吓决不是战斗（致〈文学月报〉编辑的一封信）》。

十二月十四日　作《〈自选集〉自序》。《鲁迅自选集》于次年3月由上海天马书店出版。

十二月十六日　编定《两地书》并作序。次年4月由上海北新书局以"青光书局"名义出版。

十二月三十日　作杂文《祝中俄文字之交》。

十二月　与柳亚子、茅盾、周起应、沈端先、胡愈之等联名发表《中国著作家为中苏复交致苏联电》。

本年　开始为增田涉就《中国小说史略》等书释疑解难，迄至 1935 年。

一九三三年（中华民国二十二年）　五十三岁

一月六日　出席中国民权保障同盟临时执行委员会会议；17 日被选为上海分会执行委员。

一月二十八日　作《论"赴难"和"逃难"（寄〈涛声〉编辑的一封信）》。

一月三十日　开始在《申报·自由谈》用化名发表杂文，至次年 9 月，共刊出杂文一百三十余篇，使用化名四十余个。

二月七、八日　作散文《为了忘却的记念》。

二月十七日　赴宋庆龄寓所参加欢迎英国作家萧伯纳的午餐会。

二月二十一日　会晤美国作家、记者埃德加·斯诺。

二月二十八日　为与瞿秋白合编的《萧伯纳在上海》作序。该书由野草书屋于 3 月出版。

二月下旬　作《闻小林同志之死》，吊唁遇害的日本革命作家小林多喜二。

三月五日　作《我怎么做起小说来》。

三月二十二日　作《英译本〈短篇小说选集〉自序》。

四月十日　作杂文《中国人的生命圈》。

四月十一日　自拉摩斯公寓迁居施高塔路（今山阴路）

大陆新村九号,直至逝世。

四月二十九日　作杂文《文章与题目》。

五月十一日　校阅曹靖华译苏联聂维洛夫的小说《不走正路的安得伦》;13 日作《小引》。

五月十三日　与宋庆龄、蔡元培、杨杏佛等代表中国民权保障同盟赴上海德国领事馆递交《为德国法西斯压迫民权摧残文化的抗议书》。

五月十六日　作杂文《天上地下》。

五月二十九日　作《〈守常全集〉题记》。

六月四日　作文艺评论《又论"第三种人"》。

六月二十日　赴殡仪馆为遭国民党特务暗杀的杨杏佛送殡。夜作旧体诗《悼杨铨》。

六月二十六日　作杂文《华德保粹优劣论》;28 日,作杂文《华德焚书异同论》。

六月三十日　作散文《我的种痘》。

七月十二日　作杂文《沙》。

七月十九日　作《伪自由书》前记;30 日作后记毕。本年10 月由上海北新书局以"青光书局"名义出版。

七月　瞿秋白编选并作序的《鲁迅杂感选集》由上海北新书局以"青光书局"名义出版。

八月六日　为比利时画家麦绥莱勒的连环版画《一个人的受难》翻印本作序。

八月十六日　作杂文《爬和撞》。

八月十八日　与茅盾、田汉联名发表《欢迎反战大会国

际代表的宣言》。世界反对帝国主义战争委员会于本年9月
30日在上海召开远东会议,鲁迅被推选为会议主席团名誉主
席,但未能出席会议。

八月二十三日　作杂文《"论语一年"》。

八月二十七日　作杂文《小品文的危机》。

九月十一日　作文艺评论《关于翻译》。

十月二十八日　为易嘉(瞿秋白)译苏联卢那察尔斯基
的剧本《解放了的堂·吉诃德》作后记。

十月三十日　作《〈北平笺谱〉序》。《北平笺谱》(与郑振
铎合编),于本年12月出版。

十二月二十五日　为葛琴的小说集《总退却》作序。

十二月二十八日　作《答杨邨人先生公开信的公开信》。

十二月三十一日　编定杂文集《南腔北调集》并作《题
记》。次年3月由上海联华书局以"同文书局"名义出版。

一九三四年(中华民国二十三年)　五十四岁

一月二十日　为所编苏联版画集《引玉集》作后记。本
年3月以"三闲书屋"名义出版。

一月三十一日　寄日本改造社所作日文稿《关于中国的
两三件事》。

三月四日前　作《答国际文学社问》。

三月十日　作《准风月谈》前记;10月27日作后记毕。
本年12月由上海联华书局以"兴中书局"名义出版。

三月十四日　为青年木刻作者的《无名木刻集》作序。

三月二十三日　作《〈草鞋脚〉(英译中国短篇小说集)小引》。

五月二日　作文艺评论《论"旧形式的采用"》。

五月三十日　作旧体诗《戌年初夏偶作》。

六月四日　作杂文《拿来主义》。

七月十六日　作散文《忆韦素园君》。

七月十七日　作杂文《算账》。

七月十八日　编定中国木刻选集《木刻纪程》并作《小引》。本年以铁木艺术社名义出版。

八月一日　作散文《忆刘半农君》。

八月六日　作杂文《看书琐记》二篇;22 日作《看书琐记(三)》。

八月九日　编《译文》月刊创刊号(第一至第三期由鲁迅主编),并作《〈译文〉创刊前记》。

八月十三日　作杂文《趋时和复古》和《安贫乐道法》。

八月十七日至二十日　作论文《门外文谈》。

八月二十三日　因内山书店职员被国民党当局配合租界捕房逮捕,离寓至千爱里(今山阴路二弄)暂避;9 月 18 日返寓。

八月　作历史小说《非攻》。

九月四日　与茅盾等应陈望道邀请,商讨创办《太白》半月刊事。鲁迅为该刊主要撰稿人。

九月二十四日　作评论《中国语文的新生》。

九月二十五日　作杂文《中国人失掉自信力了吗?》。

十月三十一日　作杂文《脸谱臆测》。

十月　杂文集《二心集》因被国民党审查机关删掉多篇，合众书店将删存部分改名《拾零集》于本月出版。

十一月二日　作杂文《随便翻翻》。

十一月十四日　作《答〈戏〉周刊编者信》。

十一月十八日　作《寄〈戏〉周刊编者信》。

十一月十九日　作杂文《骂杀与捧杀》。

十一月二十一日　作杂文《中国文坛上的鬼魅》。

十二月十一日　作杂文《病后杂谈》四则。

十二月十七日　作杂文《病后杂谈之余（关于“舒愤懑”）》四则。

十二月二十日　作《〈集外集〉序言》。

十二月二十一日　作散文《阿金》。

十二月　作《〈十竹斋笺谱〉翻印说明》。鲁迅、西谛以“版画丛刊会”名义重印的明代胡正言《十竹斋笺谱》第一册，本月在北平印成。

一九三五年（中华民国二十四年）　五十五岁

一月一日　始译苏联班台莱耶夫的小说《表》，12日译毕并作《译者的话》。本年7月由上海生活书店出版，列为《译文丛书插画本》之一。

一月十六日　作《叶紫作〈丰收〉序》。

一月二十三日　重订《小说旧闻钞》并作再版序言。本年7月由上海联华书局再版。

二月十五日　始译俄国果戈理的小说《死魂灵》第一部，10月6日译毕，先陆续刊于《世界文库》，本年11月由上海文化生活出版社出版，列为《译文丛书》之一。

二月二十日　为所编选的《中国新文学大系·小说二集》作序，3月2日毕。本年7月由上海良友图书印刷公司出版。

三月十六日　作文艺评论《论讽刺》。

三月二十八日　作《田军作〈八月的乡村〉序》。

三月三十一日　作《徐懋庸作〈打杂集〉序》。

四月十四日　本日起陆续作以《文人相轻》为总题的杂文，至9月12日止，共七篇。

四月二十九日　为日本改造社作日文稿《在现代中国的孔夫子》。

五月三日　作文艺评论《什么是"讽刺"？》。

五月　杨霁云编、鲁迅校订并作序的《集外集》由上海群众图书公司出版。

六月六日　作杂文《文坛三户》、《从帮忙到扯淡》。

六月十日　本日起陆续作以《题未定草》为总题的杂文，至12月19日止，共八则。

六月　由日本佐藤春夫与增田涉合译的《鲁迅选集》由日本东京岩波书店出版。

八月八日　作《〈俄罗斯的童话〉小引》。鲁迅自1934年9月始译高尔基《俄罗斯的童话》，本年4月17日译毕。本月由上海文化生活出版社出版，列为《文化生活丛刊》之一。

九月十四、十五日　将所译俄国契诃夫的小说八篇集为

《坏孩子和别的奇闻》，并作《前记》及《译者后记》。次年由上海联华书局出版，列为《文艺连丛》之一。

九月　《门外文谈》单行本由上海天马书店出版，内收《门外文谈》等有关语文改革的文章五篇，列为《天马丛书》之一。

十月　作七律《亥年残秋偶作》。

十月二十二日　为纪念本年6月18日牺牲的瞿秋白，着手编辑瞿秋白译文集《海上述林》。

十一月十四日　作《萧红作〈生死场〉序》。

十一月二十九日　作历史小说《理水》毕。

十一月　萧三自莫斯科来信传达中国共产党驻共产国际代表团一些人关于解散"左联"的建议。此信通过鲁迅转交"左联"的党内负责人。

十二月二日　作文艺评论《杂谈小品文》。

十二月二十三日　作《论新文字》。

十二月二十四日　出资复印俄国画家阿庚所作《死魂灵百图》，本日为之作《小引》。次年以"三闲书屋"名义出版。

十二月二十九日　编杂文集《花边文学》并作序。次年6月由上海联华书局出版。

十二月　作历史小说《采薇》、《出关》、《起死》；与前作《不周山》(《补天》)、《奔月》、《铸剑》、《理水》、《非攻》等五篇集为《故事新编》，本月二十六日编讫并作序。次年1月由上海文化生活出版社出版。

十二月　着手编《集外集拾遗》，后因病中止。

十二月　编杂文集《且介亭杂文》、《且介亭杂文二集》，本月 30 日作《且介亭杂文》序及附记，31 日作《且介亭杂文二集》序及后记。

十二月　在瓦窑堡召开的西北抗日救国代表大会上，与宋庆龄、蔡廷楷、毛泽东、朱德等同被举为名誉主席。

一九三六年（中华民国二十五年）　五十六岁

一月十九日　与周文、聂绀弩等合编的《海燕》月刊出版。

一月二十八日　为所编德国《凯绥·珂勒惠支版画选集》作《序目》。本年 5 月以"三闲书屋"名义出版。

二月十七日　作《记苏联版画展览会》；6 月 23 日，口述该书的编选及作序情况（许广平记录），作为该文的补充，而为所编《〈苏联版画集〉序》。该画集于本年 7 月由上海良友图书印刷公司出版。

二月二十三日　为日本改造社作日文稿《我要骗人》。

二月二十五日　始译果戈理的小说《死魂灵》第二部（残稿）。

三月十日　为所编苏联版画家亚历克舍夫的《〈城与年〉插图》作《小引》。后因病重未能将该集印成。

三月十一日　作《白莽作〈孩儿塔〉序》。

三月二十九日　与茅盾联名致函中共中央，表示"热烈拥护""中共、中国苏维埃政府"的"抗日救国大计"；赞扬红军东征的"伟大胜利"是"中华民族解放史上最光荣的一页！"

（据 1936 年 4 月 17 日出版的中国共产党西北中央局机关报《斗争》第九十五期所刊鲁迅、茅盾的贺信。）

三月下旬　作《〈海上述林〉上卷序言》;4 月末,作《〈海上述林〉下卷序言》。该书署"诸夏怀霜社校印",上卷《辨林》本年 5 月出版,下卷《藻林》本年 10 月出版。

四月一日　作散文《我的第一个师父》。

四月七日　作杂文《写于深夜里》。

四月十六日　作杂文《三月的租界》。

四月二十六日　接待从陕北前来上海开展工作的中共中央特派员冯雪峰。

六月九日　审定由冯雪峰笔录的《答托洛斯基派的信》。

六月十日　审定由冯雪峰笔录的文艺评论《论现在我们的文学运动》。

六月中旬　与巴金等联名发表《中国文艺工作者宣言》。

八月三日至五日　作《答徐懋庸并关于抗日统一战线问题》。

八月二十七日　本日起陆续作以《立此存照》为总题的杂文,共七则。

九月五日　作杂文《死》。

九月十九、二十日　作杂文《女吊》。

九月二十日　与郭沫若、茅盾、巴金等联名发表《文艺界同人为团结御侮与言论自由宣言》。

十月八日　抱病往青年会参观第二回全国木刻流动展览会,并与青年木刻工作者座谈。

十月九日　作《关于太炎先生二三事》。

十月十五日　发表杂感《半夏小集》。

十月十六日　作《曹靖华译〈苏联作家七人集〉序》。

十月十七日　作杂文《因太炎先生而想起的二三事》，是为最后一篇文章。

十月十九日　病逝于大陆新邨九号寓所。

附　录

鲁迅逝世后著译中文版的印行概况：

《夜记》，收 1934 年至 1936 年的杂文十三篇（后均编入《且介亭杂文末编》），鲁迅生前曾着手编集，逝世后由许广平辑成，1937 年 4 月由上海文化生活出版社出版。

《鲁迅书简》（影印本），由许广平编定，收鲁迅自 1923 年 9 月至 1936 年 10 月的书信六十九封，1937 年 6 月三闲书屋印造。

《且介亭杂文》、《且介亭杂文二集》、《且介亭杂文末编》（"末编"系鲁迅生前着手编集，逝世后由许广平补编而成），均于 1937 年 7 月以"三闲书屋"名义出版。

《集外集拾遗》，印入 1938 年版《鲁迅全集》第七卷。

《古小说钩沉》，印入 1938 年版《鲁迅全集》第八卷。

《嵇康集》，印入 1938 年版《鲁迅全集》第九卷。

《汉文学史纲要》，印入 1938 年版《鲁迅全集》第十卷。

《译丛补》，收鲁迅自 1907 年至 1935 年间未曾编入专集的译文，由许广平辑成，印入 1938 年版《鲁迅全集》第十六卷。

《山民牧唱》，西班牙巴罗哈的短篇小说集，鲁迅于1928年至1934年间陆续译出，译本印入1938年版《鲁迅全集》第十八卷。

《人生象斅》及《生理实验术要略》，印入1952年上海出版公司出版的《鲁迅全集补遗续编》（唐弢编）。

《鲁迅全集》（二十卷），鲁迅先生纪念委员会编，收著作、译文和所辑录的古籍，1938年8月由"复社"以"鲁迅全集出版社"名义出版。

《鲁迅三十年集》，收鲁迅自1906年至1936年间著作和所辑录古籍，共三十册，1941年10月以"鲁迅全集出版社"名义出版。

《鲁迅书简》，许广平搜集编定，共收书信八百余封，1946年10月以"鲁迅全集出版社"名义出版。

《鲁迅日记》（影印本），收入1912年5月5日至1936年10月18日（1922年的一册散失）的《日记》，1951年4月由上海出版公司出版。

《鲁迅全集》（十卷），1956年10月开始出版，1958年10月出齐，由人民文学出版社出版。

《鲁迅译文集》（十卷），1958年12月由人民文学出版社出版。

《鲁迅日记》（铅印本），1959年8月由人民文学出版社据1951年《鲁迅日记》影印本排印出版。

《鲁迅书信集》，收入除《两地书》外的书信一千三百八十一封,1976 年 8 月由人民文学出版社出版。

《鲁迅全集》(十六卷),1981 年由人民文学出版社出版。

《鲁迅选集》(四卷),1983 年 12 月由人民文学出版社出版。

《鲁迅辑录古籍丛编》(四卷),1999 年 7 月由人民文学出版社出版。

全集篇目索引

本索引供查检全集收入的作品所在的卷次、页码之用。各篇按篇名首字笔画的多少顺次编排。篇名后的数字为该篇编入全集中的卷次和页码,如④ 233 即表示全集第 4 卷第 233 页。索引前编有篇名首字检索表,各字后面括号内的数字,表示以该字开首的篇名列在本索引中的页码,如"对(54)",即首字为"对"的篇名列在本索引第 54 页。

全集篇目索引

首字检索表

一　画

一（54）

二　画

二（54）　十（54）　七（54）　人（54）　儿（54）　几（54）　九（55）
刀（55）　又（55）

三　画

三（55）　大（55）　与（55）　寸（55）　上（55）　山（55）　广（55）
门（55）　女（55）　小（55）　习（55）　马（55）

四　画

王（56）　开（56）　天（56）　无（56）　韦（56）　云（56）　艺（56）
木（56）　五（56）　不（56）　太（56）　友（56）　比（56）　止（56）
少（56）　中（56）　内（57）　日（57）　什（57）　化（57）　从（57）
今（57）　介（57）　公（57）　父（57）　长（57）　反（57）　月（58）
风（58）　忆（58）　六（58）　文（58）　火（58）　为（58）　双（58）
引（58）　巴（58）　以（58）　孔（58）　水（58）　书（59）

五　画

未（59）　丙（59）　正（59）　示（59）　古（59）　本（59）　世（59）
打（59）　扑（59）　东（59）　可（59）　归（59）　北（59）　叶（59）
卢（59）　出（59）　且（59）　田（60）　由（60）　电（60）　四（60）
生（60）　失（60）　他（60）　外（60）　饥（60）　白（60）　记（60）
汉（60）　礼（60）　立（60）　玄（60）　头（60）　半（60）　写（60）
对（60）　圣（60）　民（60）　母（61）

六　画

动（61）　老（61）　考（61）　西（61）　再（61）　戌（61）　有（61）
在（61）　百（61）　而（61）　死（61）　扣（61）　托（61）　过（61）
此（61）　尘（61）　当（61）　光（61）　曲（61）　吕（61）　同（61）
吊（61）　吃（61）　因（62）　朱（62）　任（62）　伤（62）　伪（62）
华（62）　自（62）　行（62）　杀（62）　全（62）　会（62）　杂（62）
名（62）　各（62）　多（62）　争（62）　亥（62）　庆（62）　灯（62）
冲（62）　池（62）　守（62）　安（62）　并（62）　关（62）　讳（63）
论（63）　军（63）　农（63）　导（63）　寻（63）　如（63）　好（63）
观（63）　买（63）

七　画

弄（64）　进（64）　远（64）　运（64）　坏（64）　走（64）　坟（64）
志（64）　花（64）　苏（64）　村（64）　吾（64）　更（64）　两（64）
酉（64）　来（64）　批（64）　抄（64）　报（64）　拟（64）　连（64）
医（64）　求（64）　坚（64）　呐（64）　听（64）　别（64）　男（64）
我（64）　估（65）　何（65）　伸（65）　作（65）　彻（65）　近（65）
希（65）　狂（65）　迎（65）　言（65）　辛（65）　序（65）　这（65）
怀（65）　忧（65）　汪（65）　沙（65）　沉（65）　弟（65）　宋（65）
穷（65）　评（65）　译（65）　社（65）　补（65）　启（66）　张（66）
即（66）　阿（66）　阻（66）　陀（66）　劲（66）

八　画

玩（66）　现（66）　青（66）　表（66）　坦（66）　苦（66）　英（66）
范（66）　幸（66）　述（66）　林（66）　丧（66）　事（66）　奔（66）
奇（66）　势（66）　招（66）　欧（66）　非（66）　果（67）　明（67）
凯（67）　罗（67）　知（67）　和（67）　季（67）　爬（67）　所（67）
采（67）　狗（67）　朋（67）　肥（67）　兔（67）　鱼（67）　忽（67）
周（67）　放（67）　京（67）　夜（67）　庚（67）　盲（67）　法（67）
河（67）　郑（67）　学（67）　空（67）　诗（67）　孤（67）　绍（67）
经（67）

九　画

春（68）　帮（68）　城（68）　某（68）　革（68）　故（68）　南（68）
草（68）　药（68）　查（68）　柳（68）　面（68）　战（68）　点（68）
竖（68）　哈（68）　咬（68）　贵（68）　思（68）　骂（68）　钟（68）
秋（68）　科（68）　复（68）　看（68）　怎（69）　选（69）　重（69）
保（69）　促（69）　俄（69）　信（69）　侯（69）　皇（69）　食（69）
狭（69）　逃（69）　哀（69）　音（69）　疯（69）　恨（69）　闻（69）
洞（69）　洋（69）　将（69）　美（69）　送（69）　总（69）　宣（69）
说（69）　祝（69）　扁（69）　姚（69）　娜（69）　贺（69）　勇（69）
柔（69）　给（69）　绛（70）

十　画

桃（70）　真（70）　莽（70）　莲（70）　莳（70）　莎（70）　恶（70）
起（70）　破（70）　辱（70）　夏（70）　挽（70）　捣（70）　致（70）
热（70）　匪（70）　鸭（70）　哭（70）　铁（70）　牺（70）　透（70）
倒（70）　徐（70）　航（70）　颂（70）　爱（70）　拿（70）　离（70）
恋（70）　唐（70）　病（70）　准（70）　海（70）　浮（71）　流（71）
家（71）　读（71）　谁（71）　谈（71）　陶（71）　娘（71）　难（71）
通（71）

十 一 画

琐（71）　理（71）　域（71）　聊（71）　教（71）　戛（71）　萧（71）

黄（72）　曹（72）　梅（72）　梦（72）　雪（72）　描（72）　推（72）

略（72）　野（72）　崇（72）　晨（72）　铲（72）　敏（72）　笞（72）

做（72）　偶（72）　脸（72）　祭（72）　高（72）　商（72）　望（72）

惜（72）　悼（72）　烽（72）　清（72）　淑（72）　淡（72）　剪（72）

寄（72）　谚（72）　随（72）　隐（73）　续（73）

十 二 画

敬（73）　朝（73）　斯（73）　越（73）　趋（73）　硬（73）　雄（73）

厦（73）　揩（73）　喝（73）　赌（73）　最（73）　黑（73）　铸（73）

崧（73）　答（73）　智（73）　集（73）　腊（73）　鲁（73）　湘（73）

溃（74）　滑（74）　渡（74）　游（74）　遂（74）　谢（74）　谣（74）

隔（74）　登（74）　骗（74）　编（74）

十 三 画

墓（74）　禁（74）　碎（74）　碰（74）　感（74）　零（74）　虞（74）

路（74）　跳（74）　辞（74）　颓（74）　毁（74）　解（74）　鲍（74）

新（74）　意（74）　痴（75）　谨（75）

十 四 画

静（75）　聚（75）　裴（75）　算（75）　鼻（75）　端（75）　豪（75）

漫（75）　寡（75）　察（75）　蜜（75）

十 五 画

聪（75）　醉（75）　踢（75）　影（75）　暴（75）　墨（75）　题（75）

镰（75）　靠（75）　德（75）　摩（75）

十六画以上

蕗（76）　赠（76）　儒（76）　儳（76）　辩（76）　寰（76）　壁（76）
魏（76）　藤（76）　黯（76）

其　他

"……"（76）　□（76）　Ｖ（76）

篇　目

一　画

一觉　　　　　　　　②228
一件小事　　　　　①481
一点比喻　　　　　③232
一思而行　　　　　⑤499
"一是之学说"　　　①413
一·二八战后作　　⑦458
《一个人的受难》序　④572
一个"罪犯"的自述　⑦288
《一天的工作》前记　⑩394
《一天的工作》后记　⑩400

《一个青年的梦》后记　⑩206
《一个青年的梦》译者序　⑩209
《一个青年的梦》译者
　　序二　　　　　⑩212
一八艺社习作展览会
　　小引　　　　　④316
《一篇很短的传奇》译者
　　附记　　　　　⑩500
《一篇很短的传奇》译者
　　附记二　　　　⑩502

二　画

二丑艺术　　　　　⑤207
《二十四孝图》　　②258
《二心集》序言　　④193
二十二年元旦　　　⑦155
《十月》后记　　　⑩350
《十二个》后记　　⑦310
十四年的"读经"　③136
《十竹斋笺谱》牌记　⑧514
《十月》首二节译者附记　⑩360
七论"文人相轻"——

两伤　　　　　　　⑥417
"人话"　　　　　⑤ 79
人与时　　　　　　⑦ 35
人之历史　　　　　① 8
人心很古　　　　　①368
人生识字胡涂始　　⑥305
《人性的天才——迦尔
　　洵》译者附记　⑩471
儿歌的"反动"　　①411
几条"顺"的翻译　④350

几乎无事的悲剧 ⑥382

九一八 ④594

刀"式"辩 ⑤490

又论"第三种人" ④546

又是"古已有之" ⑦239

又是"莎士比亚" ⑤600

三　画

三月的租界 ⑥532

《三闲集》序言 ④ 3

三论"文人相轻" ⑥385

"三十年集"编目二种 ⑧519

三闲书屋校印书籍 ⑧503

三闲书屋印行文艺书籍 ⑧505

《三浦右卫门的最后》译
　者附记 ⑩253

大小骗 ⑤467

大小奇迹 ⑥587

大衍发微 ③600

"大雪纷飞" ⑤581

大观园的人才 ⑤125

大家降一级试试看 ④561

《大云寺弥勒重阁碑》
　校记 ⑧ 61

大涤馀人百回本《忠义
　水浒传》回目校记 ⑧161

"与幼者" ①380

寸铁 ⑧111

上海所感 ⑦430

上海通信 ③380

上海的儿童 ④580

上海的少女 ④578

上海文艺之一瞥 ④298

《山民牧唱·序文》译者
　附记 ⑩425

《广林》序 ⑩ 27

门外文谈 ⑥ 86

女吊 ⑥637

女人未必多说谎 ⑤446

女校长的男女的梦 ⑦301

小杂感 ③554

"小童挡驾" ⑤469

《小约翰》引言 ⑩280

《小彼得》译本序 ④155

小品文的生机 ⑤487

小品文的危机 ④590

《小说旧闻钞》序言 ⑩ 70

《小说旧闻钞》再版序言 ⑩158

《小鸡的悲剧》译者附记 ⑩228

《小俄罗斯文学略说》译
　者附记 ⑩465

《小说的浏览和选择》译
　者附记 ⑩311

习惯与改革 ④228

马上日记 ③325

马上支日记 ③339

马上日记之二 ③360

四　画

王化	⑤143	《艺苑朝华》广告	⑦481
王道诗话	⑤ 50	《艺术论》(卢氏)小序	⑩324
开给许世瑛的书单	⑧497	《艺术玩赏之教育》译者	
天上地下	⑤147	附记	⑩459
"天生蛮性"	⑧432	《艺术都会的巴黎》译者	
无常	②276	附记	⑩478
无题	①405	《木刻创作法》序	④625
无题	⑧125	《木刻纪程》小引	⑥ 49
无声的中国	④ 11	《木刻纪程》告白	⑧512
无花的蔷薇	③271	五猖会	②269
《无名木刻集》序	⑧406	五论"文人相轻"——	
无花的蔷薇之二	③277	明术	⑥393
无花的蔷薇之三	③303	不满	①375
无题(大野多钩棘)	⑦148	不是信	③236
无题(禹域多飞将)	⑦468	不求甚解	⑤159
无题(一枝清采妥湘灵)	⑦469	不通两种	⑤ 22
无题(血沃中原肥劲草)	⑦455	不懂的音译	①417
无题(洞庭木落楚天高)	⑦153	不应该那么写	⑥321
无题二首(大江日夜向		不负责任的坦克车	⑤138
东流;雨花台边埋断		不知肉味和不知水味	⑥115
戟)	⑦452	《不走正路的安得伦》	
无题二首(故乡黯黯锁		小引	⑦413
玄云；皓齿吴娃唱		太平歌诀	④104
柳枝)	⑦462	"友邦惊诧"论	④369
韦素园墓记	⑥ 64	《比亚兹莱画选》小引	⑦356
《云谷杂记》序	⑩ 23	止哭文学	⑤ 72
《云谷杂记》跋	⑩ 19	《少年别》译者附记	⑩431
《艺术论》译本序	④259	中秋二愿	⑤594

中国的奇想 ⑤253
中国小说史略 ⑨ 1
中国地质略论 ⑧ 5
中国人的生命圈 ⑤104
中国文与中国人 ⑤382
"中国文坛的悲观" ⑤263
中国的科学资料 ⑧435
中国语文的新生 ⑥118
中山大学开学致语 ⑧194
中国文坛上的鬼魅 ⑥156
"中国杰作小说"小引 ⑧444
中山先生逝世后一周年 ⑦305
中国人失掉自信力了吗 ⑥121
《中国小说史略》再版
　附识 ⑧173
中国小说的历史的变迁 ⑨309
中华民国的新"堂·吉
　诃德"们 ④361
《中国小说史略》日本译
　本序 ⑥359
《中国矿产志》征求资料
　广告 ⑧453
《中国新文学大系》小说
　二集序 ⑥246
中国无产阶级革命文学
　和前驱的血 ④289
《中国新文学大系》小说
　二集编选感想 ⑧427
内外 ⑤107
内山完造作《活中国的

姿态》序 ⑥275
日记 ⑮ 1
"日本研究"之外 ⑧358
什么话? ⑧461
什么是"讽刺"? ⑥340
化名新法 ⑤492
从讽刺到幽默 ⑤ 46
从幽默到正经 ⑤ 48
从"别字"说开去 ⑥289
从帮忙到扯淡 ⑥356
从胡须说到牙齿 ①258
从孩子的照相说起 ⑥ 82
从百草园到三味书屋 ②287
从盛宣怀说到有理的
　压迫 ⑤140
《从灵向肉和从肉向灵》
　译者附记 ⑩278
今春的两种感想 ⑦407
介绍德国作家版画展 ⑧360
公民科歌 ⑦398
"公理"之所在 ③514
"公理"的把戏 ③175
父亲的病 ②294
《父亲在亚美利加》译者
　附记 ⑩191
长城 ③ 61
长明灯 ② 58
反刍 ⑤387
反"漫谈" ③484
反对"含泪"的批评家 ①425

《月界旅行》辨言　　　⑩163

风波　　　　　　　　①491

风筝　　　　　　　　②187

风马牛　　　　　　　④354

忆韦素园君　　　　　⑥ 65

忆刘半农君　　　　　⑥ 73

《忆爱罗先珂华希理君》

　译者附记　　　　⑩486

六论"文人相轻"——

　二卖　　　　　　⑥413

六朝小说和唐代传奇文

　有怎样的区别?　⑥334

文人无文　　　　　　⑤ 85

"文人相轻"　　　　⑥308

《文艺连丛》　　　　⑦483

文坛三户　　　　　　⑥352

文床秋梦　　　　　　⑤306

文人比较学　　　　　⑥585

文艺和革命　　　　　③583

文化偏至论　　　　　① 45

文学和出汗　　　　　③581

文学救国法　　　　　⑧163

文章与题目　　　　　⑤128

文艺的大众化　　　　⑦367

《文艺政策》后记　　⑩339

《文艺研究》例言　　⑧340

文学上的折扣　　　　⑤ 61

文摊秘诀十条　　　　⑧373

文艺与政治的歧途　　⑦115

《文艺与批评》译者附记　⑩328

文艺与革命(并冬芬

　来信)　　　　　④ 78

文坛的掌故(并徐匀来信)④121

文学的阶级性(并恺良

　来信)　　　　　④126

《文艺鉴赏的四阶段》译

　者附记　　　　　⑩265

火　　　　　　　　　④617

为翻译辩护　　　　　⑤274

为"俄国歌剧团"　　①403

《为人类》译者附记　⑩227

为了忘却的记念　　　④493

为半农题记《何典》

　后,作　　　　　③320

为北京女师大学生拟

　呈教育部文二件　⑧169

双十怀古　　　　　　⑤337

《引玉集》广告　　　⑧511

《引玉集》后记　　　⑦435

《巴什庚之死》译者附记　⑩488

"以夷制夷"　　　　⑤115

"以眼还眼"　　　　⑥124

以脚报国　　　　　　④335

"以震其艰深"　　　①407

孔乙己　　　　　　　①457

孔灵符《会稽记》序　⑩ 46

孔另境编《当代文人尺

　牍钞》序　　　　⑥428

水性　　　　　　　　⑤545

水灾即"建国"　　　⑧365

书信 ⑪325

书苑折枝 ⑧215

书苑折枝（二） ⑧218

书苑折枝（三） ⑧221

书籍和财色 ④165

《书籍》译者附记 ⑩203

书的还魂和赶造 ⑥238

《书斋生活与其危险》译
者附记 ⑩304

五　画

未来的光荣 ⑤443

未有天才之前 ①174

《未名丛刊》是什么，要
怎样？（一） ⑧468

《未名丛刊》是什么，要
怎样？（二） ⑧481

《未名丛刊》与《乌合丛
书》广告 ⑦477

《未名丛刊》与《乌合丛书》
印行书籍 ⑧485

《丙和甲》按语 ⑧238

正误 ⑧478

正是时候 ⑤529

示众 ② 70

《示众》编者注 ⑧256

古书与白话 ③227

古人并不纯厚 ⑤472

《古小说钩沉》序 ⑩ 3

古书中寻活字汇 ⑤395

本刊小信 ⑧489

世故三昧 ④606

打听印象 ⑤325

扑空 ⑤366

《东京通信》按语 ⑧301

可恶罪 ③516

可惨与可笑 ③285

归厚 ⑤389

北京通信 ③ 54

北人与南人 ⑤456

《北平笺谱》序 ⑦427

《北欧文学的原理》译者
附记 ⑩313

《北欧文学的原理》译者
附记二 ⑩316

叶紫作《丰收》序 ⑥227

叶永蓁作《小小十年》
小引 ④150

卢梭和胃口 ③576

《卢勃克和伊里纳的后
来》译者附记 ⑩312

出关 ②454

《出关》的"关" ⑥536

出卖灵魂的秘诀 ⑤ 82

《出了象牙之塔》后记 ⑩266

《且介亭杂文》序言 ⑥ 3

《且介亭杂文》附记 ⑥216

《且介亭杂文二集》后记　⑥463

《且介亭杂文二集》序言　⑥225

《且介亭杂文末编》后记

　　（许广平）　⑥660

"田园思想"　⑦ 89

田军作《八月的乡村》序　⑥295

由聋而哑　⑤294

由中国女人的脚，推定

　　中国人之非中庸，又

　　由此推定孔夫子有胃

　　病（"学匪"派考古学

　　之一）　④518

电的利弊　⑤ 17

电影的教训　⑤309

四论"文人相轻"　⑥389

四库全书珍本　⑤283

生命的路　①386

"生降死不降"　⑧121

失掉的好地狱　②204

他　⑧109

他们的花园　⑦ 34

外国也有　⑤363

《饥馑》译者附记　⑩517

白光　①570

白事　⑧470

白莽作《孩儿塔》序　⑥511

记"发薪"　③368

记谈话　③374

记念刘和珍君　③289

记苏联版画展览会　⑥498

记"杨树达"君的袭来　⑦ 43

汉文学史纲要　⑨351

汉字和拉丁化　⑤584

礼　⑤322

立论　②212

"立此存照"（一）　⑥627

"立此存照"（二）　⑥629

"立此存照"（三）　⑥645

"立此存照"（四）　⑥650

"立此存照"（五）　⑥653

"立此存照"（六）　⑥655

"立此存照"（七）　⑥657

《玄武湖怪人》按语　⑧407

头　④ 92

头发的故事　①484

半夏小集　⑥617

写于深夜里　⑥517

写在《坟》后面　①298

写在《劳动问题》之前　③444

对于战争的祈祷　⑤ 43

对于"笑话"的笑话　⑧157

对于批评家的希望　①423

对于《新潮》一部分的

　　意见　⑦235

对于左翼作家联盟的

　　意见　④238

对于北京女子师范大学

　　风潮宣言　⑧473

"圣武"　①371

"民族主义文学"的任务

和运命　　　　　　　　④319

《〈母亲〉木刻十四幅》序　⑧409

六　画

动植物译名小记　　　　⑩291

老调子已经唱完　　　　⑦321

考场三丑　　　　　　　⑤598

《西班牙剧坛的将星》译
　者附记　　　　　　　⑩310

再论重译　　　　　　　⑤534

再来一次　　　　　　　③314

再谈保留　　　　　　　⑤154

再谈香港　　　　　　　③559

再论"文人相轻"　　　⑥347

再论雷峰塔的倒掉　　　①201

再来一条"顺"的翻译　④358

戊年初夏偶作　　　　　⑦472

有无相通　　　　　　　①382

"有不为斋"　　　　　　⑧436

有趣的消息　　　　　　③210

"有名无实"的反驳　　⑤157

《有限中的无限》译者
　附记　　　　　　　　⑩264

在钟楼上（夜记之二）　④ 29

在酒楼上　　　　　　　② 24

在上海的鲁迅启事　　　④ 75

《在沙漠上》译者附记　⑩389

在现代中国的孔夫子　　⑥324

《百喻经》校后记　　　⑩ 49

《而已集》题辞　　　　③425

死　　　　　　　　　　⑥631

死火　　　　　　　　　②200

"死地"　　　　　　　　③282

死后　　　　　　　　　②214

死所　　　　　　　　　⑧434

《死魂灵百图》　　　　⑧522

《死魂灵百图》小引　　⑥460

《死魂灵》第二部第一章
　译者附记　　　　　　⑩453

《死魂灵》第二部第二章
　译者附记　　　　　　⑩455

扣丝杂感　　　　　　　③504

《托尔斯泰之死与少年
　欧罗巴》译者后记　　⑩337

过年　　　　　　　　　⑤463

过客　　　　　　　　　②193

"此生或彼生"　　　　　⑤527

《尘影》题辞　　　　　③571

当陶元庆君的绘画展
　览时　　　　　　　　③573

"光明所到……"　　　⑤ 69

曲的解放　　　　　　　⑤ 58

《吕超墓志铭》跋　　　⑧ 81

吕超墓出土吴郡郑蔓
　镜考　　　　　　　　⑧ 86

同意和解释　　　　　　⑤303

吊与贺　　　　　　　　④ 57

吃教　　　　　　　　　⑤328

"吃白相饭" ⑤218
因太炎先生而想起的二三事 ⑥576
朱育《会稽土地记》序 ⑩ 44
《任子》序 ⑩ 32
伤逝 ②113
《伪自由书》后记 ⑤162
《伪自由书》前记 ⑤ 3
《华盖集》题记 ③ 3
《华盖集》后记 ③189
《华盖集续编》小引 ③195
华德保粹优劣论 ⑤220
华德焚书异同论 ⑤223
自传 ⑧401
自嘲 ⑦151
自言自语 ⑧114
自题小像 ⑦447
《自选集》自序 ④468
自绘明器略图题识 ⑧ 56
《自己发见的欢喜》译者附记 ⑩263
《"行路难"》按语 ⑧245
《杀错了人》异议 ⑤100
《全国木刻联合展览会专辑》序 ⑥350
《会友》译者附记 ⑩429
会稽禹庙窆石考 ⑧ 65
《会稽郡故书襍集》序 ⑩ 35
杂忆 ①233
杂语 ⑦ 77

杂感 ③ 51
杂谈小品文 ⑥431
杂论管闲事·做学问·灰色等 ③197
名字 ⑧123
名人和名言 ⑥373
各种捐班 ⑤281
"多难之月" ⑤135
《争自由的波浪》小引 ⑦317
亥年残秋偶作 ⑦475
庆祝沪宁克复的那一边 ⑧196
灯下漫笔 ①222
冲 ⑤357
《池边》译者附记 ⑩220
《守常全集》题记 ④538
安贫乐道法 ⑤568
并非闲话 ③ 80
并非闲话(二) ③131
并非闲话(三) ③158
关于女人 ④531
关于"粗人" ⑧298
关于《鹭华》 ⑧405
关于翻译 ④568
关于翻译(上) ⑤312
关于翻译(下) ⑤316
关于新文字 ⑥165
关于《小说世界》 ⑧137
关于《子见南子》 ⑧316
关于《关于红笑》 ⑦125
关于妇女解放 ④614

关于知识阶级　　　　　⑧223

关于《苦闷的象征》　　⑦253

关于《拳术与拳匪》　　⑧ 99

关于小说目录两件　　　⑧201

关于《三藏取经记》等　③404

关于太炎先生二三事　　⑥565

关于中国的两三件事　　⑥ 7

关于汪辑本《谢承后汉书》⑩ 12

关于许绍棣叶溯中黄

　　萍荪　　　　　　　⑧450

关于《近代美术史潮论》

　　插图　　　　　　　⑧491

关于杨君袭来事件的

　　辩正　　　　　　　⑦ 51

关于废止《教育纲要》的

　　签注　　　　　　　⑧ 63

关于《唐三藏取经诗话》

　　的版本　　　　　　④281

关于翻译的通信（并 J.

　　K. 来信）　　　　④379

关于小说题材的通信（并

　　Y 及 T 来信）　　④375

《关于绥蒙诺夫及其代表

　　作〈饥饿〉》译者附记⑩468

韦肱墓志　　　　　　　⑧ 72

论讽刺　　　　　　　　⑥286

论重译　　　　　　　　⑤531

论"他妈的！"　　　　①245

"论语一年"　　　　　④582

论新文字　　　　　　　⑥457

论"人言可畏"　　　　⑥343

论毛笔之类　　　　　　⑥406

论睁了眼看　　　　　　①251

论"第三种人"　　　　④450

论照相之类　　　　　　①190

论辩的魂灵　　　　　　③ 31

论翻印木刻　　　　　　④620

论"赴难"和"逃难"　④486

论"旧形式的采用"　　⑥ 23

论俗人应避雅人　　　　⑥211

论秦理斋夫人事　　　　⑤508

论雷峰塔的倒掉　　　　①179

论"费厄泼赖"应该缓行①286

论现在我们的文学运动　⑥612

《论文集〈二十年间〉第

　　三版序》译者附记　⑩347

军界痛言　　　　　　　⑧ 44

《农夫》译者附记　　　⑩508

导师　　　　　　　　　③ 58

"寻开心"　　　　　　⑥279

如此"讨赤"　　　　　③301

《如此广州》读后感　　⑤460

好东西歌　　　　　　　⑦397

好的故事　　　　　　　②190

"好政府主义"　　　　④248

观斗　　　　　　　　　⑤ 9

《观照享乐的生活》译者

　　附记　　　　　　　⑩277

买《小学大全》记　　　⑥ 55

七　画

弄堂生意古今谈　　　　⑥318

《进化和退化》小引　　④255

《远方》按语　　　　　⑧441

运命　　　　　　　　　⑤465

运命　　　　　　　　　⑥134

《坏孩子》附记　　　　⑧465

《坏孩子和别的奇闻》

　　前记　　　　　　　⑩444

《坏孩子和别的奇闻》译

　　者后记　　　　　　⑩447

《走到出版界》的"战略"　⑧175

《坟》题记　　　　　　①　3

《志林》序　　　　　　⑩　25

《花边文学》序言　　　⑤437

《苏联版画集》序　　　⑥615

《苏俄的文艺论战》前记　⑦277

《村妇》译者附记　　　⑩521

《吾国征俄战史之一页》　④147

更正　　　　　　　　　⑧509

两地书　　　　　　　　⑪　1

两种"黄帝子孙"　　　⑧437

《两个小小的死》译者

　　附记　　　　　　　⑩226

酉年秋偶成　　　　　　⑦470

"来了"　　　　　　　①363

批评家的批评家　　　　⑤449

"抄靶子"　　　　　　⑤215

报《奇哉所谓……》　　⑦262

拟预言　　　　　　　　③595

连环图画琐谈　　　　　⑥　28

"连环图画"辩护　　　④457

《连翘》译者附记　　　⑩204

《医生》译者附记　　　⑩192

求乞者　　　　　　　　②171

坚壁清野主义　　　　　①272

《呐喊》自序　　　　　①437

《呐喊》捷克译本序言　⑥544

听说梦　　　　　　　　④481

别诸弟　　　　　　　　⑧531

别一个窃火者　　　　　⑤234

男人的进化　　　　　　⑤300

我才知道　　　　　　　⑦300

我观北大　　　　　　　③167

我的失恋　　　　　　　②173

我的种痘　　　　　　　⑧383

我要骗人　　　　　　　⑥503

我谈"堕民"　　　　　⑤227

我之节烈观　　　　　　①121

我的"籍"和"系"　　③　87

我们要批评家　　　　　④245

我还不能"带住"　　　③258

我们不再受骗了　　　　④439

我和《语丝》的始终　　④168

我的第一个师父　　　　⑥596

我对于《文新》的意见　⑧368

我来说"持中"的真相　⑦　58

我怎么做起小说来 ④525
我们现在怎样做父亲 ①134
我们怎样教育儿童的？ ⑤271
我的态度气量和年纪 ④109
《我也来谈谈复旦大学》
　文后附白 ⑧285
估《学衡》 ①397
《何典》题记 ⑦308
伸冤 ⑤ 54
作文秘诀 ④628
"彻底"的底子 ⑤537
《近代木刻选集》(1)小引 ⑦335
《近代木刻选集》(1)附记 ⑦338
《近代木刻选集》(2)小引 ⑦350
《近代木刻选集》(2)附记 ⑦353
《近代世界短篇小说集》
　小引 ④134
《近代捷克文学概观》译
　者附记 ⑩462
希望 ②181
狂人日记 ①444
迎头经 ⑤ 65
迎神和咬人 ⑤576
"言词争执"歌 ⑦401
言论自由的界限 ⑤122
辛亥游录 ⑧ 45
序的解放 ⑤231
这个与那个 ③148
"这也是生活"…… ⑥622
这样的战士 ②219

这回是"多数"的把戏 ③184
《这回是第三次》按语 ⑧272
这是这么一个意思 ⑦274
怀旧 ⑦225
忧"天乳" ③488
汪辑本《谢承后汉书》
　校记 ⑩ 13
沙 ④564
沉滓的泛起 ④331
《沉默之塔》译者附记 ⑩248
弟兄 ②135
宋民间之所谓小说及其
　后来 ①150
《穷人》小引 ⑦105
评心雕龙 ③143
《译文》复刊词 ⑥509
《译文》创刊号前记 ⑧415
《译文》终刊号前记 ⑦487
译了《工人绥惠略夫》
　之后 ⑩180
译《苦闷的象征》后三
　日序 ⑩261
译本高尔基《一月九日》
　小引 ⑦417
社戏 ①587
《社会教育与趣味》译者
　附记 ⑩461
补天 ②357
补白 ③107
补救世道文件四种 ⑧232

启事	⑦290	阿长与《山海经》	②250
张资平氏的"小说学"	④235	《阿Q正传》的成因	③394
即小见大	①429	阻郁达夫移家杭州	⑦162
阿金	⑥205	陀思妥夫斯基的事	⑥425
阿Q正传	①512	《劲草》译本序(残稿)	⑧457

八　画

玩具	⑤523	范爱农	②321
玩笑只当它玩笑(上)	⑤547	《范子计然》序	⑩ 29
玩笑只当它玩笑(下)	⑤553	幸福的家庭	② 35
现代史	⑤ 95	《幸福》译者附记	⑩187
现在的屠杀者	①366	述香港恭祝圣诞	④ 52
现今的新文学的概观	④136	林克多《苏联闻见录》序	④434
《现代文学之主潮》译者		"丧家的""资本家的乏	
附记	⑩279	走狗"	④251
《现代新兴文学的诸问		事实胜于雄辩	①394
题》小引	⑩321	奔月	②370
《现代日本小说集》关于		《奔流》凡例五则	⑦479
作者的说明	⑩238	《奔流》编校后记	
现代电影与有产阶级		(一——十二)	⑦165
(译文,并附记)	④399	奇怪	⑤571
青年与老子	⑤399	奇怪(二)	⑤574
青年必读书	③ 12	奇怪(三)	⑤606
《表》译者的话	⑩435	奇怪的日历	⑧159
《坦波林之歌》译者附记	⑩525	势所必至,理有固然	⑧425
《苦蓬》译者附记	⑩421	"招贴即扯"	⑥235
《苦闷的象征》广告	⑧467	《欧美名家短篇小说	
《苦闷的象征》引言	⑩256	丛刊》评语	⑧ 69
英译本《短篇小说选集》		非攻	②468
自序	⑦411	"非所计也"	④431

非有复译不可 ⑥283

非革命的急进革命论者 ④231

《果戈理私观》译者附记 ⑩477

明天 ①473

凯绥·珂勒惠支木刻
　《牺牲》说明 ⑧350

《凯绥·珂勒惠支版画
　选集》序目 ⑥485

《凯绥·珂勒惠支版画
　选集》牌记 ⑧524

《罗生门》译者附记 ⑩252

《罗曼罗兰的真勇主义》
　译者附记 ⑩467

知了世界 ⑤539

知难行难 ④347

和仲弟送别元韵并跋 ⑧536

季廉来信按语 ⑧251

爬和撞 ⑤278

所闻 ⑦461

所谓"国学" ①409

所谓"思想界先驱者"
　鲁迅启事 ③410

采薇 ②408

狗·猫·鼠 ②238

狗的驳诘 ②203

朋友 ⑤481

肥皂 ② 45

《肥料》译者附记 ⑩423

兔和猫 ①577

《鱼的悲哀》译者附记 ⑩224

忽然想到(一至四) ③ 14

忽然想到(五至六) ③ 44

忽然想到(七至九) ③ 63

忽然想到(十至十一) ③ 94

周豫才告白 ⑧459

《放浪者伊利沙辟台》和
　《跋司珂族的人们》译
　者附记 ⑩427

"京派"与"海派" ⑤453

"京派"和"海派" ⑥312

夜颂 ⑤203

庚子送灶即事 ⑧533

《盲诗人最近时的踪迹》
　译者附记 ⑩485

法会和歌剧 ⑤475

河南卢氏曹先生教泽
　碑文 ⑥203

《郑季宣残碑》考 ⑧ 79

学生和玉佛 ④491

学界的三魂 ③220

空谈 ③296

诗和预言 ⑤239

诗歌之敌 ⑦245

孤独者 ② 88

绍介《海上述林》上卷 ⑦489

经验 ④554

九　画

春末闲谈	①214
《春夜的梦》译者附记	⑩222
帮闲法发隐	⑤289
帮忙文学与帮闲文学	⑦404
《城与年》插图小引	⑦443
某笔两篇	④ 49
"某"字的第四义	⑧430
《某报剪注》按语	⑧241
革"首领"	③492
革命文学	③567
革命咖啡店	④117
革命时代的文学	③436
"革命军马前卒"和"落伍者"	④131
故乡	①501
《故事新编》序言	②353
南京民谣	⑦400
《南腔北调集》题记	④427
《草鞋脚》小引	⑥ 21
药	①463
查旧帐	⑤245
柳无忌来信按语	⑧337
《面包店时代》译者附记	⑩495
战略关系	⑤ 31
战士和苍蝇	③ 40
《战争中的威尔珂》译者附记	⑩198
点句的难	⑤603
《竖琴》前记	④443
《竖琴》后记	⑩374
《竖琴》译者附记	⑩391
哈谟生的几句话	⑦345
咬嚼之余	⑦ 61
咬文嚼字(三)	③ 92
咬嚼未始"乏味"	⑦ 72
咬文嚼字(一至二)	③ 9
《贵家妇女》译者附记	⑩504
《思想·山水·人物》题记	⑩299
骂杀与捧杀	⑤615
钟离岫《会稽后贤传记》序	⑩ 41
秋夜	②166
秋夜偶成	⑦473
秋夜纪游	⑤267
科学史教篇	① 25
复仇	②176
复仇(其二)	②178
复晓真、康嗣群	⑧275
看书琐记	⑤559
《看图识字》	⑥ 36
看变戏法	⑤335
看镜有感	①208
看书琐记(二)	⑤562
看书琐记(三)	⑤579
看司徒乔君的画	④ 73
看萧和"看萧的人们"记	④508

看了魏建功君的《不敢盲
　从》以后的几句声明　⑧141
怎么写(夜记之一)　④ 18
选本　⑦137
重三感旧　⑤342
重订《徐霞客游记》目录及跋
　　⑧ 3
保留　⑤150
《促狭鬼莱哥羌台奇》译
　者附记　⑩433
《俄罗斯的童话》　⑧515
《俄罗斯的童话》小引　⑩441
俄文译本《阿Q正传》序
　及著者自叙传略　⑦ 83
《信州杂记》译者附记　⑩489
《俟堂专文杂集》题记　⑩ 68
"皇汉医学"　④143
《食人人种的话》译者
　　附记　⑩506
《狭的笼》译者附记　⑩217
逃名　⑥409
逃的辩护　⑤ 11
哀范君三章　⑦449
《哀尘》译者附记　⑩480
"音乐"?　⑦ 55
《疯姑娘》译者附记　⑩194
恨恨而死　①378
闻谣戏作　⑦471
闻小林同志之死　⑧375
《洞窟》译者附记　⑩393

洋服的没落　⑤478
将译《桃色的云》以前的
　几句话　⑩232
《美术》杂志第一期　⑧ 96
送灶日漫笔　③263
送增田涉君归国　⑦454
送O.E.君携兰归国　⑦147
《总退却》序　④638
宣传与做戏　④345
说钼　⑦ 21
"说不出"　⑦ 41
说"面子"　⑥130
说胡须　①183
《说幽默》译者附记　⑩303
祝福　② 5
祝《涛声》　④575
祝中俄文字之交　④472
扁　④ 88
姚辑本《谢氏后汉书补逸》
　抄录说明　⑩ 10
娜拉走后怎样　①165
贺循《会稽记》序　⑩ 45
贺氏《会稽先贤像赞》序　⑩ 43
《勇敢的约翰》校后记　⑧352
柔石小传　④285
柔石作《二月》小引　④153
给文学社信　④566
给《译文》编者订正的信　⑧517
给《戏》周刊编者的订正
　信　⑧513

《绛洞花主》小引　　　⑧179

十　画

桃花　　　　　　　　　⑦ 33
《桃色的云》序　　　　⑩229
《桃色的云》·记剧中人
　物的译名　　　　　　⑩234
《桃色的云》第二幕第三
　节中译者附白　　　　⑩237
真假堂吉诃德　　　　　④534
《莽原》出版预告　　　⑧472
莲蓬人　　　　　　　　⑧532
莳花杂志　　　　　　　⑧529
"莎士比亚"　　　　　　⑤588
《恶魔》译者附记　　　⑩512
起死　　　　　　　　　②485
破恶声论　　　　　　　⑧ 25
破《唐人说荟》　　　　⑧131
辱骂和恐吓决不是战斗　④464
夏三虫　　　　　　　　③ 42
《夏娃日记》小引　　　④340
夏侯曾先《会稽地志》序　⑩ 48
挽丁耀卿　　　　　　　⑧541
捣鬼心传　　　　　　　④633
致国务院国徽拟图
　说明书　　　　　　　⑧ 47
致《近代美术史潮论》的
　读者诸君　　　　　　⑧309
《热风》题记　　　　　①307
匪笔三篇　　　　　　　④ 43

鸭的喜剧　　　　　　　①583
哭范爱农　　　　　　　⑦145
《铁流》编校后记　　　⑦385
《〈铁流〉图》特价告白　⑧507
《铁甲列车 Nr.14—69》
　译本后记　　　　　　⑧346
牺牲谟　　　　　　　　③ 35
透底　　　　　　　　　⑤109
倒提　　　　　　　　　⑤517
《徐法智墓志》考　　　⑧ 76
徐懋庸作《打杂集》序　⑥299
航空救国三愿　　　　　⑤ 19
颂萧　　　　　　　　　⑤ 36
爱之神　　　　　　　　⑦ 32
《爱罗先珂童话集》序　⑩214
拿来主义　　　　　　　⑥ 39
拿破仑与隋那　　　　　⑥146
离婚　　　　　　　　　②148
《恋歌》译者附记　　　⑩519
唐朝的钉梢　　　　　　④338
《唐宋传奇集》序例　　⑩ 87
《唐宋传奇集》稗边小缀　⑩ 93
病后杂谈　　　　　　　⑥167
病后杂谈之余　　　　　⑥185
《准风月谈》后记　　　⑤402
《准风月谈》前记　　　⑤199
海上通信　　　　　　　③417

《海上述林》上卷序言 ⑥593

《海上述林》下卷序言 ⑥605

《海纳与革命》译者附记 ⑩475

《海上述林》上卷插图
　正误 ⑧525

《浮士德与城》后记 ⑦369

流言和谎话 ⑦ 94

流氓的变迁 ④159

家庭为中国之基本 ④636

读书忌 ⑤618

读几本书 ⑤495

读书杂谈 ③457

谁在没落？ ⑤514

谁的矛盾 ④505

谈皇帝 ③268

谈蝙蝠 ⑤212

谈"激烈" ③497

谈金圣叹 ④542

谈所谓"大内档案" ③585

《陶元庆氏西洋绘画展

览会目录》序 ⑦272

娘儿们也不行 ⑧396

难得糊涂 ⑤392

难行和不信 ⑥ 52

难答的问题 ⑥589

通讯 ③ 22

通讯（复张逢汉） ⑦131

通信 ③465

通信（复霉江） ⑦ 98

通信（复未名） ⑦111

通讯（复高歌） ⑦281

通讯（复吕蕴儒） ⑦282

通讯（复孙伏园） ⑧167

通讯（致向培良） ⑦283

通讯（致孙伏园） ⑦285

通讯（致郑孝观） ⑦243

通信（并Y来信） ④ 95

通信（复张孟闻） ⑧262

通信（复章达生） ⑧294

通信（复魏猛克） ⑧377

十 一 画

琐记 ②301

理水 ②385

理惠拉壁画《贫人之夜》
　说明 ⑧356

《域外小说集》序 ⑩176

《域外小说集》杂识 ⑩172

《域外小说集》序言 ⑩168

《域外小说集》略例 ⑩170

《域外小说集》第一册 ⑧455

《域外小说集》著者事略 ⑩174

聊答"……" ⑦258

教授杂咏 ⑦459

戛剑生杂记 ⑧527

萧红作《生死场》序 ⑥422

《萧伯纳在上海》 ⑧510

《萧伯纳在上海》序 ④514

黄祸 ⑤354

黄花节的杂感 ③427

曹靖华译《苏联作家七
　人集》序 ⑥572

《梅令格的〈关于文学
　史〉》译者附记 ⑩473

《梅斐尔德木刻士敏土
　之图》序言 ⑦381

梦 ⑦ 31

雪 ②185

《描写自己》和《说述自
　己的纪德》译者附记 ⑩498

推 ⑤205

推背图 ⑤ 97

推己及人 ⑤502

"推"的余谈 ⑤242

略谈香港 ③446

略论中国人的脸 ③431

略论梅兰芳及其他(上) ⑤609

略论梅兰芳及其他(下) ⑤612

《野草》题辞 ②163

野兽训练法 ⑤384

《野草》英文译本序 ④365

崇实 ⑤ 14

晨凉漫记 ⑤248

铲共大观 ④106

《敏捷的译者》附记 ⑧477

答二百系答一百之误 ⑧162

做文章 ⑤556

做"杂文"也不易 ⑧417

做古文和做好人的秘诀
　(夜记之五,不完) ④275

偶成 ④599

偶成 ⑤209

偶成 ⑦456

偶感 ⑤505

脸谱臆测 ⑥137

祭书神文 ⑧534

高老夫子 ② 76

"商定"文豪 ⑤397

商贾的批评 ⑤591

望勿"纠正" ①431

惜花四律 ⑧538

悼丁君 ⑦159

悼杨铨 ⑦467

烽话五则 ⑦ 53

清明时节 ⑤483

《淑姿的信》序 ⑦135

淡淡的血痕中 ②226

《剪报一斑》拾遗 ⑧277

寄《戏》周刊编者信 ⑥154

谚语 ④557

随感录 ⑧ 94

随便翻翻 ⑥140

随感录三则 ⑧106

随感录二十五 ①311

随感录三十三 ①314

随感录三十五至三十八 ①321

随感录三十九至四十三 ①333

随感录四十六至四十九 ①348

随感录五十三至五十四 ①356

隐士 ⑥231

续记 ⑥513

十 二 画

敬贺新禧 ⑧308

《朝花夕拾》小引 ②235

《朝花夕拾》后记 ②333

斯巴达之魂 ⑦ 9

《越铎》出世辞 ⑧ 41

趋时和复古 ⑤564

"硬译"与"文学的阶
　级性" ④199

《〈雄鸡和杂馔〉抄》译者
　附记 ⑩493

厦门通信 ③387

厦门通信(二) ③391

厦门通信(三) ③412

"揩油" ⑤269

喝茶 ⑤331

赌咒 ⑤ 29

最艺术的国家 ⑤ 91

黑暗中国的文艺界的
　现状 ④292

铸剑 ②432

《嵇康集》考 ⑩ 73

《嵇康集》序 ⑩ 64

《嵇康集》跋 ⑩ 21

《嵇康集》著录考 ⑩ 55

《嵇康集》逸文考 ⑩ 51

答客诮 ⑦464

答"兼示" ⑤376

答 KS 君 ③119

答世界社信 ⑧448

答有恒先生 ③473

答文艺新闻社问 ④318

答北斗杂志社问 ④373

答《戏》周刊编者信 ⑥148

答国际文学社问 ⑥ 19

答曹聚仁先生信 ⑥ 78

答中学生杂志社问 ④372

答托洛斯基派的信 ⑥607

答广东新会吕蓬尊君 ⑧155

答杨邨人先生公开信的
　公开信 ④640

答徐懋庸并关于抗日统
　一战线问题 ⑥546

智识过剩 ⑤236

智识即罪恶 ①389

"智识劳动者"万岁 ④367

《集外集》序言 ⑦ 3

腊叶 ②224

鲁迅启事 ⑧471

鲁迅启事 ⑧499

鲁迅自传 ⑧342

鲁迅译著书目 ④181

湘灵歌 ⑦150

《溃灭》第二部一至三章
　　译者附记　　　　　　⑩371
"滑稽"例解　　　　　　⑤360
渡河与引路　　　　　　⑦ 36
《游仙窟》序言　　　　　⑦330
《遂初堂书目》抄校说明　⑧129
谢沈《后汉书》序　　　　⑩ 15
谢承《后汉书》序　　　　⑩ 6
谢承《会稽先贤传》序　　⑩ 38

谣言世家　　　　　　　④610
隔膜　　　　　　　　　⑥ 43
登龙术拾遗　　　　　　⑤291
登错的文章　　　　　　⑥591
"骗月亮"　　　　　　　⑧428
编完写起　　　　　　　⑦ 79
编者附白　　　　　　　⑧475
编者附白　　　　　　　⑧493

十　三　画

墓碣文　　　　　　　　②207
禁用和自造　　　　　　⑤333
《禁止标点符号》按语　　⑧249
碎话　　　　　　　　　③170
"碰壁"之后　　　　　　③ 72
"碰壁"之余　　　　　　③123
"感旧"以后（上）　　　⑤346
"感旧"以后（下）　　　⑤351
零食　　　　　　　　　⑤525
虞预《晋书》序　　　　　⑩ 17
虞预《会稽典录》序　　　⑩ 39
路　　　　　　　　　　④ 90
《跳蚤》译者附记　　　　⑩523
辞"大义"　　　　　　　③481
辞顾颉刚教授令"候审"
　　（并来信）　　　　④ 40
颓败线的颤动　　　　　②209
《毁灭》后记　　　　　　⑩361
《毁灭》和《铁流》的出版

预告　　　　　　　　　⑧501
《解放了的堂·吉诃德》
　　后记　　　　　　　⑦419
《鲍明远集》校记　　　　⑧ 92
新药　　　　　　　　　⑤132
新的"女将"　　　　　　④343
新的世故　　　　　　　⑧181
新的蔷薇　　　　　　　③308
新秋杂识　　　　　　　⑤286
新秋杂识（二）　　　　⑤297
新秋杂识（三）　　　　⑤319
《新俄画选》小引　　　　⑦361
新时代的放债法　　　　③520
新月社批评家的任务　　④163
《新时代的预感》译者
　　附记　　　　　　　⑩469
新镌李氏藏本《忠义水浒
　　全书》提要　　　　⑧151
"意表之外"　　　　　　③518

《痴华鬘》题记 　　　⑦103 ｜ 谨启 　　　　　　　⑧495

十　四　画

《静静的顿河》后记 　⑦377 ｜ 漫与 　　　　　　　④602
聚"珍" 　　　　　　⑧439 ｜ 漫骂 　　　　　　　⑤451
《裴象飞诗论》译者附记 ⑩457 ｜ 漫谈"漫画" 　　　⑥241
算账 　　　　　　　　⑤542 ｜ 漫画而又漫画 　　　⑥244
《鼻子》译者附记 　　⑩250 ｜ 寡妇主义 　　　　　①278
《鼻子》译者附记 　　⑩515 ｜ 《察拉图斯忒拉的序言》·
端午节 　　　　　　　①560 ｜ 　译者附记 　　　　⑩482
豪语的折扣 　　　　　⑤256 ｜ "蜜蜂"与"蜜" 　　④552

十　五　画

聪明人和傻子和奴才 　②221 ｜ 题曹白所刻像 　　　⑧443
"醉眼"中的朦胧 　　④ 61 ｜ "题未定"草(一至三) ⑥362
踢 　　　　　　　　　⑤260 ｜ "题未定"草(六至九) ⑥435
影的告别 　　　　　　②169 ｜ 题《陶元庆的出品》 ⑧349
暴君的臣民 　　　　　①384 ｜ 题《淞隐续录》残本 ⑧412
《墨经正文》重阅后记 ⑧ 91 ｜ 题《漫游随录图记》残本 ⑧413
题《外套》 　　　　　⑧367 ｜ 题《中国小说史略》赠
题《呐喊》 　　　　　⑦466 ｜ 　川岛 　　　　　　⑧153
题《彷徨》 　　　　　⑦156 ｜ 题《芥子园画谱三集》赠
题三义塔 　　　　　　⑦157 ｜ 　许广平 　　　　　⑧422
题《风筝误》 　　　　⑧414 ｜ 题《凯绥·珂勒惠支版画
题记一篇 　　　　　　⑧370 ｜ 　选集》赠季市 　　⑧447
"题未定"草(五) 　　⑥399 ｜ 镰田诚一墓记 　　　⑥317
题《淞隐漫录》 　　　⑧411 ｜ "靠天吃饭" 　　　⑥379
题照赠仲弟 　　　　　⑧542 ｜ 德国作家版画展延期举
题赠冯蕙熹 　　　　　⑧345 ｜ 　行真像 　　　　　⑧363
题寄清水安三 　　　　⑧154 ｜ 摩罗诗力说 　　　　① 65

十 六 画 以 上

《蕗谷虹儿画选》小引　　⑦342

赠画师　　⑦465

赠蓬子　　⑦457

赠人　　⑦160

赠邬其山　　⑦451

赠日本歌人　　⑦149

儒术　　⑥ 31

儗播布美术意见书　　⑧ 50

辩"文人无行"　　⑧393

《寰宇贞石图》整理后记　　⑩ 50

《壁下译丛》小引　　⑩306

《魏子》序　　⑩ 34

魏晋风度及文章与药及
　酒之关系　　③523

藤野先生　　②313

《黯澹的烟霭里》译者
　附记　　⑩201

其　　他

"……""□□□□"论补　　⑤511

《□肱墓志》考　　⑧ 71

《VI.G.理定自传》译者
　附记　　⑩497

全集注释索引

本索引供查检全集注释条目之用。按注条的内容和性质，大致分为十类。除"鲁迅生平活动"一类按时间顺序编排外，其他各类均按条目首字笔画多少为序。条目后的数字分别表示该条目所在的卷次、页码和注码，如"③66.8"，指第 3 卷第 66 页注〔8〕。每类均编有条目首字检索表，各字后括号内的数字，系以该字开首的条目在本索引中的页码。索引中的人名、书名，一般用通行名（外文名用通译）标目，作品中用过的其他别名、简称、外文名、旧译名等，另列参见条目。因《日记》中已另有人物、书刊注释，本索引只编入其中的主词目。"历史事件及其他社会事项"类中的"事项"与某些文坛掌故较难区分，故将其中带有一定政治性或群众性的活动编入"社会事项"，属于个人言行的归入"引语掌故"类。简短的引文引语即用所引文字标目，大段引语则分别情况概括出两种短语：作品中点出人名的用"某某人谈××"标目，未点出人名的则据首句或其中重点句用"×××等语"标目。

人 物 类

首 字 检 索 表

人　名

一　画

一（88）

二　画

二（88）　丁（88）　卜（88）　八（88）　人（88）　儿（88）　九（88）
又（88）　力（89）

三　画

三（89）　干（89）　于（89）　士（89）　土（89）　大（89）　万（89）
与（89）　上（89）　山（89）　川（90）　凡（90）　久（90）　丸（90）
广（90）　门（90）　之（90）　尸（90）　卫（90）　小（90）　习（90）
马（90）　子（91）

四　画

丰（91）　王（91）　开（94）　井（94）　天（94）　元（94）　无（95）
韦（95）　云（95）　木（95）　丏（95）　不（95）　太（95）　友（95）
尤（95）　车（95）　巨（95）　扎（95）　戈（95）　区（96）　比（96）
瓦（96）　少（96）　中（96）　内（96）　冈（96）　贝（96）　牛（97）

毛（97）　升（97）　长（97）　什（97）　片（97）　仇（97）　介（97）

从（97）　今（97）　公（97）　仓（97）　丹（97）　风（97）　乌（97）

勾（98）　卞（98）　文（98）　方（98）　计（98）　心（98）　尹（98）

巴（98）　邓（98）　毋（99）　水（99）　孔（99）

五　　画

玉（99）　未（99）　正（99）　甘（99）　艾（99）　节（100）　古（100）

本（100）　术（100）　札（100）　可（100）　丙（100）　左（100）　丕（100）

石（100）　布（100）　龙（101）　平（101）　东（101）　卡（101）　北（101）

卢（101）　归（101）　目（101）　叶（101）　申（102）　田（102）　史（103）

央（103）　冉（103）　出（103）　生（103）　矢（103）　丘（103）　代（103）

白（103）　外（103）　冬（103）　务（103）　包（103）　乐（103）　主（103）

市（103）　邝（103）　立（103）　玄（104）　兰（104）　汉（104）　它（104）

冯（104）　写（104）　永（105）　司（105）　尼（105）　弗（105）　弘（105）

加（105）　皮（106）　发（106）　圣（106）　台（106）　矛（106）

六　　画

丢（106）　邢（106）　式（106）　戎（106）　耳（106）　吉（106）　老（106）

考（106）　亚（106）　芝（107）　西（107）　协（107）　有（107）　百（107）

达（107）　列（107）　迈（107）　成（107）　托（108）　执（108）　扬（108）

毕（108）　至（108）　师（108）　光（108）　曲（108）　吕（108）　岂（109）

刚（109）　朱（109）　竹（110）　乔（110）　伟（110）　休（110）　伍（110）

伏（110）　伐（110）　仲（110）　任（111）　伦（111）　华（111）　伢（111）

伊（111）　向（111）　后（112）　合（112）　旭（112）　名（112）　邬（112）

多（112）　庄（112）　刘（112）　齐（114）　亦（114）　亥（114）　羊（114）

关（114）　米（114）　江（115）　池（115）　汤（115）　宇（115）　守（115）

安（115）　冰（116）　祁（116）　许（116）　寻（117）　那（117）　阮（117）

阳（117）　阴（117）　如（117）　观（117）　羽（117）　纡（118）　约（118）

纪（118）　孙（118）

七　画

寿(119)　玛(119)　麦(119)　戒(119)　赤(119)　坂(119)　志(119)

芙(119)　芸(119)　芘(119)　芮(119)　花(119)　芥(119)　芳(119)

严(119)　劳(120)　克(120)　苏(120)　杜(121)　村(121)　杉(121)

巫(121)　杨(121)　李(122)　束(126)　吾(126)　丽(126)　来(126)

连(126)　求(126)　坚(126)　里(126)　吴(126)　时(127)　员(127)

别(127)　利(127)　秀(127)　我(127)　邱(127)　何(128)　佐(128)

但(128)　伯(128)　伶(128)　佛(129)　伽(129)　余(129)　希(129)

谷(129)　孚(129)　龟(129)　鸠(129)　狄(129)　岛(129)　邹(129)

亨(130)　库(130)　应(130)　庐(130)　辛(130)　怀(130)　闲(130)

兑(130)　汪(130)　沄(130)　沛(131)　沙(131)　沃(131)　沈(131)

宋(132)　冶(132)　良(132)　诃(132)　启(132)　评(132)　君(132)

尾(132)　张(132)　陆(135)　阿(136)　陈(136)　陀(139)　妙(139)

邵(139)　邰(140)　纳(140)

八　画

武(140)　青(140)　耶(140)　坪(140)　其(140)　茂(140)　英(140)

苟(140)　范(140)　茀(141)　茅(141)　林(141)　枚(142)　板(142)

松(142)　杭(142)　杰(142)　画(143)　雨(143)　郁(143)　奈(143)

拔(143)　抱(143)　拉(143)　招(143)　臥(143)　欧(143)　叔(143)

卓(144)　尚(144)　果(144)　国(144)　昇(144)　明(144)　易(144)

迪(144)　岩(144)　罗(144)　帕(145)　凯(145)　迭(145)　吞(145)

和(145)　季(146)　竺(146)　侍(146)　岳(146)　佩(146)　帛(146)

彼(146)　所(146)　金(146)　郐(146)　朋(146)　胁(147)　周(147)

服(148)　忽(148)　庚(148)　废(148)　育(148)　郑(148)　单(149)

浅(149)　法(149)　河(149)　泡(149)　波(149)　泽(150)　宗(150)

实(150)　空(150)　宓(150)　郎(150)　诗(150)　房(150)　祈(150)

该(150)　建(150)　居(150)　屈(150)　弥(150)　妹(150)　姐(150)

迦(150)　贯(150)　孟(150)　练(151)　细(151)　织(151)　孤(151)

终(151)　驺(151)　经(151)

九　画

契(151)　春(151)　珂(151)　封(151)　项(151)　赵(151)　郝(152)

荆(152)　革(152)　草(152)　荀(152)　荒(152)　茫(152)　胡(152)

南(153)　柯(154)　查(154)　柏(154)　柳(154)　勃(154)　郦(155)

耐(155)　厘(155)　威(155)　轲(155)　鸥(155)　显(155)　冒(155)

星(155)　贵(155)　思(155)　品(155)　哈(155)　钝(155)　钟(155)

钢(156)　拜(156)　秋(156)　科(156)　重(156)　段(156)　俅(156)

修(156)　保(156)　皇(156)　禹(156)　侯(156)　衍(156)　须(156)

俞(157)　狭(157)　独(157)　昝(157)　饶(157)　盈(157)　亭(157)

哀(157)　度(157)　施(157)　迹(158)　彦(158)　恺(158)　恰(158)

恽(158)　炯(158)　美(158)　姜(158)　娄(158)　前(158)　洪(158)

洙(158)　活(158)　洛(158)　济(158)　浑(158)　津(158)　宣(158)

宥(158)　室(158)　宫(158)　客(159)　祖(159)　神(159)　祝(159)

祢(159)　费(159)　眉(159)　姚(159)　贺(159)　姨(159)　柔(159)

骆(159)　幽(159)

十　画

耕(160)　秦(160)　泰(160)　班(160)　素(160)　耿(160)　聂(160)

起(160)　盐(160)　袁(160)　都(161)　埃(161)　莱(161)　莫(161)

莪(161)　荷(161)　晋(161)　莎(161)　桂(161)　桔(161)　桓(161)

格(161)　索(162)　哥(162)　栗(162)　贾(162)　速(162)　配(162)

夏(162)　原(162)　烈(163)　顾(163)　顿(163)　振(163)　致(163)

柴(163)　党(163)　晓(163)　晁(163)　晏(163)　恩(163)　唆(163)

峰(163)　圆(163)　特(163)　钱(163)　铁(164)　铃(164)　倭(164)

倪(164)　倍(164)　息(164)　射(164)　徐(164)　殷(166)　般(166)

拿(166)　爱(166)　翁(166)　胶(166)　桀(166)　留(166)　高(166)

郭(167)　席(168)　斋(168)　唐(167)　悄(168)　凌(168)　料(168)

兼(168)　涅(168)　浩(168)　海(168)　浮(169)　流(169)　宴(169)

宾(169)　容(169)　朗(169)　诸(169)　诺(169)　冢(169)　调(169)

谈(169)　弱(169)　展(169)　陶(169)　桑(169)　绢(169)　绥(169)

继(170)

十 一 画

理(170)　培(170)　堀(170)　基(170)　勒(170)　黄(170)　菲(171)

菊(171)　菅(171)　萧(171)　萨(172)　梦(172)　梵(172)　梅(172)

梓(172)　梭(172)　曹(173)　龚(173)　盛(173)　雩(173)　雪(173)

捷(174)　接(174)　虚(174)　常(174)　野(174)　勖(174)　勗(174)

曼(174)　略(174)　鄂(174)　崔(174)　崇(174)　铢(174)　铭(174)

笛(174)　符(174)　笠(174)　第(174)　逸(174)　猛(174)　麻(175)

庚(175)　康(175)　鹿(175)　章(175)　商(176)　望(176)　阎(176)

盖(176)　盗(176)　清(176)　淑(176)　淮(176)　淦(176)　渔(176)

淡(176)　深(176)　梁(176)　婆(177)　涵(177)　寅(177)　寇(177)

宿(177)　密(177)　尉(177)　屠(177)　隋(177)　维(177)　巢(177)

十 二 画

琪(177)　琵(177)　琴(177)　琼(177)　斯(177)　塔(178)　越(178)

喜(178)　堺(178)　彭(178)　散(178)　葛(178)　董(178)　敬(178)

蒋(178)　落(179)　韩(179)　辜(179)　棱(179)　森(179)　惠(180)

覃(180)　厨(180)　巽(180)　确(180)　提(180)　雅(180)　紫(180)

斐(180)　遏(180)　跋(180)　景(180)　喀(180)　黑(180)　嵇(180)

程(180)　黍(181)　傅(181)　焦(181)　储(181)　奥(178)　舒(181)

释(181)　禽(181)　腓(181)　鲁(181)　童(182)　阐(182)　普(182)

道(182)　曾(182)　湘(182)　温(182)　渡(182)　游(182)　寒(182)

富(182)　谟(182)　谢(182)　弼(183)　强(183)　登(183)　骚(183)

缇(183)

十 三 画

塚(183)　蓝(183)　蒯(183)　蓬(183)　蒲(183)　蒙(183)　楚(183)

楷(183)　　槐(183)　　楼(183)　　赖(183)　　甄(184)　　雷(184)　　裘(184)

虞(184)　　路(184)　　蜗(184)　　蜀(184)　　锡(184)　　微(184)　　詹(184)

鲍(184)　　新(184)　　慎(184)　　慈(184)　　溥(184)　　源(184)　　滨(184)

塞(184)　　窦(185)　　窠(185)　　福(185)　　褚(185)

十　四　画

静(185)　　嘉(185)　　赫(185)　　綦(185)　　蔡(185)　　蔺(186)　　蔼(186)

槙(186)　　樋(186)　　歌(186)　　臧(186)　　霁(186)　　辕(186)　　裴(186)

鹗(186)　　管(186)　　僧(186)　　疑(186)　　豪(186)　　廖(186)　　端(186)

漆(187)　　漱(187)　　赛(187)　　谭(187)　　谯(187)　　熊(187)　　翟(187)

缪(187)

十　五　画

璇(187)　　增(187)　　蕴(187)　　横(187)　　樊(187)　　磊(188)　　墨(188)

镰(188)　　箭(188)　　黎(188)　　德(188)　　摩(188)　　褒(188)　　颜(188)

澎(189)　　潘(189)　　褟(189)　　鹤(189)

十　六　画

璞(189)　　燕(189)　　薛(189)　　蕗(189)　　薄(189)　　霍(189)　　冀(190)

穆(190)　　澹(190)　　濂(190)

十　七　画

戴(190)　　藉(190)　　藏(190)　　霞(190)　　魏(190)　　褰(191)

十　八　画

藤(191)　　瞿(191)　　嚣(191)　　馥(191)　　簠(191)　　彝(191)

十　九　画以上

籁(191)　　灌(191)　　耀(191)　　鬻(191)

其　他

丛(192)

神话传说和各类作品中人名

二　画

七(192)

三　画

三(192)　土(192)　大(192)　女(192)　小(192)　马(192)

四　画

王(192)　无(192)　木(192)　五(192)　不(192)　太(192)　扎(192)
贝(192)　牛(192)　毛(192)　长(192)　公(193)　仓(193)　丹(193)
乌(193)　文(193)　方(193)　火(193)　巴(193)　水(193)

五　画

东(193)　卡(193)　卢(193)　目(193)　田(193)　丘(193)　玄(193)
司(193)　尼(193)

六　画

刑(193)　吉(193)　老(193)　地(193)　共(193)　亚(193)　有(193)
列(193)　死(193)　尧(193)　因(193)　朱(193)　伏(193)　伊(193)
刘(193)　孙(193)

七　画

李(193)　轩(193)　岐(193)　闰(193)　灶(193)　沙(193)　社(193)
张(193)　阿(194)

八　画

拉(194)　凯(194)　彼(194)　金(194)　舍(194)　净(194)　泼(194)　弥(194)

九　画

城(194)　赵(194)　柯(194)　勃(194)　威(194)　挪(194)　禹(194)　钟(194)　帝(194)　神(194)　羿(194)

十　画

夏(194)　蚩(194)　皋(194)　逢(194)　郭(194)　浮(194)　诺(194)　陶(194)　绥(194)

十一画

黄(194)　梅(195)　梓(195)　堂(195)　盘(195)　麻(195)　康(195)　阎(195)　维(195)

十二画

彭(195)　葛(195)　焦(195)　貂(195)　舜(195)　普(195)　湘(195)

十三画

嫫(195)

十四画

榜(195)　僦(195)　瘟(195)　赛(195)　察(195)　嫦(195)

十五画

蕊(195)　颛(195)　稷(195)　鲧(195)　摩(195)　潘(195)

十 六 画 以 上

穆（195） 燧（195） 羲（195） 瞽（196）

外 文 人 名

西 文

A（196） B（196） C（197） D（197） E（197） F（198） G（198）
H（198） I（199） J（199） K（199） L（200） M（200） N（201）
O（201） P（201） R（201） S（202） T（202） U（203） V（203）
W（203） Y（203） Z（204）

俄 文

K（204）

日 文

ア（204） イ（204） エ（204） カ（204） キ（204） コ（204） シ（204）
ス（204） ソ（204） ト（204） ノ（204） ハ（204） ヒ（204） メ（204）
ラ（204） レ（204）

注　释　条　目

人　名

一　画

一　工　见黄新波。

一　沤　⑰6。

二　画

二叶亭四迷　⑦130.7。

丁　丁　④124.3。

丁　山　见丁丁山。

丁　丙　⑩135.39。

丁　申　⑩135.39。

丁　玲　⑤192.5;⑦159.1;
⑧392.14;⑫412.4;⑬15.1,
207.3;⑭248.3;⑰6。

丁　晏　⑨174.7。

丁　宽　⑨415.8。

丁丁山　⑪156.1,659.5;⑰6。

丁夫人　⑨32.7。

丁日昌　①164.41;⑨214.16;
⑩62.21。

丁文江　③355.16;④349.6。

丁令威　⑧541.2。

丁西林　见丁燮林。

丁达尔　①39.36。

丁孝先　⑭161.2。

丁惟汾　⑪178.2;⑫48.16。

丁葆园　⑰7。

丁福保　③541.9;⑫147.5。

丁燮林　③181.10,208.32。

丁耀亢　⑨195.13。

丁耀卿　⑧541.1。

卜成中　见孙用。

卜英梵　⑰7。

八合思巴　⑤485.5。

八杉贞利　⑩518.8。

八住利雄　⑩386.27。

人　凡　见曹白。

儿岛献吉郎　⑭80.2。

九　经　见金九经。

又　村　见陈铁耕。

力锡兹基　⑦365.14。

三　画

三　宝　⑥61.10。

三矢重松　⑪338.6。

三上於菟吉　⑥361.6；⑭360.1。

干　宝　⑩99.23。

于　永　⑨165.1。

于　逖　⑩141.6。

于树德　⑪134.4。

于黑丁　⑰7。

士　衡　见韩侍桁。

土　步　见周丰二。

土屋文明　⑦469.1；⑰7。

大　心　见萧大心。

大　琦　见王品青。

大仲马　⑩385.13。

"大刀王五"　见王正谊。

大村西崖　⑫511.1。

大涤馀人　⑧161.2。

大勃吕该尔　见勃鲁盖尔。

万　方　⑰7。

万　慧　⑰7。

万　璞　⑪39.5，42.4。

万古蟾　⑬477.1。

与田丰藩　⑰7。

上　遂　见许寿裳。

上田进　⑥371.7；⑬459.11，492.5。

上田敏　⑩245.15。

上官周　⑬216.4。

山　涛　③550.58；⑩54.10。

山巨源　见山涛。

山上正义　⑫482.19；⑭190.1；⑰8。

山口久吉　⑰8。

山川早水　⑰8。

山本正雄　⑭205.6。

山本正路　⑭230.2；⑰8。

山本初枝　④504.17；⑦458.1；⑫345.2；⑭202.2，227.1，268.1；⑰8。

山本忠孝　⑪390.2，395.11；⑰9。

山本实彦　⑥508.9；⑭29.2；⑰9。

山本修二　⑦256.5；⑩262.3；⑰9。

山田安子　⑰9。

山田邦彦　⑧21.13。

山县初男　⑦156.1，466.1；⑰9。

山岸盛秀　⑰9。

山室周平　⑰9。

山室善子　⑰9。

山格夫人　③312.7。

山崎靖纯　⑰9。

山陀尔·雅尔斯基　⑪426.14。

川　岛　见章廷谦。

川口浩　⑩474.4。

川上澄生　⑯242.4。

川本正良　⑩513.2。

凡尔纳　④47.5；⑩165.1，
165.9,418.28；⑬179.4。

久保勉　⑩311.3。

久米治彦　⑰9。

丸山昏迷　⑰10。

丸林夫人　⑭290.2。

广　重　见安藤广重。

广陵王诞　见刘诞。

门　肯　④429.5。

之　兑　见刘岘。

之　超　⑰10。

尸　一　见梁式。

卫　宏　⑨368.11。

卫　绉　⑨425.1。

卫川有澈　⑰10。

小　西　⑰10。

小　酩　见李小酩。

小　燕　见章小燕。

小山濠一　⑰10。

小川正夫　⑰10。

小川环树　⑰10。

小川琢治　⑧21.13。

小田岳夫　⑰11。

小田海僊　②267.26。

小坂狷二　⑰11。

小岛修一　⑩491.2。

小岛醉雨　⑰11。

小林胖生　⑰11。

小泉八云　⑦212.94。

小幡酉吉　①309.3。

小林多喜二　⑧376.1。

小原荣次郎　⑦147.1；⑰11。

习凿齿　⑨143.6。

马　良　⑤152.5；⑪101.3。

马　珏　⑪293.1；⑫9.3；⑰11。

马　奈　⑦358.7。

马　总　⑩30.3。

马　泰　⑰11。

马　理　见周鞠子。

马　廉　⑥360.3；⑧434.2；
⑩160.9；⑬105.1；⑭400.3；
⑰13。

马　察　④158.6；⑦218.138。

马　鑑　⑫182.2。

马　衡　⑫52.3；⑰12。

马子华　⑬579.1；⑰11。

马从善　⑨288.2。

马占山　⑤20.2。

马尔罗　⑤608.8。

马尔蒂　⑦340.9。

马幼渔　见马裕藻。

马吉风　⑰12。

马仲殊　⑰12。

马孝先　⑰12。

马志尼　①111.89。

马克思　⑤195.21。

马君武　⑤276.5。
马国亮　⑰13。
马宗汉　②330.12。
马相伯　⑥416.10。
马思聪　⑰13。
马叙伦　⑪25.3;⑰13。
马彦祥　⑰13。
马寅初　③181.10,598.9;⑪168.4。
马湘影　④76.2;⑫104.2;⑰13。
马裕藻　⑦50.6;⑧474.4,474.5;⑪292.2,453.1;⑫52.3,182.2;⑰12。
马巽伯　⑫147.1;⑰13。
马瑟斯　⑦354.3。
马端临　⑩60.6。
马察尔　⑩463.8。
马丁・路德　①39.38;⑥497.28。
马尔比基　①42.70。
马场哲哉　见外村史郎。
马伊斯基　⑦213.99。
马克・吐温　④342.2。
马基雅维里　①116.145。
马克・卢瑟福特　见怀特。
马雅可夫斯基　④448.9;⑬72.9。
马利亚诺苏斯基　⑰260。
子　兰　⑥453.27;⑨389.5。
子　英　见陈濬。
子　房　见张良。
子　佩　见宋琳。
子　思　③140.8;⑨379.12。
子　夏　②480.2;⑨371.29。
子　秘　见周作人。
子　隆　见萧子隆。
子　椒　⑥453.27。
子　路　②266.18;⑥332.16;⑪19.2。
子　舆　见孟轲。

四　　画

丰子恺　⑤375.8;⑦257.9;⑰14。
王　充　⑥644.12。
王　讷　①358.3;⑧104.5。
王　导　⑨53.6;⑩156.16。
王　圻　⑨18.47;⑩72.9。
王　诏　⑬89.1。
王　林　⑰14。
王　昕　①250.11。
王　图　⑥455.43。
王　含　⑩18.10。
王　炎　⑩134.35。
王　建　⑩138.64。
王　思　③547.44。
王　俭　⑥337.7。
王　衍(晋)　⑥179.7;⑨322.3。

王　衍（前蜀）⑩138.65。

王　亮　⑰14。

王　度　⑩97.2。

王　恽　⑧134.9。

王　昶　⑧67.5,68.11。

王　莽　⑤251.9;⑧164.5。

王　通　⑨81.6。

王　逸　⑨28.16,389.6。

王　猛　③545.34。

王　绩　⑨81.4;⑩97.6。

王　绅　⑨71.19。

王　琰　⑨61.3。

王　舒　⑩18.11。

王　葵　⑰14。

王　枡　⑩66.2。

王　晫　⑨72.32。

王　铸　⑦256.2;⑰14。

王　谠　⑨71.20。

王　弼　③546.38。

王　楷　⑰14。

王　粲　③543.25。

王　照　⑥112.41,166.3。

王　韬　⑧243.2,414.3;
　⑨226.24;⑫234.1。

王　樨　⑰14。

王　播　⑩134.35。

王　黎　⑰15。

王　褒　⑨438.11。

王　潜　⑰15。

王　凝　⑩97.7。

王九龄　⑪45.2,51.4。

王又庸　⑰15。

王士性　⑤486.9。

王士祯　见王士禛。

王士禛　①162.30;⑨213.11。

王大钟　⑰15。

王小隐　①188.6。

王子馀　⑰15。

王云五　⑫295.3,319.2;
　⑬428.3。

王艺滨　⑰15。

王仁山　⑰15。

王文修　⑰15。

王方仁　⑦130.6,202.5;
　⑪239.1,304.5;⑫220.1,
　276.3;⑬295.3;⑰15。

王方庆　见王绅。

王以刚　⑰16。

王书衡　⑰16。

王正今　⑰16。

王正朔　⑭129.1;⑰16。

王正谊　③69.10。

王世贞　⑥198.10,455.40;
　⑨193.4,439.18。

王世杰　③182.13,261.7。

王丕谟　⑪367.8。

王平陵　⑤7.8。

王尔德　①199.19;③11.4;
　④296.7;⑤293.7;⑥269.38,
　420.7;⑬211.2,251.1。

王幼山　⑰16。

王式乾　⑰16。

王亚平　⑰16。

王芝祥　③366.14。

王有德　⑰16。

王夷甫　见王衍。

王乔南　⑫245.1；⑰16。

王仲仁　⑰17。

王仲猷　⑰17。

王任叔　⑰17。

王守仁　③140.8；⑨262.7。

王安石　⑤251.10，474.8；
⑦328.5。

王孝慈　⑧514.2；⑬105.1，
254.2。

王孝籁　⑫527.4。

王志之　⑫353.1，534.1；⑬5.1，
161.1，164.1，171.2；⑰17。

王志恒　⑰17。

王佐才　⑰17。

王延秀　⑨15.30。

王伯厚　见王应麟。

王伯祥　⑬223.1；⑭161.2；
⑰17。

王余杞　⑫217.1；⑰18。

王希礼　③91.8；⑦86.2；
⑫20.2；⑰18。

王应麟　⑧85.18；⑩7.6。

王冶秋　⑬524.5，577.1；⑰18。

王君玉　⑨103.17。

王君直　⑰18。

王阿花　⑫212.1；⑰18。

王若虚　⑥35.4。

王画初　⑰18。

王叔钧　⑰18。

王叔眉　⑰19。

王贤桢　见王蕴如。

王国维　①422.13；③592.5；
④283.5；⑨248.14；⑪430.10。

王征天　⑰19。

王金发　①295.12；②330.16；
③157.17；⑧403.5。

王育和　④504.16；⑫296.1；
⑰19。

王学熙　⑰19。

王宝良　⑰19。

王宗城　⑰19。

王实甫　⑨92.8；⑩131.5。

王实味　⑰19。

王孟昭　⑰19。

王映霞　⑦162.1；⑪304.1；
⑫141.5，219.1；⑰19。

王昭君　⑥209.5。

王思任　⑥642.2。

王品青　③205.12，357.24；
⑦104.9；⑧214.19；
⑪218.6，531.2；⑰19。

王峙南　⑰20。

王钧初　⑬97.3，534.1，567.1；
⑭20.1；⑰20。

王顺亲　⑰20。
王独清　③565.2;④125.7;⑦213.97。
王屏华　⑰20。
王统照　⑪445.1;⑭87.7;⑰20。
王珪孙　⑰20。
王桐龄　③181.10;⑰20。
王振钧　⑰20。
王铎中　⑰21。
王造周　⑰21。
王倬汉　⑰21。
王涟涟　⑰236。
王菁士　⑫210.2。
王梦白　⑦429.10。
王梦阮　⑨248.10。
王捷三　⑰21。
王象之　⑩116.12。
王望平　⑰21。
王惕如　⑰21。
王焕猷　⑰21。
王寅生　⑫86.1。
王维白　⑰21。
王维忱　⑰21。
王植三　⑰21。
王晴阳　⑰22。
王鲁彦　⑥271.58;⑧477.3;⑰235。
王景弘　⑨184.10。
王锡兰　⑰22。
王慎修　⑨144.16。
王熙之　⑫465.1,530.1;⑰22。
王肇鼎　⑪161.3。
王蕴如　⑬174.1,191.1;⑰22。
王毅伯　⑰23。
王鹤照　⑪405.6。
王翰芳　⑰23。
王镜清　⑰23。
王羲之　①421.8;⑦216.121。
王懋熔　⑰23。
开培尔　⑩308.3。
开普勒　①40.54
井　上　⑰23。
井　丹　⑩85.32。
井　原　⑰23。
井上勤　⑩167.23。
井上红梅　⑫482.17;⑭222.1;⑰23。
井上芳郎　⑰24。
井田孝平　⑦211.84;⑩359.25,491.2。
井原西鹤　⑫107.1。
井上平四郎　⑰28。
井上禧之助　⑧21.13。
天　行　见魏建功。
天和子　⑨70.17。
天目山樵　见张文虎。
天南遯叟　见王韬。
天虚我生　见陈蝶仙。
元　景　见王昕。
元　稹　⑥339.19;⑩119.36。

元好问　⑥34.2。
元遗山　见元好问。
无　余　⑧43.6。
韦　庄　⑤247.5。
韦　坚　⑩104.5。
韦　述　⑨14.24。
韦　孟　⑨415.4。
韦　昭　⑩25.3。
韦　绚　⑩115.5。
韦　縠　⑩137.57。
韦　瓘　⑨101.2;⑩132.17,133.20。
韦正卿　⑩133.19。
韦丛芜　③359.41;⑥64.3;⑦109.11;⑩276.30;⑪6.2,308.2,530.1;⑫283.1,414.3,432.2;⑰24。
韦伊兰　⑰24。
韦杰三　⑧239.3。
韦素园　③364.2,393.3;⑥64.2,274.82;⑦110.15,315.17;⑩276.30;⑪6.3,526.1;⑬524.6;⑮597.4;⑰24。
韦夏卿　⑩107.28,133.19。
韦赛黎　见维萨里。
韦增瑛　⑰193。
韦白斯特　④218.9;⑩290.25。
云　五　⑰25。
云　林　见倪瓒。
木　实　见增田木实。
木下猛　⑰25。
木村毅　④513.10;⑭235.2;⑰25。
木皮道人　见贾凫西。
木村响泉　⑰25。
丏　尊　见夏丏尊。
不　準　⑨26.6。
不破爱子　⑰250。
太　炎　见章炳麟。
太田贡　⑰25。
太师疵　②427.5。
太虚和尚　⑪168.1;⑰26。
太田宇之助　⑰26。
友　堂　⑰26。
尤　袤　⑩60.4。
尤炳圻　⑭410.1;⑰26。
尤墨君　⑤575.2。
车耕南　⑪292.5;⑰26。
车列蒲宁　⑰259。
车勒绥夫斯基　见车尔尼雪夫斯基。
车尔尼雪夫斯基　⑫243.4。
巨智部忠承　⑧21.13。
扎典斯加　⑪406.18。
戈　耶　见戈雅。
戈　庚　⑦220.160,379.3;⑧347.2;⑩357.12;⑫272.3。
戈　庚(法国)　见高更。
戈　兼　见戈蒂叶。

戈　雅　④574.5;⑥243.7。

戈宝权　⑭5.1;⑰26。

戈尔基　见高尔基。

戈里奇　见高尔基。

戈蒂叶　④378.3。

戈理基　见高尔基。

戈德文　见葛德文。

区声白　⑰26。

区克宣　⑰26。

比　雄　⑦210.74。

比拉尔特　见毕拉特。

瓦　进　⑦205.27;⑩344.13。

瓦　兹　⑦359.9。

瓦　特　①43.78。

瓦乐敦　⑩499.4。

瓦德西　⑥626.4。

瓦浪斯基　③463.8;④448.13;
　⑦204.21,204.24;⑩343.6。

瓦勒夫松　⑩349.8。

瓦扬—古久里　⑤444.4;⑰261。

瓦豪特·山陀尔　⑦252.19。

少　翁　⑨426.8。

少正卯　③217.11。

少师强　②427.5。

中村亨　⑰27。

中根弘　⑩485.3。

中村白叶　⑩452.8。

中里介山　⑥15.14。

中野重治　⑬261.1。

内山晓　⑰27。

内山鹑　⑰27。

内山完造　④512.2;⑤192.6,
　432.7;⑥277.1;⑦155.1,
　451.1;⑫286.4,305.5;
　⑬526.4;⑭200.1,202.3;
　⑰27。

内山松藻　见片山松藻。

内山美喜　⑦461.1;⑰28。

内山嘉吉　⑬33.1;⑭200.3,
　244.1;⑰28。

内田鲁庵　⑪399.7。

冈　野　⑰28。

冈千仞　④145.7。

冈本繁　⑰28。

冈田宗司　⑩473.3。

冈田德子　⑰28。

冈却罗夫　见冈察洛夫(N)。

冈泽秀虎　⑩345.24。

冈察罗夫(A)　⑥501.6;
　⑦441.3;⑫507.1;⑬229.4,
　267.1,321.5;⑭53.5,415.1;
　⑰29。

冈察洛夫(A)　见冈察罗夫(A)。

冈察洛夫(N)　④314.28。

贝　拉　⑧354.4。

贝　谟　①119.174;⑧40.43。

贝多芬　①44.94。

贝希尔　⑬240.1。

贝特朗　⑤314.6。

贝可勒尔　⑦27.6。

牛　兰　④507.3;⑥17.32。

牛　顿　①42.67;⑩274.20。

牛若丸　⑯218.3。

牛荣声　③356.18。

牛献周　⑪368.15。

牛僧孺　⑧134.9;⑩132.15。

毛　苌　⑨371.29。

毛　亨　⑨371.30。

毛　坤　⑰29。

毛　扆　⑧92.2。

毛子龙　⑰29。

毛子震　⑪190.1;⑫47.3;
　⑰29。

毛邦伟　①268.17。

毛壮侯　⑰29。

毛斧季　见毛扆。

毛宗岗　⑨143.9。

毛瑞章　⑰29。

毛漱泉　⑰29。

升屋治三郎　⑦149.1;⑰29。

长　井　⑪395.11。

长　吉　见李贺。

长　连　见阮善先。

长　班　⑰29。

长妈妈　②256.2。

长与善郎　⑭366.4,383.4。

长孙无忌　⑨13.19;⑩98.11。

长尾景和　⑰30。

长谷川三郎　⑰30。

长谷川本吉　⑰30。

长泽规矩也　⑰30。

长谷川如是闲　③434.5;
　⑥133.9;⑫474.3;
　⑰30。

什马切克　⑩463.9。

什曼斯基　⑪394.10。

片上伸　⑩308.7,314.2。

片山松藻　⑦148.1;⑭200.4;
　⑰27。

片冈铁兵　④226.54;⑩345.23。

仇　英　④462.10。

介　石　见郑奠。

从　予　见樊仲云。

今　村　⑰30。

今关天彭　⑰30。

今村铁研　⑭342.1;⑰30。

公　侠　见陈仪。

公孙龙　⑨380.17。

公孙弘　⑨425.3。

公孙诡　⑨416.9。

公孙鞅　⑨380.17。

公输般(班)　②467.15,482.10。

仓石武四郎　⑪324.3;⑰30。

丹契理斯　⑩334.14。

风　子　见唐弢。

风　沙　⑰31。

风　眠　见林风眠。

乌一蝶　⑰31。

乌文光　见黎锦明。

乌丸求女　⑭370.2。

乌曼斯基　④441.4。

乌略诺夫　见列宁。

乌思宾斯基　⑬346.2。

勾　践　⑧43.5；⑩37.9。

卞　景　⑨417.18。

文　君　见杨之华。

文　漱　见袁文薮。

文天祥　④333.3；⑤440.10；
⑥592.3。

文元模　⑪98.2。

文中子　见王通。

文公直　⑤440.7；⑰31。

文载道　见金性尧。

方　晨　⑰31。

方　璧　见茅盾。

方之中　⑰31。

方传宗　③511.9。

方企留　见张企留。

方孝孺　①242.17；④503.9；
⑤440.10；⑪85.1。

方时旭　⑥268.31。

方善境　⑦218.142；⑫231.1；
⑰32。

计　然　⑩30.5,30.6,31.8。

计万全　⑰32。

计有功　⑩134.29。

心　梅　见周秉钧。

尹　庚　⑫504.3；⑰32。

尹会一　⑥60.4。

尹庆兰　⑨226.13。

尹宗益　⑰32。

尹嘉铨　⑬394.3。

尹翰周　⑰32。

巴　里　⑧492.4。

巴　金　⑥559.3；⑬541.4；
⑭21.1；⑰32。

巴　棱　①117.159。

巴　蓬　⑭409.8。

巴比尼　⑩334.13。

巴比塞　③104.7；④397.20；
⑤318.3。

巴什庚　⑩488.1。

巴克尔　⑩197.5。

巴罗哈　⑦202.10；⑩425.1；
⑫410.1。

巴培尔　⑩388.40；⑫237.3。

巴士凯尔　见帕斯卡。

巴尔扎克　⑤560.2；⑥404.5；
⑦214.113。

巴尔布斯　见巴比塞。

巴列克黎　①44.90。

巴甫连柯　⑫505.4；⑬515.4。

巴特勒特　⑪531.4；⑰259。

巴尔蒙特　⑦314.4；⑩470.3。

巴理芒德　见巴尔蒙特。

巴理蒙特　见巴尔蒙特。

巴斯加耳　见帕斯卡。

邓　文　⑤323.2。

邓　析　⑨380.17。

邓　恩　⑥636.7；⑭109.3；

⑰33。
邓飞黄　⑰33。
邓以蛰　⑥267.19；⑰33。
邓医生　见邓恩。
邓志谟　⑧213.14。
邓伯道　②267.29。
邓国贤　⑰33。
邓荣燊　⑰33。
邓南遮　③11.4，568.2；④243.4；⑩503.3；⑫43.4。
邓染原　⑰33。
邓梦仙　⑧391.9；⑰33。
邓肇元　⑰33。
毋　煛　⑨14.24。
水野胜邦　⑰33。
水野清一　⑪324.3；⑰33。
孔　子　①206.6，271.35；②464.1；③116.14，141.14，217.10；④17.10；⑥16.20；⑦271.12；⑨379.9；⑩274.17；⑪22.4。
孔　甲　见孔鲋。
孔　约　⑨54.15。
孔　明　见诸葛亮。
孔　晔　⑧68.14；⑩46.3。
孔　鲋　⑨400.1。
孔　德　④274.25。
孔　融　①148.19；③543.25；⑤452.3；⑨321.1；⑫144.4。
孔平仲　⑨71.21。
孔另境　⑥429.1；⑫307.2，324.2，335.1；⑬574.1；⑭121.1；⑰33。
孔令贻　⑧107.4。
孔圣裔　③512.13。
孔安国　⑨368.14。
孔灵符　见孔晔。
孔罗荪　⑰34。
孔宪书　⑰34。
孔祥熙　⑰34。
孔颖达　⑧89.8；⑨369.18。
孔德沚　⑰34。

五　画

玉　书　见常瑞麟。
玉　帆　⑰34。
玉谿生　见李商隐。
未　生　见龚宝铨。
正　路　见山本正路。
正宗白鸟　⑭370.1。
甘　地　③365.5；④588.17；⑤364.2；⑥18.33；⑭28.3，193.4。
甘乃光　⑤28.9；⑰34。
甘鹏云　⑰35。
甘润生　⑰35。
艾　芜　④378.2；⑰35。
艾　青　⑰35。

艾　明　⑭93.1;⑰35。
艾　斯　⑦207.48。
艾　霞　⑥346.3。
艾克曼　①109.64。
艾利斯　⑦207.48。
艾思奇　⑥29.4。
艾寒松　⑰35。
艾锷风　⑪628.1;⑰35。
艾丁格尔　⑬242.1,390.3,407.1,434.4,524.1;⑭58.1,80.1,379.1;⑰259。
节　山　见盐谷温。
古　兑　见陈光尧。
古　屋　⑰35。
古尔斯密　见哥尔德斯密斯。
古篱夫人　见居里夫人。
古泼略诺夫　⑦365.16。
本　生　①40.52。
本多静六　①489.8。
本间久雄　③463.6。
术　赤　④149.9。
札弥亚丁　⑩384.3,393.2;⑫280.10。
札思律支　见查苏利奇。
札拉图斯特拉　⑩484.2。
可　铭　见朱鸿猷。
丙　文　见冯文炳。
左　吴　⑨419.28。
左　拉　③217.15;④550.4;⑥420.6;⑫275.2。
左　偃　⑥234.8。
左宗棠　①197.8。
左祝黎　⑩386.30;⑫283.6。
左琴科　④448.12;⑩357.10;⑫280.15;⑬423.4,439.2。
丕垒尔　⑧492.4。
石　民　⑰36。
石　珉　⑰36。
石　恪　⑭357.1。
石　勒　②87.14。
石川涌　⑩498.1。
石玉昆　⑨289.7。
石志泉　③181.10。
石评梅　⑪68.8;⑫134.4;⑰36。
石君宝　⑩118.26。
石淑卿　⑪39.5。
石川半山　⑰36。
石井政吉　⑰36。
石川三轮子　⑰138。
布　宁　见蒲宁。
布利斯　⑦217.132。
布拉文　⑦379.6。
布哈林　⑦204.23;⑩343.8。
布莱克　⑦359.8。
布鲁克　⑦209.65。
布鲁诺　⑩263.3。
布加乔夫　⑦379.6。
布克夫人　见赛珍珠。
布莱德尔　⑥530.14。
布鲁特奇　见普鲁塔克。

龙子犹　见冯梦龙。

龙荫桐　⑰36。

龙勃罗梭　④47.5。

平　恕　⑧66.4。

平林武　⑧21.13。

平井博士　⑰36。

平林泰子　⑬423.2。

平冢运一　⑭366.1。

东　坡　见苏轼。

东方朔　②292.9;⑨41.1,
427.14,429.23。

东志翟　⑰37。

东阳无疑　⑨54.19。

东晋明帝　见司马绍。

东州斋写乐　⑭283.7。

卡尔诺　①44.87。

卡莱尔　①39.42;⑤250.4。

卡尔亲王　⑤327.4。

卡西乌斯　⑥128.2。

卡达耶夫　⑩388.38。

卡拉迦列　⑪406.12。

卡拉塞克　⑩202.5,463.7;
⑪393.1,410.1。

卡布连斯卡娅　⑩466.6。

北　斋　见葛饰北斋。

卢　彤　⑰37。

卢　南　④190.8。

卢　前　⑥451.11;⑬101.6。

卢　梅　见罗常培。

卢　梭　①63.45;③579.2;

④93.5,221.28;⑦211.90;
⑧37.16。

卢　渥　⑩154.5。

卢　骚　见卢梭。

卢文弨　⑥35.10;⑩137.59。

卢卡契　⑬416.2。

卢永祥　⑪174.5。

卢自然　⑰37。

卢多逊　⑨213.11。

卢克斯　⑰37。

卢索夫　见卢瑟福。

卢香亭　⑪174.5。

卢润州　⑰37。

卢鸿基　⑰37。

卢森堡(R)　④273.22。

卢森堡　见任钧。

卢瑟福　⑦28.30。

卢冀野　见卢前。

卢那察尔斯基　④103.8;
⑥163.9,530.19;⑦204.24,
375.4;⑩327.5,327.6,
335.19;⑫157.2,283.5;
⑬346.3。

归　彦　见高归彦。

目加田诚　⑰37。

叶　芝　⑦216.127。

叶　昼　⑨157.14。

叶　盛　⑩60.8。

叶　渊　③422.13;⑰37。

叶　紫　⑤491.2;⑥229.1;

⑬236.1,300.1,356.4,
400.1,492.10,502.5,513.2,
527.6;⑰37。

叶乃芬　⑥530.17。

叶天士　②299.4。

叶少泉　⑰38。

叶少蕴　见叶梦得。

叶汉章　⑰38。

叶永蓁　④152.1,234.3;⑰38。

叶圣陶　⑥267.17;⑩439.8;
⑪394.5,419.4;⑫502.1,
508.2;⑭161.1,170.2,383.1,
404.1;⑰38。

叶名琛　⑦59.4。

叶灵凤　④119.5,311.10;
⑤608.2;⑥153.11;
⑦206.36,344.4;⑬71.4。

叶绍钧　见叶圣陶。

叶洛声　⑰38。

叶梦得　⑧135.16;⑨114.27;
⑩156.23。

叶联芳　⑪345.3。

叶锄非　⑰38。

叶遂宁　③570.10;④39.19,
244.5;⑦123.14,214.111,
376.17。

叶溯中　⑧450.1。

叶誉虎　⑰39。

叶谱人　⑰39。

叶德辉　①160.18;⑧135.18,

219.4;⑩135.36;⑪474.2。

叶籁士　⑰39。

叶菲莫夫　⑯416.7。

叶卡斯托夫　⑥501.7。

叶尔穆拉耶夫　⑧442.3。

叶甫列伊诺夫　⑦206.40。

申　培　⑨370.28,414.2。

申不害　⑨380.17。

申彦俊　⑭245.1。

申屠嘉　⑨407.13。

田　夫　⑰39。

田　汉　⑤590.4;⑥222.9,
372.20,563.25;⑪414.7;
⑬309.1,376.6,527.8;
⑭4.6;⑰39。

田　军　见萧军。

田　间　⑰39。

田　单　⑤358.3。

田　恒　见陈恒。

田　骈　⑨381.18。

田千顷　见陈万里。

田王孙　⑨415.8。

田中纯　⑩247.34。

田平粹　见陈衡粹。

田多稼　⑰39。

田问山　⑰39。

田汝成　⑦244.4。

田难干　见陈乃乾。

田景福　⑰39。

田边尚雄　⑰39。

田中庆太郎　⑬135.1;⑰40。

田坂乾吉郎　⑰40。

史坚如　⑪48.6。

史佐才　⑰40。

史绍昌　⑰40。

史济行　⑫150.1;⑭47.2;⑰40。

史铁儿　见瞿秋白。

史密斯　⑦209.67。

史沫特莱　④257.8;⑥636.2;
　⑬567.3;⑭6.1,19.2,43.1,
　73.2;⑯380.7;⑰40。

央南珂夫　见安宁科夫。

冉　有　②465.8。

出上万一郎　⑭205.7。

生田长江　⑩245.19。

矢野峰人　⑪314.1。

丘　纾　⑩119.36。

代　那　见丹纳。

白　生　⑨414.2。

白　禾　⑰41。

白　苇　⑰41。

白　果　见黄坚。

白　波　⑰41。

白　莽　④290.2;⑥512.2;
　⑧355.7;⑪289.7;⑫193.1,
　259.6;⑰41。

白　莲　见柳原烨子。

白　频　⑦460.1;⑰41。

白　薇　⑪304.2;⑫503.2;
　⑰41。

白云飞　⑰41。

白月恒　⑪567.2。

白龙淮　⑰41。

白尔玉　⑰41。

白行简　⑩117.25。

白居易　⑥339.18;⑨82.19;
　⑩118.29。

白眉初　⑫132.1。

白振民　⑰41。

白鹏飞　③181.10。

白璧德　③580.9;④93.4,
　219.14;⑤497.7;⑫110.7。

外村史郎　⑩327.9,488.2;
　⑬492.6。

冬　芬　见董秋芳。

务成昭　⑨13.14,33.10。

包　拯　②283.8;③402.13。

包天笑　⑬114.2。

包龙图　见包拯。

包立尔　③390.9。

包蝶仙　⑰42。

乐　史　⑧135.15;⑩99.24,
　149.6,149.9;⑫137.1。

乐　芬　⑰42。

乐　钧　⑨226.21。

乐黄目　⑩149.8。

主父偃　⑨427.12。

市原分　⑰42。

邝富灼　⑰42。

立　人　见韦丛芜。

立田清辰　⑰42。
立野信之　⑩477.2。
玄　　见茅盾。
玄　伯　见李宗侗。
玄　奘　⑤250.7;⑨166.6;⑩274.18。
兰　克　①40.48。
兰　姆　⑧70.2。
兰麻克　见拉马克。
汉　华　⑰42。
汉少帝　见刘辩。
汉姆生　①249.4;⑦122.7,347.1。
汉堡嘉夫人　⑰42。
它　　见瞿秋白。
冯　至　②230.3;⑥268.33;⑦219.150;⑫9.5;⑰43。
冯　珧　见徐诗荃。
冯　商　⑨441.28。
冯　敬　⑨406.6。
冯　铿　④290.2;⑫259.6;⑰43。
冯　蕾　⑰43。
冯乃超　④67.2;⑰43。
冯三昧　⑰43。
冯友兰　⑬302.3。
冯文炳　⑥270.45;⑧426.2;⑪538.1;⑫236.2,342.1;⑰43。
冯玉祥　⑦50.10;⑪164.2;⑫50.10,58.11。
冯汉叔　⑰43。
冯执中　见冯萃中。
冯克书　⑰43。
冯步青　⑰43。
冯余声　④366.2;⑰43。
冯犹龙　见冯梦龙。
冯沅君　⑥270.46;⑪218.5,594.2;⑫524.16。
冯季铭　⑰44。
冯姑母　⑰44。
冯省三　①429.2;⑪77.2;⑰44。
冯剑丞　⑰44。
冯起凤　⑨226.15。
冯润璋　⑫399.1;⑰44。
冯宾符　⑰44。
冯萃中　⑥542.8;⑨234.3。
冯梦龙　①162.28;⑧213.16;⑨144.17,212.3;⑩147.18。
冯梦桢　⑨263.12。
冯梅君　⑰44。
冯雪明　⑰44。
冯雪峰　⑥611.5;⑦206.42;⑩336.31,370.11;⑫271.2;⑰44。
冯蕙熹　⑧345.1。
冯意倩　⑰26。
冯稷家　⑰45。
冯史丹堡　⑥649.4。
写　乐　见东洲斋写乐。

永　乐　见高永乐。
永田一修　⑥496.19;⑭394.2。
永田广志　⑫528.5。
永田宽定　⑦203.14;⑩428.5。
永乐皇帝　见朱棣。
永持德一　⑰45。
永濑义郎　⑦351.5。
司马光　⑨43.17;⑩120.49,439.9。
司马迁　①401.10;④631.6;⑤27.3;⑥108.19;⑨370.26,436.2,442.31;⑫65.4。
司马伦　⑨53.4。
司马岳　⑩16.9。
司马绍　⑩17.2。
司马谈　⑨439.19。
司马睿　⑩45.3。
司马懿　③547.41。
司各德　①108.56;⑥372.19;⑩417.27。
司汤达　⑦214.113;⑩387.36。
司徒乔　④74.2;⑪604.2;⑰45。
司马相如　⑥358.6;⑦252.17;⑨416.10,436.1;⑩85.32。
司谛芬生　见斯蒂文生。
司基塔列慈　⑩446.3。
尼　佉　见尼采。
尼　采　①60.26,342.5;③217.14;④25.6;⑤296.6;⑥41.4,266.8;⑦39.11;⑧39.28;⑩186.18;⑪64.2。
尼　禄　④619.6。
尼鲁达　⑪413.2。
尼科尔森　⑦340.6。
尼古拉二世　①220.16;④446.2;⑤358.4。
弗兰柯　⑩466.5。
弗连茨　⑦395.11。
弗罗特　见弗洛伊德。
弗居耶　⑦214.113。
弗理契　④396.11;⑥164.12;⑩369.4。
弗罗培尔　见福楼拜。
弗洛伊德　②248.14,355.1;③129.9;④485.5;⑤596.9;⑥316.8;⑦251.9;⑩259.9。
弗里登塔尔　⑪406.15。
弘一上人　见李叔同。
加尔格　⑩370.9。
加尔诺　见卡尔诺。
加拉罕　⑪42.5。
加勒尔　见卡莱尔。
加富尔　①111.90。
加藤整　见加藤直士。
加斯切夫　⑦365.11。
加黎陀萨　见迦黎陀娑。
加藤直士　⑫495.3。
加藤真野　⑰45。
加纳治五郎　⑪338.6。

加能作次郎　⑪414.4。
皮日休　④593.8。
皮宗石　③181.10。
发勃耳　见法布耳。
圣　旦　⑰45。
圣　祖　见康熙帝。
圣西门　④274.25。
圣·欧邦　⑦359.12。
圣佩韦　⑥621.7。
圣契黎　见圣希雷尔。
圣·蒲孚　见圣佩韦。
圣希雷尔　①22.33。
台静农　④247.4;⑥64.3,274.84;⑦155.1,471.1;⑪6.2,513.1;⑫521.6;⑬486.3,487.3;⑭11.2,24.1,40.4;⑰45。
台陀开纳　见柯尔纳。
矛　尘　见章廷谦。

六　画

丢　勒　⑦337.3。
邢　邵　①250.11。
邢子才　见邢邵。
邢穆卿　⑰46。
式　芬　①400.3。
式奚尼　⑧21.10。
戎　昱　⑨213.9。
耳　耶　见聂绀弩。
吉　支　见济慈。
吉　辛　⑥269.35。
吉　须　⑥535.6。
吉卜林　⑩387.35,417.21。
吉百林　见吉卜林。
吉柏龄　见吉卜林。
吉宾斯　④463.17;⑰260。
吉冈恒夫　⑰47。
吉田笃二　⑰47。
吉尔伯特　①41.57。
吉尔波丁　⑤497.8。
吉尔迦尔　见克尔凯郭尔。
吉皮乌斯　④447.7。
吉息霍甫　见基尔霍夫。
吉勒裒德　见吉尔伯特。
老　子　见老聃。
老　舍　⑬151.4。
老　莱　②267.23。
老　莲　见陈洪绶。
老　聃　①106.30;②464.2;③116.14,141.14,217.10;④114.7;⑥311.12,542.10;⑦42.3;⑨378.5。
老十三旦　见侯俊山。
考罗卓　⑧354.3。
亚伦·坡　见爱伦·坡。
亚诺德　①107.52;③580.8;⑩302.4;⑫110.7。

亚懋生 见爱默生。

亚米契斯 ⑦433.4;⑭271.2。

亚伯拉罕 ③356.20。

亚斯尼克 ⑪395.15。

亚历克舍夫 ⑧410.4;⑬360.9;
⑭46.1;⑰47。

亚尔启本珂 ⑧362.5。

亚理士多德 ①36.6;⑦251.12。

亚波里耐尔 见阿坡里耐尔。

亚波里奈尔 见阿坡里耐尔。

亚勒密提士 见阿基米德。

亚斐那留斯 ⑥496.16。

亚历山大二世 ④271.3;
⑩518.6。

亚历山大三世 ⑩503.2。

亚那克希美纳 见阿那克西米
尼。

亚里斯多德摩 ⑦19.30。

芝 圃 ⑰47。

西 林 见丁燮林。

西 林(O) ⑭388.3。

西 施 ①511.6;⑥210.8。

西 谛 见郑振铎。

西 鹤 见井原西鹤。

西蒙兹 ⑦359.14。

西塞罗 ⑥303.9。

西万提司 见塞万提斯。

西村真琴 ⑦157.1;⑰47。

西和田久学 ⑧21.13。

西胁顺三郎 ⑫474.2。

协 和 见张协和。

有 恒 见时有恒。

有岛武郎 ①381.2;⑦207.48;
⑩246.20;⑪425.4。

百 里 见蒋百里。

达 一 见陈子展。

达 纳 ⑥331.10。

达文希 见达·芬奇。

达尔文 ①17.4;③217.12;
④221.27;⑤276.3;⑥120.5;
⑦261.4;⑧22.22;⑩274.20。

达·芬奇 ③105.19;④456.11。

达格力秀 ⑦351.4;⑭408.4。

达赖喇嘛 ⑤473.2。

列 宁 ④72.29,230.6;
⑤195.21;⑦418.3。

列 宾 ⑦214.106。

列那尔 ⑬182.1;⑯470.1。

列御寇 ⑨380.14。

列列维奇 ⑦205.27;⑩344.13。

列别杰娃 ⑦441.9。

列培台华 见列别杰娃。

列维它夫 ④587.10。

迈约尔 ⑧492.4。

迈恩堡 ⑰260。

成 汤 ①322.3;③140.10。

成仿吾 ②355.3;④10.16,
68.8;⑥405.6;⑦86.4,
212.96;⑧307.3;⑩318.5;
⑪218.8;⑫116.3;⑰48。

成舍我　③306.4；⑫140.3。

成春祥　⑰48。

成慧贞　⑰48。

成吉思汗　④149.4，330.10；
　⑤77.3；⑥145.8。

托尔斯泰（Л）　①178.5，421.5；
　②230.6；③11.3；④67.3，
　223.32，456.10；⑤276.6；
　⑦123.8，207.45，319.3；
　⑧37.16，458.7；⑩175.2，
　186.15。

托尔斯泰（А）　④225.42，
　456.10；⑩388.41；⑬247.5。

托尔斯泰（А.К）　⑧458.4。

托里拆利　①42.69。

托罗兹基　见托洛茨基。

托洛茨基　③366.13；④116.20，
　220.23；⑥611.4；⑦204.24，
　307.6；⑩344.10；⑫27.4。

执　中　见李秉中。

扬　俱　见杨格。

扬　雄　④632.8；⑥109.25；
　⑧164.3；⑨27.12，368.12，
　439.18；⑬29.3。

毕　磊　④26.12；⑰48。

毕加索　⑩524.3。

毕仲询　⑨112.10。

毕伦存　见般生。

毕拉特　⑩186.13，189.6。

毕珂夫　⑦441.6。

毕海尔　见毕歇尔。

毕理克　见别雷赫。

毕维克　⑦337.6。

毕歇尔　④274.28。

毕力涅克　③364.3；④244.6，
　516.2；⑩358.15，392.2；
　⑫280.13。

毕亚兹莱　③256.43；④297.11；
　⑤608.10；⑦206.36，344.2；
　⑬71.5。

毕林斯基　见别林斯基。

毕撒哥拉　见毕达哥拉斯。

毕达哥拉斯　①36.5。

毕理契珂夫　⑩511.5。

毕斯克列夫　见毕斯凯莱夫。

毕斯凯莱夫　⑥501.9；⑦395.7；
　⑧363.3，507.2；⑫507.1；
　⑬38.2；⑰48。

至尔·妙伦　④158.3，296.5。

师　旷　⑨13.13。

师觉授　②267.27。

光　典　见邰光典。

曲　园　见俞樾。

曲广均　⑰48。

曲传政　⑰48。

曲均九　⑰48。

吕　二　⑰48。

吕　中　⑨131.5。

吕　安　⑩84.19。

吕　琦　③56.2；⑦282.2；⑰49。

吕　巽　⑩84.19。
吕　端　③337.13。
吕　熊　⑧212.11;⑨159.34。
吕云章　⑪255.4;⑫153.1,345.3;⑰49。
吕不韦　⑧157.3;⑨356.1;⑬101.2。
吕长悌　见吕巽。
吕安国　⑧85.21。
吕纯阳　见吕洞宾。
吕居仁　⑨70.14。
吕省元　见吕中。
吕剑秋　⑰49。
吕洞宾　③164.6;⑩100.26。
吕联元　⑰49。
吕湛恩　⑨225.8。
吕蓬尊　⑧156.1;⑫425.1;⑰49。
吕蕴儒　见吕琦。
岂　明　见周作人。
刚　毅　⑧105.10。
朱　权　⑧217.5。
朱　安　⑪515.8;⑫306.1,340.5;⑬129.1;⑰49。
朱　昂　⑩156.22。
朱　迪　⑰49。
朱　育　⑩33.3。
朱　家　⑪30.10。
朱　淳　⑰50。
朱　棣　④601.5。
朱　斐　⑫22.8;⑰50。
朱　湘　⑤565.2;⑦284.7。
朱　鲔　⑬40.1。
朱　熹　②267.25,291.2;③140.8;⑥61.7,213.2;⑧391.7;⑨92.15,262.7,391.7;⑩115.10。
朱一熊　⑰50。
朱大枏　⑰50。
朱之瑜　①240.11;②319.7;③187.9。
朱元璋　④315.33;⑤229.4;⑩116.14。
朱云卿　⑰50。
朱内光　见朱其晖。
朱六琴　⑰50。
朱文公　见朱熹。
朱玉珂　⑰50。
朱石甫　⑰50。
朱右曾　⑨33.8。
朱幼溪　⑧459.3。
朱执信　⑪134.3。
朱光潜　⑥453.19。
朱自清　⑫397.2;⑰50。
朱企霞　⑰50。
朱兆祥　⑰50。
朱庆餘　⑩140.2。
朱买臣　⑨427.10。
朱寿恒　⑫24.3;⑰51。
朱孝荃　⑪367.7;⑰51。

朱希祖　⑪67.3,344.3;⑫52.3,340.4;⑰52。
朱应鹏　④297.8;⑫476.5。
朱其晖　⑫120.1。
朱国祥　⑰51。
朱国儒　⑰51。
朱炎之　⑰51。
朱学勤　⑩61.14。
朱顺才　⑰51。
朱莘濬　⑰51。
朱造五　⑰51。
朱积功　⑰51。
朱积成　⑰51。
朱家骅　③470.4;⑪161.4;⑫22.6,47.14,49.1,49.2,49.3,49.7,60.1,60.3;⑰51。
朱逷先　见朱希祖。
朱焕奎　⑰52。
朱鸿猷　⑬129.2;⑰50。
朱联沅　⑰52。
朱辉煌　⑰52。
朱舜水　见朱之瑜。
朱舜丞　⑰52。
朱渭侠　⑪354.4;⑰52。
朱谦之　①392.3。
朱蓬仙　⑰52。
朱骝先　见朱家骅。
朱遵度　⑨114.26;⑩156.21。
朱镜宙　⑰53。
朱曜冬　⑰53。
朱彝尊　①163.34;⑨306.1。
竹田复　⑰53。
乔　峰　见周建人。
乔大壮　⑰53。
乔治葛来　①344.4。
伟罗思摩谛　见魏勒斯马尔提。
休　士　④567.3;⑤432.8。
休密德　见施米特。
伍　实　见傅东华。
伍　被　⑨419.28。
伍　斌　⑰53。
伍子胥　⑤258.6;⑦162.2。
伍仲文　⑰53。
伍叔傥　⑰54。
伍博纯　⑰54。
伍蠡甫　⑭22.1。
伏　义　⑥454.31。
伏　生　见伏胜。
伏　胜　⑨367.7。
伏龙芝　⑩418.31。
伏尔泰　⑭17.2。
伐佐夫　⑦221.170;⑩200.4;⑪406.17;⑬474.2。
伐扬古久列　见瓦扬—古久里。
仲　云　见范文澜。
仲　丹　见李仲丹。
仲　方　见茅盾。
仲　居　⑰54。
仲　密　见周作人。
仲　景　见张机。

任　旭　⑩33.5。

任　安　⑨440.22。

任　昉　⑨54.16,415.5。

任　钧　⑫503.2;⑰54。

任　奕　⑩33.4。

任　陛　⑰55。

任　嘏　⑩33.5。

任孔当　⑥456.45。

任可澄　③379.8;⑪148.3。

任白戈　⑬107.14;⑭26.3。

任克任　⑪331.5。

任国桢　③365.9;⑦280.12;
　⑰55。

任惟贤　⑰55。

任鸿隽　①331.6。

任渭长　④342.10。

伦　支　⑩385.12;⑫279.9。

伦　琴　⑦26.4。

伦勃罗梭　⑥427.4;⑦250.8。

华　龙　⑨442.34。

华　汉　见阳翰笙。

华　铿　⑰55。

华莱士　①22.38,40.51。

华盛顿　①39.41;②310.29。

华累斯　见华莱士。

华惠尔　①37.16。

华宁该尔　①313.5;③129.11;
　⑤447.4。

华斯珂普　见魏斯柯普夫。

伢　仃　⑰55。

伊　文　⑦215.116,315.15;
　⑰55。

伊　尹　⑨12.9。

伊　东　⑰55。

伊　索　⑤214.8;⑥114.51,
　303.9;⑫420.6。

伊　藤　⑰55。

伊立布　⑰55。

伊法尔　见伊文。

伊罗生　见伊赛克。

伊勃生　见易卜生。

伊赛克　⑥222.2;⑬200.1;
　⑭302.1;⑯363.9;⑰56。

伊凡诺夫　④296.3;⑧347.4;
　⑩357.14;⑬360.10。

伊巴涅思　③365.6,569.4;
　⑤533.4;⑦203.12;
　⑩426.5,495.2;⑪410.3,
　418.2。

伊本纳兹　见伊巴涅思。

伊本涅支　见伊巴涅思。

伊连珂夫　⑩419.45。

伊拉塞克　⑩463.9。

伊藤武雄　⑰56。

伊藤胜义　⑰56

伊里亚斯堡　⑩451.4。

伊丽莎白·勃朗宁　⑦252.20。

向　秀　④504.19;⑩84.22。

向子期　见向秀。

向培良　③56.2,379.2;

④314.30;⑥273.76;⑦283.2,299.2;⑪53.5;⑬397.2;⑰56。
后藤朝大郎　⑫468.2。
合　信　④145.11。
旭　生　见徐炳昶。
名　肃　⑰57。
郇其山　见内山完造。
多纪蓝溪　④145.8。
多烈舍黎　见托里拆利。
多漠尔愢　⑦28.27。
庄　周　①304.5;②495.2;④588.16;⑥508.8;⑦57.5;⑨379.15;⑩5.7。
庄一栩　⑰57。
庄士敦　③206.14。
庄汉翘　⑪30.12。
庄启东　⑰57。
庄季裕　③354.8。
庄泽宣　⑰57。
庄奎章　⑰57。
刘　三　⑰57。
刘　广　见刘广世。
刘　升　⑰57。
刘　长　⑨406.9。
刘　仑　⑰57。
刘　邦　①374.6;③48.6;⑤466.6;⑥15.18。
刘　向　①161.25;②268.32;③173.6;⑨12.5,442.33。
刘　庄　⑨416.11。
刘　交　⑨414.1。
刘　安　⑨418.26。
刘　岘　⑬67.3;⑭408.1;⑰57。
刘　伶　①303.3;③548.48;⑨80.3。
刘　余　⑨368.13。
刘　武　⑨415.7。
刘　奇　⑦331.6。
刘　斧　⑨113.19。
刘　备　③225.9;⑧217.6。
刘　祁　⑥35.5。
刘　诞　⑧84.10。
刘　昫　⑥336.5;⑨14.24。
刘　衲　⑰58。
刘　桢　③543.25。
刘　彧　⑩47.6。
刘　轲　⑩133.21。
刘　致　①250.13。
刘　基　⑪68.12。
刘　随　⑫23.1;⑰60。
刘　揖　⑨406.8。
刘　翙　⑧84.10。
刘　智　⑩28.6。
刘　歆　③173.6;⑥109.25;⑨12.5,41.2,416.14,441.28。
刘　墉　⑨290.16。
刘　熙　⑥110.29;⑨359.16。
刘　鹗　⑨304.18。
刘　德　⑨371.29,419.31。
刘　餗　⑩98.12。

刘　勰　①107.41;③552.66;⑤329.3;⑧371.4;⑨358.14。
刘　翰　②293.13。
刘　穆　⑰58。
刘　辩　⑨401.9。
刘　濞　⑨415.6。
刘一明　⑨175.15。
刘一梦　④247.7。
刘大白　⑰58。
刘大杰　④279.7;⑥166.2。
刘义庆　③547.40;⑥337.10;⑦141.7;⑨54.18。
刘义宣　⑩46.4。
刘广世　⑨417.17。
刘之惠　⑰58。
刘子庚　⑰58。
刘子房　⑩47.5。
刘历青　⑰58。
刘少少　⑧112.4。
刘文贞　⑬473.2;⑰58。
刘文典　④349.7;⑫169.3。
刘文铨　⑰59。
刘心源　⑫128.2。
刘去疾　⑩146.13。
刘世珩　⑩132.11。
刘申叔　见刘师培。
刘玄明　⑧85.16。
刘玄德　见刘备。
刘半农　①131.4;③323.4,337.21;④179.19;⑤353.2,551.2,566.5;⑥75.2,265.5,285.5;⑦309.3;⑪625.3;⑫132.1,226.6,312.8,534.4;⑬74.2;⑰59。
刘永福　⑩434.3。
刘亚雄　⑰59。
刘百昭　①297.26;③129.12,187.10,206.17。
刘达尊　见刘肖愚。
刘师培　③541.10;⑪364.5,365.6;⑫104.1。
刘同恺　⑰59。
刘弄潮　⑰59。
刘孝孙　⑨16.32。
刘孝标　⑥337.10;⑦141.10;⑨69.4。
刘肖愚　⑰59。
刘时中　见刘致。
刘伯温　见刘基。
刘坤一　②312.41。
刘奇峰　⑫87.2。
刘叔琴　⑰60。
刘叔雅　⑰60。
刘国一　⑰60。
刘易士　⑧369.6。
刘知几　⑨32.5。
刘和珍　③294.2;⑰60。
刘秉鉴　⑰60。
刘侃元　⑰60。
刘炜明　⑬246.1;⑰60。

刘宗德　⑰60。
刘承干　⑥182.25;⑬96.3。
刘绍苍　⑰60。
刘栋业　⑰60。
刘树杞　③421.5;⑫14.2;⑰61。
刘幽求　⑩118.31。
刘禹锡　⑩156.16。
刘勉己　④178.7。
刘彦和　见刘勰。
刘前度　见刘随。
刘济舟　⑰60。
刘冠雄　⑰61。
刘铧鄂　⑭410.1;⑰61。
刘海粟　③356.19;⑤515.2;
⑫499.2;⑬49.4。
刘海蟾　①558.50。
刘梦苇　⑰61。
刘淑度　⑫488.3。
刘喜奎　⑧112.4。
刘策奇　⑪473.1;⑰61。
刘楚青　见刘树杞。
刘楫先　⑪345.2;⑰61。
刘锡纯　⑪448.1。
刘锡愈　⑰61。
刘暮霞　⑬596.1;⑰61。
刘镇华　⑰61。
刘履阶　⑰61。
刘冀述　⑰61。
刘翰怡　见刘承干。
刘薰宇　⑰62。
齐　坤　⑰62。
齐　泰　⑥199.11。
齐白石　⑦429.10;⑫367.3。
齐如山　⑤613.4;⑰62。
齐寿山　③337.21,359.45,
373.2;⑩186.21;⑪292.3,
358.6,440.2;⑫159.3;
⑰62。
齐宗颐　见齐寿山。
齐涵之　见史济行。
齐燮元　③191.5。
齐耀珊　⑰63。
亦　志　⑰63。
亥　倩　见章衣萍。
羊　胜　⑨416.9。
羊衒之　⑤458.3。
关　生　⑰63。
关　羽　①256.14;⑤530.4。
关尹子　见关尹喜。
关尹喜　②467.16;⑥543.17;
⑨378.6;⑭37.2。
关龙逄　③217.11。
关汉卿　⑨92.9;⑩131.6。
关百益　见关葆谦。
关来卿　⑰63。
关卓然　⑰63。
关葆谦　⑬583.3。
米尔博　⑦214.113。
米和伯　⑰63。
米川正夫　⑩384.5。

米留可夫　④273.20。
米开朗琪罗　④456.11。
江　丰　⑰63。
江　石　⑰64。
江　标　⑩62.21。
江　总　⑨81.8;⑩97.8。
江　淹　⑩82.3。
江　灌　⑨28.18。
江口涣　①243.27;⑩246.23。
江小鹣　⑫239.1。
江亢虎　⑥377.5;⑭388.1。
江孔殷　③502.9。
江希张　①319.4。
江叔海　⑰64。
江岳浪　⑰64。
江绍平　见江绍原。
江绍原　①270.26;④179.20;⑦101.2;⑩290.24;⑪304.4;⑫22.3,25.1;⑰64。
江朝宗　③366.14。
江霞公　见江孔殷。
池　田　⑰64。
池叔钧　⑰64。
池田幸子　⑰64。
汤　见成汤。
汤　斌　⑥61.9。
汤日新　⑰64。
汤化龙　⑰64。
汤玉麟　⑤60.4。
汤艾芜　见艾芜。
汤用中　⑨226.23。
汤尔和　③117.26;⑫120.3,325.3;⑰65。
汤兆恒　⑰65。
汤寿潜　④612.5。
汤若望　①212.9。
汤咏兰　⑭163.1;⑰65。
汤显祖　⑨82.16;⑩99.25,107.29。
汤哲存　⑰65。
汤爱理　⑰65。
汤海若　见汤显祖。
汤蛰仙　见汤寿潜。
汤聘之　⑰65。
汤增敭　④612.3;⑫416.2;⑰65。
汤鹤逸　⑰65。
汤本求真　④144.3。
宇　都　⑰65。
宇文宙　见任白戈。
宇留川　⑰65。
宇文化及　⑫486.2。
守　常　见李大钊。
安　国　⑩67.10。
安　藤　⑰66。
安兑生　见安徒生。
安徒生　③434.4;⑤512.4;⑮27.7。
安宁科夫　⑦206.37,365.13。
安特莱夫　见安德烈耶夫。

安得列夫　见安德烈耶夫。
安德烈耶夫　③215.4;④296.3,447.7;⑥266.9;⑦314.3;⑩173.2,202.4;⑪375.16。
安藤广重　⑭283.5。
安娜·斯坦纳德　⑦214.113。
冰　心　⑪394.4,423.11;⑫171.2。
祁伯冈　⑰66。
许　由　⑩85.34。
许　妈　⑰66。
许　杰　⑭150.1;⑰66。
许　浑　⑩137.56。
许　深　⑰66。
许　慎　⑨357.5;⑪21.1。
许　褚　③300.6;⑤139.3。
许士熊　⑰66。
许广平　③336.11,337.18,389.2;④189.2;⑥616.3;⑧212.6;⑩92.20;⑪13.4,236.1,462.1;⑫7.2,392.2;⑮611.7;⑰66。
许天虹　⑰68。
许元仲　⑨226.26。
许仑音　⑰68。
许月平　⑰68。
许以敬　⑰68。
许世瑒　⑬244.2;⑰68。
许世瑛　⑧498.1;⑪370.2;⑰68。
许世琠　⑰69。
许世瑄　⑰69。
许东平　⑰69。
许永康　⑰69。
许地山　⑪394.6,419.4。
许尧佐　⑨93.25。
许光希　⑰69。
许仲南　⑰69。
许仲琳　⑧212.12;⑨183.3。
许自昌　⑩91.14。
许寿昌　⑪354.8;⑰75。
许寿裳　②331.21;③336.8;⑦352.7,475.1;⑧447.1;⑩259.11;⑪119.2,333.1;⑫57.1,61.6,80.1,331.1;⑬160.2,165.1,341.2,462.1,471.1,502.3,505.2;⑮328.1;⑯11.8,27.3;⑰69。
许伯琴　⑰71。
许希林　⑰71。
许应骙　②311.38。
许奉恩　⑨227.31。
许叔和　⑰71。
许叔封　⑰71。
许叔重　见许慎。
许季上　⑪360.17;⑰71。
许季市　见许寿裳。
许季茀　见许寿裳。
许季黻　见许寿裳。
许诗芹　③336.9;⑰72。

许诗苓　⑰72。

许诗荃　⑪438.2；⑰72。

许诗荀　⑰73。

许诗堇　见许诗芹。

许绍棣　④179.18；⑥480.12；⑧450.1。

许省微　⑰73。

许拜言　⑰73。

许钦文　②42.1；④77.4；⑥180.13，271.56；⑪297.2，445.2，515.1；⑭142.1；⑯470.7；⑰73。

许秋坨　⑨226.22。

许炳璈　⑪127.1。

许席珍　⑰74。

许涤新　⑰74。

许骏夫　⑰74。

许菊仙　⑰75。

许崇清　⑪148.1；⑫63.7。

许粤华　⑭52.1；⑰75。

许羡苏　①268.16；⑪101.1，282.5，410.8；⑫43.1，166.2；⑰75。

许羡蒙　⑰76。

许锡玉　⑰76。

许锡绛　⑰76。

许德珩　⑰76。

寻阳王子房　见刘子房。

那格黎　见耐格里。

那盖勒　见纳格尔。

阮　元　①213.10；⑧67.7；⑨359.19。

阮　侃　⑩83.14。

阮　咸　③551.63。

阮　瑀　③543.25。

阮　籍　③548.47；⑥178.4，338.14；⑨80.3；⑩82.3；⑪17.3；⑫147.8。

阮大铖　⑬341.1，371.1。

阮久荪　⑰77。

阮长连　见阮善先。

阮立夫　⑰77。

阮孝绪　⑥337.8。

阮和孙　⑬45.1，77.1；⑰77。

阮玲玉　⑥297.7，346.2。

阮宣子　⑨322.3。

阮梦庚　⑰78。

阮葵生　⑨174.7。

阮善先　⑬208.1；⑭13.2，27.1；⑰78。

阮德如　见阮侃。

阮嗣宗　见阮籍。

阮翱伯　⑰78。

阳翰笙　⑥563.25；⑬527.8。

阴幼遇　③409.11。

阴时夫　见阴幼遇。

如　淳　⑨18.43。

观　云　见蒋智由。

羽太母　⑰78。

羽太芳子　⑪390.1；⑰78。

羽太重久　⑩231.6;⑪423.10;⑰78。
羽太信子　⑦88.14;⑪282.4,349.8,378.2;⑫340.6;⑰79。
羽太祖母　⑰79。
羽太福子　⑰79。
羽太石之助　⑰79。
纣　①322.3,455.8;②427.3。
约　夫　⑰79。
约　尔　见穆勒。
约翰孙　④223.33;⑩165.10。
约翰弥耳　见穆勒。
约翰穆黎　见穆勒。
约卡伊·莫尔　⑪336.9;⑬335.5。
纪　昀　④27.18;⑥61.12;⑧190.7;⑨17.42,174.6;⑩146.10;⑭348.3。
纪　德　④550.3;⑥404.5;⑩498.1;⑬209.1,211.1,315.2。
纪　瞻　⑩18.6。
纪晓岚　见纪昀。
孙　用　⑦134.4,216.123;⑩522.3;⑫149.1,222.1;⑰79。
孙　权　⑧217.6;⑩38.3。
孙　成　⑰80。
孙　科　⑦402.4。
孙　盛　③550.60;⑨143.6。
孙　登　⑩85.30。
孙　皓　①198.13;④559.2;⑧67.7。
孙　棨　⑨102.9,275.1。
孙中山　③429.5;⑦306.1;⑧195.2;⑪25.2;⑬394.5。
孙少卿　⑰80。
孙可望　⑥180.17。
孙北海　⑰80。
孙永显　⑰80。
孙式甫　⑰80。
孙尧姑　⑰80。
孙师毅　⑰80。
孙传芳　②331.24;③356.19,443.7;⑤567.13;⑥332.22;⑦123.13;⑪112.3,138.2;⑫406.8。
孙伏园　③401.5,566.3;④37.2;⑦50.5,244.2,284.5;⑧139.2,162.2;⑩211.4;⑪57.9,93.4,402.1,435.1,627.6,638.5;⑫22.1;⑰80。
孙庆林　⑰81。
孙志祖　⑩8.10。
孙伯恒　⑫367.4;⑰81。
孙伯康　⑰82。
孙诒让　⑤567.12;⑪359.11。
孙君立　⑰82。

孙宝瑚　⑰82。
孙星衍　⑩63.29。
孙贵定　⑪542.1。
孙美瑶　①231.19。
孙冠华　⑰82。
孙桂云　⑥302.2。
孙席珍　⑦249.2;⑰82。
孙祥偈　⑫166.3;⑰82。
孙菊仙　⑨302.5。
孙惠迪　⑰82。
孙斐君　⑪262.1;⑰82。
孙奠胥　⑰83。
孙楷第　⑰83。
孙福熙　⑫47.4,57.9;⑰83。
孙嘉淦　③69.7。
孙德卿　②330.19;⑰83。

七　画

寿　𤩽　⑰83。
寿师母　⑰84。
寿怀鉴　见寿镜吾。
寿拜耕　⑰84。
寿洙邻　⑧173.2;⑪522.1;⑰84。
寿镜吾　②292.7;⑰84。
玛　利　见周鞠子。
玛　察　见马察。
玛修丁　⑦315.18,365.12;⑩446.6。
玛克·吐温　见马克·吐温。
玛拉式庚　⑩416.13;⑫280.12。
玛亚珂夫斯基　见马雅可夫斯基。
麦绥莱尔　见麦绥莱勒。
麦绥莱勒　④462.13,574.4,623.2;⑤608.5;⑫457.2。
麦特赫司脱　⑤552.6。
戒　仙　⑰84。
赤谷喜久子　⑰84。
坂　本　⑰84。
志　儿　⑰84。
芙美子　见林芙美子。
芸　生　见邱九如。
芭　宾　见佩平。
芮恩施　③204.8。
花也怜侬　见韩邦庆。
芥川龙之介　⑩247.33;⑫231.7。
芳　子　见羽太芳子。
芳泽谦吉　④432.4;⑤99.4。
严　安　⑨427.13。
严　助　⑨427.9。
严　复　①313.2;④256.2;⑤320.3,566.9;⑥370.2;⑦6.5。
严　修　⑫44.5;⑰85。
严　森　⑦221.168。
严　嵩　⑤230.9;⑧220.8;

⑨194.7。

严又陵　见严复。

严元照　⑧220.7；⑩11.6。

严世蕃　⑨194.5。

严可均　③540.8；⑩53.4。

严既澄　⑫52.1；⑰85。

严葱奇　⑨428.16。

劳格　⑩104.2。

劳乃宣　⑥112.41，166.3。

克士　见周建人。

克白　见陈铁耕。

克林德　⑧104.3。

克伦威尔　①39.39。

克林斯基　⑦365.10。

克罗绥克　见卡拉塞克。

克鲁巴金　见克鲁泡特金。

克鲁克斯　⑦28.32。

克雷洛夫　⑬464.1。

克尔凯郭尔　①62.34；⑤290.2。

克拉旬斯奇　①115.135。

克拉芙卓娃　⑰260。

克拉甫兼珂　⑥501.8；⑦441.2；
　⑫506.10，507.1；⑬213.1，
　229.2，267.1；⑭416.2；⑰260。

克罗颇特庚　见克鲁泡特金。

克罗斯退曼　⑩463.9。

克鲁泡特金　①420.4，421.7；
　③217.12；④115.16。

克来阿派忒拉　见克利奥佩特
　拉。

克利奥佩特拉　③379.4。

克鲁格里珂跋　见克鲁格里科
　娃。

克鲁格里科娃　⑦366.17。

克拉斯诺霍尔斯卡　⑪395.17。

苏汶　④455.5；⑤433.10，
　454.2，493.2；⑥4.4，
　561.11；⑧428.2；⑫433.1；
　⑬428.4；⑰86。

苏武　⑤250.6；⑨418.25。

苏秦　③117.20；④71.25；
　⑨391.13。

苏轼　④16.6；⑥183.33；
　⑨71.18，103.18。

苏峻　⑩18.12。

苏梅　⑫110.8；⑰85。

苏惹　见骚塞。

苏滨　⑰85。

苏鹗　⑨102.6；⑩145.8。

苏东坡　见苏轼。

苏金水　⑰85。

苏秋宝　⑰85。

苏流痕　⑰85。

苏菲亚　见别罗夫斯卡娅。

苏曼殊　①240.5；④76.3；
　⑥265.3；⑭205.3。

苏鲁支　见札拉图斯特拉。

苏遂如　⑰85。

苏德曼　①240.8；⑪375.15。

苏格拉底　①62.37；②310.32；

⑤597.10;⑥333.25;⑧230.6。

杜 力 ⑰86。

杜 飞 见杜菲。

杜 甫 ⑦352.8;⑨93.24;
⑩106.27。

杜 佑 ⑩27.3。

杜 威 ④140.6;⑪400.2。

杜 谈 见窦隐夫。

杜 菲 ⑦210.73;⑩524.7。

杜 康 ③544.27。

杜 衡 见苏汶。

杜亚泉 ⑰86。

杜光庭 ⑨94.28;⑩138.63。

杜米埃 ④574.5;⑥243.7,
531.25。

杜和銮 ⑭63.1;⑰86。

杜重远 ⑥480.14;⑭34.3。

杜俊培 ⑰86。

杜海生 ⑪334.4;⑫325.1;
⑰86。

杜林克华特 ⑦214.104。

杜波罗留波夫 ⑬416.1。

村井正雄 ⑰86。

杉本良吉 ⑩334.9。

杉本勇乘 ⑰86。

巫少儒 ⑰86。

杨 广 ⑫486.3。

杨 朱 ③366.18,552.69;
⑦270.4;⑧374.3;⑨316.1,
379.11。

杨 时 ⑧68.13。

杨 炎 ⑨81.12,82.13;
⑩99.19。

杨 恽 ⑨440.23。

杨 格 ①42.73。

杨 晦 ⑰87。

杨 铨 ⑤193.8;⑦467.1;
⑫376.7;⑭248.3;⑰88。

杨 铿 ⑫201.4;⑰87。

杨 骚 ⑦395.3;⑰87。

杨 慎 ④523.2;⑧152.5;
⑨44.19。

杨 煜 ③358.33。

杨 潮 ⑰87。

杨士奇 ⑩60.7。

杨千里 ⑰87。

杨之华 ⑩417.19;⑫328.9;
⑬37.5,542.4,612.2;
⑭21.4,118.1;⑰87。

杨小楼 ④346.3。

杨子青 见沙汀。

杨子毅 ⑰88。

杨太真 见杨玉环。

杨巨源 ⑨91.3;⑩131.3。

杨升庵 见杨慎。

杨月如 ⑰88。

杨凤梧 ⑰88。

杨玉环 ⑤447.5;⑥210.9;
⑩255.8。

杨立斋 ⑰88。

121

杨成志　⑰88。
杨邨人　④648.3;⑤195.22,196.28;⑥153.9,416.6,561.11;⑫360.8;⑬26.2。
杨光先　①212.9;⑥144.6。
杨廷宾　⑬608.3,614.1;⑰88。
杨伟业　⑰88。
杨仲文　⑰88。
杨仲和　⑰88。
杨华庭　⑫489.8。
杨名时　⑨262.3。
杨守敬　⑦332.14;⑩50.2;⑪521.3。
杨杏佛　见杨铨。
杨秀清　①489.6。
杨秀琼　⑥302.3;⑬204.2。
杨龟山　见杨时。
杨幸之　⑰89。
杨贤江　⑭128.1。
杨国忠　⑩135.42。
杨昌溪　⑤491.3。
杨定见　⑧151.2;⑨156.12。
杨荫榆　①296.15;③78.7;⑦303.2;⑧171.2;⑪29.3;⑰89。
杨树达　⑦49.2;⑪447.3;⑰89。
杨树华　⑰89。
杨星耜　见杨莘耜。
杨莘耜　⑪338.8;⑰89。
杨晋豪　④352.3;⑭44.1;⑰89。
杨振声　③357.28;⑥266.14;⑫197.1。
杨鄂生　⑦49.2;⑰89。
杨得意　⑨437.5。
杨掌生　⑪432.6。
杨遇夫　见杨树达。
杨虞卿　⑩133.22。
杨熙初　⑩314.7。
杨霁云　⑦6.3;⑬84.1;⑰90。
杨镇华　⑰90。
杨德群　③294.2;⑰90。
杨赢生　⑰90。
杨藻章　⑰90。
李　厶　⑰90。
李　尤　⑨438.11。
李　平　见林克多。
李　白　③366.18;⑤257.3;⑥237.6。
李　兰　④341.1。
李　华　见李桦。
李　汤　⑩115.4。
李　估　⑰90。
李　兑　⑨391.13。
李　冶　⑩155.13。
李　孜　⑨165.1。
李　昉　⑨111.1。
李　季　⑰90。
李　泌　⑧134.10;⑩98.17。
李　绅　⑥339.19;⑨91.5;⑩106.22,131.3。

李　映　⑰91。
李　洛　⑰91。
李　说　⑩114.2。
李　贺　①171.4;⑤258.4;⑥110.27;⑩134.26;⑪342.10;⑬290.1。
李　桦　⑬304.1,389.3;⑰91。
李　贽　①145.2;⑧151.1,151.2,151.3;⑨156.10。
李　顿　⑤56.2。
李　倜　⑧67.9。
李　益　⑩106.25。
李　谅　⑨92.13;⑩117.20。
李　陵　⑨418.25。
李　恕　⑨16.31。
李　邕　⑪430.12。
李　基　⑰91。
李　梨　⑰91。
李　清　⑨72.30。
李　渔　⑥358.7;⑧414.2;⑨93.22,195.9。
李　涪　⑨16.33。
李　密　⑥416.7。
李　善　⑦142.13;⑨418.22;⑩53.3。
李　塨　⑥179.9。
李　嵩　⑨155.2。
李　翛　见曹艺。
李　肇　⑥339.17;⑩99.21。
李　翱　⑤474.10。
李　邈　⑩117.23。
李　瀚　⑨184.7。
李一氓　⑰91。
李二曲　①188.5。
李人灿　⑰91。
李力克　⑰91。
李又观　⑰91。
李又然　④648.5;⑰91。
李三才　⑥455.43。
李三郎　⑬439.4。
李大钊　③69.9,287.8,608.13;④541.2;⑧199.6;⑪374.3,511.7;⑫394.2;⑰91。
李之良　⑪148.2。
李小峰　③324.7,511.10;④51.3;⑥71.3;⑧314.2;⑪255.1,282.4,515.5,537.1,614.1;⑰92。
李小酩　⑪612.2;⑰93。
李天元　⑰93。
李天织　⑰93。
李少仙　⑫334.5;⑰94。
李日华　⑨92.10;⑩131.7;⑬135.4。
李升培　⑰94。
李长之　⑬26.1,485.1,510.1,545.4;⑰94。
李长吉　见李贺。
李公佐　⑥339.17;⑩114.3。
李公垂　见李绅。

李公度　⑩114.2。

李丹忱　⑫86.1。

李世军　⑰94。

李石曾　见李煜瀛。

李四光　③127.3。

李白英　⑰94。

李立青　⑰94。

李玄伯　见李宗侗。

李式相　⑰94。

李吉甫　⑩104.1；⑫137.1。

李朴园　⑰94。

李匡文　②347.2；⑩146.12。

李匡辅　⑰94。

李光地　⑥61.9；⑨262.5。

李光藻　⑰94。

李竹庵　见李庆裕。

李伟森　④290.2。

李延年　⑨426.6。

李仲丹　⑫111.3。

李仲侃　见李霞卿。

李仲揆　见李四光。

李华延　⑰95。

李自成　①277.11；③20.9；
　　④545.6；⑤130.4。

李兆洛　⑫214.2。

李庆裕　⑰95。

李宇超　⑰95。

李守章　④247.3。

李守常　见李大钊。

李好古　⑩105.14。

李完用　⑩417.20。

李级仁　⑰95。

李约之　⑰95。

李志云　⑰95。

李志常　⑨173.3。

李秀然　⑰95。

李何林　⑫483.23；⑭98.1。

李伯元　见李宝嘉。

李伯霖　⑫454.9。

李希同　⑰95。

李初梨　④69.12。

李青崖　⑫424.4。

李若云　⑰95。

李茂如　⑰96。

李英群　⑰96。

李林甫　⑧230.5；⑩104.4。

李叔同　⑯248.2。

李叔珍　⑰96。

李卓吾　见李贽。

李季谷　见李宗武。

李秉之　⑬258.2。

李秉中　④145.6；⑦123.11；
　　⑪34.3,296.1,446.1,529.2；
　　⑫261.2；⑰96。

李秉衡　⑨304.20。

李金发　⑫117.1；⑰96。

李宝嘉　①200.28；⑧244.3；
　　⑪432.2。

李宗武　⑥282.5；⑬462.2,
　　471.2,517.1,524.2；

⑭116.3;⑰96。
李宗奋　⑰97。
李宗侗　③28.4;⑪446.1;
⑫132.1;⑰94。
李绍文　⑨71.23。
李春圃　⑰97。
李荐侬　⑰97。
李虹霓　⑰97。
李复言　见李谅。
李顺卿　③181.10。
李济之　⑰97。
李济深　⑫49.6,60.1,67.3。
李济翁　见李匡文。
李祖鸿　⑬49.5。
李泰棻　⑧474.5;⑪98.2。
李莼客　见李慈铭。
李桂生　⑰97。
李健吾　⑥271.54。
李逢吉　见李遇安。
李竞何　⑰97。
李浩川　⑰101。
李梦周　⑰98。
李硕果　⑰97。
李雪英　⑪258.1。
李笠翁　见李渔。
李庸倩　见李秉中。
李商隐　⑨102.14;⑬307.3。
李鸿章　①197.8;④612.6。
李鸿梁　⑰98。
李涵秋　①408.2。
李辉英　⑰98。
李遇安　④37.3;⑦52.2;
⑪156.3;⑰98。
李赋堂　⑰98。
李景林　③225.10。
李景亮　⑩91.11。
李焰生　⑤583.3。
李普斯　①198.12。
李渭滨　⑰98。
李富孙　⑤282.3。
李雾城　见陈烟桥。
李虞琴　⑰98。
李简君　⑰98。
李慎斋　⑰98。
李煜瀛　③287.8;⑫342.2。
李慈铭　③335.3;⑤265.4;
⑨304.23。
李福海　⑰99。
李静川　⑰99。
李霁野　③337.15;⑥64.3,
274.83;⑩276.30;⑪6.2,
458.1,668.1;⑫10.7,
385.1;⑬505.3;⑰99。
李毓如　⑫454.4。
李德海　⑰100。
李德裕　⑨101.1;⑩132.16。
李毅士　见李祖鸿。
李醒心　⑰100。
李霞卿　⑰100。
李缵文　⑰100。

李希霍芬　⑧20.7。
李卜克内西(K)　⑥495.12；⑬571.1。
李沃夫－罗加切夫斯基　④108.4；⑦211.89；⑩471.2。
束　皙　⑦140.6。
吾丘寿王　⑨427.11。
丽　尼　⑰101。
来　鹄　③117.21。
来雨生　⑰101。
来尔孟斯　①114.124。
来尔孟多夫　见莱蒙托夫。
连　海　⑰101。
求那毗地　⑦104.7。
坚　士　见沈兼士。
坚　瓠　⑰101。
里　德　⑩418.28。
里卡多　⑦202.11；⑩496.6。
里维拉　⑧356.1。
里亚希柯　⑩416.8；⑬367.6。
里培尔曼　⑥496.20。
里斯珂夫　⑥462.3。
里别进斯基　见里培进斯基。
里孛克内希　见李卜克内西(K)。
里培进斯基　③365.10；④478.23；⑦395.2；⑩399.11；⑬273.4。
吴　公　⑨406.5。
吴　平　⑨27.14。
吴　产　⑨406.7。
吴　宓　①243.24,415.2；③443.6；④313.24；⑧230.4。
吴　宽　⑩22.2。
吴　梅　⑧173.4；⑨157.17。
吴　棫　⑨369.19。
吴　筠　⑨15.29,55.21,55.22。
吴　曾　⑩100.27。
吴　渤　⑫485.1,513.1；⑰102。
吴　淑　⑩7.7。
吴　虞　⑰102。
吴　兢　⑩120.47,120.51。
吴　澂　⑦429.10；⑬20.4。
吴　檠　⑨234.4。
吴人哲　见胡人哲。
吴又陵　见吴虞。
吴三桂　⑤131.10；⑥651.4。
吴大澂　⑨304.19。
吴山夫　见吴玉搢。
吴子良　⑨379.13。
吴友如　②349.17；③435.6；④311.8；⑥201.31；⑦429.6；⑧414.4；⑪444.5；⑫427.4。
吴长孺　⑩105.9。
吴月川　⑰102。
吴文祺　⑭160.1。
吴文瑄　⑰102。
吴方侯　⑰102。
吴玉搢　⑨174.8；⑪429.2。
吴芝馨　⑬613.5。

吴成钧　⑰102。

吴自牧　①160.11;⑨123.5。

吴汝纶　④397.16。

吴沃尧　①200.28;⑧244.3。

吴志忠　⑩63.26。

吴昌硕　①199.22。

吴昌龄　④283.6;⑨166.9;
　⑪430.8。

吴季醒　⑰102。

吴秉成　⑰102。

吴佩孚　③191.4,337.20;
　⑦50.10;⑪139.3,582.2。

吴肃公　⑨72.28。

吴承仕　⑬121.1,126.3。

吴承恩　⑨174.7,174.8,
　175.11;⑪430.9。

吴组缃　⑭302.5,327.3,335.1,
　345.1。

吴趼人　见吴沃尧。

吴复斋　⑰103。

吴待秋　见吴澂。

吴炼百　⑰103。

吴奚如　⑰103。

吴家镇　⑰103。

吴朗西　⑥462.8;⑬593.1;
　⑭84.1;⑰103。

吴弱男　⑪48.1。

吴培源　⑨234.4。

吴葆仁　⑰103。

吴敬夫　⑰103。

吴景崧　⑰103。

吴鼎昌　⑪368.13。

吴蒙泉　见吴培源。

吴雷川　⑪367.3;⑰103。

吴稚晖　①320.11;③229.4,
　480.17,598.10;④220.24;
　⑤126.2,133.2;⑥112.42,
　416.9,580.5;⑦123.10,
　402.3;⑪511.6;⑰104。

吴微哂　⑰104。

吴德光　⑰104。

吴曙天　⑰104。

吴瞿安　见吴梅。

时　玳　⑭105.1;⑰104。

时　敏　⑥456.44。

时有恒　③478.2;⑰104。

员峤真逸　见李侗。

别　雷　⑦376.20。

别雷赫　⑩438.4。

别林斯基　⑦109.8;⑫244.5;
　⑬391.2,416.1。

别德内依　④224.37;⑦376.18。

别泽缅斯基　⑦205.27;
　⑩344.14。

别罗夫斯卡娅　④476.7;
　⑦319.4。

利忒何芬　见李希霍芬。

秀　珍　⑰104。

我佛山人　见吴沃尧。

邱　度　⑨175.9。

邱　遇　⑬589.1；⑰105。

邱九如　④466.3。

邱正纲　见邱度。

邱处机　⑨173.2。

邱韵铎　⑥542.11；⑭31.3。

何　水　⑰105。

何　归　⑰105。

何　充　⑩16.6。

何　苦　见瞿秋白。

何　逊　⑫148.11。

何　栻　③122.8。

何　晏　③545.30。

何　曾　③550.61。

何　焯　④28.25。

何　楷　⑨372.34。

何　键　④296.6；⑤52.5；
　　⑥330.3；⑦398.2。

何　穆　⑰105。

何　凝　见瞿秋白。

何几仲　⑦450.2；⑰105。

何水部　见何逊。

何白涛　⑫519.1；⑬6.1；⑰105。

何尔兹　③11.4。

何自然　⑨70.13。

何作霖　③402.11；⑰105。

何谷天　见周文。

何良俊　⑨71.22。

何春才　⑰105。

何昭容　⑬202.2；⑭132.1；
　　⑰106。

何思敬　⑰106。

何思源　⑫47.8,49.5；⑬609.4。

何香凝　⑤108.2；⑪271.2。

何炳松　⑬503.1。

何晋荣　⑰106。

何爱玉　⑬38.3；⑰106。

何鬯威　⑰106。

何家骏　见魏猛克。

何家槐　⑭83.1；⑰106。

何梦华　⑩10.2。

何植三　⑰106。

何廉臣　②300.6；⑪358.4。

何燮侯　⑰106。

佐　藤　⑰106。

佐藤春夫　⑪414.4；⑫305.5,
　　482.13；⑭193.5；⑰107。

但　丁　①104.15；③367.20；
　　⑥427.3,530.11；⑦216.128。

但明伦　⑨225.8。

但兼珂　见聂米罗维奇－丹钦
　　科。

但农契阿　见邓南遮。

伯　牙　⑧89.16。

伯　禾　⑫454.9。

伯　夷　②427.2；⑥16.21。

伯　松　见张竦。

伯　黎　见巴里。

伯希和　⑦428.2。

伯格森　⑩259.8。

伶　玄　⑨43.16；⑩155.12。

佛罗特　见弗洛伊德。
伽利略　①40.55;④221.26;⑤78.8;⑥120.4;⑪395.19。
余　怀　⑨275.3。
余　瑞　⑰107。
余　阙　⑥35.8。
余日章　⑰107。
余志通　⑰107。
余应鳌　⑨159.31。
余沛华　⑰107。
余象斗　⑨166.2。
余慕陶　⑤308.3。
希　伦　①37.11。
希　籁　见席勒。
希该尔　④462.15。
希特拉　见希特勒。
希特勒　④478.21;⑤221.2;⑥14.10,529.8;⑦426.8;⑩476.5;⑬344.4,362.1,599.6。
希涅克　⑧315.7。
希仁斯基　⑥502.11;⑭415.1。
希赖因汉　⑦340.4。
希拉克黎多　见赫拉克利特。
谷　英　⑰107。
谷　非　见胡风。
谷万川　⑫412.2;⑰108。
谷中龙　⑪239.1;⑰108。
谷种子　见郑还古。
谷源增　③225.6。
谷中安规　⑬540.2。
谷崎润一郎　⑪414.5;⑬40.2。
孚　克　⑩440.15。
孚龙兹　见伏龙芝。
孚勒克洛　①44.88。
孚尔玛诺夫　见富曼诺夫。
龟井胜一郎　⑬545.3;⑭372.3。
鸠摩罗什　①420.3;④397.18。
狄　克　见张春桥。
狄　福　见笛福。
狄更斯　①553.7;⑥372.19;⑩275.23。
狄·昆希　⑤364.4。
狄桂山　⑰108。
狄博尔　⑫113.1;⑰259。
狄纳莫夫　⑰259。
岛崎藤村　⑩308.4。
邹　安　⑪390.5。
邹　阳　⑨416.12,426.7。
邹　弢　⑨226.16。
邹　容　①241.14,489.7;④132.3;⑥568.5。
邹　鲁　⑫36.5。
邹子乐　⑨426.7。
邹元标　⑨159.32。
邹明初　⑰108。
邹梦禅　⑦459.1;⑰108。
邹鲁风　⑭2.1,24.1,31.1,40.4,87.8,137.4;⑰108。
邹韬奋　⑤318.5;⑫395.1;

⑬556.3；⑰108。

亨利二世　①109.71。

库尔贝　⑬393.2。

库普林　④447.7。

库罗巴特金　①421.7。

库克尔涅克斯　⑫436.3。

应　劭　⑨26.8。

应　洲　⑫485.4。

应　瑒　③543.25。

应修人　⑭257.2；⑰108。

庐　隐　⑤565.2；⑭462.2。

辛　人　见陈辛人。

辛　丹　⑰109。

辛　那　⑥129.11。

辛　格　⑦216.127。

辛文房　⑩134.30。

辛克莱　③580.10；④72.27；
　　⑤276.6；⑥163.9；⑩451.3；
　　⑫92.9。

辛岛骁　⑧211.2；⑭178.1；
　　⑰109。

辛弃疾　⑨132.8。

辛家本　见潘家洵。

怀　特　⑦209.68。

怀干特　⑩520.3。

闲　斋　见徐诗荃。

兑内加　见捷依涅卡。

兑佛黎斯　见德佛里斯。

汪　岙　⑭15.5。

汪　希　⑪331.8。

汪　琬　⑨72.33。

汪　琼　⑨263.11。

汪　震　⑰109。

汪士贤　⑩66.3。

汪大燮　⑰109。

汪曰桢　①213.12。

汪文台　⑩8.11。

汪书堂　⑰109。

汪立元　⑰109。

汪达人　⑰109。

汪旭初　⑰109。

汪金门　⑰109。

汪春绮　⑰136。

汪剑尘　⑰109。

汪剑余　⑰109。

汪原放　①433.2；③250.8，
　　323.6；⑫304.4。

汪铭竹　⑰110。

汪敬熙　⑥266.15；⑬354.1。

汪辉祖　⑩11.5。

汪静之　①427.2；②355.2；
　　⑥273.69；⑪394.8；⑰110。

汪精卫　⑤241.7；⑦403.7。

汪懋祖　③93.3；⑤528.2，
　　540.3；⑥80.1；⑪86.4；
　　⑬189.1。

汪曙霞　⑰110。

汪馥泉　④368.4；⑩215.5；
　　⑫67.2，214.1；⑰110。

沄　沁　见吕云章。

沛登柯弗　①319.3。

沛息斯坦因　⑧362.5。

沙　汀　④378.2;⑫503.2;
⑭310.7;⑰110。

沙　孚　见萨福。

沙吉娘　⑫506.5。

沙弗斯伯利　①63.44。

沃尔顿　⑦340.7。

沈　观　⑫372.3,385.1;
⑬520.3;⑰110。

沈　约　⑨70.7。

沈　余　见茅盾。

沈　征　⑨70.15。

沈　括　⑤557.2;⑨392.21。

沈　铨　⑬217.1。

沈　琳　⑰110。

沈　霜　⑰111。

沈　霞　⑰111。

沈一呆　⑥411.2。

沈士远　⑪300.2;⑫52.3,
191.1;⑰111。

沈子余　⑰111。

沈子良　⑰111。

沈从文　④218.11;⑤454.2;
⑥420.4;⑪505.2,511.1,
511.2。

沈尹默　⑧474.5;⑪294.4,
374.4;⑫52.3;⑬122.1;
⑰111。

沈立之　⑰111。

沈亚之　⑨82.18;⑩134.27。

沈西苓　⑭119.1;⑰111。

沈存中　见沈括。

沈仲九　⑰112。

沈仲章　⑰112。

沈后青　⑰112。

沈旭春　⑰112。

沈汝兼　⑰112。

沈寿彭　⑰112。

沈应麟　⑰112。

沈孜研　⑰112。

沈松泉　⑦456.1;⑰112。

沈佩贞　④616.3;⑪39.5。

沈泊尘　①349.2。

沈南苹　见沈铨。

沈钧儒　⑰112。

沈禹希　⑥568.8。

沈养之　⑪345.3;⑰113。

沈兹九　⑰113。

沈祖牟　⑰113。

沈既济　⑧134.10;⑩99.18。

沈起凤　⑨225.11。

沈振黄　⑬239.1;⑰113。

沈瓶庵　⑨248.10。

沈兼士　③416.10;⑧474.5;
⑪79.3,542.2,659.1;
⑫47.6,52.3;⑬122.1;⑰113。

沈康伯　⑰113。

沈商耆　⑰113。

沈雁冰　见茅盾。

沈稚香　⑰114。

沈鹏飞　⑰114。

沈慈晖　⑪363.2；⑰150。

沈端先　见夏衍。

沈德符　⑨44.20，166.3。

沈四太太　②308.2。

宋　玉　③393.4；⑥358.4；
　　⑦252.17；⑨391.17。

宋　白　⑨112.3。

宋　江　③225.9。

宋　阳　见瞿秋白。

宋　钘　⑨13.15；⑩5.7。

宋　琳　⑪308.3，345.4，438.4；
　　⑫447.2；⑬77.1，216.1；
　　⑭15.1；⑰115。

宋　舒　⑰115。

宋　濂　⑨93.18。

宋大展　见宋舒。

宋子佩　见宋琳。

宋云彬　④38.17；⑭161.1；
　　⑰116。

宋太宗　见刘彧。

宋友英　⑰118。

宋公明　见宋江。

宋文翰　⑰116。

宋孔显　⑰117。

宋成华　⑰117。

宋庆龄　④512.4；⑪241.1；
　　⑫363.1，376.6；⑰117。

宋汲仁　⑰117。

宋芷生　⑰117。

宋还吾　⑬609.3。

宋知方　见宋崇义。

宋春舫　⑪423.8。

宋香舟　⑰117。

宋高宗　见赵构。

宋崇义　⑪383.1；⑰117。

宋紫佩　见宋琳。

宋端仪　⑥198.2。

宋德沅　⑰118。

宋徽宗　见赵佶。

冶　秋　见王冶秋。

良　弼　①430.3。

良士果　见里亚希柯。

诃累错　见贺拉替乌斯。

启　孟　见周作人。

评　梅　见石评梅。

君　敏　⑰118。

君　智　⑰118。

君　默　见沈尹默。

尾崎秀实　⑰118。

尾濑敬止　③366.11；⑦375.3；
　　⑩333.3。

张　三　⑰118。

张　飞　⑦7.12。

张　介　⑰118。

张　仪　③117.20。

张　辽　②347.5。

张　机　④145.10。

张　协　⑨417.20。

张　耒	⑧217.8。
张　华	⑨14.26;⑩98.14。
张　巡	⑦233.9。
张　苍	⑨405.4。
张　良	⑪71.1。
张　劭	⑨203.5。
张　岱	②285.23;⑥451.11。
张　泌	④339.3。
张　绂	⑰119。
张　驿	⑰119。
张　荐	⑦331.5。
张　勋	①499.4;③257.48; ④471.7;⑥202.34,580.3; ⑦221.163;⑧199.4。
张　俭	⑥182.23。
张　恢	⑨407.12。
张　读	⑨101.5。
张　继	⑬83.1。
张　望	⑬67.6,155.3;⑰119。
张　渼	⑩19.2。
张　谔	⑰119。
张　瑛	⑰119。
张　萱	⑤488.4。
张　景	⑤557.3。
张　竦	⑨359.18。
张　颐	⑪131.3。
张　誉	⑨144.17。
张　溥	⑩53.4。
张　埔	⑨71.25。
张　慧	⑬63.1,180.1;⑰119。

张　影	⑬354.1;⑰119。
张　澍	⑩36.5。
张　衡	⑧85.19;⑨439.18。
张　鷟	④523.7;⑦331.3, 331.9;⑨81.9;⑩92.18。
张　邈	⑩85.26。
张　燮	⑩66.4。
张　霸	⑨369.16。
张一麐	⑰119。
张之迈	⑫82.3;⑰119。
张之江	③355.15。
张之洞	①330.5;③208.26; ⑤344.8。
张子长	⑰119。
张子侨	⑨442.34。
张天翼	⑫360.4,364.1,503.2; ⑭310.7;⑰119。
张元济	⑥199.18。
张无咎	见张誉。
张木匠	⑰120。
张太和	⑨94.30;⑩138.69。
张友松	⑰120。
张友柏	⑰120。
张仁辅	⑰120。
张月楼	⑰120。
张凤举	见张定璜。
张凤翼	⑨94.30;⑩138.69。
张文成	见张鷟。
张文虎	⑨184.11。
张书绅	⑨175.14。

张平子　见张衡。

张平江　⑰121。

张目寒　⑪649.2；⑰121。

张永成　⑰121。

张永善　⑰121。

张发奎　⑫71.3。

张邦华　见张协和。

张邦珍　⑰121。

张老西　见张启和。

张协和　⑪334.3；⑰121。

张达和　⑰122。

张死光　⑰122。

张师正　⑨112.7。

张光人　见胡风。

张仲素　⑰122。

张竹坡　⑨194.6。

张企留　⑥268.30。

张冰醒　⑫355.1；⑰122。

张秀中　⑰122。

张秀哲　③445.3；⑰122。

张我军　③445.2；⑰122。

张伯行　⑥61.9。

张伯焘　⑰122。

张作相　⑤67.7。

张作霖　④179.16；⑩492.6；
　　⑫58.12,120.2。

张希良　⑧66.4。

张希涛　⑰122。

张辛南　⑰122。

张启和　⑫489.9。

张君房　⑨83.23,112.6；
　　⑩119.37。

张其锽　③338.22。

张若谷　④512.9；⑤90.2,
　　139.2。

张叔辽　见张邈。

张卓卿　⑰123。

张昌宗　⑦474.4。

张国寿　见张国筹。

张国淦　③69.7；⑰123。

张国筹　⑩105.10。

张金吾　⑩62.18。

张学良　④432.5,490.8；
　　⑤34.3,60.8,108.5,158.1。

张宗昌　⑤401.7；⑥332.23。

张定璜　⑪294.4,410.6,625.4；
　　⑰120。

张孟闻　④177.3；⑧271.1；
　　⑰123。

张春桥　⑥535.4；⑰123。

张春霆　⑰123。

张南庄　③323.2。

张厚载　⑧108.8。

张星烺　⑪659.2；⑰123。

张俊杰　⑰123。

张勉之　⑰123。

张亮丞　见张星烺。

张恨水　⑬103.1。

张真如　⑪584.6；⑰123。

张桃龄　⑰123。

张致平　见张望。

张晓天　⑰123。

张晓谷　⑰124。

张奚若　⑫48.15。

张竞生　④167.6;⑪164.1;
⑫90.3。

张阆声　⑰124。

张资平　④162.15,236.2;
⑤193.10;⑥654.2;⑧394.4;
⑫416.6,420.7。

张梦锡　⑩145.6。

张梓生　⑤440.2;⑦473.1;
⑬101.8;⑰124。

张崧年　③130.13。

张维屏　⑨248.7。

张琴孙　⑪351.1。

张博山　见张劭。

张景良　⑰124。

张释然　⑰124。

张敦颐　⑩156.17。

张裕钊　②311.36。

张献忠　①206.11,332.13;
③20.9;④601.4;⑤249.2;
⑥180.15,656.2;⑩255.7。

张锡荣　⑰124。

张锡类　⑰124。

张廉卿　见张裕钊。

张靖宸　⑰124。

张歆海　③133.2。

张煌言　①241.12;③187.9。

张静庐　⑧439.2;⑰124。

张静淑　③295.8。

张慧冲　⑤68.8。

张稼庭　⑰125。

张德辉　⑥35.7。

张襄武　⑰125。

张翼德　见张飞。

张耀翔　⑦242.7,242.9;
⑧164.2。

张露薇　⑥404.4;⑬547.5;
⑰125。

陆云　⑤457.2;⑦140.6;
⑩82.3;⑫147.9。

陆玑　②256.7。

陆机　①304.7;③542.16;
⑤457.2;⑦140.6;⑩45.2,
82.3;⑫147.9。

陆羽　⑨16.34。

陆采　⑨92.11;⑩131.8。

陆炳　⑨194.7。

陆贾　⑨400.2,405.1。

陆贽　⑩136.51。

陆离　⑭169.3。

陆容　⑧222.2。

陆绩　②266.20。

陆游　⑤258.5。

陆九渊　⑨262.7。

陆士钰　⑰125。

陆广微　⑫137.1。

陆心源　③49.15;⑩62.23。

陆秀夫　⑤261.5。
陆龟蒙　④593.8。
陆侃如　⑥270.47;⑫524.16。
陆放翁　见陆游。
陆炳常　⑰125。
陆润青　⑰126。
陆润庠　⑥380.3。
陆缀雯　⑬613.4;⑭118.8。
陆晶清　⑪57.8,293.2;⑰126。
陆繁霜　⑰126。
阿　斗(蜀)　④649.8。
阿　斗　⑰126。
阿　芷　见叶紫。
阿　庚　⑥462.3;⑧522.1;
⑭19.3。
阿　英　见钱杏邨。
阿　河　见阿霍。
阿　菩　见周瑾。
阿　霍　⑦220.155;⑪402.5。
阿克曼　⑪395.22。
阿苏庚　⑬566.2。
阿罗戈　①43.83。
阿恩特　①107.44。
阿难陀　①420.3。
阿阑尼　见奥洛尼。
阿卫巴赫　见阿维尔巴赫。
阿布佉夫　见奥勃鲁契夫。
阿尔洛夫　①118.160。
阿米契斯　见亚米契斯。
阿克耶尔　⑦221.168。
阿特博姆　⑦341.12。
阿基米德　①36.9。
阿勒曼若　①118.163。
阿什布鲁克　⑰259。
阿芬那留斯　⑦375.8。
阿坡里耐尔　⑤593.5;
⑦210.74;⑩523.1。
阿维尔巴赫　⑦205.27;
⑩344.14。
阿尔志跋绥夫　①172.5,249.6,
490.10;②266.16;④447.8;
⑦314.5;⑩185.3;⑬30.5。
阿甫夏洛穆夫　⑯380.18。
阿那克西米尼　①37.14。
阿克雪里罗德　⑦375.8。
阿菲诺甘诺夫　⑬444.3。
陈　节　见瞿秋白。
陈　仪　⑪156.4,665.2;
⑫437.4;⑰128。
陈　因　⑰126。
陈　约　⑰126。
陈　寿　⑨143.5。
陈　抟　②22.8。
陈　忱　⑪440.4。
陈　沂　⑰126。
陈　英　⑰127。
陈　垣　⑰127。
陈　胜　④47.8;⑨400.1。
陈　恒　④55.4。
陈　泰　③355.9;⑨155.4。

陈　涉　见陈胜。

陈　球　⑦333.19。

陈　鸿　⑥339.18;⑩119.38。

陈　渊　②330.11。

陈　瑛　⑰127。

陈　琳　③543.25。

陈　寔　⑨43.15。

陈　畸　⑰127。

陈　蜕　见邹鲁风。

陈　解　⑰127。

陈　源　①248.2;③85.8,
　　203.2;④114.8,178.8,
　　478.15,650.13;⑤6.7;
　　⑥479.5;⑦50.7;⑧403.7;
　　⑩289.21;⑪82.1,564.2。

陈　嘏　⑥265.4。

陈　豨　⑧217.6。

陈　霞　⑰127。

陈　濬　②329.10;⑪336.6;
　　⑫144.1;⑰127。

陈乃乾　⑪161.2,627.4。

陈于盦　⑰127。

陈士斌　⑨175.13。

陈大齐　①131.4;⑤506.3;
　　⑦81.3;⑧476.3;⑪372.3;
　　⑫52.3,132.1;⑰127。

陈大悲　③455.15。

陈万里　③421.7;⑪131.1,
　　627.7;⑰127。

陈子良　⑰127。

陈子英　见陈濬。

陈子展　⑤329.2。

陈子鹄　⑰128。

陈元龙　⑤595.3。

陈元达　⑰128。

陈友仁　④432.3;⑪636.2。

陈友琴　⑥293.4。

陈少求　⑰128。

陈介祺　③49.16;⑬457.1。

陈公侠　见陈仪。

陈公猛　⑰129。

陈文华　⑰129。

陈文虎　⑰129。

陈古遗　⑧83.4。

陈石遗　⑪660.6。

陈东皋　⑰129。

陈仙泉　⑰129。

陈乐书　⑰129。

陈半丁　⑦429.10。

陈永昌　⑰129。

陈皮梅　⑥411.2。

陈西滢　见陈源。

陈百年　见陈大齐。

陈此生　⑬484.1;⑰129。

陈师曾　见陈衡恪。

陈光尧　⑧489.2;⑭35.1;
　　⑰129。

陈光宗　⑬437.3;⑰129。

陈同生　⑰129。

陈廷璠　③355.12。

陈延光　⑰130。

陈延进　⑰130。

陈延炘　⑪114.3；⑰130。

陈延耿　⑰130。

陈仲山　⑥610.3；⑰130。

陈仲弓　见陈寔。

陈仲书　⑰130。

陈仲甫　见陈独秀。

陈仲章　⑰130。

陈仲篪　见陈治格。

陈仲骞　见陈任中。

陈任中　⑪525.2；⑰130。

陈企霞　⑫426.1；⑰130。

陈庆雄　⑰131。

陈兴模　⑰131。

陈次二　⑰131。

陈次方　⑰131。

陈安仁　⑰131。

陈农非　见陈同生。

陈孝庄　⑰131。

陈声树　⑰131。

陈杏荪　⑭153.2。

陈秀文　⑰131。

陈伯平　见陈渊。

陈伯寅　⑰131。

陈辛人　⑥562.19。

陈宏实　⑰131。

陈宏谋　⑨290.16。

陈启修　⑪134.2，186.2；⑰131。

陈君冶　⑰131。

陈君涵　⑫188.1；⑰131。

陈好雯　⑰132。

陈抱一　⑰132。

陈叔宝　②348.13。

陈昌标　⑰132。

陈佩骥　⑭63.1；⑰132。

陈念义　②285.25。

陈炜谟　⑥269.43；⑫9.4；
　　⑰132。

陈学昭　⑧307.7；⑬447.3；
　　⑭92.1；⑰132。

陈浅生　⑰132。

陈泽川　⑰132。

陈治格　⑰132。

陈定谟　⑪124.7，174.2；⑰133。

陈空三　⑰133。

陈绍宋　⑰133。

陈南溟　⑬110.2。

陈钟凡　⑧299.3。

陈禹谟　⑩67.10。

陈顺龙　⑰133。

陈剑锵　⑰133。

陈独秀　①130.3；③479.14；
　　④529.5；⑥76.5；⑪359.8，
　　423.2；⑰133。

陈阁老　见陈元龙。

陈洪绶　⑬44.1。

陈祖范　⑧222.4。

陈眉公　见陈继儒。

陈振先　⑰133。

陈振孙　⑨103.16;⑩60.5。

陈铁生　⑧104.2。

陈铁耕　⑥51.8,155.4;
⑧513.2;⑫509.1,512.2,
519.2;⑬82.4;⑰133。

陈烟桥　⑫509.4,512.2;
⑬23.1;⑰134。

陈通伯　见陈源。

陈继昌　⑰134。

陈继儒　⑥233.2;⑨158.25;
⑬168.2。

陈基志　⑰134。

陈梦庚　⑰134。

陈梦韶　⑧180.4;⑰134。

陈辅国　⑰134。

陈得仁　③323.2。

陈象明　⑰134。

陈康祺　⑨247.4。

陈望道　⑥376.3;⑩318.4;
⑬146.1,185.2,516.1;
⑭170.2;⑰134。

陈炯明　⑦123.11;⑬394.6。

陈焕章　⑫75.3;⑰135。

陈寅恪　⑰135。

陈紫茵　⑩373.5。

陈葆真　⑬67.4。

陈景云　⑩61.10。

陈翔冰　⑰135。

陈翔鹤　⑬474.3;⑰135。

陈普之　⑬67.5。

陈惺农　见陈启修。

陈蓉镜　⑰135。

陈慎之　⑰135。

陈碧岑　⑰135。

陈静生　⑬72.10;⑰135。

陈嘉庚　⑪162.6;⑫8.2。

陈毓泰　⑰135。

陈瑾琼　⑫234.6;⑰136。

陈蝶仙　④312.15。

陈墨涛　⑰136。

陈德征　⑥268.28。

陈翰笙　③205.13;⑫47.12,
53.6。

陈衡恪　⑦429.9;⑫101.1;
⑰136。

陈衡粹　⑪207.1。

陈耀唐　见陈铁耕。

陀　尔　见柯南·道尔。

陀　莱　④462.8。

陀密埃　见杜米埃。

陀拉克罗亚　见德洛克洛瓦。

陀思妥耶夫斯基　①178.5;
③165.13;④447.3;⑤365.5;
⑥72.11,427.2;⑦108.2,
214.108;⑩186.16;⑪317.1,
526.3;⑬209.4。

妙道人　见吴志忠。

邵士荫　⑰136。

邵元冲　⑰136。

邵文熔　⑪336.2;⑫98.1,

388.3;⑰137。

邵仲威　⑰137。

邵次公　⑰137。

邵伯迥　⑰137。

邵明之　见邵文熔。

邵宗汉　⑤466.3。

邵荃麟　⑰137。

邵洵美　④512.8;⑤293.6,
321.4,596.7;⑥4.1,226.3,
415.4;⑦442.16;⑧408.2;
⑫446.3,446.4;⑬13.4,
109.1。

邵冠华　④604.3。

邵振青　③608.13;⑪56.1;
⑰137。

邵铭之　见邵文熔。

邵逸民　⑰137。

邵景渊　⑰137。

邵飘萍　见邵振青。

邰光典　⑪421.3。

纳卢达　⑩463.6。

纳格尔　⑧351.6。

纳兰成德　⑨247.3。

纳兰明珠　⑨247.6。

纳克拉梭夫　见涅克拉索夫。

八　画

武　训　⑥590.3。

武平一　①160.13。

武则天　③141.16。

武者小路实笃　⑩207.5;
⑪425.1;⑰138。

青　然　见吴檠。

青史子　⑨13.12。

青木正儿　⑦207.49;⑪411.11;
⑫240.1;⑭176.1;⑰138。

耶　稣　①60.16;③116.14,
519.4;⑦39.10;⑧113.7。

耶利米　①104.11。

坪井芳治　⑦462.1;⑫345.1;
⑰138。

坪内逍遥　⑩245.14。

其　藻　见胡其藻。

茂　真　⑰138。

茂森唯士　⑦315.16;⑩327.8。

英培尔　⑩387.34;⑫283.7。

英古罗夫　⑩398.5。

苟克嘉　⑰138。

范　丹　③541.12。

范　晔　⑨42.9,371.33;
⑩8.12。

范　摅　⑨102.10;⑩136.48。

范云台　见范文澜。

范文程　⑥61.9。

范文澜　⑧157.2;⑰138。

范乐山　⑰139。

范吉陆　⑰139。

范仲澐　见范文澜。

范仲淹　⑨123.3。

范争波　④297.8。

范亦陈　⑰139。

范寿铭　⑰139。

范伯昂　⑰139。

范沁一　见刘侃元。

范易嘉　见瞿秋白。

范朋克　⑥649.2。

范爱农　②329.8,331.26;
　⑦145.1,450.1;⑪334.7;
　⑬179.2;⑰139。

范朗西　⑰139。

范稚和　⑰140。

范源濂　①283.2;⑧48.1;
　⑰140。

范・戴克　⑦209.69。

范霭农　见范爱农。

莆罗特　见弗洛伊德。

莆理契　见弗理契。

莆勒那尔　见菲涅耳。

茅　坤　⑨440.26。

茅　盾　⑤192.3;⑥562.17;
　⑦221.171;⑪410.5;⑫424.2;
　⑬19.1,98.2,140.1,171.1,
　240.2,300.1,339.6,390.1,
　395.1,459.2,542.3,548.3,
　556.1,612.1;⑭87.4,118.5,
　302.2,310.8;⑰113。

茅大芳　⑥199.11。

林　白　⑤365.7。

林　那　见林奈。

林　来　⑰140。

林　纾　①199.23;④114.5;
　⑤266.9;⑥372.19;
　⑦202.4,429.8;⑧107.2,
　463.4;⑩169.3,275.25;
　⑪375.12。

林　奈　①21.28;⑩274.20。

林　肯　⑪175.8。

林　莽　见楼适夷。

林　逋　⑦163.4,251.16。

林　董　⑧462.3。

林　道　⑦205.32。

林　霖　⑰140。

林　衡　⑧462.3。

林无双　⑰140。

林木土　⑰140。

林长民　⑤617.4。

林仁通　⑰140。

林月波　⑰140。

林风眠　⑫113.3;⑰140。

林文庆　③421.9;⑪144.2,
　542.1;⑫14.1;⑬339.4;
　⑰141。

林玉霖　⑪209.3;⑰141。

林仙亭　⑰141。

林式言　⑰141。

林权助　⑧462.3。

林达根　见伦琴。

林则徐　④333.3。

林竹宾　⑰141。

林伟达　⑰141。

林传甲　⑧462.2。

林次木　⑰141。

林守仁　见山上正义。

林如斯　⑰141。

林克多　④437.1,438.5；
⑫297.2；⑰141。

林步青　⑧539.1。

林伯修　④274.29。

林希隽　⑤592.2；⑥5.5,303.5；
⑧420.7；⑬430.2。

林若狂　见林惠元。

林松坚　⑰141。

林卓凤　⑪294.5；⑰141。

林和清　⑰142。

林庚白　⑬307.4；⑯166.8；
⑰142。

林房雄　④157.2；⑭383.6。

林绍仑　⑰142。

林信太　⑭244.2；⑯369.12；
⑰142。

林洪亮　⑰142。

林语堂　①293.2；③416.9,
608.16；④586.2；⑤362.2；
⑥214.4,349.2,529.9；
⑦207.47；⑧344.3；⑩303.2；
⑪108.1,542.1；⑫34.2,
408.1；⑬135.5,378.1；

⑰142。

林素园　③379.9；⑥71.5；
⑪572.1。

林振鹏　见林卓凤。

林哲夫　⑰143。

林望中　⑰143。

林淡秋　⑰143。

林琴南　见林纾。

林惠元　⑰143。

林景良　⑰143。

林微音　⑰143。

林筱甫　⑰143。

林毓德　⑰143。

林疑今　⑰143。

林鹤一　⑧462.3。

林樾亭　⑧213.13。

林骥材　⑰143。

林芙美子　⑭282.2；⑰143。

林和清子　⑰144。

林癸未夫　④128.2。

枚　乘　⑨393.26。

枚　皋　⑨428.15。

板儿杨　见杨华庭。

松　藻　见片山松藻。

松元三郎　⑦150.1；⑰144。

松本重治　⑰144。

松浦珪三　⑫482.18；⑰144。

杭世骏　⑥184.39。

杰克逊　⑦359.14。

杰克·伦敦　⑫92.10。

画 室 见冯雪峰。

雨 果 ①270.29;⑤241.8,
265.7;⑥229.3;⑦93.3;
⑩186.17,481.2,481.6;
⑫53.5;⑬335.5。

雨谷清 ⑰144。

郁 华 ⑰144。

郁达夫 ③166.20;④26.15;
⑤6.2;⑦50.8,153.1,
162.1,464.1;⑩359.26;
⑪193.4;⑫71.5,118.1,
141.1,212.5;⑰144。

奈 台 见奈德。

奈 端 见牛顿。

奈 德 ⑥495.6。

拔 都 ④149.7,330.10;
⑤77.3;⑥145.8。

抱 朴 ⑰145。

拉 辛 ⑦379.6。

拉马克 ①21.30;④257.5。

拉布拉 见拉普拉斯。

拉芳丁 见拉·封丹。

拉伯雷 ⑦340.8。

拉狄克 ④38.18;⑦205.31;
⑩345.18。

拉迪克 见拉狄克。

拉·封丹 ⑤541.5。

拉斐尔 ①44.93。

拉扎列夫 ⑦222.172。

拉克坦谛 ①39.35。

拉克哈姆 ⑦210.71。

拉拍波特 ⑦214.113。

拉迪诺夫 见拉季诺夫。

拉季诺夫 ⑦395.10;⑩370.13。

拉普拉斯 ①42.72;⑧22.15。

拉甫列涅夫 ⑩387.33;
⑬273.4。

拉柴莱维支 ⑪406.13。

招勉之 ⑧236.4;⑰146。

臤 士 见沈兼士。

欧 文 ③11.2;⑩275.23。

欧阳山 ⑭49.1,310.7;⑰145。

欧阳兰 ③84.6;⑪52.4,74.4。

欧阳纥 ⑨81.7;⑩98.10。

欧阳治 ⑰145。

欧阳询 ⑧216.2;⑨81.7;
⑩98.11。

欧阳修 ⑤474.10;⑨15.28。

欧几里德 ①37.10。

欧阳予倩 ⑥267.16。

欧阳法孝 ⑪346.4。

欧思第德 ①42.74。

欧斯泰儿 ①20.26。

叔 文 ⑭327.4。

叔 齐 ②427.2;⑥16.21。

叔本华 ①61.33;③41.2,
215.2,234.3,464.12;
⑤447.3;⑥430.5。

叔孙通 ⑨400.2。

叔梁纥 ③280.3。

卓　伦　⑥529.7。
卓　治　见魏兆淇。
尚　钺　⑥273.75;⑦299.4;⑪255.3,611.1;⑰146。
尚可喜　⑥651.4。
尚仲贤　⑨93.20;⑩105.13。
尚佩芸　⑫369.1;⑰146。
尚佩吾　⑫285.1,372.5;⑰146。
尚振声　⑫370.2;⑰146。
尚献生　⑰146。
果戈理　①105.18,385.3,420.2;③11.4;④91.2;⑥153.5,265.7;⑧190.6;⑩417.15,453.1;⑪410.4;⑬273.1,444.2,453.4,459.10。
国木田虎雄　⑰147。
国木田独步　⑦433.3;⑭271.3。
国木田道子　⑰146。
昇曙梦　⑦110.17,366.22;⑩326.3。
明　之　见邵文熔。
明　珠　见纳兰明珠。
明太祖　见朱元璋。
明娜·康特　⑩196.2;⑪406.17。
明穆皇后　见庾文君。
明那·考茨基　④570.5。
易　之　⑰147。
易　牙　①455.8。
易　嘉　见瞿秋白。
易卜生　①62.35,171.2,240.8;②133.4;③307.7;④25.8,313.18;⑤497.10;⑥71.10,266.13;⑦207.45;⑩312.4。
易宗夔　⑨72.34。
易家钺　⑫197.2。
易培基　③287.8;⑧230.2;⑪51.4;⑫132.3;⑰147。
易寅村　见易培基。
迪　尔　⑥496.22;⑭394.5。
迪更司　见狄更斯。
迪穆克黎多　见德谟克利特。
岩崎·昶　④423.2。
岩波茂雄　⑰147。
岩野泡鸣　⑪414.5。
罗　丹　①198.18;⑦208.57;⑩189.9。
罗　泌　⑧85.17;⑨92.16;⑩115.9。
罗　素　①232.22;③130.13,502.8;⑤326.2;⑦261.5;⑧150.3,230.7;⑪510.9。
罗　庸　⑪174.1;⑰147。
罗　隐　④593.7。
罗　聘　④635.2;⑥243.5。
罗　濬　⑩33.4。
罗　蘅　⑰147。
罗广廷　④588.12。
罗心田　见罗常培。

罗玄鹰　⑰148。

罗兰珊　⑧495.3。

罗志希　见罗家伦。

罗两峰　见罗聘。

罗伯茨　⑦207.48。

罗飏伯　⑰148。

罗陀夫　见罗道夫。

罗学濂　⑰148。

罗贯中　⑨114.24;⑩160.8;
　⑭400.2。

罗济时　⑰148。

罗振玉　③408.7,591.3;
　⑧88.4;⑪359.9,359.10;
　⑮46.5。

罗振常　⑥656.3。

罗皑岚　⑫137.1;⑰148。

罗家伦　⑥266.12,588.4;
　⑦348.9;⑪370.5;⑰148。

罗常培　⑪161.3,561.1;⑰148。

罗清桢　⑥51.7;⑫414.1;
　⑬82.3,389.3;⑰148。

罗隆基　④349.9。

罗道夫　⑦205.27;⑩344.14。

罗冀阶　⑰149。

罗静轩　⑪255.6,665.5。

罗懋登　⑨184.9。

罗兰夫人　⑤504.4。

罗直兼柯　见罗德钦科。

罗曼罗兰　①199.20;③262.9;
　④462.14,479.26;⑥430.4,

496.15;⑦426.6;⑧190.6,
230.8;⑩467.1;⑫521.7。

罗德钦科　⑦365.8。

罗尔斯卡娅　⑫20.3,73.3,
155.2。

罗蒙诺索夫　④395.4。

罗加切夫斯基　见李沃夫－罗加
切夫斯基。

罗迦契夫斯基　见李沃夫－罗加
切夫斯基。

罗喀绥夫斯基　见李沃夫－罗加
切夫斯基。

帕斯卡　①42.68;⑦250.7。

凯　撒　见恺撒。

凯末尔　见基马尔。

凯拉绥克　见卡拉塞克。

凯罗连珂　见柯罗连科。

凯泰耶夫　见卡达耶夫。

凯尔沛来斯　⑩465.3。

凯绥・珂勒惠支　④462.11;
　⑥495.4,495.11,636.3;
　⑧350.1,351.3,351.5;
　⑫330.3;⑰167。

迭更司　见狄更斯。

迭亢陀耳　见德堪多。

吞　　见高吞。

和　珅　⑨247.2。

和　帝　见萧宝融。

和田齐　⑰149。

和邦额　⑨226.12。

和斯辉　③358.32。
和田维四郎　⑧21.13。
季　市　见许寿裳。
季　谷　见李宗武。
季　茀　见许寿裳。
季　黻　见许寿裳。
季小波　⑰149。
季天复　⑧91.2;⑰149。
季自求　见季天复。
季志仁　⑪320.1;⑫203.2;⑬47.2;⑰150。
季春舫　⑰150。
竺震旦　见泰戈尔。
侍　桁　见韩侍桁。
岳　飞　①256.14;④333.3;⑤229.8,530.4;⑥591.2;⑦163.4;⑧220.8;⑩439.10;⑬119.7。
佩　平　①114.123。
佩伐林塔　⑦220.156;⑩221.2。
帛　远　⑨61.6。
彼兑飞　见裴多菲。
彼兑菲　见裴多菲。
彼象飞　见裴多菲。
彼得斐　见裴多菲。
彼得洛夫　⑰261。
所　忠　⑨438.14。
金　丁　⑫503.2;⑰150。
金　人　⑬367.7,400.3;⑰150。
金　帆　⑰151。
金　君　⑰151。
金　侃　③355.11。
金　钟　⑰151。
金　梁　③592.4。
金人瑞　见金圣叹。
金九经　⑫185.1;⑰151。
金天友　⑰151。
金立因　见钱玄同。
金圣叹　①499.3;③300.6;④544.2;⑤139.4;⑨143.9;⑬159.7,409.2。
金有华　⑰151。
金仲芸　⑰151。
金武祥　⑨226.18。
金性尧　⑬263.1;⑰151。
金剑英　⑰151。
金捧阊　⑨227.29。
金淑姿　④608.2;⑦136.1;⑰151。
金湛然　⑫365.5;⑬207.2。
金微尘　⑰151。
金溟若　⑦208.59;⑪290.2;⑰151。
金肇野　⑬264.1;⑰152。
金子光晴　⑰152。
金子洋文　⑤90.4。
金海陵王　①160.18。
郄　鉴　⑩16.5。
朋　其　见黄鹏基。
朋　思　见彭斯。

胁　水　⑰152。
周　公　①322.3;③140.10;⑤302.3。
周　文　⑥563.28;⑫450.2,503.2,523.1;⑬441.1;⑭310.6;⑰152。
周　权　⑰152。
周　扬　④466.2;⑥563.25;⑩420.51;⑫503.2;⑬492.11;⑰152。
周　冲　⑮166.2;⑰153。
周　宝　⑩141.8。
周　勃　⑨406.6。
周　钟　⑥455.43。
周　晔　⑰153。
周　健　见符其实。
周　涛　⑬350.6;⑰153。
周　密　①160.12;⑧219.2;⑨123.8。
周　琳　⑰153。
周　游　⑨157.20。
周　瑜　⑩166.20。
周　楫　⑨213.8。
周　颖　⑬316.1,526.2;⑰153。
周　蕖　⑯320.8;⑰153。
周　瑾　⑪290.3;⑰153。
周大封　⑰154。
周子和　⑰154。
周子竞　⑬159.3,255.1。
周丰一　⑪390.2;⑮4.10;⑰154。
周丰二　⑪390.1;⑮369.1;⑰154。
周木斋　④489.2;⑤7.9。
周友芝　⑰154。
周中孚　⑩146.11。
周公鲁　⑩131.9。
周凤升　⑪361.5;⑰154。
周凤岐　⑪196.5;⑰154。
周凤珂　⑰154。
周文王　①322.3;②428.7;③140.10。
周文玘　⑨70.16。
周心梅　见周秉钧。
周予同　⑰155。
周正扶　⑰155。
周立波　⑭9.2;⑰155。
周乔峰　见周建人。
周向明　⑰155。
周兆蓝　②256.5。
周庆蕃　②311.37;⑪405.2。
周志初　⑰155。
周志拯　⑰155。
周作人　①586.4;④59.2;⑥315.4;⑦50.4,88.14;⑧88.2,236.3,542.3;⑩210.2;⑪134.6,334.10,360.18,364.3,372.2,374.1,378.1,379.2,390.4;⑫201.1;⑮364.2,375.1;⑰155。

周伯超　⑰157。
周武王　①322.3;②428.10;③140.10;⑥16.19。
周若子　⑮194.6;⑰157。
周秉钧　⑪381.1;⑫490.1;⑰157。
周秉铣　⑰158。
周建人　③359.40;⑥644.14;⑧476.5;⑩289.20;⑪120.5,347.8,385.2,385.3,592.2;⑫309.3,445.3;⑭118.10;⑮444.1;⑯312.4;⑰158。
周茨石　见冯润璋。
周荫人　⑪175.6。
周柳生　⑰160。
周栎园　见周亮工。
周亮工　⑤52.3;⑨156.6。
周起应　见周扬。
周昭俭　⑰160。
周顺昌　⑥456.48。
周剑英　⑬603.1;⑰160。
周冠五　⑰161。
周颂棣　⑰161。
周阆风　⑰161。
周海婴　⑰161。
周清原　见周楫。
周陶轩　⑰162。
周敦颐　⑧532.2。
周椿寿　⑦76.3。
周楞伽　⑰162。
周福清　⑫412.6;⑰162。
周静子　⑪416.2;⑮126.2;⑰162。
周嘉谟　⑰162。
周锵凤　⑰162。
周鲠生　③181.10;⑪161.1。
周醒南　⑰162。
周辨明　⑪131.2;⑰162。
周鞠子　⑭132.2,152.1;⑮302.2;⑰162。
服尔德　见伏尔泰。
忽必烈　⑧219.3。
庚桑楚　②465.4。
废　名　见冯文炳。
育珂摩耳　见约卡伊·莫尔。
郑　五　见郑綮。
郑　玄　③542.14;⑧89.8;⑨357.2;⑩28.4。
郑　和　⑨184.10。
郑　瑛　⑬98.6。
郑　奠　⑫35.1,133.5,153.4;⑰163。
郑　鄤　④608.3。
郑　蔓　⑧88.1。
郑　綮　⑥628.3。
郑　樵　⑨370.27;⑩31.8;⑫406.4。
郑　獬　⑨144.19。
郑　燮　④28.23;⑤393.2,500.5。

郑小箴　⑰163。

郑子明　①557.35。

郑天挺　⑰163。

郑介石　见郑奠。

郑正秋　⑬527.9。

郑成功　③187.9,389.3。

郑仲谟　⑰163。

郑仲夔　⑨71.26。

郑阳和　⑰163。

郑孝观　⑦243.1;⑰163。

郑孝胥　⑥120.2;⑧433.3。

郑还古　⑩134.34。

郑伯奇　④226.49;⑦216.120;
　⑩345.21;⑫330.1,503.2;
　⑬489.1;⑰163。

郑板桥　见郑燮。

郑佩宜　⑰163。

郑泗水　⑰163。

郑钦悦　⑩104.1。

郑振铎　③401.2;④283.3;
　⑥360.4,564.34;⑦442.15;
　⑨3.2;⑩141.4,160.9;
　⑪193.3;⑫142.2,308.1,
　323.2,367.1,397.2,443.1,
　464.1;⑬34.1,207.4,
　336.1,390.2,459.6,513.1,
　554.1,594.3,605.1;⑭60.1,
　87.2,156.1,170.2;⑰164。

郑效洵　⑰164。

郑家弘　⑰164。

郑野夫　⑫485.5,525.1;⑰164。

郑康成　见郑玄。

单忠信　⑰165。

单新斋　⑰165。

浅　野　⑰165。

法　豪　见欧阳法孝。

法布耳　①219.3;③30.14;
　⑤81.3;⑥378.11;⑦354.4。

法兰斯　见法朗士。

法朗士　③70.13,252.20;
　④178.9;⑤497.6;⑥316.7;
　⑩334.11,387.36;⑫92.8。

法棱支　见弗连茨。

法宁该尔　⑧362.5。

法兑耶夫　见法捷耶夫。

法捷耶夫　④224.39;⑤491.4;
　⑥163.9,298.9;⑧442.4;
　⑩358.19,369.1,370.6;
　⑫254.5。

法沃尔斯基　⑥501.4;
　⑦365.15;⑫315.7,315.8,
　507.1。

河　内　⑰165。

河世宁　⑦332.15;⑫130.2。

河野樱　⑰165。

泡メイ　见岩野泡鸣。

波　尔　见波义耳。

波　微　见石评梅。

波义耳　①41.66。

波特莱尔　④234.5,378.4;

⑥269.39;⑦358.5;⑩263.2。
波覃勖迭　见波登斯德特。
波多江种一　⑰165。
波格丹诺夫　④220.22;⑦375.10。
波勒兑蒙德　见蒙特。
波登斯德特　①115.130。
波克罗夫斯基　⑦375.10。
泽耳士　⑦17.2。
泽村幸夫　⑰165。
泽村专太郎　⑰165。
宗　文　见韦丛芜。
宗　汉　见邵宗汉。
实叉难陀　①420.3。
空　六　见陈廷璠。
宓汝卓　⑪193.3;⑰166。
郎　瑛　①159.4。
诗　英　见许世瑛。
房千里　⑨94.27;⑩137.55。
房师俊　⑰166。
房曼弦　⑰166。
祈承㸁　⑩63.27。
该　撒　见恺撒。
建　行　⑰166。
建　纲　⑰166。
居　里　⑦27.11。
居维叶　①21.31。
居里夫人　⑦27.11。
屈　原　①19.17,106.37;②3.1;③216.6;⑤123.3;⑥357.3;⑨389.1;⑫319.4。
屈大均　⑤619.3;⑥181.18。
屈灵均　见屈原。
屈映光　⑪103.2。
弥　尔　见弥尔顿。
弥尔顿　①39.40;⑩166.11。
弥耳敦　见弥尔顿。
妹　尾　⑰166。
妲　己　①556.30;②430.19;⑥209.7。
迦内特　⑦109.12。
迦尔洵　⑩173.4,173.6,175.2,501.2;⑭197.4。
迦尼埃　⑧492.4。
迦梨陀娑　①104.9。
贯　　见高贯。
贯　休　⑭349.2。
孟　母　②57.7。
孟　余　见顾孟余。
孟　轲　③140.8;④17.10,56.9;⑥16.20;⑨379.12。
孟　耆　见蒙日。
孟　真　见傅斯年。
孟　喜　⑨415.8。
孟　森　⑥46.4;⑨248.12。
孟　棨　⑨94.26;⑩104.7。
孟　德　见傅斯年。
孟十还　⑥462.4;⑬237.1,247.1,533.3;⑰166。
孟元老　①159.5;⑨123.4。

孟云桥　⑰167。

孟式钧　⑬369.1。

练熟精　⑰167。

细　井　⑰167。

细井岩弥　⑧21.13。

织　芳　见荆有麟

孤　灵　见章廷谦。

孤　松　见李大钊。

终　军　⑨428.16。

驺　衍　⑨381.18。

驺　奭　⑨381.18。

经子渊　⑰167。

经泰来　⑰167。

九　画

契　支　见济慈。

契　此　⑪436.5。

契开罗　见西塞罗。

契尔尼　⑩463.8。

契红德　见契诃夫。

契诃夫　④296.3；⑤497.11；

　⑥229.4；⑦219.153,418.2；

　⑩186.16,445.1,446.4；

　⑬529.5。

契诃宁　⑦441.8。

契开迦尔　见克尔凯郭尔。

契里珂夫　⑩205.2。

春　台　见孙福熙。

春　菲　见董秋芳。

珂　贝　⑬176.1,181.5；⑰260。

珂　刚　见戈庚。

珂尔文　见科尔温。

珂罗连珂　见柯罗连科。

珂珂式加　⑧362.5。

珂修支珂　见珂斯秋希科。

珂勒惠支　见凯绥·珂勒惠支。

珂斯秋希科　⑩185.6。

珂德略来夫斯基　⑬566.1。

封德三　⑰167。

项　羽　①374.6；③48.5；

　④619.5；⑥15.12。

项　拙　⑰168。

项　煜　⑥455.43。

赵　构　①159.7；④330.13。

赵　佶　④559.3。

赵　晔　⑨27.13。

赵　钺　⑩104.2。

赵　清　⑰168。

赵　越　⑰168。

赵　德　⑰168。

赵与峕　⑨113.13；⑩100.28。

赵与陛　⑧67.8。

赵广湘　⑦379.1；⑩419.42；

　⑰168。

赵之远　⑰168。

赵之谦　⑤265.4；⑫454.8。

赵子昂　见赵孟頫。

赵子厚　⑰168。

赵王伦　见司马伦。

赵元任　⑥81.4。

赵少侯　⑰168。

赵风和　⑰168。

赵丹若　⑰168。

赵令畤　⑩131.4。

赵尔巽　⑦270.6。

赵汉卿　⑰168。

赵竹天　⑰169。

赵自成　⑪473.2;⑰169。

赵赤坪　⑰169。

赵扒叔　见赵之谦。

赵其文　⑪472.1;⑰169。

赵松祥　⑰169。

赵昕初　⑰169。

赵秉忠　⑰169。

赵孟頫　③251.17。

赵荫棠　⑰169。

赵南柔　⑰169。

赵树笙　⑰169。

赵贻琛　⑧219.5。

赵泉澄　⑰169。

赵家璧　⑥616.2;⑫359.1;
　　⑰169。

赵清海　⑰170。

赵琦美　⑩63.30。

赵景沄　⑥268.30。

赵景深　④352.2;⑤308.3;
　　⑦214.113,460.3;⑫135.1,

312.5;⑰170。

赵德麟　⑨91.6。

赵鹤年　⑰170。

赵曦明　⑨262.2。

郝　玭　②347.3。

郝力群　⑥530.17;⑬571.2;
　　⑰170。

郝秉衡　⑰170。

郝荫潭　⑪306.1;⑰170。

郝懿行　②257.13。

荆　公　见王安石。

荆有麟　③79.15,337.16;
　　⑦299.5;⑫19.2,57.10,
　　257.1;⑰170。

革拉特珂夫　④225.40;
　　⑦382.2;⑩399.13。

草　明　⑭49.1,310.7;⑰171。

草　宣　⑰172。

荀　况　⑨391.15。

荀　勖　⑨14.21。

荒木贞夫　⑭241.2。

茫　父　见姚华。

胡　风　⑥559.3;⑬300.1,
　　362.2,439.5,459.1,582.2;
　　⑭28.3,134.2,394.6;⑰172。

胡　考　⑬426.2。

胡　安　⑨438.15。

胡　弦　⑫233.1;⑰172。

胡　适　①270.25;③208.30;
　　④16.7;⑤52.4,543.2;

⑥15.15,108.17,265.6,297.6;⑦241.6,309.5;⑧374.2;⑨248.8,328.2;⑩305.2;⑪123.4,387.1;⑫377.10;⑭2.2;⑰172。
胡　斑　⑩149.1。
胡　绳　⑤586.4。
胡　斯　⑪395.19。
胡　敩　⑦315.14;⑩314.10;⑰172。
胡　蝶　⑤477.4。
胡人哲　⑰172。
胡山源　⑥268.26。
胡也频　①205.2;④290.2;⑫259.6;⑰173。
胡子馨　见吴芝馨。
胡元瑞　见胡应麟。
胡曰从　见胡正言。
胡仁源　③302.6。
胡今虚　⑫428.1,450.1,523.3;⑰173。
胡文炳　②348.7。
胡玉搢　③592.10;⑰173。
胡玉缙　见胡玉搢。
胡正言　⑬437.1。
胡兰成　⑰173。
胡汉民　④334.4;⑦402.6;⑫48.17。
胡民大　⑰173。
胡成才　见胡敩。
胡仲持　⑭396.2;⑰173。
胡仰曾　⑰173。
胡芬舟　⑰173。
胡克家　⑩13.3。
胡应麟　③409.13;⑨16.35,442.32;⑩33.5。
胡怀琛　①412.2;⑤193.12;⑬532.2。
胡其藻　⑬500.2;⑰173。
胡孟乐　⑰174。
胡秋原　④454.2。
胡适之　见胡适。
胡祖姚　⑰174。
胡梦华　①427.2;④529.8。
胡梓方　⑰174。
胡博厚　⑰174。
胡敦复　③180.4。
胡道南　①295.13。
胡聘之　⑧61.2。
胡愈之　④437.4;⑩215.4;⑫39.5;⑬556.2;⑭170.2;⑰174。
胡醒灵　⑰174。
胡缵宗　⑩67.10。
南　山　见陈望道。
南　村　见陶宗仪。
南罗达　见尼鲁达。
南阳王翙　见刘翙。
南亭亭长　见李宝嘉。
南部修太郎　⑩246.28。

南谯王义宣　见刘义宣。

柯　顿　⑦340.7。

柯世五　⑰175。

柯尔纳　①107.46。

柯仲平　⑪145.5；⑰175。

柯拉尔　⑩463.5。

柯宁科夫　⑦209.63。

柯罗连科　①120.183；③584.3；
　④478.14；⑦211.85，376.21；
　⑫314.2；⑬346.2，369.4，
　377.1。

柯南·道尔　⑩418.28。

查士骥　⑰175。

查良钊　③181.10。

查继佐　⑩132.10。

查苏利奇　⑦212.92。

查理九世　⑦252.18。

查葩耶夫　见恰巴耶夫。

柏　生　见孙伏园。

柏　耆　⑩134.31。

柏拉图　①36.7；②311.33；
　⑦251.10；⑧54.3；⑩398.10。

柏烈威　⑫20.1，29.1，155.1。

柳　芳　⑩136.53。

柳　垂　⑰175。

柳　倩　⑰175。

柳　珵　⑨94.27。

柳　登　⑩136.53。

柳　冕　⑩136.53。

柳　褒　⑨442.34。

柳　璟　⑩136.53。

柳下惠　⑤201.3。

柳无忌　⑧339.1；⑰175。

柳无非　⑰175。

柳无垢　⑰175。

柳亚子　⑦151.1；⑫361.2；
　⑰175。

柳宗元　④17.10；⑨80.1。

柳柳桥　⑰176。

柳树人　⑰176。

柳爱竹　⑰176。

柳敬亭　⑨289.12。

柳原烨子　⑦452.1；⑰176。

勃　恩　⑦340.5。

勃尔根　③280.2。

勃克雷　见柏克勒尔。

勃罗亚　③261.6。

勃洛克　③366.12；④37.5；
　⑦314.6，375.14；⑩446.7。

勃莱姆　③30.13。

勃朗宁　③217.13；⑦252.20。

勃兰兑斯　①114.121；⑤296.2；
　⑥271.55；⑦207.48，364.2；
　⑩197.4；⑫528.8。

勃莱兑勒　见布莱德尔。

勃恩·琼斯　⑦359.10。

勃留梭夫　④448.9；⑦314.6；
　⑬447.6。

勃鲁盖尔　②248.13。

勃朗宁夫人　③217.13；

⑦252.20。

勃劳绥惠德尔　⑩191.2。

郦荔臣　⑭197.6;⑰176。

郦食其　⑨400.2。

郦道元　⑨53.3。

郦藕人　⑰176。

耐格里　①23.55。

厘沙路　见黎萨。

威　那　见魏尔纳。

威　男　见凡尔纳。

威尔士　③367.19;④178.10。

威尔逊　⑩302.4。

威累司　见华莱士。

威廉士　③358.34。

威廉二世　④330.12;⑤355.2;
　⑧40.42。

威廉三世　①107.45。

威垒赛耶夫　见魏烈萨耶夫。

威理奇珂夫　⑩200.8。

威绥斯拉夫崔夫　⑩370.13。

轲苏士　见科苏特。

鸥　外　见森鸥外。

显克微支　④528.2;⑥272.65;
　⑩179.8;⑪406.16,410.4。

显理二世　见亨利二世。

显斯妥夫　⑥129.9。

冒　襄　⑨248.11。

星　杓　见周作人。

贵　由　④149.7。

思　孟　⑧112.2。

思迭文　①41.56。

思谛纳尔　见施蒂纳。

品　青　见王品青。

哈　飞　见哈维。

哈　代　⑦93.8;⑩273.10。

哈　同　⑬101.3。

哈　兑　见哈代。

哈　特　⑦214.105。

哈　维　①41.58;⑥120.6。

哈　敦　见赫顿。

哈　雷　⑩496.4。

哈　德　⑩387.36。

哈谟生　见汉姆生。

哈葛德　④476.6。

哈美林　⑪395.22。

哈辅源　⑨290.15。

哈尔培恩　⑦379.5。

哈台列克　见赫特里希。

哈斯马格耳　⑭409.8。

钝　拙　见寿洙邻。

钟　会　③551.64;⑥349.5。

钟　阜　⑤474.8。

钟　惺　⑥455.39;⑨157.20。

钟子岩　⑰177。

钟羽正　⑨195.14。

钟贡勋　⑰177。

钟步清　⑰177。

钟青航　⑰177。

钟宪民　⑰177。

钟娟如　⑰177。

钟离昧　⑩41.4。

钟望阳　⑰177。

钟敬文　③470.2；⑫47.13；
　⑰177。

钢和泰　⑨328.2。

拜　伦　①105.24，109.71，
　239.2；②43.7；⑧40.44；
　⑩273.9。

拜　伦(约翰)　①110.77。

秋　瑾　①295.11，472.1；
　②329.6；③470.5；⑥182.24；
　⑪39.4。

秋田义一　⑰178。

秋田雨雀　⑭357.3。

秋田康世　⑰178。

秋朱之介　⑰178。

科　荷　①319.3。

科仑布　见哥伦布。

科尔温　⑧55.6。

科克多　⑩493.2。

科苏特　①119.175。

科尔却克　见高尔察克。

科贝梁斯卡娅　⑩466.6。

科诺普尼茨卡　⑪394.2，
　395.15。

科瓦列夫斯卡雅　①284.11。

重　君　见羽太重久。

重光葵　⑰178。

段　炼　⑰178。

段干青　⑬352.1，558.3；⑰178。

段可情　⑰178。

段成式　①159.3；③357.30；
　⑧135.13；⑨43.12；⑩135.40。

段安节　⑩146.9。

段沸声　⑰178。

段绍岩　⑰178。

段雪笙　⑫365.2；⑰179。

段祺瑞　③128.4，515.3；
　④103.5；⑥71.4，580.3；
　⑧344.2；⑪57.5；⑫201.3。

俅　男　见蔡元康。

修　黎　见雪莱。

保　宗　见茅盾。

保罗生　①18.8。

保夫理诺夫　⑦365.16；
　⑫315.7，507.1，507.2。

皇甫枚　⑨94.27。

皇甫松　⑩133.24。

皇甫谧　③547.43。

禹　②401.5；③140.10；
　⑧42.4；⑩37.9。

侯　白　⑨15.30，61.4。

侯　康　⑩38.2。

侯失勒　见赫歇耳。

侯汝华　⑬452.2。

侯希民　⑰179。

侯君素　见侯白。

侯俊山　⑤611.7。

衍太太　②300.12。

须藤花代　⑰179。

须藤五百三　⑥636.6;⑬268.2;
　⑭134.4,392.1;⑰179。

须藤武一郎　⑰180。

俞　成　⑧124.2。

俞　芬　⑪501.2;⑰180。

俞　芳　⑪501.2;⑬190.1;
　398.1;⑰180。

俞　明　⑬19.3。

俞　复　①320.11。

俞　樾　③354.5;⑧68.12,
　212.10;⑨226.28,289.12;
　⑪440.5;⑫130.1,135.1。

俞　藻　⑬190.1;⑰180。

俞　辊　⑰180。

俞万春　②285.26。

俞正燮　⑥198.9。

俞平伯　⑥266.11;⑨249.16;
　⑬355.4;⑰181。

俞印民　⑰181。

俞仲华　见俞万春。

俞伯英　⑰181。

俞应符　⑤485.8。

俞英崖　⑰181。

俞雨苍　⑰181。

俞明震　②310.27;⑰181。

俞明诗　⑰136。

俞物恒　⑰181。

俞念远　⑰181。

俞宗杰　⑰181。

俞颂华　⑰182。

俞乾三　⑪345.4;⑰182。

俞鸿渐　⑨226.27。

俞鸿模　⑰182。

俞毓吴　⑰182。

狭斯丕尔　见莎士比亚。

独比伦　见德比尔纳。

昝建行　⑰182。

饶汉祥　③502.11。

饶伯康　⑰182。

饶超华　⑪612.1;⑰182。

盈　昂　⑰182。

亭　林　见顾炎武。

哀　禾　见阿霍。

度　尚　⑨70.10。

施　仇　⑨415.8。

施　乐　见斯诺。

施　宿　③358.39。

施世纶　⑨290.13。

施米特　⑦27.10。

施宜云　⑰182。

施耐庵　⑥541.5。

施威德　⑤385.2。

施复亮　⑰182。

施蒂纳　①61.31;⑩186.19。

施蛰存　⑤350.2;⑥4.3,
　202.33,310.9,480.10,
　586.3;⑧439.3;⑫390.1;
　⑬181.3,428.4;⑰182。

施尼策尔　⑧355.8。

施特拉斯布格　⑩297.5。

施陶费尔－贝尔恩　⑥495.5。

迹　余　见徐诗荃。

彦　德　③593.20。

恺　良　④129.3。

恺　撒　①62.38；②310.31；
　③379.4；⑤602.6；⑥128.2。

恰巴耶夫　⑩418.32。

恽代英　⑭319.5。

恽铁樵　⑬95.8。

炯　之　见沈从文。

美斯特罗维克　⑦208.62。

姜　仇　⑰183。

姜　华　⑰183。

姜　尚　②428.11；⑤461.4。

姜　琦　⑪384.4。

姜太公　见姜尚。

姜妙香　⑦122.3。

姜宸英　⑨247.5。

娄如瑛　⑬89.1；⑰183。

娄春舫　⑰183。

前田寅治　⑰183。

前田河广一郎　⑰183。

洪　迈　③354.7；⑥199.17；
　⑨112.12。

洪　昇　⑨82.22；⑩119.42。

洪　适　⑧80.3。

洪　哥　见黎元洪。

洪　深　⑪158.1；⑭119.2。

洪　楩　⑥360.3。

洪秀全　①489.6。

洪昉思　见洪昇。

洪学琛　⑰183。

洪承畴　⑥651.4。

洪亮吉　⑨263.10。

洪咨夔　⑤474.7。

洪颐煊　⑩61.15。

洙　邻　见寿洙邻。

活埋庵道人　见徐树丕。

洛　扬　见冯雪峰。

洛　克　①120.181；⑦250.6。

洛菲罗　见拉斐尔。

洛及培庚　见培根(R)。

洛莫洛莎夫　见罗蒙诺索夫。

洛普商斯奇　⑪394.10。

济　深　见李济深。

济　慈　①112.100；②43.7；
　⑤503.2；⑦284.8。

浑良夫　④27.19。

津　曲　⑰183。

津岛文　⑰183。

宣　鼎　⑨226.25。

宥克立　见阿基米德。

室伏高信　⑰184。

宫竹心　⑧465.1；⑪398.3，
　400.1，412.1；⑰184。

宫地嘉六　⑤90.3。

宫崎龙介　⑦452.1；⑰184。

宫木喜久雄　⑬526.5。

宫本百合子　⑬261.2。

宫野入博爱　⑰184。

客兰恩夫人　⑰184。

祖　正　见徐祖正。

祖台之　⑨54.14。

祖冲之　⑨54.13。

神保小虎　⑧21.13。

祝　颖　⑪345.3。

祝秀侠　⑤113.8;⑰184。

祝宏猷　⑰184。

祝荫庭　⑰184。

祢　衡　③545.29;⑥214.8;
　⑨321.1。

祢正平　见祢衡。

费　定　⑥163.9;⑦445.3;
　⑩386.20;⑫280.11,514.2;
　⑬273.4。

费同泽　⑰185。

费希特　④537.14。

费明君　⑭164.1;⑰185。

费鸿年　⑰185。

费慎祥　⑫334.1,383.1;
　⑬132.1,405.1;⑭391.2;
　⑰185。

眉　山　⑰185。

眉　彪　见梅标士。

姚　华　⑫454.10。

姚　克　⑫378.1,403.2;⑭6.2;
　⑰185。

姚　咨　⑩137.61。

姚　莹　⑩67.11。

姚　崇　⑦332.7;⑩120.48。

姚之骃　⑩8.9。

姚元崇　见姚崇。

姚可昆　⑰186。

姚白森　⑭310.9;⑰186。

姚名达　⑫135.3。

姚汝能　⑨95.34。

姚志曾　⑫389.1;⑬16.3;
　⑰186。

姚祝卿　⑰186。

姚蓬子　⑦457.1;⑬204.6;
　⑰186。

贺　非　见赵广湘。

贺　循　⑩28.4,45.2。

贺云鹏　⑰186。

贺昌群　⑰186。

贺嗣章　⑰187。

贺川丰彦　⑰187。

贺尔拜因　⑦337.4。

贺拉替乌斯　⑧477.2。

姨　母　⑰185。

柔　石　④154.1,247.5,286.1,
　290.2;⑥528.3;⑦395.5;
　⑧392.14;⑩384.9;⑪7.7,
　294.6;⑫255.2,259.6;
　⑯244.4;⑰187。

骆宾王　④635.4。

骆宾基　⑰187。

幽　兰　见山本初枝。

十　　画

耕柱子　②481.8。

秦　汾　⑰188。

秦　桧　③90.4；④601.2；
⑤230.9；⑧381.5。

秦　醇　⑨113.19。

秦再思　⑨112.9。

秦君烈　⑰188。

秦始皇　①374.5；③48.4；
④618.4；⑤224.3；⑥14.9；
⑧192.18。

秦涤清　见抱朴。

秦锡铭　⑰188。

泰　奴　见泰纳。

泰　因　见泰纳。

泰　纳　④86.4，274.26；
⑧369.3；⑩197.5。

泰戈尔　①198.17；②133.4；
③183.19，365.4；④17.12，
516.2；⑤617.3；⑦78.3，
134.2；⑩219.5；⑪449.1。

泰忒林　见塔特林。

泰勒斯　①17.3。

班　固　④631.6；⑨12.6，41.1，
379.7，439.18；⑩4.2。

班　恩　⑦221.169。

班　彪　⑨440.24。

班纳克　⑪394.10。

班菲洛夫　见潘菲洛夫。

班台莱耶夫　⑩438.1；⑬356.3。

素　元　见韦素园。

素　民　见汪希。

素　园　见韦素园。

耿济之　⑩314.9；⑫188.3；
⑬538.4，566.3；⑭160.1。

耿精忠　⑥651.4。

聂　田　⑨112.8。

聂绀弩　⑥26.2，562.18；
⑬237.2，240.4，300.1，588.1；
⑰188。

聂维洛夫　⑦396.12；⑩416.10；
⑫351.5。

聂米罗维奇－丹钦科　⑦319.2。

起　应　见周扬。

起　明　见周作人。

起　孟　见周作人。

盐　泽　⑫340.1；⑭228.1；
⑰188。

盐谷温　③254.32；⑨3.1，
28.20；⑪193.2；⑫524.14；
⑭205.1；⑰188。

盐谷节山　见盐谷温。

盐谷俊次　⑰188。

袁　枚　③358.31；⑤265.3；
⑥358.8；⑨225.10。

袁　郊　⑩91.15。

袁　盎　⑨407.13。

袁　黄　②86.2。
袁　康　⑨27.14。
袁于令　见袁韫玉。
袁子才　见袁枚。
袁无涯　⑧152.4;⑨157.13。
袁中郎　见袁宏道。
袁文薮　⑪334.8;⑰189。
袁世凯　①229.2;③115.11,234.2,490.5;④471.6;⑤103.3;⑥133.4,332.21,570.16;⑦270.9;⑧200.9;⑰189。
袁延龄　⑰189。
袁志先　⑰189。
袁希涛　③593.17;⑫38.2。
袁宏道　④544.3;⑤500.5;⑥181.22,237.3,237.8;⑦141.12;⑨158.22;⑬135.4。
袁牧之　⑰189。
袁匋盦　⑰189。
袁项城　见袁世凯。
袁韫玉　⑨144.12。
都介涅夫　见屠格涅夫。
埃　森　⑦359.12。
莱　什　⑧495.4。
莱　斯　⑩463.9。
莱　德　见里德。
莱勒孚　④342.9。
莱蒙托夫　①113.115;⑦97.8;⑩417.15;⑪406.16。
莱尔孟多夫　见莱蒙托夫。
莫　尔　①401.9。
莫友芝　⑩62.20;⑮237.1。
莫休符　⑨81.10;⑩132.18。
莫泊桑　⑤498.12;⑦214.113;⑩451.2;⑭197.5。
莫理斯　⑩274.11。
莫索里尼　见墨索里尼。
莫察罗夫　⑥502.11。
莫尔什蒂克(A)　⑩463.9。
莫尔什蒂克(V)　⑩463.9。
我默·伽亚谟　④447.6。
荷　马　①108.53;④237.5;⑥111.36;⑦251.11。
荷惠勒　见霍威尔斯。
荷勒巴因　见贺尔拜因。
晋元帝　见司马睿。
晋康帝　见司马岳。
莎　子　⑥269.42。
莎士比亚　①44.92,422.14;②405.29;③6.10;④237.6;⑤307.2,589.2;⑥128.2;⑧429.4;⑩275.22;⑬59.1。
桂太郎　⑬18.4;⑰189。
桂百铸　⑰189。
桔　朴　⑰189。
桓　谭　⑨11.2。
格　林　⑰260。
格罗泼　④356.3,463.16。

格罗斯　④158.5,158.7；
⑥245.2；⑧362.8,363.2；
⑩478.2。

格理莱　见伽利略。

格兰尼奇　⑰259。

格里莱阿　见伽利略。

格里累阿　见伽利略。

格拉特珂夫　见革拉特珂夫。

格列高里夫人　④226.50。

格里戈罗维奇　⑦109.7；
⑬515.2。

格里戈洛维奇　见格里戈罗维
奇。

索　瓦　⑩463.8。

索　非　⑰190。

索陀威奴　见萨多维亚努。

哥白尼　①20.24。

哥伦布　①421.11；⑤365.9；
⑧192.18。

哥尔德斯密斯　⑧70.2。

栗原猷彦　⑰190。

贾　山　⑨405.2。

贾　华　⑰190。

贾　岛　⑧535.3。

贾　泉　⑨69.3。

贾　谊　⑨405.3,439.18。

贾凫西　①6.7；⑦328.9；
⑧219.4。

贾思勰　⑩30.4。

贾德耀　③299.2。

速不台　④149.5。

配伐林泰　见佩伐林塔。

夏　言　⑨195.11。

夏　衍　⑥222.8,563.24,
563.25；⑦442.14；⑧409.3；
⑫503.2；⑰190。

夏　超　⑪196.4。

夏元瑮　⑰190。

夏丏尊　⑬215.1；⑭161.1；
⑰190。

夏志和　⑰187。

夏传经　⑭34.1；⑰190。

夏征农　⑰190。

夏宗澜　⑨262.4。

夏侯玄　③546.38。

夏侯宽　⑨401.7。

夏祖熊　⑨262.6。

夏莱蒂　⑰191。

夏康农　⑰191。

夏葵如　⑰191。

夏敬渠　⑨261.1。

夏揖颜　⑰191。

夏曾佑　③593.12；⑪358.5,
368.14；⑬441.3；⑰191。

夏震武　⑪343.12。

夏穗卿　见夏曾佑。

夏目漱石　④528.3；⑩244.3；
⑪391.8,414.6。

原　宪　⑩85.33。

原白光　⑦110.14。

原田让二　⑰191。

烈赛尔　见黎萨。

烈烈维支　见列列维奇。

顾　况　⑩97.5。

顾　琅　⑰191。

顾一樵　⑰192。

顾八代　⑥61.9。

顾广圻　⑩63.25。

顾子言　⑰192。

顾元庆　⑩98.9；⑫54.2。

顾正谊　⑬168.1。

顾世明　⑰192。

顾可学　⑨195.8。

顾石君　⑰192。

顾仲芳　见顾正谊。

顾兆熊　见顾孟余。

顾炎武　①401.7；⑤459.8；
　　⑫406.4。

顾孟余　③287.8；④37.4；
　　⑪139.5，589.2；⑫22.5；
　　⑰192。

顾亭林　见顾炎武。

顾恺之　⑬61.4。

顾养吾　⑰192。

顾宪成　⑥237.5。

顾颉刚　②237.7，401.6；
　　③454.9，471.10，479.10，
　　566.6；④41.1；⑪123.2，
　　196.1，564.3，584.4；⑫31.3，
　　35.2，50.8，57.4；⑬171.2；

⑰192。

顾鼎梅　⑰192。

顾敦鍒　⑰193。

顾震福　⑰193。

顿宫宽　⑰193。

振（曰振）　⑰193。

振　铎　见郑振铎。

致　平　见张望。

柴霍夫　见契诃夫。

柴霍甫　见契诃夫。

柴门霍夫　①358.5；⑦39.6。

党家斌　⑰193。

晓　真　⑧276.1。

晁　错　⑨406.11。

晁公武　⑨42.5；⑩60.3。

晁说之　⑥200.19。

晏　殊　⑨69.5。

恩　琴　⑩193.2。

恩格勒　见恩格斯。

恩格斯　④570.5。

唆罗诃夫　见萧洛霍夫。

峰簏良充　⑰193。

圆谷弘　⑰193。

特嘉尔　见笛卡儿。

特莱孚斯　③217.15。

特烈捷雅柯夫　⑦215.116。

钱　坫　⑥110.29。

钱　起　⑥453.25。

钱　彩　⑨159.33。

钱　曾　①161.19；⑧212.7；

⑨18.49;⑩61.11。

钱　镠　④612.4;⑦162.2;
　⑩141.10;⑫52.2。

钱大昕　⑨174.5。

钱天树　⑩62.17。

钱公侠　⑰193。

钱允斌　⑰194。

钱玄同　①131.4,443.14;
　④17.9,179.15;⑥110.30;
　⑦38.2,59.2,460.2;⑧127.2,
　139.3,434.3;⑪48.7,308.1,
　364.1,375.10,377.1;
　⑫226.6,534.3;⑰194。

钱亦尘　⑰194。

钱均夫　⑰194。

钱江春　⑥268.31。

钱杏邨　④224.36;⑬577.4;
　⑭409.1;⑰126。

钱君匋　⑫122.1;⑰194。

钱季青　⑰195。

钱念劬　⑫223.1;⑰195。

钱泰吉　⑩62.16。

钱秣陵　⑰195。

钱能训　⑦261.6。

钱谦益　①132.14;⑥202.35;
　⑩61.10;⑫502.6。

钱锦江　⑰195。

钱静方　⑨184.8。

钱稻孙　⑪367.8;⑰195。

钱武肃王　见钱镠。

铁　铉　⑥184.34。

铁捷克　见特烈捷雅柯夫。

铃木敏　⑧21.13。

铃木大拙　⑰196。

倭　堪　见奥铿。

倪　瓒　⑪430.13。

倪文宙　⑰196。

倪汉章　⑰196。

倪家襄　⑰196。

倍尔德兰　见贝特朗。

倍林斯基　见别林斯基。

息孚支培黎　见沙弗斯伯利。

射阳山人　见吴承恩。

徐　广　⑩30.5。

徐　元　⑰196。

徐　匀　④124.2。

徐　乐　⑨427.13。

徐　讦　⑤512.2;⑬123.2,
　199.5,599.1;⑰196。

徐　华　⑰197。

徐　行　⑰197。

徐　芬　⑰197。

徐　来　⑤477.4。

徐　松　⑩91.10。

徐　桐　⑥331.11;⑨304.20。

徐　铉　⑨111.2。

徐　陵　⑨418.23。

徐　娘　⑤127.6。

徐　翘　⑰197。

徐　渭　④587.7;⑤49.2。

徐　谦　③287.8;⑪178.1。

徐　幹　③543.25。

徐　福　⑤596.8。

徐　翼　⑰197。

徐夫人　⑫228.3。

徐元太　⑦104.3。

徐少眉　⑰197。

徐文长　见徐渭。

徐以孙　⑰197。

徐玉诺　⑬225.2。

徐世昌　②349.25;③140.8;
　⑪274.1;⑫212.2。

徐吕孙　见徐维则。

徐式庄　⑰197。

徐吉轩　⑰197。

徐同柏　⑧90.18。

徐仲荪　⑰198。

徐企商　⑰198。

徐旭生　见徐炳昶。

徐名鸿　⑰198。

徐志摩　③192.6,208.31;
　④140.5;⑤617.5;⑦6.7;
　⑫53.6,71.8。

徐声涛　⑰198。

徐时栋　⑨247.6。

徐伯昕　⑬371.4;⑰198。

徐沁君　⑰198。

徐季孙　⑰198。

徐宝谦　⑰198。

徐宗伟　⑰198。

徐诗荃　⑧292.2;⑪304.7;
　⑫241.3;⑬17.1,27.1,
　36.1,79.1,91.2,101.9,
　139.2,144.1,156.3,162.1,
　523.1,542.1;⑰199。

徐树丕　③28.5。

徐树铭　⑮27.1。

徐树铮　③307.6;⑬380.3。

徐思旦　⑰199。

徐思庄　⑰200。

徐思道　⑰200。

徐炳昶　①255.2;③28.2;
　⑪293.3;⑰198。

徐祖正　③486.3;⑪134.6,
　199.1;⑫9.1;⑰200。

徐耘阡　⑫231.4。

徐班侯　⑪361.4;⑰200。

徐挽澜　⑰200。

徐益三　⑰200。

徐调孚　⑭140.2,161.1。

徐培根　④504.18;⑥512.3。

徐彬如　⑰200。

徐象梅　⑩33.5。

徐涵生　⑰200。

徐维则　⑧83.6。

徐森玉　⑰200。

徐悲鸿　⑤515.2,613.2;
　⑫499.3;⑰200。

徐景文　⑰200。

徐道邻　⑬380.3。

徐锡麟　①456.9;②329.4;
　③115.9。

徐蔚南　④334.7;⑰200。

徐藕仙　⑰200。

徐懋庸　⑥302.1,559.2;
　⑫495.1;⑬130.2,185.1,
　527.7;⑰201。

徐霞村　⑰201。

徐霞客　⑧4.1。

徐耀辰　见徐祖正。

殷　夫　见白莽。

殷　芸　⑥337.11;⑨43.13。

殷　林　⑰201。

般　生　⑦348.8。

拿破仑　①44.91;④177.5;
　⑤285.5;⑥147.2;⑧192.18。

爱　而　见李遇安。

爱伦·坡　②248.19;④342.4;
　⑬114.3。

爱伦·凯　①285.12。

爱伦堡　④141.11,244.6;
　⑥297.2;⑩388.40;⑬314.1。

爱伦德　见阿恩特。

爱迪生　⑤18.5,365.9。

爱默生　⑤250.5。

爱因斯坦　①421.10;⑦426.7。

爱罗先珂　①219.4,243.25,
　404.3,406.3,586.2;⑤287.2;
　⑥271.59;⑧150.2;⑩215.3,
　221.4,485.2;⑪399.6,415.1,

　416.1;⑬101.4;⑯640.5;
　⑰201。

爱诺尔特　见亚诺德。

爱因斯坦因(A)　见爱因斯坦。

爱因斯坦因(M)　⑩416.12。

翁方纲　⑧80.2。

胶　仓　⑨428.16。

桀　　①322.3,455.8。

留　先　见朱家骅。

高　友　⑬438.2。

高　仁　⑧74.6。

高　如　⑨155.2。

高　更　⑦485.4;⑭243.1;
　⑮14.5。

高　明　⑦395.3;⑭238.1;
　⑰201。

高　吞　⑧74.6。

高　贯　⑧74.7。

高　俨　⑧74.5,75.10。

高　骈　⑨102.11。

高　植　⑭405.1;⑰202。

高　鲁　⑰202。

高　歌　⑦281.2;⑰202。

高　鹗　⑨247.1。

高　儒　⑨18.48;⑩63.31。

高一涵　③181.10,402.7;
　④178.11;⑪665.4;⑰202。

高三益　见高友。

高士奇　⑨247.6。

高久肇　⑰202。

高长虹　②382.8；③401.3，
　521.2；④60.8；⑥71.6，
　273.71；⑦218.141,281.3，
　299.4；⑧177.1；⑪64.1；
　⑰202。

高长弼　⑧74.8。

高仁山　③128.7。

高本汉　⑤383.2。

高归彦　⑧74.4,74.9。

高尔伊　⑧24.38。

高尔基　①199.21,249.5；
　②86.5；③11.4；④288.10，
　448.9；⑤497.9；⑥163.9，
　229.4,535.5；⑦206.38，
　314.6,319.5,375.10,418.1；
　⑧381.7；⑩189.5,442.1，
　513.6；⑫157.1；406.6，
　410.2；⑬12.4,377.2,452.1。

高永乐　⑧74.8。

高步瀛　⑰202。

高秀英　⑰203。

高良富子　⑦455.1；⑬534.2；
　⑭215.1；⑰203。

高君风　⑰203。

高彦休　⑨102.7。

高桥穰　⑰203。

高峻峰　⑰203。

高越天　⑥651.3。

高福林　⑰203。

高澹人　见高士奇。

高山章三　⑰203。

高尔察克　⑩369.3。

高冲阳造　⑩476.3。

高良富子　见高良富。

高桥悟朗　⑰203。

高桥淳三　⑰203。

高桥澈志　⑰203。

高桑驹吉　⑭81.3。

高滨虚子　⑩244.6。

高尔斯华绥　③11.4；
　⑦214.113。

高村光太郎　⑦208.61。

郭　巨　②267.24。

郭　珊　⑰204。

郭　勋　⑨156.9。

郭　亮　④93.6。

郭　宪　⑨41.2；⑩145.8。

郭　象　⑨112.11。

郭　曼　⑭65.5。

郭　湜　⑨94.33。

郭　解　⑪30.10。

郭　璞　⑨28.17。

郭广瑞　⑨290.15。

郭令之　⑰204。

郭尔泰　⑰204。

郭庆天　⑰204。

郭舍人　⑨428.17。

郭沫若　③256.42,470.6；
　④125.11,314.27；⑤276.7；
　⑥561.12；⑩318.6；

⑪150.1,414.7;⑭345.3。
郭孟特　⑰204。
郭昭熙　⑰204。
郭焕章　⑰204。
郭德金　⑰204。
郭德修　⑰204。
郭澄之　⑨69.3。
郭耀宗　⑰204。
席　勒　①63.46。
席　曼　⑧347.7。
斋　藤　⑰204。
斋田乔　⑰204。
斋藤贞一　⑰204。
斋藤秀一　⑰204。
斋藤菊子　⑰204。
斋藤摠一　⑰205。
唐　诃　⑬350.1,389.1;⑰205。
唐　英　⑩120.43。
唐　庚　⑧220.6。
唐　弢　⑤228.2;⑬184.1,246.2;⑰205。
唐　勒　⑨391.17。
唐　寅　①421.8;④587.7;⑥27.8。
唐　熊　⑧463.5。
唐有壬　③479.15;④115.9。
唐伯虎　见唐寅。
唐英伟　⑬495.1;⑰205。
唐鸣时　⑥268.30。
唐依尼　⑰205。
唐南遮　见邓南遮。
唐顺之　⑨194.5。
唐寓之　⑧84.13。
唐群英　⑪39.5。
唐静恒　⑰205。
唐山夫人　⑨401.7。
悄　吟　见萧红。
凌　煦　⑰205。
凌廷堪　⑥35.6;⑨263.13。
凌初成　见凌濛初。
凌叔华　③256.43;④218.11;⑥272.67。
凌迪知　⑩106.24。
凌念京　⑪359.14。
凌濛初　①163.35;⑨94.29,213.7;⑩117.24。
凌璧如　⑰205。
料治朝鸣　⑤608.4。
兼　士　见沈兼士。
涅　特　⑪406.15。
涅威罗夫　见聂维洛夫。
涅克拉索夫　⑦109.7,211.83;⑫141.4;⑬391.3。
浩歌子　见尹庆兰。
海　纳　见海涅。
海　涅　④244.8;⑥530.13;⑩475.1;⑫186.2。
海　塞　⑪395.22。
海克尔　①18.5,256.8;⑥377.10;⑧38.26;⑪631.5。

海京伯　④619.10;⑤356.5。

海端生　⑰206。

海伦·福斯特　⑫481.8;
　⑬25.7;⑰226。

浮丘伯　⑨415.3。

流　水　⑰206。

宴　太　见羽太信子。

宾斯妥克　⑦214.113。

容　庚　⑫41.3;⑫533.2。

容肇祖　⑪608.2;⑫41.3。

朗　格　⑩516.6。

诸葛亮　③90.4;④648.4;
　⑤250.8;⑧381.6;⑩166.20;
　⑬159.6。

诸葛恢　⑩18.7。

诺尔道　①330.2。

诺维柯夫－普里波依　⑬423.5。

冢本善隆　⑪324.3;⑰206。

调垒尔　见丢勒。

谈君纳　⑰206。

弱　水　见潘梓年。

展　堂　见胡汉民。

陶　轩　⑦159.1;⑰206。

陶　珽　⑩24.4。

陶　潜　①221.18;③78.5,
　295.9,552.67;⑥178.5,
　233.4,338.14;⑦140.6,
　251.16;⑨53.9;⑩82.3;
　⑫148.10。

陶元庆　③574.2;⑦272.1;

⑧349.2;⑩92.23,260.14;
　⑪213.2,515.4,523.1;
　⑰206。

陶公衡　⑰207。

陶亢德　⑫460.1;⑬139.1,
　199.5;⑰207。

陶书臣　⑰207。

陶乐勤　①433.5。

陶成章　③115.10,324.10。

陶光惜　⑰207。

陶仲文　⑨194.7。

陶寿伯　⑰207。

陶伯勤　⑬244.2;⑰207。

陶冶公　见陶望潮。

陶昌善　③181.10。

陶征士　见陶潜。

陶念卿　⑰207。

陶宗仪　⑩20.6,115.6。

陶孟和　③209.33;⑰208。

陶振能　⑬283.2;⑰206。

陶望潮　⑪537.1;⑰208。

陶渊明　见陶潜。

陶晶孙　⑰208。

陶璇卿　见陶元庆。

桑普森　⑦209.65。

绢笠佐一郎　⑰208。

绥　珊　见塞尚。

绥甫林娜　见谢芙琳娜。

绥理绥夫　⑰208。

绥蒙诺夫　⑩468.1。

绥拉菲摩维支　④296.3；
⑤536.6；⑥163.9，405.8；
⑩399.12，417.18；⑫506.6。

继　晓　⑨165.1。

十 一 画

理　定　⑦221.166；⑩356.3；
⑫280.14；⑰260。

理惠拉　见里维拉。

培　因　⑩197.6；⑪406.11。

培　根（R）　①39.45。

培　根（F）　①41.60。

培特尼　见别德内依。

培那文德　⑩310.3。

培那特萧　见萧伯纳。

培林斯基　见别林斯基。

培得诃芬　见贝多芬。

培赛勉斯基　见别泽缅斯基。

堀口大学　⑦210.76；⑩507.2。

堀尾纯一　⑰208。

堀越英之助　⑰208。

基　佐　④274.26。

基马尔　⑤573.5。

基兰德　⑬470.1。

基尔霍夫　①40.52。

勒　朋　①331.8；③156.14。

勒　保　⑨288.3。

黄　厶　⑰208。

黄　龙　⑰209。

黄　平　⑫363.2。

黄　兴　①242.16；⑥581.12。

黄　坚　③421.7；⑪123.6，
564.4。

黄　易　①188.8。

黄　忠　⑦7.11。

黄　香　②266.19。

黄　郛　①362.5；⑤151.1，
156.6；⑪51.4。

黄　晟　⑩91.13。

黄　梅　见王肇鼎。

黄　巢　①230.10；④86.8；
⑤216.3；⑩141.9。

黄　慎　⑫454.7。

黄　源　⑥559.3；⑬86.2，
200.1，562.1；⑰209。

黄于协　⑰209。

黄士英　⑰209。

黄山定　⑰209。

黄子立　⑬243.1。

黄子澄　⑥199.11。

黄允交　⑨103.19。

黄正刚　⑰209。

黄丕烈　⑩63.25。

黄汉升　见黄忠。

黄幼雄　⑰209。

黄廷鉴　⑩157.25。

黄延凯　⑰210。

黄仲训　③415.3。

黄后绘　⑰210。

黄行武　⑰210。

黄守华　⑰210。

黄运新　⑰210。

黄芷涧　⑰210。

黄克强　见黄兴。

黄昌谷　⑰210。

黄季刚　⑰210。

黄炎培　⑰210。

黄春园　⑰210。

黄药眠　⑰210。

黄省曾　⑨43.14；⑩22.4。

黄彦远　⑰211。

黄说仲　见黄维辑。

黄莫京　⑰211。

黄振球　⑦470.1；⑰211。

黄萍荪　⑦468.1；⑧450.1；
　　⑭25.1；⑰211。

黄萧养　①241.13。

黄涵秋　⑰211。

黄维辑　⑩105.15。

黄尊生　⑰211。

黄鹏基　①269.22；③390.8；
　　⑥273.73；⑰211。

黄新波　⑬67.2；⑰211。

黄静元　⑰211。

黄瘦鹤　⑰211。

黄震遐　④329.5,329.9,577.4；
　　⑤45.4。

黄瘿瓢　见黄慎。

菲希德　见费希特。

菲涅耳　①40.50。

菲勒普·米勒　⑦205.35,
　　366.23。

菊池宽　⑩246.27。

菊川英泉　⑦359.11。

菅又吉　⑰211。

菅原英　见升屋治三郎。

萧三　⑫315.3,329.1,
　　506.12；⑬360.2,459.8,
　　606.3；⑰212。

萧军　⑥297.1,534.2；
　　⑬225.1；⑰212。

萧红　⑥423.1；⑬251.1,
　　252.2,257.1；⑭162.2；
　　⑰212。

萧纲　⑧216.3。

萧参　见瞿秋白。

萧绎　⑨359.18。

萧衍　②69.4；⑩48.3。

萧特　⑤20.4。

萧殷　⑰213。

萧绮　⑨53.5。

萧一山　⑬441.2。

萧大心　⑧216.3。

萧子隆　⑧84.12。

萧友梅　③181.10；⑪98.2；
　　⑰213。

萧伯纳　③103.6,464.11；
　　④178.10,479.26,506.2；

⑤41.2,318.2;⑧381.2,381.4,510.2;⑫374.2,521.5;⑬12.5;⑭235.3,238.3;⑰213。
萧纯锦　③182.14;⑮597.1;⑰213。
萧宝融　⑧84.14。
萧剑青　⑬6.1;⑰213。
萧恩承　⑰213。
萧盛嶷　⑰213。
萧洛霍夫　④441.3;⑦379.2;⑩419.39。
萨　福　①239.4;⑥453.23。
萨拉托夫　⑭73.4。
萨洛利亚　⑦210.78。
萨尔蒂珂夫－谢德林　⑩517.1,518.4;⑬383.4。
萨多维亚努　⑩520.1;⑬472.1。
梦　庐　见钱天树。
梦　禅　见邹梦禅。
梵　儿　见李秉中。
梵　高　①359.9。
梵斯女士　⑰213。
梅　川　见王方仁。
梅　志　⑰213。
梅　林　④198.14;⑩473.1。
梅　僧　④429.4。
梅　赜　⑨369.17。
梅　鹫　⑨370.21。
梅令格　见梅林。
梅兰芳　①198.14;③390.6;④346.4,512.7;⑤455.3,611.8;⑦122.3;⑪123.5;⑬49.6。
梅光羲　⑰214。
梅林格　见梅林。
梅叔卫　⑰214。
梅标士　⑧22.18。
梅特那　⑧362.7。
梅特涅　⑧192.18。
梅恕曾　⑰214。
梅鼎祚　⑨275.2。
梅迪林克　见梅特林克。
梅垒迪斯　见梅瑞狄斯。
梅特林克　⑤497.5;⑥163.9;⑦376.21。
梅斐尔德　④462.12;⑦382.1;⑧362.8;⑭409.6。
梅瑞狄斯　⑩273.10。
梅契尼可夫　③142.20;⑪342.9。
梅列日科夫斯基　④447.7;⑦110.16,314.4;⑯406.13。
梅垒什珂夫斯基　见梅列日科夫斯基。
梓　模　⑰214。
梭波里　③570.11;④39.20;⑦123.14。
梭斐亚　见别罗夫斯卡娅。
梭可罗夫　⑥462.7;⑧522.1。

梭罗古勃　④447.8；⑥114.52，
　163.9；⑦215.118；⑩358.18；
　⑪93.1，398.2，409.7。

梭格拉第　见苏格拉底。

曹　艺　④648.5。

曹　丕　③93.4，542.17；
　⑥310.8；⑨53.1。

曹　白　⑥530.15，531.26；
　⑧443.1；⑭51.1，388.1；
　⑰214。

曹　邺　⑧135.17；⑨114.28；
　⑩156.20。

曹　禺　⑰214。

曹　毗　⑨54.15。

曹　宪　⑦142.13。

曹　娥　②348.15；⑨70.10。

曹　寅　⑨249.15。

曹　植　③93.4，542.18，
　543.24；⑨417.19。

曹　锟　③69.8，140.8。

曹　霑　见曹雪芹。

曹　操　③540.6；⑤485.6；
　⑥214.7；⑧217.6。

曹　叡　③543.19。

曹公子　②481.8。

曹式如　⑰214。

曹孟德　见曹操。

曹轶欧　⑪192.1；⑰214。

曹贵新　⑥268.30。

曹素功　⑦209.70。

曹培元　⑰214。

曹雪芹　⑥542.7；⑬119.1。

曹靖华　④395.2；⑥462.6；
　⑦395.6；⑧364.4；⑩359.27；
　⑫224.1，243.1，351.1，
　464.2，473.1，505.1；⑬52.2，
　167.1，178.1；⑭116.2；⑰215。

曹聚仁　④541.6；⑤103.2，
　432.9；⑥81.2，310.8；
　⑫394,1；⑬257.1，284.1，
　588.2；⑭8.1；⑰215。

龚　开　⑨155.1。

龚云甫　①597.4。

龚尹霞　⑤509.2。

龚未生　见龚宝铨。

龚圣与　见龚开。

龚冰庐　⑭310.4。

龚果尔　⑤608.7。

龚宝贤　⑰216。

龚宝铨　⑪354.5；⑰216。

龚梅生　⑬323.1。

龚颐正　⑪535.4。

盛　成　⑭70.5。

盛百二　⑨203.5。

盛时彦　⑨226.19。

盛宣怀　⑤141.2，431.3；
　⑥636.8；⑬13.4。

盛端明　⑨195.8。

雩　俄　见雨果。

雪　氏　见斯诺。

雪　声　见段雪生。
雪　村　见章锡琛。
雪　辰　⑰216。
雪　莱　①108.58,428.10;
　②133.4;⑦376.16;⑩273.9。
捷　子　⑨381.18。
捷　克　见捷赫。
捷　赫　⑩463.6;⑪413.2。
捷依涅卡　⑥501.5。
接　子　见捷子。
虚　生　见徐炳昶。
常　惠　②348.6;③323.3;
　⑩260.12;⑫9.2,385.1;
　⑰217。
常　璩　⑦331.4。
常书鸿　⑬135.2。
常玉书　见常瑞麟。
常应麟　⑰217。
常维钧　见常惠。
常瑞麟　⑪127.1,288.5;
　⑫205.2;⑰217。
常毓麟　⑰217。
常毅箴　⑰217。
常燕生　④59.6,278.2;⑰217。
野　容　见廖沫沙。
野口米次郎　⑦216.126;
　⑭241.3,383.3;⑰217。
勖宾霍尔　见叔本华。
勗本华尔　见叔本华。
曼　殊　见苏曼殊。
曼殊斐儿　③367.23;④141.7;
　⑦134.3。
略悉珂　见里亚希柯。
鄂　谟　见荷马。
鄂戈理　见果戈理。
崔　立　⑥35.3。
崔　适　⑨441.29。
崔　骃　⑨417.17。
崔　颢　⑤15.5。
崔万秋　⑤194.19;⑫416.5;
　⑰218。
崔令钦　⑨275.1。
崔国榜　⑩12.2。
崔真吾　⑫248.1;⑰218。
崇　轩　见胡也频。
崇祯皇帝　①558.42。
铢　堂　见瞿宣颖。
铭　伯　见许寿昌。
笛　福　⑤365.6;⑥372.19。
笛卡儿　①41.61。
符九铭　⑰218。
符兆纶　⑨276.6。
符其实　⑰153。
符尔赫列支奇　⑩463.6;
　⑪395.22。
符拉特弥尔·伊力支　见列宁。
笠井镇夫　⑩426.3;⑬112.3。
第　勒　见迪尔。
逸　尘　见许广平。
猛　克　见魏猛克。

麻叔谋 ②264.4。

麻生义辉 ⑩479.6。

庾　冰 ⑩16.10。

庾　信 ⑫148.11。

庾　亮 ⑩16.7,18.8。

庾　琛 ⑩18.5。

庾开府 见庾信。

庾文君 ⑩18.4。

康　骈 ⑨102.8。

康　德 ①22.35;⑤276.8;
　⑧22.14。

康小行 ⑭135.1;⑰219。

康心孚 ⑰219。

康有为 ①130.2;②22.5;
　③20.5,47.2;④560.8;
　⑤566.8;⑥47.12,568.4;
　⑧108.5。

康嗣群 ⑧276.1;⑫126.1;
　312.2;⑰219。

康熙帝 ⑧529.2。

康僧会 ⑨55.23。

鹿地亘 ⑭393.1;⑰219。

章　武 ⑰219。

章　燚 ⑰219。

章　炜 ⑰219。

章　嶔 ⑰219。

章士钊 ①267.4,276.7;
　②248.15;③121.2,180.3;
　⑤582.2;⑦101.3;⑧171.7;
　⑪50.3,93.2,511.7;⑰219。

章士英 ⑰220。

章川岛 见章廷谦。

章小燕 ⑫36.7;⑰220。

章子青 ⑰220。

章太炎 见章炳麟。

章介眉 ①295.13;⑰220。

章矛尘 见章廷谦。

章抚功 ⑨72.29。

章廷谦 ②349.24;④178.12;
　⑥273.68;⑦333.17;
　⑧153.1,153.2;⑩92.19;
　⑪262.1,282.3,437.2,499.1;
　⑰220。

章廷骥 ⑰221。

章衣萍 ①427.2;⑦123.9,
　241.3,460.4;⑪282.4,
　315.2;⑫117.4;⑰221。

章克标 ⑤292.2;⑬91.1,
　135.5。

章学诚 ⑤265.3;⑨143.8。

章宗源 ⑩31.9。

章实斋 见章学诚。

章炳麟 ①5.3;③116.18;
　④38.8;⑤567.11;⑥110.30,
　377.4,378.12,542.12,568.2;
　⑦6.6,240.2;⑪349.4;
　⑫406.7,406.8,407.9;⑰221。

章洪熙 见章衣萍。

章铁民 ⑰222。

章景鄂 ⑰222。

章靳以　⑰222。
章锡珊　⑰222。
章锡琛　⑦82.8;⑧476.5;⑪13.3,405.7,426.9;⑫85.2,174.4;⑬580.1;⑭9.5,140.1,161.1;⑰222。
章演群　⑰223。
章警秋　⑰223。
商　震　⑪221.1。
商契衡　⑪355.2;⑰223。
望·蔼覃　⑤80.2;⑩225.2,287.1;⑫77.1,103.1,123.1。
望月玉成　⑦465.1;⑰223。
望·莱培格　⑩264.2。
阎　梣　⑰223。
阎　缵　⑨359.18。
阎　纂　见阎缵。
阎甘园　⑰223。
阎宗临　⑰223。
盖达尔　⑧441.2。
盗　跖　⑤201.3。
清世祖　见福临。
清水三郎　⑧154.1;⑭238.5;⑰223。
清水安三　⑰224。
清水登之　⑰224。
淑雪兼珂　见左琴科。
淮尔特　见王尔德。
淮宾寄庐　⑪423.6。
淦女士　见冯沅君。
渔　仲　见郑樵。
淡　海　⑰224。
深田康算　⑩311.3。
梁　式　③566.7;④37.7;⑫32.3;⑰224。
梁　冀　⑨44.18。
梁文若　⑰224。
梁文楼　⑰224。
梁以俅　⑫448.1;⑬1.1,4.1,16.4;⑰224。
梁丘贺　⑨415.8。
梁次屏　⑰225。
梁启超　③207.23;④396.8;⑤543.2,589.3;⑥330.6,569.11;⑧239.2;⑨302.7;⑫75.2。
梁社乾　⑰225。
梁武帝　见萧衍。
梁实秋　③579.4;④93.2,217.4,296.2,429.3;⑤193.9,590.6;⑥285.4,450.3;⑬547.4。
梁显诚　⑧24.37。
梁品青　⑰225。
梁恭辰　⑨227.30。
梁得所　⑰225。
梁章钜　⑧213.13;⑨183.1。
梁惜芳　⑰225。
梁绳祎　⑪464.1;⑰225。
梁维枢　⑨72.27。

梁善济　⑰225。
梁遇春　④102.4。
梁漱溟　⑫71.2。
梁耀南　⑰225。
梁简文帝　见萧纲。
婆格达诺夫　见波格丹诺夫。
涵虚子　见朱权。
寅半生　④312.14。
寇　伟　见居维叶。
寇尔兹　⑩476.4。
宿　荷　⑰226。
密克威支　见密茨凯维支。
密柳珂夫　见米留可夫。
密德罗辛　⑥502.11;⑭79.1。
密开朗该罗　见米开朗琪罗。
密罗留皤夫　⑩185.9。
密茨凯维支　①115.133,116.138,240.6;⑦217.134。
尉迟偓　⑨144.18。
尉特甫格　④570.4。
屠　绅　⑥272.64;⑨226.17。
屠介纳夫　见屠格涅夫。
屠格涅夫　①178.5,420.2;③357.23;④447.3;⑤276.6;⑦202.2,418.2;⑩189.7;⑬277.1。
隋　那　见琴纳。
隋炀帝　见杨广。
维　尼　④72.28。
维尔晓　见微耳和。
维吉尔　⑦442.13。
维萨里　①21.25。
维廉可洛克　见克鲁克斯。
维尔吉利乌斯　⑧477.2。
巢元方　③545.33。

十　二　画

琪　罗　⑥621.6。
琵亚词侣　见毕亚兹莱。
琴　纳　⑥147.3。
琼　孙　见约翰孙。
斯　诺　⑫466.1,481.8;⑬339.7,567.2;⑭320.3;⑯363.13;⑰226。
斯坦因　⑥381.8。
斯宾塞(E)　①113.111。
斯宾塞(H)　①148.20;⑩197.5。
斯密斯　③357.22;⑥277.2,649.5;⑫468.3。
斯温班　见斯温勃恩。
斯丹达尔　见司汤达。
斯契纳尔　见施蒂纳。
斯威夫特　⑤365.6;⑥342.2,372.19。
斯诺夫人　见海伦·福斯特。
斯特林堡　⑥163.9,272.63;

⑪364.2。

斯蒂文生　④296.7;⑩385.14。

斯惠夫德　见斯威夫特。

斯温勃恩　⑦210.72;⑩273.9。

斯吉泰烈支　③365.8。

斯达尔夫人　④274.26。

斯杰法尼克　⑩466.5。

斯忒林培黎　见斯特林堡。

斯洛伐支奇　①115.134。

斯滔发·培伦　见施陶费尔－贝
　尔恩。

塔布林　⑬464.2。

塔特林　⑦365.8。

越　之　⑰226。

喜多川歌麿　⑭283.6。

堺利彦　⑫500.1。

彭　贝　⑥129.10。

彭　越　⑧217.6。

彭　斯　①112.98。

彭　鹏　⑨290.14。

彭允彝　③169.6;⑰226。

彭礼陶　⑰226。

彭孙贻　⑥202.36;⑬318.2。

彭柏山　⑰226。

彭家煌　⑫503.2。

散宜生　②427.4。

葛　飞　⑰227。

葛　洪　③546.35;⑥338.16;
　⑨416.13;⑩145.4。

葛　琴　④639.1;⑰227。

葛一虹　⑰255。

葛世荣　⑰227。

葛贤宁　⑰227。

葛鲁贝　⑭399.2。

葛德文　①112.102。

葛饰北斋　⑭283.4。

董　说　⑪440.6。

董　狐　⑩120.51。

董　卓　③539.4。

董　康　⑩145.6;⑭364.3。

董小宛　⑨248.11。

董长志　⑰227。

董世乾　⑰227。

董尔陶　⑰227。

董永舒　⑫435.1;⑰227。

董先振　⑧248.2;⑰227。

董仲舒　⑤578.3;⑨425.3。

董仿都　⑰227。

董每戡　⑰227。

董雨苍　⑰228。

董绍明　⑦382.4;⑫271.1;
　⑰228。

董秋芳　④86.5;⑦113.2;
　⑪323.1,594.4;⑰228。

董秋斯　见董绍明。

董恂士　⑰228。

董鄂妃　⑨248.9。

董解元　⑨91.7;⑩105.12。

敬隐渔　⑫483.22;⑰228。

蒋　防　⑨93.23。

蒋　澄　⑩106.20。
蒋子奇　⑰229。
蒋介石　⑪582.2
蒋玉田　⑰229。
蒋百里　⑪403.7。
蒋百器　⑰229。
蒋光X　见蒋光慈。
蒋光慈　④124.6;⑤195.25;⑦221.165;⑫524.12;⑬288.3;⑭310.3;320.2;⑰229。
蒋光钱　⑪334.6。
蒋廷黻　⑰229。
蒋竹庄　见蒋维乔。
蒋抑卮　⑪331.1;⑰229。
蒋希曾　⑰230。
蒋径三　③566.4;⑩92.22;⑭150.2;⑰230。
蒋孟平　⑰230。
蒋梦麟　③306.4;⑫57.2,134.3。
蒋庸生　⑰230。
蒋鸿年　⑰230。
蒋维乔　①318.2;③593.18;⑫38.2;⑰229。
蒋智由　⑪343.2。
蒋瑞藻　⑩71.2。
蒋彝潜　③592.6。
落花生　见许地山。
韩　非　①304.5;③118.29;⑨380.17。
韩　信　⑧217.6。
韩　起　⑰230。
韩　翃　⑩104.8。
韩　婴　①161.24;⑨370.28。
韩　偓　⑧134.11;⑨114.23;⑩147.16。
韩　愈　④16.6;⑤305.5;⑥452.16;⑨80.1,371.31;⑩99.21。
韩士泓　⑰230。
韩子云　见韩邦庆。
韩白罗　⑧409.1;⑬187.1;⑰231。
韩邦庆　⑤586.5;⑨276.12。
韩安国　⑨416.9。
韩寿晋　⑰231。
韩寿谦　⑰231。
韩侍桁　④128.2;⑤195.23,447.2;⑥561.11;⑪302.2;⑫199.2;⑫276.1;⑰231。
韩恒章　⑰231。
韩退之　见韩愈。
韩振业　⑰232。
辜鸿铭　⑧432.2。
棱　　　见雷恩。
森山启　⑭383.5。
森立之　⑪533.2。
森鸥外　④528.3;⑩245.13;⑪425.2。

森槐南 ③254.34。
森三千代 ⑭289.1;⑰232。
森本清八 ⑦160.1;⑰232。
惠 栋 ⑨72.33。
惠川重 ⑰232。
惠特曼 ④342.4。
惠垒赛耶夫 见魏烈萨耶夫。
覃寿堃 ⑪367.12。
覃孝方 见覃寿堃。
覃哈特 见德恩哈尔特。
覃提斯 ①114.122。
厨川白村 ③463.7;④219.19;⑦256.3;⑧192.21;⑩258.1。
奡 ⑪343.12。
确木努易 见拉扎列夫。
提 斯 ④356.6。
雅各伯森 ⑦221.169。
雅各武莱夫(A) ⑩356.1;⑫280.16。
雅各武莱夫(Я) ⑦204.24;⑩343.9。
紫 佩 见宋琳。
斐 定 见费定。
遏克曼 见艾克曼。
跋 多 ⑧55.4。
跋佐夫 见伐佐夫。
跋忒莱尔 ③367.21。
景 宋 见许广平。
景 明 ⑰232。
景 差 ⑨391.17。
景 清 ⑥181.19。
景万禄 ⑰232。
喀尔涅 见迦尼埃。
黑该尔 见黑格尔(F)。
黑格尔(F) ①63.42;④274.25;⑧55.5。
黑格尔(E) 见海克尔。
黑智尔 见黑格尔(F)。
黑田乙吉 ⑩358.20。
黑田辰男 ⑦416.4;⑧347.6;⑩468.1。
嵇 含 ⑩53.4。
嵇 绍 ③551.65。
嵇 康 ③548.46;⑥338.15;⑦142.19;⑨372.41;⑩21.1,82.3;⑫147.8。
嵇 喜 ⑩82.5。
程 荣 ⑧93.5;⑩66.5。
程 颐 ⑨262.7。
程 棨 ⑩62.19。
程 憬 ⑪188.1,627.5,659.3。
程 颢 ⑨262.7。
程干云 ⑪255.5。
程大昌 ⑩138.67。
程廷祚 ⑨234.4。
程伯高 ⑰233。
程沃渣 ⑰233。
程叔文 ⑰233。
程侃声 ⑦130.3;⑬302.1。
程绵庄 见程廷祚。

程琪英　⑫373.1;⑰233。
程锁成　⑰233。
程鼎兴　⑦136.6;⑰233。
程靖宇　⑰233。
程演生　⑪315.2。
程毅志　③294.3。
程瞻庐　⑬202.1。
黍余裔孙　见屠绅。
傅　山　⑩8.8。
傅　岩　⑰233。
傅　铜　⑪665.3;⑰233。
傅　雱　⑩117.23。
傅　毅　⑨392.22,417.17。
傅　鼒　⑨262.9。
傅书迈　⑰233。
傅世榕　⑰234。
傅东华　④562.2;⑥541.4,564.34;⑫31.2;⑬30.4,475.5;⑭87.2,160.1;⑰233。
傅兰雅　④627.2。
傅红蓼　⑥226.2。
傅励臣　②331.22。
傅孟真　见傅斯年。
傅彦长　④329.9;⑰234。
傅养浩　⑰234。
傅斯年　⑦236.2;⑪370.5;⑫35.2,41.4,49.4,61.4,132.1;⑰234。
傅筑夫　⑰234。
傅增湘　③593.13;⑥198.6;⑪359.16,371.6;⑰234。
焦　竑　⑨71.24;⑩60.9。
焦　循　⑪429.5。
焦延寿　⑩98.13。
焦士威奴　见凡尔纳。
储元熹　⑰234。
储安平　⑰234。
奥　肯　①22.36。
奥洛尼　①119.169。
奥古斯丁　①113.109;⑧37.16。
奥兰迪尼　⑰260。
奥耳波特　⑧271.4。
奥格涅夫　④296.3。
奥勃鲁契夫　⑧21.11。
舒伯勤　⑰234。
舒新城　⑫163.1;⑰234。
释迦牟尼　①172.6,428.7;③5.3,116.14;④152.3;⑤149.7;⑥332.19,604.13;⑦205.34;⑮65.4。
禽滑釐　②481.8。
腓立普　⑩506.1。
腓立大帝　见腓特烈二世。
腓特烈二世　⑬560.1。
鲁　彦　见王鲁彦。
鲁　般　见公输般(班)。
鲁　瑞　⑫292.1,340.7;⑰235。
鲁共王　见刘余。
鲁沈氏　⑰10。
鲁寄湘　⑰236。

童亚镇　⑰236。
童杭时　⑰236。
童经立　⑰236。
童鹏超　⑰236。
阑　喀　见兰克。
普　之　见陈普之。
普式庚　见普希金。
普希金　①113.114,113.116,117.148;④395.4;⑦216.128;⑩417.15;⑬377.3;⑭380.5。
普实克　⑥545.1;⑭158.1,390.1;⑰261。
普理希文　④225.42;⑩388.41。
普鲁塔克　⑥129.8。
普列汉诺夫　④10.15;⑦212.91;⑩348.3,348.5;⑫438.4。
普列忒内夫　见普列特涅夫。
普列特涅夫　⑦205.26;⑩344.12。
道　覃　见道登。
道　登　①107.49;⑦216.125。
曾　朴　⑨304.22。
曾　参　⑬199.5。
曾今可　⑤193.11,232.5;⑥153.11;⑧394.4;⑫416.3,420.4。
曾公亮　⑨15.27。
曾立珍　⑰237。
曾纪勋　⑰237。
曾其华　⑰237。
曾国藩　①197.8。
曾侣人　⑰237。
曾致尧　⑩149.4。
曾根录三郎　⑰237。
湘　生　⑰237。
温　伯　③551.62。
温　涛　⑰237。
温庭筠　⑨102.13。
温梓川　⑰238。
渡　君　⑭288.1。
渡边义知　⑰238。
游允白　⑰238。
游观庆　⑰238。
寒　筠　⑬456.1;⑰238。
富曼诺夫　⑦395.8;⑩417.26,418.29;⑫283.8。
谟哈默德　见穆罕默德。
谢　旦　⑰238。
谢　安　⑨69.2;⑩156.16。
谢　芬　见茅盾。
谢　承　⑩7.5。
谢　晋　⑰238。
谢　莹　⑰238。
谢　朓　⑥454.32;⑩82.3。
谢无量　⑨307.3;⑫524.15。
谢仁冰　⑰238。
谢六逸　④334.7;⑦460.5;⑬561.1;⑰238。
谢玉生　④42.2;⑪239.1;

⑫63.2;⑯15.3;⑰238。
谢西园　⑰239。
谢冰莹　⑤320.2;⑫360.7,365.1;⑰239。
谢纫瑜　⑰239。
谢灵运　⑨417.18。
谢国桢　⑥456.46。
谢炳文　⑰239。
谢章铤　⑨276.7。
谢惠连　⑩53.3。
谢敦南　⑪127.1,139.4;⑫168.2,204.1;⑰239。
谢肇淛　⑨143.7;⑩135.38。
谢德林　见萨尔蒂珂夫－谢德林。
谢澹如　⑭118.9。
谢芙琳娜　④441.3;⑩388.39;⑫281.17。
弼　　见高长弼。
强汝询　③359.42。
登徒子　⑥180.10。
骚　塞　①108.57。
缇　萦　③118.27。

十　三　画

塚本善隆　见冢本善隆。
蓝　德　⑰239。
蓝公武　⑥570.13。
蓝耀文　⑰239。
蒯若木　⑰239。
蓬　子　见姚蓬子。
蒲　风　⑰240。
蒲　宁　③359.41;④447.7;⑪533.2。
蒲克勒　见巴克尔。
蒲松龄　④27.18;⑨224.3,225.5;⑩118.32。
蒲留仙　见蒲松龄。
蒲力汗诺夫　见普列汉诺夫。
蒙　日　①43.84。
蒙　田　⑬112.1,513.1,536.1。
蒙　克　⑬339.1。
蒙　哥　④149.7。
蒙　特　⑩289.17。
楚　囚　见王志之。
楷　尔　⑰240。
槐尔特　见王尔德。
楼亦文　⑰240。
楼启元　⑰240。
楼炜春　⑬162.1;⑰240。
楼适夷　④503.4;⑫448.2;⑬162.2,212.3;⑭310.5,320.1;⑰240。
赖　尔　⑥331.10。
赖　纳　见列那尔。
赖少麒　⑬353.1;⑰240。
赖贵富　⑰241。

甄永安　⑰241。

雷　川　见吴雷川。

雷　恩　④364.11。

雷　被　⑨419.28。

雷马克　④364.10。

雷石榆　⑰241。

雷志潜　⑰241。

雷助翔　⑰241。

雷侠儿　见赖尔。

雷诺阿　⑦358.7。

雷镜波　⑰241。

裘子亨　⑰241。

裘柱常　⑰241。

裘善元　⑰241。

虞　初　⑨428.21。

虞　预　⑩16.12,17.1。

虞　喜　⑧88.5;⑩18.3。

虞　集　⑨174.4。

虞　溥　⑩25.3。

虞　翻　②284.14。

虞仲翔　见虞翻。

虞含章　⑰242。

虞叔昭　⑰242。

虞岫云　⑤293.10,597.11。

路　粹　①148.19。

蜗寄居士　见唐英。

蜀　宾　见许钦文。

锡　丰　⑰242。

锡　玲　⑫454.9。

锡德尼　⑦376.15。

锡且特林　见萨尔蒂珂夫－谢德
　林。

微　风　见李小峰。

微耳和　⑥377.9。

微吉罗　见维尔吉利乌斯。

詹　虹　⑰242。

詹姆斯　④342.7。

詹谟士　见詹姆斯。

鲍　超　①197.8。

鲍　照　⑧92.1;⑩82.3;
　⑫148.11。

鲍文蔚　⑰242。

鲍成美　⑰242。

鲍廷博　⑦332.16。

鲍叔牙　⑥391.4。

鲍罗廷　⑤28.8。

鲍崇诚　⑩67.10。

新居格　⑦472.1;⑰242。

新居多美子　⑰242。

慎　到　⑨380.17。

慈禧太后　④536.8;⑤610.3;
　⑥580.6。

溥　仪　③206.14;④349.5;
　⑤103.7;⑭205.2。

源　增　见谷源增。

滨之上信隆　⑦462.1;⑰243。

塞　尚　①359.9;⑦364.5。

塞柯尔　⑯76.7;⑰261。

塞意斯　见提斯。

塞万提斯　③204.8,255.39;

④363.2;⑤533.5;⑦425.3。
塞文狄斯　见塞万提斯。
窦　参　⑩136.51。
窦　婴　⑨407.15。
窦隐夫　⑬248.2,250.1,251.2;⑰86。
窠啰泼尼子街　见科诺普尼茨卡。
福　临　⑨248.9。
福　特　④297.9。
福　家　⑰243。
福楼拜　④456.10;⑦214.113;⑩492.7。
福冈诚一　③408.2;⑩230.5;⑰243。
福泽渝吉　⑧462.3。
褚人获　⑧216.4;⑨114.24,144.11;⑩116.13。
褚少孙　⑨429.25,441.28。
褚遂良　⑧135.13。

十　四　画

静　农　见台静农。
嘉来勒　见卡莱尔。
嘉勒尔　见卡莱尔。
赫　顿　①43.77。
赫尔岑　⑩358.21。
赫克尔　见海克尔。
赫胥黎　①18.6;②134.6;③217.12;④257.3。
赫歇尔　①42.71;⑥331.10。
赫德森　⑦209.64。
赫特里希　⑥495.7。
赫尔弗尔德　⑩479.5。
赫尔特维希　⑩297.4。
赫拉克利特　①37.15。
綦岱峰　⑰243。
蔡　仪　⑰243。
蔡　叔　③549.57。
蔡　显　⑥182.26;⑬296.5。
蔡　邕　⑥450.4;⑫147.7。
蔡　鼻　⑨158.27。
蔡　谟　⑩16.8。
蔡　锷　①229.3;③513.16;⑦270.9。
蔡　察　⑰244。
蔡孑民　见蔡元培。
蔡元培　③276.5;④512.3;⑥76.4;⑧105.6;⑨248.13;⑪354.3,355.1,371.7,375.12,378.5,511.6;⑫38.1,71.1,97.5,288.3,437.3;⑬524.3;⑰244。
蔡元康　⑪336.3,342.11;⑰244。
蔡丏因　⑰245。
蔡江澄　⑰245。
蔡松冈　⑰245。

蔡松坡　见蔡锷。
蔡咏裳　⑦382.4;⑫271.1;⑰245。
蔡柏龄　⑬47.1;⑰245。
蔡斐君　⑬553.1;⑰245。
蔡漱六　⑰246。
蔡毓骢　⑰246。
蔡儒楷　⑰246。
蔺相如　⑨436.3。
蔼　支　⑦416.5。
蔼　覃　见望·蔼覃。
蔼夫达利阿蒂斯　⑪408.5。
槙本楠郎　⑩439.5。
樋口良平　⑦467.1;⑰246。
歌　德　①22.34,428.10;⑤314.5;⑥497.26;⑦376.25;⑧315.5;⑩186.17;⑬12.10。
歌　麿　见喜多川歌麿。
歌川丰春　⑯218.2。
臧亦蘧　⑰246。
臧克家　⑰246。
霁　野　见李霁野。
辕　固　⑨370.28。
裴　伦　见拜伦。
裴　启　⑦141.8;⑨69.1。
裴　铏　⑨102.11;⑩92.17。
裴　颀　③550.59。
裴文中　⑥271.53。
裴多菲　①118.165,240.6;②183.4;④503.5;⑥270.49,421.10;⑦252.19;⑧354.2;⑩457.2;⑫186.3,193.3,193.7。
裴松之　⑨53.2,143.5。
裴象飞　见裴多菲。
裴斯泰洛齐　⑪338.7。
鹖冠子　⑨380.14。
管　叔　③549.57。
管　仲　⑥391.4。
管世灏　⑨226.14。
管黔敖　②481.8。
僧　伽　⑩116.11。
僧伽斯那　⑦104.6。
疑　古　见钱玄同。
疑古玄同　见钱玄同。
豪　格　⑤251.12。
廖立峨　④9.9;⑪239.1;⑫82.1,428.3;⑰247。
廖仲恺　⑪270.1。
廖仲潜　⑦70.2。
廖冰筠　⑪115.1。
廖沫沙　⑤440.5;⑬376.3;⑭4.6。
廖超照　⑫47.2。
廖翠凤　⑰247。
廖馥君　⑰247。
端　仁　⑰247。
端　方　⑮237.3。
端木善孚　⑰247。
端木蕻良　⑭148.1,412.1;

⑰247。

漆树芬 ⑧244.5。

漱 园 见韦素园。

赛金花 ⑥626.4。

赛珍珠 ⑫497.3;⑬49.3。

谭 昭 ⑰247。

谭元春 ⑥455.39。

谭正璧 ④178.13;⑧173.3;
⑰248。

谭叫天 见谭鑫培。

谭在宽 ⑰248。

谭丽德 ⑫509.2,512.1,518.1,
521.1;⑬4.2,155.4,178.2;
⑰248。

谭金洪 ⑰248。

谭采芹 ⑰237。

谭嗣同 ⑥182.23。

谭意哥 ⑩155.13。

谭鑫培 ①597.2;⑤610.2。

谯 周 ⑩28.4。

熊大木 ⑨158.24。

熊文钧 ⑰248。

熊钟谷 见熊大木。

熊梦飞 ⑰248。

熊崇煦 ⑪425.5。

翟凤鸾 ⑰248。

翟用章 ⑰248。

翟永坤 ⑪523.1;⑫121.2;
⑰248。

翟觉群 ⑰248。

翟理斯 ⑭399.1。

缪 塞 ⑩387.35。

缪 篆 ⑪209.3;⑰249。

缪子才 见缪篆。

缪金源 ⑰249。

缪荃孙 ①160.17;③409.10;
⑤344.8;⑧214.20;⑩62.22。

缪崇群 ⑰249。

十　五　画

璇 卿 见陶元庆。

增 祺 ⑧24.37。

增田涉 ⑥360.2;⑦454.1;
⑩415.7,424.2;⑫304.3,
305.5;⑭193.1,193.2,272.1,
366.2;⑰249。

增田游 ⑰249。

增井经夫 ⑰250。

增田木实 ⑭197.7;⑰250。

增田忠达 ⑰250。

蕴 儒 见吕琦。

横山宪三 ⑰250。

樊仲云 ③456.20;④368.3;
⑦257.10;⑰250。

樊宗师 ⑥109.26。

樊钟秀 ⑪156.5。

樊朝荣 ⑰250。

樊增祥 ③491.7;⑤480.3。

樊山老人 见樊增祥。
“磊砢山房”主人 见屠绅。
墨 子 见墨翟。
墨 翟 ②285.21,467.15,480.4;③217.10,552.69;④160.3;⑤213.5;⑦271.11;⑧374.3;⑨316.2,379.10;⑩274.17;⑪17.2。
墨索里尼 ④243.3;⑦433.6。
镰田寿 ⑰250。
镰田诚一 ⑥317.1,480.6;⑭205.5;⑰250。
箭内亘 ⑥297.3。
黎元洪 ①559.51。
黎光明 ⑰251。
黎仲丹 ⑰251。
黎国昌 ⑫61.5;⑰251。
黎萨尔 ①240.7;⑧95.6。
黎烈文 ⑤6.3;⑫374.1;⑬25.5,91.6,556.1;⑭20.1;⑰251。
黎锦明 ③511.7,572.3;④529.7;⑥272.62;⑧236.2;⑪200.2;⑬397.1;⑰252。
黎锦晖 ⑬250.3。
黎锦熙 ⑧474.4;⑪76.1,98.2;⑰252。
黎煜夏 ⑰252。
黎翼墀 ⑰252。
黎河尼佗 ⑦17.3。
德 清 见孙德卿。
德 黎 见泰勒斯。
德尼克 ⑭395.4。
德莱塞 ⑧369.6。
德堪多 ①42.75。
德比尔纳 ⑦28.17。
德佛里斯 ④257.4。
德歌派拉 ⑤444.3;⑫535.2。
德涅尔斯 ⑧355.7。
德富芦花 ⑩275.24;⑫495.4。
德富苏峰 ③408.4;④283.7。
德拉克洛瓦 ⑧492.2。
德恩哈尔特 ②247.7。
德谟克利特 ①36.8。
德拉戈玛罗夫 ⑩465.4。
摩 耳 见莫尔。
摩 西 ①20.18;⑩451.7;⑪395.19。
摩 洛 ①43.86。
摩理思 见莫理斯。
摩格那思 ①39.44。
摩勒毕奇 见马尔比基。
摩尔迭诺夫 ①115.129。
摩契阿威黎 见马基雅维里。
褒 姒 ①556.30。
颜 回 ③140.8;⑬199.5。
颜之推 ③454.7;⑥35.9;⑧236.5;⑨60.1。
颜从乔 ⑨72.31。
颜师古 ⑨12.8;⑩30.6。

颜延之　③549.55。
颜杰人　⑰252。
颜衡卿　⑰253。
颜黎民　⑭67.1;⑰253。
澎　岛　⑰253。
潘　妃　见潘玉儿。
潘　妈　⑫166.4;⑰253。
潘　岳　⑨439.18。
潘公展　⑫476.5。
潘玉儿　⑪168.3。
潘汉年　④119.5;⑰253。
潘考鉴　⑰253。
潘光旦　②401.6;④218.13。
潘企莘　⑰253。
潘垂统　⑪402.3;⑰253。
潘祖荫　⑨289.12。
潘家洵　⑦207.46;⑩314.5;⑪131.1;⑰253。
潘梓年　④114.3;⑤192.5;⑫202.5;⑰254。
潘楚基　⑧293.3。
潘德琬　⑰114。
潘菲洛夫　⑩419.44;⑫237.1,351.5。
禤参化　⑰254。
鹤　西　见程侃声。
鹤　招　见王鹤照。
鹤见祐辅　①231.16;⑩301.1;⑪649.1。

十　六　画

璞本白耳格　⑦220.158。
燕　生　见常燕生。
燕树棠　③181.10。
燕遇明　⑰254。
薛　汕　⑰254。
薛　涛　⑩155.13。
薛　调　⑨94.27;⑩136.46。
薛元赏　②347.4。
薛丛青　⑪345.3。
薛近兖　⑨83.25;⑩118.27。
薛效宽　⑰254。
薛渔思　⑨101.4。
薛燮元　⑪38.1,39.2。
蕗谷虹儿　⑦206.36,344.1;⑩525.2。
薄伽丘　⑥229.3。
薄凯契阿　见薄伽丘。
霍　桑　④342.4。
霍　韬　①276.6。
霍夫曼　⑧362.7;⑩357.13。
霍渭厓　见霍韬。
霍威尔斯　④342.6。
霍普特曼　①240.8;③569.3;④226.50;⑤265.7;⑥495.9,495.14;⑩334.12;⑭52.3。

霍普德曼　见霍普特曼。
霍善斯坦因　④154.3；⑥496.18；⑫158.5。
冀贡泉　⑰254。
穆　生　⑨414.2。
穆　尔　①109.63。
穆　亚　见穆尔。
穆　克　⑰255。
穆　来　⑩302.4。
穆　杭　④516.2。
穆　诗　⑰255。
穆　修　⑤557.3。
穆　勒　①107.51；③48.9，557.3；⑩197.5。
穆　禊　见葛一虹。
穆木天　⑤314.2；⑥563.26；⑦457.2；⑩415.5；⑬194.2，339.6；⑰255。
穆时英　⑤608.2。
穆勒惠　①44.89。
穆罕默德　③116.14。
穆塔纳比　④533.3。
澹果孙　见李青崖。
濂　溪　见周敦颐。

十　七　画

戴　祚　⑨15.29，54.12。
戴　熙　⑫454.6；⑮119.2。
戴平万　⑤608.3。
戴昌霆　⑰255。
戴季陶　⑤27.7；⑥54.8；⑪150.3；⑫49.7，75.4；⑬84.2。
戴望舒　④550.2；⑦395.4；⑫524.13；⑰255。
戴敦智　⑰255。
戴锡樟　⑰255。
戴醇士　见戴熙。
戴螺舲　⑰255。
藉里珂　⑧492.3。
藏原惟人　④227.56；⑦205.30；⑩335.26；⑫300.6；⑬261.2。
藏春园主人　见林步青。
霞　飞　⑤552.6。
魏　兰　⑰256。
魏　延　④648.7。
魏　征　⑥452.15；⑨13.20。
魏女士　见魏璐诗。
魏子安　见魏秀仁。
魏元忠　⑩120.50。
魏尔纳　①43.76。
魏兆淇　③415.5；⑰256。
魏璐诗　⑰256。
魏秀仁　⑨276.8，276.9。
魏卓治　见魏兆淇。
魏忠贤　①276.8；⑤130.8；⑥456.47；⑧398.9；⑫406.1。
魏金枝　④247.6；⑥273.72，

311.10,388.2;⑰257。
魏建功　⑥516.8;⑧149.1;⑩92.21;⑪323.2,531.1;⑫385.1,533.1;⑰257。
魏猛克　⑥27.7;⑧381.1;⑫426.1;⑬40.7,60.2,61.2;⑰257。
魏福绵　⑰257。
魏烈萨耶夫　④225.42,448.9;⑥323.2;⑩388.41。
魏斯柯普夫　⑦380.7。
魏勒斯马尔提　①118.168。
蹇先艾　⑥270.52;⑰257。

十　八　画

藤冢邻　⑰258。
藤井元一　⑰258。
藤原镰兄　⑰258。
藤森成吉　⑩439.6。
藤野严九郎　②319.11;⑭364.2。
瞿　佑　⑨224.1。
瞿　提　见歌德。
瞿木夫　见瞿中溶。
瞿中溶　⑬583.4。
瞿英乃　⑪584.2。
瞿秋白　④395.1,396.12;⑥113.47,594.1;⑦395.9,441.7,489.1;⑩417.25;⑫279.1,439.3,491.2,506.14;⑬12.1,492.7,536.2;⑭118.7,127.2,197.1,415.2;⑯431.1;⑰258。
瞿宣颖　⑥529.10。
嚣　俄　见雨果。
馥　泉　见汪馥泉。
簠　斋　见陈介祺。
彝　初　见马叙伦。

十九画以上

籁　息　⑩458.4。
灌　婴　⑨406.6。
灌园耐得翁　⑨123.7。
耀　辰　见徐祖正。
鬻　熊　⑨13.10。

其　　他

𠃋　见方善境。

神话传说和各类作品中人名

二　画

七　斤　⑥153.7。

三　画

三尸神　③267.6。

土行孙　⑤259.10。

大叫唤　③78.6。

女　辛　②382.4。

女　娲　①19.15；②366.2。

女　隗　②405.28。

女　婴　③216.6。

小 Don　①557.34。

小丙君　②430.27。

小穷奇　②430.22。

马　面　②285.20。

马　理　①117.157。

马二先生　⑦143.22。

四　画

王　伦　⑥561.14。

王灵官　②69.6；⑥644.11。

无支祁　⑩115.9；⑪432.7，
432.8。

无叫唤　③78.6。

无怀氏　③141.11。

无常鬼　①393.4；⑥113.49，
643.3；⑪638.4；⑬72.11。

木　诚　⑤310.2。

五通神　②274.17。

五道神　①350.6。

不动明王　⑦18.15。

太上老君　③33.3。

扎拉图斯特拉　①61.27。

贝德理锡且夫　⑩455.2。

牛　二　①331.7。

牛头马面　①393.5。

牛首阿旁　②206.6；③78.6。

毛　嫱　⑩90.6。

长　恩　⑧535.4。

公孙高　②480.3。

仓　颉　②405.23；③11.10；
④396.9；⑥106.4；⑦39.5。

丹朱太子　②406.37。

乌理尼加　⑩455.2。

文素臣　⑥371.12。

文昌帝君　②265.12；⑬248.6。

方玄绰　③373.4。

火　神　④618.3；⑥14.4。

巴札罗夫　⑥274.79。

巴甫努斯　⑫92.7。

水　妖　⑦344.3。

五　画

东岳大帝　②283.2。

卡基卡　⑦315.11。

卢勃克　⑩312.1。

卢希飞勒　①110.83。

目　连　①597.3。

田退德尼科夫　⑩454.4。

丘比特　⑦32.1。

玄　坛　见赵公明。

司命大神　②496.6。

尼阿孛　①117.155。

六　画

刑　天　①220.17；②256.10；
　　⑥450.6。

吉利瑟那　④477.8。

老王婆　⑬585.2。

地　祇　见潘神。

共　工　②367.5。

亚　当　④461.3，588.14。

亚拉薾夫　⑧190.6；⑩186.14；
　　⑬30.9。

有巢氏　⑥14.5；⑨358.8。

列　文　⑦93.7。

死有分　①393.4。

尧　⑨439.21。

因陁罗　⑧38.20。

朱庇特　①112.105。

伏羲氏　①559.52；②404.22；
　　⑥106.8；⑨357.2。

伊里纳　⑩312.1。

刘老老　⑤126.2。

孙悟空　⑬307.2。

七　画

李　逵　⑤461.3；⑦7.13。

轩辕氏　①58.2；②300.9；
　　⑤130.7；⑦447.3；⑨358.9；
　　⑩166.12；⑪332.11。

岐　伯　②300.9。

闰　土　②292.4。

灶　君　③266.2。

沙　宁　⑥274.79；⑫161.3；
　　⑫527.2。

社老爷　②69.6。

张　生　⑤470.3。

张　顺　⑦7.13。

阿　领　②286.31。

阿　廉　②481.7。

阿金姐　②431.32。

阿波罗　①350.7;⑥453.24;

　　⑦18.10,20.31。

阿哈斯瓦尔　①172.10。

八　画

拉　玛　④477.8。

拉　阇　⑪426.6。

凯　因　①108.61。

彼尔·干德　⑥209.2。

金太郎　⑯251.4。

舍海尔萨德　⑬238.1。

净坛将军　⑤247.6。

泼　克　①347.3。

弥勒佛　②75.4;⑥604.13。

九　画

城　隍　②34.2。

赵公明　⑤461.3。

柯赛特　⑦93.5。

勃兰特　①353.4;⑥330.4。

威　德　见维特。

挪　亚　见诺亚。

禹　彊　②367.8。

钟　馗　②158.7。

帝　喾　⑨358.12。

帝　魁　⑨367.4。

神农氏　④556.3;⑤540.2;

　　⑥14.6;⑨357.3。

羿　　②381.2。

十　画

夏　娃　④588.14;⑪368.14。

蚩　尤　①58.2;②404.18;

　　③355.13;⑤299.2;⑩193.5。

皋　陶　②403.13。

逢　蒙　②383.9。

郭林卡　⑬533.4。

浮士德　③598.7;⑦376.29。

诺　亚　①21.29,109.65。

陶　唐　见尧。

绥惠略夫　③402.9;⑥274.80;

　　⑩186.12。

十 一　画

黄　帝　见轩辕氏。

黄三太　①421.8。

黄天霸　⑦425.2。

梅　姑　②274.16。

梓潼神　⑥184.38。

堂·吉诃德　⑥54.5。

盘　古　①19.15。

麻　姑　①198.15。

康　回　②368.11。

阎罗王　②283.9；③70.15。

维　特　⑦217.130。

十 二 画

彭　祖　⑤254.3。

葛天氏　③141.11；⑨356.1。

焦　大　⑤123.2。

貂　蝉　①556.30。

舜　　②401.3。

普罗米修斯　④225.47；
　⑤235.2；⑥14.2；⑩345.20。

湘　灵　⑦150.1，469.2。

十 三 画

嫫　母　⑩90.6。

十 四 画

榜陀罗　见潘陀拉。

傲毕多　见朱庇特。

瘟将军　①350.6；②69.6。

赛湘灵　②482.17。

赛式加　⑩190.10，190.11。

察罗图斯特罗　见扎拉图斯特
　拉。

嫦　娥　②381.3。

十 五 画

蕊珠仙子　②87.10。

颛　顼　②367.5；⑨358.11。

稷　林　⑩420.51。

鲧　　②401.4；③216.6。

摩洛淑夫　⑧458.6。

潘　神　⑦344.3。

潘多拉　⑧22.24。

十 六 画 以 上

穆天子　⑦457.2。

燧人氏　①297.24；④618.2；

　⑤540.2；⑥14.3；⑨358.8。

羲　和　②3.1。

瞽 叟 ②403.11。

外 文 人 名

西 文

A

Aas 见艾斯。

Ackermann 见阿克曼。

Afinogenov 见阿菲诺干诺夫。

Agin 见阿庚。

Ahasvar 见阿哈斯瓦尔。

Aleksejev 见亚历克舍夫。

Allport 见奥耳波特。

Anatole France 见法朗士。

Anna Stannard 见安娜·斯坦纳德。

Annenkov 见安宁科夫。

Apollinaire 见阿坡里耐尔。

Artzybashev 见阿尔志跋绥夫。

Ashbrook, Harriette 见阿什布鲁克。

Asnyk 见亚斯尼克。

Atterbom 见阿特包姆。

Avenarius 见阿芬那留斯。

Averbach 见阿维尔巴赫。

Avshalomov 见阿甫夏洛穆夫。

Axelrod 见阿克雪里罗德。

B

Babel 见巴培尔。

Balzac 见巴尔扎克。

Bang 见班恩。

Baroja 见巴罗哈。

Barry 见巴里。

Bartlett 见巴特勒特。

Baudelaire 见波特莱尔。

Beardsley 见毕亚兹莱。

Becher 见贝希尔。

Bedny 见别德内依。

Bely 见别雷。

Besamensky 见别泽缅斯基。

Bienstock 见宾斯妥克。

Blake 见布莱克。

Bliss 见布利斯。

Blok 见勃洛克。

Bogdanov　见波格丹诺夫。
Borel　见包立尔。
Bourne　见勃恩。
Brandes　见勃兰兑斯。
Brehm　见勃莱姆。
Brooke　见布鲁克。

Bruno　见布鲁诺。
Bryusov　见勃留梭夫。
Bukharin　见布哈林。
Bulavin　见布拉文。
Burne－Jonss　见勃恩－琼斯。
Byron　见拜伦。

C

C 参事　见蒋维乔。
C.T　见郑振铎。
Caragiale　见卡拉迦列。
Černy　见契尔尼。
Cézanne　见塞尚。
Charques　见加尔格。

Cherepnin,G.　见车列蒲宁。
Cocteau　见科克多。
Comte　见孔德。
Cosett　见柯赛特。
Cotton　见柯顿。

D

D 医师　见邓恩。
DF　见郁达夫。
Daglish　见达格力秀。
D'Ancelis　见丹契理斯。
D'Annunzio　见邓南遮。
Dante　见但丁。
Deineka　见德尼克。
Diel　见迪尔。
Dinamov,S.　见狄纳莫夫。

Diper,Dr.　见狄博尔。
Dostoievski　见陀思妥耶夫斯基。
Dostoejwski　见陀思妥耶夫斯基。
Dowden　见道登。
Dragomarov　见德拉戈玛罗夫。
Drinkwater　见杜林克华特。
Dufy　见杜菲。
Dyke,van　见范·戴克。

E

E 君　见爱罗先珂。
Ecke　见艾锷风。
Eeden,van　见望·蔼覃。

Eisen　见埃森。
Eliasberg　见伊里亚斯堡。
Ellen Key　见爱伦·凯。

Ellis　见艾利斯。

Esènin　见叶遂宁。

Esenin　见叶遂宁。

Ettingcr　见艾丁格尔。

F

F 先生　见傅增湘。

Fabre　见法布耳。

Fadejev　见法捷耶夫。

Favorsky　见法复尔斯基。

Fedin　见费定。

Flaubert　见福楼拜。

Fraeulein H　见许广平。

France　见法朗士。

Franko　见弗兰柯。

Friedensthal　见弗里登塔尔。

Fueloep－Miller　见菲勒普－米勒。

Furmanov　见富曼诺夫。

G

G 主事　③593.14。

G.F.　⑰259。

Galileo　见伽利略。

Galsworthy　见高尔斯华绥。

Gandhi　见甘地。

Garnett　见迦内特。

Garnier　见迦尼埃。

Gastev　见加斯切夫。

Gauguin　见高更。

Gech　见捷赫。

Gibbings　见吉宾斯。

Gide　见纪德。

Giles　见翟理斯。

Goethe　见歌德。

Gogh,van　见梵·高。

Gogol　见果戈理。

Goncharov　见冈察罗夫。

Gorky　见高尔基。

Granich　见格兰尼奇。

Gregory 夫人　见格列高里夫人。

Grimm Dr.　见格林。

Grube　见葛鲁贝。

Guizot　见基佐。

H

H Dr.　见许诗堇。

H 氏　⑬390.4。

H 君　见许钦文。

H.M.　见许广平。

Haeckel　见海克尔。

Halpern　见哈尔培恩。

Hamerling　见哈美林。

Hamsun　见汉姆生。

Hart　见哈特。

Hauptmann　见霍普特曼。

Hegel　见黑格尔。

Heikki　⑪406.17。

Hertwig　见赫尔特维希。

Herzfelde　见赫尔弗尔德。

Heyse　见海塞。

Horatius　见贺拉替乌斯。

Holz　见何尔兹。

Hugo　见雨果。

Hus　见胡斯。

I

Ibáñez　见伊巴涅思。

Ibsen　见易卜生。

Inber　见英培尔。

J

J.K　见瞿秋白。

Jackson　见杰克逊。

Jacobsen　见雅各伯森。

Jirásek　见伊拉塞克。

Jokai　见约卡伊·莫尔。

K

K君　见郭沫若。

K委员　见顾孟余。

Kalocsay　见考罗卓。

Karásek　见凯拉绥克。

Karpeles　见凯尔沛来斯。

Katsura　见桂太郎。

Key,Ellen　见爱伦·凯。

Klostermann　见克罗斯退曼。

Kobrynska　见卡布连斯卡娅。

Kobylansk　见科贝梁斯卡娅。

Koch　见科荷。

Kogan　见戈庚。

Kollár　见柯拉尔。

Kollwitz, Käthe　见凯绥·珂勒惠支。

Konenkov　见柯宁科夫。

Konopnicka　见科诺普尼茨卡。

Körber　见珂贝。

Korolenko　见柯罗连科。

Korolienko　见柯罗连科。

Kotrialevsky　见珂德略来夫斯基。

Kowalewsky　见科瓦列夫斯卡雅。

Krasnohorská　见克拉斯诺霍尔
　　斯卡。

Kravtchenko　见克拉甫兼珂。

Kuropatkin　见克鲁泡特金。

Krinsky　见克林斯基。

L

L　①387.2。

L 夫人　见罗尔斯卡娅。

Lange　见朗格。

Lazarevic　见拉柴莱维支。

Le Bon　见勒朋。

Lelevitch　见列列维奇。

Lerbeghe,van　见望·莱培格。

Lermontov　见莱蒙托夫。

Lidin　见理定。

Lindau　见林道。

Lipps　见李普斯。

Lombroso　见龙勃罗梭。

London,J　见杰克·伦敦。

Lopuszánski　见洛普商斯奇。

Lunacharski　见卢那察尔斯基。

Lunacharsky　见卢那察尔斯基。

Lunz　见伦支。

Lvov－Rogachevski　见李沃夫－
　　罗加切夫斯基。

M

M 女士　见马湘影。

M 先生　见毛邦伟。

M.D.　见茅盾。

Machar　见马察尔

Maeterlinck　见梅特林克。

Maillol　见迈约尔。

Maiski　见马伊斯基。

Malashkin　见珂拉式庚。

Malianosusky,N.P.　见马利亚
　　诺苏斯基。

Manet　见马奈。

Mark Rutherford　见马克·卢瑟
　　福特。

Marty　见马尔蒂。

Mathers　见马瑟斯。

Matsa　见马察。

Maupassant　见莫泊桑。

Mechinicoff　见梅契尼可夫。

Meffert　见梅菲尔德。

Mereschkovsky　见梅列日科夫
　　斯基。

Mestrovic　见美斯特罗维克。

Meyenburg,Erwin　见迈恩堡。

Mickiewicz　见密茨凯维支。

Minna Canth　见明娜·康特。

Mirbeau　见米尔博。

Mitrokhin　见密德罗辛。

Montaigne　见蒙田。

Mošheh　见摩西。

Mrštik(Alois)　见莫尔什蒂克(A)。

Mrštik(Vilém)　见莫尔什蒂克(V)。

MR.K.Chow　⑫343.1。

Munch　见蒙克。

N

Nekrassov　见涅克拉索夫。

Netto　见涅特。

Nicholson　见尼科尔森。

Nietzsche　见尼采。

Nordau　见诺尔道。

Novikov‐Priboi　见诺维柯夫‐普里波依。

Nymph　见水妖。

O

O.E.　见小原荣次郎。

O.V.　见冯雪峰。

O.W.　见王尔德。

Orlandini,Dr.　见奥兰迪尼。

P

Päivärinta　见佩伐林塔。

Pan　见潘神。

Panferov　见潘菲洛夫。

Panterejev　见班台莱耶夫。

Papini　见巴比尼。

Pavlenko　见巴甫连珂。

Pavlinov　见保夫理诺夫。

Petöfi Sándor　见裴多菲。

Petrov,Nikolai　见彼得洛夫。

Pilniak　见毕力涅克。

Pilyniak　见毕力涅克。

Piskarev　见毕斯凯莱夫。

Plekhanov　见普列汉诺夫。

Pletnijov　见普列特涅夫。

Poe,A.　见爱伦·坡。

Poelaert　见丕垒尔。

Pokrovski　见波克罗夫斯基。

Poppenberg　见璞本白耳格。

Prometheus　见普罗米修斯。

Průšek　见普实克。

Pugatchov　见布加乔夫。

Pushkin　见普希金。

R

R女士　见罗尔斯卡娅。

Rabelais　见拉伯雷。

Rais　见莱斯。

Radek　见拉狄克。

Rappoport　见拉拍波特。

Rasin　见拉辛。

Renoir　见雷诺阿。

Ricardo　见里卡多。

Riepin　见列宾。

Roberts　见罗伯茨。

Rodov　见罗道夫。

Roganchevski　见罗迦契夫斯基。

S

S女士　见史沫特莱。

S医师　见须藤五百三。

Sadoveanu　见萨多维亚努。

Saint－Aubin　见圣·欧邦。

Sampson　见桑普森。

Sandor－Gjalski　见山陀尔·雅尔斯基。

Sanin　见沙宁。

Sappho　见萨福。

Sarolea　见萨洛利亚。

Sato　见佐藤春夫。

Schiemann　见席曼。

Schnitzer　见施尼策尔。

Schopenhauer　见叔本华。

Seifullina　见谢芙琳娜。

Sekir,S.　见塞柯尔。

Serafimovich　见绥拉菲摩维支。

SH　见羽太重九。

Shaginiyan　见沙吉娘。

Shaw　见萧伯纳。

Sheherazade　见舍海尔萨德。

Shelley　见雪莱。

Sheringham　见希赖因汉。

Sidney　见锡德尼。

Šimáček　见什马切克。

Sinclair　见辛克莱。

Sirén　见西林。

Smith,A.　见斯密斯。

Smith,P.　见史密斯。

Sologub　见梭罗古勃。

Sova　见索瓦。

St.Simon　见圣西门。

Staël　见斯达尔夫人。

Stefanyk　见斯杰法尼克。

Stendhal　见司汤达。

Strassburger　见施特拉斯布格。

Sudermann　见苏德曼。

Swinburne　见斯温勃恩。

Symons　见西蒙兹。

Synge　见沁孤。

T

T　见艾芜。

T先生　见曹聚仁。

Taburin　见塔布林。

Taine　见泰纳。

Teniers　见德涅尔斯。

Tolstoy(Leov)　见托尔斯泰(列

夫)。

Trotsky　见托洛茨基。

Turgenjew　见屠格涅夫。

U

Upton Sinclair　见辛克莱。

Uspensky　见乌思宾斯基。

V

V.S.　见瓦豪特·山陀尔。

V.S夫人　⑦252.19。

Vaillant－Couturier,Paul　见瓦
扬－古久里。

Vallotton　见瓦乐敦。

Vardin　见瓦进。

Vazov　见伐佐夫。

Vergilius　见维吉尔。

Vetendorf　⑪406.15。

Vigny　见维尼。

Vinci,Leonardo da　见达·芬奇。

Virgilius　见维尔吉利乌斯。

VITZ　见凯绥·珂勒惠支

Vogüe　见弗居耶。

Voronsky　见瓦浪斯基。

Vrchlick　见符尔赫列支奇。

Vronsky　见渥伦斯基。

W

W.W.　⑰261。

Walton　见沃尔顿。

Watts　见瓦兹。

Wei,T.　⑰261。

Weininger　见华宁该尔。

White　见怀特。

Wilde　见王尔德。

Y

Y　见沙汀。

Y君　见荆有麟。

Y次长　见袁希涛。

YT　见彦德。

Yakovlev,A.　见雅各武莱夫
(A)。

Yeats　见叶芝。

Z

Z同志　见曹靖华。

Z.M.　⑧168.2。

Zamiatin　见札弥亚丁。

Zola　见左拉。

Zoshitchenko　见左琴科。

Zozulia　见左祝黎。

俄　文

Кравдовой（Кравдова）Татъ –

яна　见克拉芙卓娃。

日　文

アンドレ・ジイド　见纪德。

イバネヅ　见伊巴涅思。

エバ　见夏娃。

エフタリオチス　见蔼夫达利阿
　蒂斯。

エロシインコ　见爱罗先珂。

エロ様　见爱罗先珂。

カラセク　见凯拉绥克。

キイランド　见基兰德。

ゴーコリ　见果戈理。

ゴーゴル　见果戈理。

コホリコ・コ　⑪423.11。

シエンキウエチ　见显克微支。

ズーデルマン　见苏德曼。

ソログーブ　见梭罗古勃。

ド氏　见陀思妥耶夫斯基。

ノブ子　见羽太信子。

ハグ　见周丰一。

ハスマックール　见哈斯马格
　耳。

バルバン　见巴蓬。

パスタロッチ　见裴斯泰洛齐。

ピンシン　⑪423.11。

メ氏　见梅列日科夫斯基。

ラヤジ　见拉阖。

レルモントフ　见莱蒙托夫。

书籍、作品类

首字检索表

一　画

一(218)　"……"(220)

二　画

二(220)　十(221)　丁(221)　七(221)　卜(222)　八(222)　人(222)
入(223)　儿(223)　几(223)　九(223)　刀(223)　又(223)　了(224)

三　画

三(224)　于(225)　工(225)　士(225)　土(225)　下(226)　大(226)
万(227)　与(228)　才(228)　矢(228)　上(228)　口(228)　□(228)
山(228)　巾(229)　千(229)　川(229)　亿(229)　个(229)　义(229)
及(229)　凡(229)　丸(229)　广(229)　亡(229)　门(229)　尸(230)
已(230)　也(230)　女(230)　小(230)　飞(232)　马(232)　子(233)
孑(233)　乡(233)

四　画

丰(233)　王(234)　开(234)　天(234)　元(235)　无(235)　韦(236)
云(236)　专(236)　廿(236)　艺(236)　木(238)　五(239)　支(240)
不(240)　太(241)　犬(241)　历(241)　尤(242)　友(242)　车(242)
比(242)　扎(242)　戈(242)　互(242)　切(242)　瓦(242)　止(242)
少(242)　日(243)　中(243)　贝(248)　内(248)　见(249)　牛(249)

手(249)　毛(249)　壬(249)　长(249)　什(249)　化(250)　仇(250)
反(250)　介(250)　父(250)　从(250)　今(251)　公(251)　仓(251)
月(251)　氏(252)　丹(252)　风(252)　乌(252)　凤(252)　六(252)
文(253)　方(256)　忆(256)　火(256)　为(256)　斗(257)　订(257)
心(257)　尹(257)　引(257)　巴(257)　以(257)　邓(258)　劝(258)
双(258)　书(258)　水(258)　孔(259)　幻(259)

五　　画

玉(259)　刊(260)　末(260)　未(260)　击(260)　示(260)　巧(260)
正(260)　功(260)　去(260)　甘(260)　世(260)　艾(261)　古(261)
本(263)　札(263)　可(263)　丙(263)　左(263)　石(263)　右(263)
布(263)　龙(263)　平(264)　打(264)　扑(264)　东(264)　卡(265)
北(265)　卢(266)　业(266)　旧(266)　归(266)　目(266)　且(267)
叶(267)　申(267)　甲(267)　电(267)　田(267)　由(267)　史(267)
叩(268)　四(268)　出(268)　生(269)　失(269)　付(269)　代(269)
仙(269)　仪(269)　白(269)　他(270)　丛(270)　用(270)　印(270)
句(270)　外(270)　务(270)　鸟(270)　包(270)　饥(270)　乐(270)
尔(271)　主(271)　立(271)　玄(271)　闪(271)　兰(271)　半(271)
头(271)　江(271)　汇(271)　汉(271)　写(272)　讨(272)　让(272)
礼(273)　必(273)　记(273)　永(273)　司(273)　尼(273)　民(273)
弗(273)　弘(273)　召(273)　皮(273)　边(274)　发(274)　圣(274)
弁(274)　对(274)　台(274)　母(274)　辽(274)　幼(274)

六　　画

邦(275)　式(275)　刑(275)　戎(275)　动(275)　耳(275)　圬(275)
吉(275)　考(275)　老(275)　地(275)　共(276)　芋(276)　亚(276)
芝(276)　朴(276)　机(276)　权(276)　再(276)　西(276)　压(277)
在(277)　有(278)　百(278)　而(279)　存(279)　灰(279)　达(279)
列(279)　死(279)　夷(280)　扣(280)　托(280)　扬(280)　臣(280)
尧(280)　至(280)　过(280)　贞(281)　此(281)　师(281)　尘(281)

光(281)　当(281)　虫(281)　曲(281)　吕(281)　同(282)　吊(282)

吃(282)　因(282)　帆(282)　肉(282)　年(282)　朱(282)　先(282)

竹(282)　乔(282)　伟(282)　传(282)　伍(282)　仲(282)　任(282)

华(282)　伦(283)　仰(283)　仿(283)　伪(283)　自(283)　伊(283)

血(284)　向(284)　后(284)　全(284)　会(284)　合(285)　杀(285)

企(285)　众(285)　爷(285)　创(285)　杂(285)　负(286)　犯(286)

名(286)　各(286)　多(286)　匈(286)　争(286)　庄(286)　庆(286)

齐(286)　刘(286)　衣(286)　产(286)　忏(286)　灯(286)　羊(286)

并(286)　关(287)　米(288)　冲(288)　次(288)　汗(288)　江(288)

汲(288)　池(288)　宇(288)　守(288)　宅(288)　安(288)　冰(289)

字(289)　讳(289)　军(289)　许(289)　论(289)　农(290)　访(290)

寻(290)　那(290)　艮(290)　异(290)　阮(290)　阵(290)　阳(290)

阶(290)　阴(291)　如(291)　妇(291)　她(291)　好(291)　戏(291)

观(291)　买(291)　红(292)　纪(292)　纫(292)　孙(292)　巡(292)

七　画

麦(293)　玛(293)　进(293)　远(293)　运(293)　坏(293)　走(293)

攻(293)　赤(293)　孝(293)　坟(293)　志(294)　声(294)　劫(294)

邯(294)　花(294)　芥(294)　苍(294)　严(294)　劳(294)　克(294)

苏(295)　杜(296)　村(296)　杨(296)　李(296)　两(297)　酉(297)

丽(297)　还(297)　来(298)　批(298)　轩(298)　抄(298)　连(298)

医(298)　折(298)　投(298)　护(298)　把(298)　报(298)　扭(298)

抒(298)　求(298)　坚(298)　肖(298)　吴(298)　呆(298)　围(299)

时(299)　园(299)　旷(299)　虬(299)　男(299)　困(299)　呐(299)

听(299)　吹(299)　别(299)　针(299)　钉(299)　牡(299)　告(299)

乱(299)　秀(299)　我(299)　每(301)　何(301)　但(301)　伸(301)

作(301)　佚(301)　伯(301)　低(301)　你(301)　佗(301)　佛(301)

近(302)　彻(303)　彷(303)　余(303)　希(303)　坐(303)　豸(303)

采(303)　孚(303)　含(303)　岔(303)　龟(303)　奂(303)　狂(303)

犹(303)　狄(303)　条(303)　岛(303)　刨(303)　迎(303)　饮(304)

系(304)　言(304)　亨(304)　应(304)　这(304)　庐(304)　序(304)

辛(304)　弃(304)　忘(304)　怀(304)　忧(304)　快(304)　闲(304)

炀(304)　汪(304)　沙(304)　泛(305)　沉(305)　沈(305)　没(305)

宋(305)　宏(306)　穷(306)　良(306)　启(306)　评(306)　诅(306)

社(306)　补(307)　初(307)　识(307)　词(307)　译(307)　君(307)

灵(307)　即(307)　迟(307)　改(307)　张(307)　陆(308)　阿(308)

陈(308)　附(309)　陀(309)　妍(309)　妙(309)　妖(309)　姊(309)

妒(309)　劲(309)　鸡(309)　纯(309)　纲(309)　纳(309)　驳(309)

纸(310)　纺(310)　驴(310)

八　　画

玩(310)　武(310)　青(310)　现(311)　表(312)　耶(312)　取(312)

其(312)　坦(312)　幸(312)　坡(313)　苦(313)　若(313)　英(313)

茑(313)　范(313)　直(313)　苔(313)　茅(314)　林(314)　杯(314)

析(314)　板(314)　松(314)　述(314)　丧(314)　枕(314)　画(314)

事(314)　卖(314)　雨(314)　奔(314)　奇(315)　郁(315)　转(315)

拈(315)　斩(315)　轮(315)　轰(315)　拍(315)　抵(315)　抱(315)

拉(315)　招(315)　瓯(315)　欧(315)　到(316)　叔(316)　非(316)

虎(316)　贤(316)　尚(316)　果(316)　昆(316)　国(316)　明(317)

易(318)　迪(318)　典(318)　忠(318)　邴(318)　咏(318)　咄(318)

岩(318)　罗(318)　岭(319)　凯(319)　图(319)　钓(319)　知(319)

牧(319)　物(320)　和(320)　委(320)　岳(320)　使(320)　侠(320)

版(320)　佩(320)　货(320)　质(320)　征(320)　爬(320)　往(320)

彼(320)　所(320)　舍(320)　金(320)　命(321)　斧(321)　受(321)

朋(321)　肥(322)　周(322)　鱼(322)　兔(322)　匋(322)　备(322)

忽(322)　狗(322)　京(322)　夜(322)　郊(322)　庚(322)　放(322)

於(323)　盲(323)　性(323)　怕(323)　怡(323)　炉(323)　郑(323)

卷(323)　单(323)　净(323)　浅(323)　法(323)　河(324)　学(324)

泥(324)　波(324)　泾(324)　宝(324)　宜(324)　空(324)　实(324)

诗(324)　房(325)　话(325)　诡(325)　该(325)　建(325)　录(325)

隶(325) 居(325) 刷(325) 屈(325) 弥(326) 弦(326) 陕(326)

迦(326) 参(326) 孟(326) 练(326) 绀(326) 绅(326) 细(326)

织(326) 孤(326) 终(326) 绍(326) 经(326) 函(326)

九　画

契(326) 贰(327) 春(327) 奏(327) 帮(327) 珂(327) 珍(327)

封(327) 项(327) 城(328) 政(328) 赵(328) 垓(328) 某(328)

荆(328) 革(328) 茜(329) 带(329) 草(329) 茶(329) 荀(329)

茗(329) 荒(329) 茫(329) 荡(329) 故(329) 胡(329) 南(330)

药(330) 标(331) 枯(331) 柯(331) 相(331) 查(331) 柚(331)

柏(331) 柳(331) 栎(331) 树(331) 勃(331) 柬(331) 咸(331)

威(331) 厘(331) 面(331) 研(331) 牵(331) 残(331) 拷(331)

轻(331) 挺(331) 括(332) 拾(332) 指(332) 按(332) 挥(332)

背(332) 战(332) 点(332) 虐(332) 竖(332) 临(332) 省(332)

尝(332) 是(332) 显(332) 星(333) 昨(333) 昭(333) 毗(333)

贵(333) 虹(333) 思(333) 品(333) 骂(333) 哈(333) 咬(333)

炭(333) 幽(333) 钟(333) 钦(333) 拜(334) 看(334) 怎(334)

选(334) 香(334) 种(334) 秋(334) 科(334) 重(335) 复(335)

顺(335) 修(335) 俏(335) 俚(335) 保(335) 促(335) 俄(335)

俗(336) 信(336) 皇(336) 鬼(336) 禹(337) 侯(337) 俟(337)

待(337) 须(337) 舁(337) 剑(337) 食(337) 胜(337) 脉(337)

狭(337) 独(337) 狱(337) 尴(337) 逃(337) 急(337) 哀(337)

亭(337) 疯(337) 施(337) 音(337) 帝(337) 恒(338) 恰(338)

恨(338) 闺(338) 闻(338) 炼(338) 炸(338) 差(338) 养(338)

美(338) 叛(338) 送(338) 类(339) 迷(339) 前(339) 酋(339)

总(339) 洪(339) 洞(339) 洗(339) 活(339) 洛(339) 济(339)

洋(339) 觉(339) 宣(339) 宫(339) 突(339) 窆(339) 客(339)

诚(339) 语(339) 祖(339) 神(339) 祝(340) 说(340) 郡(341)

退(341) 咫(341) 费(341) 眉(341) 除(341) 降(341) 娇(341)

姚(341) 娜(341) 怒(341) 勇(341) 癸(341) 柔(341) 结(341)

绘(341)　　给(341)　　绛(342)　　绝(342)　　孩(342)　　统(342)　　骈(342)

十　画

耕(342)　　秦(342)　　泰(342)　　班(343)　　敖(343)　　素(343)　　聂(343)

赶(343)　　起(343)　　盐(343)　　袁(343)　　都(343)　　恐(343)　　埃(343)

莽(343)　　恭(343)　　莱(343)　　莫(343)　　莪(343)　　荷(343)　　晋(344)

恶(344)　　莉(344)　　莎(344)　　莺(344)　　真(344)　　桂(344)　　栖(344)

桐(344)　　格(344)　　桃(344)　　校(345)　　样(345)　　哥(345)　　贾(345)

辱(345)　　夏(345)　　破(345)　　原(345)　　烈(345)　　殉(345)　　顾(345)

捕(345)　　挽(345)　　哲(345)　　热(345)　　捣(345)　　致(345)　　柴(346)

监(346)　　逍(346)　　党(346)　　晓(346)　　鸭(346)　　晏(346)　　畔(346)

哭(346)　　恩(346)　　莺(346)　　峭(346)　　圆(346)　　铁(346)　　铃(346)

银(346)　　特(346)　　牺(347)　　造(347)　　敌(347)　　笔(347)　　笑(347)

积(347)　　透(347)　　蚕(347)　　乘(347)　　倒(347)　　倾(347)　　倍(347)

射(347)　　息(347)　　徒(347)　　徐(347)　　殷(347)　　般(348)　　航(348)

拿(348)　　爱(348)　　脊(348)　　豹(348)　　颂(348)　　翁(348)　　脂(348)

狸(348)　　狼(348)　　卿(348)　　留(348)　　饿(349)　　馀(349)　　恋(349)

高(349)　　郭(349)　　席(350)　　病(350)　　疴(350)　　离(350)　　唐(350)

旅(351)　　阅(351)　　烦(351)　　烟(351)　　剡(351)　　瓶(351)　　凌(351)

益(351)　　准(352)　　资(352)　　涑(352)　　酒(352)　　浙(352)　　消(352)

娑(352)　　涅(352)　　涓(352)　　海(352)　　浮(353)　　流(353)　　浣(353)

浪(353)　　涌(353)　　家(353)　　宾(354)　　窃(354)　　容(354)　　请(354)

诸(354)　　诺(354)　　读(354)　　扇(355)　　袖(355)　　被(355)　　冥(355)

谁(355)　　调(355)　　冤(355)　　谈(355)　　剧(355)　　屐(355)　　陶(355)

娱(355)　　娘(355)　　婀(356)　　通(356)　　预(356)　　能(356)　　难(356)

骊(356)　　验(356)　　绣(356)　　绥(356)

十 一 画

琐(356)　　理(356)　　琅(357)　　职(357)　　聊(357)　　域(357)　　埠(357)

教(357)　　黄(357)　　菽(358)　　菲(358)　　萝(358)　　菩(358)　　萤(358)

乾(358) 萧(358) 菉(358) 萨(358) 梼(358) 梦(358) 梵(358)

桯(358) 梅(358) 梭(359) 曹(359) 副(359) 龚(359) 扈(359)

盛(359) 雪(359) 描(359) 捷(359) 推(359) 授(359) 救(359)

匾(359) 鸳(359) 堂(359) 常(359) 野(359) 晨(360) 眼(360)

曼(360) 晚(360) 冕(360) 趼(360) 略(360) 唯(360) 啸(360)

崖(361) 崔(361) 崇(361) 铜(361) 笺(361) 笠(361) 第(361)

移(361) 敏(361) 做(361) 袋(361) 偶(361) 傀(361) 停(361)

假(362) 盘(362) 舶(362) 悉(362) 脸(362) 猎(362) 猫(362)

逸(362) 祭(362) 庶(362) 麻(362) 庚(362) 庸(362) 康(362)

鹿(362) 旌(362) 章(362) 竟(362) 商(362) 望(362) 情(362)

惜(363) 悼(363) 惟(363) 惊(363) 阎(363) 粕(363) 断(363)

剪(363) 兽(363) 盗(363) 清(363) 渚(363) 鸿(363) 淞(363)

渠(364) 淑(364) 渑(364) 淮(364) 渔(364) 淳(364) 淡(364)

深(364) 梁(364) 涵(364) 寄(364) 寂(364) 密(364) 婆(364)

谏(364) 谐(364) 祷(364) 谋(365) 谎(365) 谛(365) 屠(365)

隋(365) 堕(365) 随(365) 隐(365) 婚(365) 续(365) 维(366)

绿(366) 巢(366)

十 二 画

琳(366) 琴(367) 琬(367) 联(367) 斯(367) 塔(367) 越(367)

趋(367) 超(367) 喜(367) 博(367) 彭(367) 散(367) 葬(367)

募(368) 葛(368) 董(368) 敬(368) 蒋(368) 落(368) 营(368)

韩(368) 朝(368) 植(368) 森(368) 焚(368) 棉(368) 惠(368)

厨(368) 厦(368) 丽(368) 硬(368) 雁(368) 雄(369) 殖(369)

搭(369) 揩(369) 辍(369) 插(369) 搜(369) 雅(369) 紫(369)

斐(369) 悲(369) 棠(369) 赏(369) 掌(369) 畴(369) 跋(369)

最(369) 景(370) 遗(370) 喝(370) 喻(370) 啼(370) 赋(370)

赌(370) 黑(370) 铸(370) 短(370) 智(370) 等(370) 答(370)

稀(371) 程(371) 稀(371) 鹅(371) 傅(371) 集(371) 焦(371)

粤(371) 奥(372) 街(372) 御(372) 循(372) 舒(372) 禽(372)

释(372)　腊(372)　腓(372)　鲁(372)　然(374)　敦(374)　蛮(374)

痛(374)　童(374)　愧(374)　阐(374)　善(374)　普(374)　道(374)

遂(375)　滞(375)　湖(375)　湘(375)　渺(375)　温(375)　溃(375)

滑(375)　渡(375)　游(375)　寒(375)　富(375)　窗(375)　谟(375)

禅(375)　谢(375)　谣(376)　强(376)　隔(376)　登(376)　骗(376)

编(376)　缘(376)

十　三　画

瑜(376)　塌(376)　鼓(376)　蓝(376)　幕(376)　蒿(376)　蓄(376)

蒲(376)　蒙(376)　楔(376)　禁(376)　楚(376)　楷(376)　楞(376)

槐(377)　楼(377)　赖(377)　甄(377)　靥(377)　感(377)　碑(377)

碎(377)　雷(377)　零(377)　雾(377)　摄(377)　搬(377)　颐(377)

虞(377)　鉴(377)　睡(377)　歇(377)　暗(377)　路(377)　跳(377)

蜈(377)　蜕(377)　罪(377)　蜀(377)　嵊(377)　嵩(377)　鹗(378)

锦(378)　雉(378)　辞(378)　筠(378)　简(378)　筦(378)　颎(378)

催(378)　毁(378)　鼠(378)　微(378)　愈(378)　鲍(378)　鹏(378)

解(378)　痴(379)　靖(379)　新(379)　韵(381)　意(381)　雍(381)

慎(381)　黏(381)　粮(381)　慈(381)　满(381)　源(381)　塞(381)

窦(381)　愆(381)　福(381)　褚(381)　裸(381)　群(381)　嫉(381)

叠(381)　缢(381)　剿(381)

十　四　画

静(381)　碧(382)　瑶(382)　嘉(382)　蔷(382)　摹(382)　蔡(382)

蔚(382)　模(382)　槟(382)　歌(382)　舆(382)　摭(382)　裴(382)

睽(382)　暖(382)　鹘(383)　蝉(383)　舞(383)　算(383)　管(383)

僧(383)　鼻(383)　遘(383)　疑(383)　豪(383)　瘦(383)　廖(383)

熔(383)　精(383)　漱(383)　漫(383)　赛(383)　寡(383)　察(384)

蜜(384)　谭(384)　肇(384)　褐(384)　熊(384)　缪(384)

十　五　画

璇(384)　增(384)　聪(384)　蕙(384)　蕉(384)　横(384)　樱(384)
樊(384)　飘(384)　醉(384)　题(384)　暴(384)　暹(385)　影(385)
踢(385)　蝎(385)　蝙(385)　墨(385)　镰(385)　靠(385)　稽(385)
稷(385)　稻(385)　德(385)　滕(385)　摩(386)　颜(386)　懊(386)
翦(386)　潜(386)　潘(386)　澄(386)　鹤(386)　畿(386)

十　六　画

燕(386)　璐(386)　翰(386)　颠(386)　橄(386)　整(386)　醒(386)
霍(386)　赠(386)　鹦(386)　默(386)　镜(386)　穆(386)　儒(386)
衡(387)　膳(387)　雕(387)　邂(387)　磨(387)　瘸(387)　麈(387)
辨(387)　辩(387)　燎(387)　澡(387)　澹(387)　寰(387)　壁(387)

十　七　画

戴(387)　藏(387)　豳(387)　镡(387)　魏(387)　黛(388)　鍊(388)
貘(388)　貔(388)　爵(388)　鹫(388)　濯(388)　蹇(388)

十　八　画

藕(388)　藤(388)　蟫(388)　簋(388)　翻(388)　鹰(388)

十　九　画

蘧(388)　孽(388)　鞲(388)　警(388)　攀(388)　繫(388)　籀(388)
曝(388)　簿(388)　瀛(388)

二十画以上

霰(389)　饕(389)　魔(389)　譬(389)　蠢(389)　露(389)　黯(389)
鬻(389)　麟(389)　蠹(389)

日　文

假　名

あ(389)　　い(389)　　り(390)　　え(390)　　お(390)　　か(390)　　き(390)

く(390)　　け(391)　　こ(391)　　し(391)　　す(392)　　せ(392)　　そ(392)

た(392)　　ち(392)　　つ(393)　　て(393)　　と(393)　　な(393)　　に(394)

の(394)　　は(394)　　ひ(394)　　ふ(394)　　へ(395)　　ほ(395)　　ま(395)

み(396)　　め(396)　　も(396)　　ゆ(396)　　ら(397)　　る(397)　　れ(397)

ろ(397)　　わ(397)　　ゑ(397)

汉　字

一　　画

一(398)

二　　画

二(398)　　十(398)　　七(398)　　人(398)　　九(398)

三　　画

三(398)　　工(398)　　下(398)　　大(398)　　千(398)　　女(398)　　小(399)

四　　画

王(399)　　天(399)　　五(399)　　支(399)　　不(400)　　友(400)　　日(400)

内(401)　　仏(401)　　反(401)　　文(401)　　六(402)　　巴(402)　　水(402)

五　　画

世(402)　　古(402)　　右(402)　　北(402)　　史(402)　　四(402)　　生(403)

広(403)　　永(403)　　民(403)　　弁(403)

六　画

刑(403)　　共(403)　　西(403)　　有(403)　　死(403)　　虫(403)　　伝(403)

自(403)　　伊(403)　　向(403)　　巡(403)

七　画

言(403)　　赤(403)　　芸(403)　　芥(404)　　医(404)　　抒(404)　　男(404)

図(404)　　吼(404)　　私(404)　　作(404)　　近(404)　　希(405)　　応(405)

沙(405)　　労(405)　　社(405)

八　画

武(405)　　青(405)　　表(405)　　長(405)　　苦(405)　　若(405)　　英(406)

板(406)　　柊(406)　　東(406)　　或(406)　　拝(406)　　欧(406)　　昆(406)

物(406)　　版(406)　　金(406)　　夜(406)　　性(406)　　学(406)　　沼(406)

実(406)　　空(407)　　阿(407)

九　画

春(407)　　革(407)　　草(407)　　南(407)　　研(407)　　郁(407)　　拷(407)

映(407)　　虹(407)　　思(407)　　科(407)　　信(407)　　食(407)　　狭(407)

風(407)　　独(407)　　美(407)　　浅(408)　　洒(408)　　海(408)　　建(408)

勇(408)

十　画

泰(408)　　真(408)　　原(408)　　殉(408)　　造(408)　　島(408)　　殷(408)

飢(408)　　恋(408)　　高(408)　　疾(408)　　唐(408)　　袖(408)　　書(408)

陣(408)

十 一 画

現(408)　　理(409)　　都(409)　　転(409)　　虚(409)　　黒(409)　　異(409)

唯(409)　　動(409)　　第(409)　　鳥(410)　　猫(410)　　猫(410)　　祭(410)

鹿(410)　粕(410)　清(410)　閉(410)　婚(410)

十　二　画

項(410)　越(410)　超(410)　葛(410)　植(410)　裂(410)　雄(410)
悲(410)　最(410)　無(410)　創(410)　象(410)　童(410)　装(410)
満(410)　営(410)　運(410)　開(411)　階(411)　媒(411)　結(411)
絵(411)

十　三　画

詩(411)　詭(411)　感(411)　園(411)　農(411)　罪(411)　鉄(411)
愛(411)　猿(411)　痴(411)　新(411)　意(412)　楽(412)　資(412)
漢(412)　戦(412)　続(412)

十　四　画

読(412)　静(412)　様(412)　歴(412)　銃(412)　銀(412)　漫(412)
漁(412)

十　五　画

蔵(412)　標(412)　輪(413)　憂(413)　戯(413)　影(413)　遺(413)

十　六　画

壊(413)　機(413)

十　七　画

輿(413)

十　八　画

臨(413)　顕(413)　貘(413)　闘(413)

二十一画以上

露(413)　鑑(414)　蠹(414)

拉 丁 字 母

C(414)　R(414)

西　　文

A(414)　　B(415)　　C(416)　　D(417)　　E(417)　　F(418)　　G(418)
H(419)　　I(419)　　J(420)　　K(420)　　L(421)　　M(421)　　N(422)
O(422)　　P(423)　　Q(424)　　R(424)　　S(424)　　T(425)　　U(425)
V(425)　　W(426)　　Z(426)　　数字(426)

俄　　文

А(427)　　Б(427)　　В(427)　　Г(427)　　Д(427)　　Ж(428)　　И(428)
К(428)　　Л(428)　　М(428)　　Н(428)　　О(429)　　П(429)　　Р(429)
С(429)　　Т(429)　　Ф(430)　　Х(430)　　数字(430)

注　释　条　目

一　　画

一年（张天翼）　⑬31.5；206.2；
⑰273。

一茶　见《日本诗人一茶的诗》。

一觉（鲁迅）　②230.1。

一只手（郭沫若）　④142.15。

一坛酒（许钦文）　⑰273。

一周间（里培进斯基）
③365.10；④227.58，478.23；
⑦395.2；⑩399.11；
⑫524.11；⑰458，540，569。

一家言（李渔）　⑥358.7。

一十宣言　见《中国本位的文化
建设宣言》。

一个女人（有岛武郎）　⑰495。

一个秋夜（高尔基）　⑦206.43。

一月九日（高尔基）　⑦418.1；
⑰273。

一只小羊（萧军）　⑬446.1，
448.1。

一件小事（鲁迅）　①483.2。

一身是胆（影片）　⑯564.7。

一思而行（鲁迅）　⑯453.8。

一握泥土（范·戴克）

⑦209.69。

一千八百担（吴组缃）
⑭302.4。

一千零一夜　③434.4；
④423.7；⑤314.4；⑥372.16，
649.3；⑫108.2；⑰461，567。

一天的工作（绥拉菲摩维支等）
⑥370.5；⑦416.2；⑩397.1；
⑫333.1，362.1，370.2，380.2；
⑬52.1，206.2，288.1；
⑰273，344。

一天的工作（绥拉菲摩维支）
⑩399.16；⑫328.9；⑯328.4。

一切经音义（玄应）　⑰273。

一立斋广重（野口米次郎）
⑰458。

一乘决疑论　见《华严一乘决疑
论》。

一个人的受难（麦绥莱勒）
④574.1；⑫432.1；⑬63.4；
⑭146.2；⑰273，555。

一个青年的梦（武者小路实笃）
⑩207.1；⑪593.1；⑮378.1，

385.3,452.4;⑰273,495。

一个残败的人(阿霍)
⑦220.155。

一个斯拉夫王(密茨凯维支)
⑦217.135。

一九二八年影集 ⑰556。

一九三四年即景(李桦)
⑬304.2。

《一个人的受难》序(鲁迅)
⑫431.1;⑯395.7。

一个心灵的发展(斯特林堡)
⑰495。

一个平凡的故事(胡其藻)
⑰273。

一个囚人的自序 见《一个"罪
犯"的自述》

一个伟大的印象(柔石)
④287.7;⑫435.2。

一个农夫的生活(勃恩)
⑦340.5。

一个城市的历史(萨尔蒂珂夫)
⑩518.7。

一个勤学的学生(汪敬熙)
⑥266.15;⑬354.1。

一个"罪犯"的自述 ④47.4。

一篇很短的传奇(迦尔洵)
⑩501.1,502.1。

一九三〇年通俗书 ⑰562。

一个活跃家的记录(巴罗哈)
⑩428.3。

一夫多妻的新护符(陈大齐)
⑦81.3。

一日里的一休和尚(武者小路实
笃) ⑪410.7。

一千零一夜故事(画谱)(玛尔德
吕丝) ⑰458。

一个日本人的中国观 见《活中
国的恣态》。

一个活动家的回忆录(巴罗哈)
⑬112.5。

一百二十年阴阳合历(中华学艺
社编) ④230.3。

《一个青年的梦》译者序二(鲁
迅) ⑩210.1。

一八艺社习作展览会小引(鲁
迅) ⑭91.3。

一九三二年中国文坛鸟瞰(中国
文艺年鉴社) ④623.3;
⑭296.1。

一个最低限度的国学书目(胡
适) ③463.4。

一九二八年欧洲短篇小说集
⑰274,559。

一九三五年中国文坛的回顾(周
立波) ⑭9.2。

一个日本诗人的鲁迅会谈记(野
口米次郎) ⑭383.3。

一个吃鸦片的英国人的忏悔(狄
昆希) ⑤364.4。

一个革命者的人生及社会观(巴

罗晗）⑩496.7;⑰457。
一八〇〇年至当代的波兰艺术（库恩）⑰557。
一九二三至二四年法国最佳短篇小说集　⑰534。
一九〇一年九月二十八日及二十九日在德累斯顿的艺术教育日　⑩460.3。
“……”“□□□□”论（徐訏）⑤512.2。
“……”“□□□□”论补（鲁迅）⑯454.14。

二　画

二月（柔石）④154.1,287.8;⑫220.2;⑰274。
二心集（鲁迅）⑫298.1;⑬226.2,321.2;⑭57.5;⑯308.5,324.4;⑰274。
二诗人（郁达夫）⑭502.1。
二草原（显克微支）⑪394.9。
二十一个（张天翼）⑭316.3。
二十四史　③20.8;⑥63.18;⑰274。
二十五史　⑥178.2;⑰274。
二十六史　⑥178.2。
二丑艺术（鲁迅）⑯385.6。
二十四孝图（郭居敬编）②266.17;⑥29.3;⑫34.3。
《二十四孝图》（鲁迅）⑮622.5。
二叶亭全集（二叶亭四迷）⑰458。
二百卌孝图（胡文炳）⑫95.1;⑰274。
二李唱和集（李昉、李至）⑰274。
二酉堂丛书（张澍）⑩36.5,106.26。
二十一名家集　见《汉魏诸名家集》。
二十五史补编　⑰275。
二十五度酒精（影片）⑯44.14。
二作家之印象（黑田乙吉）⑩358.20。
二十世纪绘画大观（外山卯三郎）⑰458。
二十四史通俗演义（吕抚）⑨158.26。
二十世纪文学之主潮　见《十九世纪文学主潮》。
二十世纪之欧洲文学（弗理契）⑤314.2;⑰275,458。
二十世纪之宗教学研究（江绍原）⑫92.3。
二十五年来之宗教史研究（黑顿）⑫83.1,88.1。

十月（马林霍夫）　④219.15。

十月（A·雅各武莱夫）
⑩356.1，360.1，359.25；
⑫228.5，396.3，412.3；
⑯210.4；⑰275，458，569。

十戒（影片）　⑯15.7。

十二个（勃洛克）　④37.5；
⑦215.117，314.1，315.13；
⑩314.10，446.7；⑪123.1；
⑬153.1；⑮622.1；⑰275。

十七史（毛晋辑）　⑰275。

十八摸　⑥209.3。

十九人　见《毁灭》。

十三经　③142.19。

十日谈（薄伽丘）　⑤314.4；
⑰446。

十洲记（东方朔）　①319.6；
⑨42.3，428.19。

《十月》后记（鲁迅）　⑫425.3。

十字军记（陀莱）　④462.8。

十竹斋笺谱（胡正言）
⑧514.1；⑬22.1；⑯476.14，
525.14；⑰275。

十万卷楼丛书（陆心源）
⑰275。

十四年的"读经"（鲁迅）
⑮593.4。

十字军英雄记（影片）
⑯555.12。

十住毘婆沙论（龙树）　⑰275。

十种文学研究（波伊德）
⑰560。

十八空百广百论合刻　⑰276。

十九世纪的后期（桑次葆莱）
⑪374.7。

十九世纪的绘画　⑰550。

十六国春秋辑补（汤球）
⑰275。

十六国春秋纂录（汤球）
⑰275。

十一月二十四日夜（胡适）
⑪389.3。

十二门论宗致义记（龙树）
⑰276。

十九世纪文学主潮（勃兰兑斯）
⑤296.2；⑫528.8；⑰492。

十三经及群书札记（朱亦栋）
⑰276。

十二因缘等四经同本　⑰276。

《十竹斋笺谱》翻印说明（鲁迅）
⑬243.2。

十九前半世纪英国的小说（小泉
八云）　⑦215.115。

十五年来的书籍版画和单行版
画（楷戈达耶夫）　⑥595.5；
⑯436.4。

丁玲选集　⑰276。

七发（枚乘）　⑨393.26，416.16。

七兴（刘广世）　⑨417.17。

七启（曹植）　⑨417.19。

七林（卞景）　⑨417.18。

七依（崔骃）　⑨417.17。

七命（张协）　⑨417.20。

七录（阮孝绪）　⑥337.8。

七经　③208.28；⑥63.18。

七略（刘歆）　⑨12.5。

七谏（东方朔）　⑨416.16。

七激（傅毅）　⑨417.17。

七年忌（欧阳山）　⑰276。

七步诗（曹植）　③93.5。

七侠五义（石玉昆）　④162.13；
⑤258.9。

七修类稿（郎瑛）　①159.4。

七剑十八义　⑨290.17。

七剑十三侠（唐芸洲）
⑨290.17。

七家《后汉书》（汪文台）
⑩8.11。

七姬权厝志（张羽）　①132.13。

七论"文人相轻"（鲁迅）
⑬545.10。

七封信的自传（魏金枝）
④247.6。

七个被绞死的人（安德烈夫）
⑪375.16。

七家后汉书补逸（汪文台）
⑰276。

卜居　⑨390.8。

卜疑（嵇康）　⑩84.20。

卜辞通纂（郭沫若）　⑰276。

八索　⑧535.10。

八宗纲要（凝然）　⑰276。

八铭塾钞（吴懋政）　⑦234.14。

八月的乡村（萧军）　⑥297.1，
534.3；⑬261.3，269.1，309.4，
387.1，449.2，502.2；⑭12.1，
28.1；⑰276。

八史经籍志（张寿荣）　⑰276。

八龙山人画谱（沈麟元）
⑰276。

八琼室金石补正（陆增祥）
⑰276。

"人话"（鲁迅）　⑯370.14。

人物志（刘劭）　⑰276。

人性论（梅契尼可夫）
⑪342.9。

人之历史（鲁迅）　⑪631.4。

人权论集（胡适等）　⑤52.2。

人间天堂（影片）　⑯279.5。

人的一生（安德烈夫）
⑪459.7。

人的命运（马尔罗）　⑤608.8。

人兽世界（影片）　⑯254.3。

人猿泰山（影片）　⑯358.8。

人生十字路　⑰459。

人生的转向（鹤见祐辅）
⑯28.9。

人生的面目（聂维洛夫）
⑩416.12；⑰531。

人生遗传学（神谷辰三郎）

⑰459。
人生漫画帖(池部钧等)
⑰459。
人体解剖学(西成甫、铃木重武)
⑰459。
人间的生活(武者小路实笃)
⑮433.3,447.2;⑰277。
人类发生学(海克尔) ①18.5。
人类合作史(西村真次)
⑰459。
人生识字胡涂始(鲁迅)
⑯530.8。
人体寄生虫通说(小泉丹)
⑰459。
人性的天才——迦尔洵(罗加契夫斯基) ⑩471.1,471.2。
人民大众向文学要求什么?(胡风) ⑥562.16。
入楞伽经 ⑰423。
入阿毘达磨论 ⑰277。
入楞伽心玄义(法藏) ⑰277。
儿时(瞿秋白) ⑬13.3;
⑯416.5。
儿童(朗费罗) ⑭68.2。
儿女英雄(影片) ⑯570.12。
儿童公园(密德罗辛)
⑭79.2。
儿童的画 ⑰462。
儿童之绘画(张伯伦)
⑮107.4。
儿童的版画 ⑰566。
儿女英雄传(文康) ⑨288.2。
儿童的将来(斯温勃恩)
⑦210.72。
儿童之好奇心(上野阳一)
⑮85.2。
儿童观念界之研究(高桥平三郎) ⑮142.3。
儿童艺术展览会纪要 见《全国儿童艺术展览会纪要》。
几幅木刻 ⑰557。
几乎无事的悲剧(鲁迅)
⑬500.1;⑯544.2。
九丘 ⑧535.10。
九章(屈原) ⑨390.7。
九歌(屈原) ⑥643.8;
⑨391.14。
九辩(宋玉) ⑨392.19。
九三年(雨果) ⑰459。
九尾龟(张春帆) ④162.14;
⑨350.1。
九歌图(陈洪绶) ⑬217.2。
九州释名(鲍鼎) ⑰277。
九命奇冤(吴沃尧) ⑨302.8。
九品中正与六朝门阀(杨筠如)
⑰277。
刀"式"辩(鲁迅) ⑯453.5。
又满楼丛书(赵诒琛) ⑰277。
又论"第三种人"(鲁迅)
⑯385.1。

又是"莎士比亚"(鲁迅)
⑯481.1。

了凡纲鉴(袁黄)　②86.2。

三　画

三人(高尔基)　⑬346.4；
⑰277。

三人(叙阿雷)　⑰459。

三坟　③50.19；⑨367.2。

三世相　⑰277。

三字经(王应麟)　⑤272.3。

三闲集(鲁迅)　⑫298.1；
⑯308.5；⑰277。

三姊妹(柔石)　④287.8。

三姊妹(契诃夫)　⑥574.5；
⑰277。

三国志(陈寿)　⑨143.5；
⑩7.5，166.18；⑫147.6；
⑰277。

三剑客(影片)　④423.4；
⑯280.6。

三梦记(白行简)　⑨81.5；
⑩118.30。

三水小牍(皇甫枚)　⑩137.58，
137.61。

三民主义(孙中山)　⑰559。

三论玄义(吉藏)　⑰277。

三余札记(刘文典)　⑰278。

三余偶笔(左暄)　⑰278。

三国画象(潘锦)　⑰278。

三国演义(罗贯中)　①161.22，

499.3；③540.7；④994.7；
⑥229.5；⑨142.4；⑩166.21；
⑰278，312，364。

三侠五义(石玉昆)　⑪432.3。

三垣笔记(李清)　⑰278。

三唐人集　⑰278。

三娘教子　③173.7；⑤391.6。

三辅黄图　⑰278。

三不朽图赞　见《明於越三不朽
名贤图赞》。

三太郎日记(阿部次郎)
⑰459。

三月的租界(鲁迅)　⑭91.5。

《三闲集》序言(鲁迅)
⑫428.3。

三国志平话　见《至治新刊全相
平话三国志》。

三国志补注(杭世骏)　⑰278。

三国志演义　见《三国演义》。

三教平心论(刘谧)　⑰278。

三棵棕榈树(莱蒙托夫)
⑦216.123。

三十三剑客图(任熊)　⑰278。

三个布德力斯(密茨凯维支)
⑦217.135。

三论"文人相轻"(鲁迅)

⑬500.1;⑯544.2。

三国志·甄皇后（胡考）
⑬426.2。

三国志裴注述（林国赞）
⑰278。

三国志演义节选（田中庆太郎）
⑭178.3。

三朝北盟汇编（徐梦莘）
③156.8;⑬574.5。

三十六声粉铎图（宣鼎）
⑥243.4。

三个受难的青年（郝力群）
⑭122.2。

三宝太监西洋记（罗懋登）
④311.6;⑰328。

三千大千世界图说（江希张）
①319.4。

三台学韵诗林正宗（余象斗）
⑰278。

《三国志演义》的演化（郑振铎）
⑫323.5。

三浦右卫门的最后（菊池宽）
⑩254.1,255.6;⑪391.7;
⑮438.1。

三教源流搜神大全　⑰279。

三山郑菊山先生清隽集（郑起）
⑰279。

干青木刻二集（段干青）
⑭83.1;⑰279。

干青木刻初集（段干青）

⑬352.2。

工人（玛拉式庚）　⑫280.12。

工作（何白涛）　⑬86.3。

工厂支部（谢苗诺夫）　⑰460。

工艺美论（柳宗悦）　⑰459。

工房有闲（小杉放庵）　⑰460。

工人绥惠略夫（阿尔志跋绥夫）
③379.3;⑩185.1;⑪22.2,
645.1;⑬30.8;⑮413.3;
⑰279。

工农俄罗斯小说集（米川正夫编
译）⑩384.5;⑰490。

工农俄罗斯戏曲集（杉本良吉
译）⑰490。

士敏土（革拉特珂夫）
④225.40;⑦382.2;
⑩399.13;⑫193.4;
⑯275.10;⑰279,443,564。

士不遇赋　⑨442.32。

士敏土图　见《梅斐尔德木刻士
敏土之图》。

士礼居丛书（黄丕烈）　⑰279。

士敏土之图（翻印本）　⑰279。

《士敏土》代序（戈庚）
⑯275.10。

土饼（沙汀）　⑰279。

土宫秘密（影片）　⑯594.18。

土俗玩具集（江南史朗）
⑬508.2;⑰460。

土俗品图录　⑰279。

下里巴人　②482.17。

下品的无政府党　⑪411.10。

大山(刘安)　⑨419.29。

大地(赛珍珠)　⑭396.1。

大招(景差)　⑨393.27,416.16。

大面　⑥139.3。

大人赋(司马相如)　⑨437.8。

大小骗(鲁迅)　⑯441.2。

大风歌(刘邦)　⑨401.5。

大红袍(陶元庆)　⑪518.3。

大荒集(林语堂)　⑰279。

大海边(斯特林堡)　⑰460。

大教堂(塔尔曼)　⑰539。

大旋风(玛拉式庚等)　⑰460。

大悲咒　①480.5。

大辞典(增田涉等拟编)
　⑭299.3。

大藏经(哈同刊印)　⑬101.3。

大小奇迹(鲁迅)　⑭3.4。

大历诗略(乔亿评)　⑥453.28;
　⑰280。

大名县志(张维祺等)　⑰280。

大连丸上(萧军)　⑥534.2;
　⑬489.4。

大衍发微(鲁迅)　③196.2;
　⑮618.3。

大唐新语(刘肃)　⑦332.10。

"大雪纷飞"(鲁迅)　⑯471.15。

大戴礼记(戴德)　⑩4.6;
　⑰280。

大人先生传(阮籍)　③549.53;
　⑥338.14;⑨80.3。

大义觉迷录　⑬385.2。

大业拾遗记(颜师古)
　⑨113.21,144.13;⑫486.1。

大同的企图(小坂狷二)
　⑮510.7。

大地的女儿(史沫特莱)
　⑰462,540。

大西洋之滨(孙福熙)　⑰280。

大旱的消失(怀特)　⑦202.8。

大城市画册(麦绥莱勒)
　⑰535。

大乘起信论(马鸣)　①569.8;
　④397.19;⑥604.10;⑰280。

大彼得像(密茨凯维支)
　①117.149。

大唐西域记(玄奘)　⑰280。

大清一统志(穆彰阿等)
　⑰280。

大漠中之疫(斯洛伐支奇)
　①117.154。

大上海的毁灭(黄震遐)
　⑤45.4。

大广益会玉篇　见《玉篇》。

大年三十晚上(熊文钧)
　⑯324.7。

大安般守意经　⑰280。

大观园的人才(鲁迅)
　⑯374.11。

大宋宣和遗事 ①162.27；
⑧152.6；⑨131.3。

大乘入楞伽经 ⑰423。

大乘中观释论 见《中观释论》。

大唐开元占经(瞿悉达)
⑩13.4；⑰281。

大涤子山水册(原济) ⑰281。

大乘起信论义记(法藏)
⑰281。

大唐三藏取经记 见《大唐三藏
法师取经记》。

大云寺弥勒重阁碑 ⑧61.1，
61.2。

大东京百景版画集(中岛重太
郎) ⑰460。

大乘法苑义林章记(窥基)
⑰281。

大乘起信论海东疏 ⑰281。

大家降一级试试看(鲁迅)
⑯390.4，390.10。

大唐三藏取经诗话 ①161.20；
④283.4；⑨131.3；⑰281。

大清重刻龙藏汇记(工布查等)
⑰281。

大自然与灵魂的对话(奥巴尔
迪) ⑰460。

大乘法界无差别论疏(法藏)
⑰281。

大萨遮尼乾子受记经 ⑰281。

大唐三藏法师取经记

①161.20；③408.5；⑨131.3。

大慈恩寺三藏法师传(慧立、彦
悰) ⑨166.7；⑰281。

大方广佛新华严经合论
⑰281。

大目乾连冥间救母变文
⑥113.49；⑨123.2。

大众语在中国底重要性(寒白)
⑬181.2。

大方广佛华严经著述集要
⑰281。

大处着眼——胡蝶嫁人算得什
么一回事(曹聚仁)
⑬574.6。

万叶集(日本诗歌总集)
⑩236.3；⑭331.2。

万仞约(张天翼) ⑰281。

万芳团(影片) ⑯554.3。

万事足(冯梦龙) ⑨213.5。

万宝山(李辉英) ⑰282。

万古愁曲(归庄) ⑧219.5；
⑪474.2；⑰392。

万有文库(商务印书馆)
④353.4。

万宝全书(陈继儒) ⑨263.16。

万兽之王(影片) ⑯446.5。

万兽女王(影片) ⑯589.5。

万邑西南山石刻记(况周颐)
⑰282。

万宝山事件调查报告

⑫319.3。
万古愁曲归玄恭年谱合刻　见《万古愁曲》。
与幼者(有岛武郎)　①381.2;⑰462。
与阮德如一首(嵇康)　⑩83.14。
与山巨源绝交书(嵇康)　③550.58;⑩54.10。
与友人书信选集(果戈理)　⑰533。
与吕长悌绝交书(嵇康)　⑩84.19。
与支那未知的友人(武者小路实笃)　⑩208.6。
与鲁迅会见的晚上(长与善郎)　⑭366.4,383.4;⑯535.7。
与谢野晶子论文集　⑪250.1。
才调集(韦縠)　⑩137.57;⑰282。
夨彝考释质疑(鲍鼎)　⑰282。
上市(何白涛)　⑬163.1。
上林赋(司马相如)　⑨390.9。
上清传(柳理)　⑨91.2,94.27;⑩136.51。
上海所感(鲁迅)　⑬18.3,291.3;⑯416.4,493.3。
上海咖啡(慎之)　④119.2。
上海指南　⑰282。
上海通信　⑮639.2。
上谕八旗　⑥63.19。
上帝的化身(巴拉赫)　⑰562。
上海的儿童(鲁迅)　⑯395.9。
上海的少女(鲁迅)　⑯395.9。
上海游骖录(吴沃尧)　⑨303.10。
上海文艺之一瞥(鲁迅)　⑫269.4。
上堂晚参唱酬语录(董说)　⑨184.12。
口语法　⑰461。
□肱墓志　⑧73.1。
山灵(胡风)　⑰282。
山海经　①220.17;②256.4;⑧89.12;⑨18.45,26.5;⑩115.7,166.17;⑪465.5;⑰282。
山中笛韵　见《山民牧唱》。
山民牧唱(巴罗哈)　⑦485.2,485.3;⑩425.1,430.3;⑫446.1;⑬112.2,112.4,187.4,447.8;⑯400.7;⑰282。
山阳志遗(吴玉搢)　⑨174.8;⑪429.2。
山阳县志(存保、何绍基等)　⑨175.11。
山居杂诗(周作人)　⑪422.1。
山胡桃集(傅东华)　⑰282。
山家清供(林洪)　⑧528.3。
山野掇拾(孙福熙)　⑰282。

山右金石记(张煦) ⑰282。
山右金石录(夏宝晋) ⑰282。
山阳耆旧集(吴玉搢) ⑨175.10。
山海经图赞(郭璞) ⑨28.17。
山海经笺疏(郝懿行) ②257.13。
山樵书外纪(张开福) ⑰282。
山右石刻丛编(胡聘之) ⑧61.2;⑰282。
山谷外集诗注(黄庭坚) ⑰283。
山越工作所标本目录 ⑰461。
山东省立第二师范校长宋还吾答辩书 ⑬609.3。
巾箱小品(金农) ⑰283。
千字文(周兴嗣) ②275.19。
千家元磨诗笺 ⑰461。
千甓亭古专图释(陆心源) ⑰283。
川柳漫画全集 ⑰461。
亿年堂金石记(陈邦福) ⑰283。
个性的毁灭(高尔基) ⑰564。
义塚(钱杏邨) ⑥480.7。
义妖传(陈遇乾) ①181.3。
义士艳史(影片) ⑯275.6。
义山杂纂(李商隐) ⑧134.8;⑪534.2,617.2。
及泼希(普希金) ①114.117。
及时行乐 ⑰283。
凡人经(西村真琴) ⑰461。
凡将篇(司马相如) ⑨438.16。
凡·高画集 ⑰441。
凡·高大画集 ⑰437。
丸善书店书目 ⑰461。
广庄(袁宏道) ⑤620.5;⑥181.22。
广林(虞喜) ⑩27.1。
广重(内田实) ⑰480。
广韵(陈彭年等) ⑰283。
广陵潮(李涵秋) ⑰283。
广辞林(金泽庄三郎) ⑰480。
广仓砖录(邹安) ⑪390.5,390.6;⑰283。
广东新语(屈大均) ⑰283。
广弘明集(道宣) ①250.11;⑫148.13;⑰283。
广阳杂记(刘献庭) ⑰283。
广陵行录 ⑩116.16。
广陵诗事(阮元) ⑰283。
广雅丛刊 ⑰284。
广雅疏证(王念孙、王引之) ⑰284。
广经室文钞(刘恭冕) ⑰284。
亡命者(影片) ⑯447.10。
亡女叕事略(章太炎) ⑮190.4。
门外文谈(鲁迅) ⑬290.2,609.2;⑭42.1;⑯470.13,

470.14。

尸子(尸佼)　⑨33.10。

已故美国批评家薛尔曼评传
　⑫223.2。

也是园书目(钱曾)　①161.19；
　⑧212.7；⑨18.49，131.4。

女吊(鲁迅)　⑯624.8。

女人论　见《妇人论》(叔本华)。

女儿经　②34.5。

女世说(李清)　⑨72.30。

女性美(戛布流夫人)　⑰284。

女人的心(孙席珍)　⑰284。

女子木刻　⑰461。

女仆之子(斯特林堡)　⑰460。

《女史箴》图(顾恺之)　⑬61.4，
　159.4；⑰393。

女史箴图(陈居中)　⑰284。

女仙外史(吕熊)　⑧212.9；
　⑨159.34。

女婿问题(如是)　⑫445.3。

女性与情欲(田中香涯)
　⑰461。

女婿的蔓延(圣闲)　⑫445.3。

女师大的学潮(一个女读者)
　③84.5；⑪30.6。

女师风潮纪事(晚愚)
　③128.6。

女骑士爱尔萨(马科奥朗)
　⑰461。

女人未必多说谎(鲁迅)

⑯431.5。

女大学生二次宣言　③186.2。

女校长的男女的梦(鲁迅)
　⑮579.1。

女子师范风潮闻见记　⑰284。

女布尔什维克玛丽亚(聂维洛
　夫)　⑭60.3，126.3。

小山(刘安)　⑨419.29。

小六(萧红)　⑬380.1，400.2。

小园(庾信)　⑥453.20。

小学(朱熹、刘子澄)　⑥61.7。

小品(江绍原)　⑫88.2。

小鬼(梭罗古勃)　⑦215.118；
　⑬592.1；⑰284。

小说(殷芸)　⑥337.11。

小动物(英国画集)　⑦354.2。

小杂感(鲁迅)　⑫109.2；
　⑯39.15。

小字录(陈思)　⑰284。

小约翰(望·蔼覃)　③359.46，
　373.2；⑤80.2；⑩287.1；
　⑪533.3；⑫39.3，77.1，
　123.2；⑮630.4；⑯23.1，
　24.3，24.4，28.7，44.11，
　72.2；⑰284，550。

小彼得(至尔·妙伦)　④157.1；
　⑪288.2；⑫220.2；⑬571.3；
　⑰284，562。

小彼得(张天翼)　⑫364.4。

小小十年(叶永蓁)　④152.1，

234.3;⑫220.2;⑯142.8;
⑰285。

小小的灯(有岛武郎)
⑩312.3。

小百梅集(改琦) ⑰285。

《小约翰》序(赉郝) ⑯24.3。

小学大全 见《尹氏小学大全》。

小学答问(章炳麟) ⑥110.30;
⑪344.4;⑰285。

小学集注(陈选) ②310.24。

《小说世界》(东枝) ⑧140.8。

小说丛考(钱静方) ⑨184.8;
⑩71.4。

小说考证(蒋瑞藻) ⑩71.2。

小说全集 见《鲁迅全集》。

小说作法 ⑰462。

小说法程(哈米顿) ④374.2。

小哥儿俩(凌叔华) ⑬579.1;
⑰285。

"小童挡驾"(鲁迅) ⑯446.4。

小尼姑下山 ⑥113.50。

小杂感补遗(章廷谦)
⑫100.1。

《小约翰》引言(鲁迅) ⑯24.4。

小鸡的悲剧(爱罗先珂)
①586.5;⑩228.1。

小孤孀上坟 ①555.23。

小说旧闻钞(鲁迅) ⑩71.1;
⑮626.5;⑰285。

小说的研究(瞿世英)

⑧133.3。

小浮梅闲话(俞樾) ⑩71.4。

小万卷楼丛书(钱培名)
⑰285。

小方壶斋丛钞(王锡祺)
⑪430.7。

《小小十年》插图(叶永蓁)
⑯142.8。

小杉放庵画集 ⑰462。

小品文和漫画(太白社)
⑥243.1;⑬589.3;⑭354.1;
⑰286。

小品文的生机(鲁迅)
⑯447.15。

小品文的危机(鲁迅)
⑫433.3,438.5,439.5;
⑯395.14。

小说月报丛书 ⑬114.4。

小说作法讲义(孙俍工)
④374.2。

《小约翰》的封面画(孙福熙)
⑫155.7;⑯44.11。

小张屠焚儿救母 ①256.12。

小林多喜二日记 ⑰462。

小林多喜二全集 ⑰462。

小泉先生及其他(厨川白村)
⑩259.6。

小说研究十二讲(木村毅)
⑰462。

小说研究十六讲(木村毅)

⑰462。
小林多喜二书简集(小林三吾编)　⑬526.3;⑰462。
小俄罗斯文学略说(凯尔沛来斯)　⑩465.1;⑪418.7;⑮444.4。
小说的浏览和选择(开培尔)　⑩311.1;⑮589.4。
小蓬莱阁金石文字(黄易)　⑰286。
《小说旧闻钞》再版序言(鲁迅)　⑭400.1。
小彼得的朋友们所讲的　见《小彼得》。
飞箝(鬼谷子)　③116.19。
飞燕　见《赵飞燕外传》。
飞烟传(皇甫枚)　⑩137.58。
飞燕外传　见《赵飞燕外传》。
飞燕外传　见《仇文合璧飞燕外传》。
飞着的奥西普(卡萨特金)　⑥574.2。
马车(果戈理)　⑬497.4。
马遂传(郑獬)　⑨144.19。
马上日记(鲁迅)　⑮626.8,630.1。
马太福音　⑧112.5。
马氏文通(马建忠)　④279.8;⑥114.53。
马门教授(沃尔夫)　⑭129.1。
马上支日记(鲁迅)　⑩287.3。
马拉敦之战(赫尔才格)　⑫186.1,217.1。
马蒂斯以后(川路柳虹)　⑰452。
马上日记之二(鲁迅)　⑮631.7。
马尔腾的罪行(巴赫梅节夫)　⑰454。
马克斯·贝克曼　⑰550。
马里佐斯案件(华塞尔曼)　⑰542。
马克思主义美学　⑰452。
马尔克·夏加儿画集　⑰452。
马克思主义与伦理(库诺夫)　⑰453。
马克思主义艺术论(卢那察尔斯基)　⑰452。
马克思主义批评论(莱吉涅夫)　⑰453。
马克思的经济概念(库诺夫)　⑰452。
马克思主义的谬论(拉姆斯)　⑰452。
马扶曦花鸟草虫册(马元驭)　⑰286。
马克思主义艺术理论(日文丛书)　⑰453。
马克思主义的作家论(沃罗夫斯基)　⑰452。

马克思的唯物辩证法(库诺夫)
⑰453。

马克思恩格斯艺术论 ⑰452。

马克西姆·高尔基肖像画(魏烈斯基等) ⑰569。

马克思主义与艺术运动(田口宪一) ⑰453。

马克思主义与法律哲学(帕苏卡尼斯) ⑰453。

马克思主义的根本问题(普列汉诺夫) ⑰453。

马克思的《资本论》石印版(盖勒特) ⑰547。

马克思的阶级斗争理论(库诺夫) ⑰454。

马叔平所藏甲骨文拓本
⑰286。

马江香女士花卉草虫册
⑰286。

马克思主义批判者的批判(河上肇) ⑰453。

马克思主义文艺批评的任务(卢那察尔斯基) ⑩335.27。

马克思、列宁主义艺术学研究

(古川庄一郎等) ⑰454。

马克思的历史唯物主义理论(库诺夫) ⑰453。

马克思的民族、社会及国家观(库诺夫) ⑰453。

马克思主义者之所见的托尔斯泰(日本国际文化研究所)
⑦213.100;⑩334.9;⑰452。

马克思恩格斯和文学上的现实主义(瞿秋白) ⑭164.1。

子夜(茅盾) ⑤90.5;⑭3.3;
⑰286。

子夜歌 ⑥111.37;⑦143.21。

子虚赋(司马相如) ⑨390.9。

子见南子(林语堂) ⑥333.24;
⑦218.145;⑧336.1。

子史精华 ⑭299.5。

《子夜》与国货年(瞿秋白)
⑯370.19。

孑民先生言行录(新潮社)
⑥267.22。

乡言解颐(瓮斋老人) ⑰286。

乡土玩具集 ⑰513。

四　画

丰收(叶紫) ⑥229.1;
⑬332.2,396.1;⑯514.6,
558.2。

《丰收》插图(黄新波)

⑬332.5。

丰草庵杂著(董说) ⑨184.12。

丰饶的城塔什干(聂维洛夫)
⑤536.5;⑩416.10。

丰顺丁氏持静斋书目
　⑩62.21。
丰饶的城塔什干和绥拉菲摩维
　奇内战时期小说铁流
　⑰560。
王化(鲁迅)　⑯380.9。
王会　⑨27.9。
王樹　⑨131.2;⑩156.15。
王尔德(纪德)　⑬248.1。
王无功集(王勣)　⑰286。
王右丞集　见《王右丞集笺注》。
王幼玉记(柳师尹)　⑩155.14。
王室之路(马尔罗)　⑰463。
王子安集注　⑰286。
王荆公年谱(顾栋高)　⑰286。
王觉斯诗册　见《王觉斯诗册真
　迹》。
王小梅人物册　⑰286。
王子安集佚文(王勃)　⑰286。
王右丞集笺注(王维)
　⑮471.3;⑰287。
王良常论书賸语　见《王良常楷
　书论书賸语》。
王觉斯诗册真迹　⑰287。
王道天下之研究(田畸仁义)
　⑰463。
王石谷老年拟古册(王翚)
　⑰287。
王良常楷书论书賸语(王澍)
　⑰287。

王梦楼自书快雨堂诗稿(王文
　治)　⑰287。
开河记　②264.3;⑧134.11;
　⑨144.13;⑩145.5。
开倒车(牛荣声)　⑦114.3。
开颜集(周文玘)　⑨70.16。
开元占经　见《大唐开元占经》。
开辟演义(周游)　⑨157.20。
开天传信记(郑棨)　⑨144.14;
　⑩150.10。
开元升平源(陈鸿)　⑨81.5,
　82.20;⑩118.34。
开辟唐虞传(锺惺)　⑨157.20。
开元天宝遗事(王仁裕)
　⑨144.14;⑰287。
开明英语读本(林语堂)
　⑫97.1。
开有益斋读书志(朱绪曾)
　⑰287。
开拓了的处女地　见《被开垦的
　处女地》。
开给许世瑛的书单(鲁迅)
　⑯206.2。
开培尔博士小品集(深田康算等
　译)　⑩311.3;⑰440。
开培尔博士随笔集　⑰440。
开新顿公园里的潘·彼得(巴雷)
　⑦396.13;⑰555。
天乙　⑨13.16。
天问(屈原)　⑨28.15,389.4。

天使(莱蒙托夫)　⑦216.123。
天堂(但丁)　⑩454.3。
天涯恨(影片)　⑯141.3。
天演论(赫胥黎)　①313.3;②310.30;④256.2。
天上地下(鲁迅)　⑯380.16。
天女散花　⑤477.5;⑦207.51。
天方夜谈　见《一千零一夜》。
“天生蛮性”(鲁迅)　⑯529.1。
天游阁集(顾春)　⑰287。
天发神谶碑　⑰288。
天明前之歌(爱罗先珂)　⑩215.6,218.3;⑪399.6,415.1;⑰498。
天物系统论(林奈)　①21.28。
天游阁诗集　见《天游阁集》。
天马山房丛著(马叙伦)　⑰288。
天然钠化合物的研究(冈田家武)　⑰463。
天籁阁旧臧宋人画册　⑰288。
元史(宋濂等)　⑰288。
元曲选(臧懋循编)　⑰288。
元典章　①256.11。
元书画考(高士奇)　⑰288。
元庆的画(陶元庆绘)　⑰288。
元和姓纂(林宝)　⑧78.2;⑩41.3;⑰288。
元九宫词谱　⑰288。
元和郡县志(李吉甫)　⑫137.1。
元祐党人传(陆心源)　⑰288。
元遗山诗注　⑰288。
元明古德手迹　⑰289。
元明散曲小史(梁乙真)　⑰289。
元人选元诗五种(罗振玉)　⑰289。
元城先生尽言集(刘安世)　⑰289。
元西域人华化考(陈垣)　⑰289。
元遗山先生全集(元好问)　⑰289。
元阎仲彬惠山复隐图(阎骧)　⑰289。
元至治本全相平话三国志　⑰289。
无常(鲁迅)　⑪530.2。
无题　②230.7。
无双传(薛调)　⑨91.2,94.27;⑩136.45。
无双谱(金古良)　①581.3;④145.5;⑤249.3;⑰378。
无冤录(王与)　⑰289。
无支祁辩(罗泌)　⑨92.16。
无机质学　⑰289。
无名木刻集(无名社)　⑧406.1;⑬81.1,305.1;⑰289。

无邪堂答问(朱一新)　⑰290。
无声的中国(鲁迅)　⑯10.6。
无花的蔷薇(鲁迅)　⑮614.1。
无画之画帖(安徒生)
　⑪405.7。
无产者文化论(托洛茨基)
　⑰515。
无名作家的日记(菊池宽)
　⑩246.31。
无产阶级艺术论(波格丹诺夫)
　⑰516。
无产阶级文学论(戈庚)
　⑰450。
无产阶级的文化(平林初之辅)
　⑰515。
无产阶级艺术教程(饶平名智太郎)　⑰451。
无产阶级文学讲座　⑰450。
无产阶级文学概论(川口浩)
　⑰450。
无家可归的艺术家(拉狄克)
　④38.18。
无产阶级与文化问题(藏原惟人)　⑰451。
无产阶级文化风俗画史(吕勒)
　⑰546。
无产阶级文学的理论与实况(昇曙梦)　⑰515。
无产阶级的画家乔治·格罗斯(柳濑正梦)　⑰515。
无量义经观普贤行法经合刻
　⑰290。
韦陀　①103.7。
韦斋集(朱松)　⑰290。
韦江州集(韦应物)　⑰290。
韦氏大字典　见《韦白斯特大字典》。
韦素园墓记(鲁迅)　⑬51.2,74.1,480.2;⑯446.2。
韦白斯特大字典　④218.9;⑩290.25。
云仙杂记(冯贽)　⑰290。
云谷杂记(张淏)　⑩19.1,19.4,24.8;⑮70.1,70.2,111.5;⑰290。
云窗丛刻(罗振玉)　⑰290。
云溪友议(范摅)　⑨102.10;⑩136.48;⑰290。
云溪杂记　⑰290。
云裳艳曲(影片)　⑯446.1。
云自在龛丛书(缪荃孙)
　⑩137.59。
专门名家(二集)(姬觉弥)
　⑰290。
专门以外的工作(鹤见祐辅)
　⑯31.3。
廿一史识余(张墉)　⑨71.25。
廿五年来之早期基督教研究(威灵贝)　⑫92.1。
艺术论(甘粕石介)　⑰486。

艺术论（藏原惟人）　⑰486。

艺术论（普列汉诺夫）
　④10.15,271.1,274.29；
　⑩348.1；⑯157.1；⑰291,486。

艺术论（林柏译）　④274.29。

艺术论（卢那察尔斯基）
　⑩326.1,345.22；⑫158.6；
　⑯132.6；⑰290。

艺术论　　见《马克思主义艺术
　论》。

艺谈录（张维屏）　⑰291。

艺术大纲（奥彭）　⑰554。

艺术丛编（姬觉弥等）
　⑪390.6；⑬101.3；⑰291。

艺术评论　⑰532。

艺术战线（布丹切夫等）
　⑩359.23,497.2；⑰486。

艺术战线（尾濑敬止）
　⑩384.6。

艺术总论　⑰486。

艺术哲学（泰纳）　⑧369.3。

艺术漫笔（中野重治）　⑰485。

艺文类聚（欧阳询等）
　⑧216.2；⑨430.28；⑩13.5,
　67.10；⑫148.12；⑰291。

艺苑捃华（顾氏）　⑩90.5。

艺苑朝华（鲁迅编）　④287.6；
　⑥50.2；⑦366.21,482.1；
　⑫196.2；⑬358.2；⑯146.3；
　⑰291。

艺林闲步（木下杢太郎）
　⑰486。

艺术三家言（傅彦长等）
　④334.10；⑫457.3。

艺术与社会（豪森斯泰因）
　⑰548。

艺术与革命（卢那察尔斯基）
　⑩335.22。

艺术与宣传（琼斯）　⑰531。

艺术与道德（西田几多郎）
　⑰484。

艺术之一瞥（瓦尔登）　⑰540。

艺术社会学（弗理契）
　⑬212.4；⑰486。

艺术国巡礼（林久男）　⑰486。

艺术的本质（金子筑水）
　⑰485。

艺术的胜利（昇曙梦）　⑰485。

艺术的起源（格罗塞）　⑰485。

艺术学研究（外山卯三郎）
　⑰486。

艺术家评传　⑰549。

艺术在危险中（格罗斯）
　⑰548。

《艺术论》译本序（鲁迅）
　⑯198.2。

艺风堂读书志（缪荃孙）
　⑰291。

艺术教育原理（明斯特堡）
　⑩460.3。

艺术与无产阶级(藏原惟人)
⑰485。
艺术与社会生活(普列汉诺夫)
⑰484。
艺术与哲学,伦理(本庄可宗)
⑯184.2。
艺术与唯物史观(豪森施泰因)
⑰485。
《艺术论》日译本序(昇曙梦)
⑩326.4。
艺术的社会基础(卢那察尔斯基)
⑰485。
艺术玩赏之教育(上野阳一)
⑩459.1。
艺术都会的巴黎(格罗斯)
⑩478.1,479.6;⑯470.9。
艺术与马克思主义　⑰484。
艺术史上的人体画(豪森斯泰因)
⑰548。
艺术的暗示和恐怖(小川未明)
⑰485。
艺术底内容和形式(藏原惟人)
⑥26.3。
艺风堂考臧金石目(缪荃孙)
⑰291。
艺术社会学的方法论(弗理契)
⑰486。
艺术的本质及其变化　见《艺术形式的本质与变化》。
艺术的起源及其发展　⑰485。
艺术的唯物史观解释(马丁)
⑰485。
艺术形式的本质与变化(马丁)
⑰485,563。
艺术上的现实主义与唯物论哲学(森山启)　⑰485。
木刻(布利斯)　⑰563。
木版画(野穗社编)　⑬67.7;
⑰291。
木刻史(布利斯)　⑦217.132;
⑪304.3;⑰530。
木刻法　见《木刻创作法》。
木刻集　见《干青木刻初集》。
木刻集(李桦)　⑬304.2。
木刻集(MK 木刻社)　⑰292。
木刻集(王慎思)　⑰292。
木刻集(苏联艺术普及委员会编)　⑰566。
木刻集(密得罗辛)　⑰566。
木棉集(卢前)　⑰292。
木刻纪程(鲁迅编)　⑥50.1;
⑧512.1;⑫506.8;⑬82.2,
109.1,117.1,126.2,154.1;
⑰292。
木刻技法(巴甫洛夫)　⑬23.2,
368.3。
木刻画集(韦斯特海姆)
⑰545。
木刻图说(克雷格)　⑰563。
木铃木刻(木铃社编)　⑰292。

木版雕刻集 见《木刻集》(苏联艺术普及委员会)。

木版雕刻集 见《木刻集》(密德罗辛)。

木刻自修书(巴甫洛夫) ⑰566。

木刻创作法(吴渤编) ④627.1;⑫485.2,514.1;⑬142.1,230.1;⑯410.7;⑰292。

木刻的历史(纳什) ⑦217.132。

木皮散人鼓词(贾凫西) ⑧219.4。

木刻上的美洲(塔尔曼) ⑰531。

《木刻创作法》序(鲁迅) ⑫485.6。

木刻界漫游者(格林廷卡姆) ⑰530。

《木刻纪程》小引(鲁迅) ⑯465.8。

木刻三人展览会纪念册(赖少其等) ⑰292。

五典 ③50.19;⑨367.2。

五经 ③208.28;⑥331.8。

五木经(李翱) ⑧133.5。

五杂组(谢肇淛) ⑨143.7;⑰292。

五色线 ⑩119.39。

五七呈文(章士钊) ③69.5。

五大讲演 见《杜威五大讲演》。

五月的夜(果戈理) ⑬266.1。

《五月的夜》插图(盖拉尔豆甫) ⑬266.1。

五代史记(欧阳修) ⑰292。

五朝小说 ⑥240.3;⑧136.19;⑩90.3。

五月暴风雨(甘霍费尔) ⑰543。

五代史平话 ①161.21;⑧217.7;⑨123.9;⑰292。

五讲三嘘集(鲁迅拟编) ④429.2;⑫379.1,383.2。

五言诗三首(嵇康) ⑩84.17。

五柳先生传(陶潜) ⑨82.3。

五秩自寿诗(周作人) ⑬88.2。

五唐人诗集(毛晋编) ⑰292。

五一告工友书(伪上海总工会) ⑤142.6。

五分钟与半年(许广平) ⑪104.3。

五论"文人相轻"——明术(鲁迅) ⑬520.1;⑯549.8。

五言古意一首(嵇康) ⑩82.5。

五指峰的白云(罗清桢) ⑬126.3。

五十年生活年谱(秋田雨雀) ⑰463。

五山的四大诗僧(今关天彭)

⑰463。

五个警察一个○(司徒乔)
④74.4。

五年计划的故事(伊林)
⑰292。

"五四"运动的检讨(茅盾)
⑬599.7。

五百石洞天挥麈(邱炜萲)
⑰293。

五虎平西平南传　⑨159.37。

五余读书廛随笔(顾家相)
⑰293。

五代贯休画罗汉像　⑭349.2;
⑰293。

五十年来之中国文学(胡适)
⑪432.1,451.1;⑰293。

五十年来之世界哲学(胡适)
⑪451.1;⑰293。

五苦章句经等十经同本
⑰293。

支诺皋(段成式)　⑧134.6。

支那人气质(斯密斯)
③357.22;⑥277.2;⑫468.2。

支那土偶考　见《汉代的中国陶
器》。

支那的作家(增田涉)
⑭260.2。

支那文学概论讲话(盐谷温)
③256.41。

支那本藏经情字二册　⑰293。

支那本大小乘论静至逸字共七
册　⑰293。

不如归(德富芦花)　⑫495.4。

不周山　见《补天》。

不是信(鲁迅)　③262.8;
⑮611.1。

不信者(拜伦)　①110.75。

不得已(杨光先)　①212.9;
⑥144.6。

不求甚解(鲁迅)　⑫400.4;
⑯380.19。

不测之威(阿·托尔斯泰)
⑧458.2。

不通两种(鲁迅)　⑯363.4。

不惊人集(徐懋庸)　⑥303.11。

不自然淘汰(斯特林堡)
⑮335.1。

不安与再建(克莱米约)
⑰467。

不幸的一群(陀思妥耶夫斯基)
⑰293。

不安定的灵魂(陈翔鹤)
⑰293。

不应该那么写(鲁迅)
⑬452.1。

不是没有笑的(休士)
⑫521.3。

不以成败论英雄(瞿宣颖)
⑥529.10,603.7。

不负责任的坦克车(鲁迅)

⑯379.6。

不走正路的安得伦(聂维洛夫)
⑦415.1;⑫329.11,456.1,
473.2,523.4;⑭145.1;
⑰294,565。

不图今日重见汉官仪(英伯)
⑤479.2。

不知肉味和不知水味(鲁迅)
⑥117.8;⑯471.19。

《不走正路的安得伦》小引(鲁
迅) ⑯380.11。

太公 ⑨378.3。

太阳(麦绥莱勒) ⑰559。

太真 见《杨太真外传》。

太誓(周武王) ②428.8。

太子晋 ⑨27.9。

太师箴(嵇康) ⑩54.8。

太戈尔传(郑振铎) ⑰294。

太公家教 ⑤272.6。

太平广记(李昉等) ③255.38;
⑧135.12;⑨80.2,111.1;
⑩53.2;⑪532.3,532.5;
⑰294。

太平御览(李昉等) ②267.28;
⑨27.10;⑩14.7,67.10;
⑫47.10,148.12;⑰294。

太阳之下 见《阳光照耀的地
方》。

太极图说(刘少少) ⑧112.6。

太真外传 见《杨太真外传》。

太上感应篇(李昌龄)
⑤330.8。

太公阴谋书(吕尚) ⑨183.2。

太平寰宇记(乐史) ⑧67.6;
⑨113.18;⑩47.8;⑫137.1。

太平天国野史(凌善清)
⑭246.1;⑰294。

太史公疑年考(张惟骧)
⑰294。

太阳晒屁股赋(张丹斧)
①267.6。

太上感应篇阴阳无字解(丁耀
亢) ⑨195.12。

犬·猫·人间(长谷川如是闲)
⑰467。

历书 ⑰294。

历代小史(李栻) ⑥240.3。

历代诗话(何文焕) ⑫54.3;
⑰294。

历代名将图(任阜长) ⑰294。

历代纪元编(李兆洛)
①230.7;⑰342。

历代讳字谱(张惟骧) ⑰294。

历代画象传(丁善长) ⑰295。

历朝文学史(窦警凡) ⑨4.1。

历史唯物主义(阿多拉茨基)
⑰567。

历代名人年谱(吴荣光)
⑰295。

历代名人画谱(顾炳) ⑰295。

历代诗话续编(丁福保) ⑰295。

历代钞币图录　⑰295。

历代符牌图录(罗振玉) ⑰295。

历朝通俗演义(蔡东藩) ⑬465.6。

历史过程的展望(佐野学) ⑰524。

历史学批判叙说(羽仁五郎) ⑰524。

历代帝王疑年录(张惟骧) ⑰295。

历史底唯物论入门　⑰524。

历代符牌图录后编(罗振玉) ⑰295。

历代艺术中的裸体人(豪森斯泰因) ⑰552。

历代地理志韵编今释(李兆洛) ⑫214.2。

历代钟鼎彝器款识法帖(薛尚功) ⑰295。

历史上的一元底观察的发展(普列汉诺夫) ④271.8。

尤三姐(胡考) ⑬426.2。

友如墨宝　见《吴友如墨宝》。

车勒芮绥夫斯基的文学观(普列汉诺夫) ⑫243.3。

比较文学史(洛里埃) ⑪342.8。

比较解剖学(西成甫)　⑰467。

比亚兹莱画选(朝花社) ⑥529.4;⑦358.1;⑰295。

比亚兹莱的艺术　⑦344.2。

扎拉图斯特拉如是说(尼采) ①342.5;④178.14,227.60;⑩245.18,245.19,248.2,484.1;⑪645.2;⑬410.1,523.2;⑰446。

扎拉图斯特拉如是说(生田长江译)　⑩245.19。

戈理基像(魏烈斯基等) ⑰569。

戈理基文录(高尔基)　⑰295。

戈理基全集　⑰295。

戈理基小说集　⑰295。

互助论(克鲁泡特金) ③217.12;⑰295。

切韵(陆法言)　⑰296。

切韵指掌图(司马光)　⑰296。

切霍宁画集　⑰570。

切支丹殉教记　见《切利支丹殉教记》。

切利支丹殉教记(松崎实) ⑤18.3;⑬119.5;⑰467。

瓦釜集(刘半农)　⑰296。

止哭文学(鲁迅)　⑯369.13。

少年行(杜甫)　⑨93.24;⑩106.27。

少年别(巴罗哈)　⑩431.1;

⑬447.8;⑯494.11。

少年兵团　⑰296。

少年画集(谷中安规)　⑰467。

少室山房集(胡应麟)　⑰296。

少其版画集(赖少麒)

⑬373.1;⑰423。

少奶奶的扇子(洪深改编)

⑪158.1。

少室山房笔丛(胡应麟)

⑨16.35;⑩100.29。

少先队员在这里(古丽扬)

⑰556。

少年维特的烦恼(歌德)

⑩318.10。

少年维特之烦恼(左琴科)

⑬409.3,413.1,415.2。

日记(沙吉娘)　⑰566。

日文要诀　⑰296。

日本木雕史(坂井犀水)

⑰468。

日本文研究　⑰296。

日本印象记(毕力涅克)

⑩491.2;⑰468。

日本访书志(杨守敬)

⑦332.14;⑪521.3,536.1。

日本漫画史(细木原青)

⑰468。

日本小品文选(谢六逸)

④334.9。

日本动物图鉴(内田清之助)

⑰468。

日本玩具史篇(有坂与太郎)

⑰468。

日本玩具图篇(西泽笛亩)

⑰468。

日本原始绘画(高桥健自)

⑰468。

日本童话选集　⑰468。

日译书不可靠(韩侍桁)

⑬459.12。

日本古代故事集(高木敏雄)

⑰468。

日本诗人一茶的诗(周作人)

⑪398.1。

日本最佳图画故事(岩谷小波)

⑰468。

日本裸体美术全集　⑰469。

日本无产阶级美术集　⑰467。

日本廿六圣人殉教记(帕热斯)

⑰469。

日本木版浮世绘大鉴(田中甚

助)　⑰469。

日本初期欧式版画集　⑰469。

日本东京及大连图书馆所见中

国小说书目提要(孙楷第)

⑰296。

中论(龙树)　⑰296。

中论(徐干)　⑰296。

中国(威廉士)　③358.34。

中国(山本实彦)　⑰464。

中候　⑨367.4。
中篇(刘安)　⑨419.27。
中山装(罗皑岚)　⑫137.2。
中经簿(荀勖)　⑨14.21;
⑩30.6。
中观释论(安慧)　⑰297。
中阿含经　⑰297。
中国史话(韦休)　⑰297。
中国名画(美术研究会)
⑰297。
中国纪行(斯特朗)　⑰537。
中国画论(西林)　⑭395.2;
⑰537。
中国诗史(陆侃如、冯沅君)
⑫524.16。
中国研究(江亢虎)　⑭388.1;
⑰537。
中国游记(芥川龙之介)
⑰464。
中国游记(安娜·路易斯)
④503.12。
中秋二愿(鲁迅)　⑯476.13。
中原音韵(周德清)　⑰297。
中朝故事(尉迟偓)　⑨144.18。
中古文学史　见《中国中古文学史》。
中华木刻集(马映辉主编)
⑬475.5。
中华民国解(章炳麟)
⑥570.17。
中华苏维埃(亚匡托夫)
⑰537。
中州金石记(毕沅)　⑧89.8;
⑰297。
中兴间气集(高仲武)　⑰297。
中华简字选(陈光尧)　⑭50.1。
中国文学史(林传甲)　⑨4.1。
中国文学史(葛鲁贝)　⑨4.1;
⑭399.2。
中国文学史(翟理斯)　⑨4.1;
⑭399.1。
中国文学史(黄人)　⑨4.1。
中国文学史(插图本)(郑振铎)
⑫323.4;⑰297。
中国古代史(夏曾佑)　⑬25.1,
441.3。
中国在觉醒(维特福格耳)
⑰463。
中国名画集　见《中国名画》。
中国产的“麯”(山崎百治)
⑰463。
中国住宅志(贵岛克己)
⑰464。
中国社会史(萨法洛夫)
⑥145.10;⑰465。
中国画家传(横川毅一郎)
⑰465。
中国矿产志(鲁迅、顾琅)
⑧454.1。
中国的一日(茅盾编)

⑭122.3;⑰297。

中国的运命(史沫特莱)
⑰567。

中国的奇想(鲁迅) ⑯395.3。

中国的学者(达) ⑫43.2。

中国的建筑(伊藤清造)
⑰463。

中国诗论史(铃木虎雄)
⑰465。

中国南北记(木下杢太郎)
⑰465。

中国哲学史(冯友兰) ⑰298。

中国童话集(池田大伍编译)
⑭387.2;⑰465。

中野重治集(尹庚译)
⑬261.1。

中国人的气质 见《支那人气质》。

中国大文学史(谢无量)
⑨4.1;⑫524.15;⑰298。

中国山水画史(伊势专一郎)
⑰465。

中国小说史料(孔另境)
⑰298。

中国小说史略(鲁迅)
⑪437.1,438.5;⑭224.2,
301.1;⑮464.2,468.4,
485.1,486.4,492.1,509.1,
519.4,589.2,652.3;⑯221.1,
248.6,263.3;⑰298,464。

中国小说史略(庐隐)
⑭462.2。

中国马贼秘史(矢萩富桔)
⑰466。

中国文艺年鉴(苏汶、施蛰存)
④623.3;⑤493.3,614.6。

中国文艺论战(李何林)
④9.11。

中国文艺论薮(青木正儿)
⑰465。

中国文化研究(后藤朝太郎)
⑰464。

中国文法通论(刘半农)
⑤552.5。

中国文学史纲(儿岛献吉郎)
⑰465。

中国文学史纲(王西里)
⑨4.1。

中国文学论集(郑振铎)
⑰298。

中国文学研究(铃木虎雄)
⑰465。

中国文学概说(青木正儿)
⑰465。

中国书店书目 ⑰298。

中国佛教文物(松本文三郎)
⑰465。

中国社会研究(桔朴) ⑰465。

中国英雄故事(三井信卫)
⑰465。

中国杰作小说（鲁迅选）
　⑧446.1。

中国故事研究　见《民间故事研究》。

中国思想研究（桔朴）　⑰466。

中国神话研究（茅盾）
　⑪464.2,465.4。

中国绘画小史（大村西崖）
　⑰466。

中国幽默全集　见《世界幽默全集——中国篇》。

中药摄影集成（中尾万三、木村康一）　⑰523。

中小学文言运动（汪懋祖）
　⑤528.2。

中世欧洲文学史（田部重治）
　⑰469。

中外文学家辞典（顾凤城）
　⑥411.7。

中国人的生命圈（鲁迅）
　⑯374.6。

中国历史教科书（夏曾佑）
　③593.12。

中国中古文学史（刘师培）
　③541.10;⑰297。

中国文与中国人（鲁迅）
　⑯406.19。

中国文字学大纲（何仲英）
　⑥294.7。

"中国文坛的悲观"（鲁迅）

⑯395.8。

中国文学史大纲（谭正璧）
　⑰298。

中国文学史纲要（贺凯）
　⑰298。

中国文学史纲要（内田泉之助）
　⑰466。

中国文学史要略（朱希祖）
　⑰299。

中国古文学略史（末松谦登）
　⑨4.1。

中国古乐之价值（田边尚雄）
　⑮471.1。

中国当代新人物（清水安三）
　⑪423.9。

中国印度短篇集（佐藤春夫编译）　⑭400.4;⑰466。

中国早期绘画史（奥·西林）
　⑭388.3。

中国字体变迁史（鲁迅拟撰）
　⑪296.2。

中国近世戏曲史（青木正儿）
　⑫240.1;⑰466。

中国版画史图录（郑振铎）
　⑬106.4。

中国的科学资料（鲁迅）
　⑬461.2;⑯530.11。

中国佛教印象记（铃木大拙）
　⑰466。

中国法制史论丛（桑原骘藏）

⑰466。
中国语文的新生(鲁迅)
⑯476.11。
中国语和中国文(高本汉)
⑤383.2。
中国诸子百家考(儿岛献吉郎)
⑰466。
中国雄立宇宙间(袁世凯时国歌) ⑮395.1。
中国短篇小说集(郑振铎编)
⑩141.4,91.9。
中国新文学大系(赵家璧主编)
⑥265.1;⑧427.1;⑬311.1;
⑰299。
中文拉丁化的理论(鲁迅等)
⑰464。
中华民国书林一瞥(长泽规矩也) ⑰469。
《中国小说史略》后记(鲁迅)
⑨307.4。
中国历史地理研究(小川琢治)
⑰466。
中国中世纪医学史(廖温仁)
⑰466。
中国文坛上的鬼魅(鲁迅)
⑯488.14。
中国文学珍本丛书(施蛰存)
⑥434.10,586.2;⑧439.2;
⑰299。
中国文学概论讲话(盐谷温)
⑫524.14。
中国古代画论研究(金原省吾)
⑰466。
《中国杰作小说》小引(鲁迅)
⑯593.7。
中国革命的现阶段(斯大林、布哈林) ⑰464。
中国美术史·雕塑篇(大村西崖)
⑰466。
中国新文学运动史(王哲甫)
⑬151.5;⑭376.1;⑰299。
《中华木刻集》封面题签(鲁迅)
⑬475.5。
中国小说戏曲史概说(宫原民平) ⑰466。
中心经等十四经同本 ⑰299。
中国文艺工作者宣言
⑥563.22,564.32;⑭124.1。
中国文艺家协会宣言
⑥560.4。
中国印度短篇小说集 见《中国印度短篇集》。
中国古明器泥象图说(滨田耕作) ⑰467。
中国古明器泥象图鉴(大塚稔)
⑰467。
中国古器图考·兵器篇(原田淑人、驹井和爱) ⑰467。
中国思想的西传法国(后藤末雄) ⑰464。

中国语书法之拉丁化(萧爱梅)
　⑥112.44。

中山先生逝世后一周年(鲁迅)
　⑮614.4。

中国人与中国社会研究(池田龙
藏)　⑰464。

中国人失掉自信力了吗?(鲁
迅)　⑯476.12。

《中国小说史略》日译本序(鲁
迅)　⑯540.6。

中国小说的历史的变迁(鲁迅)
　⑮530.1。

中国历史地理研究续集(小川琢
治)　⑰467。

中国革命及世界的未来(细川嘉
六)　⑰464。

中国革命的理论的考察(布哈
林)　⑰464。

中国文字之原始及其构造(蒋善
国)　⑰299。

中国文坛的左翼文艺运动(出上
万一郎)　⑭205.7。

中国本位的文化建设宣言(何炳
松等)　⑥282.5。

"中国自由运动大同盟宣言"(丁
武)　⑫236.2。

中国古代经济思想及制度(田畸
仁义)　⑰467。

中国营养和代谢作用情形(亚道
尔夫)　④257.7。

中国提倡社会主义之商榷(萧纯
锦)　①401.6。

中国新文学大系·小说二集(鲁
迅编)　⑥265.1;⑧427.1;
⑬311.1,361.11,365.3,
454.1,498.1;⑯514.4,519.8,
519.9。

中国新文学大系·史料·索引(钱
杏邨编)　⑬577.4。

中国新兴的象征主义文学(洪瑞
钊)　⑪394.3。

中华民国都城宜正名京华议(林
传甲)　⑧462.2。

中国当代短篇小说家作品选(敬
隐渔)　⑬49.2。

《中国新文学大系·小说二集》序
(鲁迅)　⑯519.5,519.10。

《中国新文学大系·小说二集》编
选感想(鲁迅)　⑬344.1。

中国现代左翼作家第一人的全
集出版　⑭224.1。

中国左翼作家联盟对于《文战》
新谣言的来简　⑭205.8。

贝多芬(罗曼·罗兰)　⑰451。

贝希尔铜刻像(玛特奈尔)
　⑬240.3。

内书(刘安)　⑨419.27。

内外(鲁迅)　⑯374.8。

内经(计倪)　⑩31.10。

内感篇(段祺瑞)　③335.2。

内省的道路(黑塞) ⑰469。
内阁文库书目(日本)
⑧211.3。
内阁大库档案访求记(金梁)
③592.4。
内山完造作《活中国的姿态》序(鲁迅) ⑯524.3。
见笑集(朱克家) ⑰299。
牛歌(招勉之) ⑧490.3。
牛羊日历(刘轲) ⑩133.21,133.23。
手记(陀思妥耶夫斯基)
⑦109.3。
毛诗(毛亨、毛苌) ⑩16.11,297.7。
毛毛雨(黎锦晖) ⑤477.8;⑥209.4;⑬250.3。
毛颖传(韩愈) ⑨82.17;⑩99.21。
毛诗稽古编(陈启源) ⑰299。
毛毛虫的故事(法布耳)
⑰549。
毛诗世本古义(何楷)
⑨372.34。
毛诗品物图考(冈元凤)
②256.11。
毛诗草木鸟兽虫鱼疏(陆玑)
②256.7;⑰300。
壬申笺(荣宝斋刻) ⑫454.11。
长门赋(司马相如) ⑨438.12。
长生册 见《赵似升长生册》。
长生殿(洪昇) ⑩119.42。
长安志(宋敏求) ⑰300。
长明灯(鲁迅) ②69.7;⑮554.9。
长恨歌(白居易) ⑩118.33。
长短经(赵蕤) ⑰300。
长阿含经 ⑰300。
长恨传(陈鸿) ⑥339.18;⑨81.5,144.14;⑩99.22,118.33,119.40。
长生殿传奇(洪昇) ⑨82.22。
长生殿补阙(唐英) ⑩120.43。
长安获古编(刘喜海) ⑰300。
长恨歌画意(李祖鸿) ⑬49.5;⑰300。
长崎美术史(永见清太郎)
⑰492。
长江无尽图卷 ④574.2。
长安史迹之研究(足立喜六)
⑰493。
长春真人西游记(李志常)
⑨173.3;⑪429.3。
长春真人西游记序(虞集)
⑨174.4。
什么叫艺术(马克思等)
⑰484。
什么是"讽刺"?(鲁迅)
⑬452.2,512.2;⑯534.1,535.3,550.15。

什基德共和国　见《以陀思妥耶
　夫斯基命名的流浪儿学校》。

什曼斯奇小说集　⑪397.1。

化名新法(鲁迅)　⑯453.6。

化学鉴原(韦而司)　⑤344.6。

化中人位论(赫胥黎)　①18.6。

化石骨骼论(居维叶)
　①21.31。

化学卫生论(真司腾)
　①442.7;⑩298.14。

仇恨(张天翼)　⑫360.5。

仇文合璧飞燕外传(仇英、文徵
　明)　⑰300。

仇文合璧西厢会真记全册(仇
　英、文徵明)　⑰300。

反刍(鲁迅)　⑯410.1。

反离骚(扬雄)　⑨389.6。

反"漫谈"(鲁迅)　⑯38.2。

反抗舆论的勇气(陈独秀)
　⑪411.10。

介绍几个读论语的好姿势(黄嘉
　音)　⑥181.21。

父亲(萧洛霍夫)　⑯280.7。

父与子(屠格涅夫)　④478.15;
　⑤536.3;⑩189.7。

父与子(卜劳恩)　⑰562。

父子之间(周文)　⑬441.1,
　454.1;⑰300。

父亲的病(鲁迅)　⑪567.1;
　⑮643.2。

父亲的归来(欧阳兰)
　⑮550.6。

父亲在亚美利加(亚勒吉阿)
　⑩191.1;⑮438.3。

父亲拿洋灯回来的时候(阿霍)
　⑪405.4。

从军乐(影片)　⑯588.1。

从深处(石民)　⑦209.70。

从军日记(谢文翰)　⑰300。

从前……和将来(至尔·妙伦)
　⑰541。

从讽刺到幽默(鲁迅)
　⑯369.4。

从"别字"说开去(鲁迅)
　⑬436.1;⑯525.17。

从空想到科学(恩格斯)
　⑰498。

从帮忙到扯淡(鲁迅)
　⑬478.3;⑯539.3,550.15。

从幽默到正经(鲁迅)
　⑯369.4。

从猿群到共和国(丘浅次郎)
　⑰520。

从西伯利亚到满蒙(鸟居龙藏
　等)　⑰481。

从虚无出发的创造(舍斯托夫)
　⑰510,515。

从孩子的照相说起(鲁迅)
　⑬195.1,267.1;⑯470.8。

从《发掘》谈到历史小说(曹聚

仁）⑬227.3。

从百草园到三味书屋（鲁迅）
⑪548.1；⑮639.4。

从社会学上所见的艺术
⑰490。

从灵向肉和从肉向灵（厨川白
村）⑩274.13,278.1,278.2。

从文学革命到革命文学（成仿
吾）④68.9。

从唯物史观所见的文学（伊科维
支）⑰478。

从小说看来的支那民族性（安冈
秀夫）③356.21；⑥277.3；
⑫468.1；⑰462。

从盛宣怀说到有理的压迫（鲁
迅）⑯379.6。

从人类学及人种学所见到的东
北亚（鸟居龙藏）⑰459。

今世说（王晫）⑨72.32；
⑰300。

今日漫画（霍姆）⑰536。

今文八弊（林语堂）⑥371.8,
371.13。

今书七志（王俭）⑥337.7。

今古奇观（抱瓮老人）
①164.37；⑨213.12。

今古奇闻（王寅）①164.38；
⑨214.13,214.15。

今昔物语（源隆国）⑩247.38。

今日的雕版画（霍姆）⑰541。

今春的两种感想（鲁迅）
⑫372.4,376.1；⑬291.7；
⑯493.3。

今日中国之小说界（罗家伦）
③204.8。

今年不曾有过春天（纪德）
⑬233.3。

今日欧美小说之动向（半月刊评
论社编）⑰300。

公主（安徒生）⑮27.7。

公羊传 见《春秋公羊传》。

公孙龙子 ⑰300。

公孙龙子注（陈澧）⑰301。

"公理"之所在（鲁迅）⑯38.6,
38.7。

公是先生七经小传（刘敞）
⑰301。

仓颉（李斯）⑨396.3。

月光（冰心）⑪394.4。

月夜（川岛）⑰301。

月界旅行（凡尔纳）⑩165.1。

月宫盗宝（影片）⑥649.2。

月世界旅行（井上勤译）
⑩167.23。

月河所闻集（莫君陈）⑰301。

月河精舍丛钞（丁宝书）
⑰301。

《月界旅行》辨言（鲁迅）
⑩165.2。

月蚀引起的话（苏汶）

⑧429.3。

氏族略(郑樵)　⑩31.8。

丹书　⑨358.11。

丹麦的思想潮流(克劳森)
⑦221.167。

丹麦短篇小说集(安徒生等)
④288.11。

风波(鲁迅)　①500.6；
⑮409.1。

风景(陈烟桥)　⑬466.1。

风赋(宋玉)　⑨390.9。

风流人(泷井孝作)　⑰501。

风流梦(冯梦龙)　⑨213.5。

风筝误(李渔)　⑧414.1。

风平浪静(王志之)　⑬206.1，
311.1,551.1。

风雨之下(潘垂统)　⑪402.3，
426.8。

风景在动(北原白秋)　⑰501。

风景与心境(麦绥莱勒)
⑰549。

风景画选集　⑰502。

乌鸦(山川均)　⑰439。

乌合丛书(鲁迅编)　③411.4；
⑦478.1；⑧192.17；⑪218.7,
515.6,605.3。

乌衣巷诗(刘禹锡)　⑩156.16。

乌青镇志(董世宁)　⑰301。

乌兑格之最后　见《最后一个乌
兑格人》。

凤阳士人(蒲松龄)　⑩118.32。

六艺　见《六经》。

六帖　见《白氏六帖》。

六经　③208.28。

六韬(吕尚)　⑨183.2。

六十种曲(毛晋)　⑰301。

六艺纲目(舒天民)　⑰301。

六月流火(蒲风)　⑭61.8。

六书解例(马叙伦)　⑰301。

六朝文絜(许梿)　④593.4；
⑰301。

六言诗十首(嵇康)　⑩83.9。

六醴斋医书(程永培)　⑰301。

六个学生该死(许广平)
⑪84.2。

六论"文人相轻"(鲁迅)
⑬545.10。

六朝廿一家集　见《汉魏诸名家
集》。

六朝事迹编类(张敦颐)
⑩156.17。

六朝人手书左传(杨守敬辑)
⑰301。

六朝时代的艺术(梅泽和轩)
⑰473。

六祖坛经·神会禅师语录
⑰473。

六朝小说和唐代传奇文有怎样
的区别?(鲁迅)　⑬452.2；
⑯534.1,535.3。

文学(瓦勒里) ⑰472。

文录(唐庚) ⑧220.6。

文录 见《吴虞文录》。

文录 ⑰302。

文始(章炳麟) ⑫321.5；⑰302。

文选(萧统) ③543.20；④631.4；⑤344.9，474.6；⑥48.14，307.4；⑦139.2；⑨392.22；⑩7.6，13.3，66.6；⑫481.4；⑰301，302。

文士传(张隐) ⑰302。

文艺论(梅列日柯夫斯基) ⑰471。

文言说(阮元) ⑨359.19。

文学论(土田杏村) ⑰472。

文学论(竹友藻风) ⑰472。

文学论(戈庚) ⑰472。

文学论(森山启) ⑰472。

文学论(高尔基) ⑰473。

文笔对(阮福) ④47.7；⑨359.19。

文人无文(鲁迅) ⑯370.19。

"文人相轻"(鲁迅) ⑯530.8。

文艺日记(黄源编) ⑰302。

文艺丛书 见《良友文学丛书》。

文艺连丛(鲁迅编) ⑦485.1。

文艺时评(森山启) ⑭383.5。

文艺评论(纪德) ⑰471。

文艺政策(鲁迅译) ④226.48；⑦203.20；⑩342.1；⑰528。

文艺复兴 见《文艺复兴论》。

文艺战线 见《艺术战线》。

文艺辞典(日本创元社编) ⑰472。

文艺管见(里见弴) ⑰472。

文化拥护(小松清编译) ⑰470。

文心雕龙(刘勰) ⑧371.4；⑨358.14；⑰303。

文史通义(章学诚) ⑰303。

文字蒙求(王筠) ⑰303。

文字感想(涵秋) ①408.2。

文坛三户(鲁迅) ⑬478.3；⑯539.3。

文床秋梦(鲁迅) ⑯400.2。

文苑英华(李昉等) ⑨82.15；⑩97.5；⑪532.4；⑰303。

文明小史(李宝嘉) ⑨302.4。

文学入门(小泉八云) ⑰473。

文学大纲(德林克瓦特) ⑦214.104；⑰554。

文学大纲(郑振铎) ⑰304。

文学丛刊(巴金主编) ⑬541.2；⑰304。

文学百题(傅东华编) ⑥336.1，479.1；⑬452.2；⑰304。

文学论考(本间久雄) ⑰473。

文学评论(片上伸) ⑩322.3，

470.2;⑰473。
文学评论(高尔基等)　⑰473。
文学原论(埃尔斯特)　⑰473。
文学家像　见《俄国文学家像》。
文学概论(潘梓年)　⑰305。
文学辞典　见《文学百科全书》。
文房小说　见《顾氏文房小说》。
文选补遗(陈仁子)　⑰305。
文选集注　⑩66.8。
文统之梦(陈子展)　⑤329.2。
文章轨范(谢枋得)　⑰305。
文章作法(夏丏尊、刘薰宇)
④279.8;⑪250.1。
文章缘起(任昉)　⑨415.5。
文牍汇编(教育部)　⑪361.2。
文献通考(马端临)　⑩24.2。
文人比较学(鲁迅)　⑭3.4。
文木山房集(吴敬梓)
⑨234.2。
文艺与批评(卢那察尔斯基)
④184.1,218.5;⑦222.174;
⑩333.1,333.6;⑫210.1;
⑯150.2;⑰305。
文艺与武力(鲁迅讲演记录稿)
⑬298.2。
文艺与法律(胜本正晃)
⑰470。
文艺论断片　见《近代文艺批评断片》。
文艺批评史(宫岛新三郎)
⑰472。
文艺学概论(佩特尔森)
⑰472。
文艺思潮论(厨川白村)
⑩259.6;⑰472。
文艺复兴论(佩特)　⑰455,471。
文字学音篇(钱玄同)　⑰305。
文坛贰臣传(男儿)　④197.10。
文坛登龙术(章克标)
⑤292.2,292.3。
文坛新人论(田中纯)
⑩247.34。
文求堂书目　⑰472。
文学与革命(托洛茨基)
④220.23;⑫27.4,111.1;
⑰305,470,549。
文学的影响(古尔蒙)　⑫85.1。
文学底影像(卢那察尔斯基)
⑩333.8。
文学革命论(陈独秀)
⑥265.2。
文美斋笺谱(文美斋)
⑫367.2。
文章与题目(鲁迅)　⑫393.1;
⑯379.2。
文渊阁书目(杨士奇)　⑩24.3。
文森特·凡·高　⑰562。
文艺的大众化(鲁迅)
⑯184.4。

《文艺研究》例言（鲁迅）
　⑯184.1,184.3。

文艺家漫画像　⑰472。

文艺学史概说（舍尔）　⑰472。

文艺理论丛书　⑫438.3。

文心雕龙讲疏（范文澜）
　⑰305。

文心雕龙补注（李详）　⑰306。

文字学形义篇（朱宗莱）
　⑰306。

文学与经济学（大熊信行）
　⑰471。

文学百科全书　⑬444.1,
506.1;⑰568。

文学百科辞典　见《文学百科全
书》。

文学改良刍议（胡适）
　⑥265.2。

文学者的一生（武者小路实笃）
　⑫8.1;⑯5.5。

文学的连续性（戈斯）　⑰471。

文学的战术论（大宅壮一）
　⑰473。

文学底俄罗斯（理定编）
　⑩356.3。

文学思想研究（早稻田大学）
　⑰473。

文馆词林汇刊（许敬宗）
　⑰306。

文豪评传丛书（东京新潮社）

⑰473。

文摊秘诀十条（鲁迅）
　⑯369.4。

文艺工作者宣言　见《中国文艺
工作者宣言》。

文艺自由论辩集（苏汶）
　④551.7。

文化社会学概论（关荣吉）
　⑰472。

文昌帝君功过格　①284.6。

文昌帝君阴骘文（张亚子）
　⑤330.8。

文学与政局有关？（黎君亮）
　⑧420.10。

文学青年与道德（窦隐夫）
　⑬250.5。

文学革命的前哨（小宫山明敏）
　⑰471。

文学理论诸问题（平林初之辅）
　⑰471。

文衡山自书诗稿（文徵明）
　⑰306。

文森特·凡·高画帖　⑰562。

文艺与政治的歧途（鲁迅）
　⑬291.5;⑯54.9。

文艺鉴赏的四阶段（厨川白村）
　⑩265.1。

文徵明潇湘八景册　⑰306。

文学古典之再认识（秋田雨雀）
　⑰471。

文衡山书离骚真迹（文徵明）
⑰306。

文艺学的发展与批判（希列尔）
⑰470。

文艺界联合问题我见（何家槐）
⑥560.6。

文昌帝君阴骘文图说
②265.12。

文学之社会学的批评（卡耳瓦
顿）⑰471。

文殊所说善恶宿曜经　见《文殊
师利菩萨及诸仙所说吉凶时
日善恶宿曜经》。

文艺战线上的封建余孽（郭沫
若）④8.8,225.46；⑤563.3；
⑪324.4；⑬101.7。

文衡山先生高士传真迹（文徵
明）⑰306。

文学上之个人性与阶级性（林癸
未夫）④128.2。

文艺上几个根本问题的考察（厨
川白村）⑦257.10。

文学家陈源及其夫人凌叔华女
士（黄梅生）⑪300.3。

文殊师利及诸仙所说吉凶时日
善恶宿曜经　⑰306。

方言（扬雄）⑥109.25；
⑧164.3；⑰306。

方言疏证（戴震）⑰306。

方巾气研究（三）（林语堂）

⑬91.5。

方泉先生诗集（周文璞）
⑰306。

忆韦素园君（鲁迅）⑬165.1；
⑯465.5。

忆刘半农君（鲁迅）⑬191.2；
⑯470.10。

忆爱罗先珂华希理君（江口涣）
①243.27；⑩221.5,486.1,
486.2,486.3,486.4。

火与剑（显克微支）⑬459.4。

火腿先生在人海中的奔走（黄鹏
基）⑥273.74。

为人类（爱罗先珂）⑩227.1；
⑰458。

为了活（萧军）⑬446.1。

为了大众（齐勒）⑰542。

为翻译辩护（鲁迅）⑯395.10。

为了忘却的记念（鲁迅）
⑯363.3。

为文学的经济学　见《文学与经
济学》。

为人而生（迎接萧伯纳）（野口米
次郎）⑭241.3。

为了无产阶级的美术（村山知
义）⑰451。

为批评家的卢那卡尔斯基（尾濑
敬止）⑩333.4。

为保卫苏联服务的漫画集（叶菲
莫夫）⑰567。

为实现世界革命而活跃的苏联
　政治组织(久保田荣吉)
　⑰474。
为德国法西斯压迫民权摧残文
　化的抗议书》(鲁迅、宋庆龄
　等) ④551.8。
为托尔斯泰《克莱采奏鸣曲》所
　作镂版画十二幅和镂版封面
　一幅(盖格尔) ⑰564。
斗牛士(德·蒙泰朗) ⑰528。
斗南存稿(勿堂中岛) ⑰306。
订讹类编(杭世骏) ⑥184.39;
　⑰307。
心(阿米契斯) ⑦433.4;
　⑭271.2。
心术(齐人饶) ⑨13.16,
　429.22。
心之王国(菊池宽) ⑩255.3。
心史丛刊(孟森) ⑥46.4;
　⑨248.12。
心的探险(高长虹) ⑫69.4;
　⑰307。
心理学入门(冯特) ⑰540。
心胜宗十句义论 ⑰307。
心经直说金刚决疑 ⑰307。
心经金刚经宗泐注 ⑰307。
心经释要金刚破空论 ⑰307。
心经二种译实相般若经
　文殊 ⑰307。

尹文子(尹文) ⑰307。
尹氏小学大全(尹嘉铨)
　⑥62.14;⑰307。
引玉集(鲁迅编) ⑦441.1;
　⑧511.1;⑫464.7,506.9,
　521.9;⑬15.3,18.5,41.1,
　85.1,97.2,98.5,109.2,
　238.1,321.4;⑭274.1;⑰307。
《引玉集》序 见《十五年来的书
　籍版画和单行版画》。
《引玉集》后记(鲁迅)
　⑯436.4。
巴罗哈(特雷克) ⑩496.5。
巴什庚之死(阿尔志跋绥夫)
　⑩488.1。
巴黎圣母院(雨果) ⑩481.4,
　481.6。
巴黎之烦恼(波特莱尔)
　⑬368.1,447.7;⑯453.9;
　⑰307,474。
巴黎的忧郁 见《巴黎之烦恼》。
巴格达的窃贼 ④423.6。
巴甫洛夫版画集 ⑰566。
巴金短篇小说集 ⑰308。
"以夷制夷"(鲁迅) ⑯374.9。
以俅画集(梁以俅) ⑰308。
"以眼还眼"(鲁迅) ⑯476.16。
以青春作赌注(费尔南德斯)
　⑰492。
以乔伊斯为中心的文学运动(春

山行夫）　⑰442。
以陀思妥耶夫斯基命名的流浪儿学校（班台莱耶夫、别雷赫）　⑩438.4；⑬598.5。
以胡适为中心潮涌浪漩着的文学革命（青木正儿）　⑭177.2；⑮415.2。
以理论为中心的俄国无产阶级文学发达史（冈泽秀虎）　⑩345.24。
邓析子　⑰308。
劝善录　⑨17.41。
劝发菩提心文（裴休）　⑰308。
双官诰　③225.7。
双十怀古（鲁迅）　⑯405.1，405.6。
双雄记传奇（冯梦龙）　⑨212.4。
双阳公主追狄　⑤311.9。
双梅景闇丛书（叶德辉）　⑰308。
双照楼诗词稿（汪精卫）　⑤241.7。
书经　见《尚书》。
书话（庄司浅水）　⑰506。
书籍（安德烈夫）　⑩203.1。
书信集（凡·高）　⑰535。
书简集　见《小林多喜二书简集》。
书目答问（张之洞）　③208.26，463.5；⑤344.8。
书苑折枝（鲁迅）　⑯35.6。
书林清话（叶德辉）　⑰308。
书物之敌（庄司浅水）　⑰506。
书法正传（冯武）　①554.10。
书法全集（下中弥三郎编）　⑰507。
书信选集　见《鲁迅书信选集》。
书斋的岳人（小岛乌水）　⑰507。
书斋的消息（野口米次郎）　⑰507。
书癖的故事（福楼拜）　⑰520。
书籍插画家传（巴黎巴布书局）　⑰532。
书的还魂和赶造（鲁迅）　⑯519.3。
书斋生活与其危险（鹤见祐辅）　⑩305.1；⑯27.1。
水（丁玲）　⑬37.6；⑭302.3。
水灾（郑野夫）　⑫525.2；⑰308。
水饰（杜宝）　⑥337.11。
水性（鲁迅）　⑯465.7。
水经（桑钦）　⑩85.31。
水葬（蹇先艾）　⑥270.52。
水门汀　见《士敏土》。
水夫传　见《海上劳工》。
水经注（郦道元）　⑨53.3；⑩85.31；⑰308。

水浒传(施耐庵) ①161.23；
②273.4；③354.6；④161.10；
⑤561.3；⑥229.5；⑧161.2；
⑨155.5，157.15，157.16；
⑩71.5；⑪440.1，440.3；
⑬49.3；⑰308，329，365，403，
526。

水火鸳鸯(影片) ⑮554.8。

水浒叶子(陈洪绶) ⑬44.1，
215.2，272.1。

水浒后传(陈忱) ⑪440.4，
443.2。

水浒图赞(杜堇) ⑬22.3，
50.1，159.2；⑰308。

水浒续集 ⑪443.1。

水经注汇校(杨希闵) ⑰308。

水浒传画谱(川柳重信)
⑰474。

《水浒传》百回本(施耐庵)
⑪440.3。

《水浒传》的演化(郑振铎)
⑫323.5。

水前拓本瘗鹤铭 ⑰308。

《水浒续集两种》序(胡适)
⑨306.2；⑪443.1；⑮500.1。

《水浒传》百二十回本(施耐庵)
⑪440.1。

孔乙己(鲁迅) ①462.8；
⑮363.1。

孔乙己(刘岘木刻画)
⑭409.7；⑰308。

孔丛子 见《重刊宋本孔丛子》。

孔教论(陈焕章) ⑰308。

孔子家语(王肃) ⑥330.5；
⑨370.23。

孔灵符记 见《会稽记(孔晔)》。

孔季恭传(沈约) ⑩46.2。

孔教大纲(林文庆) ⑰309。

《孔乙己》附记(鲁迅)
①461.1。

孔子圣迹图 ④461.6。

孔北海年谱(缪荃孙) ⑰309。

孔氏祖庭广记(孔元措)
⑰309。

孔灵符会稽记 见《会稽记》。

孔另境编《当代文人尺牍钞》序
(鲁迅) ⑯564.11。

幻灭(茅盾) ⑰309。

幻想与做梦(高长虹)
⑥273.71。

五　画

玉历　见《玉历钞传》。

玉君(杨振声) ③357.28；
⑥267.19；⑪53.5。

玉篇(顾野王) ⑩298.17；
⑰280。

玉虫缘(爱伦·坡) ⑬114.3。

玉娇李　⑨195.10。
玉娇梨(张匀)　⑧339.2；⑨202.1,202.2,203.4。
玉堂春　③597.6;⑤506.5。
玉历钞传(淡痴道人)　①319.7；②265.13;④360.3;⑪638.2;⑯27.5;⑰309。
玉台新咏(徐陵)　⑨418.23；⑰309。
玉剑尊闻(梁维枢)　⑨72.27。
玉壶遐览(胡应麟)　⑩100.29。
玉堂丛话(焦竑)　⑨71.24。
玉历至宝钞传　见《玉历钞传》。
玉溪生年谱会笺(张采田)　⑰309。
刊误　见《李氏刊误》。
末光(柯罗连科)　①120.183。
未明集(田间)　⑰310。
未名丛刊(鲁迅编)　③411.4；④274.30;⑥72.13;⑦478.1；⑧192.20;⑩315.11；⑪515.7。
未名新集(未名社)　⑥72.14；⑪624.1。
未来世界(影片)　⑯627.3。
未名木刻选(刘岘等)　⑰310。
未来的光荣(鲁迅)　⑯431.5。
未有天才之前(鲁迅)　⑮506.1。
《未有天才之前》小引(鲁迅)　①177.1。
未来派戏曲四种(宋春舫译)　⑪423.8。
《未名丛刊》是什么，要怎样(鲁迅)　⑦478.2。
击筑遗音　见《万古愁曲》。
示众(鲁迅)　⑮558.2。
示朴斋骈体文(钱振伦)　⑰310。
巧克力(罗蒂洛夫)　⑰310。
正仓院志(大村西崖)　⑰474。
正是时候(鲁迅)　⑯460.12。
正统道藏　⑧139.6。
正面文章反看法(陈子展)　⑤98.2。
功顺堂丛书(潘祖荫)　⑰310。
去雁(王独清)　③565.2。
去国集(胡适)　⑪389.2。
甘泽谣(袁郊)　⑩91.15。
世本　⑨439.20。
世范　见《袁氏世范》。
世俘　⑨27.9。
世说逸(刘义庆)　⑰310。
世故三昧(鲁迅)　⑯405.9。
世界一瞥(西蒙)　⑰539。
世界文库(郑振铎编)　⑥370.3,510.3;⑬403.2。
世界文学　⑰310。
世界丛书(商务印书馆)　⑩314.6;⑪418.5。
世界名画(刘海粟)　⑥411.8。
世说新语(刘义庆)　③547.40；

⑥178.3,337.10;⑦141.7;
⑨16.38,69.4;⑩44.2;
⑰311。

世界史教程　见《唯物史观世界
　　史教程》。

世胄拜伦传(穆尔)　①114.125。

世界的开端　⑰474。

世界的火灾(爱罗先珂)
　　⑩216.9;⑮452.1,452.2。

世界文学故事(梅西)　⑰475,
　　560。

世界文学全集(东京新潮社编)
　　⑭52.2;⑰475。

世界玩具史篇(有坂与太郎)
　　⑰475。

世界玩具图篇(西泽笛亩)
　　⑰475。

世界美术全集(下中弥三郎编)
　　⑬50.2,159.1;⑰475。

世界幽默全集(佐藤春夫编)
　　⑫483.20;⑭208.2,232.1。

世界艺术发展史(马察)　⑰476。

世界文艺大辞典(吉江乔松)
　　⑰476。

世界文化史大系(威尔斯)
　　⑰476。

世界古代文化史(西村真次)
　　⑰476。

世界出版美术史(小林莺里)
　　⑰476。

世界性欲学辞典(佐藤红霞)
　　⑰476。

世界原始社会史(马托林)
　　⑰476。

世界娼妓制度史(泷本二郎)
　　⑰476。

世界文艺名著画谱(酒井清)
　　⑰476。

世界艺术摄影年鉴　⑰476。

世界地理风俗大系(仲摩照久)
　　⑰476。

世界宝玉童话丛书(东京儿童书
　　房)　⑰476。

世界美术全集续编(下中弥三郎)
　　⑬44.2。

世界裸体美术全集(太田三郎编)
　　⑰477。

世界文学与无产阶级(梅林)
　　⑩474.4;⑰474。

世界幽默全集·中国篇(佐藤春夫
　　译编)　⑰474。

世界文学与比较文学史(赛特里
　　希)　⑰474。

世界社会主义文学丛书(东京南
　　宋书院)　⑰477。

世界现代无产阶级美术的趋势
　　(永田一修)　⑭394.2。

艾子杂说(苏轼)　⑨71.18。

古今注(崔豹)　⑰311。

古文苑　⑨392.22;⑰311。

古史辨(顾颉刚)
③597.5;⑰311。

古异传(袁王寿)　⑨15.29。

古诗纪(冯惟讷)　⑩66.9。

古逸书(潘基庆)　⑩115.8。

古镜记(王度)　⑨81.5;⑩97.2。

古今小说　见《喻世明言》。

古今书录(毋煚)　⑨14.24。

古今杂剧　⑰311。

古今说海(陆楫等)　⑧136.19;
⑩147.15。

古今钱略(倪模)　⑰311。

古今逸史(吴琯)　⑩146.14。

古文观止(吴楚材、吴调侯)
④219.20;⑥307.5;⑦142.15;
⑪239.2。

古孝子传(茅泮林)　②268.33;
④51.5。

古志石华(黄本骥)　⑰311。

古岳渎经(李公佐)　⑨91.2;
⑩115.4;⑪432.8。

古学汇刊(邓实编)　⑰311。

古泉丛话(戴熙)　⑰311。

古镜图录(罗振玉)　⑧88.4;
⑰311。

古籀余论(孙诒让)　⑰312。

古小说钩沉(鲁迅)　③254.36,
416.8;⑩4.1,90.7;⑬428.1;
⑮27.5;⑰312。

古文辞类纂(姚鼐)　⑦142.17。

古书与白话(鲁迅)　⑮607.13。

古尔蒙诗钞(古尔蒙)　⑰440。

古杭梦游录(灌园耐得翁)
①160.15。

古明器图录(罗振玉)　⑰312。

古金待问录(朱枫)　⑰312。

古诗十九首　⑨418.21。

古城末日记(影片)　⑯141.4,
594.10。

古普林说选(库普林)　⑰312。

古骸底埋葬(盈昂)　⑰312。

古镜之研究(梅原末治)　⑰529。

古人并不纯厚(鲁迅)
⑯447.14。

古今万姓统谱(凌迪知)
⑩106.24。

古今史疑大全　③597.5。

古今图书集成(陈梦雷等)
⑤285.6。

古今铭刻汇考(郭沫若)　⑰312。

古希腊风俗鉴(施沃布)　⑰477。

古泉精选拓本(江标)　⑰312。

古铜印谱举隅(太田孝郎)
⑰477。

古斯塔夫·陀莱(哈特劳布)
⑰544。

古书中寻活字汇(鲁迅)
⑯410.5。

古兵符考略残稿(翁大年)
⑰312。

古泼来枯的客栈 ⑩520.5。
古泼来枯的酒店 见《古泼来枯的客栈》。
古代希腊文学总说(杰布) ⑰477。
古代铭刻汇考续编(郭沫若) ⑰312。
本事诗(孟棨) ⑨94.26;⑩104.7。
本味篇(吕不韦) ⑨32.3。
本草别录(陶弘景) ⑩298.12。
本草纲目(李时珍) ①320.14,455.4;④556.2;⑩297.9。
本草衍义(寇宗奭) ⑰312。
札朴(桂馥) ⑰312。
可兰经 ⑤225.9。
可恶罪(鲁迅) ⑯38.7。
丙辰札记(章学诚) ⑨143.8。
左传 见《春秋左氏传》。
左氏凡例辨(吉川辛次郎) ⑭323.3。
左翼作家联盟透视(穆木天等) ⑬339.6。
石宕(许钦文) ⑥271.56。
石涛(桥本关雪) ⑰477。
石屏集(戴复古) ⑮77.1;⑰313。
石林遗书(叶梦得) ⑰313。
石头记索隐(蔡元培) ⑨248.13;⑩71.4。
石涛山水册(原济) ⑰313。
石亭纪事续编(丁晏) ⑨174.7。
石涛山水精品(原济) ⑰313。
石涛纪游图咏(原济) ⑰313。
石涛画东坡时序诗册(原济) ⑰313。
石涛和尚八大山人山水合册(原济、朱耷) ⑰313。
右侧之月(太田信夫译) ⑩416.13,417.16。
右边的月亮(玛拉式庚) ⑰477。
右文说在训诂学上之沿革及其推阐(沈兼士) ⑬51.1,116.3;⑰313。
布莱克研究 ⑰450。
布料与版画(辻永等) ⑰514。
布尔什维克的精神与面貌(米勒) ⑦205.35;⑰551。
龙虎斗(影片) ⑯436.8。
龙绡记(黄维辑) ⑩105.15。
龙文鞭影(萧良友) ⑤255.8;⑥54.7;⑩440.13。
龙图公案 ⑤210.4;⑨289.9。
龙图耳录 ⑨289.10。
龙威秘书(马俊良) ⑩90.4。
龙龛手鉴(行均) ⑰313。
龙潭虎穴(影片) ⑯609.3。
龙虎风云会 ⑨142.3。
龙筋凤髓判(张鷟) ⑦332.13;

⑨81.11。
龙舒净土文(王日休)　⑰313。
平妖传(罗贯中、冯梦龙)
①163.32;⑧213.17;⑬8.2。
平山冷燕(荻岸山人)　⑨202.1,202.2;⑪455.2。
平乐馆赋(枚皋)　⑨428.15。
《平妖传》序(张无咎)　⑨184.4。
平凡的事(李青崖)　⑫424.4。
平斋文集(洪咨夔)　⑤474.7;⑰313。
平民千字课(中华平民教育促进会)　⑥110.31。
平津馆丛书(孙星衍)　⑰313。
平津馆鉴藏记(孙星衍)
⑩63.28,63.29。
平民文学之两大文豪(谢无量)
⑨307.3。
平常的事——一个农妇的故事(聂维洛夫)　⑭143.1。
打杂集(徐懋庸)　⑥302.1;⑬426.4;⑯525.13;⑰314。
"打杂集"(张庚)　⑬530.1。
打听印象(鲁迅)　⑫446.2;⑯400.10。
扑空(鲁迅)　⑯406.16。
《扑空》正误(鲁迅)　⑯406.20。
东华录(蒋良骥)　⑥63.19;⑭76.2。
东都赋(班固)　⑨390.9。
东方大乐(影片)　⑤386.6。
东方的诗(森三千代)　⑭289.2;⑰494。
东亚植物(中井猛之进)　⑰494。
东轩笔录(魏泰)　⑰314。
东谷所见(李之彦)　⑨17.39。
"东京通讯"　见《文艺战线上的封建余孽》。
东南纪闻　⑧222.3。
东莱博议(吕祖谦)　⑥307.5。
东晋演义　⑨158.23。
东皋子集(王绩)　⑰314。
东斋记事(陶珽)　⑩24.5。
东海归来(张慧)　⑬63.3。
东游日记　⑰314。
东塾遗书(陈澧)　⑰314。
东方创作集(鲁迅等)　⑬381.2。
东北义勇军(萧军)　⑭38.1。
东亚墨画集(格罗塞)　⑰554。
东西晋演义　⑨158.23。
东阳夜怪录　⑩140.3。
东周列国志(冯梦龙、蔡元放)
⑨158.21。
东京梦华录(孟元老)　①159.5;⑨123.4。
东城老父传(陈鸿)　⑨81.5,82.21;⑩120.44。
东洲斋写乐(野口米次郎)
⑰494。
东洋史论丛(东洋史论丛刊行会)

⑰494。
东洋画概论(金原省吾) ⑰494。
东洋版画篇(下中弥三郎编) ⑬50.2。
东海庙残碑 ⑰314。
东塾读书记(陈澧) ⑰314。
东西文艺评传(高安月郊) ⑰494。
东西文学评论(小泉八云) ⑰495。
东莱先生诗集(吕本中) ⑰314。
东亚文明之黎明(滨田耕作) ⑰494。
东亚考古学研究(滨田耕作) ⑰495。
东周列国志读法(蔡奡) ⑨158.27。
东洲草堂金石跋(何绍基) ⑰314。
东洋文化史研究(内藤虎次郎) ⑰495。
东洋古代社会史(佐久达雄) ⑰495。
东洋封建制史论(普利雅科夫等) ⑰495。
东西文学比较评论(高安月郊) ⑰495。
东西交涉史之研究(藤田丰八) ⑰494。
东洋美术史之研究(泽村专太郎) ⑰494。
卡巴耶夫 见《恰巴耶夫》。
卡尔·蒂尔曼木刻集 ⑰545。
卡尔·马克思和列夫·托尔斯泰(普列汉诺夫) ⑦212.91。
卡斯帕尔·大卫·弗里德里希 ⑰536。
卡尔·施特恩海姆《编年史》的木刻集(麦绥莱勒) ⑰545。
北史(李延寿) ①369.4;⑰315。
北齐书(李百药) ⑰315。
北里志(孙棨) ⑨102.9,275.1。
北山小集(程俱) ⑰315。
北方旅馆(达彼) ⑰478。
北平素描(姚克) ⑬60.3。
北平笺谱(鲁迅、郑振铎) ⑦428.1;⑫454.5;⑬53.2,199.1;⑯405.2;⑰315。
北曲拾遗(景世珍等) ⑰315。
北京胜景(丸山昏迷) ⑰478。
北京通信(鲁迅) ⑮567.2。
北梦琐言(孙光宪) ⑨16.38;⑰315。
北堂书钞(虞世南) ⑩14.8,67.10;⑰315。
北人与南人(鲁迅) ⑯436.1。
《北平笺谱》序(鲁迅) ⑫459.2,476.2,488.2,508.1,533.1;⑯406.22。
《北平笺谱》序(郑振铎)

⑯415.1。

北极探险记(鲁迅译)　⑬100.1。

北极探险记(影片)　⑯141.5。

北京之终日(洛蒂)　⑰549。

北京的魅力(鹤见祐辅)

　①231.16;⑩301.3。

北美印象记(厨川白村)

　⑩259.6,302.7。

北游及其他(冯至)　⑰315。

北斋水浒画传(葛饰北斋)

　⑰478。

北欧文学的原理(片上伸)

　⑩314.1。

北京的顾亭林祠(今关天彭)

　⑰478。

北美游历演说记(鹤见祐辅)

　⑰478。

北京女界一部分的问题(持平)

　⑪30.5。

北京文艺界之分门别户(徐丹甫)

　③455.15,471.8。

北京孔德学校初中国文选读

　⑰316。

北平图书馆舆图版画展览会目录

　⑫461.1;⑰316。

北新书局李志云对全体回教诸君

　声明　⑫336.4。

卢那画传　见《奥古斯特·雷诺

　阿》。

卢梭论女子教育(梁实秋)

③579.4。

卢那察尔斯基画像　⑫186.2,

　190.1;⑯158.4。

卢那察尔斯基小传(曹靖华)

　⑯442.11。

卢那察尔斯基剧本三种

　⑦375.2。

卢勃克和伊里纳的后来(有岛武

　郎)　⑦208.55;⑩312.1;

　⑯55.10。

业间录(铃木虎雄)　⑰519。

旧唐书(刘昫等)　④333.2;

　⑥336.5;⑦331.5;⑩7.4;

　⑰316。

旧五代史(薛居正)　⑰316。

旧约全书　①104.10;④456.12;

　⑩385.17。

旧事重提(鲁迅)　③354.2。

旧式的田主(果戈理)　⑬369.2。

旧杂譬喻经(康僧会译)

　⑨55.23。

旧时代之死(柔石)　④287.8;

　⑫272.1,273.2;⑬31.3。

旧都文物略(北平市政府秘书处)

　⑭167.2;⑰316。

旧唐书·经籍志(刘昫)　⑩7.4。

归厚(鲁迅)　⑯410.4。

归心篇(颜之推)　⑤375.7。

归去来辞图卷　④574.2。

目连救母　①597.3;⑥113.49。

目连救母记(郑之珍)
⑥113.50;⑬600.2;⑰316。

目连入地狱故事　见《大目乾连
冥间救母变文》。

目前中国革命问题(施存统)
⑰316。

且介亭杂文(鲁迅)　⑬360.7;
⑭4.5,153.1。

且介亭杂文二集(鲁迅)
⑥481.16;⑭4.5,8.2。

《且介亭杂文》附记(鲁迅)
⑬371.5。

叶紫作《丰收》序(鲁迅)
⑬332.4,426.1;⑯514.8。

叶夫雷诺夫画像(安宁科夫)
⑦206.37。

申鉴(荀悦)　⑰317。

申报年鉴(申报年鉴社)　⑰317。

申江胜景图(吴友如)
⑥201.31。

申报馆书目续集　⑦309.2。

甲申朝事小纪(抱阳生)　⑰317。

甲骨文字研究(郭沫若)　⑰317。

甲骨契文拓本　⑰317。

电(巴金)　⑰317。

电网外(叶紫)　⑥230.10。

电术奇谈(菊池幽芳)　⑨302.8。

电的利弊(鲁迅)　⑯363.4。

电国秘密(影片)　⑯559.8。

电影艺术史(岩崎昶)　⑰500。

电影的教训(鲁迅)　⑯400.3。

田氏丛书　⑰318。

田园思想(鲁迅)　⑮571.5。

田舍医生(大田卯)　⑬232.1。

田园交响乐(纪德)　⑰318。

田军作《八月的乡村》序(鲁迅)
⑬427.1;⑯525.15。

田野和公园里的动物生活(法布
耳)　⑦354.4。

由聋而哑(鲁迅)　⑯400.1。

由托尔斯泰家里寄——百年祭通
讯(保尔·雪华)　⑦214.109。

由中国女人的脚,推定中国人之
非中庸,又由此推定孔夫子有
胃病(鲁迅)　⑯369.5。

史记(司马迁)　①369.2;
④219.16;⑥433.4;⑨439.21;
⑫147.6;⑰318。

史通(刘知几)　⑨32.5。

史略(高似孙)　⑰318。

史目表(钱恂)　⑰318。

史记正义(张守节)　⑩25.2。

史记音义(徐广)　⑩25.3,30.5。

史记索隐(司马贞)　②111.6;
⑩25.2。

史记探原(崔适)　⑰318。

史学概论(布依可夫斯基)
⑰478。

史前人类(摩尔根)　⑰482。

史通通释(浦起龙)　⑰318。

史的一元论(普列汉诺夫)　⑰478。
史的唯物论　⑫528.6。
史的唯物论(布哈林)　⑰478。
史的唯物论(列宁)　⑰478。
史的唯物论(梅德维杰夫)　⑰478。
史的唯物论(苏联共产主义学院哲学研究所)　⑰478。
史太因林画集(史太因林)　⑰571。
史的唯物论入门(萨拉比雅诺夫)　⑰479。
史的唯物论略解(布尔哈脱)　⑰479。
史的唯物论及例证　⑰479。
叩娜(葛巴丝卫里)　⑬442.1。
四日(迦尔洵)　⑩472.4。
四书　②308.4;③39.6,207.25,255.39;⑥331.8。
四史　⑤396.3。
四十年　见《克里姆·萨姆金的一生》。
四友传(杨景淯)　⑨158.21。
四书衬(骆培)　②22.10。
四杰村　③225.8。
四明志(罗濬等)　⑩33.4。
四骑士(影片)　⑯82.2。
四六丛话(孙梅)　⑰318。
四库全书(纪昀等)　③155.5;⑤284.2;⑥63.17;⑮104.1,189.1,575.5;⑰318。
四郎探母　⑤311.8;⑥371.10。
四洪年谱(钱大昕)　⑰318。
四部正讹(胡应麟)　⑩155.11。
四部丛刊(张元济辑)　③408.8;⑥199.16;⑬105.2;⑰319。
四部备要(中华书局)　⑥178.2。
四十二号街(影片)　⑯446.3。
四谛等七经　⑰319。
四论"文人相轻"(鲁迅)　⑬520.1;⑯549.8。
四言诗十一首(嵇康)　⑩83.16。
四印斋所刻词(王鹏运)　⑰319。
四库全书珍本(鲁迅)　⑯395.12。
四阿含暮抄解　⑰319。
四部丛刊续编　见《四部丛刊》。
四朝宝钞图录(罗振玉)　⑰319。
四十二章经等三种　⑰319。
四库全书总目提要(纪昀等)　⑥61.12,143.3,336.3;⑨17.42;⑩61.12。
四库全书简明目录(纪昀等)　⑥143.3,336.3;⑩61.13。
出关(鲁迅)　⑥541.2;⑬593.2。
出师颂(索靖)　⑰325。
出曜经(大达摩多罗)　⑰325。
《出关》的"关"(鲁迅)　⑭91.5;⑯605.14。

出埃及记　⑩385.17。

出三藏记集(僧祐)　⑦104.5；
　⑰325。

出了象牙之塔(厨川白村)
　⑩272.1,274.13；⑪457.2；
　⑫269.1；⑮550.7,550.8,
　554.4,589.3,593.4；⑯27.2；
　⑰325,516。

出卖灵魂的秘诀(鲁迅)
　⑯370.14。

"出人意表之外"的事(钱玄同)
　⑧139.3。

《出了象牙之塔》自序(厨川白村)
　⑩273.6。

《出了象牙之塔》后记(鲁迅)
　⑮597.3。

生计(显克微支)　⑰319。

生活!(李霁野)　⑪490.1。

生路(影片)　⑯363.11。

生死场(萧红)　⑥423.1；
　⑬225.3,309.5,366.1,582.1；
　⑭12.1；⑰319。

生体论(拉马克)　①21.30。

生物学(周建人译)　见《亨达氏
　生物学》。

生理学(桥田邦彦)　⑰479。

生吞活捉(影片)　⑯454.15。

生理学粹(朱尔倍尔)　⑰479。

生命之呼声(哈姆生)　⑦348.2。

生命之洗濯(谷胁素文)　⑰437。

生财有大道(心心)　⑫13.2。

生命的春潮(斯温勃恩)
　⑦210.72；⑰559。

生命底微痕(柳倩)　⑰320。

生物学讲座(东京岩波书店)
　⑰479。

生活全国书目　见《全国出版物
　目录汇编》。

生活的演剧化(叶夫雷诺夫)
　⑦206.40。

失业(赖少麒)　⑬508.1；⑰320。

失恋(赖少麒)　⑬494.2。

失乐园(弥尔顿)　①108.60；
　④462.8。

失业以后(刘一梦)　④247.7。

失去的森林(严森)　⑦221.168。

失去的好地狱(鲁迅)　②205.1。

付法藏因缘经　⑰320。

代序——关于"新人"的故事(弗
　理契)　⑩370.12。

仙花(纽曼)　⑰542。

仙人掌(狄修托利)　⑬515.6。

仙真人诗　⑨397.6。

仪礼　⑤323.3,396.4；⑧89.8；
　⑨379.9。

仪礼疏(贾公彦等)　⑰320。

白茶(班珂)　⑥574.5；⑫27.3。

白母亲(梭罗古勃)　⑪398.2。

白蛇传(陈遇乾)　⑫426.2。

白氏六帖(白居易)　⑩13.4。

白氏讽谏(白居易)　⑰320。

白纸黑字(伊林)　⑫380.3；
⑰320。

白岳凝烟(汪次侯)　⑭300.8；
⑰320。

白话文学史(胡适)　⑫210.3。

白门新柳词记(许豫)　⑰320。

白龙山人墨妙(王震)　⑰320。

白田草堂存稿(王懋竑)　⑰320。

白头翁底故事(莎子)
⑥269.42。

白华绛跗阁诗集(李慈铭)
⑰320。

白莽作《孩儿塔》序(鲁迅)
⑭47.3；⑯599.4。

白阳山人花鸟画册(陈淳)
⑰320。

他的子民们(马子华)　⑰320。

《他们的生活的一年》译者序(平
冈雅英)　⑩422.2。

丛莽(辛克莱)　⑫193.5。

丛书举要(杨守敬)　⑰320。

用画笔和剪刀(格罗斯)　⑰551。

印典(朱象贤)　⑰321。

印象记(厨川白村)　⑰482。

印象画派述(拉扎尔)　⑰550。

句溪杂著(陈文)　⑰321。

句余土音补注(全祖望)　⑰321。

外书(刘安)　⑨419.27。

外套(果戈理)　⑥71.9,288.2；

⑧367.1；⑩515.3；⑪531.3；
⑫323.1；⑰321。

外国也有(鲁迅)　⑯406.15。

外省故事(萨尔蒂珂夫)
⑩518.5。

外国文学序说(片上伸)　⑰480。

外国人名地名表(王云五)
⑰321。

外国话和本国话(巴比塞)
⑤563.2。

务成子(务成昭)　⑨13.14。

鸟羽僧正(下店静市)　⑰512。

鸟居清长(野口米次郎)　⑰512。

鸟的故事(林兰)　⑰321。

鸟类原色大图说(黑田长礼)
⑰512。

包公案　见《龙图公案》。

饥饿(汉姆生)　①249.4；
⑦122.7；⑰505,545。

饥饿(绥蒙诺夫)　⑩468.1。

饥饿(钱杏邨)　⑩468.3。

饥馑(萨尔蒂珂夫)　⑩517.1；
⑯475.1。

饥饿之城(贝希尔)　⑬240.1。

饥饿的光芒(梭罗古勃)
⑦215.118。

乐经　⑨379.9。

乐浪(东京帝国大学文学部编)
⑰522。

乐府杂录(段安节)　⑩146.9。

乐府诗集(郭茂倩) ⑩66.9;⑰321。
乐浪王光墓(东京朝鲜古迹研究会编) ⑰522。
乐浪彩箧塚(东京朝鲜古迹研究会编) ⑰522。
乐府新编阳春白雪(杨朝英) ①250.13。
乐浪及高句丽古瓦图谱(诸冈荣治编) ⑰522。
尔雅 ②256.11;④631.4;⑥643.4;⑩297.8。
尔雅疏(邢昺) ⑰321。
尔雅翼(罗愿) ⑰321。
尔雅正义(邵景涵) ⑰321。
尔雅补郭(翟灏) ⑰321。
尔雅图赞(江灌) ⑨28.18。
尔雅音图(毋昭裔、姚之麟) ②256.11;⑰321。
主与仆(列·托尔斯泰) ⑰545。
立此存照(一)(鲁迅) ⑭137.1。
立此存照(二)(鲁迅) ⑭137.1。
立此存照(三)(鲁迅) ⑭152.1;⑯624.9。
立此存照(四)(鲁迅) ⑭152.1;⑯624.9。
立此存照(五)(鲁迅) ⑭158.2。
立此存照(七)(鲁迅) ⑯624.11。
立斋闲录(宋端仪) ⑥198.2。
立体主义(屈佩尔斯) ⑰548。
立世阿毘昙论 ⑰321。
立达学园美术院西画系第二届展览会——陶元庆的出品 见《陶元庆的出品》。
玄中记 ⑨43.10。
玄武湖怪人 ⑬108.2。
闪光(高长虹) ⑰322。
兰亭序(王羲之) ①351.2;④593.2。
兰言述略(袁世俊辑) ⑰322。
兰姆兰姆王(武井武雄) ⑰455。
半夏小集(鲁迅) ⑭170.1。
头发的故事(鲁迅) ⑮411.4。
《江北水灾记》(新剧) ⑮8.3。
汇刻书目(顾修等) ⑥198.4;⑰322。
汉书(班固) ④219.16;⑥108.22;⑨12.6;⑫147.6;⑰322。
汉画(有正书局) ⑰322。
汉世说(章抚功) ⑨72.29。
汉律考(程树德) ⑰322。
汉上易传(朱震) ⑰322。
汉书外传(谢沈) ⑩15.2。
汉刘熊碑 ⑰322。
汉宋奇书(施耐庵、罗贯中) ⑰322。
汉画象考(鲁迅拟编) ③416.8。
汉郊祀歌 ⑭155.4。

汉学文薮(狩野直喜)　⑰465。
汉隶字原(娄机)　⑰322。
汉碑征经(朱百度)　⑰322。
汉碑篆额(何澂)　⑰322。
汉魏丛书(何镗、程荣)
③254.35;⑰322。
汉文渊书目　⑰322。
汉书·艺文志(班固)　③208.27;
⑥339.20。
汉书·贾谊传　⑨441.30。
汉石经残字(有正书局)　⑰322。
汉杂事秘辛(伶玄)　⑩155.12。
汉奸的供状(芸生)　④466.3。
汉武帝内传　⑨42.7。
汉武帝故事　⑥336.4;⑨42.4,
42.5。
汉武洞冥记(郭宪)　⑨41.2;
⑩145.8。
汉姆生小说(莫洛译)　⑰544。
汉文学史纲要(鲁迅)　⑪659.4。
汉代圹砖集录(王振铎)
⑬519.2;⑰323。
汉字和拉丁化(鲁迅)
⑯471.16。
汉南阳画象集　见《南阳汉画象
集》。
汉斯·巴卢舍克(文德尔)
⑰544。
汉晋石刻墨影(罗振玉)　⑰323。
汉魏六朝专文(王树枏)　⑰323。
汉魏诸名家集(汪士贤)
⑩66.3;⑰301。
汉书艺文志举例(徐松)　⑰323。
汉书西域传补注(徐松)　⑰323。
汉代的中国陶器(劳弗尔)
⑰537。
汉武梁祠画象考(瞿中溶)
⑬583.4;⑰323。
汉魏六朝名家集(丁福保)
⑫147.5;⑰323。
汉丞相诸葛忠武侯传(张栻)
⑰323。
汉魏六朝百三名家集(张溥)
⑩53.4,66.4;⑰329。
写于深夜里(鲁迅)　⑥528.1;
⑭73.1;⑯604.4。
写礼庼遗著(王颂蔚)　⑰323。
写在《坟》后面(鲁迅)　⑪227.4,
231.2,247.2;⑮647.4。
写作与出版(上)(伍蠡甫)
⑭22.1。
写实主义文学论　见《马克思恩
格斯和文学上的现实主义》。
写给一个在另一世界的人(黎烈
文)　⑤6.5。
讨武曌檄(骆宾王)　④635.4。
让全世界知道罢(潘菲洛夫)
⑫442.3。
让娘儿们干一下吧!(林语堂)
⑧397.2。

礼(鲁迅)　⑫446.2；⑯400.10。

礼记　①428.6。

礼记正义(孔颖达)　⑰323。

礼记要义(魏了翁)　⑰323。

必备德日动词辞典(泽井要一)　⑰447。

记丁玲(沈从文)　⑬206.1；⑰323。

记谈话(鲁迅)　⑮636.3。

记白鹿洞谈虎(邵祖平)　①401.6。

记苏联版画展览会(鲁迅)　⑭26.1，32.1，65.3；⑯594.11。

永日小品(夏目漱石)　⑩245.12。

永日物语(夏目漱石)　⑪391.8。

永乐大典(解缙等)　⑨112.4；⑩19.4；⑰323。

永乐实录(杨士奇等)　⑥198.7。

永庆升平(哈辅源)　⑨290.15。

永嘉郡记(郑缉之)　⑰323。

永远的幻影(阿尔志跋绥夫)　⑰480。

永慕园丛书(罗振玉)　⑰324。

司马法(司马穰苴)　③593.21。

司马迁年谱(郑鹤声)　⑰324。

司马温公年谱(顾栋高)　⑰324。

司法例规续编　⑰324。

尼妙寂(李復言)　⑩117.20。

尼采自传(徐诗荃译)　⑬292.1；⑰324。

尼罗河之草(木村庄八)　⑰448。

尼泊尔水闸之夜　见《第聂伯水电站之夜》。

尼采的扎拉图斯特拉——解说及评论(阿部次郎)　⑰447。

民数记　⑩385.19。

民族之歌(裴多菲)　①119.171。

民族精神(影片)　⑯459.5。

民权的保障(胡适)　⑫377.10。

民众的艺术家(史沫特莱)　⑯609.4。

民间故事研究(赵景深)　⑰324。

民族文化之发展(木冈义雄)　⑰480。

民众主义和天才(金子筑水)　④86.3。

民族进化的心理定律(勒朋)　①331.8。

民族主义文艺运动宣言　④329.4。

弗朗茨和格雷特旅俄记(拉斯克)　⑰563。

弗洛伊德主义与辩证唯物论(来赫)　⑰450。

弘明集(僧祐)　⑫148.13；⑰325。

召旻　⑥183.28。

召南　⑨372.38。

皮带(张天翼)　⑭507.1。

皮子文薮(皮日休)　⑰325。
边雪鸿泥记　⑪448.1;⑰325。
发掘(圣旦)　⑬227.2,363.1;⑰325。
发须爪(江绍原)　⑰325。
发财秘诀(吴沃尧)　⑨303.10。
发菩提心论　⑰325。
圣经　⑰427,545。
圣约翰(罗丹)　⑧493.2。
圣迹图(王振鹏)　⑰325。
圣谕像解(梁延年)　⑥29.2;⑬159.5;⑰325。
《圣经》的故事(房龙)　⑪631.3。
圣贤高士传赞(嵇康)　⑥338.15;⑩86.35。
圣母像的跪拜者(萧剑青)　⑬455.2。
弁言(《学衡》编者)　①401.6。
对楚王问(宋玉)　⑨392.23。
对于战争的祈祷(鲁迅)　⑯364.16。
对机会主义的斗争(小林多喜二)　⑰468。
对于暴烈学生之感言(杨荫榆)　③78.10;⑧474.3。
对法西斯主义的斗争(尼姆)　⑰449。
对于《新潮》一部分的意见(鲁迅)　⑬371.3。
对于左翼作家联盟的意见(鲁迅)　⑬439.1。
对于何徐创作问题的感想(任白戈)　⑬107.14。
对契诃夫和托尔斯泰的回忆(高尔基等)　⑰445。
对于北京女子师范大学风潮宣言(鲁迅等)　③85.7;⑦303.5;⑪79.1。
台尼画集　见《政治画集》。
台州丛书(宋世荦)　⑰326。
母亲(高尔基)　⑦442.14;⑧409.3;⑫523.8;⑬281.3。
母亲(丁玲)　⑬31.4,206.2;⑰326。
母与子(凯绥·珂勒惠支)　⑥497.30;⑰552。
母与子(陈铁耕)　⑬136.1,163.2。
母与子(武者小路实笃)　⑰326。
母亲之歌(严森)　⑦221.168。
《母亲》木刻十四幅(亚历克舍夫)　⑧409.1;⑰326。
《母亲》木刻十四幅序(鲁迅)　⑬187.2;⑯465.14。
辽史(脱脱等)　⑰326。
幼智(李昉等)　⑫159.2。
幼学琼林(程允升)　⑤272.5;⑥54.7,381.6。
幼学堂文稿(沈钦韩)　⑰326。

六　画

邦国篇　见《理想国》。
邦彩蛮华大宝鉴(池长孟)　⑰484。
式训堂丛书(章寿康)　⑰326。
刑法史的一个断面(泷川幸辰)　⑰481。
戎马声中(裴文中)　⑥271.53。
戎幕闲谈(韦绚)　⑩115.5。
动物志　见《禽虫吟》。
动物学(周建人)　⑰327,564。
动物学　⑰327。
动物奇观(仲摩照久)　⑰511。
动物画册(克莱姆)　⑰561。
动物诗集　见《禽虫吟》。
动物的本能(王历农)　⑤81.4。
动物学实习法　⑰511。
动物寓言诗集　见《禽虫吟》。
耳食录(乐钧)　⑰327。
圬者王承福传(韩愈)　⑨81.4。
吉诃德　见《解放了的堂吉诃德》。
吉诃德先生　见《堂·吉诃德》。
吉金所见录(初尚龄)　⑰327。
考古编(程大昌)　⑩138.67。
考场三丑(鲁迅)　⑯476.12。
考古学论丛(日本东亚考古学会、东方考古学会编)　⑰327。
考古学研究(三宅米吉)　⑰481。
考证《红楼梦》的新材料(胡适)　⑬128.2。
老子　③141.14;⑤330.5;⑥433.2;⑦42.3;⑬94.1;⑰327,421。
老屋(梭罗古勃)　⑩358.18;⑫425.2。
老子翼(焦竑)　⑰327。
老耗子(左琴科)　⑫328.10。
老渔夫(李桦)　⑬540.6。
老子原始(武内义雄)　⑰481。
老残游记(刘鄂)　⑨304.18;⑰327。
老而不死论(鲁迅讲演)　⑩373.4。
老学庵笔记(陆游)　⑰327。
老子道德经解(德清)　⑰327。
老聃非大贤论(孙盛)　③550.60。
老调子已经唱完(鲁迅)　④10.14;⑬291.1;⑯11.7,15.2。
地之子(台静农)　④247.4;⑥72.14,274.84;⑫73.1。
地学浅释(赖尔)　⑥331.10。
地狱天使(影片)　⑯276.15。

共和国　见《理想国》。

共学社丛书(上海商务印书馆)
⑩314.8。

共和二年之战士(雨果)
⑤241.8。

共产主义大学生日记　见《苏联
学生日记》。

芋香印谱(李宝嘉)　⑨302.6。

亚当(罗丹)　⑧493.2。

亚洲风云(影片)　⑯374.4。

亚当的创造(米开朗琪罗)
④461.3。

亚克与人性(左祝黎)
⑩387.32;⑫283.6;⑯279.1。

亚历舍夫木刻集(亚历克舍夫)
⑰327。

芝兰与茉莉(顾一樵)　⑰327。

芝麻和百合(罗斯金)　②147.6。

朴学斋笔记(盛大士)　⑰327。

机械与艺术革命(福克斯)
⑰527。

机械与艺术的交流(板垣鹰穗)
⑰527。

机械论与辩证唯物论(史托累雅
罗夫)　⑰527。

权斋老人笔记(沈炳巽)　⑰328。

权衡度量实验考(吴大澂)
⑰328。

再论重译(鲁迅)　⑯465.1。

再谈保留(鲁迅)　⑫400.4;

⑯380.17。

再谈孔乙己(陈子展)　⑤272.2。

再论"文人相轻"(鲁迅)
⑯535.3。

再论戏剧改良(傅斯年)
①335.2。

再续寰宇访碑录(罗振玉)
⑰328。

西江上　⑰328。

西周志　⑨158.21。

西洋记　见《三宝太监西洋记》。

西都赋(班固)　⑨390.9。

西厢记(王实甫)　④544.4;
⑥303.7;⑨92.8;⑩131.5;
⑬426.2,426.3,430.3。

西葡记(木下杢太郎)　⑰438。

西游记(吴承恩)　②293.15;
④579.2;⑦149.3,434.8;
⑨173.1;⑩72.6;⑪429.1;
⑬8.1。

西游补(董说)　⑨185.13;
⑪440.6;⑰328。

西摩奴(古尔蒙)　⑰442。

西青散记(史震林)　⑰328。

西京杂记(葛洪)　⑥336.4;
⑨18.44,43.11,416.13;
⑩145.4。

西晋演义　⑨158.23。

西清札记　见《南薰图像考、国朝
院画录、西清札记》(合刻)。

西清笔记（沈初）　⑰328。

西湖二集（周楫）　①164.42；
　⑰328。

西湖佳话（古吴墨浪子）
　①164.39；⑨214.14。

西游正旨（张含章）　⑨175.14。

西游真诠（陈士斌）　⑨175.13。

西游原旨（刘一明）　⑨175.15。

西滢闲话（陈源）　③472.17；
　④218.12；⑫71.9。

西藏游记（青木文教）　⑰482。

西线无战事（雷马克）
　④364.10。

西线无战事（影片）　⑯275.4。

西洋史新讲（大类伸）　⑰482。

西班牙书简（梅里美）　⑬233.4，
　344.5。

西厢记十则（暖红室主人辑）
　⑰328。

西湖游览志（田汝成）　⑦244.4。

西游记考证（胡适）　⑰328。

西游记传奇　见《西游记杂剧》。

西游记杂剧（杨讷）　③511.5；
　④283.6；⑨93.17，166.9；
　⑰337。

西滢致志摩（陈源）　③192.6。

西方的作家们（爱伦堡）　⑰481。

西泠印社书目　⑰328。

西洋美术史要（板垣鹰穗）
　⑰482。

西夏国书略说（罗福苌）　⑰328。

西厢记诸宫调（董解元）
　⑨91.7；⑩105.12；⑰416。

西游记的演化（郑振铎）
　⑥360.4。

西尔万·索瓦热传（瓦洛泰）
　⑰532。

西洋教育思想史（蒋径三）
　⑰329。

西洋美术馆巡礼记（儿岛喜久雄）
　⑰481。

西班牙文学的主流（福特）
　⑪418.1。

西班牙剧坛的将星（厨川白村）
　⑩310.1；⑮534.3。

西夏译莲华经考释（罗福成）
　⑰329。

西域文明史概论（羽田亨）
　⑰482。

西域南蛮美术东渐史（关卫）
　⑰482。

西洋文学入门必读书目（吴宓）
　③463.4。

西班牙写实文学的代表者伊本纳
　兹（茅盾）　⑪421.1。

压迫（丁燮林）　③208.32。

在人间（高尔基）　⑬525.1；
　⑭75.1，75.2；⑯604.1，604.5。

在园杂志（刘廷玑）　⑧212.10。

在沙漠上（伦支）　⑩390.1；

⑫279.9。

在钟楼上（鲁迅）　④279.12。

在酒楼上（鲁迅）　⑮510.4，
510.5。

在希腊诸岛（劳斯）　⑪408.1。

在斯里约支（阿尔志跋绥夫）
⑩189.3。

在方向转换的途中（郁达夫）
③512.13；④26.15。

在欧美的中国古镜（梅原末治）
⑰496。

在现代中国的孔夫子（鲁迅）
⑬449.1；⑭360.2；⑯530.12。

在拉蒲拉塔的博物学家（赫德森）
⑦209.66。

在北京女师大观剧的经验（李四
光）　③127.3。

在巴西之 Balzar 氏（科诺普尼茨
卡）　⑪395.18。

在艺术欣赏中的激情和冲动（米
勒－弗雷恩费尔思）
⑩460.3。

有情人（影片）　⑯103.4。

"有不为斋"（鲁迅）　⑬461.2；
⑯530.11。

有夏志传（锺惺）　⑨157.20。

有趣的消息（鲁迅）　⑮607.8。

"有不为斋"丛书（林语堂）
⑬378.1。

有不为斋随笔（林语堂）

⑧436.3。

有不为斋随笔（光聪谐）　⑰329。

有轮子的世界（西胁顺三郎）
⑰526。

有限中的无限（厨川白村）
⑩264.1。

有万熹斋石刻跋（傅以礼）
⑰330。

"有名无实"的反驳（鲁迅）
⑫400.4；⑯380.19。

有岛武郎著作集　⑰482。

百家（刘向）　⑨13.16。

百专考（吕佺孙）　⑰329。

百丑图　⑥243.4。

百孝图　见《百孝图说》。

百家姓　①555.14；②275.19；
③11.6；⑤272.3；⑥152.4；
⑦70.5。

百梅集（陈叔通）　⑰329。

百喻经（僧伽斯那）　④438.6；
⑩49.1；⑪533.1；⑮127.6；
⑰329。

百三家集　见《汉魏六朝百三名
家集》。

百川书志（高儒）　⑨18.48；
⑩63.31。

百川学海（左圭）　⑩144.2。

百汉研碑（万廉山）　⑰329。

百孝图说（俞葆真等）　②348.8；
⑫136.2，136.4；⑰329。

百卌孝图　见《二百卌孝图》。
百美新咏(颜希源)　②348.10；⑰329。
百华诗笺谱(张𪊲庵)　⑰329。
百喻法句经　见《百喻经》。
而已集(鲁迅)　⑰330。
存复斋文集(朱德润)　⑰330。
灰色马(路卜洵)　⑰330。
达生篇(王琦)　⑧391.6。
达先卡(恰彼克)　⑰445。
达旖丝　见《泰绮丝》。
达夫代表作(郁达夫)　⑰330。
达夫自选集(郁达夫)　⑰330。
达尔文主义与马克思主义(瓦列斯卡伦)　⑰444。
列子　⑦270.5；⑨380.14。
列女传(刘向)　①161.25；⑬61.3；⑰330。
列仙传(刘向)　⑨316.3。
列那狐(克莱姆)　⑰557。
列异传(张华)　⑨14.26,15.29。
列仙酒牌(任熊)　⑰330。
列宁之墓(克拉甫兼珂)　⑭72.3。
列国演义　⑨124.12。
列朝诗集(钱谦益)　⑥202.35。
列宁与艺术(德雷定)　⑰456。
列宁与哲学(卢波尔)　⑰456。
列宁回忆录(蔡特金)　⑰540。
列宁的辩证法(德波林)　⑰456。
列宁主义与哲学(卢波尔)　⑰456。
列宁致高尔基书信　⑰456。
列宁的幼少年时代及其环境(阿列克谢也夫)　⑰456。
列宁格勒新景,1917—1932(孔纳舍维奇)　⑰568。
死(鲁迅)　⑯624.2。
死火(鲁迅)　⑮563.8。
死所(鲁迅)　⑬461.2；⑯529.1。
死胡同(魏烈萨耶夫)　⑰511。
死魂灵(果戈理)　⑥562.21；⑩453.1,454.2,455.1,516.4；⑬274.7,459.11,460.1,492.4,492.5,593.3,598.3；⑭43.1,49.2；⑯519.4,535.8,549.12,554.7,559.9,599.9；⑰330,482。
死人之祭(密茨凯维支)　①116.138。
死之胜利(邓南遮)　④478.22；⑩503.3。
《死魂灵》序(珂德略来夫斯基)　⑯559.5。
死掉的农奴　见《死魂灵》。
死魂灵百图(阿庚)　⑥462.1,562.20；⑧522.1；⑬464.4,578.1；⑭21.2,82.2,103.1,388.1；⑯569.6,593.4；⑰331,570。

《死魂灵》插图(梭可罗夫)
⑬419.1,434.1,464.2,464.3;
⑯530.4。

《死魂灵百图》广告(鲁迅)
⑯599.3。

《死魂灵》插图三种(阿庚等)
⑧523.2。

《死魂灵百图》小引(鲁迅)
⑯570.11。

死去了的阿Q时代(钱杏邨)
⑫245.2。

《死魂灵》第二部第一章译后附记
(鲁迅)　⑯599.3。

夷坚志(洪迈)　③354.7;⑰331。

夷坚甲志　见《夷坚志》。

扣丝杂感(鲁迅)　⑯38.6,38.7。

托尔斯泰(马伊斯基)
⑦213.99。

托曼诺夫(阿尔志跋绥夫)
⑩185.8。

托尔斯泰传(罗曼·罗兰)
⑫495.2;⑰331。

托尔斯泰传(萨洛利亚)
⑦210.78。

托尔斯泰研究(刘大杰)
⑦210.79。

托尔斯泰寓言(列·托尔斯泰)
⑰331。

托马斯·康派内拉(卢那察尔斯
基)　⑦376.24。

托尔斯泰回忆杂记(高尔基)
⑦211.82;⑫141.2,157.1;
⑬247.3。

托尔斯泰与马克思(卢那察尔斯
基)　⑦211.86;⑩333.6,
335.28;⑫158.4;⑰447。

托尔斯泰自己的事情(莱阿·托
尔斯泰)　⑦213.102。

托尔斯泰致中国人书(徐诗荃)
⑰331。

托尔斯泰记念会的意义(卢那察
尔斯基)　⑩334.16。

托尔斯泰与陀思妥耶夫斯基(梅
列日科夫斯基)　⑦110.16;
⑰447。

托尔斯泰之死与少年欧罗巴(卢
那察尔斯基)　⑩333.7,
335.28,338.1;⑫157.2。

扬州梦(焦东周生)　⑩72.8。

扬鞭集(刘半农)　⑰331。

扬子法言　见《法言》。

扬州十日记(王秀楚)　①240.9;
⑤543.5;⑥604.8。

臣寿周纪(臣寿)　⑨13.16。

尧典　⑨367.3。

至言(贾山)　⑨405.2。

至治新刊全相平话三国志
⑪193.2;⑰331。

过年(鲁迅)　⑬27.2;⑯436.6。

过客(鲁迅)　②199.4;⑪19.1。

过岭记(伐佐夫) ⑫186.1，
216.1；⑰331。

过去现在因果经 ⑰331。

贞操论(与谢野晶子) ①132.8。

贞观政要(吴兢) ⑩120.52；
⑰331。

此后之盲诗人(中根弘)
⑩485.4。

师旷 ⑨13.13。

师·友·书籍(小泉信三) ⑰505。

师曾遗墨 见《陈师曾先生遗
墨》。

尘影(黎锦明) ③572.3，572.4，
572.5；⑯44.9。

光荣(岂明) ③510.2。

"光明所到……"(鲁迅)
⑯369.11。

光明的追求(麦绥莱勒)
⑫457.1；⑬63.4。

当代艺术(施密特) ⑰548。

当代木刻 见《当代国内外木
刻》。

当代英雄(莱蒙托夫)
①115.128；⑰507。

当代肖像画家(鲍德里) ⑰537。

当代图书封面(戈列尔巴赫)
⑰570。

当代文人尺牍钞 见《现代作家
书简》。

当代欧洲作家传(德雷克)

⑰537。

当代国内外木刻(霍姆、萨拉蒙)
⑦217.133，340.2；⑭408.3；
⑰563。

当代欧洲文学运动(罗斯)
⑰538。

当陶元庆君的绘画展览时(鲁迅)
⑯54.1。

当前日本文学中的问题——致鲁
迅(林房雄) ⑭383.6。

虫蚀(靳以) ⑰332。

虫类画谱(森本东阁) ⑰482。

曲苑(陈乃乾) ⑪429.4。

曲录(王国维) ⑪430.10。

曲品(吕天成) ①163.33。

曲律(王骥德) ⑩159.4。

曲江池(石君宝) ⑨83.24。

曲成图谱(夏鸾翔) ⑰332。

曲的解放(鲁迅) ⑯369.8。

曲阜碑碣考(孔祥霖) ⑰332。

吕望表 ⑨27.11。

吕氏春秋(吕不韦) ⑨32.3，
356.1，396.1。

吕超墓志(鲁迅释文) ⑧83.7。

吕洞宾故事(林兰) ⑰332。

吕超墓志石 ⑧83.2。

《吕超墓志》跋(鲁迅) ⑮332.1。

吕氏春秋点勘(吴汝纶) ⑰332。

吕氏家塾读诗记(吕祖谦)
⑰332。

吕超墓志拓片专集(顾鼎梅)
⑰332。

同门录(章氏国学讲习会)
⑥571.23。

同意和解释(鲁迅)　⑯400.2。

同在黑暗的路上走(冯乃超)
④87.11。

吊伐录　⑰332。

吊魏武帝文(陆机)　①304.7;
③542.16。

吃教(鲁迅)　⑯401.13。

"吃白相饭"(鲁迅)　⑯386.15。

因果记(刘泳)　⑨15.30。

因话录(赵璘)　⑨16.38。

因明入正理论疏(窥基)　⑰332。

帆(莱蒙托夫)　⑦216.123。

肉蒲团(李渔)　⑨195.9。

肉攫部(段成式)　⑧134.6。

年青的苏维埃俄国(秋田雨雀)
⑰493。

朱舜水集(朱之瑜)　①240.11。

朱庆余诗集　⑰333。

朱鲔石室画像　⑬40.1。

先天集(许月卿)　⑰333。

先锋队(博宾斯卡)　⑰556。

先驱艺术丛书(日本)
⑩309.11。

竹庄画传　见《晚笑堂画传》。

竹谱详录(李衎)　⑰333。

竹林的故事(冯文炳)

⑥270.45;⑰333。

乔·格罗斯　⑰542。

乔治·格罗斯(沃尔夫拉蒂编)
⑰543。

乔治下士的回忆(萨多维亚努)
⑩520.5。

伟人论(爱默生)　⑤250.5。

伟大的印象　见《一个伟大的印
象》。

伟大的十年的文学(戈庚)
⑧347.2;⑩357.12,398.10;
⑫272.3;⑰443。

伟大的作品在哪里?(浑人)
⑧420.4。

传奇(裴铏)　⑨102.11;
⑩92.17。

传经堂书目　⑰333。

传说的时代(布劳芬奇)　⑰482。

伍员入吴故事　⑨122.1。

仲夏夜之梦(莎士比亚)
⑤307.2。

仲夏夜之梦(影片)　⑯569.7。

任子(任奕)　⑩32.1,32.2,
33.6。

任氏传(沈既济)　⑨81.5;
⑩100.31。

华严经　⑰333。

华盖集(鲁迅)　⑮618.2;⑰333。

华阳国志(常璩)　⑦331.4;
⑰333。

华连洛德(密茨凯维支)
①116.144。
华严决疑论(李通玄) ⑰333。
华盖集续编(鲁迅) ⑮643.6;
⑰333。
华严眷属三种 ⑰333。
华严一乘决疑论(彭际清)
⑰333。
华德保粹优劣论(鲁迅)
⑯386.15。
华德焚书异同论(鲁迅)
⑯390.1。
华盖集续编的续编(鲁迅)
⑰334。
伦勃朗素描集 ⑰558。
伦理学的根本问题(李普斯)
①198.12。
仰视千七百二十九鹤斋丛书(赵之谦) ⑰334。
仿近人体骂章川岛(江绍原)
⑦101.2。
伪自由书 ⑫465.2,531.1;
⑬388.2,586.1;⑭57.5;
⑰334。
自传(雅各武莱夫) ⑩386.26。
自传(理定) ⑩386.28。
自我经(施蒂纳) ⑰483。
自画像(珂勒惠支) ⑥496.23。
自选集 见《鲁迅自选集》。
自祭曲(赖少其) ⑰334。
自然史 ⑰334。
自由万岁(影片) ⑯482.10。
自命不凡(阮善先) ⑭28.2。
自己的园地(周作人) ⑰334。
自由与必然(塞姆可夫斯基编)
⑰483。
自然好学论(张邈) ③549.56;
⑩85.26。
自然科学史(冈邦雄) ⑰483。
自己发见的欢喜(厨川白村)
⑩263.1。
自然主义之理论及技巧(片山孤村) ⑮593.9。
伊尹 ⑨378.3。
伊尹说 ⑨12.9,32.2。
伊尼德(维吉尔) ⑦442.13。
伊孛生论(艾利斯) ⑦208.54。
伊利亚特(荷马) ⑥111.36;
⑨28.19。
伊伯拉亨(蔼夫达利阿谛斯)
⑪405.8,408.3。
伊索寓言 ⑤214.8;⑥114.51;
⑦210.71;⑫420.6;⑰531。
伊思迈尔培(莱蒙托夫)
①115.131。
伊式阑转轮篇(雪莱)
①112.103。
伊孛生的事迹(艾斯)
⑦208.54。
伊特勒共和国(拉甫列涅夫)

⑰334。
伊璧鸠鲁的花园(法朗士)　⑰438。
伊凡·美斯特罗维奇(诹访森之助)　⑰437。
伊孛生的工作态度(有岛武郎)　⑦208.54。
《伊索寓言》图画故事(川上澄生)　⑰483。
血痕(阿尔志跋绥夫)　⑰334。
血与天癸(江绍原)　⑫92.2。
血花缤纷(欧阳兰)　③105.18。
血泪之花(林仙亭)　⑰334。
向前去(翟永坤)　⑫121.2。
向日葵之书(江口涣)　⑰483。
后甲集(章大来)　⑰335。
后汉书(范晔)　⑨42.9;⑩8.12;⑰335。
后西厢(石庞)　⑨92.12。
后西游记　⑨175.16。
后红楼梦(逍遥子)　⑨249.17。
后林新书(虞喜)　⑩27.2。
后水浒传序　见《水浒续集两种序》。
后汉书补逸(姚之骃)　⑩8.9。
后汉书补逸(孙志祖)　⑮107.3。
后知不足斋丛书(鲍廷爵)　⑰335。
全唐文(董诰等)　⑩106.19。
全唐诗(彭定求等)　⑩114.1;⑫130.2;⑰335。
全三国文(严可均校辑)　⑰335。
全体新论(合信)　①442.7;④145.11;⑫208.2。
全唐诗话(尤袤)　⑰335。
全唐诗逸(河世宁)　⑦332.15;⑫130.2。
全国总书目　见《全国出版物目录汇编》。
全唐诗话续编(孙涛)　⑰335。
全汉三国晋南北朝诗(丁福保)　③541.9;⑧498.3;⑰335。
全国中学所在地名表　⑰335。
全国出版物目录汇编　⑬552.1;⑰335。
全上古三代秦汉六朝文　见《全上古三代秦汉三国六朝文》。
全上古三代秦汉三国六朝文(严可均)　③540.8;⑧498.2;⑩53.4;⑫147.4。
全国木刻联合展览会专辑(唐诃等)　⑬350.3;⑰335。
全国儿童艺术展览会纪要(教育部社会教育司编)　⑰335。
《全国木刻联合展览会专辑》序(鲁迅)　⑬350.3,389.2;⑭151.1;⑯539.2,624.7。
全像五显灵官大帝华光天王传(余象斗)　⑰335。
会友(巴罗哈)　⑩429.1。

会真记(元稹) ④462.10。

会稽记(孔晔) ⑧68.14；
⑩46.1；⑮123.6；⑰336。

会稽记(贺循) ⑩45.1；
⑮127.3。

会稽旧记(贺循) ⑰336。

会稽地志(夏侯曾先) ⑩48.1，
48.2。

会稽典录(虞预) ⑩39.1，40.3；
⑮126.1；⑰336。

会稽续志(张淏) ⑩24.7。

会稽土地记(朱育) ⑩44.1。

会稽先贤传(谢承) ⑩38.1；
⑮127.4；⑰336。

《会真诗》三十韵(元稹)
⑨91.4。

会稽太守像赞(贺氏) ⑩43.3。

会稽后贤传记(钟离岫)
⑩41.1。

《会稽典录》存疑(鲁迅)
⑩40.4。

会稽掇英总集(孔延之) ⑰336。

会稽王氏银管录(王继香)
⑰336。

会稽先贤像传赞(贺氏)
⑩43.1，43.2，43.3。

会稽郡故书褛集(鲁迅辑)
⑩36.1；⑮142.2；⑰336。

《会稽郡故书杂集》封面签(陈师
曾等) ⑮170.1。

合作同盟(韦丛芜) ⑫414.3。

杀子报 ⑤391.5。

《杀错了人》异议(鲁迅)
⑯374.6。

企鹅岛(法朗士) ⑭17.1；
⑰336。

众家文章记录 ⑰337。

爷爷为什么不吃高粱米粥(端木
蕻良) ⑭148.2，412.2。

创世记(摩西) ①20.18；
⑪631.4。

创造者(韦斯特海姆) ⑰559。

创作版画 见《版画》。

创作经验 见《我们怎样写作》。

创作版画集(武藤完一编)
⑰516。

创作的经验(鲁迅等) ⑰337。

创造的批评论(斯平加恩)
⑰516。

杂识(鲁迅译) ⑩173.1。

杂诗(嵇康) ⑩54.9。

杂草(巴罗哈) ⑬112.7。

杂纂续(王君玉) ⑨103.17。

杂文初集 见《且介亭杂文》。

"杂志办人"(茅盾) ⑫412.1；
⑯385.10。

杂事秘辛(杨慎) ④523.2；
⑨44.18。

杂纂二续(苏轼) ⑨103.18。

杂纂三续(黄允交) ⑨103.19。

285

杂纂四种（章川岛）　⑰337。

杂譬喻经　⑰337。

杂谈小品文（鲁迅）　⑬592.2；
⑯569.1。

杂剧西游记　见西游记杂剧。

杂文和杂文家（林希隽）　⑥5.5；
⑧420.10。

负薪对（晁说之）　⑥200.19。

犯人（谢芙琳娜）　⑭131.1。

名原（孙诒让）　⑪359.11；
⑰338。

名义考（周祈）　⑰338。

名数画谱（大原民声）　⑰483。

名人生日表（孙雄）　⑰338。

名人和名言（鲁迅）　⑯544.1。

各种捐班（鲁迅）　⑯395.12。

各大书店缴毁大批反动书籍
⑬37.6。

多产集（周文）　⑰338。

"多难之月"（鲁迅）　⑫393.1；
⑯379.3。

多岛海神话（乔治葛来）
①344.4。

多桑蒙古史（多桑）　⑰447。

多数少数与评论家（长谷川天溪）
⑫474.1。

匈牙利文学史（籁息）　⑩458.4。

争自由的波浪（高尔基等）
⑦319.1；⑪218.4,594.4；
⑮643.1；⑰338。

庄子（庄周）　⑤344.9；⑥48.14,
307.4；⑦139.2；⑨11.3,
380.15；⑩5.7；⑫481.5；
⑬94.1。

庄子集解（王先谦）　⑰338。

庄氏史案　⑰338。

庄子内篇注（德清）　⑰338。

庆祝沪宁克复的那一边（鲁迅）
④38.9。

庆祝蔡元培先生六十五岁论文集
（中央研究院历史语言研究所）
⑬116.2；⑰338。

齐谐记（东阳无疑）　⑨15.29,
54.19。

齐民要术（贾思勰）　⑩30.4。

齐物论释（章炳麟）　⑰338。

齐鲁封泥集存（罗振玉）　⑰338。

齐姜醉遣晋公子赋（何栻）
③122.8。

刘公案　⑨290.18。

刘氏遗书（刘台拱）　⑰338。

刘栩凤传　见《栖梧花史小传》。

衣取蔽寒食取充腹论　⑤570.4。

产生了烦恼（有岛武郎）　⑰479。

忏悔录（卢梭）　④167.7。

灯花婆婆　⑨156.7。

羊（萧军）　⑬522.1,529.2,
541.3,549.2；⑯604.12；
⑰338。

并非闲话（鲁迅）　⑪82.2；

⑮585.6。

并世英雄记　见《当代英雄》。

并非讽刺家的萧伯纳（荒木贞夫）

　⑭241.2。

关于儿童（许寿裳）　⑭68.2。

关于左拉（瞿秋白）　⑭99.3。

关于卢骚（梁实秋）　④93.3。

关于《红笑》（程侃声）　⑦130.3。

关于《毁灭》（藏原惟人）

　⑩370.11。

关于翻译（鲁迅）　⑯395.2，

　400.6，400.8。

关于小孩子（高尔基）　⑭78.2。

关于文学史（梅林）　⑩473.2。

关于何家槐（杨邨人）

　⑬107.13。

关中金石记（毕沅）　⑧89.8；

　⑰338。

关于三个作家（冈泽秀虎）

　⑩358.16，510.2。

关于《关于红笑》（鲁迅）

　⑬295.2。

关于《却派也夫》（吴明等译）

　⑭145.3。

关于国防文学（周扬）　⑥560.6。

关于知识阶级（鲁迅）　⑯49.2。

关于新反对派（布哈林）　⑰521。

关于动物的故事（列夫·托尔斯

　泰）　⑰570。

关于《苦闷的象征》（鲁迅）

⑮550.4。

关于翻译的通信（鲁迅）

　⑫304.1。

关于三藏取经记等（鲁迅）

　⑮652.9。

关于小说目录两件（鲁迅）

　⑯35.2。

关于明的小说"三言"（盐谷温）

　⑨3.1。

关于鲁迅及其著作（台静农）

　④189.3；⑪530.2

关于小说题材的通信（鲁迅）

　⑯283.4。

关于中国的两三件事（鲁迅）

　⑬40.3，46.3，46.4，295.4；

　⑯432.12。

关于"亚细亚生产方式"（苏联马

　克思主义东洋学者协会编）

　⑰436。

关中李二曲先生全集（李颙）

　⑰339。

关于亚克和人道的故事（云生译）

　⑩387.32。

关于托尔斯泰的一封信（高尔基）

　⑬247.3。

关于杨君袭来事件的辩正（鲁迅）

　⑮537.1。

关于《近代美术史潮论》插画（鲁

　迅）　⑯79.2。

关于《唐三藏取经诗话》的版本

（鲁迅）　⑯241.2。

关于绥蒙诺夫及其代表作《饥饿》

（黑田辰男）　⑩468.1。

关于"文新"与胡秋原的文艺辨论

（苏汶）　④455.5。

关于"现实的认识"与"艺术的表

现"（韩侍桁）　⑫530.2。

关于中国文学珍本丛书——我的

告白（施蛰存）　⑥586.3。

关于马克思主义文艺批评之任务

的提要（卢那察尔斯基）

⑩336.29。

米勒（苏联国家出版总局——国

家美术出版社）　⑰567。

米老鼠（影片）　⑯416.13。

米老鼠大全（影片）　⑯530.9。

米老鼠大会（影片）　⑯460.9。

米佳的爱情（蒲宁）　⑰551。

米勒大画集（小寺健吉编）

⑰454。

冲（鲁迅）　⑯406.14。

冲击队　见《突击队》。

冲虚至德真经（列御寇）　⑰339。

次柳氏旧闻（李德裕）

⑨144.14。

汗简（郭忠恕）　⑰339。

汗简笺正（郑珍）　⑰339。

江上（萧军）　⑰339。

江赋（郭璞）　⑥453.20。

江表传（虞溥）　⑩25.3。

江宁金石记（严观）　⑰339。

江南官书局书目　⑰339。

江苏江宁乡土教科书（刘师培）

⑰339。

江西教育厅长在茶话会第二次演

词（许寿裳）　⑪361.3。

汲古随想（田中敬）　⑰490。

池边（爱罗先珂）　⑩221.1；

⑪423.4；⑮444.5。

池上草堂笔记（梁恭辰）　⑰339。

宇宙之歌（陈子鹄）　⑰339。

守常全集（李大钊）　④540.1；

⑫394.2，402.1。

《守常全集》题记（鲁迅）

⑫394.2；⑯381.23。

宅无吉凶摄生论（阮德如）

⑩85.27。

安龙逸史（屈大均）　⑥181.18；

⑬385.3；⑰339。

安徽丛书（安徽丛书编审会）

⑥198.8；⑰339。

安贫乐道法（鲁迅）　⑯470.11。

安徒生童话　③434.4；

⑦396.13。

安禄山事迹（姚汝能）　⑨95.34；

⑩150.10。

安德斯·措恩（弗里德里希）

⑰531。

安阳发掘报告　⑰340。

安娜·卡列尼娜（列夫·托尔斯泰）

⑥501.10;⑦93.6;⑬247.4。
《安娜·卡列尼娜》剧本(安娜·斯坦纳德编) ⑦214.113。
《安娜·卡列尼娜》插图(谢格洛夫等) ⑭89.1。
安德烈·纪德全集(山内义雄等译) ⑬232.2;⑰437。
安璧摩夫漫画集(叶菲莫夫) ⑰340。
安娜·季莫菲耶夫娜(费定) ⑩386.23。
安娜,一个妻子和母亲 ⑰531。
冰块(韦丛芜) ⑪288.4。
冰天雪地(苏联影片) ⑭162.3;⑯627.2。
冰岛渔夫(洛蒂) ⑰340。
字说(吴大澂) ⑰340。
字母"G"(伊凡诺夫) ⑰536。
字义类例(陈独秀) ⑰340。
字学举隅(龙启瑞) ⑥294.12。
讳字谱 见《历代讳字谱》。
军中(萧军) ⑬518.4,532.1。
军歌(张之洞) ①105.20;⑧95.4。
许迈传 ⑨113.16。
许白云先生文集(许谦) ⑰340。
论语(孔丘) ③140.5;⑤329.4;⑦233.5。
论衡(王充) ⑥644.12。
论文集(叔本华) ⑰525。
论杂交(高长虹) ⑪645.3。
论讽刺(鲁迅) ⑬412.3;⑯524.9。
论损失(英古罗夫) ⑩398.7。
论翻译(胡适) ④224.38。
论"他妈的!"(鲁迅) ⑮575.3。
"论语一年"(鲁迅) ⑭91.3;⑯395.13。
论"新八股"(祝秀侠) ⑤113.5。
论新文字(鲁迅) ⑭4.2;⑯589.2。
论衡举正(孙人和) ⑰340。
论毛笔之类(鲁迅) ⑯549.10。
论"文人相轻"(曹聚仁) ⑥310.8。
论心理描写(库希诺夫) ⑬214.1,231.1。
论睁了眼看(鲁迅) ⑮575.4。
论翻印木刻(鲁迅) ⑫503.1;⑯410.5,410.8。
论"赴难"和"逃难"(鲁迅) ⑫402.3;⑯359.20。
论重译及其它(穆木天) ⑤535.2,536.5。
论语注疏解经(何晏、邢昺) ⑰340。
论档案的出售(蒋彝潜) ③592.6。
论"旧形式的采用"(鲁迅) ⑯453.1。

论俗人应避雅人(鲁迅)
⑯519.7。

论莫洛亚及其他(爱伦堡)
⑬314.1。

论超现实主义派(爱伦堡)
⑬315.3。

论"费厄泼赖"应该缓行(鲁迅)
⑧199.8。

《论雷峰塔的倒掉》附记(鲁迅)
①181.4。

论现在我们的文学运动(鲁迅)
⑥561.15;⑭170.1。

论文集《二十年间》第三版序(普
列汉诺夫)　⑩348.2;
⑯142.7。

论元人所写士子商人妓女间的三
角恋爱剧(郑振铎)　⑬341.3;
⑭355.2。

农夫(A·雅各武莱夫)
⑧500.4;⑩510.1;⑯100.4。

农书(王祯)　⑭167.1;⑰340。

农民(莱蒙特)　⑬459.5。

农作(巴托希)　⑬515.8。

农民文学　见《农民文艺十六
讲》。

农民战争(珂勒惠支)　⑰534。

农民文艺十六讲(大田卯)
⑬232.1;⑰519。

访笺杂记(郑振铎)　⑫463.3;
⑯432.9。

访日本新村记(周作人)
⑪379.1;⑮378.2。

访革命后的托尔斯泰故乡记(藏
原惟人)　⑦214.103。

寻开心(鲁迅)　⑯524.4。

寻子伏虎记(影片)　⑯564.10。

那是她(契诃夫)　⑯488.9。

艮岳记(陶珽编)　⑩24.5。

异苑(刘敬叔)　⑨54.17。

异林(陆氏)　⑨54.11。

异香集(孙用编译)　⑫150.1,
222.2,241.1。

异闻记(陈寔)　⑨43.15。

异闻记　见《异闻集》。

异闻集(陈翰)　⑩97.3,104.3。

异梦录(沈亚之)　⑨81.5;
⑩134.27,134.33。

异域文谭(鲁迅)　⑮123.2。

异常性欲之分析(弗洛伊德)
⑰510。

阮籍集(阮籍)　⑥454.31。

阮步兵集(阮籍)　⑰340。

阮嗣宗集(阮籍)　⑰340。

阮盦笔记(况周颐)　⑰341。

阵中故事　见《战争故事》。

阵中竖琴(佐藤春夫)
⑭313.2;⑰507。

阳光照耀的地方(英培尔)
⑩387.37。

阶级与鲁迅(曹轶欧)　⑪192.1,

278.1,668.3。
阶级斗争论小史(普列汉诺夫)
⑰517。
阶级社会的艺术(普列汉诺夫)
⑩348.6;⑰517。
阶级社会之诸问题(霍夫曼)
⑰517。
阴谋　见《太公阴谋书》。
阴谋(契诃夫)　⑯525.12。
阴郁的生活　见《忧郁的生活》。
阴谋家与革命者(卡尼奥夫斯基)
⑰562。
阴符、道德、冲虚、南华四经发隐
⑰341。
如此广州(味荔)　⑤461.2。
如此讨赤(鲁迅)　⑮618.1。
《如此广州》读后感(鲁迅)
⑯436.2。
如果一粒麦子不死的话(纪德)
⑰457。
妇人论(叔本华)　③173.9,
275.3。
妇人论(倍倍尔)　⑰341。
妇女必携(霁云楼编)　⑰341。
妇女问题十讲(本间久雄)
⑰341。
她的故乡(赫德森)　⑦209.64。
她的觉醒(温涛)　⑰341。
好逑传(名教中人)　⑨202.3,
203.6;⑰409。
好兵帅克(哈谢克)　⑰504,530。
好的故事(鲁迅)　②192.6;
⑮550.10。
戏园归后(契诃夫)　⑪427.2。
戏曲的本质(岛村民藏)　⑰526。
戏为韦偃双松图歌(杜甫)
⑦352.8。
观斗(鲁迅)　⑯358.14。
观光纪游(冈千仞)　④145.7;
⑫229.1;⑰341。
观堂遗书　见《海宁王忠慤公遗
书》。
观自得斋丛书(徐士恺)　⑰342。
观佛三昧海经(佛陀跋陀译)
⑨55.24。
观照享乐的生活(厨川白村)
⑩274.13,277.1,277.3。
观古堂书目丛刊(叶德辉)
⑰342。
观无量寿佛经图赞　⑰341。
观沧阁藏魏齐造像记(王潜刚)
⑰342。
观古堂汇刻书并所著书(叶德辉)
⑰342。
观北京大学学生演剧和燕京女校
学生演剧的记(爱罗先珂)
⑧149.1;⑮459.1。
买《小学大全》记(鲁迅)
⑬156.2,176.5;⑯465.4。
买得云林画竹上有油涴诗以瀞之

（吴承恩）　⑪430.13。
红花（迦尔洵）　⑩472.4。
红线（袁郊）　⑩91.15。
红拂记（张凤翼）　⑨94.30，328.3；⑩138.69。
红拂记（张太和）　⑨94.30；⑩138.69。
红的花（爱罗先珂）　⑮468.5。
红的笑（安德烈夫）　⑦129.1。
红线女（梁辰鱼）　⑨328.3。
红鼓手（柏林青年国际出版社）⑰558。
红楼梦（曹雪芹）　①198.16；③254.33；④27.17；⑤123.2；⑥22.2；⑦122.2；⑧180.2；⑬128.1；⑰342。
红色少年（至尔·妙伦）　⑰484。
红的矢帆（江口涣）　⑩246.26。
红萝卜须（列那尔）　⑫424.3；⑬182.1；⑰342，448。
红色漫画　⑰557。
红楼幻梦（花月痴人）⑨249.17。
红楼再梦　⑨249.17。
红楼后梦　⑨249.17。
红楼补梦　⑨249.17。
红楼重梦　⑨249.17。
红楼复梦（红香阁小和山樵南阳氏）　⑨249.17。
红楼圆梦（梦梦先生）⑨249.17。
红楼梦补（归锄子）　⑨249.17。
红楼梦影（云槎外史）⑨249.17。
红楼梦辨（俞平伯）　⑨249.16；⑩71.4。
《红楼梦》年表（俞平伯）⑭468.2。
红色的爱情（柯仑泰）　⑰484。
红楼梦考证（胡适）　⑨248.8。
红楼梦图咏（改琦）　⑤561.5；⑰342。
红楼梦索隐（王梦阮、沈瓶庵）⑨248.10；⑪441.8。
红色的英雄们　见《革命的英雄》。
红雪山房画品（潘曾莹）　⑰342。
红楼梦本事辨证（寿鹏飞）⑰342。
纪元编　见《历代纪元编》。
纪德以后（中村喜久夫）　⑰441。
纪德研究（莱昂·皮埃尔·坎）⑰442。
纪德木刻像（瓦乐敦）　⑩499.2。
纪念先师章太炎先生（许寿裳）⑭154.1。
纫斋画賸（陈元叔）　⑰342。
孙中山与列宁（甘乃光）⑤28.9。
巡按使　见《钦差大臣》。

巡洋舰札里耶号(拉甫列涅夫) ⑰483。

七　画

麦绥莱勒连环图画集　⑰541。

玛加尔之梦(柯罗连科)
　⑬369.4。

玛克辛·戈理基论(戈庚)
　⑦220.160。

玛丽·罗兰珊诗画集　⑰452。

进行曲(蔡斐君)　⑭129.1。

进化学说(德拉日、高得斯密斯)
　⑰512。

进化和退化(周建人)　④256.1;
　⑰342。

远方(盖达尔)　⑧441.1;⑭2.3,
　19.1,19.2,38.1,40.1;
　⑯589.8;⑰566。

《远方》插画(叶尔穆拉耶夫)
　⑯594.14。

远离和久隔(赫德森)
　⑦209.66。

运命(鲁迅)　⑯437.11,482.13。

运用口语的填词(铃木虎雄)
　⑫8.1;⑯5.6。

坏孩子(契诃夫)　⑧465.1;
　⑬357.3;⑯514.7。

坏孩子和别的奇闻(契诃夫)
　⑥480.13;⑩445.1;
　⑭391.1,401.1;⑰343。

走路太郎(武井武雄)　⑰437。

走到出版界(高长虹)　③402.8;
　⑧177.1。

走向十字街头(厨川白村)
　⑩273.7,274.12;⑰458。

《走到出版界》的“战略”(鲁迅)
　③415.2;⑮652.7。

攻徐专著(区区)　⑬156.3。

赤壁鏖兵　⑨142.2。

赤区归来记(杨邨人)　⑥153.9。

赤色陆战队　见《革命的英雄》。

赤俄见闻录(昇曙梦)　⑰484。

赤色的英雄们　见《革命的英
　雄》。

孝经　①149.23;④588.18;
　⑤329.4。

孝子传(师觉授)　②267.27。

孝子传(刘向)　②268.32。

孝友镜(恩海贡斯翁士)
　⑧463.4。

孝行录(吕晋昭)　⑰343。

孝子董永传　⑨122.1。

孝堂山画像　⑬30.11。

坟(鲁迅)　⑮647.1,648.7;
　⑯90.3;⑰343。

坟·题记(鲁迅)　⑪231.2。

《坟》内封图案画(鲁迅)
　⑪604.2。

志林(虞喜)　⑧88.5;⑩25.1;⑮130.2;⑰343。
志怪(祖台之)　⑨15.29,54.14。
志怪(孔约)　⑨15.29,54.15。
志怪(曹毘)　⑨54.15。
志怪记(殖氏)　⑨54.15。
志摩的诗(徐志摩)　①268.11。
声无哀乐论(嵇康)　⑩84.24。
劫余灰(吴沃尧)　⑨303.10。
邯郸记(汤显祖)　⑨82.16;⑩99.25。
花匠(俞平伯)　⑥266.11;⑬355.4。
花坛(密德罗辛)　⑭79.3。
花园(费定)　⑫425.4。
花镜(陈淏子)　②256.8。
花九锡(罗虬)　⑧134.7。
花月痕(魏秀仁)　①433.4;⑨276.9。
花间棒(俞达)　⑨276.11。
花间集(赵崇祚)　④339.2;⑰343。
花甲闲谈(张维屏)　⑰343。
花边文学(鲁迅)　⑥562.20;⑬360.6,479.1;⑭106.1;⑰343。
《花边文学》木刻封面画(曹白)　⑭122.1。
花草图样(古谷红麟)　⑰499。
花庵词选(黄升)　⑰343。
花卉与静物画(霍姆)　⑰542。
芥子园画传(王槩等)　⑧422.1;⑫476.1;⑰343。
芥子园画谱　见《芥子园画传》。
芥川龙之介像(方善境)　⑫231.6,231.8。
芥川龙之介全集　⑰487。
苍茫天际(中村恭二郎)　⑰492。
严陵集(董棻)　⑰343。
严州图经(陈公亮)　⑰344。
严译名著丛刊(严复)　④396.6。
严寒,通红的鼻子(涅克拉索夫)　⑬401.1。
劳农露西亚小说集　见《工农俄罗斯小说集》。
劳农露西亚短篇集(藏原惟人编)　⑩416.9。
《劳农露西亚小说集》“解说”(米川正夫)　⑩384.5。
克服　见《叛乱》。
克殷　⑨27.9。
克里米亚(卡普伦)　⑰567。
克诃第传(塞万提斯)　⑰344。
克林德碑(陈独秀)　⑧104.3。
克垒勒度克(斯洛伐茨基)　①117.156。
克莱喀先生(夏目漱石)　⑪391.8。
克利米亚诗集(密茨凯维支)　①116.142。

克来阿派忒拉　见《倾国倾城》。

克尔凯郭尔选集　⑰439。

克里姆·萨姆金的一生(高尔基)
　⑥606.2;⑬492.8;⑰318。

克里慕·萨慕京的生活　见《克
　里姆·萨姆金的一生》。

苏联(他和律)　⑰530。

苏俄艺术(弗里曼等)　⑰443。

苏俄诗选(黑田辰男、村田春海
　译)　⑰444。

苏联文学　⑰549。

苏斋题跋(翁方纲)　⑰344。

苏俄之表里　见《布尔什维克的
　精神与面貌》。

苏俄印象记　见《莫斯科印象
　记》。

苏俄的牢狱(中岛信编译)
　⑰443。

苏曼殊全集(柳亚子编)
　⑭323.4。

苏联版画集(赵家璧编)
　⑥616.1;⑭72.1,102.1,
　112.2,113.2,116.4,395.3;
　⑯604.3,609.5;⑰344。

苏联的版画(赵家璧译)
　⑭65.4。

苏联闻见录(林克多)　④437.1;
　⑫297.2;⑯307.1;⑰344。

苏联童话集(楼适夷译)　⑰344。

苏联演剧史　⑫505.3;⑬12.6;

⑰344。

苏鲁支序言(尼采)　⑮409.3。

苏俄文艺丛书(日本俄罗斯文学
　研究会)　⑰444。

苏俄文学展望(戈庚)　⑩415.3;
　⑰443。

苏俄文学理论(冈泽秀虎)
　⑰444。

苏俄美术大观　⑫114.1;⑰444。

苏联文学通信(雷丹林)
　⑧369.5。

苏联学生日记(奥格尼奥夫)
　⑰443,481。

苏鲁支如是说　见《扎拉图斯特
　拉如是说》。

苏俄的文艺论战(任国桢编译)
　③365.9,463.8;⑦203.19,
　278.1;⑩343.5;⑪515.3;
　⑰344。

苏俄的文艺政策　见《文艺政
　策》。

苏联文学的十年　见《伟大的十
　年的文学》。

苏联作家七人集(曹靖华译)
　⑥574.1,575.9;⑬31.6;
　⑭126.2,172.1;⑯624.4。

苏曼殊年谱及其他(柳亚子、柳无
　忌)　⑰344。

苏曼殊是何许人也(佐藤春夫)
　⑭327.1。

苏维埃国家与艺术（卢那察尔斯
　基）　⑦222.173；⑩335.28。

苏联文学百科全书　见《文学百
　科全书》。

苏联作家二十人集（鲁迅编译）
　⑫328.8,351.4,366.2；
　⑭112.3,126.4；⑰344。

苏俄速写五十六帧（格罗泼）
　⑰565。

苏俄漫画及宣传画集　⑰444。

苏联大学生的性生活（格利森）
　⑰444。

苏联作家创作经验集　见《我们
　怎样写作》。

苏联版画展览会目录　见《"苏联
　版画展览会"版画目录》。

"苏联版画展览会"版画目录
　⑭21.3；⑰345。

苏联第一个五年计划图表
　⑬292.2；⑯416.11。

苏联文学理论及文学批评的现状
　（上田进）　⑯324.6。

苏维埃联邦从 Maxim Gorky 期待
　着什么？（布哈林）
　⑦206.43。

杜子春（李復言）　⑩92.16。

杜阳杂编（苏鹗）　⑨102.6；
　⑩145.8。

杜樊川集（杜牧）　⑰345。

杜米埃画帖　⑰538。

杜米埃画集　⑰545。

杜米埃与政治（罗特）　⑰538。

杜威五大讲演　⑪400.3。

村妇（伐佐夫）　⑩522.1,522.5；
　⑬474.2,535.1；⑯554.1。

《村妇》译后附记（鲁迅）
　⑬535.1,536.1；⑯554.2。

杨娼传（房千里）　⑨91.2,
　94.27；⑩137.54。

杨升庵集（杨慎）　⑧152.5。

杨柳枝词（白居易）　⑥111.38；
　⑦462.3。

杨太真外传（乐史）　⑧135.15；
　⑨16.37,113.15,144.14；
　⑩135.41,149.3。

杨家将全传　⑨159.37。

杨守进自订年谱（杨守敬）
　⑰345。

李汤　见《古岳渎经》。

李公案（惜红居士）　⑨290.18。

李娃传（白行简）　⑨81.5；
　⑩117.25。

李莲英（李宝嘉）　⑨302.2。

李太白集（李白）　⑰345。

李长吉集（李贺）　⑰345。

李氏刊误（李涪）　⑨16.33；
　⑰345。

李白外传（乐史）　⑨113.16。

李章武传（李景亮）　⑩105.16。

李商隐诗　⑰345。

李翰林集(李白)　⑰345。
李卫公外集(李德裕)
　⑩132.14。
李卫公别传(李谅)　⑨94.31。
李公佐仆诗　⑩114.1。
李长吉歌诗(李贺)　⑰345。
李师师外传　⑩157.24。
李林甫外传　⑨94.32。
李尚书诗集(李益)　⑩106.26。
李贺歌诗编　⑩134.26。
李桦版画集　⑬540.1;⑰345。
李陵答苏武书　⑨430.28。
李卫公会昌一品集(李德裕)
　⑰345。
李龙眠九歌人物册(李公麟)
　⑰345。
李亚仙花酒曲江池(石君宝)
　⑩118.26。
李义山诗文集笺注(冯浩)
　⑰346。
两地书(鲁迅、许广平)
　⑫334.4,355.3,373.1,383.1;
　⑯370.16,374.2,380.12;
　⑰346。
两条腿(爱华尔特)　⑮554.1;
　⑰346。
两山墨谈(陈霆)　⑰346。
两个朋友(谢芙琳娜)　⑭131.1。
两条裙子(许钦文)　⑰346。
两汉书辨疑(钱大昭)　⑰346。
两汉金石记(翁方纲)　⑰346。
两汉演义传　⑨158.22。
两浙金石志(阮元)　⑰346。
两个小小的死(爱罗先珂)
　⑩226.1,226.2;⑮452.5。
两种"黄帝子孙"(鲁迅)
　⑯539.4。
两亲家游菲洲(影片)　⑯275.2。
两个伊凡的故事(果戈理)
　⑬383.2,403.5。
两浙古刊本考(王国维)
　④284.10。
两周金文辞大系(郭沫若)
　⑰346。
两周金文辞大系考释(郭沫若)
　⑰346。
两周金文辞大系图录(郭沫若)
　⑰346。
"两个桃子杀了三个读书人"(鲁迅)　③318.6。
《两地书》,鲁迅和景宋的通讯(诰)　⑬26.2。
酉阳杂俎(段成式)　①159.3;
　③357.30;⑧134.6;⑨16.36,
　43.12;⑩135.40。
丽情集(张君房)　⑨83.23;
　⑩119.37。
丽楼丛书(叶德辉)　⑰346。
还魂记　见《牡丹亭》。
还我魂灵记(吴沃尧)

⑨303.14。

来青阁书目　⑰347。

来鹭草堂随笔(吴滔)　⑰347。

批评家的批评家(鲁迅)
　⑬13.2;⑯432.11。

批评界的"全捧"与"全骂"(琴心)
　⑪57.10。

轩渠录(吕居仁)　⑨70.14。

"抄靶子"(鲁迅)　⑯385.7。

连珠(扬雄)　⑨393.26。

连翘(契里珂夫)　⑩205.1。

连环计　⑨142.2。

医生(阿尔志跋绥夫)　⑩193.1;
　⑮431.3。

医生笔记(魏烈萨耶夫)　⑰487。

医学的胜利(洛曼)　⑫530.1;
　⑰347。

医验人体(影片)　⑯83.6,86.1。

医学烟草考(宇贺田为吉)
　⑰487。

折疑论(子成)　⑰347。

投辖录(王明清)　⑰347。

投荒杂录(房千里)　⑩137.55。

投笔集笺注(钱谦益)　⑰347。

护法论(张商英)　⑰347。

把广州比上海(骆驼)　⑪233.1。

报任少卿书(司马迁)
　⑨440.22。

报恩的故事(菊池宽)
　⑩247.32。

扭转历史(长谷川如是闲)
　⑰524。

抒情木刻图案集(板桥安五郎)
　⑰487。

求古精舍金石图(陈经)　⑰347。

坚瓠集(褚人获)　⑧216.4。

坚瓠续集(褚人获)　⑩116.13。

坚壁清野主义(鲁迅)　⑮593.6。

肖像和漫画(麦绥莱勒)　⑰543。

吴书(韦昭)　⑩25.3。

吴地记(陆广微)　⑫137.1。

吴氏遗著(吴凌云)　⑰347。

吴组缃论(增田涉)　⑭351.3。

吴越备史(范炯、林禹)
　⑰347。

吴越春秋(赵晔)　⑨27.13;
　⑩30.6;⑭386.1。

吴骚合编(张楚叔)　⑰347。

吴虞文录　⑰347。

吴友如墨宝　⑬61.5。

吴中考古录(俞达)　⑨276.11。

吴越三子集(潘祖荫)　⑰347。

吴昌硕书画册　⑰347。

吴昌硕花果册　⑰347。

吴稚晖学术论著　⑰348。

《吴郡郑蔓镜》拓片　⑮335.3。

吴谷人手书有正味斋续集之九
　⑰348。

呆伊凡故事(列夫·托尔斯泰)
　⑩314.9。

围剿十年(鲁迅拟编) ⑬101.5。
时光老人(爱罗先珂) ⑯641.9。
时代与爱的歧路(张资平) ⑫430.1。
时轮金刚法会募捐缘起 ⑤476.2。
园艺植物图谱(石井勇义) ⑰519。
旷野(冈察洛夫) ⑭54.6。
旷野里的城市(绥拉菲摩维支) ⑩417.24。
虬髯翁(凌濛初) ⑨94.29,213.7,328.3;⑩139.70。
虬髯客传(杜光庭) ⑨91.2;⑩138.62。
虬髯翁正本扶余国 见《虬髯翁》。
男人的进化(鲁迅) ⑯400.2。
男女与性格(华宁该尔) ⑰487。
男女百孝图全传(新闻报馆) ⑰348。
困学纪闻(王应麟) ⑩7.6;⑰348。
呐喊(鲁迅) ②355.4;⑪526.2;⑬121.4;⑭390.2;⑮471.2;⑰348。
呐喊声起(珂勒惠支) ⑰539。
《呐喊》木刻画(刘岘) ⑭408.2。
呐喊与彷徨与野草(刘大杰) ④279.7。
《呐喊》捷克译本序言(鲁迅) ⑭390.4;⑯615.5。
听说梦(鲁迅) ⑫360.2;⑯357.1。
听桐庐残草(王继榖) ⑰348。
吹网录、欧陂渔话(叶廷琯) ⑰348。
别拉·奇茨(奇茨) ⑰565。
别下斋丛书(蒋光煦) ⑰348。
别一个窃火者(鲁迅) ⑫416.7;⑯390.6。
针灸择日编集 见《备急灸方附针灸择日编集》。
钉丁(威丁塔克) ⑬344.4。
牡丹亭(汤显祖) ⑭348.2;⑰346。
告压迫言论自由者(罗隆基) ④227.62。
乱七八糟(许广平) ⑮563.10。
乱世英雄(影片) ⑮575.2。
乱婚裁判(杰米德维奇) ⑰487。
秀才答四首(嵇喜) ⑩82.6。
我们(盖拉西莫夫) ⑩314.4。
我爱(阿甫杰因科) ⑰487。
我出来(莱蒙托夫) ⑦216.123。
我要活(聂维洛夫) ⑩416.12。
我之奋斗(希特勒) ⑥588.5。
我观北大(鲁迅) ⑮597.5。
我的大学(高尔基) ⑫523.9。
我的失恋(鲁迅) ②174.1;

⑦287.3。
我的忏悔(麦绥莱勒)　⑫457.1；⑬63.4；⑰348，550。
“我的米约”　⑰550。
我的画集(蕗谷虹儿)　⑰487。
我的姑母(科诺普尼茨卡)　⑪394.9。
我的种痘(鲁迅)　⑯386.18。
我的家庭(阿克萨科夫)　⑰348。
我的情人(黄鹏基)　⑥273.74。
我的飘泊(三上於菟吉)　⑰457。
我要骗人(鲁迅)　⑥507.1；⑯594.16，599.6。
我谈堕民(鲁迅)　⑯390.1。
我与文言文(施蛰存)　⑧420.10。
我之节烈观(鲁迅)　⑪364.4；⑮335.2。
我们的对立(普列汉诺夫)　④271.7。
我的刻薄话(圣佩韦)　⑰457。
我怎样写作(左琴科)　⑬237.3，241.5。
我怎样写作(里别进斯基)　⑬275.1。
我怎样写作(拉甫列涅夫)　⑬275.1，344.3。
我怎样写作(法捷耶夫)　⑬346.1。
我们怎样写作(左琴科、费定等)　⑫464.5，523.6；⑬273.3，336.4。
我还不能“带住”(鲁迅)　⑮611.2。
我的抒情版画(蕗谷虹儿)　⑩526.3。
我佛山人笔记(吴沃尧)　⑨303.16。
我们的文学修养(高尔基)　⑯465.2。
我的爱——并不是……(裴多菲)　⑥421.10。
我佛山人滑稽谈(吴沃尧)　⑨303.16。
我和《语丝》的始终(鲁迅)　⑫225.1；⑯165.5。
我的第一个师父(鲁迅)　⑭53.2；⑯599.10。
我的最后的告别(黎萨尔)　①240.7。
我怎么写《铁流》的(绥拉菲摩维奇)　⑯271.1。
我离开十字街头(向培良)　⑥274.77；⑬397.2。
《我怎样写作》译后记(孟十还)　⑬237.3。
我们怎样教育儿童的？(鲁迅)　⑯395.10。
我佛山人札记小说(吴沃尧)　⑨303.16。

我恨不得杀却了伊(石民) ⑦209.70。
我也来谈谈复旦大学(宏芬) ⑧297.3。
我为什么刊行本丛书(张静庐) ⑧439.2。
我们还是及时相爱吧(康嗣群) ⑫126.2。
我们的朋友路易·儒(卡尔科) ⑰553。
我们要执行自我批判(张春桥) ⑥535.4。
我也来谈谈关于玉君的话(金满城) ⑦276.2。
我所认识的冯玉祥及西北军(简又文) ④179.21;⑫115.2。
我读符致逵君的《蓄妾问题》后的意见(林独清) ⑪71.4。
我的手法——欧洲黑白画代表画家谈经验(马杜编) ⑰552。
每日年鉴(每日新闻社) ⑰482。
何典(张南庄) ③323.2;⑥77.8;⑦309.1;⑫57.7;⑰349。
何氏语林(何良俊) ⑨71.22。
《何典》题记(鲁迅) ⑮622.7。
何谓阶级意识(卢卡契) ⑰517。
何家槐的创作问题(韩侍桁) ⑬107.13。
但丁神曲画集(陀莱) ⑰445。
伸冤(鲁迅) ⑯369.6。
作家传 见《作家们——现代俄罗斯作家自传和肖像画》。
作邑自箴(李元弼) ⑰349。
作者的感想(阿尔志跋绥夫) ⑩488.2;⑰487。
作家会纪事 见《第一次全苏作家代表大会》。
作家协会组织缘起 ⑭83.2。
作为思想家的马克思(阿德勒) ⑰501。
作为世界观的马克思主义(塞姆可夫斯基编) ⑰475。
作家们——现代俄罗斯作家自传和肖像画(理定编) ⑩356.4;⑫237.4;⑬335.1;⑰569。
佚存丛书(林衡) ⑰349。
伯兮 ⑧299.3。
伯纳·萧的戏剧(列维它夫) ⑫439.4。
低能儿(叶圣陶) ⑪394.5。
你的姊妹(梅斐尔德) ⑰538。
你到底流落到什么地方(翟永坤) ⑫121.2。
佗兑支氏(密茨凯维支) ①116.147。
佛藏 ⑦104.4;⑧139.4;⑨166.7。
佛本行经 ⑰349。
佛教美术(小野玄妙) ⑰469。

佛像归来(伊凡诺夫) ⑰469。

佛像新集(权田雷斧、大村西崖)
⑰470。

佛般泥洹经 ⑰349。

佛教会报告 ⑰349。

佛教初学课本(杨文会) ⑰349。

佛说大方广泥洹经 ⑰349。

佛教之美术及历史(小野玄妙)
⑰470。

佛教中地狱的新研究(山边习学)
⑰469。

近异录(刘质) ⑨15.29。

近思录(朱熹、吕祖谦)
②22.10。

近世地理 ⑰350。

近代恋爱观(厨川白村)
⑩259.6;⑰487。

近代剧全集(东京第一书房)
⑰488。

近十年之怪现状(吴沃尧)
⑨303.12。

近世造形美术(斯特瑞果夫斯基)
⑰535。

近代木刻选集(鲁迅编)
⑥529.4;⑦336.1,351.1;
⑯132.3,136.3;⑰291。

近代文学十讲(厨川白村)
⑩259.6;⑰488。

近代版画艺术(格拉塞尔)
⑰544。

近代的英文学(福原麟太郎)
⑰488。

近代法国诗集(波特莱尔等)
⑰488。

近代剧十二讲(楠山正雄)
⑰488。

近代唯物论史(普列汉诺夫)
⑰488。

近代八大思想家 ⑰350。

近代艺术论序说(本间久雄)
⑰488。

近代中国的学艺(今关天彭)
⑰487。

近代文艺十二讲(生田长江)
⑰488。

近代文学与恋爱(莫德尔)
⑰488。

近代英国文学史(矢野峰人)
⑪314.1。

近代法国绘画论(库尔台永)
⑰489。

近代思想十六讲(中泽临川、生田
长江) ⑩467.2;⑰489。

近代美术十二讲(森口多里)
⑰489。

近代美术史潮论(板垣鹰穗)
⑧314.1;⑫94.2,117.2;
⑯54.5,72.3;⑰350,489。

近代短篇小说集(司汤达等)
⑰489。

近代锦绘世态史(浅水勇助)
⑰488。

近代文艺批评断片(法朗士等)
⑫203.1;⑰350。

近代波兰文学概观(诃勒温斯奇)
⑪408.4。

近代捷克文学概观(凯拉绥克)
⑩462.1;⑪405.3,413.1,
418.6;⑮444.2。

近三十年的英国文学(爱斯庚)
⑫200.1,206.1。

近世社会思想史大要(小泉信三)
⑰489。

近世欧洲绘画十二讲(伊达俊光)
⑰489。

近代世界短篇小说集(朝花社)
④135.1;⑰350。

《近代世界短篇小说集》小引(鲁
迅) ⑬324.3。

"彻底"的底子(鲁迅) ⑯465.3。

彷徨(鲁迅) ⑬121.4;⑮626.1;
⑰350。

余哀录 ⑰350。

希望(鲁迅) ②183.1。

希望(裴多菲) ②183.4。

希望(柔石) ④287.8;⑬37.6。

希腊之春(霍普特曼) ⑰489。

希腊拟曲(周作人) ⑮27.8。

希腊牧歌(周作人) ⑮119.4。

希腊研究(佩特) ⑰544。

希腊天才之诸相(布彻尔)
⑰489。

坐牢略记(曹白) ⑭71.1,89.2;
⑯604.2。

豸华堂书目 ⑰350。

采叶(郝力群) ⑭122.2。

采薇(鲁迅) ⑬593.2。

孚尔玛诺夫与夏伯阳(明之译)
⑭145.3。

含秀居丛书(支那珍籍颁布会)
⑫229.2。

岔道夫(绥拉菲摩维支)
⑩399.16;⑫328.9;⑯328.4。

龟山语录(陈渊等编) ⑰350。

龟甲兽骨文字(林泰辅) ⑰350。

奂卿传 ⑰350。

狂人日记(果戈理) ⑥265.7。

狂飙社广告 ⑧178.3;⑪604.1。

狂飙运动时代与现代德国文学
(成濑无极) ⑰506。

犹太人(什曼斯基) ⑪394.10,
397.3,397.5。

《犹太人》译后附记(周作人)
⑪397.2。

狄康卡近乡夜话(果戈理)
⑩515.2;⑬274.7,369.3。

条件(林薇) ⑰489。

岛的农民(斯特林堡) ⑰505。

刨烟工人(赖少麒) ⑬494.1。

迎神与咬人(鲁迅) ⑯470.14。

饮膳正要(和斯辉) ③358.32；
　⑰351。

饮流斋说瓷(许之衡) ⑰351。

系统矿物学 ⑰351。

言海(大槻文彦) ⑰484。

言诗翼(凌濛初) ⑨213.7。

言论自由的界限(鲁迅)
　⑯374.9。

亨利·易卜生(罗伯茨)
　⑦208.54。

亨利·易卜生(勃兰兑斯)
　⑦208.54。

亨达氏生物学 ⑰351。

应用图案五百种集(高桥春佳辑)
　⑰489。

"这也是生活"……(鲁迅)
　⑯619.5。

这样的战士(鲁迅) ②220.1。

这也是一个人(叶圣陶)
　⑦237.5。

这是这么一个意思(鲁迅)
　⑮562.1。

庐山复教案 ⑰351。

庐江冯媪传(李公佐) ⑨91.2；
　⑩117.18。

庐陵官下记(段成式)
　⑨102.12。

序的解放(鲁迅) ⑯390.2。

序中译本《铁流》(绥拉菲摩维支)
　⑫473.4。

辛甲 ⑨378.3。

弃儿(巴拉赫) ⑰542。

忘恩岛(影片) ⑯103.5。

忘川之水(崔真吾) ⑰351。

怀旧(鲁迅) ⑬94.7。

怀疑(景宋) ⑪75.1。

怀良人(葛鸦儿) ⑫54.5。

《怀香赋》序(嵇含) ⑩53.4。

忧"天乳" ⑯38.2。

忧郁的生活(巴罗哈)
　⑦203.15；⑩428.6。

忧愁的哲理(克尔凯郭尔)
　⑰526。

快心编(天花才子) ④311.7；
　⑰351。

闲话 见《西滢闲话》。

闲谈(鹤见祐辅) ⑯28.9。

闲鸥集(俞达) ⑨276.11。

闲情赋(陶潜) ⑦143.20。

闲话扬州(易君左) ⑥152.3。

闲话皇帝(艾寒松) ⑤440.8；
　⑥424.4。

闲渔闲闲录(蔡显) ⑥182.26；
　⑬296.5；⑰351。

炀帝开河记 见《开河记》。

炀帝迷楼记 见《迷楼记》。

炀帝海山记 见《海山记》。

汪龙庄遗书(汪辉祖) ⑰351。

沙(鲁迅) ⑯391.10。

沙宁(阿尔志跋绥夫)

④272.13;⑩185.11。

沙上的足迹(古尔蒙)　⑰490。

沙漠里之三梦(旭莱纳)
　⑪374.2。

沙漠的起源、长大,及其侵入华北
　(英吉兰兑尔)　④257.7。

泛梗集(吴之章)　⑰351。

沉沦(郁达夫)　②111.4。

沉默之塔(森鸥外)　⑩248.1;
　⑪425.2;⑮431.1,431.2。

沉自己的船(高世华)
　⑥269.40。

沈下贤集(沈亚之)　⑩134.27;
　⑮56.7,115.1;⑰352。

沈阳之旅(戴平万)　⑤608.3。

沈阳事件(罗隆基)　④349.9。

沈下贤文集　见《沈下贤集》。

沈石田移竹图(沈周)　⑰352。

沈石田灵隐山图(沈周)　⑰352。

沈忠敏公龟溪集(沈与求)
　⑰352。

沈石田灵隐山图卷(沈周)
　⑰352。

没落　见《阿尔达莫诺夫家的事
　业》。

没工夫唾骂(别德内依)
　④467.4;⑥606.3;⑫351.6,
　370.3,464.4;⑰569。

没有开封的信(莫尔纳尔)
　⑰517。

没有字的故事(麦绥莱勒)
　⑫457.1;⑬63.4。

没有面包的汉斯(瓦扬－古久列)
　⑰544。

宋子(宋研)　⑨13.15。

宋书(沈约)　⑧84.10;⑨70.6;
　⑩46.2;⑰352。

宋史(脱脱)　⑩24.2;⑰274。

宋之问集　⑰352。

宋高僧传(赞宁)　⑰352。

宋元戏曲史(王国维)
　⑫524.17。

宋史·艺文志(脱脱)　⑩24.2。

宋人小说五种　见《宋元人说部
　丛书》。

宋人轶事汇编(丁传靖)　⑰352。

宋人说部丛书(夏敬观)
　③156.9。

宋元四明六志(徐时栋)　⑰352。

宋元名人墨宝　⑰352。

宋史·乐黄目传(脱脱)
　⑩149.8。

宋武穆王演义(熊大木)
　⑨159.30。

宋人小说十五种　见《宋元人说
　部丛书》。

宋人说部书四种　见《宋元人说
　部丛书》。

宋元人说部丛书(商务印书馆)
　⑰353。

宋江三十六人赞（龚圣与）
　⑨155.1。

宋元旧本书经眼录（莫友芝）
　⑰352。

宋李龙眠白描九歌图（李公麟）
　⑰353。

宋明通俗小说流传表（盐谷温）
　⑰353。

宋拓魏黄初修孔子庙碑　⑰353。

宋张樗寮手书严华经墨迹
　⑰353。

宋民间之所谓小说及其后来（鲁
　迅）⑮489.1。

宏明集　见《弘明集》。

穷人（陀思妥耶夫斯基）
　⑦108.1；⑪526.3；⑰353。

穷苦（凯绥·珂勒惠支）
　⑥497.25；⑭394.4。

《穷人》小引（鲁迅）⑬284.3；
　⑮626.2。

穷人哲学（邵宗汉）　⑤466.3。

穷苦的人们（A.雅各武莱夫）
　⑫280.16。

穷愁的自传（叶灵凤）
　④314.29。

良友文库　⑬355.1；⑰353。

良夜与恶梦（石民）　⑰353。

良友文学丛书　⑬206.1；
　⑯488.3；⑰353。

启示录的四骑士（影片）

⑩496.3。

评《玉君》（向培良）⑪53.5，
　57.10。

《评尝试集》匡谬（式芬）
　①400.3。

评提倡新文化者（梅光迪）
　①401.6。

评现代评论《女师大的风潮》（许
　广平）⑪30.7。

评中国文学珍本丛书第一辑（邓
　广铭）⑥586.2。

诅咒翻译声中的译文（孟林）
　⑭375.1。

社会之敌　见《国民之敌》。

社会柱石（易卜生）⑥266.13。

社会通诠（甄克思）⑥397.10。

社会教育（吉林熊次）⑰490。

社交问题（黎锦明）⑥272.63。

社会文艺丛书（东京金星堂）
　⑰490。

社会主义杂稿（佐野学）⑰491。

社会运动辞典（田所辉明）
　⑰491。

社会进化的规律（塞姆可夫斯基）
　⑰490。

社会教育与趣味（上野阳一）
　⑩461.1。

社会意识学大纲（波格丹诺夫）
　⑰354，491。

社会进化思想讲话（高畠素之）

⑰491。

社会主义和社会运动(桑巴特)
⑰490。

社会科学的准备知识(山木清)
⑰490。

社会主义现实主义问题(吉尔波
丁) ⑫528.16;⑰490。

补天(鲁迅) ⑬590.3;⑯641.8。

补三国艺文志(侯康) ⑩38.2。

补江总白猿传 ⑨81.5;⑩97.8。

补诸史艺文志 ⑰354。

补寰宇访碑录 ⑰354。

初学记(徐坚等) ②192.2;
⑧88.6;⑩14.6,67.10;
⑫148.12;⑰354。

初秋的风(萧军) ⑬551.1。

初期白话诗稿(刘半农)
⑫376.2;⑰354。

初拓虞世南东庙堂碑 ⑰354。

识小录(徐树丕) ⑪474.4。

词余讲义(吴梅) ⑰354。

词学丛书(秦恩复) ⑰354。

译丛补(鲁迅) ⑩457.1。

译文丛书(译文社) ⑬368.4,
432.1,543.1;⑭80.1;
⑯559.4。

译诗一首(徐志摩) ③208.31。

译诗三首(胡适) ③208.30。

《译文》复刊词(鲁迅) ⑭43.1;
⑯599.3。

《译文》终刊号前记(鲁迅)
⑬556.4。

译《苦闷的象征》后三日序(鲁迅)
⑦256.6;⑩265.2。

译 A.SYMONS 一首(石民)
⑦209.70。

译本高尔基《一月九日》小引(鲁
迅) ⑯381.22。

君山(韦丛芜) ③511.6;
⑥72.14;⑪596.4。

君与先生(一夫) ①428.11。

灵应传 ⑩141.5,141.7。

灵鬼志(荀氏) ⑨15.29,53.10。

灵宝刀图(陈与郊) ⑫489.6。

即小见大(鲁迅) ⑪77.3。

迟暮(石民) ⑦209.70。

改革(斯特林堡) ⑪364.2。

改造文库 ⑰491。

张荐传(刘昫等) ⑦331.5。

张子语录(张载) ⑰355。

张生煮海(李好古) ⑨93.21;
⑩105.14。

张生煮海(尚仲贤) ⑨93.21;
⑩105.13。

张苍水集(张煌言) ①241.12。

张慧诗集 ⑰355。

张平子碑颂(夏侯湛) ⑧85.19。

张光弼诗集(张昱) ⑰355。

张蜕庵诗集(张翥) ⑰355。

张慧木刻画 ⑰355。

张影木刻集　⑬354.2,373.1；
⑰355。

张影版画集　见《张影木刻集》。

陆士龙集(陆云)　⑰355。

陆放翁全集(陆游)　⑰355。

阿金(鲁迅)　⑬360.4；⑯494.7。

阿美(赵景沄)　⑥268.30。

阿内庚　见欧根·奥涅金。

阿尔斐(科克多)　⑰439。

阿Q像(叶灵凤)　⑥155.3。

阿Q正传(鲁迅)　③403.14；
⑪233.2,538.2；⑫27.2,
245.1,250.3,283.5,
483.21,483.22；⑬40.6；
⑭6.4,190.2；⑮452.3,571.8,
575.1；⑯245.5,640.3；
⑰498,499,561,570。

《阿Q正传》剧本(袁牧之改编)
⑥152.2。

《阿Q正传》木刻画(赖少麒)
⑬494.2。

阿韦斯达　⑩484.3。

阿育王经　⑰355。

阿剌斯多(雪莱)　①112.103。

阿赖、奥泼(格罗泼)　④356.3；
⑰531。

阿Q正传图(刘岘)　⑰355。

阿波洛莫夫　见《奥勃洛摩夫》。

阿尔斐的护从　见《禽虫吟》。

阿河的艺术(璞本白耳格)

⑦220.158。

阿赛王之死(玛洛里)　⑦358.2。

阿伯拉罕·林肯(影片)
⑮644.12。

阿坡里耐尔诗抄　⑰436。

阿难与母夜叉(坪内逍遥)
⑰498。

阿勒普耶罗斯(斯洛伐茨基)
①118.162。

阿尔特·杨的《地狱》　⑰532。

阿尔斯美术丛书　⑰437。

阿毕陀斯新妇行(拜伦)
①110.75。

阿毗达磨杂集论(安慧)　⑰355。

阿尔志跋绥夫小像　⑮449.2。

阿丽思漫游奇境记(影片)
⑯453.4。

阿含部经典十一种　⑰355。

阿难问事佛等二经　⑰356。

阿里巴巴和四十大盗　⑬114.3。

阿尔达莫诺夫家的事业(高尔基)
④288.10；⑬281.4。

阿尔泰莫诺夫氏之事业　见《阿
尔达莫诺夫家的事业》。

阿Q的悲剧及其它当代中国短
篇小说　见《中国当代短篇小
说家作品选》。

陈书(姚思廉)　⑰356。

陈查理(影片)　⑯280.9。

陈情表(李密)　⑥416.7。

陈氏香谱　见《香谱》。

陈政事疏(贾谊)　⑨406.10。

陈司业遗书(陈祖范)　⑰356。

陈老莲画册(陈洪绶)　⑰356。

陈师曾画集(陈衡恪)　⑬160.2。

陈查礼探案(影片)　⑯559.10。

陈查礼之秘密(影片)
　⑯594.12。

陈烟桥木刻集　⑰356。

陈章侯人物册(陈洪绶)　⑰356。

陈师曾先生遗墨(陈衡恪)
　⑫502.4;⑰356。

陈章侯会真记图(陈洪绶)
　⑰356。

附释文互注礼部韵略(丁度)
　⑰356。

陀螺(周作人)　⑰356。

陀氏学校　见《以陀思妥耶夫斯
　基命名的流浪儿学校》。

陀思妥夫斯基的事(鲁迅)
　⑬611.1;⑭383.2;⑯564.9,
　570.10。

陀思妥耶夫斯基论(纪德)
　⑬209.3,211.1;⑰446。

陀思妥耶夫斯基像(法复尔斯基)
　⑬535.2。

陀思妥耶夫斯基全集　⑰446。

陀思妥耶夫斯基研究(纪德)
　⑬209.2;⑰446。

陀思妥耶夫斯基再认识(昇曙梦)

⑰446。

陀思妥耶夫斯基文学著作集
　⑦110.16。

陀思妥耶夫斯基全集·书简集
　⑬515.1。

陀思妥耶夫斯基与托尔斯泰　见
　《托尔斯泰与陀思妥耶夫斯
　基》。

妍神记(梁元帝)　⑨15.29。

妙法莲华经　⑥604.10;
　⑨123.2;⑰356。

妖梦(林纾)　⑤266.9。

姊妹花(郑正秋)　⑤466.2;
　⑥26.4。

妒误(本那特)　⑬13.1;⑰356。

劲草(阿·托尔斯泰)　⑧457.1;
　⑮81.1,104.3;⑰357。

鸡头(高滨虚子)　⑩244.6。

鸡肋编(庄季裕)　③354.8,
　501.6;④330.16;⑨17.40。

鸡窗丛话(蔡澄)　⑰357。

纯粹理性批判(康德)　⑤276.8。

纲鉴易知录(吴乘权等)
　⑦233.11。

纳尔逊传(骚塞)　①108.57。

纳书楹曲谱(叶堂)　⑪432.5。

驳"文人无行"(鲁迅)　⑯390.2,
　391.13。

驳康有为论革命书(章炳麟)
　⑥568.4。

驳《新文化运动之反应》(甫生)　①415.2。
驳陈百年教授《一夫多妻的新护符》(章锡琛)　⑦81.2；⑧475.2。
纸鱼供养(斋藤昌三)　⑰507。
纸鱼繁昌记(内田鲁庵)　⑰507。
纺轮的故事(孟代)　⑰357。
驴背集(胡思敬)　⑰357。

八　画

玩具(鲁迅)　⑯460.7。
玩具丛书(西泽笛亩等)　⑰491。
玩具绘集(月冈忍光等)　⑰439。
玩偶之家(易卜生)　②134.10；⑥266.13；⑩314.5。
玩偶图篇(西泽笛亩)　⑰459。
玩意世界(影片)　⑯535.2。
玩具工业篇(永泽谦三)　⑰492。
玩偶作者篇(久保田米所)　⑰459。
玩笑只当它玩笑(鲁迅)　⑯465.9。
武训先生(雨人)　⑥590.3。
武林旧事(周密)　①160.12；⑨123.8。
武装走私(郝力群)　⑭122.2。
武梁祠画像考　见《汉武梁祠画像考》。
武松独手擒方腊　④545.7。
武井武雄手艺图案集　⑰492。
青史子　⑥338.12；⑨13.12；⑩4.6。
青空集(唐英伟)　⑬495.2；⑰357。
青春怨(康嗣群)　⑫126.3。
青春颂(密茨凯维支)　⑦217.137。
青年男女(欧阳山)　⑰357。
青琐高议(刘斧)　⑨113.20，131.1；⑩119.41，145.6；⑮428.3；⑰357。
青湖纪游(拉扎列夫)　⑦222.172；⑯154.5。
青箱杂记(吴处厚)　⑰357。
青在堂梅谱(王概等)　⑰357。
青年与老子(鲁迅)　⑯410.6。
青年必读书(鲁迅)　①304.6；⑮554.3。
青年底误会(陈独秀)　⑪411.10。
青泥莲花记(梅鼎祚)　⑨275.2。
青春独逸派　见《青年德意志派》。
青年德意志派(勃兰兑斯)　⑫528.13；⑰492。
青阳先生文集(余阙)　⑥35.8；

⑰357。

《青琐高议》孙副枢序　⑩154.2。

现实　见《现实——马克思主义
　论文集》。

现代史(鲁迅)　⑯374.1。

现代木刻(福斯特)　⑦217.133；
　⑰551。

现代文学(濑沼茂树)　⑰508。

现代史料(第一集)　⑰358。

现代丛书(美国现代丛书社)
　⑦110.13,344.2。

现代版画　⑰358。

现代美术(施米特)　⑰508。

现代之考察(瓦勒里)　⑰507。

现代小说译丛(鲁迅等译编)
　⑩189.1。

现代文艺丛书(鲁迅拟编)
　⑯194.2；⑰358。

现代作家书简(孔另境)
　⑥429.1；⑫317.2；⑰358。

现代作家自传　见《作家们——
　现代俄罗斯作家自传和肖像
　画》。

现代法国文学(法伊)　⑰507。

现代法国文学(威尔斯)　⑰551。

现代美术论集(外山卯三郎)
　⑰508。

现代美学思潮(渡边吉治)
　⑰508。

现代理想主义(金子筑水)

⑰358。

现代漫画大观(代田收一等编)
　⑰509。

现代德国文学(贝尔托)　⑰507。

现代八大思想家　⑰359。

现代日本小说集(鲁迅、周作人编
　译)　⑩244.1；⑪414.3；
　⑮441.1。

现代文学之主潮(厨川白村)
　⑩279.1,272.3,279.3。

现代西欧图案集(足立源一郎)
　⑰509。

现代英文学讲话(小日向定次郎)
　⑰509。

现代欧洲之艺术(马察)　⑰508。

现实主义文学论　见《现实——
　马克思主义论文集》。

现代日本小说译丛(黄源)
　⑰359。

现代世界文学研究(早稻田大学)
　⑰509。

现代苏联文学概论(特里方诺夫)
　⑰508。

现代英美书籍插画(达顿)
　⑰551。

现代法国文艺丛书(东京新潮社)
　⑰509。

现代猎奇尖端图鉴(佐藤义亮)
　⑰509。

现代散文家批评集　⑰359。

现代艺术的各种倾向（日本苏联
　　文学研究会）⑰508。
现代艺术的各种现象（板垣鹰穗）
　　⑰486。
现代英国文艺印象记（宫岛新三
　　郎）⑰509。
现代德国文化与文艺（片山孤村）
　　⑰508。
现代俄罗斯的批评文学（藏原惟
　　人）⑩344.17。
现代插图画家传记丛书（德国）
　　⑰551。
现代新兴文学的诸问题（片上伸）
　　⑩322.1,322.4;⑬291.2;
　　⑯125.2。
现代欧洲文学与无产阶级（马察）
　　⑰508。
现代欧洲艺术及文学诸流派（马
　　察）⑦218.138,222.173。
现实——马克思主义文艺论文集
　　（瞿秋白编译）⑥594.2;
　　⑫370.5,491.3,528.15;
　　⑬486.1,515.5,521.1;
　　⑯549.6。
现代支那文学"行动"的倾向（增
　　田涉）⑭324.3。
《现代新兴文学的诸问题》小引
　　（鲁迅）⑬291.2。
表（班台莱耶夫）⑧442.6;
　　⑩438.1,438.2,439.5;

⑬331.1,339.8,356.3,
　　412.1,432.2,432.3,577.5;
　　⑯514.1,535.8,535.9;⑰359,
　　498,561。
表现主义（巴尔）⑰541。
表现派图案集（高梨由太郎）
　　⑰492。
表现主义的戏曲（北村喜八）
　　⑰492。
表现主义的雕刻（日本建筑摄影
　　类聚刊行会编）⑰492。
表现派的农民画（皮卡德）
　　⑰541。
耶稣受难（塔尔曼）⑰555。
耶利米哀歌　见哀歌。
耶稣受难像（格罗斯）④158.7。
取火者的逮捕（郭源新）⑰359。
其三人　见《三人》高尔基。
其中堂书目　⑰493。
其藻版画集（胡其藻）⑬500.2;
　　⑰359。
坦白集（韬奋）⑰359。
坦波林之歌（蕗谷虹儿）
　　⑦210.77;⑩525.1。
幸福（阿尔志跋绥夫）⑩189.2;
　　⑮415.1。
幸福的摆（林道）⑦205.32。
幸福的家庭（鲁迅）⑮503.2。
《幸福的家庭》附记（鲁迅）
　　②42.1。

坡门酬唱集(邵浩)　⑰359。

苦恼(契诃夫)　⑦70.8。

苦蓬(毕力涅克)　⑩399.16，415.2，422.1；⑫280.13。

苦孝说(张竹坡)　⑨194.6。

苦竹杂记(周作人)　⑭64.1；⑰359。

苦闷的象征(厨川白村)　③20.7，463.7；④142.16；⑦256.1；⑧467.1，469.2；⑩258.1，259.7，262.4；⑪64.3，518.1；⑫269.1；⑮531.5，534.1，541.1，550.9，615.7；⑯263.1；⑰359，493。

《苦闷的象征》封面画(陶元庆)　⑪515.2。

若草(梁得所)　⑰359。

英雄传(普鲁塔克)　⑥129.8。

英雄谱　⑨156.8。

英日辞典(东京三省堂)　⑰493。

英文学史　⑰493。

英诗选释(厨川白村)　⑩259.6。

英语入门(川上澄生)　⑰457。

英文学漫步(平田秃木)　⑰493。

英国小说史(佐治秀寿)　⑰493。

英国随笔集　⑰360。

英勇的约翰　见《勇敢的约翰》。

英格兰的鸟(尼科尔森)　⑦340.6。

英雄约诺斯　见《勇敢的约翰》。

英雄大八义　⑨290.17。

英雄小八义　⑨290.17。

英雄的约翰　见《勇敢的约翰》。

英文学风物志(中川芳太郎)　⑰494。

英国文学入门(布鲁克)　⑦209.65。

英国文学笔记(户川秋骨)　⑰493。

英译木刻目录　见《革命的中国之新艺术》木刻参展目录。

英国的自然主义(勃兰兑斯)　⑫528.12；⑰493。

英雄及英雄崇拜(卡莱尔)　⑤250.4。

英国文学——拜伦时代(葛斯)　⑰360。

英译本《短篇小说》自序(鲁迅)　⑯493.3。

英国近代唯美主义之研究(本间久雄)　⑰493。

茑萝集(郁达夫)　⑰360。

范爱农(鲁迅)　⑪623.1。

范子计然(范蠡、计然)　⑩30.1。

范声山杂著(范锴)　⑰360。

范香溪先生文集(范浚)　⑰360。

直斋书录解题(陈振孙)　⑨103.16；⑩24.2，62.19；⑰360。

苔丝(哈代)　⑦93.8。

苔兰斯华尔(费定)　⑫283.3。

茅亭客话(黄休复)　③155.7,
　501.5;⑥199.15;⑰360。

茅盾自选集　⑰360。

茅盾短篇小说集　⑰360。

林间录(惠洪)　⑰360。

林下偶谈(吴子良)　⑨379.13。

林和靖诗集(林逋)　⑰360。

林黛玉日记(喻血轮)　④28.22。

林语堂幻变记(天一)
　⑬107.11。

林和靖书诗稿墨迹(林逋)
　⑰360。

林克多《苏联闻见录》序(鲁迅)
　⑯308.6。

杯(森鸥外)　⑩245.16。

析骨分经(宁一玉)　①197.5。

板桥杂记(余怀)　⑨275.3。

板桥家书(郑燮)　④28.23。

板桥道情墨迹(郑燮)　⑰360。

松中木刻(松口中学学生)
　⑬219.1,235.1;⑰361。

松心文钞(张维屏)　⑰361。

松口公园一角(罗清桢)
　⑫414.3。

松隐文集(曹勋)　⑰360。

述学(汪中)　⑰361。

述酒(陶潜)　③552.68;
　⑥452.17。

述行赋(蔡邕)　⑥450.4。

述异记(祖冲之)　⑨15.29,
　16.36,54.13。

述异记(任昉)　⑨54.16。

述志诗二首(嵇康)　⑩83.8。

述古堂藏书目(钱曾)　⑩61.11。

述香港恭祝圣诞(鲁迅)
　⑯39.11。

丧服释疑(刘智)　⑩28.6。

枕中记(沈既济)　⑧134.10;
　⑨81.5;⑩98.16;⑪532.4。

枕经堂金石跋(方朔)　⑰361。

画集　见《奥斯特罗乌莫娃－列
　别杰娃》。

画征录(张庚)　⑰361。

画梅歌(童钰)　⑰361。

画图习作(雅克·里维埃)
　⑰438。

画图醉芙蓉　⑰361。

画家杜米埃(富克斯)　⑰550。

事始(刘孝孙)　⑨16.32。

事类赋(吴淑)　⑩7.7;⑰361。

卖盐(郑野夫)　⑭30.2;⑰361。

雨(巴金)　⑬206.2;⑰361。

雨天的书(周作人)　⑰361。

雨窗欹枕集(宋人话本)
　⑥360.3;⑰361。

奔月(鲁迅)　⑪282.2;⑯5.3。

奔波(徐蔚南)　⑰361。

《奔流》编校后记(鲁迅)
　⑭91.2。

《奔流》编校后记(一)(鲁迅)
⑩343.4。
奇怪(鲁迅) ⑯470.12。
奇怪(二)(鲁迅) ⑯470.12。
奇缘记 ⑫90.1;⑰362。
奇异酒店(影片) ⑯482.12。
奇闻三则(契诃夫) ⑯488.9。
奇剑及其他(朝花社) ⑪315.1。
奇觚室吉金文述(刘心源)
⑫128.2;⑰362。
郁达夫先生休矣(孔圣裔)
③512.13;④26.15;⑫71.5。
郁文堂德日对译丛书 ⑰500。
转折时期的中国(安娜·路易斯·斯特朗) ⑰510。
转折时期的文学(青野季吉)
⑰510。
转变时期的历史学(羽仁五郎)
⑰510。
拈花集(鲁迅拟编) ⑭57.7。
斩木诚 ⑤310.2。
斩龙遇仙记(影片) ⑮571.1,
571.3。
轮廓图案一千种(高桥春佳)
⑰526。
轰天雷(藤谷古香) ⑰362。
拍案惊奇(凌濛初) ①163.35;
⑨124.11,213.6。
抵抗(影片) ⑯515.16。
抱朴子(葛洪) ③546.35;
⑦270.3;⑨43.15。
抱朴子校补(孙人和) ⑰362。
抱经堂书目 ⑫124.3;⑰362。
抱经堂丛书(卢文弨) ⑥35.10;
⑩137.59。
拉斯普丁(影片) ⑯453.3。
拉拉的利益(英培尔) ⑫283.7。
招魂(宋玉) ⑨392.20,416.16。
招隐士(刘安) ⑨419.30。
“招贴即扯”(鲁迅) ⑯515.13。
招商局三大案(李孤帆)
⑤71.3。
瓯钵罗室书画过目考(李玉棻)
⑰362。
欧行日记(郑振铎) ⑰362。
欧洲文学史(周作人)
⑪359.13,399.4;⑮317.2,
326.1,438.2;⑰362。
欧洲的毁灭(爱伦堡) ⑰495。
欧根·奥涅金(普希金)
①114.118。
欧美广告图案集 ⑰495。
欧洲文艺思潮史(名取尧)
⑰496。
欧洲文艺复兴史(蒋百里)
⑪403.8。
欧洲文学发达史(弗理契)
⑰496。
欧洲文学研究指南 ⑰496。
欧洲文学的各时期(桑次葆莱)

⑪374.6。

欧洲文艺之历史展望（高冲阳造）⑰496。

欧美名家短篇小说丛刊（周瘦鹃编译）⑧69.1。

欧洲近代文艺思潮概论（本间久雄）⑰496。

欧战之教训与中国之将来（黄郛）①362.5。

到大马士革去（斯特林堡）⑰445。

叔永回四川（胡适）⑪300.4。

非烟传（皇甫枚）⑨91.2，94.27。

非洲猎怪（影片）⑯103.5。

非有复译不可（鲁迅）⑬412.3；⑯524.9。

非洲百兽大全（影片）⑮510.6。

非政治化的高尔基（瞿秋白）⑬173.1。

虎魔王（影片）⑯447.12。

贤愚因缘经　⑰362。

尚书　④219.16；⑤380.3；⑥108.18，293.5；⑨367.3。

尚书大传（伏胜）⑨370.24。

尚书正义（孔颖达）⑰362。

果树园（费定）⑫280.11。

果树园（斐定等）⑧499.2。

果戈理全集（布埃克编）⑬273.5；⑰543。

果戈理全集（平井肇等译）⑩516.5；⑰441。

果戈理私观（立野信之）⑩477.1；⑬200.2；⑯470.3。

果戈理画传（尼古拉耶夫）⑭5.1；⑰568。

果戈理选集（鲁迅拟编）⑬277.3，383.1，383.2，538.2。

果戈理研究　见《果戈理怎样写作的》。

果戈理怎样写作（魏烈萨耶夫）⑬497.3，538.3；⑰441。

《果戈理私观》译后记（鲁迅）⑬200.2。

《果戈理的悲剧》译后记（耿济之）⑬566.3；572.4。

果戈理《死魂灵》一百零四图　见《死魂灵百图》。

昆仑奴（裴铏）⑩92.17。

昆虫记（法布耳）⑤81.3；⑥378.11；⑭52.5；⑰496。

昆虫奇观（仲摩照久）⑰496。

昆虫的社会生活（松村松年）⑰482。

国风　⑨32.1。

国语（左丘明）⑨439.20。

国殇（屈原）⑥643.8。

国门集（凌濛初）⑨213.7。

国史补（李肇）⑩99.21。

国乐谱（徐世昌）⑰363。

国乐谱　见《卿云歌》。
国秀集(芮挺章)　⑰363。
国歌集　⑰496。
《国风》译稿　见《“野有死麕”》。
国文选本　⑰363。
国文读本　⑰363。
国民公敌(易卜生)　①111.86；⑥266.13。
国学丛刊(罗振玉辑)　⑰363。
国学摭谭(马承堃)　①401.6。
国语文法(黎锦熙)　⑰363。
国朝文纂(王稌)　⑥184.40。
国王的背脊(内田百间)　⑰463。
国朝院画录　见《南薰殿图象考、国朝院画录、西清札记》(合刻)。
国粹画源流(唐熊)　⑧463.5。
国木田独步集(夏丏尊译)　⑦433.3；⑫476.3；⑭271.3。
国际劳动问题(浅利顺次郎)　③445.3。
国学珍本文库(平襟亚)　⑥434.10。
国学珍本丛书　见《中国文学珍本丛书》。
国亮抒情画集(马国亮)　⑰363。
国朝诗人征略(张维屏)　⑨248.7；⑰363。
国魂之学匪观(何曾亮)　③224.2。
国立剧场一百年　⑰363。
国内外文学丛书(德国亨德尔出版社)　⑩288.10。
《国学季刊》封面图(鲁迅)　⑮541.2。
国联调查团报告书(李顿)　⑤56.2。
国学入门书要目及其读法(梁启超)　③463.4。
国际的孟什维主义之面貌(捷尼)　⑰568。
国人对于西洋医学方药之反应(江绍原)　⑫208.3。
国立北平图书馆舆图版画展览会目录　⑰364。
明天(鲁迅)　①480.6；⑮375.3。
明言　见《喻世明言》。
明世说　见《明世说新语》。
明诗综(朱彝尊)　①163.34；⑨306.1。
明胆论(嵇康)　⑩84.25。
明语林(吴肃公)　⑨72.28。
明珠记(陆采)　⑩136.50。
明史钞略(庄廷鑨)　⑰364。
明皇杂录(郑处诲)　⑨144.14；⑩150.10。
明高僧传(如惺)　⑰364。
明道杂志(张耒)　⑧217.8。
明僮敆录(余不钓徒)　⑰364。
明世说新语(李绍文)　⑨71.23；

⑰383。

明季南北略(计六奇)
③156.11。

明威化胡经(王浮)　⑨61.6。

明清戏曲史　见《中国近代戏曲史》。

明拓汉隶四种(有正书局)
⑰364。

明季稗史汇编(留云居士)
③156.12;⑤619.2。

明治文学展望(木村毅)　⑰497。

明清巍科姓氏录(张惟骧)
⑰364。

明清二代的平话集(郑振铎)
⑩160.9;⑫323.5。

明清名人尺牍墨宝　⑰364。

明越中三不朽图赞　见《明於越三不朽名贤图赞》。

明代之通俗短篇小说(盐谷温)
⑧213.18;⑩160.9。

明清之际党社运动考(谢国桢)
⑥456.46。

明於越三不朽名贤图赞(张岱)
⑮8.1;⑰364。

明弘治本三国志通俗演义　见《三国演义》。

明代士大夫之矫激卑下及其误国的罪恶(本俊)　⑬88.3,
114.5,132.4。

易　见《易经》。

易林(焦延寿)　⑩98.13;⑰364。

易经　③140.5;⑤380.3;
⑥106.5;⑦270.2;⑨357.4,
379.9。

易林注　③408.8。

易卜生集(潘家洵译)
⑤497.10。

易林释文(丁晏)　⑰364。

易卜生主义(胡适)　⑤552.7。

迪艾戈·里维拉画集　⑰562。

典论·论文(曹丕)　③542.17。

忠臣藏(竹田出云等)
⑧213.15。

忠义水浒传　见《水浒传》。

郘亭诗钞(莫友芝)　⑰365。

郘亭遗诗(莫友芝)　⑰365。

郘亭知见传本书目(莫友芝)
⑩62.20;⑰365。

咏孔雀(阿坡里耐尔)　⑤593.5。

咏燕诗(张鹭)　⑦332.11。

咄咄吟(贝青乔)　⑰365。

岩石学　⑰365。

岩波文库　⑭17.3;⑰497。

岩波全书　⑰497。

罗丹(高村光太郎)　⑦208.61。

罗罗(拜伦)　①110.75。

罗生门(芥川龙之介)　⑩252.1;
⑮436.1。

罗京管乐(影片)　⑯446.6。

罗宫春色(影片)　⑯416.10。

罗宫绮梦(影片)　⑯482.7。

罗素的话(许广平)　⑪506.1。

罗摩衍那(古印度)　①104.8。

罗丹的艺术　⑦208.60;⑰532。

罗昭谏文集(罗隐)　⑰365。

罗鄂州小集(罗愿)　⑰365。

罗两峰鬼趣图　见《鬼趣图》。

罗马字短篇小说集(土歧善麿编)
　⑩246.22。

罗清桢木刻第二集　见《清桢木
　刻画》。

罗曼罗兰的真勇主义(中泽临川、
　生田长江)　⑩467.1。

岭表录异(刘恂)　⑮89.2;
　⑰365。

岭南之春(陈铁耕)　⑬169.1。

凯撒传(莎士比亚)　①62.38;
　⑤602.6;⑥128.2;⑧429.4。

凯亥勒传(瓦洛泰)　⑰532。

凯赛琳女皇(影片)　⑯447.9。

凯兰德短篇集(前田晁译)
　⑬470.1。

凯绥·珂勒惠支画帖　⑰547。

凯绥·珂勒惠支画集　⑰376。

凯绥·珂勒惠支作品集　⑰548。

凯绥·珂勒惠支新作集　⑰552。

凯绥·珂勒惠支版画十二枚
　⑰547。

凯绥·珂勒惠支版画选集(鲁迅
　编)　⑥494.1,562.20;

⑧447.1;⑬483.2;⑭105.1,
121.2,133.1,139.5,147.1,
149.2,151.2;⑯589.4,614.2;
⑰365。

《凯绥·珂勒惠支版画选集》序目
　(鲁迅)　⑭91.1,97.1;
　⑯609.1,609.4。

凯绥·珂勒惠支——民众的艺术
　家(史沫特莱)　⑥636.2;
　⑭73.4,91.1,97.1。

图版丛刊　见《版画丛刊》。

图画与群众(豪森斯泰因)
　⑰535。

图画见闻志(郭若虚)　⑰366。

图案资料丛刊(田边泰)　⑰487。

图案美术摄影类聚　⑰522。

《图书评论》所评文学书部分的清
　算(傅东华)　④567.2。

钓鱼大全(沃尔顿、柯顿)
　⑦340.7。

知了世界(鲁迅)　⑯465.3。

知识分子(蔡特金)　⑰437。

知了和蚂蚁(拉·封丹)
　⑤541.5。

知不足斋丛书(鲍庭博)
　⑦332.16;⑫130.2;⑰366。

知识阶级的使命(爱罗先珂)
　⑧230.3。

牧歌(霍普特曼)　⑰545。

牧誓(周武王)　②429.14。

牧羊城（日本东亚考古学会编）
　⑰497。

牧羊人的生活（赫德森）
　⑦209.66。

牧野植物学全集（牧野富太郎）
　⑰497。

物事（卡达耶夫）　⑫328.10。

物种由来（达尔文）　⑤276.4。

物种起源（达尔文）　④227.59;
　⑤276.3,276.4。

物理新诠　⑪332.25。

物种变化论　⑰366。

物质与悲剧（尼采）　⑰497。

和文汉读法（梁启超）　④396.8。

委员会（涅维洛夫）　⑭143.1。

岳王传演义（余应鳌）
　⑨159.31。

使徒行传　⑩416.14。

侠女奴　见《阿里巴巴和四十大
　盗》。

侠盗雷森（影片）　⑯185.9。

版画丛刊（鲁迅、郑振铎）
　⑬22.2,43.1。

版画自修书　见《木刻自修书》。

版画创作法（旭正秀）　⑰516。

佩文韵府（张玉书）　⑭299.1。

佩德里老人（菲力普）　⑰531。

佩文斋书画谱（孙岳颁等）
　⑰366。

货船（萧军）　⑬356.2,549.1。

质园集（商盘）　⑰366。

征应集　⑨15.30。

征东征西全传　⑨159.36。

爬和撞（鲁迅）　⑯395.11。

往星中（安德烈夫）　⑪459.6;
　⑮531.3,593.3;⑰366。

往日的故事（理定）　⑩386.29。

彼得大帝（阿·托尔斯泰）
　⑬247.5。

彼得第一　见《彼得大帝》。

彼得斐行状　见《彼得斐·山陀
　尔行状》。

彼得斐·山陀尔行状（德涅尔斯）
　⑦219.147;⑧355.7;⑪289.7;
　⑫193.2。

所谓"思想界先驱者"鲁迅启事
　⑧178.7;⑪218.3,623.3;
　⑮648.6。

舍斯托夫选集　⑰442。

金史（脱脱等）　⑰366。

金刚（影片）　⑯481.3。

金表　见《表》。

金匮（吕尚）　⑨183.2,184.6。

金人铭　⑨358.10。

金文述　见《奇觚室吉金文述》。

金文编（容庚）　⑰366。

金石存（吴玉搢）　⑰366。

金石志（阮元）　⑧67.7。

金石苑（刘喜海）　⑰366。

金石录（赵明诚）　⑰367。

金石萮(冯承辉) ⑰367。
金石索(冯云鹏、冯云鹓) ⑬25.3。
金时针 见《表》。
金瓶梅(兰陵笑笑生) ①427.3;⑥237.8,361.5;⑨193.1,193.4,202.1;⑩160.7;⑫447.1;⑬148.1,149.2;⑰367。
金银岛(影片) ⑯524.7。
金楼子(萧绎) ⑨359.18。
金七十论(自在黑) ⑰367。
金文丛考(郭沫若) ⑫326.2;⑰367。
金文续编(容庚) ⑰367。
金石书目(缪荃孙) ⑰367。
金石识别(达纳) ⑥331.10。
金石萃编(王昶) ②349.21;⑧67.5;⑬25.2;⑰367。
金石续编(陆耀遹) ⑰367。
金光明经 ④537.11。
金刚之子(影片) ⑯482.9。
金粉世家(张恨水) ⑬103.1;⑰367。
金銮密记(韩偓) ⑩147.17。
金石分域编 ⑰367。
金主亮荒淫 见《金虏海陵王荒淫》。
金刚经六译 ⑰367。
金刚经鸠异(段成式) ⑧134.6。
金刚经宗通(曾凤仪) ⑰367。
金声玉振集(袁褧) ⑫191.2。
金瓶梅词话 见《金瓶梅》。
金文馀释之馀(郭沫若) ⑰368。
金石萃编补略(王言) ⑰368。
金冬心花果册(金农) ⑰368。
金石萃编校字记(罗振玉) ⑰368。
金刚经、心经略疏(智俨、法藏) ⑰368。
金刚经嘉祥义疏(吉藏) ⑰368。
金虏海陵王荒淫 ①160.18;⑰369。
金石契附石鼓文释存(张燕昌) ⑰368。
金冬心先生诗稿墨迹(金农) ⑰368。
金刚般若波罗蜜经论 ⑰368。
金刚经智者疏、心经靖迈疏 ⑰368。
命命鸟(许地山) ⑪394.6。
命运之丘陵(让·吉奥诺) ⑰517。
斧背(尚钺) ⑥273.75;⑪255.3。
斧声集(孔另境) ⑰368。
受子谱(李汝珍) ⑰368。
受古堂书目 ⑰368。
朋友(鲁迅) ⑯447.13。
朋友(铃木金二) ⑰467。

肥皂(鲁迅)　⑮506.5。

肥料(谢芙琳娜)　⑩399.16，
415.6，424.1；⑫281.17；
⑯267.1。

周书　⑨18.46，367.5；⑰369。

周礼　⑥107.13；⑨367.1。

周考　⑨13.11。

周志　⑨27.11。

周南　⑨372.38。

周汉遗宝(东京帝室博物馆)
⑰498。

周易要义(魏了翁)　⑰369。

周金文存(邹安)　⑪390.5，
390.6；⑰369。

周秦行纪(韦瓘)　⑨101.2；
⑩132.13，132.17。

周秦行纪论(李德裕)　⑨101.3。

周作人散文钞(章锡琛编)
⑰369。

周贺诗集、李丞相诗集(周贺、李
建勋)　⑰369。

鱼的悲哀(爱罗先珂)　⑩224.1；
⑭67.3；⑮449.1。

兔和猫(鲁迅)　⑯641.10。

匋斋藏瘗鹤铭两种合册(端方)
⑰369。

备急灸方附针灸择日编集(孙炬
卿)　⑰369。

忽然想到(一)(鲁迅)　⑮550.5。

忽然想到(四)(鲁迅)　⑮554.7。

忽然想到(五)(鲁迅)　⑮563.4。

忽然想到(十)(鲁迅)　⑮571.6。

《忽然想到(一)》附记(鲁迅)
③19.1。

狗、猫、鼠(鲁迅)　⑮611.5。

狗的驳诘(鲁迅)　⑮563.8。

京本大曲　⑨83.23；⑩119.37。

京尘杂录(杨懋建)　⑪430.14，
432.6。

"京派"与"海派"(鲁迅)
⑥315.3；⑯436.1。

京畿金石考(孙星衍)　⑰369。

京本通俗小说　①160.17；
④284.11；⑧214.20；⑨123.9；
⑰369。

夜哭(焦菊隐)　⑪112.4。

夜颂(鲁迅)　⑫403.1；⑯385.3。

夜宴(李长之)　⑰370。

夜谈(曹白)　⑭160.1。

夜哨线(叶紫)　⑬236.3。

夜读抄(二)(周作人)　⑫109.1，
138.1。

夜明前之歌　见《天明前之歌》。

郊祀歌十九章　⑨426.7。

庚子日记(高楷)　⑰370。

庚辛壬癸录(吴应箕)　⑰370。

庚子国变弹词(李宝嘉)
⑨302.2。

放浪者伊利沙辟台(巴罗哈)
⑩428.1。

於越三不朽图　见《明於越三不朽名贤图赞》。

於越先贤象传(任熊)　⑰370。

於越先贤象传赞(王龄)　⑰370。

於越先贤祠目序例　见《越中先贤词目序例》。

盲女(严森)　⑦221.168。

盲诗人最近的踪迹(中根弘)　⑩221.5，485.1。

性与性格(华宁该尔)　⑰498。

性之初现　⑰370。

怕妻趣史(影片)　⑯49.4。

怡兰堂丛书(唐鸿学)　⑰370。

炉边(陈炜谟)　⑥269.43；⑰370。

郑守愚文集(郑谷)　⑰370。

郑季宣残碑　⑧80.1。

郑堂读书记(周中孚)　⑩146.11。

郑厂所藏封泥(潘祖荫)　⑰370。

卷葹(冯沅君)　⑥270.46；⑪218.5，594.2；⑮643.4；⑰370。

卷发的掠夺(蒲柏)　⑦359.12。

单刀赴会　④346.3。

净土十要(智旭)　⑪416.1；⑰370。

净土经论十四种　⑰370。

浅草通信(岛崎藤村)　⑰503。

法华　见《妙法莲华经》。

法言(扬雄)　⑨368.12；⑰331。

法官(杜米埃)　⑥531.25。

法书考(盛熙明)　⑰371。

法句经(法救)　⑰371。

法显传(法显)　⑮222.1；⑰371。

法斯忒　见《浮士德》。

法苑珠林(道世)　⑰371。

法国文评(道登)　⑦216.125。

法国诗选(山内义雄)　⑰470。

法海观澜(智旭)　⑰371。

法布耳全集　⑰563。

法网与情网(影片)　⑯259.8。

法会和歌剧(鲁迅)　⑯453.8。

《法网》木刻插图(陈铁耕)　⑬175.1。

法国文学故事(辰野隆)　⑰469。

法国的浪漫派(勃兰兑斯)　⑫528.14。

法国新作家集(拉克雷泰勒等)　⑰470。

法兑耶夫底自传(亦还译)　⑩370.10。

法国书籍新插图(比雄)　⑰553。

法国文学史序说(伯吕纳吉埃尔)　⑰470。

法国文学的反动(勃兰兑斯)　⑫528.14。

法界无差别论疏(法藏)　⑰371。

法兰西斯柯·德·戈雅　⑰542。

法西斯德意志之访问(素琴译)

⑦426.9。

法兑耶夫底小说《溃灭》(藏原惟人)　⑩370.11,373.2。

法国精神史的一个侧面(后藤末雄)　⑰469。

法国通讯——关于文艺界的反法西斯蒂运动》(戴望舒)　④550.2。

河童(芥川龙之介)　⑰371。

河东记(薛渔思)　⑨101.4。

河朔访古新录(顾燮光)　⑰371。

河南卢氏曹先生教泽碑文(鲁迅)　⑬259.1,471.4;⑯489.16。

学堂歌(张之洞)　①105.20;⑧95.4。

学艺论抄(阿部次郎)　⑰498。

学堂日记(梁溪晦斋氏辑)　⑰371。

学算笔谈(华蘅芳)　⑤344.5。

学诂斋文集(薛寿)　⑰371。

学界的三魂(鲁迅)　⑮607.11。

学匪与学阀(姜华)　③224.2。

《学界的三魂》附记(鲁迅)　③223.1;⑮607.11。

学界新思想之潮流(鲁逊)　⑪376.2。

泥沙杂拾(徐诗荃)　⑬79.2;⑯447.8。

波兰文观　见《近代波兰文学概观》。

波兰姑娘(左琴科)　⑩505.2;⑫280.15。

波斯勋章(契诃夫)　⑩446.2;⑯525.12。

波兰美术　⑰557。

波兰说苑　⑰372。

波罗洲之野女(影片)　⑯405.8。

波德莱尔研究(辰野隆)　⑰451。

波兰民间故事十则(斯特洛夫斯卡)　⑰560。

波罗及诺之一周年(普希金)　①114.120。

波斯勋章及别的奇闻(契诃夫)　⑩451.5;⑰555。

泾林续记(周玄暐)　⑰372。

宝藏论(僧肇)　⑰372。

宝纶堂集(陈洪绶)　⑰372。

宜禄堂金石记(朱士端)　⑰372。

空座位的旅客(尼克索)　⑰555。

实学文导(傅云龙)　⑰372。

实用口语法(保科孝一)　⑰498。

实验教育法导论(莫伊曼)　⑩460.3。

诗学(亚里士多德)　⑦251.12;⑰518。

诗经　②34.3;④198.16;⑥111.34;⑦140.4;⑧244.7;⑩16.11,297.7。

诗逆(凌濛初)　⑨213.7。

诗说(吴敬梓)　⑨234.2。

诗筏(吴大受) ⑰372。

诗缉(严粲) ⑰372。

诗韵 ⑥459.8。

诗谱(郑玄) ⑨357.2。

诗本义(欧阳修) ⑰372。

诗外传(韩婴) ①161.24；
⑰417。

诗画舫 ②257.12。

诗人之死(莱蒙托夫)
①115.127。

诗与体验(伏尔泰) ⑰518。

诗与版画(赖少麒) ⑬353.2。

诗与诗论(冈本正一等) ⑰518。

诗余画谱(汪氏编) ⑫489.7。

诗和预言(鲁迅) ⑫423.1；
⑯391.15。

诗的起源(竹友藻风) ⑰518。

诗学概论(外山卯三郎) ⑰518。

诗魂礼赞(生田春月) ⑰518。

诗韵合璧(汤文潞) ①401.12。

诗歌之敌(春日一郎) ⑦250.5；
⑮550.2。

诗歌全集(维尼) ⑰556。

诗人的餐巾(阿坡里耐尔等)
⑰518。

诗人挖目记(影片) ⑯6.17。

诗经世本古义(何楷) ⑰372。

诗的形态学序说(外山卯三郎)
⑰518。

房中乐 ⑨397.8,401.7。

房山云居寺研究(日本东方文化
学院京都研究所) ⑰498。

话匣子(茅盾) ⑰373。

诡辩之研究(荒木良造) ⑰518。

该隐(拜伦) ①109.62。

建塔者(台静农) ⑥72.14,
274.84；⑰373。

建中实录(沈既济) ⑨82.14；
⑩99.20。

建安七子集(杨逢辰) ⑰373。

建议撤销广告 ④180.23。

建设的文学革命论(胡适)
④16.7。

建设时期的苏联文学(奥尔巴赫)
⑰504。

录崔立碑事(刘祁) ⑥35.5。

录鬼簿新校注(马廉) ⑩160.9。

隶续(洪适) ⑧80.3；⑰373。

隶释(洪适) ⑧85.19；⑰373。

隶韵(刘球) ⑧85.20；⑰373。

隶释刊误(黄丕烈) ⑰373。

居士传(彭际清) ⑥303.6；
⑰373。

刷浆糊与拍马屁(王志之)
⑫534.1,535.1。

屈原赋注(戴震) ⑰373。

屈原贾生列传(司马迁)
⑥433.4。

屈子离骚汇订、杂文笺略(王邦
采) ⑰373。

弥勒菩萨三经　⑰373。

弥耳敦失乐园画集(陀莱)
　　⑰454。

弦索西厢　见《西厢记诸宫调》。

陕西碑林目录(孙德俦)　⑰373。

迦茵小传(哈葛德)　④312.13;
　　⑧458.3。

迦丁比丘说当来变经　⑰374。

参加伦敦中国艺术国际展览会出
　　品图说　⑰374。

孟子　②34.4;⑤375.9;⑰374。

练囊记(吴长孺、张仲豫)
　　⑩105.9。

绀珠集　⑰374。

绅士的朋友(契诃夫)　⑪427.2。

细胞学概论(山羽仪兵)　⑰513。

织工(霍普德曼)　④462.11;
　　⑥495.9。

织工一揆(凯绥·珂勒惠支)
　　④462.11;⑥495.8;⑭52.4。

织工暴动　见《织工一揆》。

织工暴动、农民战争、战争(凯
　　绥·珂勒惠支)　⑰540。

孤雁(王以仁)　⑰374。

终生大事(胡适)　④313.19;
　　⑦207.51。

终条山的传说(李健吾)
　　⑥271.54。

绍兴府志(平恕)　⑧66.4。

绍介《海上述林》上卷(鲁迅)
　　⑭165.1;⑯627.5。

绍县小学成绩展览会报告
　　⑰374。

经籍志(焦竑)　⑩60.9。

经训读本(广东教育厅)
　　⑥281.4;⑰375。

经典集林(洪颐煊)　⑰375。

经典释文(陆德明)　⑰375。

经训堂书目　⑰375。

经训堂丛书(毕沅)　⑰375。

经籍访古志(森立之等)
　　⑪533.2,536.1。

经典释文考证(卢文弨)　⑰375。

经籍旧音辨证(吴承仕)　⑰375。

经律异相因果录　⑰375。

函青阁金石记(杨铎)　⑰375。

函夏考文苑议(马良)　⑰375。

九　画

契诃夫像(保夫理诺夫)
　　⑭72.3。

契诃夫小说　⑰375。

契诃夫全集(中村白叶)

⑩452.8;⑰445。

契诃夫纪念(司基塔列慈)
　　⑩446.3。

契诃夫书简集　⑰445。

契诃夫杰作集　⑰445。

契诃夫的笔记　⑰445。

契诃夫与新文艺(罗加契夫斯基)　⑦220.154。

契诃夫死后二十五年纪念册　⑰565。

契诃夫《三姊妹》在莫斯科艺术剧院演出剧照(艾弗罗斯)　⑰571。

贰臣传　⑥652.5。

贰臣汉奸的丑史和恶果(高越天)　⑥651.3。

春水(冰心)　⑰375。

春秋　①113.106,428.12；④55.4；⑤63.8；⑧164.4；⑨379.9。

春蚕(茅盾)　⑤311.5；⑭310.8；⑰375。

春痕(冯沅君)　⑥270.48。

春潮(屠格涅夫)　⑤311.4。

春牛图　⑬348.1；⑯519.1。

春夜的梦(爱罗先珂)　⑩223.1；⑮447.3。

春秋文库(东京春秋社)　⑫528.9。

春秋正义(孔颖达等)　⑰376。

春秋复始(崔适)　⑰376。

春在堂随笔(俞樾)　⑧68.12。

春郊小景集(李桦)　⑬304.2,328.1；⑰376。

春秋公羊传(公羊高)　②218.3；⑧164.4；⑭323.2。

春秋左氏传(左丘明)　②309.14；④27.19；⑨405.4,439.20；⑭323.2。

春秋谷梁传(谷梁赤)　⑧164.4。

春秋胡氏传(胡安国)　⑰376。

春晖堂丛书(徐渭仁)　⑰376。

春秋左传类编(吕祖谦)　⑰376。

春秋左传杜注补辑(姚培谦)　⑰376。

春秋座二月上演剧目版画——威廉·退尔(稻垣知雄)　⑰499。

奏弹王源(沈约)　⑥355.5。

帮闲法发隐(鲁迅)　⑯396.15。

帮忙文学与帮闲文学(鲁迅)　⑬298.1,371.2。

珂尔强(斯洛伐茨基)　①118.162。

珂勒惠支画集　见《凯绥·珂勒惠支画集》。

珂勒惠支新作集　见《凯绥·珂勒惠支新作集》。

珍珠岛(影片)　⑯530.5。

封神榜　见《封神演义》。

封禅方说　⑨13.16,429.22。

封神演义(许仲琳)　①256.7；②308.9；③267.7；⑦149.3；⑧212.12。

项链(莫泊桑)　⑩260.13。

项羽与刘邦(长与善郎)　⑰513。

城与年(费定)　⑩386.24；
⑫514.2；⑬148.2,376.1,
388.3；⑭46.1,137.6。

城市之光(影片)　⑯298.1。

《城与年》插图(亚历克舍夫)
⑦444.1；⑬148.3,471.5,
376.1。

《城与年》概要(曹靖华)
⑭53.3；⑰376。

政语　⑨358.12。

政治画集(台尼)　⑰569。

政治委员(里培进斯基)　⑰441。

赵飞燕外传(伶玄)　④462.10；
⑨43.16；⑩155.12。

赵飞燕别传(秦醇)　⑨16.37,
113.19,131.2；⑩119.41,
155.8。

赵先生底烦恼(许钦文)　⑰376。

赵似升长生册(赵凤)　⑰376。

垓下歌(项羽)　⑨400.4。

某氏集　见《鲁迅选集》(佐藤)。

某刊物(酉生)　⑥316.6；
⑧430.2。

某笔两篇(鲁迅)　⑯39.11。

某市的历史　见《一个城市的历
史》。

"某"字的第四义(鲁迅)
⑯529.1。

荆生(林纾)　①199.23；

④115.17；⑤266.9。

荆棘(黄鹏基)　⑥273.73；
⑪185.1。

荆南萃古编(周懋琦、刘瀚)
⑰376。

荆冠上的亲吻(司徒乔)
④74.5。

革命军(邹容)　①241.14；
④132.4；⑥568.5。

革"首领"(鲁迅)　⑯38.5。

革命文学论(丁丁)　④124.3。

革命的女儿(里德)　⑰499。

革命的故事(阿尔志跋绥夫)
⑩186.20；⑬30.6,30.7。

革命的英雄们(富曼诺夫)
⑩418.36,419.37；⑫283.8；
⑯312.5。

革命艺术大系(尾濑敬止)
⑰499。

革命的前一幕(陈铨)　⑰377。

革命神的受难(白薇)
④179.17。

革命家的手记　见《一个活动家
的回忆录》。

革命文豪高尔基(邹韬奋)
⑤318.5；⑫395.3,435.4；
⑰377。

革命时代的文学(鲁迅)
⑧199.3。

革命俄国的艺术(尾濑敬止)

⑰499。

革命后之俄国文学（昇曙梦）
⑰499。

革命时代的夏里宾（施蛰存）
⑫530.2。

革命露西亚的艺术（尾濑敬止）
⑩333.3。

革命文学与遵命文学（鲁迅讲演
记录稿）⑬298.1。

革命时期的演剧与舞蹈　见《新
俄的演剧和跳舞》。

《革命的中国之新艺术》木刻参展
目录（鲁迅）⑯432.10。

茜窗小品　⑰377。

带羽毛的帽子（聂维洛夫）
⑭143.1。

草叶集（惠特曼）⑬459.3；
⑰499。

草隶存（邹安）⑰377。

草鞋脚（鲁迅、茅盾编）⑥21.1；
⑬212.2；⑭310.2，319.6。

草木春秋（江洪）⑫229.3。

草莽私乘（陶宗仪）⑰377。

草堂诗余（凤林书院辑）⑰377。

《草鞋脚》小引（鲁迅）⑭319.2。

《草鞋脚》引言（伊罗生）
⑭319.3。

草之叶——关于惠特曼的考察
（有岛武郎）⑦208.56。

茶经（陆羽）⑨16.34。

茶花女（小说）（小仲马）⑰377。

茶花女（剧本）（小仲马）⑰377。

茶余客话（阮葵生）⑨174.7；
⑪429.6。

茶座琐语（卢前）⑬101.6。

茶香室丛钞（俞樾）③354.5；
⑧212.10。

荀子（荀况）⑨391.15；⑰377。

荀悦前汉记袁宏后汉纪合刻
⑰377。

茗斋集（彭孙贻）⑥202.36；
⑬318.2；⑰377。

荒漠（阿姆斯特朗）⑰538。

荒岛历险记（影片）⑯530.13。

茫茫夜（蒲风）⑰377。

荡寇志（俞万春）②285.26；
⑨157.19。

故乡（鲁迅）⑮425.3。

故乡（许钦文）⑥271.56；
⑪445.2；⑮589.1；⑰377。

故宇妖风（影片）⑯275.8。

故事新编（鲁迅）⑬606.1；
⑭57.6；⑰378。

《故乡》译后记（佐藤春夫）
⑭193.5。

《故乡》封面画（陶元庆）
⑮585.12。

《故事新编》读后感（徐懋庸）
⑭37.1。

胡宝玉（吴沃尧）⑨303.13。

胡适文选　⑬130.1;⑰378。
胡里奥·胡列尼托和他的学生的奇遇(爱伦堡)　⑰499,561。
南风　⑨370.23。
南史(李延寿)　⑰378。
南行(徐懋庸)　⑫466.2。
南山里(日本东亚考古学会)　⑰500。
南行记(艾芜)　⑰378。
南齐书(萧子显)　⑧84.11;⑰378。
南柯记(汤显祖)　⑩116.17。
南唐书(马令)　⑰378。
南西厢记(崔时佩、李日华)　⑨92.10;⑩131.7。
南西厢记(陆采)　⑨92.11;⑩131.8。
南极探险(影片)　⑯275.3。
南美风月(影片)　⑯558.1。
南浔镇志(汪曰桢)　⑰378。
南烬纪闻　⑨132.7。
南海百咏(方信孺)　⑰378。
南菁札记(溥良)　⑰378。
南蛮广记(新村出)　⑰500。
南湖四美(吴观岱)　⑰378。
南雷余集(黄宗羲)　⑰378。
南方异物志(房千里)　⑩137.55。
南华玩具集(现代创作版画研究会)　⑰378。
南村辍耕录(陶宗仪)　⑩115.6。
南宋院画录(厉鹗)　⑰378。
南欧的天空(吉江乔松)　⑰500。
南柯太守传(李公佐)　⑥339.17;⑨91.2;⑩116.15。
南陵无双谱　见《无双谱》。
南腔北调集(鲁迅)　⑬57.1,60.1,151.1,388.2;⑯442.10;⑰379。
南北两宋志传(陈继儒)　⑨158.25。
南阳汉画像集(关葆谦辑)　⑬583.3;⑰379。
南阳会海对类(吴望辑)　⑰379。
南宋六十家集(陈起)　⑰379。
南宋群贤小集(陈起、顾修)　⑰379。
南通方言疏证(孙锦标)　⑰379。
南菁书院丛书(王先谦、缪荃孙)　⑰379。
南阳汉画像访拓记(孙文青)　⑬583.1;⑰379。
南北朝的社会经济制度(冈畸文夫)　⑰500。
南薰殿图像考、国朝院画录、西清札记(合刻)(胡敬)　⑰379。
药(鲁迅)　⑪376.1;⑮367.2。
药谱(侯宁极)　⑧134.7。
药用植物(刘米达夫)　⑬547.2;⑯218.4;⑰379。

药用植物及其他　见《药用植物》。
标注训译水浒传(平冈龙城译)　⑰526。
枯树(庾信)　⑥453.20。
枯煤,人们和耐火砖(潘菲洛夫等)　⑩420.51;⑯328.3。
柯罗连科(高尔基)　⑬377.2。
柯洛连科　回忆录的一章(高尔基)　⑬247.2。
相人　③434.3。
查旧帐(鲁迅)　⑯391.17。
查理·梅里昂(艾锷风)　⑰536。
查拉图司屈拉钞　见《扎拉图斯特拉如是说》。
柚子(王鲁彦)　⑥271.58,272.61。
柚堂续笔谈(盛百二)　⑨203.5。
柏梁台诗　⑨429.24。
柏拉图的斐多篇(柏拉图)　⑰556。
柳赋(枚乘)　⑨416.13。
柳氏传(许尧佐)　⑩104.6。
柳毅传(李朝威)　⑨91.2;⑩105.11。
柳毅传书(尚仲贤)　⑨93.20;⑩105.13。
柳濑正梦画集　⑰500。
柳无忌来信按语(鲁迅)　⑯185.11。
栎园书影(周亮工)　⑤52.3。
树蕙编(方时轩)　⑰380。
勃兰特(易卜生)　⑥71.10;⑰449。
勃洛克论(托洛茨基)　⑧488.2。
勃鲁斯基　见《磨刀石农庄》。
柬天行(刘半农)　⑬74.2。
咸池　⑨370.22。
威塞克思(哈代)　⑦93.8。
威廉·蒲雪新画帖　⑰553。
厘捐局(宫竹心)　⑪412.1,419.1。
面包(凯绥·珂勒惠支)　⑥497.31。
面影　见《面影,我的素描》。
面包线(张天翼)　⑫365.4。
面包店时代(巴罗哈)　⑩495.1。
面城精舍杂文(罗振玉)　⑰380。
面影,我的素描(林芙美子)　⑭283.3;⑰500。
研求(卢那察尔斯基)　⑩333.5。
研几小录(内藤虎次郎)　⑰500。
牵三歌谶(王嘉)　⑨61.7。
残唐五代史演义(罗贯中)　⑨144.15。
拷问与虐杀(远藤友四郎)　⑰500。
轻薄桃花(胡今虚)　⑫456.2。
轻微的欷歔(蒲宁)　⑪533.2。
挺好(辰野隆)　⑰438。

括异志(张师正)　⑨112.7；
⑰380。

拾遗记(王嘉)　⑰380。

拾零集(鲁迅)　⑥480.11；
⑬226.2,321.3,342.2。

指南录(文天祥)　⑬106.6。

按察使　见《钦差大臣》。

挥麈录(王明清)　⑰380。

背景(格罗斯)　⑰545。

战后(雷马克)　④478.20；
⑰380。

战争(雷恩)　④364.11。

战争(凯绥·珂勒惠支)
⑥495.13。

战争(铁霍诺夫)　⑰380。

战国策　⑨439.20。

战地英雄(影片)　⑯594.8。

战争故事(萨多维亚努)
⑩520.5。

战时日记(罗曼·罗兰)
⑥430.4。

战略关系(鲁迅)　⑯363.6。

战士和苍蝇(鲁迅)　⑮558.4。

战地莺花录(影片)　⑯72.1。

战争与和平(列夫·托尔斯泰)
④478.16；⑤276.6,593.4；
⑦122.8；⑬277.2。

战争版画集(料治朝鸣等)
⑤608.4。

战斗的唯物论(普列汉诺夫)

⑰523。

战争中的威尔珂(伐佐夫)
⑦221.170；⑩199.1,522.2；
⑪406.17,409.8；⑮441.2。

点滴(周作人译)　⑥267.23。

点句的难(鲁迅)　⑯481.2。

点石斋丛画(尊闻阁主人)
②257.12。

虐杀(鲁迅)　⑬119.4。

竖琴(鲁迅编译)　④446.1；
⑫333.1,340.3,370.2；
⑬52.1,206.2,288.1；
⑯332.1；⑰380。

竖琴(理定)　⑦130.8；⑩392.1；
⑫280.14。

《竖琴》前记(鲁迅)　⑬288.2,
468.1；⑭34.2。

临床医学与辩证唯物论(利夫席
茨)　⑰527。

临灞池远诀赋(枚乘)
⑨416.15。

省心杂言(李邦献)　⑨17.41。

尝试集(胡适)　①569.10；
⑪389.1。

是爱情还是苦痛(罗家伦)
⑥266.12；⑦237.5；⑬354.3。

显扬圣教论(无著)　⑰380。

显感利冥录　①320.12。

显微镜下的奇观(仲摩照久)
⑰500。

星(叶紫) ⑬554.2,610.4。
星花(拉甫列涅夫) ⑫259.2,328.2;⑬550.1;⑯324.1;⑰380。
星座神话(野尻抱影) ⑰500。
星槎胜览(费信) ⑰380。
昨夜(顾仲雍) ⑰380。
昨日之歌(冯至) ⑰380。
昭明文选(萧统编) ⑥320.2。
昭明太子集(萧统) ⑦142.16;⑰381。
昭明太子文集 见《昭明太子集》。
昭德先生郡斋读书志 见《郡斋读书志》。
毘陵集(独孤及) ⑰381。
贵耳集(张端仪) ⑩157.26。
贵家妇女(左琴科) ⑩504.1。
贵池二妙集(吴应箕、吴城) ⑰381。
虹(华兹华斯) ⑭68.2。
虹儿画谱(蕗谷虹儿) ⑰500。
思旧赋(向秀) ④504.19。
思想者(罗丹) ⑧493.2。
思适斋集(顾广圻) ⑰381。
思亲诗一首(嵇康) ⑩83.11。
思索与随想(山内义雄) ⑰501。
思想·山水·人物(鹤见祐辅) ⑩301.1,302.8;⑫118.2;⑯76.4;⑰381,501。
思益梵天所问经 ⑰381。
品花宝鉴(陈森) ⑨275.5;⑪430.14。
骂人与自骂(周木斋) ④489.2。
骂杀与捧杀(鲁迅) ⑯488.13。
哈蒲(伊凡诺夫) ⑩399.14。
哈孟雷特(莎士比亚) ⑥129.6。
哈泽·穆拉特(列夫·托尔斯泰) ②230.6。
哈洛尔特游草(拜伦) ①109.74。
哈姆雷特和堂吉诃德(屠格涅夫) ⑦202.3。
咬文嚼字(鲁迅) ③11.1。
咬文嚼字(二)(鲁迅) ⑮554.2。
炭画(显克微支) ⑩518.9;⑪112.4,421.4;⑮81.1,104.4,123.5;⑰381。
炭矿夫(龚冰庐) ⑭310.4。
幽明录(刘义庆) ⑦141.9;⑨15.29,54.18。
幽怪录(牛僧孺) ⑧134.9。
幽愤诗一首(嵇康) ⑩83.7。
幽僻的陈庄(隽闻) ⑰381。
幽默和讽刺(吴组缃) ⑭354.1。
幽默年大事记(王志之) ⑫534.1,535.1。
钟馗捉鬼传(阳直樵云山人) ⑨234.1。
钦差大臣(果戈理) ①385.3;

④91.2;⑥153.5。
钦定四库全书　见《四库全书》。
钦定元承华事略补图(王恽、徐郙等)　⑰381。
拜伦(尼科尔)　⑰448。
拜伦像(克拉甫兼珂)　⑭72.3。
拜伦画像(菲力普斯)　①239.3。
拜金艺术(辛克莱)　③580.10;⑰495。
拜经楼丛书(吴骞)　⑰382。
拜轮时代之英文学　见《英国文学——拜伦时代》。
拜经楼藏书题跋记(吴寿旸)　⑰382。
看云集(周作人)　⑰382。
看书琐记(鲁迅)　⑯470.6。
看书琐记(二)(鲁迅)　⑯470.6。
看图识字(鲁迅)　⑬43.3,107.15,122.2,129.1;⑯454.19。
看变戏法(鲁迅)　⑯405.1。
看司徒乔君的画(鲁迅)　⑯75.2。
看萧和"看萧的人们"记(鲁迅)　⑯364.15。
看了魏建功君的《不敢盲从》以后的几句声明(鲁迅)　⑮459.3。
怎么写(夜记之一)(鲁迅)　④279.12;⑫73.2;⑯39.12。
怎样地建设革命文学(李初梨)　④69.12。
选本(鲁迅)　⑫470.5,489.10;⑬12.8,98.3;⑯410.9,493.3。
选佛谱(智旭)　⑰382。
选适园丛书　⑰382。
香谱(陈敬)　⑰382。
香奁集(韩偓)　⑩147.17。
香东漫笔(况周颐)　⑰382。
香祖笔记(王士祯)　①162.30;⑨213.11。
种树集(章衣萍)　⑰382。
种树郭橐驼传(柳宗元)　⑨81.4。
秋收(茅盾)　⑭310.8。
秋风辞(刘彻)　⑨401.8。
秋明集(沈尹默)　⑰382。
秋河赋(蒋防)　⑩106.21。
秋夜纪游(鲁迅)　⑯395.10。
秋夜偶成(鲁迅)　⑯476.15。
秋胡小说　⑨122.1。
秋思草堂遗集(陆莘行)　⑰382。
秋浦双忠录(刘世珩)　⑰382。
秋波小影册子(舒位)　⑰382。
科学权威(影片)　⑯488.7。
科学随想(西村真琴)　⑰501。
科克多诗抄(科克多)　⑰441。
科学方法论(王星拱)　⑰382。
科学的诗人(卢格洛)　⑰501。

科克多艺术论(科克多) ⑰441。

科学画报丛书(日本科学画报社) ⑰501。

科学的艺术论丛书(冯雪峰、鲁迅编译) ④274.31;⑩474.5; ⑬596.2。

科波司乔治回忆记 见《乔治下士的回忆》。

科米萨尔热芙斯卡雅纪念册 ⑰565。

重三感旧(鲁迅) ⑤381.4; ⑯405.1。

重刊宋本孔丛子(孔鲋) ⑰383。

重订谢承《后汉书》补逸(孙志祖) ⑩8.10。

重作六言诗十首代秋胡歌诗七首 (嵇康) ⑩83.10。

复仇(鲁迅) ②177.1。

复仇(其二)(鲁迅) ②179.1。

复古编(张有) ⑰383。

复仇艳遇(影片) ⑭166.2; ⑯628.6。

复堂日记(谭献) ⑰383。

复魏猛克(鲁迅) ⑯385.2。

复夺受禅台 ⑨142.2。

复吴敬恒书(章炳麟) ⑥580.8。

顺天府志 ⑰383。

顺宗实录(韩愈等) ⑦332.8。

修多罗藏 ⑦104.6。

俏皮的精神分析(弗洛伊德)

⑰503。

俚谣(汤朝竹山人) ⑰501。

保留(鲁迅) ⑫400.4; ⑯380.17。

保罗・儒弗传(莫克莱尔) ⑰532。

保守文言的第三道策(陈望道) ⑥376.3。

促狭鬼莱哥羌台奇(巴罗哈) ⑩434.1;⑬424.1,489.2; ⑯494.10。

俄国今昔(狄龙) ⑰558。

俄国三人集(契诃夫、果戈理、高尔基) ⑰529。

俄国文学史(山内封介) ⑰456。

俄国戏曲集(共学社编译) ④477.9。

俄国社会史(勃克洛夫斯基) ⑰456。

俄国之谗谤者(普希金) ①114.120。

俄国文学史略(郑振铎) ⑰383。

俄国文学画苑 ⑬357.2;⑰535。

俄国文学研究(小说月报社) ④477.10。

俄国文学研究(片上伸) ⑩317.2;⑰529。

俄国文学思潮(米川正夫) ⑰457。

俄国文学家像(魏烈斯基)

⑫315.4,351.7;⑰570。
俄国的新艺术(乌曼斯基)
④441.4;⑰552。
俄国革命电影(卢那察尔斯基)
⑰457。
俄罗斯的童话(高尔基)
⑧516.1;⑩442.1,443.2;
⑬273.2,463.1,518.3,
577.5;⑯475.6,476.8;⑰383。
"俄罗斯的童话"(海洛)
⑬569.1。
俄国文学史梗概　见《最近俄国文学史略》。
俄罗斯名著二集(李秉之译)
⑬383.1。
俄国革命后的文学(马克西莫夫)
⑰528。
《俄罗斯的童话》小引(鲁迅)
⑯549.5。
俄国社会运动史话(巴金)
⑰383。
俄国革命的预言者(梅列日科夫斯基)　⑰528。
俄国现代文豪杰作集(昇曙梦译)
⑰529。
俄国短篇小说杰作集(格拉汉编译)　⑩384.10;⑰544。
俄国共产党的文艺政策　(外村史郎、藏原惟人辑译)　⑰528。
俄语基本单词四千字(小野俊一)
⑰529。
俄国现代的思潮及文学(昇曙梦)
⑰528。
俄国社会民主劳动党党史(季诺维也夫)　⑰457。
俄罗斯文学的理想与现实(克鲁泡特金)　⑰528。
俄文译本《阿Q正传》序及著者自序(鲁迅)　⑮571.7。
俗说(沈约)　⑨70.7。
俗谚论　⑰383。
信(金淑姿)　⑦136.1;⑫331.2;
⑰412。
信摭(章学诚)　⑰383。
信州杂记(毕勒涅克)　⑩491.1。
皇览(刘劭、王象)　⑩30.6。
皇汉医学(汤本求真)　④144.3。
"皇汉医学"(鲁迅)　⑫208.1。
皇后私奔记(影片)　⑯125.1。
皇明英烈传　⑨159.28。
皇帝的新衣(安徒生)　⑤512.4。
皇明世说新语　见《明世说新语》。
鬼沼　见《魔沼》。
鬼董　⑨124.10。
鬼红楼　⑨249.17。
鬼谷子　③116.19。
鬼趣图(罗聘)　④635.2;
⑥243.5;⑰365。
鬼神列传(谢氏)　⑨15.29。

鬼怪奇觚图(米歇尔) ⑰560。
禹贡 ⑨368.10。
侯鲭录(赵令畤) ⑩131.4。
俟堂专文杂集(鲁迅) ⑩68.1;
⑮531.4。
待诏臣饶心术 见《心术》。
待诏臣安成未央术 ⑨13.16。
须发爪(江绍原) ⑫115.1。
弇州史料(董复表) ⑥198.10。
剑侠传 ⑧135.14;⑨112.5。
剑南诗稿 见《陆放翁全集》。
剑侠狄伯卢(影片) ⑯604.11。
食肉者言(马成章) ⑤246.2。
食人人种的话(腓立普)
⑩506.1,507.3。
食疗本草的考察(中屋万三)
⑰501。
胜鬘经宋唐二译 ⑰383。
脉经(王叔和) ⑰383。
脉望馆书目(赵琦美) ⑩63.30。
狭的笼(爱罗先珂) ⑧156.2;
⑩218.1,219.7;⑪423.3;
⑮444.6。
独白(《戏》编者) ⑥155.2。
独立丛刊(韦丛芜拟编)
⑫155.4。
独秀文存(陈独秀) ⑥454.33;
⑫71.7。
狱中记(王尔德) ⑥429.3。
狱中记(柏克曼) ⑰384。
狱中赠邹容(章炳麟)
⑥568.7。
狱中闻沈禹希见杀(章炳麟)
⑥568.7。
訄书(章炳麟) ⑥200.21,
568.3。
逃犯(谢芙琳娜) ⑰533。
逃名(鲁迅) ⑯549.10。
逃的辩护(鲁迅) ⑯358.14。
急就章 见《急就篇》。
急就篇(史游) ⑤272.7;⑰384。
急就章草法考(李滨) ⑰384。
哀史 见《悲惨世界》。
哀尘(雨果) ⑩481.1,481.2。
哀歌(耶利米) ①104.11。
哀范君三章(鲁迅) ②331.25;
⑬294.1。
亭乃特之腿(菲力普) ⑰534。
疯人(柔石) ④287.3。
疯姑娘(明娜·康特) ⑩196.1;
⑪406.17,409.8;⑮441.2。
疯狂心理(哈忒) ⑰384。
疯子的自白(斯特林堡) ⑰520。
施公案 ④161.11;⑨290.13。
“音乐”?(鲁迅) ③253.28;
⑬114.1。
音鉴(李汝珍) ⑨263.14。
帝国主义列强在华之活动及其经
济势力(原胜) ⑰463。
帝国剧院二月上演剧目版画——

希拉诺之部(栋方志功) ⑰442。
恒农冢墓遗文(罗振玉) ⑰384。
恰巴耶夫(富曼诺夫) ⑭145.3;⑰484。
恨海(吴沃尧) ⑨303.13。
恨赋(江淹) ⑪346.3。
闺范(吕坤) ⑰384。
闺情(蔼夫达利阿谛思) ⑮131.5。
闾邱辨囿(顾嗣立) ③357.25。
炼狱(但丁) ⑩454.3。
炼狱(周楞伽) ⑰384。
炸弹(内田鲁庵) ⑰449。
炸弹和征鸟(白薇) ⑦215.119。
差两个铜元(宫莳荷) ⑪412.2,419.2。
养生论(嵇康) ⑩84.21。
养鸡学 ⑰384。
养鸡全书 ⑰384。
美学(阿部次郎) ⑰503。
美人心(影片) ⑯524.6。
美人恩(张恨水) ⑬103.1;⑰384。
美人赋(司马相如) ⑨438.13。
美术论(福氏) ⑰384。
美代子(佐藤春夫) ⑭271.4;⑰518。
美术大观 见《苏俄美术大观》。
美术史要(格劳尔) ⑰540。
美术丛书(岩波书店) ⑰503。
美术全集 见《世界美术全集》。
美术别集 见《世界美术全集》。
美术概论(森口多里) ⑰503。
美国文学(高垣松雄) ⑰436。
美学原论(丘尔佩) ⑰503。
美术史潮论 见《近代美术史潮论》。
美术的探求(大类伸) ⑰502。
美术百科全书(佐藤义亮) ⑰503。
美学教育问题(格鲁斯) ⑩460.3。
美术与国民教育(复氏) ⑰385。
美学及文学史论(梅林) ⑩474.4;⑰502。
美术史的根本问题(板垣鹰穗) ⑰503。
美国人目中的中国(姚克) ⑫496.1。
叛乱(富曼诺夫) ⑩418.35;⑰503。
叛逆儿(拉克雷泰勒) ⑰470。
叛逆者(有岛武郎) ⑦208.56;⑰503。
叛逆者——关于罗丹的考察(有岛武郎) ⑦208.56。
送戛剑生往白(周作人) ⑧537.4。
送南行的爱而君(徐祖正)

⑪199.1。
送O.E.君携兰归国(鲁迅) ⑬324.2。
类林(焦竑) ⑨71.24。
类说(曾慥) ⑰385。
类林杂说(王鹏寿) ⑰385。
迷羊(郁达夫) ⑰385。
迷楼记 ⑧134.11;⑨144.13;⑩145.5。
前夜(屠格涅夫) ⑬367.4。
前汉纪 ⑥108.22;⑰377。
前后男女二十四孝悌图说(新闻报馆) ⑰385。
酋长(显克微支) ⑩179.5。
总退却(葛琴) ④639.1。
《总退却》序(鲁迅) ⑯416.14。
洪氏碑目 ⑰385。
洞窟(札弥亚丁) ⑩393.1;⑫280.10;⑯162.7。
洞冥记 见《汉武洞冥记》。
洗冤录(宋慈) ③19.3;⑤486.16。
活地狱(李宝嘉) ⑨302.3。
活的中国(斯诺编译) ⑯460.11。
活字与死字(陈友琴) ⑥293.4。
活中国的姿态(内山完造) ⑥277.1;⑭410.1;⑰273,479。
洛中记异(秦再思) ⑨112.9。
洛中九老会(白居易) ⑧133.5。
洛阳伽蓝记(羊衒之) ⑤458.3。
洛阳伽蓝记钩沈(唐晏) ⑰385。
洛勒托的文艺女神(迪绥尔多黎) ⑦341.11。
济颠大师醉菩提全传(天花藏举人) ⑰385。
洋服的没落(鲁迅) ⑯447.13。
洋形式的窃取与洋内容的借用(叶紫) ⑤491.2。
觉世真经阐化编(徐谦) ⑰385。
宣室志(张读) ⑨16.36,101.5。
宣验记(刘义庆) ⑨61.2。
宣和遗事 ③409.12。
宫闱秘典(刘若愚) ⑥198.5。
突击队(班菲洛夫等) ⑩420.48。
窆石汉隶考(张希良) ⑧66.4。
客窗偶笔(金棒阊) ⑨227.29。
诫子拾遗(李恕) ⑨16.31。
诫当阳公大心书(萧纲) ⑧216.3。
语林(裴启) ⑥338.12;⑦141.8;⑨16.38,69.1;⑩150.10。
语言学论丛(林语堂) ⑰386。
语言的本质、发展及其起源(叶斯柏森) ⑰484。
祖异志(聂田) ⑨112.8。
神子(沃德) ⑰543。

神曲(但丁)　④462.8;⑥427.3;⑩454.3。
神录(刘之遴)　⑨15.29。
神摩(莱蒙托夫)　①115.126。
神仙传(葛洪)　⑥338.16;⑨316.4。
神异记(王浮)　⑨61.5。
神异经(东方朔)　⑨18.45,428.19。
神童诗(汪洙)　⑤272.4。
神仙与鸟(高德福鲁格林)　⑫155.7,162.2。
神州大观(神州国光社)　⑰386。
神农本草　②403.16;⑩297.9。
神话研究(黄石)　⑰386。
神猫艳语(影片)　⑯416.13。
神话学概论(西村真次)　⑰504。
神秘的陌生人(马克·吐温)　④342.3。
祝福(鲁迅)　⑮506.4。
祝《涛声》(鲁迅)　⑫418.2;⑭91.3;⑯395.5。
祝枝山草书艳词(祝允明)　⑰386。
祝蔡先生六十五岁论文集　见《庆祝蔡元培先生六十五岁论文集》。
说戏(齐如山)　⑰386。
说库(王文濡)　⑪444.3;⑰386。
说苑(刘向)　⑨33.9,392.23;⑰386。
说郛(陶宗仪)　①160.15;⑧129.2;⑨70.8;⑩19.3,20.5;⑪535.3;⑮66.7;⑰387。
说郛(陶珽)　⑧136.20。
说铃(汪琬)　⑨72.33。
说铃(吴震方)　⑰387。
说"面子"(鲁迅)　⑯481.4。
说"幽默"(鹤见祐辅)　⑩303.1;⑪649.1;⑮652.4。
说文句读(王筠)　⑰387。
说文发疑(张行孚)　⑰387。
说文匡鄦(石一参)　⑰387。
说文校议(姚文田、严可均)　⑰387。
说文释例(王筠)　⑰387。
说文解字(许慎)　③69.6;⑥107.13,294.8;⑨357.5;⑰387。
说岳全传(钱彩)　④504.13;⑨159.33。
说文古籀补(吴大澂)　⑰387。
说文解字注(段玉裁)　⑪560.2。
说翻译之难(端先)　⑫122.2。
说文古籀补补(丁佛言)　⑰387。
说文古籀拾遗(孙诒让)　⑰387。
说文古籀疏证(庄述祖)　⑰387。
说文系传校录(王筠)　⑰387。
说文段注订补(王绍兰)　⑰388。

说文解字系传(徐锴) ⑰388。
说文解字附通检(许慎、黎永椿) ⑰388。
说述自己的纪德(石川涌) ⑩498.1,499.2。
说“曲终人不见,江上数峰青”(朱光潜) ⑥453.19。
郡名百家姓 见《百家姓》。
郡斋读书志(晁公武) ⑨42.5;⑩60.3;⑰381。
退伍(诺维柯夫-普里波依) ⑬423.5,439.3,460.2。
咫进斋丛书(姚觐元) ⑰388。
费晓楼仕女画册(费丹旭) ⑰388。
眉间尺 见《铸剑》。
眉庵集(杨基) ⑰388。
眉山诗案广证(张鉴秋) ⑰388。
除夕及其他(杨晦) ⑰388。
除乐户丐户籍及女乐考附古事(俞正燮) ⑥198.9。
降龙伏虎(影片) ⑯475.5。
娇红记(刘兑) ⑰388。
姚惜抱尺牍(姚鼐) ⑰388。
姚伯多锜双胡苏丰国造象记(姚伯多等) ⑮323.1。
娜拉 见《玩偶之家》。
怒吼罢,中国!(特烈捷雅柯夫) ⑫485.7;⑬388.3;⑰487。
勇敢的约翰(裴多菲) ①120.178;⑦219.152;⑧354.1;⑫186.3,213.1,213.2,250.1,265.1,265.3,275.1;⑯161.2,161.5,221.2,254.8,271.4,275.1;⑰388,547。
《勇敢的约翰》壁画(贝拉陀尔) ⑫249.1,265.2。
癸酉笺(荣宝斋) ⑫454.11。
癸巳存稿(俞正燮) ⑰388。
癸巳类稿(俞正燮) ⑥198.9。
癸辛杂识(周密) ⑧219.2;⑩159.3。
柔石作《二月》小引(鲁迅) ⑯150.4。
结婚(果戈理) ⑬377.4。
结婚(斯特林堡) ⑰518。
结算(夏征农) ⑰339。
结婚集(斯特林堡) ⑰389。
结婚的爱(司托泼司) ⑰389。
结一庐书目(朱学勤) ⑩61.14。
结群性与奴隶性(戈尔敦) ⑪426.7。
结一庐朱氏剩余丛书(朱澂) ⑰389。
结婚及家族的社会学 ⑰518。
绘画聊斋志异图咏(同文书局) ⑬465.5。
给……(高长虹) ⑧191.10;⑪282.1,668.5。

给少年者(风沙)　⑰389。

给文学社信(鲁迅)　⑬89.2；
　⑯391.18。

给一个新同志(撒莫比特尼克)
　④219.15。

给作版画的人(永濑义郎)
　⑰497。

给有志于文学者(武者小路实笃)
　⑰471。

给支那和支那国民信(中里介山)
　⑥15.14。

给《戏》周刊编者的订正信(鲁迅)
　⑯494.4。

给苏联的"机械的市民们"(高尔
　基)　⑦220.161。

给周章二先生的一封短信(陈百
　年)　⑧476.3。

绛洞花主(陈梦韶)　⑧180.1。

绛云楼书目(钱谦益)　⑩61.10。

《绛洞花主》小引(鲁迅)
　⑯6.12。

绝岛沉珠记(影片)　⑯599.8。

绝妙好词笺(周密)　⑰389。

孩子(伊凡诺夫)　⑬360.10。

孩儿塔(白莽)　⑥512.2；⑰389。

统计一夕谈(顾澄)　⑰389。

统治阶级的新面目(格罗斯)
　⑰552。

骈字类编(张廷玉等)　⑭299.2。

骈雅训纂(魏茂林)　⑭299.7。

十　　　画

耕织图(刘松年)　④462.9。

耕织图(楼璹)　④462.9；
　⑫485.3。

耕织图(焦秉贞)　⑰389。

秦妇吟(韦庄)　⑤247.5。

秦梦记(沈亚之)　⑨81.5；
　⑩134.27,135.43,135.44。

秦汉演义(黄士恒)　⑪451.2。

秦劫痛语(陕西旅京学生联合会)
　①364.5。

秦汉瓦当存　见《遯庵秦汉瓦当
　存》。

秦汉金文录(容庚)　⑫334.2；
　⑰389。

秦金石刻辞(罗振玉)　⑰390。

秦泰山刻石(李斯)　⑰390。

秦汉瓦当文字(罗振玉)　⑰390。

泰绮思　见《泰绮丝》。

泰绮丝(法朗士)　⑥316.7；
　⑫88.3,92.6；⑰445,561。

泰山之子(影片)　⑯569.5。

泰山之王(影片)　⑯441.9。

泰山情侣(影片)　⑯476.10。

泰赖·波尔巴　见《塔拉司·布
　尔巴》。

泰山秦篆二十九字　⑰390。

泰西名家杰作选集(北原义雄) ⑰504。
泰西最新文艺丛书(东京新潮社) ⑰504。
班固年谱(郑鹤声) ⑰390。
敖德萨故事集(巴培尔) ⑰543。
素描集(格罗斯) ⑰543。
素描新技法讲座(北原义雄编) ⑰504。
聂隐嬢(裴铏) ⑩92.17。
赶集(老舍) ⑬206.1;⑰390。
起死(鲁迅) ⑬593.2。
起世经 ⑰390。
起信论 见《大乘起信论》。
起信论直解(德清) ⑰390。
盐场(楼适夷) ⑬201.2,212.1;⑭310.5。
袁氏世范(袁采) ⑨17.41。
袁中郎全集(刘大杰标点) ⑥396.2。
袁中郎全集校勘记("袁大郎") ⑤604.2。
都市与年 见《城与年》。
都市的冬(王亚平) ⑰390。
都玛罗夫 见《托曼诺夫》。
都城纪胜(灌园耐得翁) ①159.10;⑨123.7。
都市的逻辑(林房雄) ⑰509。
恐惧(亚菲诺甘诺夫) ⑫442.1;⑰390。
埃斯特拉马杜尔的嫉妒的卡里札莱斯(塞万提斯) ⑰547。
莽原丛刊 ⑪596.3。
《莽原》出版预告(鲁迅) ⑪56.2。
恭喜发财(影片) ⑯593.2。
恭贺文化界的"新年"(何家槐) ⑭9.3。
莱辛传奇(梅林) ⑰456。
莱蒙托夫(勃拉果夷) ⑬357.1。
莱蒙托夫像(沙波尔洛斯基) ⑬357.1。
莱蒙托夫诗四首(孙用译) ⑫149.2。
莱克兰世界文库 见《莱克朗氏万有文库》。
莱比和他的朋友(约翰·布朗) ⑬473.1,480.1。
莱克朗氏万有文库 ④503.6;⑦220.156;⑩513.3。
莫里哀全集 ⑰454。
莫斯科印象记(胡愈之) ④437.4;⑰391。
莫泊桑短篇小说集(李青崖译) ⑤498.12。
莫郘亭(友芝)先生行述(莫祥芝) ⑰391。
莪默·伽亚谟的鲁拜集 ⑰558。
荷牐丛谈(林时对) ⑰391。
荷兰派弗朗德勒派四大画家论

（博德）　⑰439。

晋书（虞预）　⑮56.6。

晋书（房玄龄）　⑩16.3；⑰391。

晋纪（干宝）　⑨53.7。

晋书辑本（汤球）　⑰391。

晋纪辑本（汤球）　⑰391。

晋二俊文集（陆机、陆云）
　　⑰391。

恶癖（张若谷）　⑤90.2。

恶魔（高尔基）　⑩513.1,513.7,
　　513.8；⑯165.1。

恶之华（波德莱尔）　⑰542。

莉蒂亚·绥甫林娜自传（绥甫林
　　娜）　⑩415.4。

莎乐美（王尔德）　⑦359.13。

莎乐美（影片）　⑮510.3。

"莎士比亚"（鲁迅）　⑯476.9。

莎士比亚与现实主义（味茗）
　　⑬141.1。

莺莺传（元稹）　⑥339.19；
　　⑨16.37,91.2；⑩130.2。

莺莺歌（李绅）　⑥339.19；
　　⑨91.5；⑩131.3。

真与美（柳宗悦）　⑰501。

真英烈传　⑨159.29。

真理之堡（至尔·妙伦）　⑰559。

真实的传记　见《阿Q正传》。

真象如此伪装（长谷川如是闲）
　　⑰504。

桂公塘（郑振铎）　⑬106.5。

桂游日记（张维屏）　⑰391。

桂林风土记（莫休符）　⑨81.10；
　　⑩132.18。

桂海虞衡志（范成大）　⑰391。

栖梧花史小传（魏秀仁）
　　⑨276.10。

桐花芝豆堂诗集（刘半农）
　　⑤353.2；⑥77.12。

格列柯（黑田重太郎）　⑰440。

格林童话　见《格林兄弟儿童与
　　家庭童话集》。

格罗苏那（密茨凯维支）
　　①116.143。

格致丛书（胡文焕）　⑥240.3。

格致新机（弗兰西斯·培根）
　　①41.60。

格利佛游记（斯威夫特）
　　⑤573.6；⑫24.1；⑰392。

格林童话集（金田鬼一译）
　　⑰440。

格罗斯画集（格罗斯）　⑰542。

格罗斯绘画（格罗斯）　⑰543。

格斯纳的田园诗（格斯纳）
　　⑰546。

格林兄弟儿童与家庭童话集
　　⑰548。

桃园（茅盾）　⑰391。

桃花扇（孔尚任）　⑧261.2；
　　⑰391。

桃色的云（爱罗先珂）　④158.4；

⑩226.2,230.1;⑪238.3;
⑫100.2;⑯640.4;⑰391。

桃花源记(陶潜)　⑥338.14;
⑨80.3。

《桃色的云》序(鲁迅)　⑩230.2。

桃花扇传奇　见《桃花扇》。

校碑随笔(方若)　⑬457.2;
⑰392。

校正万古愁　见《万古愁曲》。

校经山房丛书(朱记荣)　⑰392。

样式与时代(钦兹堡)　⑰524。

哥萨克(影片)　⑯267.8。

贾昌传　见《东城老父传》。

贾子次诂(王耕心)　⑰392。

辱骂和恐吓决不是战斗(鲁迅)
⑬449.3。

夏书　⑨367.5。

夏伯阳　见《恰巴耶夫》。

夏伯阳(影片)　⑯604.8。

夏娃之歌(望·莱培格)
⑩264.2。

夏娃日记(马克·吐温)
④341.1;⑯276.11;⑰392。

夏伯阳之死(吴明等译)
⑭145.3。

破邪论(法琳)　⑰392。

破坏者(影片)　⑯271.5。

破垒集(黎锦明)　⑥272.62;
⑰392。

破落户(炳文)　⑦70.8。

破坏与建设(世纪)　⑪372.3。

原人论(达尔文)　①17.4。

原动力(革拉特珂夫)　⑰438。

原色贝类图(山川默)　⑰504。

烈火(黎锦明)　③511.7;
⑥272.62。

烈女传　⑤350.4。

殉难革命家列传(守田有秋)
⑰504。

顾曲麈谈(吴梅)　⑧173.4;
⑨157.17。

顾西眉画册(顾洛)　⑰392。

顾氏文房小说(顾元庆)
⑩98.9;⑪534.1;⑰392。

顾端文公年谱(顾与沐等)
⑥237.7。

顾端文公遗书(顾宪成)　⑰393。

顾恺之画女史箴　见《〈女史箴〉
图》。

捕狮(菲力普)　⑯96.1。

挽狂飙(常燕生)　④279.3;
⑫28.6。

挽郑正秋(田汉)　⑬527.9。

哲学要义(笛卡儿)　①41.61。

热风(鲁迅)　⑮558.5,590.7;
⑰393。

热情之花(培那文德)　⑩310.3。

捣鬼心传(鲁迅)　⑯416.8。

致母(饶超华)　⑪612.1。

致诸帝(裴多菲)　①119.173。

致友人书（瓦莱里）　⑰549。

致中国国民宣言（国际工人后援会）③103.5；⑪93.3。

致全体学生公启（杨荫榆）③78.7。

致《新语林》读者辞（珂贝）⑬181.1。

致一位青年诗人的信（里尔克）⑰535。

致马克西姆·高尔基书信集（列宁）⑰535。

致北京国立各校教职员联席会议函（陈源等）③181.8。

柴霍甫短篇杰作集（赵景深译）⑤497.11。

监狱与病院（许拜言）⑰393。

逍遥游（庄子）⑤374.3。

党人魂（影片）⑯44.7。

晓风（张秀中）⑰393。

鸭绿江畔（杨昌溪）⑤491.3。

晏子春秋　③317.3。

畔牢愁（扬雄）⑨389.6。

哭范爱农（鲁迅）⑦450.4；⑯493.2。

恩斯特·巴拉赫　⑰541。

鸯堀摩罗经　⑨342.3。

峭帆楼丛书（赵诒琛）　⑰393。

圆明园图咏（弘历等）　⑰393。

铁马（影片）⑯609.2。

铁汉（影片）⑯594.9。

铁流（绥拉菲摩维支）　④601.6；⑤536.6；⑥20.2，501.9；⑦394.1；⑧364.4，502.1；⑩399.12；⑫259.3，267.2，279.6，300.3，312.1，435.3，456.1；⑯161.3，259.6，267.6，267.7，271.6，275.5，283.2，308.9，317.5，320.2，396.17；⑰393，519，567。

《铁流》图（毕斯凯莱夫）⑧507.1；⑫259.5；⑯283.2。

《铁流》注（曹靖华译）　⑯267.7。

铁云藏龟（刘鹗）　⑰393。

铁甲列车　见《铁甲列车 Nr.14－69》。

铁血将军（影片）　⑯604.6。

铁的奔流　见《铁流》。

铁的静寂（略悉珂）　⑥370.5。

铁桥漫稿（严可均）　⑰393。

《铁流》地图　⑫279.2；⑯275.5。

《铁流》在巴黎（瞿秋白）⑭197.1。

铁云藏龟之余（罗振玉）　⑰393。

铁甲列车 Nr.14－69（伊凡诺夫）⑥20.2；⑧347.1；⑯224.4；⑰393，516，555。

铃木春信（野口米次郎）　⑰519。

银谷飞仙（影片）　⑯279.4。

特权者的哲学和科学（周建人）⑬176.6。

牺牲(凯绥·珂勒惠支)
⑧351.4。

造形艺术概论(珂纳柳斯)
⑰540。

造型美术概论(外山卯三郎)
⑰505。

造型艺术社会学(豪森斯泰因)
⑰505。

造型美术的形式问题(希尔德布
兰德) ⑰505。

敌乎？友乎？(徐道邻)
⑬380.3。

笔端(曹聚仁) ⑬364.1；⑰394。

笔耕园(和田幹男) ⑰516。

笔尔和哲安(莫泊桑) ⑰394。

笔记小说大观(进步书局)
⑤526.5。

笑林(邯郸淳) ⑥337.11；
⑨70.9。

笑林(何自然) ⑨70.13。

笑府(冯梦龙) ⑧213.17。

笑林广记(游戏主人)
③157.16；⑨322.2；⑬59.2。

积学斋丛书(徐乃昌) ⑰394。

透底(鲁迅) ⑯374.8。

蚕赋(荀卿) ⑩53.6。

乘异记(张君房) ⑨112.6。

倒提(鲁迅) ⑬152.1；
⑯460.10。

倾国倾城(美国影片) ⑭336.2；

⑯514.3。

倍林斯基像(保里夫诺夫)
⑬392.1。

射击(普希金) ⑬383.5。

射阳存稿 见《射阳先生存稿》。

射阳续稿(吴承恩) ⑨175.9。

射阳先生存稿(吴承恩)
⑨175.9；⑪430.11。

息邪(思孟) ⑧112.2。

徒然的笃学(鹤见祐辅)
⑮563.7。

徐庾集 ⑰394。

徐孝穆集(徐陵) 见《徐庾集》。

徐骑省集(徐铉) ⑰394。

徐文长故事(林兰等) ⑭492.1；
⑰394。

徐法智墓志 ⑧77.1。

徐霞客游记(徐霞客) ⑧4.1。

徐孝穆集笺注(吴兆宜) ⑰394。

徐旭生西游日记(徐炳昶)
⑰394。

徐青藤水墨花卉卷(徐渭)
⑰394。

徐懋庸作《打杂集》序(鲁迅)
⑬417.1,430.1；⑯525.16。

殷文存(罗振玉) ⑰394。

殷芸小说(殷芸) ⑨43.13。

殷契拾遗(陈邦怀) ⑰394。

殷虚卜辞 ⑰394。

殷虚书契考释(罗振玉) ⑰395。

殷虚文字类编（罗振玉）　⑰395。

殷虚书契菁华（罗振玉）　⑰395。

殷虚书契待问编（罗振玉）　⑰395。

殷商贞卜文字考（罗振玉）　⑰395。

殷周青铜器铭文研究（郭沫若）　⑰395。

殷墟出土白陶之研究（梅原末治）　⑰505。

般若灯论（龙树）　⑰395。

般若心经五家注　⑰395。

航空救国三愿（鲁迅）　⑯363.1。

拿来主义（鲁迅）　⑯459.2。

拿破仑与隋那（鲁迅）　⑯488.6。

爱（契诃夫）　⑦219.153；⑫217.2。

爱经（奥维德）　⑫160.2,317.3。

爱弥儿（卢梭）　③579.3。

爱莲说（周敦颐）　⑧532.2。

爱的分野（蒋光慈）　⑥480.8。

爱的故事（汉姆生）　⑰519

爱的牺牲（影片）　⑮550.1。

爱的教育　见《心》。

爱眉小札（徐志摩）　⑭64.1；⑰395。

爱情之道（柯仑泰）　⑰505。

爱情至上（格罗斯）　⑰561。

爱斯基摩（影片）　⑯460.14。

爱尔兰情调（野口米次郎）　⑰520。

爱情与世仇（戏剧）　⑪29.1。

爱与死的搏斗（罗曼·罗兰）　③284.5；⑰519。

爱罗先珂画像（中村彝）　⑮476.5。

爱略特文学论（爱略特）　⑰438。

爱罗先珂童话集（鲁迅译）　⑩215.1；⑰395。

《爱罗先珂童话集》序（鲁迅）　⑬295.1。

爱德华·蒙克版画艺术（希夫勒编）　⑰539。

爱国的两说与爱国的两派（顺天时报社论）　③104.10。

脊令操（张岱）　⑥452.14。

豹姑娘（影片）　⑯460.15。

颂　⑤63.7。

颂萧（鲁迅）　⑯363.7。

翁山文外（屈大均）　⑤619.3；⑰395。

翁松禅书书谱（翁同龢）　⑰395。

脂砚斋重评石头记　见《红楼梦》。

狸猫换太子　⑤506.5。

狼狈为奸（影片）　⑯263.7。

卿云歌（北洋政府国歌）　⑮395.1；⑰363。

留真谱（杨守敬）　⑫451.2。

留东外史（向恺然）　③358.38。

留下镇上的黄昏(魏金枝)
⑥273.72。

饿(萧红) ⑬453.3,460.3。

馀冬叙录(何孟春) ⑰395。

恋歌(萨多维亚努) ⑩520.1;
⑬472.1,474.1;⑯539.1。

恋歌(伐佐夫) ⑬518.1。

恋爱与新道德(柯仑泰) ⑰505。

高士传(皇甫谧) ②349.22;
③547.43;⑰396。

高王经 ②300.13。

高尔基 见《革命文豪高尔基》。

高僧传(慧皎) ⑰396。

高士传像 见《高士传》。

高尔基传 见《革命文豪高尔
基》。

高尔基像(蔼非莫夫) ⑬237.4。

高尔基像(索洛威赤克)
⑭72.3。

高老夫子(鲁迅) ⑮567.1。

高力士外传(郭湜) ⑨94.33。

高尔基全集 ⑤533.7;⑫232.1,
505.2;⑰441,550。

高尔基全集(高桥晚成译)
⑩443.4。

高尔基研究 ⑰441。

高尔基选集 ⑰550。

高更版画集 ⑰554。

高尔基画像集 ⑯380.15。

高加索累囚行(普希金)

①114.117。

高昌壁画精华(罗振玉) ⑰396。

高尔基创作年表(邹道弘)
⑩513.5。

高尔基创作选集(瞿秋白编译)
⑫435.5,438.2,439.2,
524.10;⑭34.5。

高尔基论文选集(瞿秋白编译)
⑫433.2,435.6,436.2,492.4;
⑬486.1,515.5,521.1;
⑭34.5;⑯549.6;⑰396。

高尔基文艺书简集(横田瑞穗译)
⑰441。

高等学校英语读本 ⑦209.69。

高蹈会紫叶会联合图录(大原松
云编) ⑰505。

高尔基的四十年创作生活——我
们的祝贺(鲁迅、茅盾等)
⑥405.7。

高尔基《底层》在莫斯科艺术剧院
演出剧照(艾弗罗斯) ⑰569。

郭子(郭澄之) ⑥337.11;
⑨69.3。

郭有道碑文(蔡邕) ⑥450.4。

郭遐周赠诗三首(郭遐周)
⑩83.12。

郭仲理画椁拓本 ⑫198.1。

郭忠恕辋川图卷(郭忠恕)
⑰396。

郭果尔短篇小说集(萧华清译)

⑬403.6,497.5。
席勒剧木《群盗》警句图(格罗斯)　⑧363.2;⑰557。
病中的诗(周作人)　⑪422.1。
病后杂谈(鲁迅)　⑥626.2;⑬299.4,314.1,335.2;⑯493.1。
病后杂谈之余(鲁迅)　⑬335.3,364.6;⑯494.8。
痀偻集(郑振铎)　⑥360.4;⑰396。
离婚(老舍)　⑬206.2;⑰396。
离骚(屈原)　②3.1;⑤123.3;⑥357.3;⑦153.3;⑨389.1;⑫319.4;⑬29.2;⑮531.2。
离魂记(陈玄祐)　⑩98.15。
离骚图(二种)(陈洪绶、萧云从)　⑰396。
离骚图经(萧云从)　⑰396。
离开政党生活的战壕(杨邨人)　④649.10;⑤401.4。
唐书　见《旧唐书》。
唐诗(费氏影宋刻合本)　⑰396。
唐·璜(拜伦)　①110.81;⑰539。
唐三藏(剧本)　⑨166.8。
唐风图(马和之)　④462.9;⑰396。
唐文粹(姚铉)　⑩119.35;⑰396。
唐会要(王溥)　⑩106.17。
唐语林(王谠)　⑨71.20;⑩136.47。
唐阙史(高彦休)　⑨102.7。
唐人说荟(陈世熙)　③254.37;⑥240.3;⑧133.1;⑩98.17;⑪521.1;⑰396。
唐才子传(辛文房)　⑩134.30。
唐艺文志(欧阳修)　⑰396。
唐书演义(熊大木)　⑨158.24。
唐代丛书　见《唐人说荟》。
唐宋文醇　⑤474.11。
唐宋诗醇　⑤474.11。
唐国史补(李肇)　⑰397。
唐诗纪事(计有功)　⑩134.29;⑰397。
唐韵残卷(孙愐)　⑰397。
唐子西文录(唐庚)　⑧220.6。
唐四名家集(毛晋辑)　⑰397。
唐代文学史(王冶秋)　⑬577.2;⑰397。
唐百家诗选(王安石)　⑰397。
唐宋传奇集(鲁迅编)　③420.3;⑩97.1;⑮611.4,630.5;⑯35.9,38.3,38.8,38.9,44.12,49.10,453.7;⑰397。
唐诗三百首(孙洙)　⑥303.12;⑩118.33。
唐人小说八种　⑰397。
唐人写法华经　⑰397。

唐土名胜图会（冈田玉山等）
　⑰506。

唐元次山文集（元结）　⑰397。

唐太宗入冥记　⑨122.1。

唐宋大家像传（河原英吉）
　⑰506。

唐相梁公碑文（范仲淹）
　⑨123.3。

唐人万首绝句选（王士祯）
　⑦142.18。

唐三藏西天取经（吴昌龄）
　⑨166.9。

唐三藏取经诗话　见《大唐三藏
　取经诗话》。

唐开元小说六种（叶德辉）
　⑰398。

《唐宋传奇集》序例（鲁迅）
　⑯38.3，38.8。

唐宋元明名画大观（东京美术学
　校编）　⑬534.2；⑭215.2；
　⑰506。

《唐宋传奇集》封面画（陶元庆）
　⑪523.2；⑯50.15。

唐风楼金石文字跋尾（罗振玉）
　⑰398。

《唐宋传奇集》稗边小缀（鲁迅）
　③420.3。

唐御史台精舍题名考（赵钺、劳
　格）　⑩104.2。

唐李怀琳草书绝交书油素钩本

　（有正书局）　⑰398。

唐秘书省正字先辈徐公钓矶文集
　（徐寅）　⑰398。

唐大荐福寺故寺主翻经大德法藏
　和尚传（崔致远）　⑰398。

旅伴（安徒生）　⑰398。

阅藏知津（智旭）　⑰398。

阅微草堂笔记（纪昀）　⑥61.12；
　⑩71.5。

烦恼由于才智　见《聪明误》。

烟（屠格涅夫）　⑰522。

烟草（英格仑）　⑰522。

烟袋（爱伦堡等）　④449.14；
　⑥574.5；⑩386.25；⑫105.3；
　⑬31.6，102.2，456.4，521.2；
　⑭60.2，126.1；⑰398。

烟草与恶魔（芥川龙之介）
　⑩247.35。

烟画东堂小品（缪荃孙）
　①160.17。

烟屿楼读书志（徐时栋）　⑰398。

剡录（高似孙）　⑰398。

瓶史（袁宏道）　⑤620.5。

凌烟阁图　见《凌烟阁功臣图
　像》。

凌烟阁功臣图像（刘源）
　⑬215.3；⑰398。

益智图（童叶庚）　⑰398。

益雅堂丛书（傅士洵）　⑰399。

益智燕几图（童叶庚）　⑰399。

益智图千字文(童叶庚)　⑰399。

准风月谈(鲁迅)　⑫497.7；
⑬32.1,227.1,321.6,
325.2,336.2,360.5,388.2,
406.2,586.1；⑰399。

《准风月谈》后记(鲁迅)
⑬344.2。

资本论(马克思)　③165.12；
④271.6；⑫497.4。

资暇集(李匡文)　②347.2；
⑨17.40；⑩146.12。

资治通鉴(司马光)　⑥63.18；
⑨43.17；⑪367.5。

资治通鉴目录(司马光)
⑧84.9。

资治通鉴考异(司马光)
⑩120.46；⑰399。

《资本论》的文学构造(涅奇金娜)
⑰523。

涑水记闻(司马光)　⑰399。

酒后(凌叔华)　⑥272.67。

酒牌　见《水浒叶子》。

酒瘾(许广平)　⑪90.2。

酒会诗(嵇康)　⑩83.15。

酒德颂(刘伶)　⑨79.3。

浙江采集植物游记(胡先骕)
①401.6。

浙江图书馆印行书目　⑰399。

浙江同乡留学东京题名
⑬179.3。

消夏闲记(顾公燮)　⑩72.8。

娑罗树碑(李邕)　⑪430.12。

涅槃经　⑰399。

涓涓(萧军)　⑬423.3。

涓滴(森欧外)　⑩245.17。

海上(陈学昭)　⑰399。

海贼(拜伦)　①110.75。

海赋(木华)　⑥453.20。

"海燕"(宗珏)　⑭37.3。

海鹰(影片)　⑯68.3。

海山记　⑧134.11；⑨144.13；
⑩145.5。

海上夫人　见《海的女人》。

海上劳工(雨果)　⑩481.3,
481.6。

海上述林(瞿秋白)　⑥594.1,
606.1,606.5；⑦489.1；
⑧525.1；⑬575.1,601.1；
⑭9.4,87.11,170.2；
⑯593.3,624.12,627.1；
⑰399。

海仙画谱(王嬴)　⑰504。

海的女人(易卜生)　②134.10；
⑩314.7。

海的童话(恩地孝四郎)　⑰503。

海纳研究(高冲阳造)　⑩476.3。

海底寻金(影片)　⑯530.6。

海底旅行(凡尔纳)　⑬179.5。

海底探险(影片)　⑯488.10,
563.1。

海涅研究(舟木重信等) ⑰448。
海滨之夜(谢冰莹) ⑤320.2。
海上花列传(韩邦庆) ⑤586.5;
⑨276.13;⑪440.7,444.4;
⑰400。
海上繁华梦(孙家振) ⑨302.3;
⑪444.4。
海天鸿雪记(李宝嘉) ⑨302.2。
海纳与革命(毗哈) ⑩475.1,
475.2;⑫445.2;⑯400.4。
海得·加勃勒(易卜生)
⑦207.52。
《海燕》读后记(邱韵铎)
⑥542.11;⑭31.3。
海上名人画稿(张熊等) ⑰400。
海公主与渔人(爱罗先珂)
⑩226.2。
海外文学新选(东京新潮社)
⑦485.3;⑩415.2;⑰504。
海涅十三卷集(弗利德曼编)
⑰544。
海宁王忠慤公遗书(王国维)
⑫140.2;⑰400。
《海上述林》上卷插图正误(鲁迅)
⑭169.2。
浮士德(歌德) ①110.82;
⑥497.26;⑦376.25;⑰542。
浮士德(影片) ⑯128.3。
浮世绘大成(东京东方书院)
⑰506。
浮士德与城(卢那察尔斯基)
④287.9;⑦374.1;⑯202.6;
⑰400,571。
浮世绘六大家(野口米次郎)
⑰506。
《浮士德与城》后记(鲁迅)
⑯202.5。
浮世绘板画名作集(东京第一书
房编) ⑰506。
流冰(冯雪峰) ⑰400。
流红记(张实) ⑨131.2;
⑩154.3。
流浪者(巴罗哈) ⑦203.13。
流沙坠简(罗振玉) ①421.12;
⑰400。
流寇陷巢记(沈常) ⑥656.3;
⑰400。
流亡者的文学(勃兰兑斯)
⑫528.10;⑰511。
流寓日本的明末诸士(今关天彭)
⑰468。
浣玉轩集(夏敬渠) ⑰400。
浪花(张近芬) ⑰400。
浪迹续谈(梁章钜) ⑨183.1。
涌幢小品(朱国桢) ⑦244.3。
家训(霍渭厓) ①276.6。
家诫(嵇康) ③551.65;
⑦142.19;⑩85.29。
家庭为中国之基本(鲁迅)
⑯416.8。

宾退录(赵与旹)　⑨113.13;⑩100.28;⑰401。
窃愤录　⑨132.7。
容斋随笔(洪迈)　⑥199.17;⑨17.39;⑰401。
请愿人(萨尔蒂珂夫)　⑩518.8。
请看北京学界思潮变迁之近况(《公言报》报导)　⑪375.11。
诸子辨(宋濂)　⑰401。
诸子学略说(章炳麟)　⑥542.12。
诸病源候论(巢元方)　③545.33;⑰414。
诸家文章记录　见《众家文章记录》。
诸葛亮秋风五丈原(王仲文)　⑨142.2。
诸暨民报五周年纪念册　⑰401。
诺拉　见《玩偶之家》。
诺皋记(段成式)　⑧134.6。
诺阿·诺阿(高更)　⑦485.4;⑭243.1;⑮14.5;⑰448,553。
诺铁耳谭　见《巴黎圣母院》。
诺汉默教授　见《马门教授》。
诺瓦利斯日记(饭田安译)　⑰448。
读书术(法格)　⑰523。
读书忌(鲁迅)　⑯488.15。
读曲歌　⑥111.37。
读几本书(鲁迅)　⑯453.8。
读书丛录(洪颐煊)　⑩61.15。
读书杂谈(鲁迅)　⑯32.7,35.5。
读书杂释(徐鼒)　⑰401。
读书脞录(孙志祖)　⑰401。
读史丛录(内藤虎次郎)　⑰523。
读李翱文(欧阳修)　⑤474.11。
读《呐喊》图(王钧初)　⑯549.2。
读《高尔基》(林翼之)　⑤318.5。
读《推背集》(罗荪)　⑭106.2。
读碑小笺(罗振玉)　⑰401。
读书与革命(鲁迅讲演记录稿)　⑬291.1。
读书记数略(宫梦仁)　⑭299.6。
读四书丛说(许谦)　⑰401。
读《伪自由书》(曹艺)　④648.5。
读书脞录续编(孙志祖)　⑰401。
读古书的商榷(姚克)　⑬25.4。
读房龙的《地理》(瞿秋白)　⑬176.3。
读《中国小说史略》(胡怀琛)　⑬532.2。
读画录印人传(合刻)(周亮工)　⑰401。
读了童话剧《桃色的云》(秋田雨雀)　⑩232.1。
读的文章与听的文字(鹤见祐辅)　⑯24.5,27.1。
读了"记'杨树达'君的袭来"(李遇安)　⑪455.4;⑮537.2。
读武者小路君作《一个青年的梦》

（周作人） ⑩210.2。
读小品文（将苏东坡读孟郊诗二章改窜作）（徐诗荃） ⑬172.1。
扇误 见《温德米尔夫人的扇子》。
袖珍英日辞典（东京至诚堂） ⑰506。
被关闭的庭院（格林） ⑰512。
被开垦的处女地（萧洛霍夫） ⑰287,449。
被侮辱与被损害的（陀思妥耶夫斯基） ⑰402。
被解放的 Don Quixot 见《解放了的堂·吉诃德》。
被枪决而活下来的人（巴比塞） ⑰524。
被幽囚的普罗密修士（埃斯库罗斯） ⑰401。
冥音录 ⑩140.1。
冥祥记（王琰） ⑨15.30,61.3。
谁在没落？（鲁迅） ⑯454.18。
谁的矛盾（鲁迅） ⑯363.12。
调和（绍伯） ⑥153.10；⑬302.2。
冤魂志（颜之推） ⑨15.30，60.1。
谈天（赫歇尔） ⑥331.10；⑰402。
谈薮（阳玠松） ⑨70.12。
谈龙集（周作人） ⑰402。
谈虎集（周作人） ⑰402。
谈说谎（韩侍桁） ⑤447.2。
谈蝙蝠（鲁迅） ⑯385.7。
谈"激烈"（鲁迅） ⑯38.5。
谈皇仁书院（辰江） ③453.3。
谈谈萧伯纳（生形要） ⑰442。
谈《金瓶梅词话》（郑振铎） ⑩160.9。
谈谈世界女性（木村毅） ⑰474。
谈谈复旦大学（冯珧） ⑧292.2，297.4；⑯90.7。
谈现在中国的文学界（潘梓年） ⑫202.5。
剧说（焦循） ⑪429.5。
剧谈录（康骈） ⑨102.8。
屐痕处处（郁达夫） ⑰402。
陶山集（陆佃） ⑰402。
陶庵梦忆（张岱） ②273.3，285.23；⑰402。
陶渊明诗（陶潜） ⑰402。
陶渊明集（陶潜） ⑰402。
陶靖节集 ⑰402。
陶斋藏石记（端方） ⑰369。
陶元庆的出品 ⑧349.1；⑰321。
陶靖节诗集汤注（汤汉） ⑰403。
"陶元庆氏西洋绘画展览会目录"序（鲁迅） ③575.3。
娱目醒心编（杜纲） ①164.38。
娘儿们也不行（鲁迅）

⑯395.11。

婀娜小史　见《安娜·卡列尼娜》。

通典(杜佑)　⑩27.3。

通志(郑樵)　⑩31.8。

通信(鲁迅)　⑯38.2。

通鉴　见《资治通鉴》。

通疑(虞喜)　⑩28.5。

通俗编(翟灏)　⑭299.4；⑰403。

通俗小说　见《京本通俗小说》。

通鉴目录　见《资治通鉴目录》。

通鉴考异　见《资治通鉴考异》。

通鉴博论(朱权)　⑧217.5。

通论考古学(滨田耕作)　⑰507。

通信(复Y君)(鲁迅)
　　⑧276.2。

通信(复未名)(鲁迅)　⑮626.4。

通讯(致郑孝观)(鲁迅)
　　⑮541.5。

通俗三国志演义　见《三国演义》。

通俗忠义水浒传　见《水浒传》。

通过书简所看到的陀思妥耶夫斯基(纪德)　⑬515.3。

预兆(什罗姆斯基)　⑫108.1。

能改斋漫录(吴曾)　⑩100.27。

难蜀父老(司马相如)　⑨437.6。

难摄生中　见《难宅无吉凶摄生论》。

难答的问题(鲁迅)　⑯593.6。

难解的性格(契诃夫)
　　⑯525.12。

难自然好学论(嵇康)
　　③549.56；⑩85.26。

难宅无吉凶摄生论(嵇康)
　　⑩85.27，85.28。

骊山记(秦醇)　⑩155.10。

验方新编(鲍相璈)　①270.28；
　　⑧391.4。

绣襦记(薛近兖)　⑨83.25；
　　⑩118.27。

绥拉菲摩维支全集　⑫279.3；
　　⑰570。

绥拉菲摩维支访问记(曹靖华)
　　⑫442.2。

绥拉菲摩维支《铁流》序(涅拉陀夫)　⑥594.4。

十 一 画

琐记(鲁迅)　⑪572.2；⑮643.8。

琐言　见《北梦琐言》。

理水(鲁迅)　⑯564.14。

理想乡(显克微支)　⑰509。

理想国(柏拉图)　①36.7；

　　⑦251.10；⑧369.3。

理定自传　⑦221.166；⑩497.1。

理想之良人(王尔德)　②43.8。

理想的伴侣(许钦文)　②42.1。

理论艺术学概论(马察)　⑰509。

琅嬛文集(张岱)　⑥451.11。
职业(萧军)　⑬356.1,380.2,381.4,549.1。
聊斋志异(蒲松龄)　②274.16;④27.18;⑨225.7;⑩71.5;⑰403。
聊斋志异列传　见《聊斋志异外书磨难曲》。
聊斋志异拾遗　⑨225.9。
聊斋志异外书磨难曲(蒲松龄)　⑭384.1;⑰403。
域外小说集(鲁迅、周作人编译)　⑦130.4;⑧455.1,455.2;⑩168.1;⑪399.4;⑭409.2;⑰403。
《域外小说集》略例　⑩168.2。
《域外小说集》著者事略(周作人)　⑩175.1,179.6。
《域外小说集》著者事略二则(鲁迅)　⑩175.1。
埤雅(陆佃)　⑰403。
教坊记(崔令钦)　⑨275.1。
教育纲要(教育部)　⑧63.1。
教育漫谈(徐祖正)　③486.3。
教宗禁约　⑰404。
《教育纲要》说帖(教育部参事室)　⑧63.1,64.2,64.3,64.4。
教育法规汇编(教育部)　⑪367.2。
教育部令汇编　⑰404。
教育偏重科学无甯偏重道德(仿古)　①320.9。
黄祸(鲁迅)　⑯406.14。
黄花集(韦素园译)　⑩513.4;⑫111.2,123.3;⑰404。
黄金虫　见《玉虫缘》。
黄金湖(苏联影片)　⑬560.3;⑯558.3。
黄帝说　⑨13.16。
黄浦江(陈烟桥)　⑬466.1。
黄蔷薇(约卡伊·莫尔)　⑪336.9;⑮81.1;⑰404。
黄鹤楼(崔颢)　⑤15.5。
黄人之血(黄震遐)　⑤77.2。
黄帝内经　①197.3;②300.9;③19.2。
黄萧养回头(新广东武生)　①241.13。
黄石斋手写诗(黄道周)　⑰404。
黄瘿瓢人物册(黄慎)　⑰404。
黄尊古名山写真册(黄鼎)　⑰404。
黄小松藏汉碑五种(黄易)　⑰404。
黄子久秋山无尽图卷(黄公望)　⑰404。
黄石斋夫人手书孝经(蔡玉卿)　⑰404。
黄门郎向子期难养生论(向秀)　⑩84.22。

菽园杂记(陆容)　⑧222.2。
菲洲战争(影片)　⑯564.4。
菲力普全集(小牧近江等译)
⑰449。
菲洲小人国(影片)　⑯437.10。
菲洲孔果国(影片)　⑯436.9。
菲力普短篇集(堀口大学译)
⑰449。
萝藦亭札记(乔松年)　⑰405。
萝庵游赏小志(李慈铭)　⑰405。
菩提资粮论(龙树)　⑰405。
萤雪丛说(俞成)　⑧124.2。
乾膘子(温庭筠)　⑨102.13。
乾坤正气集(姚莹等)　⑩67.11。
乾隆皇帝与海宁(溪南)
⑤596.5。
萧伯纳颂(鲁迅)　⑧381.3。
萧曹遗笔(竹林浪叟)
③116.16。
萧梁旧史考(朱希祖)　⑪71.3。
萧伯纳在上海(瞿秋白编)
④516.1;⑤42.9;⑧510.1;
⑫376.5;⑰405。
萧冰厓诗集拾遗(萧立)　⑰405。
萧红作《生死场》序(鲁迅)
⑬582.3;⑯564.6。
萧伯纳过沪谈话记(镜涵)
⑭238.4,241.4。
萧伯纳与高尔斯华绥(郁达夫)
⑫374.3。
菉竹堂书目(叶盛)　⑩60.8。
萨罗美(影片)　见《莎乐美》。
萨朗波(福楼拜)　⑩492.7。
萨多姆城的结局(苏德曼)
⑪375.15。
梼杌闲评　⑨159.35。
梦(须桂纳)　⑰405。
梦迹(蕗谷虹儿)　⑩526.4。
梦粱录(吴自牧)　①160.11;
⑨123.5。
梦窗词(吴文英)　⑰405。
梦溪笔谈(沈括)　⑤557.2;
⑨17.39;⑰405。
梦东禅师遗集(际醒)　⑰405。
梵网经菩萨戒本疏　⑰405。
桯史(岳珂)　⑰406。
梅妃传　⑧135.16;⑨144.14;
⑩156.19。
梅花梦(张预)　⑫323.7。
梅屿恨迹　⑨214.14。
梅查列姆(戈尔)　⑰454。
梅花梦传奇(陈森)　⑫323.6;
⑭45.1;⑰406。
梅花喜神谱(宋伯仁)　⑫454.3;
⑰406。
梅村家藏稿(吴伟业)　⑰406。
梅亭先生四六标准(李刘)
⑰406。
梅瞿山黄山十九景册(梅清)
⑰406。

梅瞿山黄山胜迹图册(梅清)　⑰406。
梅令格的《关于文学史》(巴林)　⑩473.1。
梅斐尔德木刻士敏土之图　④624.6;⑦382.1;⑫254.4,267.3,312.4;⑬167.2;⑭380.3;⑯224.2,263.2;⑰406。
梭罗古勃像(克鲁格里科娃)　⑦366.19。
曹全碑　⑩8.8。
曹集铨评(丁晏)　⑰406。
曹子建文集(曹植)　⑰406。
曹望憘等造像记　⑬457.2。
曹靖华译《苏联作家七人集》序(鲁迅)　⑭143.2;⑯628.9。
副业和补遗(叔本华)　③234.3。
龚半千山水册(龚贤)　⑰407。
龚半千细笔画册(龚贤)　⑰407。
羼氏编钟图释(徐中舒)　⑫334.2;⑰407。
盛明杂剧(沈泰)　⑰407。
雪(巴金)　⑰407。
雪地(周文)　⑭310.6。
雪夜(汪敬熙)　⑥266.15;⑦237.5;⑬382.4。
雪耻(影片)　⑯454.20。
雪窦四集(重显)　⑰407。
雪堂校刊群书叙录(罗振玉)　③408.7。
描写自己(纪德)　⑩498.1。
捷尼的画——我们,我们的朋友和我们的敌人　⑰568。
推(鲁迅)　⑫403.1;⑯385.3。
推霞(苏德曼)　⑦237.7;⑪371.1。
推背图(李淳风)　⑤99.6,240.2,466.4。
推背图(鲁迅)　⑯374.1。
推背集(唐弢)　⑬441.4;⑭48.2;⑰407。
推己及人(鲁迅)　⑯453.8。
"推"的余谈(鲁迅)　⑯391.17。
授堂遗书(武亿)　⑰407。
授丘纾陈鸿员外郎制(元稹)　⑩119.36。
救急法　⑪426.1。
匾额——拟狂言(琴川)　⑦203.17。
鸶鹭湖的忧郁(端木蕻良)　⑭148.3。
堂祥　见《唐·璜》。
堂·吉诃德(塞万提斯)　④363.2,462.8;⑤314.4;⑥372.16;⑦425.3;⑰447。
常侍言旨(柳珵)　⑨144.14;⑩136.52。
常山贞石志(沈涛)　⑰407。
野草(鲁迅)　⑫39.3,482.14;

⑰407。

野获编(沈德符)　③156.10；
⑨44.20。

"野有死麕"(张慧)　⑬63.2。

野草·题辞(鲁迅)　②164.1；
⑬590.2;⑭34.4。

野叟曝言(夏敬渠)　⑥281.2；
⑨261.1。

野菜博录(鲍山)　⑰407。

野性的呼声(影片)　⑭378.2；
⑯549.7。

野兽训练法(鲁迅)　⑯406.21。

《野草》英译本序(鲁迅)
⑯279.2。

野蛮人与古典派(豪森斯泰因)
⑰534。

晨凉漫记(鲁迅)　⑫424.1；
⑯391.19。

晨风阁丛书(沈宗畸)　⑰408。

眼学偶得(罗振玉)　⑰408。

曼侬(普列服)　⑰408。

曼殊全集(苏曼殊)　⑰408。

曼殊遗迹(苏曼殊)　⑰408。

晚笑堂画传(上官周)　⑬9.6,
216.4;⑰408。

晚明二十家小品(施蛰存编)
⑥320.2,396.2。

晚笑堂竹庄画传　见《晚笑堂画
传》。

冕服考(焦廷琥)　⑰408。

趼廛笔记(吴沃尧)　⑨303.15。

趼人十三种(吴沃尧)
⑨303.15。

略谈香港(鲁迅)　⑯32.6。

略论中国文坛(张露薇)
⑥404.4;⑬547.5。

略论中国人的脸(鲁迅)
⑫58.13,85.3;⑯49.3。

略论梅兰芳及其他(上)(鲁迅)
⑯488.2。

略论梅兰芳及其他(下)(鲁迅)
⑯488.2。

略谈现在中国的绘画(曹白)
⑭160.1。

唯物史观(梅林)　⑩473.3；
⑰510。

唯物史观序说(东京无产阶级科
学研究所编)　⑰510。

唯物史观研究(河上肇)　⑰511。

唯物史观解说(果特)　⑰511。

唯物辩证法讲话(永田广志)
⑫528.5;⑰511。

唯物史观世界史教程(鲍恰罗夫
等)　⑥145.10;⑫527.3；
⑰511。

唯美主义者奥斯卡·王尔德(本
间久雄)　⑰510。

唯物论与辩证法的基本概念(普
列汉诺夫)　⑰510。

啸堂集古录(王俅)　⑰409。

崖边(彭柏山) ⑰409。

崔莺 见《莺莺传》。

崔娘诗(杨巨源) ⑨91.3；
⑩131.3。

崇实(鲁迅) ⑯363.1。

崇有论(裴𬱖) ③550.59。

崇文总目(王尧臣) ⑩60.2。

铜马(普希金) ①117.149。

笺经室丛书(曹元忠) ⑰409。

笠泽丛书(陆龟蒙) ④593.8；
⑰409。

第二天(爱伦堡) ⑰511。

第七人(吉宾斯) ⑰564。

第三种水 ④167.6。

第四十一(拉甫列涅夫)
④448.14；⑥574.5；⑩387.33；
⑫155.5，203.1，523.2；
⑬31.6，102.2，456.4，
521.2；⑭60.2，126.1；⑰409，
479，570。

《第四十一》后序(曹靖华)
⑫473.3；⑯165.4。

第三种人的"推"(达伍)
⑤243.2。

第二才子好逑传 见《好逑传》。

"第三种人"的出路(苏汶)
④455.5。

第聂伯水电站之夜(克拉甫兼珂)
⑭74.1；⑯604.10。

第一次全苏作家代表大会

⑬386.1，390.5。

第十三篇关于列尔孟托夫的小说
(巴甫连珂) ⑥606.4；
⑬515.4，518.2，548.2，
566.4。

《第十三篇关于列尔孟托夫的小
说》插图(巴尔多) ⑬566.4。

移行(张天翼) ⑰409。

移家(巴罗哈) ⑦203.13。

移民文学 见《流亡者的文学》。

《敏捷的译者》附记(鲁迅)
⑮571.5。

做文章(鲁迅) ⑯465.11。

做文与做人(林语堂) ⑥282.6。

做小说的秘诀(扰扰) ①420.2。

做"杂文"也不易(鲁迅)
⑯475.3。

做学问的工具(陈源)
③205.13。

做古文和做好人的秘诀(鲁迅)
④631.3。

袋街 见《死胡同》。

偶成(鲁迅) ⑯385.6，401.14。

偶感(鲁迅) ⑯454.12。

偶象再兴(和辻哲郎) ⑰511。

傀儡(影片) ⑯482.8。

傀儡家庭 见《玩偶之家》。

停办北京女子师范大学呈文(章
士钊) ①276.7，285.13；
③122.7，134.5。

假病人（契诃夫）　⑯488.9。

盘铭　⑨370.25。

舶载书目（日本）　⑧212.4。

悉怛多般怛罗咒　⑰409。

脸谱臆测（鲁迅）　⑬335.4，
　336.3；⑯494.9。

猎人笔记（屠格涅夫）　⑰512。

猎俄皇记（斐格纳尔）
　④462.12；⑭380.4；
　⑰533，546。

猫街（萩原朔太郎）　⑰512。

猫·狗·人（长谷川如是闲）
　③434.5。

逸史（卢肇）　⑨144.12。

逸如（郝荫潭）　⑰410。

逸周书　见《周书》。

祭祀及礼与法律（穗积陈重）
　⑰512。

庶联的版画（韦太白编）
　⑭122.4。

麻风女邱丽玉（宣鼎）
　①256.13。

庾子山集（庾信）　⑰394。

庸人的镜子（格罗斯）　⑰559。

康熙字典（张玉书等）　①188.4；
　②22.10；④631.5；⑥110.28。

康宁珂夫的画集　⑫315.5。

康伯度答文公直（鲁迅）
　⑯470.4。

康定斯基艺术论（康定斯基）

⑰439。

鹿之水镜（伊索）　⑰512。

旌异记（侯白）　⑨15.30，61.4。

章台柳（张国筹）　⑩105.10。

章氏丛书（章炳麟）　⑥571.22；
　⑪354.6。

章氏丛书续编（吴承仕等编）
　⑥571.22；⑰410。

章实斋乙卯丙辰札记合刻（章学
　诚）　⑰410。

竟西厢　见《锦西厢》。

商子（商鞅）　⑰410。

商书　⑨367.5。

商颂　⑨372.36。

商市街（萧红）　⑰410。

"商定"文豪（鲁迅）　⑯410.6。

商贾的批评（鲁迅）　⑯476.13。

商调蝶恋花词　见《商调蝶恋花
　鼓子词》。

商周金文拾遗（吴东发）　⑰410。

商务印书馆书目　⑰410。

商调蝶恋花鼓子词（赵令畤）
　⑨91.6；⑩131.4，132.12。

望堂金石（杨守敬）　⑰410。

望·蔼覃像　⑯54.8，72.2。

情史（詹詹外史）　⑰410。

情书一束（章衣萍）　⑫117.4；
　⑰410。

情欲的喻言（勃鲁盖尔）
　②248.13。

惜分飞（王余杞）　⑰410。

惜抱轩全集（姚鼐）　⑦142.17。

悼丁君（鲁迅）　⑫447.3。

悼李夫人赋（刘彻）　⑨426.4。

惟爱丛书（唯爱社）　⑫160.2。

惊人的重要新闻（"密探"）
　⑫252.1。

阎立本帝王图（阎立本）　⑰410。

粕谷德语学丛书（粕谷真洋）
　⑰512。

断片（诺瓦利斯）　⑰512。

断想（鹤见祐辅）　⑫39.4，41.5；
　⑯28.8。

剪条（巴托希）　⑬515.8。

剪影集（姚蓬子）　⑬206.2。

剪发奇缘（影片）　⑯44.5。

剪灯余话（李昌祺）　⑰411。

剪灯新话（瞿佑）　⑨224.1；
　⑰411。

剪影之研究（北尾春道）　⑰526。

兽世界（影片）　⑯267.4。

兽国古城（影片）　⑯564.3。

兽国奇观（影片）　⑯431.3。

兽国春秋（影片）　⑯259.2。

兽王历险记（影片）　⑯441.7。

兽国寻尸记（影片）　⑯535.5。

盗为媒（拉柴莱维支）
　⑪406.13。

清史（赵尔巽等）　⑤130.5。

清言（郑仲夔）　⑨71.26。

清异录（陶谷）　⑧134.7。

清人杂剧（郑振铎编）　⑫470.2；
　⑰411。

清代通史（萧一山）　⑬441.2。

清明时节（鲁迅）　⑯447.15，
　453.10。

清明时节（张天翼）　⑰411。

清波杂志（周煇）　⑰411。

清六家诗钞（刘执玉编）
　⑭338.2。

清诗人征略　见《国朝诗人征
　略》。

清桢木刻画（罗清桢）　⑫414.2，
　510.1；⑬126.1；⑰411。

清代文字狱档（故宫博物院）
　⑥46.6；⑬135.8；⑰411。

清代学者像传（叶衍兰）　⑰411。

清兵卫与壶卢（志贺直哉）
　⑪423.5。

清内府藏唐宋元名迹　⑰411。

清仪阁所藏古器物文（张廷济）
　⑰411。

清学部图书馆善本书目（缪荃孙）
　⑩62.22。

渚山堂词话（陈霆）　⑰411。

鸿烈　见《淮南子》。

淞江公园　见《松口公园一角》。

淞隐续录（王韬）　⑧412.1；
　⑨226.24；⑰411。

淞隐漫录（王韬）　⑧411.1；

⑨226.24;⑰412。

淞滨琐话　⑰412。

渠阳诗注(魏了翁)　⑰412。

淑姿的信　见《信》。

《淑姿的信》序(鲁迅)　④608.2;
　⑬284.2;⑯320.7,493.2。

淑雪兼柯自传(左琴科)
　⑩384.8。

渑水燕谈录(王辟之)　⑰412。

淮南子(刘安等)　⑨11.3,
　419.27;⑰412。

淮南王歌　⑥108.21。

淮南集证(刘家立)　⑰412。

淮南旧注校理(吴承仕)　⑰412。

淮南鸿烈集解(刘文典)　⑰412。

淮阴金石仅存录(罗振玉)
　⑰412。

渔父　⑨390.8。

渔家(杨振声)　⑥266.14;
　⑬354.2。

渔丈人行(邵祖平)　①401.6。

渔夫及其灵魂　⑰525。

淳化秘阁法帖考证(王澍)
　⑰412。

淡淡的血痕中(鲁迅)　②227.1。

深誓(章衣萍)　⑰412。

梁书(姚思廉)　⑰412。

梁父吟　③318.4。

梁王菟园赋(枚乘)　⑨416.15。

梁闻山书阴符经(梁巘)　⑰412。

涵芬楼秘笈(孙毓修等)
　③355.11;⑪474.4;⑰412。

寄庐(诺拉·沃恩)　⑫496.1。

寄小读者(谢冰心)　⑰413。

寄调筝人(苏曼殊)　①240.5。

寄《戏》周刊编者信(鲁迅)
　⑯488.12。

寄景宋的公开信(吕云章)
　⑪255.4。

寂寞的国(汪静之)　⑰413。

密莱礼赞(有岛武郎)
　⑦208.56。

密庵诗稿(谢肃)　⑰413。

密尔戈洛特　见《密尔格拉得》。

密尔格拉得(果戈理)　⑬274.7,
　369.3,403.4;⑰413。

密韵楼丛书(蒋汝藻)　⑰413。

密德罗辛画集　见《密德罗辛版
　画集》。

密德罗辛版画集　⑦442.11;
　⑰538。

密茨凯维支纪念像(布尔德尔)
　⑦217.136。

婆汉迷(张若谷)　⑤62.2,
　391.4。

谏逐客书(李斯)　⑨396.4。

谏楚夷王诗(韦孟)　⑨415.4。

谐史(沈征)　⑨70.15。

谐铎(沈起凤)　⑨225.11。

祷告(巴罗哈)　⑦203.13。

谋杀沙皇亚历山大二世记　见《猎俄皇记》。

谎言的力量(博耶尔)　⑰557。

谛妙斯篇(柏拉图)　①36.7。

屠格涅夫全集(除村吉太郎等译)　⑰446。

屠格涅夫散文诗(中山省三郎译)　⑰446。

隋书(魏征等)　②348.12；⑨13.19；⑩7.2；⑫486.5；⑰413。

隋遗录(颜师古)　⑩144.1；⑰413。

隋炀艳史(齐东野人)　⑩147.18。

隋唐志传(罗贯中)　⑨114.24，143.10。

隋唐嘉话(刘𫗧)　⑧133.4；⑨144.14；⑩98.12。

隋唐演义(褚人获)　⑨114.25，124.12。

隋书·经籍志(长孙无忌等)　③208.27；⑥337.6；⑨13.20，14.21；⑩7.2。

《隋志》史部考证(章宗源)　⑩41.2。

隋书经籍志考证(章宗源)　⑰413。

隋唐以来宫印集存(罗振玉)　⑰413。

堕民(唐弢)　⑤228.2。

堕民猥编　⑤228.3。

随园诗话(袁枚)　⑥358.8。

随园食单(袁枚)　③358.31。

随便翻翻(鲁迅)　⑯488.5。

随笔三则(纪德)　⑬447.1。

随山馆存稿(汪瑔)　⑰413。

随轩金石文字(徐渭仁)　⑰413。

随感录二十四(鲁迅)　⑮339.2。

随感录二十五(鲁迅)　⑮341.1。

随感录三十三(鲁迅)　⑮342.4。

随感录三十五(鲁迅)　⑮347.1。

随感录三十六(鲁迅)　⑮347.1。

《随感录》四十一的刊文(鲁迅)　①342.4。

《随感录》六十一至六十六(鲁迅)　⑮375.7。

隐士(鲁迅)　⑯515.13。

隐语字典(宫本光玄)　⑰439。

婚姻及家族的发展过程(库诺夫)　⑰513。

续记(鲁迅)　⑯604.7。

续书谱(姜夔)　⑰413。

续世说(孔平仲)　⑨71.21。

续西厢(查继佐)　⑨92.12；⑩132.10。

续谈助(晁载之)　⑨70.8；⑰414。

续藏经　⑧139.6。

续三剑客(影片)　⑯132.1。

续小品集(开培尔)　⑰523。

续古文苑(孙星衍)　⑥450.4；
　⑩67.12。

续玄怪录(李谅)　⑨92.13；
　⑩117.20；⑰414。

续西厢记(关汉卿)　⑨92.9；
　⑩131.6。

续西游记　⑨175.17。

续齐谐记(吴均)　⑥336.4；
　⑨15.29,55.20；⑩53.2。

续红楼梦(海圃主人)
　⑨249.17。

续红楼梦(秦子忱)　⑨249.17。

续录鬼簿(贾仲明)　⑩160.8。

续前清算　⑰530。

续幽怪录　见《续玄怪录》。

续原教论(沈士荣)　⑰414。

续高僧传(道宣)　⑰414。

续冥祥记(王曼颖)　⑨15.30。

续释常谈(龚颐正)　⑪535.4。

续今古奇观　①164.40。

续文艺评论(纪德)　⑰523。

续文献通考(王圻)　⑨18.47；
　⑩72.9。

续世说新书(王绅)　⑨71.19。

续古逸丛书(张元济等)　⑰414。

续汇刻书目(罗振玉)　⑰414。

续动物奇观(仲摩照久)　⑰523。

续南蛮广记(新村出)　⑰523。

续续小品集(开培尔)　⑰523。

续藏经目录(京都藏经书院)
　⑰414。

续儿女英雄传　⑨289.6。

续纸鱼繁昌记(内田鲁庵)
　⑰523。

续楷帖三十种(文明书局)
　⑰414。

维摩　⑨123.2。

维里尼亚(谢芙琳娜)　⑩415.5；
　⑰563。

维克多·雨果(马比约)　⑰438。

维摩诘经　见《维摩诘所说经》。

维摩诘所说经　⑤330.6；⑰414。

维摩诘所说经注(鸠摩罗什等)
　⑰414。

绿天(苏梅)　⑫110.9。

绿珠传(乐史)　⑨113.14；
　⑩149.1,149.2。

绿野仙踪(李百川)　④632.9。

绿色的邸宅(赫德森)
　⑦209.66。

巢氏诸病源候总论　见《诸病源
　候论》。

十 二 画

琳琅秘室丛书(胡珽)　③155.6,　　501.5；⑥199.15；⑩149.1。

琴赋(嵇康) ⑩84.18。

琴操(张岱) ⑥452.14。

琬琰新录(顾燮光) ⑰414。

联想三则(张孟闻) ④176.2。

斯大林传(巴比塞) ⑥564.37。

斯拉夫文学史(凯拉绥克)
⑩463.7;⑪395.14。

斯特林堡全集(小宫丰隆等译)
⑰442。

斯莫科季宁的生活(冈察洛夫)
⑭54.6。

斯堪的那维亚美术(美国－斯堪
的那维亚基金会编) ⑰559。

塔什干 见《丰饶的城塔什干》。

塔拉司・布尔巴(果戈理)
⑬383.2,383.3,403.5。

越讴 ⑰415。

越王台(陶元庆) ⑪518.2。

越天乐(近卫直麿) ⑰513。

越绝书(袁康) ⑨27.14;
⑩30.6;⑭386.1。

越中专录(鲁迅拟编) ⑩68.2。

越画见闻(陶元藻) ⑰415。

越中三子诗(陈月泉等) ⑰415。

越中金石记(杜春生) ⑰415。

越南亡国史(潘福珠) ⑧95.7。

越缦堂日记(李慈铭) ③335.3;
④28.24;⑰415。

越中古刻九种(王继香) ⑰415。

越缦堂日记补(李慈铭) ⑰415。

越缦堂骈体文(李慈铭) ⑰415。

越中三不朽图赞 见《明於越三
不朽名贤图赞》。

越中文献辑存书(绍兴公报社)
⑰416。

越中先贤祠目序例(李慈铭)
⑰416。

趋时与复古(鲁迅) ⑯470.11。

超人(冰心) ⑪394.4。

超现实主义与绘画(布雷东)
⑰513。

喜剧(茅盾) ⑭310.8。

喜多川歌麿(野口米次郎)
⑰513。

博雅(张揖) ⑩298.18。

博异志(郑还古) ⑩134.34。

博物志(张华) ⑨14.26;
⑩98.14。

博古叶子(汪道昆、陈洪绶)
⑬254.1,285.1,425.2,434.5;
⑭370.3;⑰416。

博古酒牌 见《博古叶子》。

博徒别传(柯南・道尔)
①553.7。

彭公案(贪梦道人) ④161.12;
⑨290.14。

散文诗集(波德莱尔) ⑰555。

散曲丛刊(任讷) ⑰416。

葬器之考古学的考察(梅原末治)
⑰494。

募修孔庙疏(韩复榘)　⑫535.3。
葛饰北斋(野口米次郎)　⑰514。
董若雨诗文集(董说)　⑰416。
董香光山水册(董其昌)　⑰416。
董解元西厢记　见《西厢记诸宫调》。
敬告读者(新月社)　④227.61;⑧420.11。
敬乡楼丛书(黄群)　⑰416。
蒋南沙华鸟草虫册(蒋廷锡)　⑰416。
落花集(王志之)　⑫412.5;⑰416。
落凤坡吊庞士元(王士禛)　⑨336.1。
营城子(日本东亚考古学会)　⑰517。
韩魏公　⑨131.2。
韩诗外传　见《诗外传》。
朝雾(蹇先艾)　⑥270.52。
朝霞(尼采)　⑰417。
朝市丛载(李虹若)　⑰417。
朝花夕拾(鲁迅)　③354.2;⑫39.3,269.1,273.1;⑯76.10,132.5,271.3;⑰417。
朝野佥载(张鷟)　④523.7;⑦332.13;⑨81.11,166.5。
《朝花夕拾》插图　⑯27.5。
朝野新声太平乐府(杨朝英)　⑰417。
朝鲜排华惨案调查报告　⑫319.3。
植物奇观(仲摩照久)　⑰514。
植物集说(牧野富太郎)　⑰514。
植物形态论(歌德)　①22.34。
植物采集者(米斯巴赫)　⑰556。
植物采集法　见《植物采集者》。
植物随笔集(牧野富太郎)　⑰514。
植物分类研究(牧野富太郎)　⑰514。
植物学大辞典(杜亚泉等)　⑩297.6。
植物标本制作法　⑰417。
森三千代诗集　⑰514。
焚火(志贺直哉)　⑰417。
棉袍里的世界(高长虹)　⑪61.2。
惠特曼诗集　⑰556。
厨川白村全集　⑰514。
厦门通信(二)(鲁迅)　⑮647.2。
厦门通信(三)(鲁迅)　⑪268.2;⑯5.2。
皕宋楼藏书志(陆心源)　⑩62.23,62.24。
“硬译”与“文学的阶级性”(鲁迅)　⑯180.6。
雁门集(萨都剌)　②225.2。
雁影斋读书记(李希圣)　⑰417。

雄鸡和杂馔(科克多) ⑩493.1，
　494.3；⑰514。

殖民地问题(吴清友) ⑬610.2。

搭客　见《货船》。

"揩油"(鲁迅) ⑯395.10。

辍耕录　见《南村辍耕录》。

插图本美代子　见《美代子》。

插图本世界文学史(舍尔)
　⑰546。

搜神记(干宝) ⑥336.4；
　⑨15.29，16.36，53.8；
　⑩99.23；⑰417。

搜神后记(陶潜) ⑨53.9。

"雅典主义"(成仿吾)
　④313.23。

雅克·图歇传(巴布) ⑰532。

雅雨堂丛书(卢见曾) ⑰417。

紫箫记(汤显祖) ⑩107.29。

紫色的土地(赫德森)
　⑦209.66。

斐陀尔·梭罗古勃(科尔诺)
　⑪398.2。

悲惨世界(雨果) ①270.29；
　⑦93.3；⑩481.5，481.6；
　⑰502。

悲盦剩墨(赵之谦) ⑰418。

悲剧的哲学(舍斯托夫) ⑰516。

棠阴比事(桂万荣) ⑰418。

赏奇轩四种　⑰418。

掌录(陈祖范) ⑧222.4。

掌故丛编(故宫博物院) ⑰418。

畴人传(阮元) ①213.10。

跋涉(萧军、萧红) ⑬225.3。

跋涉的人们(李守章) ④247.2。

跋司珂牧歌调　见《山民牧唱》。

跋司珂族的人们(巴罗哈)
　⑩428.1。

跋《长春真人西游记》(钱大昕)
　⑨174.5。

最后列车(张天翼) ⑭316.2。

最后之晚餐(达·芬奇)
　④461.4。

最后的日记(有岛武郎) ⑰514。

最后的叹息(爱罗先珂)
　⑩215.7，486.3；⑰514。

最后的光芒(契诃夫等) ⑰418。

最新生理学　⑰515。

最艺术的国家(鲁迅)
　⑯370.19。

最近英诗概论(厨川白村)
　⑰515。

最近的戈理基(昇曙梦)
　⑩309.9。

最近思潮批判(太田善男)
　⑰515。

最近思潮展望(加藤朝鸟)
　⑰515。

最新德日辞典(权田保之助)
　⑰515。

最后的一张叶子(亨利)

⑬447.2。

最后一个乌兑格人(法捷耶夫)
　⑩370.7;⑰438,549。

最近俄国文学史略(李沃夫－罗
　加契夫斯基)　⑩471.2。

最新俄国文学研究(李沃夫－罗
　加契夫斯基)　⑩471.2;
　⑰514。

景清刺(张岱)　⑥451.12。

景德传灯录(道原)　⑰418。

景德镇陶录(蓝浦、郑廷桂)
　⑰418。

景定严州续志(郑瑶等)　⑰418。

遗老说传(球阳外卷)(郑秉哲)
　⑰526。

喝茶(鲁迅)　⑯401.15。

喻林(徐元太)　⑦104.3。

喻世明言(冯梦龙)　①162.28;
　⑨212.1,212.2。

喻巴蜀檄(司马相如)　⑨437.6。

啼笑姻缘(张恨水)　⑰418。

赋史大要(铃木虎雄)　⑰526。

赌咒(鲁迅)　⑯363.6。

赌徒(果戈理)　⑬377.4。

赌博者(陀思妥耶夫斯基)
　⑰526。

赌徒日记(章廷谦)　⑫147.2。

赌棋山庄文集(谢章铤)
　⑩159.5。

赌棋山庄全集(谢章铤)　⑰418。

赌棋山庄诗集(谢章铤)
　⑨276.7。

黑屋(影片)　⑯559.6。

黑猫(爱伦·坡)　②248.19。

黑僧(契诃夫)　⑫317.1。

黑旗(斯特林堡)　⑰510。

黑马理(巴罗哈)　⑦203.13。

黑心符(于义方)　⑧134.7。

黑衣骑士(影片)　⑯564.5。

黑假面人(安德烈夫)　⑪458.2;
　⑮554.5;⑰418,510。

黑女求神记(萧伯纳)　⑰530。

黑奴吁天录(斯陀)　⑪331.6。

黑白画中的动物(达格利什)
　⑦355.5;⑰531。

铸剑(鲁迅)　②453.17;⑫27.1;
　⑯19.1。

铸鼎馀闻(姚福均)　⑰418。

短裤党(蒋光慈)　⑭310.3。

短篇小说三篇(许钦文)
　⑮563.9;⑰418。

短篇小说选集(鲁迅)　⑦412.1。

智识过剩(鲁迅)　⑫421.8;
　⑯391.12。

等父亲回来　见《母与子》。

等不等观杂录(杨文会)　⑰419。

答问者(开培尔)　⑩311.2。

答客难(东方朔)　⑨428.18。

答"兼示"(鲁迅)　⑯406.18。

答释难曰　见《答释难宅无吉凶

摄生论》。

答二郭三首（嵇康）　⑩83.13。

答世界社信（鲁迅）　⑯619.3。

答有恒先生（鲁迅）　⑯38.1。

答吴稚晖书（俞复）　①320.11。

答鲁迅先生（梁实秋）　④254.5。

答《戏》周刊编者信（鲁迅）
　⑯488.11。

答国际文学社问（鲁迅）
　⑬37.7。

答曹聚仁先生信（鲁迅）
　⑥153.8；⑬199.4；⑯470.2。

答中学生杂志社问（鲁迅）
　⑯280.11。

答《一夫多妻的新护符》（周建人）
　⑦81.2；⑧475.2。

答释难宅无吉凶摄生论（嵇康）
　⑩85.27。

答章周二先生论一夫多妻（陈百
　年）　⑧476.4。

答杨邨人先生公开信的公开信
　（鲁迅）　⑬76.1；⑯432.7。

答徐懋庸并关于抗日统一战线问
　题（鲁迅）　⑭134.6，137.5，
　145.4，149.1，170.1，396.3；
　⑯619.2。

嵇康集　⑥454.30；⑩21.1，
　22.2，22.3；⑫289.4；
　⑬552.2，552.3；⑮85.1，
　181.2，428.1，518.1；⑯640.2；

⑰418。

嵇中散集　见《嵇康集》。

《嵇康集》考（鲁迅）　⑪193.5。

《嵇康集》序（鲁迅）　⑮519.3。

《嵇康集》校勘记（鲁迅）
　⑩82.4。

程氏家塾读书分年日程（端礼）
　⑰419。

稀松的恋爱故事（张天翼）
　⑭217.1，520.1。

鹅掌女皇的烤肉店（法朗士）
　⑰533。

傅青主自书诗稿墨迹（傅山）
　⑰419。

集外集（鲁迅）　⑬179.6；⑰419。

集灵记（颜之推）　⑨15.30，60.1。

集外集拾遗（鲁迅）　⑯514.12。

集古今佛道论衡实录（道宣）
　⑰419。

《集外集》编者引言（杨霁云）
　⑬310.1，364.4，394.1。

集团社会学原理（圆谷弘）
　⑰516。

集神州塔寺三宝感通录（道宣）
　⑰419。

焦氏易林　见《易林》。

焦炭，人们和火砖　见《枯煤，人
　们和耐火砖》。

粤讴（招子庸）　⑰419。

粤雅堂丛书（伍崇曜）　⑰419。

奥德赛(荷马)　⑥111.36；
　　⑨28.19。

奥罗斯科　⑰547。

奥罗夫夫妇(高尔基)　⑬529.4。

奥勃洛摩夫(冈察洛夫)
　　⑭129.1；⑰439。

奥古斯特·雷诺阿　⑰533。

奥里弗·克伦威尔(卢那察尔斯
　　基)　⑦376.24。

奥布里·比亚兹莱(小鲁道夫·
　　迪波尔德)　⑰533。

奥布里·比亚兹莱的艺术
　　⑰531。

奥斯特罗乌莫娃·列别杰娃
　　⑦442.10；⑫315.4；⑰554。

奥·王尔德的《累丁狱中的歌》插
　　画(麦妥莱勒)　⑰554。

街头孩子(齐勒)　⑰548。

御纂七经　⑥63.18。

御制全唐诗　见《全唐诗》。

御香缥缈录(德龄)　⑥626.5。

御批通鉴辑览　⑥63.18。

循园金石文字跋尾(范鼎卿)
　　⑰419。

舒铁云手札(舒位、王良士)
　　⑰419。

禽虫吟(阿坡里耐尔)
　　⑦210.74，210.76；⑩524.6；
　　⑬470.2；⑰511，535。

禽兽世界(影片)　⑯280.8。

释人(孙星衍)　⑪331.7。

释名(刘熙)　⑥110.29；
　　⑨359.16；⑰420。

释神(姚东升)　⑪464.3。

释滞(虞喜)　⑩28.5。

释疑(虞喜)　⑩28.5。

释藏　见《佛藏》。

释私论(嵇康)　⑩84.25。

释迦谱(僧祐)　⑰420。

释摩诃衍论(龙树)　⑰420。

释迦八相成道记　⑨123.2。

释迦如来成道记注(王勃、道诚)
　　⑰420。

释迦如来应化事迹(永珊)
　　⑰420。

释难宅无吉凶摄生论(阮德如)
　　⑩85.27。

腊叶(鲁迅)　②225.1。

腓立普短篇集(堀口大学译)
　　⑩507.2。

鲁迅传(增田涉)　⑭193.3，
　　345.2，345.3。

鲁迅论(李何林)　④9.11；
　　⑫236.4。

鲁迅像(曹白)　⑧443.1；
　　⑭51.2；⑯599.5。

鲁迅像(梁以俅)　⑫448.1；
　　⑯401.12。

鲁迅像(罗清桢)　⑫515.1。

鲁迅像(郝力群)　⑭125.2；

⑯619.1。

鲁拜集（莪谟·伽亚谟）
⑩318.10；⑰455。

鲁迅生平　见《鲁迅评传》。

鲁迅先生（张定璜）　⑦70.8；
⑪50.2。

鲁迅全集（井上红梅编译）
⑫305.4，482.16；⑭227.2；
⑰526。

鲁迅批判（李长之）　⑬485.1；
⑰420。

鲁迅启事　⑮563.4。

鲁迅评传（斯诺）　⑫481.1；
⑯410.3。

鲁迅画像（陈光宗）　⑯395.1。

鲁迅选集（佐藤春夫、增田涉编）
⑬591.1；⑭328.1，357.2；
⑰526。

鲁迅断想（龟井胜一郎）
⑬545.3；⑭372.3。

鲁迅在广东（钟敬文）　③470.2；
④116.19；⑫69.3；⑬291.1。

鲁迅在师大（照片）　⑫352.2。

鲁迅自选集　④470.1；⑫355.2，
358.3，396.2；⑬40.8，498.1；
⑭42.1；⑯341.1，363.2；
⑰420。

《鲁迅批判》序（李长之）
⑬485.2。

鲁迅序跋集（王冶秋编）

⑭70.3，91.1。

鲁迅翁之笛（陈静生）　⑤432.9；
⑫493.1。

鲁迅三十年集（许广平编）
⑧520.1。

鲁迅与高尔基（魏猛克）
⑧381.8。

鲁迅小说选集（日本文求堂）
⑫305.4，309.2。

鲁迅书信选集（梁耀南编）
⑰420。

鲁迅先生语录（雷白文）
⑭164.2。

鲁迅先生病况（曾）　⑭145.2。

鲁迅创作选集（田中庆太郎编译）
⑫305.4；⑰526。

鲁迅杂感选集（瞿秋白编）
⑫383.3，386.1，398.1，
398.2，482.15；⑭99.2；
⑯390.5；⑰420。

鲁迅论文选集（梁耀南）　⑰420。

鲁迅译著目录（鲁迅）　⑯312.1。

鲁迅的《两地书》（杨邨人）
⑬26.2。

鲁迅炭笔画像（陶元庆）
⑪527.1；⑮622.3。

鲁迅炭笔画像（司徒乔）
⑯72.5。

鲁迅愿作汉奸（思）　⑬106.10。

鲁滨孙漂流记（笛福）　⑤314.4；

⑧458.3。

鲁迅大开汤饼会(杨邨人)
④649.11。

鲁迅先生的笑话(ZM)
③191.1。

鲁迅先生的演讲(纪录稿)
⑬291.1。

《鲁迅传》中的误谬(郭沫若)
⑭345.3。

鲁迅遇见祥林嫂(曹白)
⑭57.1。

鲁迅的寂寞的影子(乌丸求女)
⑭370.2。

鲁迅与新杂志《文学》(井上红梅)
⑭305.2。

鲁迅与摩勒伊爱斯(正宗白鸟)
⑭370.1。

鲁迅氏之《中国小说史略》(德富
山峰) ④483.7。

鲁迅创作中表现之人生观(李长
之) ⑬497.2。

鲁迅和景宋的通讯:"两地书"(李
长之) ⑬26.1。

鲁迅在中国文学上的地位——给
捷克译者写的几句话(冯雪峰)
⑭390.3。

然而地球在转动(爱伦堡)
⑰440。

敦交集(魏仲远) ⑰420。

敦煌零拾(罗振玉) ⑰420。

敦艮斋遗书(徐润第) ⑰420。

敦煌劫余录(陈垣) ⑫334.2;
⑰421。

敦煌石室碎金(罗振玉) ⑰421。

敦煌石室真迹录(王仁俊)
⑰421。

蛮女恨(影片) ⑯298.2。

蛮岛黑月(影片) ⑯564.12。

蛮性之遗留(穆尔) ⑰421。

痛史(乐天居士) ③156.13;
⑤619.2。

童话六篇(周作人) ⑮181.1。

童话研究(周作人) ⑮8.4。

童话略论(周作人) ⑮81.2。

童谣及童话之研究(松村武雄)
⑰516。

愧郯录(岳珂) ⑰421。

阑勃罗(斯洛伐茨基)
①118.162。

善谑集(天和子) ⑨70.17。

善女人传(彭际清) ⑰421。

善女人行品(施蛰存) ⑬206.2。

善政和恶政(鹤见祐辅)
⑯28.9。

普列汉诺夫论(Я·雅各武莱夫)
⑩348.7;⑰450。

普列汉诺夫选集 ⑰450。

道言 ⑨358.9。

道情(郑燮) ④28.23;⑤500.5。

道藏 ⑧139.4;⑨173.3。

道德经　见《老子》。

道山清话　⑨17.39。

道宣律师天人感通录（道宣）
⑰421。

道光十八年进士登科录（钱恂）
⑰421。

道德的或非道德的艺术？（布雷
特）　⑰559。

遂初堂书目（尤袤）　⑧129.1；
⑩60.4；⑯641.6；⑰421。

滞欧印象记（本间久雄）　⑰523。

湖雅（汪曰桢）　①213.12；
⑰421。

湖州丛书（陆心源）　⑰421。

湖海楼丛书（陈春）　⑰421。

湖北先正遗书（卢靖）　⑰421。

湖唐林馆骈体文（李慈铭）
⑰421。

湘中怨　见《湘中怨辞》。

湘中怨辞（沈亚之）　⑨81.5；
⑩134.27，134.32。

湘民血泪（湖南灾民）　①365.6。

渺茫的西南风（刘大杰）　⑰422。

温良（武者）　③68.2。

温泉记（秦醇）　⑨113.19；
⑩155.10。

温庭筠诗集　⑰422。

温涛木刻集　⑰422。

温飞卿诗集笺注（温庭筠）
⑰422。

温德米尔夫人的扇子（王尔德）
⑦237.6。

溃灭　见《毁灭》。

"滑稽"例解（鲁迅）　⑯406.15。

滑稽故事（左琴科）　⑬366.3，
400.3，415.1，529.1。

渡河与引路（鲁迅）　⑧449.3。

游击队（陈烟桥）　⑬55.1。

游仙窟（张鷟）　⑦331.1；
⑩92.18，92.19；⑪521.2，
521.3；⑫47.7，57.6；⑰422。

《游仙窟》序（鲁迅）　⑯31.2。

游街惊梦（影片）　⑮537.3。

游仙诗一首（嵇康）　⑩83.8。

寒山诗（寒山子）　⑰422。

寒家再毁记（章士钊）
③206.16。

富人之家（影片）　⑯460.8。

富强丛书　⑤344.7。

窗户（波特莱尔）　⑩263.2。

谟咛黎（莱蒙托夫）　①115.126。

禅真后史（方汝浩）　⑫230.4。

谢沈传（房玄龄）　⑩16.3。

谢小娥传（李公佐）　⑨91.2；
⑩117.19。

谢宣城集（谢朓）　⑥454.32。

谢沈后汉书（鲁迅辑）　⑩15.1，
15.2；⑮18.1；⑰422。

谢承后汉书（鲁迅辑）　⑩7.1；
⑮18.1，46.2，55.1，56.5；

⑰422。

谢宣城诗集（谢朓）　⑰422。

谢谢毛毛雨（黎锦晖）　⑤506.5。

谢氏后汉书补遗（谢承）　⑰423。

谣言世家（鲁迅）　⑯405.9。

强盗　见《席勒剧本〈群盗〉警句图》。

强制压抑之力（厨川白村）⑩272.4。

《强盗》初版原序（杨丙辰译）⑪603.1。

隔膜（鲁迅）　⑯459.6。

隔江斗智　⑨142.2。

隔帘花影　⑨195.15。

登科记考（徐松）　⑩91.10。

登龙术拾遗（鲁迅）　⑯396.15。

登错的文章（鲁迅）　⑯593.6。

"骗月亮"（鲁迅）　⑯519.3。

编完写起（鲁迅）　⑪75.1。

编次郑钦说辨大同古铭论（李吉甫）　⑩104.1。

编印中国文学珍本丛书缘起（施蛰存）　⑧439.3。

缘份（亲法文艺会）　⑰455。

十　三　画

瑜伽师地论　⑰423。

塌鼻男子（罗丹）　⑧493.2。

鼓掌绝尘（金木山人）　⑫230.5；⑰423。

蓝色的花朵（诺瓦里斯）　⑰492。

幕府燕闲录（毕仲询）⑨112.10。

蒿里遗珍（罗振玉）　⑰423。

蓄道德，能文章（冰心）⑪423.11。

蒲力汉诺夫与艺术问题（瓦勒夫松）　⑩349.8。

蒙求（李瀚）　⑨184.7。

蒙田论（纪德）　⑰455。

蒙派尔诺（米歇尔）　⑰455。

蒙田随想录（关根秀雄译）⑬513.1,539.1；⑰455。

楔形文字与中国文字之发生及进化　⑰554。

禁毁书目（姚观云）　⑬394.4。

禁用和自造（鲁迅）　⑯401.15。

楚辞（刘向辑）　⑦140.5；⑬29.1。

楚汉春秋（陆贾）　⑨439.20。

楚辞章句（王逸）　⑨28.16。

楚辞辨证（朱熹）　⑨92.15；⑩115.10。

楚州金石录（罗振玉）　⑰423。

楚辞天问笺（丁晏）　⑰373。

楷帖四十种（文明书局）　⑰423。

楞伽经三种译本　⑰423。

楞伽阿跋多罗宝经　⑰423。

槐庐丛书(朱记荣) ⑰423。

楼炭经 ⑰423。

赖少麒版画集 见《少其版画集》。

甄异传(戴祚) ⑨15.29。

蜃中楼(李渔) ⑨93.22。

感应传(王延秀) ⑨15.30。

感想笔记(波德莱尔) ⑰519。

《感旧以后(上)》(鲁迅) ⑯405.5。

《感旧以后(下)》(鲁迅) ⑯405.5。

碑别字(罗振鋆) ⑰423。

碑别字补(罗振玉) ⑰423。

碎话(鲁迅) ⑮598.8。

雷雨(曹禺) ⑰519。

雷峰塔倒掉的原因(胡也频) ①205.2。

零(赵其文) ⑪473.3。

零食(鲁迅) ⑯460.7。

零露集(温佩筠译注) ⑬366.2。

雾社(佐藤春夫) ⑰528。

摄影年鉴 ⑰480。

搬家(凌叔华) ④218.11。

颐志斋四谱(丁晏) ⑰423。

颐志斋感旧诗(丁晏) ⑰423。

虞书 ⑨367.5。

虞初周说(虞初) ⑨13.16。

虞预晋书(鲁迅辑) ⑩17.1。

虞世南汝南公主墓志铭(虞世南)

⑰424。

鉴略(王仕云) ①230.7；②275.18；⑥143.2。

鉴赏画选(藤村耕一) ⑰529。

睡(胡山源) ⑥268.26。

睡着了的上海(莉莉·珂贝) ⑬182.1。

歇斯底里(弗洛伊德) ⑰449。

暗云(王独清) ⑥480.8。

路(茅盾) ⑰424。

路史(罗泌) ⑨92.16；⑩115.9。

路工之歌(江岳浪) ⑰424。

跳蚤(阿坡里耐尔) ⑩523.1。

跳蚤歌(歌德) ⑤222.5。

蜈蚣船(澎岛) ⑰424。

蜕庵诗集 见《张蜕庵诗集》。

《蜕龛印存》序(周作人) ⑮233.1。

罪 见《萨多姆城的结局》。

罪与罚(陀思妥耶夫斯基) ③165.13；⑰424,519。

罪恶的黑手(臧克家) ⑰424。

蜀碧(彭遵泗) ⑤251.11；⑥180.12；⑰424。

蜀龟鉴(刘景伯) ⑥180.14；⑰424。

蜀王本纪(扬雄) ⑨27.12。

嵊县志 ⑰424。

嵩山文集(晁说之) ⑥200.19；⑰424。

嵩阳石刻集记(叶封) ⑰424。
罶罶传 见《莺莺传》。
锦西厢(周恒综) ⑨92.12。
锦绣天(影片) ⑯441.3。
锦裙记(陆龟蒙) ⑧133.5。
锦钱馀笑(郑思肖) ⑰424。
雉鸡的烧烤(佐藤春夫) ⑪402.2。
辞林(金泽庄三郎) ⑩289.19;⑰519。
辞通(朱起凤) ⑰424。
辞源(陆尔奎等) ③429.4;⑥114.53。
辞"大义"(鲁迅) ⑫72.10;⑯38.2。
辞顾颉刚教授令"候审"(鲁迅) ⑯35.1。
筠清馆法帖(吴荣光) ⑰424。
筠清馆金石文字(吴荣光) ⑰425。
简字举例(陈光尧) ⑧489.2。
简明百科辞典(汉默顿等) ⑰537。
筦子 ⑨378.4。
颓唐集(张慧) ⑬63.3。
催眠术 见《电术奇谈》。
毁灭(法捷耶夫) ④224.39;⑤491.4,536.4;⑥20.2,298.9;⑧502.1,504.2;⑩358.19,369.1,370.8,370.9;⑫237.2,259.4,300.3,312.1,450.3,472.2,523.2;⑯221.3,254.5,276.12,308.9,554.8;⑰425,527,553。
《毁灭》代序(弗理契) ⑩369.4。
鼠璞(戴埴) ⑨17.40。
微雨(李金发) ⑰425。
愈愚录(刘宝楠) ⑰425。
鲍氏集 见《鲍明远集》。
鲍明远集(鲍照) ⑧92.1,92.2,93.4,93.5;⑮342.3;⑰425。
鲍罗廷脱险记(安娜·斯特朗) ⑰451。
鹏的心(爱罗先珂) ⑮447.6。
解颐(杨松玢) ⑨70.11。
解辫发(章炳麟) ⑥581.10。
解寒食方(徐叔向) ③547.42。
解寒食散方(徐叔和) ③547.42。
解放了的堂·吉诃德(卢那察尔斯基) ④103.8;⑦425.1,426.11;⑩335.20;⑫370.4,523.7;⑬97.1,98.4,102.1,121.3,578.2;⑯202.4,390.3,410.2,416.18;⑰425,534,569。
解放了的董·吉诃德 见《解放了的堂·吉诃德》。
解放之普洛美迢斯(雪莱)

①112.104。

痴华鬘（僧伽斯那）　⑦104.1；
　⑪533.1；⑰425。

痴人之爱（谷崎润一郎）　⑰426。

《痴华鬘》题记（鲁迅）　⑮622.6。

靖节先生集　见《陶靖节集》。

新书（贾谊）　⑰426。

新生（岛崎藤村）　⑰426。

新地（汉姆生）　⑦348.9。

新论（桓谭）　⑨11.2。

新序（刘向）　⑨33.9，392.23。

新药（鲁迅）　⑫393.1；⑯379.2。

新语（陆贾）　⑨405.1；⑰426。

新路（崔万秋）　⑰426。

新木刻（萨拉曼）　⑬515.7；
　⑰553。

新方言（章炳麟）　④38.8。

新世说（易宗夔）　⑨72.34。

新机论（弗兰西斯·培根）
　①41.60。

新传统（赵家璧）　⑭146.1；
　⑰426。

新字典（陆炜士、高梦旦等）
　⑰426。

新村正（南开新剧团）　⑮372.2。

新武术（马良）　⑧104.4。

新唐书（欧阳修等）　⑦331.5；
　⑩7.3。

新娘茶（李桦）　⑬405.2。

新教训（记者）　①146.5。

新灌园（冯梦龙）　⑨213.5。

新艺术论（波格丹诺夫）
　④220.22。

新艺术论（茂森唯士）　⑩327.8。

新艺术论（卢那察尔斯基）
　⑩335.21。

新石头记（吴沃尧）　⑨303.11。

新列国志（冯梦龙）　⑧213.17。

新兴文学（下中弥三郎）
　⑩358.22。

新约全书　②320.12。

新村杂感（武者小路实笃）
　⑩211.6。

新的世故（鲁迅）　③415.2；
　⑮652.7。

新的粮食（纪德）　⑰520。

新秋杂识（鲁迅）　⑯396.15，
　400.1。

新俄纪行（福格勒－沃尔普斯维
　德）　⑰557。

新俄画选（鲁迅编）　⑦364.1；
　⑬187.3；⑯185.15；⑰427。

新精神论（艾利斯）　⑰553。

新潮文库（东京新潮社）　⑰521。

新人与旧人（奥里约夏）　⑰520。

新人之家庭（影片）　⑮652.2。

新月的态度（新月社）　④218.7，
　227.61。

新文学大系　见《中国新文学大
　系》。

新文学概论(本间久雄)　③463.6;⑰427。
新旧约全书　见《圣经》。
新兴文学集　⑰521。
新罗马传奇(梁启超)　①239.4。
新诗歌作法(森山启)　⑰427。
新词汇辞典(服部嘉香、植原路郎)　⑰520。
新法国文学(广濑哲士)　⑰520。
新俄小丛书(昇曙梦)　⑰520。
新俄小说集　见《苏联作家二十人集》。
新独和辞书　见《新德日辞书》。
新洋画研究(外山卯三郎)　⑰521。
新儒林外史(杨邨人)　④650.12;⑤391.4;⑫420.3。
新德日辞书　⑩289.18。
新疆访古录(王树枏)　⑰428。
新艺术的取得(板垣鹰穗)　⑰520。
新文学运动史　见《中国新文学运动史》。
新兴文学全集(下中弥三郎编)　⑩358.22,415.6;⑰522。
新兴法国文学(比利)　⑰522。
新进作家丛书　⑰521。
新时代与文艺(金子筑水)　⑩308.5。
新时代的预感(片上伸)　⑩469.1;⑯132.7。
新郑古器图录(关百益)　⑰428。
新话宣和遗事　⑰428。
新俄美术大观(昇曙梦)　⑦366.22;⑰520。
新唐书·艺文志(欧阳修等)　⑥336.2;⑩7.3。
新广东的新女性(许广平)　⑪170.1。
新时代的放债法(鲁迅)　⑯38.7。
新性道德讨论集(章雪琛)　⑰428。
新俄文化之研究(藏原惟人)　⑰520。
新唐书·文艺传序　⑩134.28。
新潮社文艺丛书　⑪445.3。
新式德语自修基础(藤崎俊茂)　⑰521。
新俄文学之曙光期(昇曙梦)　⑦316.19;⑰520。
新俄文学中的男女(库尼兹)　⑰428。
新俄的演剧和跳舞(昇曙梦)　⑦206.42;⑰499。
新月社批评家的任务(鲁迅)　⑧421.12。
新俄小说家二十人集　见《苏联作家二十人集》。
新俄罗斯文学的曙光期　见《新

俄文学之曙光期》。
新俄新小说家三十人集(荷涅克译) ⑩387.31,419.43;⑫269.3;⑰565。
新刊补注铜人腧穴针灸图经(王惟一) ⑰428。
《新俄新小说家三十人集》附录“关于作者的笔记” ⑩386.30,387.37,416.10,419.42。
韵府群玉(阴幼遇) ③409.11。
意林(马总) ⑩30.3;⑰428。
“意表之外”(鲁迅) ⑯38.6,38.7。
意大利文艺复兴时期的美术(西蒙兹) ⑰483。
雍熙乐府(郭勋) ⑰428。
雍正朱批谕旨 ⑥63.19。
慎子(慎到) ⑰428。
焫希(雪莱) ①112.104。
粮食(凯尔升) ⑫351.3;⑬360.3;⑭61.7;⑰428,571。
慈闱琐记(孙仁述) ⑰428。
慈恩寺三藏法师传 见《大慈恩寺三藏法师传》。
满洲画帖(石田吟松) ⑰516。
满洲朝鲜考古旅行记(高桥健自、石田茂作) ⑰517。
源流篇(鲁迅辑) ⑩72.7。
塞尚(迈耶尔-格拉夫编) ⑰555。
塞尚大画集(硲伊之助等编) ⑰443。
窦生传(冯梦桢) ⑨263.12。
窦氏联珠集(褚藏言、窦常等) ⑰428。
窸斋集古录(吴大澂) ⑰429。
福建乡谈(林传甲) ⑧462.3。
福楼拜全集(伊吹武彦等译) ⑰450。
福尔摩斯包探案(柯南·道尔) ④476.3。
福特呢还是马克思?(瓦尔海) ⑰449。
褚民谊踢毽子(影片) ⑤386.6。
裸麦田边(阿克耶尔) ⑦221.168。
群鬼(易卜生) ⑥266.13。
群经音辨(贾昌朝) ⑰429。
嫉妒 见《妒误》。
叠山集(谢枋得) ⑰429。
缢吏之缳(裴多菲) ①120.179。
剿匪伟绩(影片) ⑯549.3。

十 四 画

静物画选集(北原义雄编) ⑰524。

静静的顿河(萧洛霍夫)
⑥530.16;⑦379.1,379.4;
⑫259.1,266.1;⑬492.6;
⑯198.4;⑰429,524,560,571。
碧血幕(包天笑)　⑨304.24。
碧桃花下(胡山源)　⑥268.26。
碧声吟馆谈麈(许善长)　⑰429。
瑶山艳史(影片)　⑤311.6。
嘉尔曼(影片)　⑯146.5。
嘉业堂丛书(刘承幹)　⑬96.2。
嘉兴藏目录(楞严经坊编)
⑰429。
嘉泰会稽志(施宿)　③358.39;
⑧68.14。
嘉定屠城记略(朱子素)
①240.10;⑤543.5;⑥604.8。
嘉业堂刊印书目　⑰429。
嘉业堂丛书书目　⑬96.2。
嘉泰会稽志及宝庆续志(施宿、张淏)　⑰429。
蔷薇(史密斯)　⑦209.67。
摹刻雷峰塔砖中经　⑰429。
蔡中郎文集(蔡邕)　⑥450.4;
⑫147.7;⑰429。
蔚蓝的城(阿·托尔斯泰等)
⑥574.3;⑯142.10。
模范文选(北京大学国文教授会编)　⑪370.3;⑰429。
模范小说选(谢六逸)　⑦460.5。
模范最新世界年表(三省堂)
⑰524。
槟榔集(向培良)　⑦284.6;
⑪61.2。
歌磨(龚古尔)　⑰524。
歌之书(海涅)　⑰536。
歌德批判(大塚金之助等译)
⑰440。
《歌谣周刊》封面图案(鲁迅)
⑮506.3。
歌德的书信与日记(歌德)
⑰543。
歌德游憩素描小集(汉斯·瓦尔编)　⑰543。
舆地志(顾野王)　⑧67.6。
舆地纪胜(王象之)　⑩116.12;
⑰430。
舆论与群众(塔尔德)　⑰527。
摭遗(刘斧)　⑩154.1。
裴象飞集　见《裴多菲集》。
裴多菲集　⑫193.6;⑯142.9;
⑰430,556。
裴多菲像(麦克洛斯)　⑫249.2。
裴多菲的诗(鲁迅译)
⑦219.151;⑮550.3。
裴象飞诗论(籁息)　⑦219.149;
⑩457.2。
裴多菲·山陀尔(冯至)
⑦219.150。
睽车志(郭彖)　⑨112.11。
暧昧(何家槐)　⑫370.1;

⑬206.2。

鹖冠子 ⑨380.14。

蝉与晚祷(冯至) ⑥268.33。

舞赋(傅毅) ⑨392.22。

算账(鲁迅) ⑯465.7。

管子(管仲) ⑰430。

管蔡论(嵇康) ③549.57；
⑩84.25。

僧世说(颜从乔) ⑨72.31。

鼻子(果戈理) ⑥288.3；
⑩515.1；⑬273.6；⑯465.12。

鼻子(芥川龙之介) ⑩247.36，
250.1，251.3；⑮433.1。

鼻烟四种(刘声木) ⑰430。

鼻子及其他(果戈理) ⑬598.3。

遯斋闲览(陈正敏) ①320.13。

遯庵古镜存(柯昌泗) ⑰430。

遯庵秦汉瓦当存 ⑰430。

疑年录汇编(张惟骧) ⑰430。

豪夫童话(权田保之助译)
⑰448。

豪语的折扣(鲁迅) ⑫416.8；
⑯395.3。

瘦猫(法朗士) ⑰539。

廖坤玉的故事(陈铁耕)
⑬143.2，169.2。

廖仲潜先生的《春心的美伴》(芳
子) ⑪57.10。

熔铁炉(里亚希柯) ⑩416.8；
⑬367.5。

精忠全传(邹元标) ⑨159.32。

精忠说岳全传(钱彩) ⑤578.7。

精神分析入门(弗洛伊德)
⑰524。

精神独立宣言(罗曼·罗兰等)
⑩290.27。

精神与爱的女神(高长虹)
⑰430。

漱石全集(夏目漱石) ⑰525。

漱石近什四篇(夏目漱石)
⑩245.12。

漫与(鲁迅) ⑯401.14。

漫云(吕沄沁) ⑰430。

漫骂(鲁迅) ⑬13.2；⑯432.11。

漫读记(内田鲁庵) ⑰523。

漫画《哥儿》(近藤浩一路)
⑰525。

漫谈"漫画"(鲁迅) ⑯524.1。

漫画五十帧(比尔博姆) ⑰542。

漫画西游记(宫尾重男) ⑰525。

漫画《我是猫》(近藤浩一路)
⑰525。

漫画沙龙集(星野辰男) ⑰525。

漫画的满洲(池部钧等) ⑰525。

漫游兽国记(影片) ⑯530.3。

漫画只野凡儿 ⑰525。

漫画而又漫画(鲁迅) ⑯524.1。

漫游随录图记(王韬) ⑧413.1。

赛宁 见《沙宁》。

寡妇主义(鲁迅) ⑮593.7。

察拉图斯忒拉这样说　见《扎拉图斯特拉如是说》。
蜜蜂(张天翼)　④553.2。
“蜜蜂”与“蜜”(鲁迅)　⑯385.5。
谭意歌传(秦醇)　⑩155.9。
肇论(僧肇)　⑰430。
肇论略注(德清)　⑰430。
褐色恐怖(博心译)　⑦426.10。
熊(契诃夫)　⑦219.153。
熊之生长　⑭73.5。
缪篆分韵(桂馥)　⑰431。

十　五　画

璇玑钤　⑨367.4。
增补红楼(嫏嬛山樵)　⑨249.17。
聪明误(格里鲍耶陀夫)　⑰565。
蕙的风(汪静之)　①427.2。
蕙櫋杂记(严元照)　⑧220.7;⑰431。
蕙櫋琐记　见《蕙櫋杂记》。
蕉廊脞录(吴庆坻)　⑰431。
横阳札记(吴承志)　⑰431。
樱花(萧军)　⑬356.1,380.2,549.1。
樱花集(章衣萍)　⑰431。
樱桃园(契诃夫)　⑫188.2。
樊南文集补编(李商隐)　⑰431。
樊南文集笺注　见《李义山诗文集笺注》。
樊谏议集七家注(樊绍述)　⑰431。
飘渺的梦(向培良)　⑥273.76;⑰431。
飘渺的梦及其他　见《飘渺的梦》。
醉乡记(王绩)　⑨81.4。
醉醒石(东鲁古狂生)　①164.43;⑨124.11,213.10;⑰431。
醉红轩笔话(俞达)　⑨276.11。
题名　见《浙江同乡留学东京题名》。
题《呐喊》(鲁迅)　⑯368.2。
题《彷徨》(鲁迅)　⑯368.2。
题《花月痕》(谢章铤)　⑨276.7。
“题未定”草(一——三)(鲁迅)　⑬478.1;⑯540.5。
“题未定”草(五)(鲁迅)　⑬547.6;⑯549.9。
题《新语林》诗(珂贝)　⑬181.1。
题在瓦·山夫人的纪念册上(裴多菲)　⑦252.19。
题《凯绥·珂勒惠支版画选集》赠季市(鲁迅)　⑯615.6。
暴躁人(契诃夫)　⑬357.3;⑯514.7。

暴帝情鸳(法国影片) ⑬560.4。

暹罗野夫(影片) ⑯107.1。

影(李霁野) ⑥274.83；
⑫103.2；⑰431。

影(普鲁斯) ⑪394.9。

影(影片) ⑯44.14。

影的告别(鲁迅) ②170.1。

影印凌烟阁功臣图 见《凌烟阁
功臣图象》。

踢(鲁迅) ⑯395.8。

蝎尾毒腺之组织学的研究报告
⑰432。

蝙蝠祟(影片) ⑯275.7。

墨子(墨翟) ⑨379.10。

墨经(晁贯之) ⑧91.1。

墨池编(朱长文) ⑰432。

墨经解(张惠言) ⑰432。

墨子闲诂(孙诒让) ⑰432。

墨林快事(安世凤) ⑧89.9。

墨经正义 见《墨经正文解义》。

墨经正文解义(邓云昭)
⑧91.1；⑮158.2；⑰432。

墨巢秘笈藏影(李墨巢)
⑰432。

墨巢秘玩宋人画册(李墨巢)
⑰432。

墨憨斋传奇定本十种(冯梦龙)
⑨213.5。

镰田诚一墓记(鲁迅)
⑯530.10。

"靠天吃饭"(鲁迅) ⑯544.1。

稽神录(徐铉) ⑨111.2。

稷下派之研究(金受申) ⑰432。

稻草人(叶圣陶) ⑩439.8。

德国文学(东京帝国大学)
⑰502。

德文学之精神 ⑰432。

德雷福斯事件(大佛次郎)
⑰447。

德国的浪漫派(勃兰兑斯)
⑫528.11；⑰502。

德国,德国至上(图诃尔斯基)
⑰539。

德国近时版画家(普菲斯特尔)
⑰539。

德语基本单词集(三井雄作)
⑰502。

德国的孩子们饿着(凯绥·珂勒
惠支) ⑥497.32。

德语基本单词四千字(小出直三
郎等) ⑰502。

德意志出版社小说丛书
⑪397.6。

德国形式,对德国艺术之观察(富
克斯) ⑰538。

德米特里·尼克拉耶维奇·卡尔
多夫斯基(卡尔多夫斯基)
⑰566。

滕王外传(乐史) ⑨113.16；
⑩149.5。

摩洛哥（影片）　⑯267.2。

摩诃波罗多（古印度）　①104.8。

颜氏家训（颜之推）　⑤374.4；
　⑥35.9；⑨17.41；⑰432。

颜鲁公书裴将军诗卷（颜真卿）
　⑰432。

懊悔（台静农）　⑪514.2。

翦拂集（林语堂）　③608.16。

潜夫论（王符）　⑰432。

潘多拉（歌德）　⑰555。

潘彼得　见《开新顿公园里的
　潘·彼得》。

澄江堂遗珠（芥川龙之介）
　⑰527。

鹤山文钞（魏了翁）　⑰432。

畿辅丛书（王灏）　⑰433。

十　六　画

燕子笺（阮大铖）　⑬341.1，
　371.1。

燕丹子　⑥337.9；⑨14.22。

燕曲集（斯特林堡）　⑰527。

燕山外史（陈球）　⑦333.19。

燕寝怡情　⑰433。

燕下乡脞录（陈康祺）　⑨247.4。

燕子与蝴蝶（戈木列支奇）
　⑪394.9。

蕗谷虹儿画选（鲁迅编）
　⑦344.1；⑬547.1；⑰433。

翰苑群书（洪遵）　⑩136.47。

翰府名谈（刘斧）　⑩154.1。

颠狗病（伊巴涅思）　⑪410.3，
　420.1。

《颠狗病》译后记（周作人）
　⑪421.2。

橄榄（郭沫若）　③470.6。

整顿学风电（张之江）　③287.7，
　355.15。

醒世恒言（冯梦龙）　①163.31；
　⑰433。

醒世姻缘（西周生）　⑪455.1；
　⑰433。

霍玉　见《霍小玉传》。

霍小玉传（蒋防）　⑨16.37，
　91.2；⑩106.18。

霍善斯坦因论（卢那察尔斯基）
　⑫158.5。

赠《新语林》诗及致《新语林》读者
　辞（珂贝）　⑯465.6。

鹦哥故事　⑬130.3。

默庵集锦（伊秉绶）　⑰433。

镜花缘（李汝珍）　①366.2；
　⑨263.15；⑩166.21。

穆天子传　⑤513.5；⑨18.45；
　⑰433。

儒术（鲁迅）　⑬121.2，126.2；
　⑯454.16。

儒林外史（吴敬梓）　④311.5；

⑥229.6,542.8;⑦143.22;
⑨234.5,234.6;⑰433。
儒学警悟(俞鼎孙、俞经) ⑰433。
衡论(TY) ①206.8。
膳夫经手录(杨煜) ③358.33。
雕版画集(郑振铎拟编) ⑬106.4。
邂逅(迦尔洵) ⑩472.4。
磨坊文札(都德) ⑰433。
磨刀石农庄(潘菲洛夫) ⑩419.44;⑫237.1;⑰535。
瘸子王二的驴(汪敬熙) ⑥266.15。
麈余(谢肇淛) ⑰433。
辨正论(法琳) ⑰433。
辨疑志(陆长源) ⑨17.40。
辩证法(塞姆可夫斯基编) ⑰480。
辩"文人无行"(鲁迅) ⑯390.4。
辩证法读本(德永直、渡边顺三) ⑰481。
辩证的唯物论 ⑰481。
辩证唯物论入门(塔尔海默) ⑰481。
辩证法与自然科学(德波林) ⑰480。
辩证法与辩证的方法(戈列夫) ⑰480。
燎原(高尔基) ⑰433。
澡堂(左琴科) ⑭143.1。
澹生堂书目(祈承㸁) ⑩63.27,63.28。
寰宇记 见《太平寰宇记》。
寰宇贞石图(杨守敬辑) ⑩50.1,50.3;⑮215.1;⑰434。
寰宇访碑录校勘记(李宗颢、文素松) ⑰434。
壁下译丛(鲁迅) ⑩307.1;⑰434。

十七画

戴氏广异记(戴君孚) ⑩97.5。
戴文节销寒画课(戴熙) ⑰434。
戴文节仿古山水册(戴熙) ⑰434。
藏文历书 ⑰434。
藏书票的故事(斋藤昌三) ⑰525。
豳 ⑥183.28。
镡津文集(契嵩) ⑰434。
魏(果戈理) ⑭13.1。
魏子(魏朗) ⑩34.1。
魏书(魏收) ⑰434。
魏略辑本(鱼豢) ⑰434。
魏尔伦研究(堀口大学) ⑰438。
魏稼孙全集(钱曾) ⑰434。
魏晋南北朝通史(冈崎文夫)

⑰528。
魏晋风度及文章与药及酒之关系(鲁迅) ⑫50.9,144.3;⑯35.3,32.8。
黛玉葬花 ④346.4;⑤561.4;⑦207.51。
鍊(俞鸿谟) ⑰434。
貘之舌(内田鲁庵) ⑪399.7;⑰527。
貔子窝(日本东亚考古学会) ⑰527。
爵士文学丛书(东京春阳堂) ⑰442。
鹫巢(般生) ⑪403.7。
濯绛宧存稿(刘毓盘) ⑰434。
蹇安五记(潘伯鹰) ⑬347.1;⑰434。

十 八 画

藕香零拾(缪荃孙) ⑩133.23;⑰435。
藤阴杂记(戴璐) ⑰435。
藤野先生(鲁迅) ⑪572.2;⑮643.8。
蟫史(屠绅) ⑨262.8。
蟫隐庐书目 ⑰435。
簠斋藏镜(宣哲) ⑰435。
簠室殷契类纂正编(王襄) ⑰435。
翻西厢(研雪子) ⑨92.12。
翻西厢记(周公鲁) ⑩131.9。
鹰之歌(丽尼) ⑰435。

十 九 画

蘧庐絮语(陈子展) ⑤193.7。
孽海花(曾朴) ⑨304.22。
孽海花续编(陆士谔) ⑨304.24。
韝上鹰(蒋防) ⑩106.23。
警世通言(冯梦龙) ①162.29。
攀古楼汉石纪存(吴大澂) ⑰435。
繫应验记(陆果) ⑨15.30。
籀高述林(孙诒让) ⑰435。
籀经堂钟鼎文考释跋尾(陈庆镛) ⑰435。
曝书杂记(钱泰吉) ⑩62.16。
簿记课副手日记抄(契诃夫) ⑯488.9。
瀛壖杂志(王韬) ⑰435。

二十画以上

霰(千家元麿) ⑰528。
饕喜庐丛书(傅云龙) ⑰436。
魔女(佐藤春夫) ⑰529。
魔沼(乔治·桑) ⑫214.1。
魔侠吉诃德(影片) ⑯459.1。
魔鬼的门徒(萧伯纳) ⑬567.4;⑰436。
魔鬼和黑夜的故事(库宾) ⑰538。
譬喻经 见《百喻经》。
蠢货(契诃夫、屠格涅夫等) ⑫189.1;⑰436。
蠢货(契诃夫) ⑫188.2,189.1。
露西亚文学研究(片上伸) ⑩314.3。
露国共产党的文艺政策(藏原惟人) ⑩343.3。
黯澹的烟霭里(安德烈夫) ⑩202.1。
鬻子说(鬻熊) ⑨13.10,378.4。
麟台故事残本(程俱) ⑰436。
蠹鱼自传(内田鲁庵) ⑰529。
蠹鱼的闲话(庄司浅水) ⑰529。

日　文

假　名

あ　ア

アジア的生産様式に就いて　见《关于"亚细亚生产方式"》。
アポリネール詩抄　见《阿坡里耐尔诗抄》。
アメリカ文学　见《美国文学》。
あるき太郎　见《走路太郎》。
アルス美術叢書　见《阿尔斯美术丛书》。
アンドレ·ジイド全集　见《安德烈·纪德全集》。

い　イ

イヴァン·メストロヴイチ　见《伊凡·美斯特罗维奇》。
いのちの洗濯　见《生命之洗濯》。

ィンテリグンチセ　见《知识分 ｜ 子》。

り　ウ

ヴァン・ゴッホ大画集　见《凡・高大画集》。

ヴィクトル・ユゴオ　见《维克多・雨果》。

ヴェルレエヌ研究　见《魏尔伦研究》。

ゥデゲ族の最後の者　见《最后一个乌兑格人》。

え　エ

えすぱにや・ぱるっがる記　见《西葡记》。

エチユード　见《画图习作》。

エネルギイ　见《原动力》。

え・ぴやん　见《挺好》。

エピキユルの園　见《伊璧鸠鲁的花园》。

エリオット文学論　见《爱略特文学论》。

お　オ

オブロモーフ　见《奥勃洛摩夫》。

ぉもちや絵集　见《玩具绘集》。

オランダ派フランドル派の四大画家論　见《荷兰派弗朗德勒派四大画家论》。

オルフエ　见《阿尔斐》。

か　カ

かくし言葉の字引　见《隐语字典》。

からす　见《乌鸦》。

ヵンヂンスキーの芸術論　见《康定斯基艺术论》。

き　キ

キエルケゴール選集　见《克尔 ｜ 凯郭尔选集》。

く　ク

グゥルモン詩抄　见《古尔蒙诗 ｜ 抄》。

グリム童話集　见《格林童话
　集》。
クレイグ先生　见《克莱喀先

生》。
グレコ　见《格列柯》。
グンクゥルの歌麿　见《歌麿》。

け　ケ

ゲオルゲ・グロッス　见《无产阶
　级的画家乔治・格罗斯》。
ゲーテ批判　见《歌德批判》。
ケーベル博士小品集　见《开培
　尔博士小品集》。

ケーベル博士随筆集　见《开培
　尔博士随笔集》。
けれども地球は迴ってゐる　见
　《然而地球在转动》。

て　コ

ゴオゴリ全集　见《果戈理全集》。
ゴオゴリ研究　见《果戈理研究》。
ゴオホ画集　见《凡・高画集》。
コクトオ芸術論　见《科克多艺
　术论》。
コクトオ詩抄　见《科克多诗
　抄》。

コムミサール　见《政治委员》。
ゴーリキィ全集　见《高尔基全
　集》。
ゴーリキィ研究　见《高尔基研
　究》。
ゴリキィ文芸書簡集　见《高尔
　基文艺书简集》。

し　シ

ジィド以後　见《纪德以后》。
ジィド研究　见《纪德研究》。
シエストフ選集　见《舍斯托夫
　选集》。
シモオヌ　见《西摩奴》。
ジュベィクの冒険　见《好兵帅
　克》。
ジヤズ文学叢書　见《爵士文学
　丛书》。

ジョイス中心の文学運動　见
　《以乔埃斯为中心的文学运
　动》。
ショウを語る　见《谈谈萧伯
　纳》。
シラノ劇版画　见《帝国剧院二
　月上演剧目版画——希拉诺之
　部》。

す　ス

ストリンベルク全集　见《斯特 | 林堡全集》。

せ　セ

セザンヌ大画集　见《塞尚大画 | セメント　见《士敏土》。
集》。

そ　ソ

ソヴエト文学の十年　见《伟大 | ソヴエートロシセ漫画・ポスタ
的十年的文学》。 | 一集　见《苏俄漫画及宣传画
ソヴエートロシァの芸術　见 | 集》。
《苏俄艺术》。 | ソヴエト学生の日記　见《苏联
ソヴエートロシセ美術大観　见 | 学生日记》。
《苏俄美术大观》。 | ソヴエト大学生の性生活　见
ソヴィエートロシヤの牢獄　见 | 《苏联大学生的性生活》。
《苏俄的牢狱》。 | ソヰエト・ロシセ文芸叢書
ソヴエートロシァ文学理論　见 | 见《苏俄文艺丛书》。
《苏俄文学理论》。 | ソヰエト・ロシヤ詩選　见《苏俄
ソヴエートロシセ文学の展望 | 诗选》。
见《苏俄文学展望》。

た　タ

ダァシエンカ　见《达先卡》。 | ダマスクスへ　见《到大马士革
ティース　见《泰绮丝》。 | 去》。
ダーウィン主義とマルクス主義 | ダンテ神曲画集　见《但丁神曲
见《达尔文主义与马克思主义》。 | 画集》。

ち　チ

チェホフとトルストィの回想 | 见《对契诃夫和托尔斯泰的回

忆》。

チェホフ全集　见《契诃夫全集》。

チエーホフ傑作集　见《契诃夫杰作集》。

チェーホフの手帖　见《契诃夫的笔记》。

チエホフ書簡集　见《契诃夫书简集》。

チセパーエフ　见《恰巴耶夫》。

つ　ツ

ツァラトゥストラ　见《扎拉图斯特拉如是说》。

ツルゲーネフ全集　见《屠格涅夫全集》。

ツルゲエネフ散文詩　见《屠格涅夫散文诗》。

て　テ

デカメロン　见《十日谈》。

と　ト

ドストエフスキー論　见《陀思妥耶夫斯基论》。

ドストエーフスキィ再観　见《陀思妥耶夫斯基再认识》。

ドストエフスキィ研究　见《陀思妥耶夫斯基研究》。

ドストィエフスキィ全集　见《陀思妥耶夫斯基全集》。

ドーソン蒙古史　见《多桑蒙古史》。

トルストィとマルクス　见《托尔斯泰和马克思》。

トルストィとドストエーフスキィ　见《托尔斯泰与陀思妥耶夫斯基》。

ドレフユス事件　见《德雷福斯事件》。

ドン・キホーテ　见《堂·吉诃德》。

な　ナ

なくてならぬ独和動詞辞典　见《必备德日动词辞典》。

に　ニ

ニチィエのツァラッストラ——
　解釈并びに批評——　见《尼
　采的扎拉图斯特拉——解说及
　评论》。

ニール河の草　见《尼罗河之
　草》。
にんじん　见《红萝卜须》。

の　ノ

ノァ・ノァ　见《诺阿・诺阿》。
ノヴァーリス日記　见《诺瓦利
斯日记》。

は　ハ

ハィネ研究　见《海涅研究》。
バィロン　见《拜伦》。
ハゥフの童話　见《豪夫童话》。

バクダン　见《炸弹》。
バスク牧歌調　见《山民牧唱》。

ひ　ヒ

ヒステーリ　见《歇斯底里》。
ヒラカレタ处女地　见《被开垦

的处女地》。

ふ　フ

ファシズムに对する闘争　见
　《对法西斯主义的斗争》。
フィリップ全集　见《菲力普全
　集》。
フィリシプ短篇集　见《菲力普
　短篇集》。
フオードかマルクスか　见《福
　特呢还是马克思?》。
ブランド　见《勃兰特》。

フリオ・フレニトとその弟子達
　见《胡里奥・胡列尼托和他的
　学生的奇遇》。
ブレィク研究　见《布莱克研
　究》。
プレハーノフ論　见《普列汉诺
　夫论》。
プレハーノフ選集　见《普列汉
　诺夫选集》。

フロィド主義と弁証法的唯物論
　　見《弗洛伊德主义与辩证唯物
　　论》。
フロオベエル全集　　見《福楼拜
　　全集》。
プロレタリセ文学論　　見《无产
　　阶级文学论》。
プロレタリセ文学概論　　見《无
　　产阶级文学概论》。

プロレタリァ文学講座　　見《无
　　产阶级文学讲座》。
プロレタリァ芸術教程　　見《无
　　产阶级艺术教程》。
プロレタリァートと文化の問題
　　見《无产阶级与文化问题》。
プロレタリァ美術のために　　見
　　《为了无产阶级的美术》。

へ　ヘ

ベトオフエン　　見《贝多芬》。

ほ　ホ

ボオドレール研究　　見《波德莱
　　尔研究》。

ボローヂン脱出記　　見《鲍罗廷
　　脱险记》。

ま　マ

マキシズムの謬諭　　見《马克思
　　主义的谬论》。
マチス以後　　見《马蒂斯以后》。
マリィ・ロランサン詩画集　　見
　　《玛丽・罗兰珊诗画集》。
マルク・シァガル画集　　見《马尔
　　克・夏加儿画集》。
マルクス・エンゲルス芸術論
　　見《马克思恩格斯艺术论》。
マルクスの経済概念　　見《马克
　　思的经济概念》。
マルクス主義芸術論　　見《马克

思主义艺术论》。
マルクス主義者の見るトルスト
　　ィ　見《马克思主义者之所见
　　的托尔斯泰》。
マルクス主義美学　　見《马克思
　　主义美学》。
マルクス主義的作家論　　見《马
　　克思主义的作家论》。
マルクス主義と倫理　　見《马克
　　思主义与伦理》。
マルクスの唯物弁証法　　見《马
　　克思的唯物辩证法》。

マルクス主義と法理学　见《马克思主义与法律哲学》。

マルクス主義批判者の批判　见《马克思主义批判者的批判》。

マルクス主義批評論　见《马克思主义批评论》。

マルクス主義の根本問題　见《马克思主义的根本问题》。

マルクス主義と芸術運動　见《马克思主义的根本问题》。

マルクス主義芸術理論　见《马克思主义艺术理论》。

マルクスの民族、社会並に国家観　见《马克思的民族、社会及国家观》。

マルクスの唯物的歴史理論　见《马克思的历史唯物主义理论》。

マルクスの階級闘争理論　见《马克思的阶级斗争理论》。

マルクス・レーニン主義芸術研究　见《马克思、列宁主义艺术学研究》。

マルチンの犯罪　见《马尔腾的罪行》。

マ主義芸術理論　见《马克思主义艺术理论》。

み　ミ

ミルトン失楽園　见《弥耳敦失乐园画集》。

ミレー大画集　见《米勒大画集》。

め　メ

メツザレム　见《梅查列姆》。

も　モ

モリエール全集　见《莫里哀全集》。

モンテエニユ論　见《蒙田论》。

モンテーエユ随想録　见《蒙田随想录》。

もんぱるの　见《蒙派尔诺》。

ゆ　ユ

ユカリ　见《缘份》。

ら　ラ

ラムラム王　见《兰姆兰姆王》。

る　ル

ルネサンス　见《文艺复兴论》。　｜　ルバィヤット　见《鲁拜集》。

れ　レ

レッシング伝説　见《莱辛传奇》。

レーニンのゴリキーへの手紙　见《列宁致高尔基书信》。

レーニンと芸術　见《列宁与艺术》。

レーニンと哲学　见《列宁与哲学》。

レーニンの弁証法　见《列宁的辩证法》。

レーニンの幼少時代とその環境　见《列宁的幼少年时代及其环境》。

レーニン主義と哲学　见《列宁主义与哲学》。

ろ　ロ

ロシヤ文学史　见《俄国文学史》。

ロシヤ社会史　见《俄国社会史》。

ロシヤ文学思潮　见《俄国文学思潮》。

ロシヤ革命映画　见《俄国革命电影》。

わ　ワ

わが毒舌　见《我的刻薄话》。　｜　わが漂泊　见《我的漂泊》。

ゑ　ヱ

ヱゲレスィロハ　见《英语入门》。

汉　字

一　画

一粒の麦もし死なずば　见《如果一粒麦子不死的话》。

一革命家の人生·社会観　见《一个革命者的人生及社会观》。

一周間　见《一周间》。

一立斎広重　见《一立斎广重》。

一千一夜物語画譜　见《一千零一夜故事画谱》。

二　画

二十世紀の欧洲文学　见《二十世纪之欧洲文学》。

二葉亭全集　见《二叶亭全集》。

二十世紀絵画大観　见《二十世纪绘画大观》。

十字街頭を行く　见《走向十字街头》。

十字街頭を往く　见《走向十字街头》。

七死刑囚物語　见《七个被绞死的人》。

人類の為めに　见《为人类》。

人類学及人種学上ヨリ見タル北東亜細亜　见《从人类学及人种学所见到的东北亚》。

人形図篇　见《玩偶图篇》。

人生遺伝学　见《人生遗传学》。

人形作者篇　见《玩偶作者篇》。

人類協同史　见《人类合作史》。

九十三年　见《九三年》。

三　画

三太郎の日記　见《三太郎日记》。

工芸美論　见《工艺美论》。

工場細胞　见《工厂支部》。

下女の子　见《女仆之子》。

大十年の文学　见《伟大的十年的文学》。

大自然と霊魂の対話　见《大自然与灵魂的对话》。

大海のほとり　见《大海边》。

千夜一夜　见《一千零一夜》。

女性のカット　见《女子木刻》。

女性と愛欲　见《女性与情欲》。

女騎士エルザ　见《女骑士爱尔

萨》。

女一人大地を行く　见《大地的女儿》。

小さき者へ　见《与幼者》。

小説ノ作リ方　见《小说作法》。

小説から見たる支那の民族性　见《从小说看来的支那民族性》。

小供之画　见《儿童的画》。

四　画

王様の背中　见《国王的背脊》。

王道　见《王室之路》。

天産鈉化合物の研究　见《天然钠化合物的研究》。

五山の四大詩僧　见《五山的四大诗僧》。

支那に於ケル列強の工作とその経済勢力　见《帝国主义列强在华之活动及其经济势力》。

支那の建築　见《中国的建筑》。

支那は眼覚め行く　见《中国在觉醒》。

支那産"紬"ニ就イテ　见《中国产的"紬"》。

支那語ローマ字化の理論　见《中文拉丁化的理论》。

支那文化の研究　见《中国文化研究》。

支那革命の現階段　见《中国革命的现阶段》。

支那革命の理論的考察　见《中国革命的理论的考察》。

支那思想のフランス西漸　见《中国思想的西传法国》。

支那人及支那社会の研究　见《中国人与中国社会研究》。

支那革命及世界の明日　见《中国革命及世界的未来》。

支那　见《中国》。

支那遊記　见《中国游记》。

支那漫談　见《活中国的姿态》。

支那小説史　见《中国小说史略》。

支那住宅志　见《中国住宅志》。

支那社会史　见《中国社会史》。

支那画人伝　见《中国画家传》。

支那学文藪　见《汉学文薮》。

支那南北記　见《中国南北记》。

支那童話集　见《中国童话集》。

支那詩論史　见《中国诗论史》。

支那山水画史　见《中国山水画史》。

支那仏教遺物　见《中国佛教文物》。

支那文芸論藪　见《中国文艺论薮》。

支那文学史綱　见《中国文学史纲》。

支那文学研究　见《中国文学研究》。

支那文学概说　见《中国文学概说》。

支那社会研究　见《中国社会研究》。

支那英雄物語　见《中国英雄故事》。

支那思想研究　见《中国思想研究》。

支那絵画小史　见《中国绘画小史》。

支那中世医学史　见《中国中世纪医学史》。

支那仏教印象記　见《中国佛教印象记》。

支那文学史綱要　见《中国文学史纲要》。

支那印度短篇集　见《中国印度短篇集》。

支那近世戯曲史　见《中国近世戏曲史》。

支那法製史論叢　见《中国法制史论丛》。

支那馬賊裏面史　见《中国马贼秘史》。

支那諸子百家考　见《中国诸子百家考》。

支那上代画論研究　见《中国古代画论研究》。

支那美術史·彫塑篇　见《中国美术史雕塑篇》。

支那歴史地理研究　见《中国历史地理研究》。

支那小説戯曲史概説　见《中国小说戏曲史概说》。

支那古明器泥象図説　见《中国古明器泥象图说》。

支那古明器泥象図鑑　见《中国古明器泥象图鉴》。

支那古器図考·兵器篇　见《中国古器图考·兵器篇》。

支那印象短篇小説集　见《中国印度短篇集》。

支那歴史地理研究続集　见《中国历史地理研究续集》。

支那古代経済思想及製度　见《中国古代经济思想及制度》。

不安と再建　见《不安与再建》。

友達　见《朋友》。

日本プロレタリァ美術集　见《日本无产阶级美术集》。

日本昔ばなし　见《日本传说故事》。

日本流寓の明末諸士　见《流寓日本的明末诸士》。

日和見主義ニ対スル闘争　见《对机会主义的斗争》。

日本一之画噺　见《日本最佳图画故事》。

日本玩具图篇　见《日本玩具图篇》。

日本動物図鑑　见《日本动物图鉴》。

日本初期洋風板画集　见《日本初期西洋式版画集》。

内面への道　见《内省的道路》。

仏像帰る　见《佛像归来》。

仏教に於ける地獄の新研究　见《佛教中地狱的新研究》。

仏蘭西文学の話　见《法国文学史话》。

仏蘭西精神史の一側面　见《法国精神史的一个侧面》。

仏教美術　见《佛教美术》。

仏像新集　见《佛像新集》。

仏蘭西詩選　见《法国诗选》。

仏国文芸叢書　见《现代法国文艺丛书》。

仏蘭西新作家集　见《法国新作家集》。

仏教之美術及歷史　见《佛教之美术及历史》。

仏蘭西文学史序説　见《法国文学史序说》。

反逆児　见《叛逆儿》。

文化の擁護　见《文化拥护》。

文芸と法律　见《文艺与法律》。

文芸学の発展と批判　见《文艺学的发展与批判》。

文学と革命　见《文学与革命》。

文学と経済学　见《文学与经济学》。

文学に志す人に　见《给有志于文学者》。

文学の連続性　见《文学的连续性》。

文学のための経済学　见《为文学的经济学》。

文学の社会学的批判　见《文学之社会学的批评》。

文学古典の再認識　见《文学古典之再认识》。

文学革命の前哨　见《文学革命的前哨》。

文学理論の諸問題　见《文学理论诸问题》。

文芸論　见《文艺论》。

文芸復興　见《文艺复兴》。

文芸評論　见《文艺评论》。

文芸辞典　见《文艺辞典》。

文芸管見　见《文艺管见》。

文芸批評史　见《文艺批评史》。

文芸学概論　见《文艺学概论》。

文芸思潮論　见《文艺思潮论》。

文芸家漫画像　见《文艺家漫画像》。

文芸学史概説　见《文艺学史概

说》。

文学的戦術論　见《文学的战术
　　论》。

文豪評伝叢書　见《文豪评传丛
　　书》。

六朝時代の芸術　见《六朝时代
　　的艺术》。

巴里の憂鬱　见《巴黎的烦恼》。

水滸伝画譜　见《水浒传画谱》。

五　　画

世界ユーモァ全集——支那篇
　　见《世界幽默全集——中国
　　篇》。

世界の始　见《世界的开端》。

世界の女性を語る　见《谈谈世
　　界女性》。

世界文学と無産階級　见《世界
　　文学与无产阶级》。

世界文学と比較文学史　见《世
　　界文学与比较文学史》。

世界革命の実現に活躍するロシ
　　ヤの政治組織　见《为实现世
　　界革命而活跃的苏联政治组
　　织》。

世界観としてのマルキシズム
　　见《作为世界观的马克思主
　　义》。

世界文学物語　见《世界文学故
　　事》。

世界玩具図篇　见《世界玩具图
　　篇》。

世界文芸大辞典　见《世界文艺
　　大辞典》。

世界芸術発達史　见《世界艺术
　　发展史》。

世界文芸名作画譜　见《世界文
　　艺名作画谱》。

世界芸術写真年鑑　见《世界艺
　　术摄影年鉴》。

世界性業婦製度史　见《世界娼
　　妓制度史》。

古代希臘文学総説　见《古代希
　　腊文学总说》。

右側の月　见《右边的月亮》。

右衛門の最期　见《三浦右卫门
　　的最后》。

北ホテル　见《北方旅馆》。

北京ノ顧亭林祠　见《北京的顾
　　亭林祠》。

北米遊説記　见《北美游历演说
　　记》。

北斎水滸画伝　见《北斎水浒画
　　传》。

史的唯物論ヨリ見タル文学　见
　　《从唯物史观所见的文学》。

四十一人目　见《第四十一》。

生ケル支那ノ姿　见《活中国的姿态》。

生レ出悩ミ　见《产生了烦恼》。

広重　见《广重》。

広辞林　见《广辞林》。

永遠の幻影　见《永远的幻影》。

民族文化の発展　见《民族文化之发展》。

弁証法と自然科学　见《辩证法与自然科学》。

弁証法と弁証的方法　见《辩证法与辩证的方法》。

弁証法　见《辩证法》。

弁証法読本　见《辩证法读本》。

弁証法的唯物論入門　见《辩证唯物论入门》。

六　画

刑法史の或る断層面　见《刑法史的一个侧面》。

共産大学生の日記　见《苏联学生日记》。

西比利西から満蒙へ　见《从西伯利亚到满蒙》。

西方の作家たち　见《西方的作家们》。

西洋美術館めぐり　见《西洋美术馆巡礼记》。

有史以前の人類　见《史前人类》。

死せる魂　见《死魂灵》。

虫の社会生活　见《昆虫的社会生活》。

伝説の時代　见《传说的时代》。

自由と必然　见《自由与必然》。

伊太利ルネサンスの美術　见《意大利文艺复兴时期的美术》。

伊曾保絵物語　见《〈伊索寓言〉图画故事》。

向日葵の書　见《向日葵之书》。

巡洋艦ザリヤー　见《巡洋舰札里耶号》。

七　画

言語その本質、発達及び起源　见《语言的本质、发展及其起源》。

赤い恋　见《红色的爱情》。

赤い子供　见《红色少年》。

赤露見タママの記　见《赤俄见闻录》。

赤色親衛隊　见《恰巴耶夫》。

芸術とは何ぞや　见《什么叫艺术》。

芸術とマルクス主義　见《艺术与马克思主义》。

芸術と無産階級　见《艺术与无产阶级》。

芸術と社会生活　见《艺术与社会生活》。

芸術と唯物史観　见《艺术与唯物史观》。

芸術と道徳　见《艺术与道德》。

芸術に関する走書的覚書　见《艺术漫笔》。

芸術の本質　见《艺术的本质》。

芸術の本質と変化　见《艺术的本质及其变化》。

芸術の社会的基礎　见《艺术的社会基础》。

芸術の始源　见《艺术的起源》。

芸術の勝利　见《艺术的胜利》。

芸術の唯物史観的解釈　见《艺术的唯物史观解释》。

芸術の起源及び発達　见《艺术的起源及其发展》。

芸術の暗示と恐怖　见《艺术的暗示和恐怖》。

芸術上のレァリズムと唯物論哲学　见《艺术上的现实主义与唯物论哲学》。

芸術社会学の方法論　见《艺术社会学的方法论》。

芸術的現代の諸相　见《现代艺术的各种现象》。

芸術論　见《马克思艺术论》。

芸術論　见《艺术论》(普列汉诺夫)。

芸術論　见《艺术论》(甘粕氏)。

芸術論　见《艺术论》(藏原惟人)。

芸林閑步　见《艺林闲步》。

芸術総論　见《艺术总论》。

芸術戦線　见《艺术战线》。

芸術社会学　见《艺术社会学》。

芸術学研究　见《艺术学研究》。

芸術国巡礼　见《艺术国巡礼》。

芥川竜之介全集　见《芥川龙之介全集》。

医者の記録　见《医生笔记》。

抒情カット図案集　见《抒情木刻图案集》。

男女と性格　见《男女与性格》。

図案資料叢書　见《图案资料丛书》。

吼えろ支那　见《怒吼吧，中国!》。

私の画集　见《我的画集》。

私は愛す　见《我爱》。

作者の感想　见《作者的感想》。

近代の英文学　见《近代的英文学》。

近代の恋愛観　见《近代恋爱观》。

近代支那の学芸　见《近代中国
　的学艺》。

近代文学と恋愛　见《近代文学
　与恋爱》。

近世錦絵世相史　见《近代锦绘
　世态史》。

近代仏蘭西詩集　见《近代法国
　诗集》。

近代文芸十二講　见《近代文艺
　十二讲》。

近代芸術論序説　见《近代艺术
　论序说》。

近代仏蘭西絵画論　见《近代法
　国绘画论》。

希臘の春　见《希腊之春》。

希臘天才の諸相　见《希腊天才
　之诸相》。

応用図案五百集　见《应用图案

五百种集》。

沙上の足跡　见《沙上的足迹》。

労農ロツァ戯劇集　见《工农俄
　罗斯戏剧集》。

労農露西亜小説集　见《工农俄
　罗斯小说集》。

社会主義及ど社会運動　见《社
　会主义和社会运动》。

社会主義的レァリズムの問題
　见《社会主义现实主义问题》。

社会学上ヨリ見タル芸術　见
　《从社会学所见的艺术》。

社会進化の鉄則　见《社会进化
　的规律》。

社会科学の豫備概念　见《社会
　科学的准备知识》。

社会文芸叢書　见《社会文艺丛
　书》。

八　画

武井武雄手芸図案集　见《武井
　武雄手艺图案集》。

青い花　见《蓝色的花朵》。

青い空の梢に　见《苍茫天际》。

青春を賭ける　见《以青春作赌
　注》。

青春独逸派　见《青年德意志
　派》。

表現主義の戯曲　见《表现主义
　的戏曲》。

表現主義の彫刻　见《表现主义
　的雕刻》。

表現文様集　见《表现派图案
　集》。

長崎の美術史　见《长崎美术
　史》。

長安史跡の研究　见《长安史迹
　之研究》。

苦悶の象徴　见《苦闷的象征》。

若きソヴェート・ロツヤ　见《年

青的苏维埃俄国》。

英国に於ける自然主義　见《英国的自然主义》。

英国近世唯美主义の研究　见《英国近代唯美主义之研究》。

英和辞典　见《英日辞典》。

英文学散策　见《英文学漫步》。

英文学覚帳　见《英国文学笔记》。

板画の作り方　见《版画创作法》。

柩禁の考古学的考察　见《葬器之考古学的考察》。

東方の詩　见《东方的诗》。

東亜文明の黎明　见《东亚文明之黎明》。

東西交渉史の研究　见《东西交涉史之研究》。

東洋美術史の研究　见《东洋美术史之研究》。

東洲斎写楽　见《东洲斎写乐》。

東西文芸評伝　见《东西文艺评传》。

或ル女　见《一个女人》。

或ル青年ノ夢　见《一个青年的梦》。

或ル魂の発展　见《一个心灵的发展》。

或日ノ一休　见《一日里的一休和尚》。

拝金芸術　见《拜金艺术》。

欧羅巴の滅亡　见《欧洲的毁灭》。

欧米ポスター図案集　见《欧美广告图案集》。

欧米に於ける支那古鏡　见《在欧美的中国古镜》。

欧洲文芸の歴史的展望　见《欧洲文艺之历史展望》。

欧洲文芸思潮史　见《欧洲文艺思潮史》。

欧洲文学発達史　见《欧洲文学发达史》。

欧米文学研究手引　见《欧美文学研究指南》。

欧洲近代文芸思潮論　见《欧洲近代文艺思潮概论》。

欧洲近代文芸思潮概論　见《欧洲近代文艺思潮概论》。

昆虫の驚異　见《昆虫奇观》。

物質と悲劇　见《物质与悲剧》。

版画を作る人へ　见《给作版画的人》。

金時計　见《表》。

夜アケ前ノ歌　见《天明前之歌》。

性と性格　见《性与性格》。

学芸論鈔　见《学艺论抄》。

沼ノホト　见《池边》。

実用口語法　见《实用口语法》。

空想から科学へ　见《从空想到科学》。

阿難と鬼子母　见《阿难与母夜叉》。

阿Q正伝　见《阿Q正传》。

九　画

春秋座二月興行版画——ゥヰリァム・テル　见《春秋座二月上演剧目版画——威廉・退尔》。

革命の嬢　见《革命的女儿》。

革命ロツァの芸術　见《革命俄国的艺术》。

革命後のロミァ文学　见《革命后之俄国文学》。

革命期の演劇と舞踊　见《新俄的演剧和跳舞》。

革命芸術大系　见《革命艺术大系》。

草の葉　见《草叶集》。

草花模様　见《花草图样》。

南北朝に於ける社会経済制度　见《南北朝的社会经济制度》。

南欧の空　见《南欧的天空》。

南蛮広記　见《南蛮广记》。

研幾小録　见《研几小录》。

郁文堂独和対訳叢書　见《郁文堂德日对译丛书》。

拷問与虐殺　见《拷问与虐杀》。

映画芸術史　见《电影艺术史》。

虹児画譜　见《虹儿画谱》。

思索と随想　见《思索与随想》。

思想家としてのマルクス　见《作为思想家的马克思》。

科学の詩人　见《科学的诗人》。

信と美　见《真与美》。

食療本草の考察　见《食疗本草的考察》。

狭ノ籠　见《狭的笼》。

風景は動く　见《风景在动》。

独乙語自修の根柢　见《新式德语自修基础》。

独逸文学　见《德国文学》。

独逸浪漫派　见《德国的浪漫派》。

独逸の浪漫派　见《德国的浪漫派》。

独逸語基本単語集　见《德语基本单词集》。

独逸語基礎単語四〇〇〇　见《德语基本单词四千字》。

美学及び文学史論　见《美学及文学史论》。

美術をたづねて　见《美术的探求》。

美術史の根本問題　见《美术史的根本问题》。

浅草タヨリ　见《浅草通信》。

洒落の精神分析　见《俏皮的精神分析》。

海の童話　见《海的童话》。

十　　画

泰西最新文芸叢書　见《泰西最新文艺丛书》。

真実はかく佯る　见《真象如此伪装》。

原色貝類図　见《原色贝类图》。

殉難革命家列伝　见《殉难革命家列传》。

造型美術に於ける形式の問題　见《造型美术的形式问题》。

造型芸術社会学　见《造型艺术社会学》。

島の農民　见《岛的农民》。

殷墟出土白色土器の研究　见《殷墟出土白陶之研究》。

飢ヱ　见《饥饿》。

恋愛と新道徳　见《恋爱与新道德》。

恋愛の道　见《爱情之道》。

高蹈会紫葉会聯合図録　见《高

建設期のンヴェート文学　见《建设时期的苏联文学》。

勇敢なる兵卒シユベィクの冒険　见《好兵帅克》。

蹈会紫叶会联合图录》。

疾風怒濤時代と現代独逸文学　见《狂飙运动时代与现代德国文学》。

唐土名勝図会　见《唐土名胜图会》。

唐宋大家像伝　见《唐宋大家像传》。

唐宋元明名画大観　见《唐宋元明名画大观》。

袖珍英和辞典　见《袖珍英日辞典》。

書物の敵　见《书物之敌》。

書物の話　见《书话》。

書斎の岳人　见《书斋的岳人》。

書斎の消息　见《书斋的消息》。

書道全集　见《书法全集》。

陣中の竪琴　见《阵中竖琴》。

十 一 画

現代のヒーロー　见《当代英雄》。

現代のフランス文学　见《现代

法国文学》。

現代の考察　见《现代之考察》。

現代の独逸文学　见《现代德国

文学》。

现代の美術　见《现代美术》。

现代の独逸文化及文芸　见《现代德国文化与文艺》。

现代ソヴェト文学概論　见《现代苏联文学概论》。

现代芸術の諸傾向　见《现代艺术的各种倾向》。

现代欧洲の芸術　见《现代欧洲之艺术》。

现代欧洲文学とプロレタリァート　见《现代欧洲文学与无产阶级》。

现代漫画大観　见《现代漫画大观》。

现代西欧図案集　见《现代西欧图案集》。

现代文豪評伝叢書　见《文豪评传丛书》。

现代仏蘭西文芸叢書　见《现代法国文艺丛书》。

现代英国文芸印象記　见《现代英国文艺印象记》。

现代猟奇尖端図鑑　见《现代猎奇尖端图鉴》。

理論芸術学概論　见《理论艺术学概论》。

都会の論理　见《都市的逻辑》。

転形期の歴史学　见《转变时期的历史学》。

転換期の文学　见《转折时期的文学》。

転換期支那　见《转折时期的中国》。

虚無よりの創造　见《从虚无出发的创造》。

黒い仮面　见《黑假面人》。

異常性欲の分析　见《异常性欲之分析》。

唯物論と弁証法の根本概念　见《唯物论与辩证法的基本概念》。

唯美主義者オスカァ・ワィルド　见《唯美主义者奥斯卡·王尔德》。

唯物史観　见《唯物史观》。

唯物的弁証　见《辩证的唯物论》。

唯物史観序説　见《唯物史观序说》。

唯物史観研究　见《唯物史观研究》。

唯物史観解説　见《唯物史观解说》。

唯物史観世界史教程　见《唯物史观世界史教程》。

動物の驚異　见《动物奇观》。

動物学実習法　见《动物学实习法》。

第二の日　见《第二天》。

鳥類原色大図説　见《鸟类原色大图说》。

猟人日記　见《猎人日记》。

猫町　见《猫街》。

祭祀及礼と法律　见《祭祀及礼与法律》。

鹿の水かがみ　见《鹿的镜子》。

粕谷独逸語学叢書　见《粕谷德语学丛书》。

清兵衛ト胡盧　见《清兵卫与壶卢》。

閉された庭　见《被关闭的庭院》。

婚姻及び家庭の発展過程　见《婚姻及家族的发展过程》。

十　二　画

項羽と劉邦　见《项羽与刘邦》。

越天楽　见《越天乐》。

超現実主義と絵画　见《超现实主义与绘画》。

葛飾北斎　见《葛饰北斋》。

植物の驚異　见《植物奇观》。

裂地と版面　见《布料与版画》。

雄雞とァルルカン　见《雄鸡和杂馔》。

悲劇の哲学　见《悲剧的哲学》。

最後の日記　见《最后的日记》。

最後之溜息　见《最后的叹息》。

最新ロシァ文学研究　见《最新俄国文学研究》。

最新独和辞典　见《最新德日辞典》。

無からの創造　见《从虚无出发的创造》。

無産階級の文化　见《无产阶级的文化》。

無産階級の画家ゲオルゲ・グロッス　见《无产阶级的画家乔治・格罗斯》。

無産階級文学の理論と実相　见《无产阶级文学的理论与实况》。

無産階級芸術論　见《无产阶级艺术论》。

創作版画の作り方　见《版画创作法》。

象牙塔を出て　见《出了象牙之塔》。

童謡及童話の研究　见《童谣及童话之研究》。

装甲列車　见《铁甲列车 Nr. 14—69》。

満鮮考古行脚　见《满洲朝鲜考古旅行记》。

営城子　见《营城子》。

運命の丘　见《命运之丘陵》。

開かれぬ手紙　见《没有开封的信》。

階級社会の芸術　见《阶级社会的艺术》。

階級社会の諸問題　见《阶级社会之诸问题》。

階級意識トハ何ゾや　见《何谓阶级意识》。

媒トシテノ盗　见《盗为媒》。

結婚及ど家庭の社会学　见《结婚及家族的社会学》。

絵入みよ子　见《美代子》。

十　三　画

詩卜体験　见《诗与体验》。

詩と詩論　见《诗与诗论》。

詩の起原　见《诗的起源》。

詩の形態学序説　见《诗的形态学序说》。

詩人のナプキン　见《诗人的餐巾》。

詭弁の研究　见《诡辩之研究》。

感想私録　见《感想笔记》。

園芸植物図譜　见《园艺植物图谱》。

農民文芸十六講　见《农民文艺十六讲》。

罪と罰　见《罪与罚》。

鉄の流　见《铁流》。

愛と死の戯れ　见《爱与死的搏斗》。

愛の物語　见《爱的故事》。

愛書狂の話　见《书癖的故事》。

愛蘭情調　见《爱尔兰情调》。

猿の群から共和国まで　见《从猿群到共和国》。

痴人の告白　见《疯子的自白》。

新らしい言葉の字引　见《新词汇辞典》。

新しき芸術の獲得　见《新艺术的取得》。

新シキ者卜古キ者　见《新人与旧人》。

新しき糧　见《新的粮食》。

新フランス文学　见《新法国文学》。

新ロシァ文化の研究　见《新俄文化之研究》。

新ロシァ文学の曙光期　见《新俄文学之曙光期》。

新ロシァ美術大観　见《新俄美术大观》。

新ロシァパンフレット　见《新俄小丛书》。

新反対派ニ就ィテ　见《关于新反对派》。

新式独逸語自修の根柢　见《新式德语自修基础》。

新興仏蘭西文学　见《新兴法国文学》。

意匠美術写真類聚　见《图案美术摄影类聚》。

楽浪　见《乐浪》。

楽浪王光墓　见《乐浪王光墓》。

楽浪彩篋塚　见《蚌浪彩篋塚》。

楽浪及高勾麗古瓦図譜　见《乐浪及高句丽古瓦图谱》。

《資本論》の文学的構造　见《〈资本论〉的文学构造》。

漢楽写真集成　见《中药摄影集成》。

戦斗的唯物論　见《战斗的唯物论》。

続動物の驚異　见《续动物奇观》。

続小品集　见《续小品集》。

続文芸評論　见《续文艺评论》。

続南蛮広記　见《续南蛮广记》。

続続小品集　见《续续小品集》。

続続小品集　见《续纸鱼繁昌记》。

十　四　画

読書術　见《读书术》。

読史叢録　见《读史丛录》。

読書放浪　见《漫读记》。

静かなるドン　见《静静的顿河》。

静かなドン　见《静静的顿河》。

様式と時代　见《样式与时代》。

歴史ヲ捻ヂル　见《扭转历史》。

歴史過程の展望　见《历史过程的展望》。

銃殺されて生きてた男　见《被枪决而活下来的人》。

銀砂の汀　见《虹儿画谱》。

漫画サロン集　见《漫画沙龙集》。

漫画の満洲　见《漫画的满洲》。

漫画坊つちやん　见《漫画〈哥儿〉》。

漫画吾輩は猫である　见《漫画〈我是猫〉》。

漫画只野凡児　见《漫画只野凡儿》。

漁夫とその魂　见《渔夫及其灵魂》。

十　五　画

蔵書票の話　见《藏书票的故事》。

標注訓訳水滸伝　见《标注训译水浒传》。

輪のある世界　见《有轮子的世界》。

輪郭図案一千集　见《轮廓图案一千种》。

憂愁の哲理　见《忧愁的哲理》。

戯曲の本質　见《戏曲的本质》。

影絵の研究　见《剪影之研究》。

遺老説伝(球陽外卷)　见《遗老说传》(球阳外卷)。

十　六　画

壊滅　见《毁灭》。

機械と芸術の交流　见《机械与艺术的交流》。

機械と芸術革命　见《机械与艺术革命》。

機械論と弁証法的唯物論　见《机械论与辩证唯物论》。

十　七　画

輿論と群集　见《舆论与群众》。

十　八　画

臨床医学と弁証法的唯物論　见《临床医学与辩证唯物论》。

顕微鏡下の驚異　见《显微镜下的奇观》。

貘の舌　见《貘之舌》。

闘牛士　见《斗牛士》。

二十一画以上

露国現代の思潮及文学　见《俄国现代的思潮及文学》。

露西亜文学の理想と現実　见《俄国斯文学的理想与现实》。

露国共産党の文芸政策　见《俄国共产党的文艺政策》。

露西亜革命の豫言者　见《俄国革命的预言者》。

露西亜革命後の文学　见《俄国革命后的文学》。

露西亜三人集　见《俄国三人集》。

露西亜文学研究　见《俄国文学研究》。

露西亜現代文豪傑作集　见《俄国现代文豪杰作集》。

露西亜語基礎単語四〇〇〇　见《俄语基本单词四千字》。

鑑鏡の研究　见《古镜之研究》。
蠹魚之自伝　见《蠹鱼自传》。
蠹魚無駄話　见《蠹鱼的闲话》。

拉丁字母

C.C.C.P.　见《苏联》。
R.S.主義批判　⑰530。

西　文

A

A Farmer's Life　见《一个农夫的生活》。
A Handful of Clay　见《一握泥土》。
A History of Early Chinese Painting　见《中国早期绘画史》。
A History of Wood-Engraving　见《木刻史》。
A. Petöfi 的诗　见《裴多菲的诗》。
A Shepherd's Life　见《牧羊人的生活》。
A Wanderer in Woodcuts　见《木刻界漫游者》。
Die Abenteuer des braven Soldeten Schwejk Während des Weltkrieges　见《好兵帅克》。
Abrechnung Folget　见《续前清算》。
The Adventures of the Black girl in her Search of God　见《黑女求神记》。
Aeneid　见《伊尼德》。
Aesop's Fables　见《伊索寓言》。
AK 与人性　见《亚克与人性》。
Alay-Oop　见《阿赖·奥泼》。
Allegorie der Wollust　见《情欲的喻言》。
Der alte Perdrix　见《佩特里老人》。
Amerika im Holzschnitt　见《木刻上的美洲》。
Anders Zorn　见《安德斯·措恩》。
Angkor　见《兽国古城》。
Animal Life in Field and Garden　见《田野和公园里的动物生活》。
Animals in Black&White　见《黑白画中的动物》。

Anna, eine Weib u. e. Mutter　见《安娜——一个妻子和母亲》。

Anna Karenina　见《安娜·卡列尼娜》。

Anna Timovna　见《安娜·季莫菲耶夫娜》。

Das Antlitz des Lebens　见《人生的面目》。

Art and Publicity　见《艺术与宣传》。

The art of Aubrey Beardsley　见《奥布里·比亚兹莱的艺术》。

The Art of Rodin　见《罗丹的艺术》。

Art Review　见《艺术评论》。

Art Young's Inferno　见《阿尔特·杨的〈地狱〉》。

Les Artistes du Livre　见《书籍插画家传》。

At the Sign of the Reine Pédauque　见《鹅掌女皇的烤肉店》。

Das Attentat auf Zaren Alexander II　见《猎俄皇记》。

Aubrey Beardsley　见《奥布里·比亚兹莱》。

August Reniers　见《奥古斯特·勒洛瓦》。

Aufsätze　见《个性的毁灭》。

Aus dem Briefwechsel mit meinen Freunden　见《与友人书信选集》。

Ausgewahlte Werke（M. Gorky）见《高尔基选集》。

Der Ausreisser　见《逃犯》。

Avesta　见《阿韦斯达》。

B

Baboona　见《漫游兽国记》。

Barbaren und Klassiker　见《野蛮人与古典派》。

Bauernkreig　见《农民战争》。

BC4ü, 一节车厢的经历（克勒策尔）⑰534。

Der befreite Don Quichotte　见《解放了的堂·吉诃德》。

Das Bein der Tiennette　见《亭乃特之腿》。

Belly in the Kid　见《义士艳史》。

The Best French Short Stories of 1923—24　见《一九二三至二四年法国最佳短篇小说集》。

Le bestiaire　见《禽虫吟》。

Le Bestiare au Cortège d'Orphée　见《禽虫吟》。

Bild und Gemeinschaft　见《图画与群众》。

Bilder der Grossstadt　见《大城市

画册》。

Bilder Galerie zur Russ. Lit　见
《俄国文学画苑》。

Die bildende Kunst der Gegenwart
见《近世造形美术》。

Birds in England　见《英格兰的
鸟》。

Briefe(V. van Gogh)　见《书信
集》(凡·高)。

Briefe an einen jungen Dichter　见
《致一位青年诗人的信》。

Briefe an Maxim Gorki, 1908—
1913　见《致马克西姆·高尔
基书信集》。

Briefwechsel　见《与友人书信选
集》。

Die Brusky　见《磨刀石农庄》。

Brusski　见《磨刀石农庄》。

Buch der Lieder　见《歌之书》。

Der Buchstabe"G"　见《字母
"G"》。

C

C. C. C. P.　见《苏联》。

Caricature of Today　见《今日漫
画》。

Caspar David Friedrich　见《卡斯
帕尔·大卫·弗里德里希》。

Cement　见《士敏土》。

Ch. Meryon　见《查理·梅里
昂》。

Chapayev　见《夏伯阳》(影片)。

Charles Meryon　见《查理·梅里
昂》。

Children's Garden　见《儿童公
园》。

China Reise　见《中国纪行》。

The Chinese on the Art of Painting
见《中国画论》。

Chinese Pottery of the Han Dynasty

见《汉代的中国陶器》。

The Chinese Soviets　见《中华苏
维埃》。

Chinese Studies　见《中国研究》。

Clive of India　见《儿女英雄》。

Cleoptra　见《倾国倾城》。

College English Reading　见《高
等学校英语读本》。

The Compleate Angler　见《钓鱼
大全》。

The Concise Universal Encyclopedia
见《简明百科辞典》。

Contemporary Europan Writers
见《当代欧洲作家传》。

Contemporary Figure Painters　见
《当代肖像画家》。

Contemporary　Movements　in

Europan Literature　见《当代 ｜ 欧洲文学运动》。

D

D.I. Mitrohin　见《密德罗辛版画集》。

D.I. Mitrohin 版画集　见《密德罗辛版画集》。

Dämonen u. Nachtgeschichte　见《魔鬼和黑夜的故事》。

Daumier-Mappe　见《杜米埃画帖》。

Daumier und die Politik　见《杜米埃与政治》。

Deine Schwester　见《你的姊妹》。

Dekanka 夜谈　见《狄康卡近乡夜话》。

Desert　见《荒漠》。

Deutsche Form, Betrachtungen über die deutsche Kunst　见《德国形式，对德国艺术之观察》。

Deutsche Graphiker der Gegenwart　见《德国近时版画家》。

Deutschland, Deutschland über alles　见《德国，德国至上》。

Deva Roman-Sammlung　见《德意志出版社小说丛书》。

Dneprostroy at Night　见《第聂伯水闸之夜》。

Der Dom　见《大教堂》。

Don Juan　见《唐·璜》。

Dostoievsky und Tolstoy　见《托尔斯泰与陀思妥耶夫斯基》。

Dostoievsky's Literarsche Schriften　见《陀思妥耶夫斯基文学著作集》。

Dubrovsky　见《复仇艳遇》。

Der dürre Kater　见《瘦猫》。

E

Edvard Muchs graphische Kunst　见《爱德华·蒙克版画艺术》。

Ein Blick in die Welt　见《世界一瞥》。

Ein Ruf ertönt　见《呐喊声起》。

Ein Weberaufstand, Bauern-krieg, Krieg　见《织工起义、农民战争、战争》。

Einblick in Kunst　见《艺术之一瞥》。

Eine Frau allein　见《大地的女儿》。

Eine Woche　见《一周间》。

Einführung in die Kunstges-

417

chichete　见《美术史要》。

Einführung in die Psychologie　见
《心理学入门》。

Elementargesetze der bilden-den
Kunst　见《造形艺术概论》。

Erinnerungen an Lenin　见《列宁
回忆录》。

Ernst Barlach　见《恩斯特·巴拉
赫》。

Es war einmal…u. es wird sein
见《从前……和将来》。

Escape　见《法网与情网》。

Etching of today　见《今日的雕
版画》。

Expressionismus　见《表现主义》。

Expressionistische Bauern-malerei
见《表现派的农民画》。

F

F. Masereel's Bilder-Romane　见
《麦绥莱勒连环图画集》。

Fairy flowers　见《仙花》。

Der Fall Maurizius　见《马里佐斯
案件》。

Far Away and Long Ago　见《远
离和久隔》。

Faust　见《浮士德》。

Fifty Caricatures　见《漫画五十

帧》。

Der Findling　见《弃儿》。

Les Fleurs du Mal　见《恶之华》。

Flower and still life Painting　见
《花卉与静物画》。

Flowerbeds　见《花坛》。

Francesco de Goya　见《法兰西斯
柯·德·戈雅》。

Für Alle　见《为了大众》。

G

G. Grosz　见《乔·格罗斯》。

G. Grosz 画 集　见《格罗斯画
集》。

G. Grosz Die Zeichnungen　见《格
罗斯绘画》。

G-Men　见《一身是胆》。

George Grosz　见《乔治·格罗
斯》。

Geschichten aus Odessa　见《敖德
萨故事集》。

Gesichter und Fratzen　见《肖像
和漫画》。

Gewitter im Mai　见《五月暴风
雨》。

Die Gezeichneten　见《素描集》。

God's man　见《神子》。

Goethes, Brief und Tagebücher 见《歌德的书信与日记》。

Goethes Reise-, Zerstreungsund Trostbuchlein 见《歌德游憩素描小集》。

Gogols sämtliche Werke in fünf Bänden 见《果戈理全集》。

Die Graphik der Neuzeit 见《近代版画艺术》。

Great Russian Short Stories 见《俄罗斯短篇小说杰作选》。

Greek Studies 见《希腊研究》。

Green Mansions 见《绿色的邸宅》。

Gustave Doré 见《古斯塔夫·陀莱》。

H

Hamlet und Don Quichott 见《哈姆雷特和堂吉诃德》。

"Hamsun 小说" 见"汉姆生小说"。

Hans Baluschek 见《汉斯·巴卢舍克》。

Hans ohne Brot 见《没有面包的汉斯》。

Hedda Gabler 见《海得·加勃勒》。

Heines Werke in dreizehn Teilen 见《海涅十三卷集》。

Henrik Ibsen 见《亨利·易卜生》(罗伯茨)。

Henrik Ibsen 见《亨利·易卜生》(勃兰兑斯)。

Der Herr und sein Knecht 见《主与仆》。

Hintergrund 见《背景》。

Das Hirtenlied 见《牧歌》。

The Holy Bible Containing the Old and New Testaments 见《圣经,新旧约全书》。

Holzschnitte 见《卡尔·蒂尔曼木刻集》。

Das Holzschnittbuch 见《木刻画集》。

Holzschnitte zu Carl Sternheim Chronik 见《卡尔·施特恩海姆〈编年史〉的木刻集》。

Honoré Daumier 见《杜米埃画集》。

Hunger 见《饥饿》。

I

Les Idylles de Gessner 见《格斯纳的田园诗》。

Illustrierte　Geschichte　der Weltliteratur　见《插图本世界文学史》。

Illustrierte　Kultur-und　Sittenges-chichte des Proletariats（Bd. I）见《无产阶级文化风俗画史》（第一卷）。

Ingagi　见《兽世界》。

J

Die Jagd nach dem Zaren　见《猎俄皇记》。

Le jaloux Garrizalès d'Estrama-dure　见《埃斯特拉马杜尔的嫉妒的卡里札莱斯》。

Japan Today and Tomorrow　见《日本今日及明日》。

Le Jeu de L'Amour et de la Mort　见《爱与死的搏斗》。

Johano la Brava　见《勇敢的约翰》。

Jose Clemente Orozco　见《奥罗斯科》。

Jungle　见《丛莽》。

K

K. Kollwitz 画帖（新版）　见《凯绥·珂勒惠支画帖》（新版）。

Karl Marx "Capital" in Lithographs　见《马克思的〈资本论〉石印版》。

Käthe Kollwitz Mappe　见《凯绥·珂勒惠支画帖》。

Das Käthe Köllwitz-Werk　见《凯绥·珂勒惠支作品集》。

Käthe Kollwitz 版画十二枚　见《凯绥·珂勒惠支版画十二枚》。

Kinder der Strasse　见《街头孩子》。

Kinder und Hausmärchen der Brüder Grimm　见《格林兄弟儿童与家庭童话集》。

Der Körper des Menschen in der Geschichte der Kunst　见《艺术史上的人体画》。

Der Kubismus　见《立体主义》。

Die Kunst der Gegenwart　见《当代艺术》。

Die Kunst ist in Gefahr　见《艺术在危险中》。

Die Kunst und die Gesellsc-haft　见《艺术与社会》。

Künster-Monographien　见《艺术家评传》。

L

Lala 的利益　见《拉拉的利益》。

Landschaften und Stimmungen
见《风景与心境》。

The Later 19 センチユーリー
见《十九世纪的后期》。

Lettre á un ami　见《致友人书》。

Der letzte Udehe　见《最后一个
乌兑格人》。

Die letzten Tage von Peking　见
《北京之终日》。

The life of the Caterpillar　见《毛
毛虫的故事》。

Die Literatur in der S. U.　见《苏
联文学》。

Literature and Revolution　见《文
学与革命》。

M

M. Gorky's Gesamt Werke　见
《高尔基全集》。

Der Maler Daumier　见《画家杜
米埃》。

Die Maler des Impressionismus
见《印象画派述》。

Die Malerei in 19 Jahrhundert　见
《十九世纪的绘画》。

La malgranda Johano　见《小约
翰》。

Mammonart　见《拜金艺术》。

Max Beckmann　见《马克思·贝
克曼》。

"Mein Milljoh"　见《"我的米
约"》。

Mein Stundenbuch　见《我的忏
悔》。

The Mind and Face of Bolshevism

见《布尔什维克的精神与面
貌》。

Mirgorod　见《密尔格拉得》。

Mit Pinsel und Schere　见《用画
笔和剪刀》。

Mitjas Liebe　见《米佳的爱情》。

Modern book-Illustration in Great
Britain & America　见《现代英
美书籍插画》。

Modern French Literature　见《现
代法国文学》。

Modren Library　见《现代丛书》。

The Modern Woodcut　见《现代
木刻》。

Moderne Illustratoren　见《现代
插图画家传记丛书》。

La Musadel Loreto　见《洛勒托的
文艺女神》。

Mutter und Kind　见《母与子》。

My method, by the Leading European black and white artists　见《我的手法——欧洲黑白画代表画家谈经验》。

The Mysterious Stranger　见《神秘的陌生人》。

N

Der nackte Mensch in der Kunst aller Zeiten　见《历代艺术中的裸体人》。

The Naturalist in La Plata　见《在拉蒲拉塔的博物学家》。

Das neue Gesicht der herrschenden Klasse　见《统治阶级的新面目》。

Das neue Kollwitz-Werk　见《珂勒惠支新作集》。

Neue Kunst in Russland, 1914—1919　见《俄国的新艺术，1914—1919》。

Neues Wilhelm Busch Album　见《威廉·蒲雪新画帖》。

Die Neunzehn　见《毁灭》。

The New Book-Illustration in France　见《法国书籍新插图》。

The New Spirit　见《新精神论》。

The New Woodcut　见《新木刻》。

New Woodcut　见《新木刻》。

Niedela　见《一周间》。

The Nineteen　见《毁灭》。

Noa Noa　见《诺阿·诺阿》。

Non-Stop Revue　见《万芳团》。

Notre ami Louis Jou　见《我们的朋友路易·儒传》。

O

O. Wilde's The Ballad of Reading Gaol 插画　见《奥·王尔德的〈累丁狱中的歌〉插画》。

L'oeuvre gravé de Gauguin　见《高更版画集》。

Oliver Cromwell　见《奥里弗·克伦威尔》。

Origine et évolution de L'écriture hieroglyphique et de L'écriture Chinoise　见《楔形文字与中国文字之发生及进化》。

Die ostasiatische Tuschmalerei　见《东亚墨画集》。

Ostraoomova-Ljebedeva　见《奥斯特罗乌莫娃－列别杰娃》。

The Outline of Art　见《艺术大

纲》。

The Outline of Literature 见《文

学大纲》。

P

Pandora 见《潘多拉》。

Panzerzug Nr. 14—69 见《铁甲
列车 Nr. 14—69》。

Parega und Paralipomena 见《副
业和补遗》。

Passagiera der Ieeren Plätze 见
《空座位的旅客》。

Passion 见《耶稣受难》。

Die Passion eines Menschen 见
《一个人的受难》。

Paul Cezanne 见《塞尚》。

Der persische Orden und andere
Grotesken 见《波斯勋章和别
的奇闻》。

Peter Pan in Kensington Gardens
见《开新顿公园里的潘·彼
得》。

Petits Poèmes en Prose 见《散文
诗集》。

Petöfi 集 见《裴多菲集》。

Petöfi Sándor 见《裴多菲·山陀
尔》。

Petöfi Sándor 的诗 见《裴多菲
的诗》。

Der Pflanzensammler 见《植物采
集者》。

The Phaedo of Plato 见《柏拉图
的斐多篇》。

Photogeans of the year 1928 见
《一九二八年影集》。

Pioniere 见《先锋队》。

Die Pioniere Sind da 见《少先队
员在这里》。

Poems of W. Whitman 见《惠特
曼诗集》。

Poésies Complètes 见《诗歌全
集》。

Polish Art 见《波兰美术》。

Die polnische Kunst von 1800 bis
zur Gegenwart 见《一八〇〇
年至当代的波兰艺术》。

The Power of a Lie 见《谎言的
力量》。

Primer of English Literature 见
《英国文学入门》。

The Purple Land 见《紫色的土
地》。

Q

Quelques Bois　见《几幅木刻》。

R

Die Räuber　见《席勒〈群盗〉剧本警句图》。

Razgrom　见《毁灭》。

Reclam's Universal Bibliothek 见《莱克朗氏万有文库》。

Red Cartoons　见《红色漫画》。

Reineke Fuchs　见《列那狐》。

Reise durch Russland　见《新俄纪行》。

Rembrondt Handzeichnungen　见《伦勃朗素描集》。

Reter Trommler　见《红鼓手》。

Rodin　见《罗丹》。

The Rope of the Lock　见《卷发的掠夺》。

The Rubáiyát of Omár Khayyám 见《莪默·伽亚谟的鲁拜集》。

Russia Today and Yesterday　见《俄国今昔》。

Der Russische Revolutions-film 见《俄国革命电影》。

S

Salammbo　见《萨朗波》。

Salomè　见《沙乐美》。

San-Min-Chu-I　见《三民主义》。

Scandinavian Art　见《斯堪的那维亚美术》。

Die Schaffenden　见《创造者》。

Das Schloss der Wahrheit　见《真理之堡》。

Sesame and Lilies　见《芝麻和百合》。

Short Stories of 1928　见《一九二八年欧洲短篇小说集》。

Sittliche order Unsittliche Kunst? 见《道德的或非道德的艺术?》。

The Smaller Beasts　见《小动物》。

Die Sonne　见《太阳》。

Sovietic Graphics　见《苏联版画集》。

Der Spiesser-Spiegel　见《庸人的镜子》。

The Springtide of Life　见《生命的春潮》。

Der stille Don　见《静静的顿河》。

The story of the World's Literature 见《世界文学史话》。

Studies from Ten Literatures 见《十种文学研究》。

T

Tales of the Revolution 见《革命的故事》。

Taschkent die brotreiche Stadt, und eine Erzählung aus der Bürgerkriegszeit von A. Sserafimowitsch Der Eiserne Strom 见《丰饶的城塔什干和绥拉菲摩维奇内战时期小说铁流》。

Ten Polish Folk Tales 见《波兰民间故事十则》。

Tess 见《苔丝》。

Das Teuflische und Groteske in der

Kunst 见《鬼怪奇觚图》。

Thaïs 见《泰绮丝》。

The Thief of Bagdad 见《巴格达的窃贼》。

Three Plays of A. V. Luna-charski 见《卢那察尔斯基剧本三种》。

Thomas Campanella 见《托马斯·康派内拉》。

Das Tierbuch 见《动物画册》。

Transval 见《苔兰斯华尔》。

The True Story of Ah Q 见《阿 Q 正传》。

U

Ubangi 见《兽国奇观》。

Über alles die Liebe 见《爱情至上》。

Die Uhr 见《表》。

Die ungewöhnlichen Abenteuer des Julio Jurenito und seiner Jünger 见《胡里奥·胡列尼托和他的学生的奇遇》。

V

V Sljozh 见《在斯里约支》。

Vater und Sohn 见《父与子》。

Verschwörer und Revolutionäre 见《阴谋家与革命者》。

Victoria Kazhimirovna 见《波兰姑娘》。

Vidas Sombrias 见《忧郁的生活》。

Vincent van Gogh 见《文森特·凡·高》。

Vincent van Gogh-Mappe 见《文森特·凡·高画帖》。

VIVA VILLA 见《自由万岁》。

Volksbuch 1930　见《一九三〇年通俗书》。

W

Die Wandlungen Gottes　见《上帝的化身》。

The Works of H. Fabre　见《法布耳全集》。

Was Peterchens Freunde erzählen　见《小彼得》。

Weed　见《杂草》。

Welko 的出征　见《战争中的威尔珂》。

Das Werk des Malers Diego Rivera　见《迪艾戈·里维拉画集》。

Wesen und Veränderung der Formen/Künste　见《艺术形式的本质与变化》。

Wessex　见《威塞克思》。

Wie Franz und Grete nach Russland Kamen　见《弗朗茨和格雷特旅俄记》。

Wirinea　见《维里尼亚》。

Wood Cuts　见《木刻》。

The Wood-cut of Today　见《当代国内外木刻》。

The Woodcut of To-day at Home and Abroad　见《当代国内外木刻》。

Woodcuts and Some Words　见《木刻图说》。

Worker Sheviriov　见《工人绥惠略夫》。

World's Literature　见《世界文学故事》。

Z

Zarathustra　见《扎拉图斯特拉如是说》。

Zeichnungen　见《伦勃朗素描集》。

Zement　见《士敏土》。

Die Zerstörung der Persönlichkeit　见《个性的毁灭》。

Zoology　见《动物学》。

Zovist　⑰564。

Zwölf Radierungen und ein radiertes Tilelblatt zu Tolstojs Kreutzerso-nate　见《为托尔斯泰〈克莱采奏鸣曲〉所作镂版画十二幅和镂版封面一幅》。

数　字

The 7th Man　见《第七人》。

30 neue Erzähler des neuen Russland

见《新俄新小说家三十人集》。
56 Drawings of Soviet Russia 见

《苏俄速写五十六帧》。

俄　文

A

А. П. Чехов, 25 лет со дня смерти
见《契诃夫死后二十五年纪念
册》。

Андрон Непутевый 见《不走正路
的安得伦》。

Б

Бела Читц 见《别拉·奇茨》。

В

В. Ф. Комиссаржевская 见《科米

萨尔热芙斯卡雅纪念册》。

Г

Горе от ума 见《聪明误》。
Граверсамоучка 见《版画自修
书》。
Гравюры И. Н. Павлова, 1886—
1921 见《巴甫洛夫版画集》。

Гравюра детей 见《儿童的版画》。
Гравюра на дереве 见《木刻集》
（苏联艺术普及委员会）。
Гравюры на дереве 见《木刻集》
（密得罗辛）。

Д

Дальние страны 见《远方》。
Дмитрий Николаевич Кардовский
见《德米特里·尼古拉耶维

奇·卡尔多夫斯基》。
Дневники 见《日记》。

Ж

Жан Франсуа Милле　见《米勒》。

Жизнь Смоктинина　见《莫斯科季宁的生活》。

Железный поток　见《铁流》。

И

Исторический материалнзм　见《历史唯物主义》。

К

Карикатура на службе обороны СССР.　见《为保卫苏联服务的漫画集》。

Китайские судьбы　见《中国的运命》。

Книга тысячи и одной ночи　见《一千零一夜》。

Крым　见《克里米亚》。

Л

Ленинград новые пейзажи, 1917—1932　见《列宁格勒新景,1917—1932》。

Литературная знциклопедия　见《文学百科全书》。

Лицо международного Меньшевизма　见《国际的孟什维主义之面貌》。

М

Мы,наши друзья и наши враги в рисунках дени　见《捷尼的画——我们,我们的朋友和我们的敌人》。

Н

Н. В. Гоголь в портретах и иллюстрациях　见《果戈理画传》。

《На Дне》пьеса максима Горького в постановке Московского Художествнного Театра　见《高尔基〈底层〉在莫斯科艺术剧院演出剧照》。

Неделя 见《一周间》。

Некогда плюнуть 见《没工夫唾 骂》。

O

Октябрь 见《十月》。

Освобожденный Дон Кихот 见 《解放了的堂·吉诃德》。

П

Писатели 见《作家传》。

Плюнуть некогда 见《没工夫唾 骂》。

Поле 见《旷野》。

Политические рисунки 见《政治 画集》。

Портреты Максима Горького 见 《马克西姆·高尔基肖像画》。

Правдивая история A-Кея 见 《阿 Q 正传》。

Правдивое жизнеописание 见 《阿 Q 正传》。

P

Рассказы о животных 见《关于 动物的故事》。

Русские писатели 见《俄国文学 家像》。

C

С. Чехонин画集 见《切霍宁画 集》。

Собрание сочинений Горького 见《高尔基全集》。

Собрание сочинений Серафимовича 见《绥拉菲摩维支全集》。

Современная обложка 见《当代 图书封面》。

Сорок первый 见《第四十一》。

Сто четыре рисунка к позме Н. В. Гоголя 《Мертвыедуши》 见《死魂灵百图》。

T

Теофиль Стейнлен 见《史太因 林画集》。

Тихий Дон 见《静静的顿河》。

《Три сестры》 пьеса А. П. Чехова

в　постановке　Московского
Художественного　театра　见

《契诃夫〈三姊妹〉在莫斯科艺
术剧院演出剧照》。

Ф

Фауст и город　见《浮士德与　城》。

X

Хлеб　见《粮食》。

数　字

1001 ночи　见《一千零一夜》。

报 纸、刊 物 类

首 字 检 索 表

一　画

一(434)

二　画

二(434)　十(434)　人(434)　儿(434)

三　画

三(434)　工(434)　大(434)　万(434)　上(435)　山(435)　千(435)
广(435)　之(435)　小(435)　子(435)　乡(435)

四　画

天(435)　无(435)　云(435)　艺(435)　木(435)　支(435)　太(435)
友(435)　厄(435)　戈(435)　少(435)　日(435)　中(435)　气(436)
长(436)　什(436)　月(436)　文(436)　火(437)　孔(437)　书(437)
幻(437)

五　画

未(437)　世(437)　古(438)　左(438)　平(438)　东(438)　北(438)
申(438)　甲(438)　史(438)　业(438)　出(438)　生(438)　白(438)
市(438)　立(438)　汉(438)　礼(438)　尼(438)　民(438)　台(439)

六　　画

动(439)　芒(439)　亚(439)　在(439)　列(439)　光(439)　当(439)
早(439)　同(439)　华(439)　自(439)　伊(439)　创(439)　杂(439)
江(439)　汗(439)　宇(439)　安(439)　字(439)　论(439)　那(439)
妇(439)　戏(440)　叒(440)　红(440)

七　　画

贡(440)　赤(440)　连(440)　批(440)　医(440)　时(440)　我(440)
每(440)　作(440)　伴(440)　佛(440)　希(440)　谷(440)　狂(440)
言(440)　这(440)　快(440)　沙(440)　沉(440)　良(440)　社(440)
词(441)　译(441)　灵(441)　改(441)

八　　画

环(441)　青(441)　现(441)　画(441)　奔(441)　拓(441)　欧(441)
国(441)　明(442)　罗(442)　图(442)　季(442)　版(442)　彼(442)
金(442)　京(442)　夜(442)　浅(442)　法(442)　河(442)　学(442)
波(442)　泼(442)　诗(442)　建(442)　弥(442)　弦(442)　绍(442)
经(442)　孤(442)

九　　画

春(443)　革(443)　草(443)　荒(443)　柏(443)　砭(443)　指(443)
点(443)　战(443)　显(443)　星(443)　选(443)　秋(443)　科(443)
顺(443)　俄(443)　美(443)　前(443)　洪(443)　觉(443)　语(443)
眉(443)　骆(443)

十　　画

莽(443)　真(443)　格(444)　枅(444)　烈(444)　热(444)　铁(444)
益(444)　涛(444)　浙(444)　消(444)　海(444)　流(444)　浪(444)
读(444)　谈(444)　通(444)　绣(444)

十 一 画

教(444)　黄(444)　萌(444)　梭(444)　雪(444)　盛(444)　辅(444)
掂(444)　救(444)　晨(444)　第(444)　做(444)　猛(444)　庸(444)
商(444)　清(444)　鸿(444)　随(445)

十 二 画

越(445)　斯(445)　散(445)　朝(445)　厦(445)　紫(445)　晶(445)
循(445)　普(445)　湖(445)　湘(445)　游(445)

十 三 画

鼓(445)　微(445)　新(445)　满(446)　塞(446)　群(446)

十 四 画

歌(446)　榴(446)　舆(446)　漫(446)　嫩(446)

十 五 画

德(446)　豫(446)

十 六 画 以 上

醒(446)　霽(446)　警(446)　鹭(446)

外 文

日文(447)　西文(447)　俄文(448)

注　释　条　目

一　　画

一般　①304.4;③456.20;
⑪319.3。

一三杂志　⑯619.6。

二　　画

二六新报　②328.2。

十日谈　⑤431.2;⑫493.1。

十字街头　④430.8;⑫304.2;
⑭6.3。

人言　⑤432.6;⑬135.6。

人间世(上海)　⑤489.5;

⑥316.5,451.9;⑧426.2;
⑰277。

人间世(汉口)　⑥516.9;
⑬68.1,94.4。

儿童专刊　⑭158.1。

儿童世界　②265.9。

三　　画

三五日报　⑫52.1,63.1,65.1。

工商报　见《工商日报》。

工商日报　③455.10;⑫36.3。

大学　④589.19。

大公报　⑥411.4,628.2;⑬9.9,
44.1;⑯441.4,550.13;⑰279。

大陆报　③566.5。

大调和　⑰460。

大晚报　④524.15;⑤27.4,
374.2;⑥222.4;⑫420.1。

大众艺术　⑧382.10。

大众文艺　⑧499.3;⑩358.17;
⑪296.1;⑫234.5;⑰280。

大江月刊　⑧299.2;⑩318.4。

大美晚报　④598.2;⑤433.13;
⑥456.49;⑬108.1。

大上海半月刊　⑬119.3。

大阪朝日新闻　见《朝日新闻》。

《大公报》文学副刊　⑫223.2。

万朝报　⑰461。

上海日报 ④360.4。

上海自然科学研究所汇报
　⑰461。

山雨 ④176.2；⑫142.1。

千秋 ⑯454.13。

广东通信 ⑰283。

之江日报 ⑰284。

小说 ⑰284。

小公园 ⑬547.3；⑯550.13。

小说报（苏联） 见《小说杂志》。

小说林 ⑨304.21；⑬94.7。

小说月报 ①239.3；④313.25；
⑥371.14；⑦130.5；⑧133.2；
⑩310.2；⑪402.4；⑰285。

小说世界 ④314.26；⑧139.1；
⑪451.3。

小说丛报 ⑩179.7。

小说杂志 ⑩359.28；⑰570。

小说月报·被压迫民族文学号
④477.11；⑥371.14。

小品文与漫话 ⑰286。

子规 ⑩245.9。

乡土研究 ⑰513。

四　　画

天下篇 ⑥221.1；⑬46.1；
⑯437.12；⑰287。

天觉报 ⑮28.12；⑰287。

无名文艺 ⑰289。

无轨列车 ⑦214.109。

无产阶级文学 见《普罗文学》。

无产者的科学 ⑫231.5。

云南周刊 ⑰290。

艺术 ⑬12.2，391.1；⑰567。

艺术新闻 ⑫379.1。

艺坛导报 ⑰291。

木刻界 ⑭54.1。

木屑文丛 ⑬545.9。

支那学 见《中国学》。

支那二月 ⑰293。

支那研究 ⑰464。

太白 ⑤440.4；⑥222.6，
376.2；⑧430.2；⑬185.2，
207.1；⑰294。

太阳月刊 ④124.6。

友中月刊 ⑰295。

厄楞斯皮该尔 ⑰541。

戈壁 ④125.8。

少年先锋 ④26.13；⑧199.7；
⑰296。

日日新闻 ⑭305.3。

日本月刊 ⑰455。

日华公论 ⑪405.10。

日露艺术 ⑦214.112。

日本文学季刊 ⑰440。

日本的今日和明日 ⑰547。

中流 ⑰296。

中庸　④589.19。

中国学　⑪411.11;⑭177.2。

中学生　④283.2,372.1;
⑤27.2;⑥452.18;⑭75.2;
⑰296。

中央日报(武汉)　⑫32.2。

中央日报(南京)　⑤432.4。

中央美术　⑰469。

中华日报　⑤440.3;⑬309.2。

中华新报　①415.3。

中国论坛　⑭205.9;⑰536。

中国青年　④315.32;⑭319.4。

中国呼声　⑭73.3,89.3。

中国学报　⑰297。

中华日报·戏　见《戏》周刊。

中央日报副刊(汉口)　⑪188.2;
⑫30.1;⑰298。

中外书报新闻　⑤194.17。

中国文学月报　⑭351.3,360.3。

气象　⑰299。

长夜　④278.2。

长青　①416.8。

什么话?　⑧462.1。

月月小说　⑨303.9。

文人　⑦340.2;⑫126.5;
⑭408.5。

文艺　⑫458.2;⑭305.2;⑰302。

文史　⑬98.1;⑰302。

文学(月刊)　④430.8;
⑥222.10,336.1;⑦441.5;

⑩430.2;⑫503.1;⑬9.7;
⑭162.1;⑰302。

文学(半月刊)　⑰302。

文战　见《文艺战线》(日)。

文新　见《文艺新闻》。

文学报　⑫299.1;⑬37.1,
229.1;⑯482.6;⑰568。

文学界　⑥560.6;⑭139.2。

文艺月报　⑰303。

文艺风景　⑤602.7;⑥128.3。

文艺生活　④226.51;⑩345.21。

文艺讲座　⑰303。

文艺画报　⑤608.2;⑥245.3。

文艺季刊　⑰303。

文艺周报　⑯628.7;⑰303。

文艺春秋　⑰303。

文艺春秋(日)　⑭327.1。

文艺研究　⑧341.1;⑫231.8,
243.2;⑰303。

文艺战线(日)　⑭205.7。

文艺独白　⑧420.6。

文艺座谈　⑤194.14,233.8。

文艺新闻　④318.1;⑧369.1;
⑫269.4;⑰303。

文化月报　⑭238.2;⑰303。

文化列车　④648.2。

文化批判　④69.12。

文化战线　⑦215.114。

文饭小品　⑥316.5;⑧431.2。

文学月报　④430.8;⑩420.50;

⑫328.6;⑰304。
文学世界　⑫249.3;⑰549。
文学生活　⑬360.1;⑭85.2。
文学丛报　⑥516.4;⑭87.5;⑰304。
文学杂志　⑫354.2,360.3,397.4;⑰304。
文学旬刊　⑰304。
文学论坛　⑥226.1;⑯524.8。
文学导报(上海)　⑬577.3。
文学导报(北平)　⑬598.2;⑭60.4。
文学评论(日本)　⑩439.7,477.3。
文学青年　⑰304。
文学季刊　⑫470.3;⑬22.4;⑰304。
文学周刊　⑦250.3;⑰304。
文学周报　③401.2;⑦215.114;⑫153.3;⑰305。
文学新地　⑬291.4。
文学新闻　⑬400.5;⑰305。
文学新辑　⑰305。
文哲学报　①415.4。
文章世界　⑩312.2。
文章病院　⑤27.2;⑪7.9。
文献特刊　⑰305。
文学的反响　⑩288.6。
文学的遗产　⑥594.3;⑰568。
文学底俄罗斯　⑩497.3。
文学的遗产·歌德专号⑬12.10。
火炬　⑤374.2;⑧429.3。
火星报　④272.10;⑦375.12。
孔德月刊　⑧213.18。
孔德学校周刊　⑪504.1。
书物趣味　⑰507。
书籍艺术镜报　⑰551。
幻洲　⑪233.1,611.2。

五　画

未明　⑫155.6;⑰310。
未名月刊　⑫205.1。
未名(半月刊)　⑩334.17;⑪625.2;⑫196.4;⑰309。
世界　⑥113.45;⑯475.4。
世界日报　①269.20;③335.5;⑪255.5;⑰310。
世界月刊　⑰310。
世界文化　⑰310。
世界文库　⑥370.3;⑬391.4,403.2;⑰310。
世界文学　⑥510.3。
世界画报　⑫352.2;⑰310。
世界周刊　⑬231.1。
世界语周刊　⑰311。
世界繁华报　⑨302.1。

世界文学评论　⑰475。

世界文坛了望台　⑤608.6。

世界革命的文学　⑩419.45。

古香斋　⑤362.7；⑬108.2。

古东多万　⑭205.4；⑰477。

左向　⑰549。

左曲　⑰549。

平报　⑰313。

平民报　⑪30.9。

平民周刊　见《民众文艺》。

东方杂志　③592.4；④484.2；
⑤10.2；⑦257.10；⑩233.2；
⑪290.1，403.8；⑰314。

东方学报（东京）　⑰494。

东方学报（京都）　⑭323.3；
⑰494。

东亚日报　⑯380.13；⑰314。

北斗　④374.1，430.8；⑥528.2；
⑦426.11；⑫312.6；⑰315。

北新　③478.3；⑧314.2，495.2；
⑪630.1；⑰315。

北辰报　⑰315。

北方之翼　⑦375.9。

北京大学日刊　⑰315。

北京孔德学校旬刊　⑰316。

北京女子高等师范文艺会刊
⑰316。

北京女子高等师范学校校刊
⑪438.1。

北京高等师范学校校友会杂志

⑰316。

申报　④93.3，310.2；⑤5.1，
439.1；⑥117.5，587.2；
⑧284.2；⑫305.3；⑰316。

申报月刊　④430.8；⑫534.5；
⑰317。

申报·本埠增刊　⑬94.5。

申报图画附刊　⑰317。

甲寅周刊　③121.3，226.15；
⑪511.6。

史地学报　①415.4。

业余周刊　⑬94.5。

出版消息　⑥480.9；⑫523.5。

生活　④598.3；⑫395.2，529.1；
⑯395.4。

生存线　⑰319。

生生月刊　⑥222.7；⑬336.3。

生活知识　⑰319。

白桦　⑩246.21。

白与黑　⑬41.2，540.3；
⑭280.3；⑰480。

市民日报　⑯79.1。

立报　⑬561.2。

汉风杂志　③456.18。

礼拜六　①416.8；⑪300.4，
412.4。

尼瓦　⑦348.4。

民报（东京）　①5.3；⑤265.5；
⑥569.9。

民报（北京）　③472.16；⑰324。

民报（台湾）　见《台湾民报》。

民心周报　①415.4。

民众文艺　④47.4；⑦276.3；⑧470.2；⑪93.5，459.5，511.5。

民兴日报　⑰324。

民国日报　④26.10，197.7；⑩223.4；⑪25.4，213.1。

民国公报　⑪53.6。

民钟日报　⑫34.1。

民众文艺周刊　见《民众文艺》。

民国日报副刊　⑫41.6。

台湾文艺　⑭345.2；⑰326。

台湾民报　⑰326。

六　　画

动向　⑤440.3；⑬91.4；⑰326。

芒种　⑥282.6；⑬198.2，365.2，512.1；⑰327。

亚细亚　⑰533。

亚佐夫海边报　⑩417.22。

亚洲学术杂志　①415.4。

在岗位上　⑦204.22；⑩343.7。

列夫　⑦279.5。

列宁青年　见《中国青年》。

光明　⑭172.2。

当代文学　⑰332。

早稻田文学　⑩272.5。

同仁医学　⑰332。

华北日报　⑦130.2；⑪319.1。

华北日报副刊　⑰333。

自然　⑰483。

自由谈　④429.7；⑤5.1，201.1，439.1；⑥222.5；⑧359.2；⑫312.7，521.4；⑰334。

自然界　⑰334。

自由谈半月刊　见《新语林》。

自由谈·萧伯纳专号　⑫374.2。

伊覩　⑰483。

创造（季刊）　⑪414.7；⑰337。

创造月刊　③565.2；④124.4；⑰337。

创造周报　⑰337。

杂文　⑥479.4；⑬598.1；⑰337。

江苏清议　⑰339。

汗血月刊　⑬114.5。

宇宙风　⑥451.9，529.9，630.2。

安阳发掘报告　⑫313.9，334.2；⑰340。

字林西报　⑤52.7。

论语　④430.8；⑤292.3，488.2；⑥451.9；⑫377.8；⑰340。

论语·萧伯纳游华专号　④587.9。

那巴斯图　见《在岗位上》。

妇人世界　⑰513。

妇女之友　⑪255.4。

妇女生活　⑬529.3。
妇女杂志　⑦81.4;⑪13.3,412.5;⑰341。
妇女周刊　①285.15;⑪30.5,511.4;⑰341。
《戏》周刊　⑥152.2;⑧513.1;⑬309.2;⑰341。
戏(月刊)　⑰341。
叒社　⑰342。
红旗(德)　⑩475.2。
红杂志　①416.8。
红玫瑰　⑪300.3。
红色处女地　⑦205.28;⑩344.15。

七　画

贡献　④179.21;⑫97.2;⑰343。
赤色新地　见《红色处女地》。
连环两周刊　⑬179.1。
批社会趣味的嘴巴　⑦280.9。
医学周刊集　⑰347。
时报　④360.2;⑪361.3。
时务报　②310.28;④476.2。
时事新报　④93.3;⑤194.16;⑦207.50;⑫415.1;⑰348。
我们月刊　④125.7。
我们的路　⑧525.2。
每日评论　⑫19.1。
每日笔记　⑧369.4。
每周文学　⑭4.3。
每周评论　⑪372.4;⑰349。
每日国际文选　⑥112.44。
作品　⑭372.2;⑰349。
作家　⑭82.1;⑰349。
作家们(苏联)　⑩497.4。
伴侣　⑰349。
佛学丛报　⑰349。
希望　见《希望月刊》。
希望月刊　⑫231.3;⑰350。
谷风　⑰350。
狂飙　④59.5;⑧191.13;⑪175.7,596.2;⑰351。
狂飙(不定期刊)　⑰351。
言语科学　⑥113.45。
这样做　③511.8;④25.7。
快活　①416.8;⑧139.7。
沙沃伊　⑦358.4。
沉钟　②230.5;③511.4;⑥268.34;⑦219.150;⑪185.1,536.1;⑰351。
良友　见《良友图画杂志》。
良友图画杂志　⑪319.2;⑬292.3;⑰353。
社会日报　①269.20;⑥516.5;⑬573.3;⑭6.3,134.7。
社会月报　⑤592.3;⑥222.3;⑬376.5。

社会新闻 ⑤192.2,431.1；
⑫354.5。

社会科学季刊 ⑰353。

词学季刊 ⑬9.8；⑰354。

译文 ⑥496.17,510.1；
⑦487.1；⑧415.1；⑩443.3；
⑬182.2；⑬236.2,456.3；
⑰354。

译学汇编 ②311.35。

灵学丛志 ①320.11。

改造 ⑤432.5；⑥221.1；
⑦256.7；⑩443.4；⑬40.4；
⑭193.3；⑰491。

八　画

环球 ⑦214.105。

青光 ①428.11；⑥451.8。

青年界 ⑩387.32；⑫269.5；
⑰357。

青年杂志 见《新青年》。

青年近卫军 ⑩398.8。

青年界·青年作文指导特辑
⑬611.2。

现代 ④430.8；⑤493.4；
⑥128.5,496.17；⑧420.6；
⑫360.6；⑭94.1；⑰357。

现代（日） ⑩215.8,227.2；
⑰508。

现代小说 ④125.9；⑫234.4。

现代木刻 见《现代版画》。

现代中国 ⑭6.4；⑰358。

现代妇女 ⑰358。

现代评论 ①6.5；③84.4；
⑤330.10；⑥267.18；⑦70.7；
⑧200.11；⑪30.6；⑫16.1；
⑰358。

现代版画 ⑬328.2,405.1,
433.1；⑰358。

现实文艺 ⑭4.4。

现实文学 ⑥563.27。

《现代评论》第一周年纪念增刊
③205.12。

画室 ⑦340.2；⑰436。

奔流 ④196.2；⑦201.1,479.1；
⑧308.2；⑩335.18；⑪289.7；
⑫110.6；⑰362。

奔流·托尔斯泰诞生百年纪念增
刊 ⑫148.15。

拓荒（太原） ⑰362。

拓荒者 ④224.36；⑫234.3。

欧罗巴 ⑰541。

国魂 ③224.2。

国民公报 ⑩207.4；⑪380.5。

国民新闻 ④26.10；⑪213.1；
⑫47.9。

国民新报 ⑮597.2；⑰363。

国际文化 ⑦348.3。

国际文学　⑥20.1;⑫506.13;
　⑬447.5;⑰546。
国际通讯　④273.19。
国学季刊　⑰363。
国语周刊　⑪505.2。
国闻周报　⑥586.2;⑬9.9,
　497.2。
国粹学报　①416.7。
国民新报副刊　⑰363。
国外文坛消息　④356.2。
明日　⑭248.2;⑰496。
明珠　⑪668.4。
明星报　④272.15。
罗曼杂志　见《小说杂志》。
图书评论　④562.3。
图画周刊　⑧472.3。
季刊批评　⑰497。
版画(苏)　⑫506.11。
版画(日)　⑭285.2;⑰530。
版艺术　⑬41.3;⑭324.2;
　⑰497。
彼得堡年报　⑩384.8。
金羊毛　⑦315.9。
京报　③13.2;⑧472.2;⑪50.1,
　459.4;⑰369。
京报副刊　③13.2;⑥270.51;
　⑦299.3;⑪50.1,459.4;
　⑰369。

夜莺　⑭89.4。
浅草　②230.4;⑰371。
法国文艺　⑰470。
法兰克福报　⑰542。
河南　①5.2;⑦219.149。
学灯　①415.2;③471.9;
　⑦257.8。
学说　⑩461.2。
学衡　①400.4。
学镫(日)　⑦250.5。
学生杂志　⑧354.5。
波艇　⑦203.18;⑪205.2,
　589.3。
泼克(星期增刊)　①349.2,
　350.3。
泼克(单行画刊)　①358.6。
诗歌　⑰372。
建国月刊　⑧365.2。
弥洒　⑬381.1;⑰373。
弦上　③411.4;⑰373。
绍兴医药月报　②300.10。
绍兴教育杂志　①320.9;⑰374。
绍兴教育会月刊　见《绍兴教育
　杂志》。
经世报　①415.4。
经济往来　⑭366.3。
孤军周报　⑪61.1。

九　画

春光　⑬38.1,106.9。

春潮月刊　④274.32;⑩334.10;
　⑫158.3。

革命日报　④254.9。

革命的妇女　⑩302.6;⑫82.4。

草野　④334.6。

荒岛　⑫121.1。

荒草　⑰377。

柏林晨报　⑰534。

砭群　⑪474.2。

指南报　⑨302.1。

点滴　⑥626.6。

点石斋画报　③435.6;④311.8;
　⑧411.2;⑫427.4;⑬71.2;
　⑰380。

战线　④114.3。

战旗　④125.11;⑩335.27。

显微镜　③69.4。

星火　⑥392.8,415.5。

星洲日报　⑬325.1;⑰380。

选报　④51.2。

秋野　④180.22。

科学新闻　⑫429.1。

顺天时报　①269.20;③104.9,
　490.2。

俄国财富　⑩189.4。

俄国文学研究　⑰529。

美术　⑧96.1。

美术生活　⑭72.2;⑰384。

美育杂志　⑦218.143。

前卫　⑩370.11。

前哨　⑫279.4。

前锋月刊　④329.5。

洪水　③512.14;④27.16;
　⑫71.6;⑰385。

洪荒(月刊)　⑰385。

洪荒半月刊　④125.10。

觉悟　⑩223.4。

语丝　①267.3;③311.2;
　④9.10,176.1,196.1;
　⑥516.6;⑦7.8;⑧271.3;
　⑪34.5,455.5;⑫97.3;⑰385。

眉语　④312.15。

骆驼　⑪112.4;⑰389。

骆驼草　⑫236.1。

十　画

莽原　②236.4;③7.11,294.4;
　④25.2;⑥273.70;⑦82.6,
　284.3;⑧191.12;⑪52.1;

⑰390。

莽原周刊　见《莽原》。

真美善　⑰391。

真理报　④273.16。
格致汇编　④627.2。
栟角公道话　⑰392。
烈夫　见《列夫》。
热风　⑫239.2。
铁报　⑬106.8。
铁马版画　⑭30.1;⑰393。
益世报　①269.20;⑥404.3;⑬497.1。
涛声　④430.8,577.1,577.5;⑤194.13,247.4,432.9;⑫402.2;⑰399。
浙江潮　⑥568.7;⑬94.6。
浙江公立图书馆年报　⑰399。
消闲录　③383.6。
海燕　⑥541.2;⑭4.1;⑰399。
海滨月刊　⑰400。
海上繁华报　⑨302.1。
海兑培克日报　⑰400。
流沙　④124.5。
浪漫古典　⑬535.2。
读书生活　⑬325.3;⑰401。
读书杂志　⑰401。
读卖新闻　①243.26;②328.2;⑦214.110;⑩485.4。
谈言　⑬181.2,181.4。
通俗教育研究录　⑰403。
绣像小说　⑨302.4。

十　一　画

教育公报　⑪400.3;⑰404。
教育杂志　见《绍兴教育杂志》。
教育部编纂处月刊　⑰404。
黄书　④447.6;⑦358.3。
黄报　①269.20。
萌芽　见《萌芽月刊》。
萌芽月刊　④196.3;⑧504.2;⑩345.19;⑫221.2;⑰404。
梭罗忒亚卢拿　见《金羊毛》。
雪庵絮墨　⑥651.3。
盛京时报　⑬49.1。
辅仁学志　⑰407。
掂斤簸两　⑬461.2;⑯529.1。
救国日报　⑤34.2。
晨报　①400.2;④254.7;⑦50.3;⑩223.2;⑰408。
晨报(上海)　⑬308.5。
晨报副刊　①400.2;③215.5,455.12;④177.6;⑥270.50;⑪435.2。
第一小报　③29.9。
做什么?　④26.11;⑰409。
猛进　①255.2;③28.3;⑪34.4;⑰410。
庸言报　⑰410。
《商报》副刊　⑭11.1。
清议报　⑥330.6。
鸿爪　⑭63.2。

随感录　①146.4，309.4。

十 二 画

越风　⑥651.2；⑧450.2；
　⑰414。

越铎日报　②330.18；⑧42.1；
　⑰415。

斯文　③511.5；⑭178.2；⑰513。

散文随笔　⑬129.1。

朝华　见《朝花》。

朝花　④287.5；⑦218.144，
　348.2；⑩384.11，496.5；
　⑪304.6；⑫193.8；⑰417。

朝日新闻　②328.2；⑩244.4；
　⑬18.3；⑭272.2；⑰513。

朝霞文艺　⑭45.2。

厦大国学季刊　⑪193.5。

紫杉　⑰437。

晶报　①267.6；④197.11；
　⑫446.3。

循环日报　③454.5，471.8；
　④47.6；⑧199.5；⑫43.3；
　⑯27.6；⑰419。

普罗文学　⑭205.8。

湖北学生界　③456.19；
　⑥200.23。

湘君　①415.4。

游戏报　⑨302.1。

十 三 画

鼓浪周刊　⑪227.3。

微光　⑰425。

微言　⑤192.4，391.8；⑫429.3。

微波　⑰425。

新月　④8.7；⑤330.11；
　⑫201.2。

新生　③511.3；⑬387.1；⑰426。

新声　⑫231.2；⑰426。

新光　⑬106.9。

新村　⑰520。

新苗　⑭154.1。

新垒　⑬106.7。

新潮　⑥266.10，267.21；
　⑦236.3；⑪370.4；⑰426。

新潮（日）　⑩246.29；⑰521。

新女性　③411.2；⑪124.9，
　631.2；⑰426。

新小说（日）　④476.4；
　⑨304.17；⑬179.5，403.1。

新小说（上海）　⑬393.3，400.3；
　⑰426。

新文学　⑬447.4。

新世界　⑩335.25。

新生活　⑩333.7，338.2。

新观众　⑰553。

新时代　见《新生活》。

新时代(俄)　⑩446.5。

新社会　⑬139.1,139.2。

新青年　①131.5,443.15；
　③29.8,443.6；④312.17,
　470.2；⑤265.6；⑥76.3,
　265.2,267.20；⑦38.3；
　⑧403.6；⑩207.3；⑪358.7,
　378.4；⑰427。

新诗歌　⑬250.2；⑰427。

新思潮　⑩254.2。

新闻报　④85.2；⑧284.2。

新语林　⑤570.4；⑬125.3,
　156.1,156.4；⑰427。

新消息　⑰427。

新教育　⑰427。

新蜀报　⑧244.5。

新群众　⑰553。

新民丛报　⑤265.5。

新兴艺术　④423.3；⑭394.3；
　⑰521。

新兴演剧(日)　⑰521。

新上海半月刊　见《大上海半月
　刊》。

新青年·易卜生号　⑦208.53；
　⑰334。

满铁中国月志　⑰517。

塞庞　⑰443。

群强报　③29.10。

十　四　画

歌谣(周刊)　⑰430。

榴花　⑫409.1。

舆论报　①269.20。

漫画生活　⑥222.11；⑬325.4；
　⑰430。

漫画和生活　⑬588.2,589.3。

嫩芽　⑰431。

十　五　画

德意志中央新闻　⑥530.12。

豫报　③56.3。

豫报副刊　⑬361.12；⑰433。

十 六 画 以 上

醒狮周报　⑦221.164；
　⑪186.3。

礬簌周年纪念刊　⑰433。

警铎报　⑰435。

鹭华　⑧405.2。

日　　文

アトリエ　见《画室》。

アララギ　见《紫杉》。

グオタリィ日本文学　见《日本
　文学季刊》。

セルパン　见《塞庞》。

ヤボンナ月刊　见《日本月刊》。

仏蘭西文芸　见《法国文艺》。

古東多卍　见《古东多万》。

白と黒　见《白与黑》。

版芸術　见《版艺术》。

満鉄支那月誌　见《满铁中国月
　志》。

新しき村　见《新村》。

新興芸術　见《新兴艺术》。

露西亜文学研究　见《俄国文学
　研究》。

西　　文

Asia　见《亚细亚》。

Berliner Morgenpost　见《柏林晨
　报》。

Bookman　见《文人》。

The Bookman　见《文人》。

China Forum　见《中国论坛》。

China Today　见《现代中国》。

DZZ　见《德意志中央新闻》。

Eulenspiegel　见《厄楞斯皮该
　尔》。

Europe　见《欧罗巴》。

Graphika　见《版画》(苏)。

Hanga　见《版画》(日)。

Inprekol　见《国际通讯》。

International Literature　见《国际
　文学》。

Iskra　见《火星报》。

Japan Today and Tomorrow　见
　《日本的今日和明日》。

Krylia(翼)　见《北方之翼》。

Die Linkskurve　见《左向》。

Die Literarische Welt　见《文学世
　界》。

Le Miroir du livre d'art　见《书籍
　艺术镜报》。

New Masses　见《新群众》。

Nieva　见《尼瓦》。

Novaia Zhizni　见《新生活》。

Le Nouveau Spectateur　见《新观
　众》。

Osaka Asahi　见《朝日新闻》。

Pravda　见《真理报》。

Russkoje Bagastvo　见《俄国财富》。

The Savoy　见《沙沃伊》。

Sphere　见《环球》。

The Studio　见《画室》。

The Voice of China　见《中国呼声》。

Zvezda　见《明星报》。

俄　文

Искусство　见《艺术》。

Литературная Газета　见《文学报》。

Литературное наследство　见《文学的遗产》。

Роман-Газета　见《小说杂志》。

团体、流派、机构类

首 字 检 索 表

一　画

一(453)

二　画

十(453)　人(453)　几(453)

三　画

三(453)　于(453)　工(453)　士(453)　土(453)　大(453)　上(453)
山(454)　千(454)　义(454)　丸(454)　广(454)　女(454)　小(454)
乡(454)

四　画

开(454)　天(454)　元(454)　无(454)　艺(454)　木(455)　太(455)
历(455)　互(455)　少(455)　日(455)　中(455)　内(455)　牛(455)
反(456)　公(456)　仓(456)　文(456)　方(456)　巴(456)　以(456)
劝(456)　孔(456)　水(456)

五　画

未(456)　正(456)　世(456)　古(456)　丙(456)　左(456)　石(457)
布(457)　平(457)　东(457)　北(457)　卢(457)　申(457)　电(458)
生(458)　仙(458)　白(458)　丛(458)　印(458)　乐(458)　市(458)

立(458)　　冯(458)　　民(458)　　弘(458)　　加(458)　　奴(458)

六　　画

吉(458)　　老(458)　　地(458)　　共(458)　　亚(458)　　西(458)　　协(458)
达(458)　　百(458)　　列(458)　　成(458)　　光(459)　　早(459)　　同(459)
先(459)　　传(459)　　自(459)　　伊(459)　　行(459)　　全(459)　　会(459)
合(459)　　创(459)　　杂(459)　　旭(459)　　多(459)　　交(459)　　产(459)
兴(459)　　江(459)　　池(459)　　宇(459)　　安(459)　　军(460)　　论(460)
那(460)　　妇(460)　　戏(460)　　观(460)　　巡(460)

七　　画

志(460)　　均(460)　　芸(460)　　花(460)　　劳(460)　　苏(460)　　辰(460)
来(460)　　抗(460)　　求(460)　　里(460)　　时(460)　　别(460)　　作(460)
伴(460)　　希(460)　　狂(460)　　快(460)　　沉(460)　　良(460)　　社(460)
译(460)　　灵(460)　　改(460)　　鸡(460)

八　　画

现(461)　　青(461)　　表(461)　　其(461)　　直(461)　　林(461)　　枢(461)
构(461)　　杭(461)　　矿(461)　　奔(461)　　轮(461)　　招(461)　　抱(461)
欧(461)　　拉(461)　　虎(461)　　非(461)　　尚(461)　　国(461)　　昌(462)
明(462)　　易(462)　　罗(462)　　岭(462)　　图(462)　　知(462)　　和(462)
金(462)　　变(462)　　京(462)　　庚(462)　　废(462)　　浅(462)　　法(462)
学(462)　　宝(462)　　宗(462)　　实(462)　　弥(462)　　孟(462)　　绍(462)

九　　画

春(463)　　革(463)　　荣(463)　　故(463)　　南(463)　　相(463)　　树(463)
威(463)　　研(463)　　星(463)　　拜(463)　　香(463)　　科(463)　　复(463)
俄(463)　　剑(463)　　俞(463)　　闽(463)　　美(463)　　总(463)　　洪(463)
语(463)　　神(463)　　统(464)

十　画

泰(464)　耽(464)　莽(464)　恶(464)　真(464)　桐(464)　桥(464)
晓(464)　铁(464)　笔(464)　翁(464)　爱(464)　鸳(464)　悟(464)
益(464)　涛(464)　浙(464)　海(464)　浪(464)　通(464)　绥(464)

十　一　画

教(464)　基(464)　黄(465)　梅(465)　盛(465)　辅(465)　虚(465)
彪(465)　野(465)　晨(465)　唯(465)　第(465)　移(465)　逸(465)
象(465)　猛(465)　竟(465)　商(465)　清(465)　渔(465)　淳(465)
梁(465)　涵(465)　维(465)　绿(465)

十　二　画

联(465)　堪(465)　越(465)　超(465)　博(465)　斯(465)　朝(465)
厨(465)　厦(465)　最(465)　暑(466)　景(466)　黑(466)　智(466)
集(466)　储(466)　奥(466)　童(466)　湖(466)

十　三　画

鹊(466)　蒙(466)　想(466)　路(466)　微(466)　新(466)　意(466)
塞(466)　福(466)　群(466)

十　四　画

静(466)　嘉(466)　榴(466)　嘤(467)　锻(467)　赛(467)　谭(467)
暨(467)

十　五　画

踏(467)　黎(467)　德(467)　摩(467)

十六画以上

燕(467)　醒(467)　篠(467)　藏(467)　蟫(467)　警(467)　瀛(467)

外　　文

日文(467)　西文(467)

注 释 条 目

一 画

一八艺社　④317.3;⑬65.1,
　328.5;⑯259.5。

一三杂志社　⑯619.6。

二 画

"十月"社　⑩398.9。

十字军　⑧49.2。

十九路军　④490.10;⑤45.5,
　310.3。

人艺戏剧专门学校　⑮486.5。

几社　⑥455.40。

三 画

三民主义　④132.5。

三笠书房　⑯564.8。

三一杂志社　见一三杂志社。

于是剧社　⑮606.1。

工部局　⑤41.6;⑥51.6。

士的派　③471.14;⑪197.1。

"土地平分社"　④271.5。

"土地与自由党"　④271.4。

大刀队　⑤121.3。

大学院　⑫71.1,132.4;⑯54.6。

大乘教　④38.10;⑥604.9;
　⑧200.13。

大街社　⑯416.6。

大中公学　⑮585.4。

大江书铺　⑫279.7;⑯100.3。

大陆大学　⑯103.2。

大夏大学　③421.6;⑪218.1;
　⑯49.8。

大乘佛教　见大乘教。

大阪府立第一中学　⑩258.4。

上海中学　④371.6。

上海大戏院　⑯82.2,103.4。

上海跑马厅　⑯136.1。

上海演艺馆　⑯44.14。

上海业余剧社　⑯563.2。

上海劳动大学　⑧229.1;
　⑯44.13。

上海齿科医院　⑯185.16。

453

上海图画书局　⑬342.1。

上海煤气公司　⑯207.4。

上海中共地下党　⑭487.9。

上海艺术专科学校　⑯260.9。

上海文艺界救国会　④334.8。

上海图画美术学校　⑧97.2。

上海美术专科学校　⑯405.10。

山本医院　⑧392.12；⑮407.1。

山本照相馆　⑮476.1。

山会师范学校　⑧459.2。

山东金石保存所　⑮215.3，286.3。

千秋社　⑯454.13。

义军　见抗日义勇军。

义兴局　⑮291.4。

义和团　①172.8，320.8；③134.3，312.10；④16.4；⑤374.5；⑥580.4；⑧103.1；⑩276.27；⑮9.9。

丸善书店　④503.7；⑩287.4；⑪349.3；⑮111.4。

广和居　⑮4.5。

广学会　⑪367.11；⑯49.11。

广东大学　⑪150.2，182.1，627.2。

广昌隆绸庄　⑩179.2。

广州市立师范学校　⑯20.3。

广东省立女子师范学校　⑪114.4。

女师大评议会　⑧474.2；⑪48.2；⑮614.3。

女师大校务维持会　③180.5；⑮579.2。

小乘教　②284.11；③219.21；④38.10；⑥433.3；⑧200.13。

小乘佛教　见小乘教。

乡土研究社　⑮138.1。

四　画

开明书店　⑪144.3；⑫174.3；⑮636.4。

开明戏园　⑮510.6。

天马书店　⑬530.1；⑭42.3；⑯358.4。

天下篇半月刊社　⑯437.12。

元庆纪念堂　⑯206.3。

无须社　⑫24.2。

无名木刻社　⑥51.4；⑧406.1；

⑬81.1。

无政府主义　③599.12；④250.4。

无产者教化团　见无产阶级文化协会。

无产阶级文化协会　⑩397.3。

无产阶级作家评议会　⑩370.6。

艺术大学　④114.6。

艺术护卫社　⑧524.2。

木铃社　见木铃木刻研究会。

木铃木刻研究会　⑥51.4，530.18。

太阳社　④8.6，225.45；⑤196.26；⑥415.2，516.7；⑫482.11。

太医院　④51.4。

太平天国　⑦233.8。

太平湖饭店　③180.2。

太古兴记轮船公司　⑪181.1；⑫18.2。

历史博物馆　⑪52.2；⑮70.4，563.6。

历史语言研究所　⑤13.8；⑯332.5。

互济会　⑯202.3。

"少数党"　见孟什维克。

日语学会　⑯267.10。

日本耶教会　⑤305.3。

日本演艺馆　见上海演艺馆。

日本人俱乐部　⑯481.5。

日本基督教青年会　⑯415.2。

中央社　⑤56.3，477.4。

中西屋　⑮305.1。

中山大学　⑪150.2，182.1；⑮647.3。

中山中学　⑯6.8。

中天剧场　⑮550.1。

中日学院　⑪564.5。

中央学会　⑮61.5。

中西学堂　见绍郡中西学堂。

中华书局　⑮71.6。

中国大学　⑮585.9。

中国公学　④371.6；⑯190.7。

中央研究院　⑯357.2。

中华武士会　①358.4。

中华学艺社　⑤385.2。

中国科学社　⑯385.4。

中国济难会　⑯44.10。

中华艺术大学　⑫150.2；⑯185.10。

中苏文化协会　⑯594.13。

中央图书审查会　见图书杂志审查委员会。

中文拉丁化研究会　⑯544.3。

中国民权保障同盟　⑤70.2；⑧404.11；⑫371.1；⑯357.3。

中山大学组织委员会　⑯16.11。

中国通俗教育研究会　⑮13.2。

中央公园内图书阅览所　⑮294.2。

中宣会图书杂志审查委员会　见图书杂志审查委员会。

内山书店　⑤192.6；⑥136.2；⑫294.2；⑬30.10，332.3，461.1，614.1；⑭28.2，388.2；⑯43.3。

内阁文库（日本）　⑧211.3。

内山书店杂志部　⑯180.2。

牛津大学　见恶斯佛大学。

反正教仪式派　⑦211.81。

"公民团"　①347.2。

公安派　⑥181.22；⑭355.3。

公道书店　⑭118.9。

公谟学院　见共产主义学院。

公啡咖啡馆　⑯202.2。

仓圣明智大学　③49.17。

文人府　见文学家之家。

文求堂　⑫309.2；⑬135.1；
　⑮643.9。

文学社　⑥336.1；⑯379.1。

文明书局　⑫321.4；⑮32.3。

文学家之家　⑩357.9，384.4。

文艺春秋社　⑯391.16。

文艺研究社　见现代文艺研究
　社。

文艺家协会　⑥560.4；⑭26.2，

70.2，85.3，87.3，139.1。

文化生活社　见文化生活出版
　社。

文学研究会　④313.21，447.4；
　⑥267.24；⑮585.8。

文艺工作者协会　⑭487.6。

文化生活出版社　⑬541.1；
　⑯569.6。

文生氏高等英文学校　④371.6。

方家胡同图书馆　⑮185.3。

巴波大学　①118.167。

以士帖印社　⑯248.3。

劝工场　⑮4.12。

孔社　⑮115.2。

孔教会　②331.22；⑮111.1。

孔德学校　⑫108.3；⑮375.4。

水沫书店　⑯180.7。

五　　画

未名社　②356.6；⑥70.2，
　274.81；⑪247.3，578.1，
　594.3；⑫279.8，380.1，
　380.2；⑮626.7。

未来派　①359.11；④624.5；
　⑦279.4，315.8；⑬72.8。

未来主义　见未来派。

正教　见东正教。

世界社　⑧449.1；⑯475.4。

世界主义　⑦205.33。

世界语会　见全球世界语协会。

世界语学会　⑯210.1。

世界语专门学校　见北京世界语
　专门学校。

古物陈列所　⑮138.3。

丙寅医学社　⑯91.8。

左翼作家联盟　④243.2；
　⑤194.15；⑥564.36；
　⑧404.10；⑪7.10；⑫228.2，
　330.2，450.4，456.3；⑬12.3，
　37.3，257.2，459.9；⑭70.1，
　83.3，87.1；⑯189.2。

石川文荣堂　⑮289.2。

布尔什维克　③33.5，141.17；
　④272.11；⑩334.15。

平政院　③130.16；⑮581.19。

平民学校　⑪247.1；⑮651.1。

平和洋行　⑯312.2。

平安电影院　⑮510.3。

东正教　⑦109.5。

东林党　①297.22；⑥455.41。

东京堂　⑮286.1。

东亚公司　⑮510.2。

东京大学　⑯416.9。

东亚日报社　⑯380.13。

东海电影院　⑯141.3。

东亚考古学会　⑮630.3。

东亚体育专科学校　④371.6。

北平大学　⑫132.1。

北平书店　⑬264.1。

北京大学　⑫309.2；⑮65.6。

北新书局　④166.2；⑥636.5；
　⑩468.2；⑪572.3；⑫263.1；
　⑮626.6。

北新书屋　⑫17.2，65.2；
　⑮614.2；⑯32.5。

北平医学院　⑬487.2。

北京大戏院　⑯141.4。

北京贫儿院　⑮27.9。

北京教育会　⑮593.8。

北平作家协会　⑭87.10。

北京美术学校　⑮413.1。

北大学生敢死队　⑫140.4。

北京大学第三院　⑪88.2。

北京大学研究所　⑮598.9。

北京工业专门学校　⑮135.1。

北京大学平民夜校　⑮611.3。

北京医学专门学校　⑮194.3。

北京高等师范学校　⑪418.3；
　⑮229.2。

北京世界语专门学校　⑧391.8；
　⑪42.1；⑮474.1。

北平古侠小说刊行会
　⑯381.24。

北京外国语专门学校　⑮585.5。

北平大学女子文理学院
　⑬31.1，171.3；⑭137.3；
　⑯337.5。

北平大学第一师范学院
　⑯141.2。

北平大学第二师范学院
　⑯141.1。

北京大学研究所国学门
　⑫144.2；⑮503.3。

北京女子高等师范学校
　⑪418.3；⑮411.1。

北京女子高等师范学校附中
　⑮482.1。

北京女子高等师范学校附属小学
　⑮138.2。

卢佛尔博物馆　⑩524.4。

申羊会　⑯254.7。

申昌书画室　⑧4.2。

电通社　④360.5;⑤161.4。

电影检查会　⑤433.17。

生存线社　⑯570.9。

生活书店　⑬321.1;⑯470.5。

生生月刊社　⑯494.6。

生活知识社　⑯564.13。

生活周刊社　⑯395.4。

仙台医学专门学校　①443.9。

白桦派　①381.3。

丛文阁　⑪399.5。

印象派　①359.9;⑤515.4;
　⑦280.8,358.6;⑧357.2;
　⑫427.5;⑬371.6。

印象主义　见印象派。

乐群书店　④236.3。

乐天文艺研究社　⑯185.14。

市政公所　⑮378.3。

立方派　见立体派。

立体派　①359.10;④623.4;
　⑦206.41,364.6;⑧357.3;
　⑩524.2;⑬76.3。

立达学园　⑯45.15。

冯庸大学　④371.4。

民意党　④271.4。

民权保障同盟　见中国民权保障
　同盟。

"民族主义文学"　④315.36,
　328.2;⑤27.6;⑥163.5;
　⑦410.6;⑫244.7,248.2。

弘文学院　⑥331.12;⑦87.10。

弘文学院速成班　②319.3。

加特力教　⑤315.7;⑩507.4。

奴隶社　⑥424.5。

六　　画

吉林教育厅　⑪359.15。

老九章　⑤526.4。

地学协会　⑮36.3。

共和党　⑮8.7。

共和书局　⑫77.1;⑯35.8。

共济讲社　②56.4。

共产主义学院　⑭169.1。

亚利山德大学　①37.12。

西北军　⑪190.2。

西北大学　⑮519.5。

西泠印社　⑫489.5;⑮56.3。

"西人救牲会"　⑤521.2。

西湖艺术院　见杭州艺术专科学
　校。

西什库第四中学　⑮135.3。

"协同"　见"统一派"。

达达主义　④69.11;⑩479.3;
　⑬71.7。

百星戏院　⑯44.5。

"列夫"　⑦279.5。

成城学园　⑯369.12。

成章女校　⑮71.9。

光华大学　⑯49.9。

光华书局　⑧191.11；⑫252.5，
　300.4，358.1；⑬125.2，176.4，
　288.4；⑯190.3。

光陆大戏院　⑯107.1。

早稻田文学社　⑩272.5。

同善社　④48.11；⑤394.6。

同盟会　④132.6。

同仁病院　⑮403.2。

同文书局　⑯442.10。

同文书院　⑯250.2。

同济学校　④356.8。

先施公司　⑫244.10；⑯214.4。

传经堂　⑯515.14。

"自由人"　④454.1。

自由大同盟　见自由运动大同
　盟。

自来火公司　见上海煤气公司。

自由运动大同盟　④254.8；
　⑥15.16；⑧403.9；⑪6.5；
　⑫226.2；⑯184.7。

伊东牙医院　⑮417.1。

伊文思图书公司　⑮170.2。

行动派　⑬434.3。

全球世界语协会　⑫241.4。

全俄无产作家同盟　见俄罗斯无
　产阶级作家联合会。

全国木刻画联合展览筹备处
　⑯488.8。

会文堂　⑬71.3。

会审公廨　⑥201.31。

合众书店　⑫358.2；⑬226.1；
　⑯391.9。

创造社　①200.29；④8.5，
　313.20，447.5；⑤6.4；
　⑥267.24，272.66，516.7；
　⑧306.2；⑪144.4，646.4；
　⑫160.1；⑯39.13。

创造社出版部广州支部
　⑯39.13。

杂志轮读会　⑪377.4。

旭社　⑮563.5。

多数派　见布尔什维克。

交通系　③90.7。

"产业派"　⑦365.7。

兴业银行　见浙江兴业银行。

"江湖派"　⑥433.5。

江西会馆　⑮401.1。

江西教育厅　⑪358.3。

江南图书馆　⑩11.4。

江南水师学堂　②308.7；
　⑦87.7。

江湾实验中学　见复旦大学附属
　实验中学。

江南陆师学堂附设矿务铁路学堂
　②309.22；⑦87.9。

池田医院　⑮18.3。

宇都齿科医院　⑯146.4。

安徽大学　⑯312.4。

安那其主义　见无政府主义。

"军政执法处"　⑤103.6。
论语社　⑯374.5。
那思得理亚　①38.24。
妇女之友会　⑯259.3。
妇女俱乐部　⑪207.2。

妇女运动人员训练所　⑪250.2。
戏剧供应社　⑬316.1。
观象台　⑮131.4。
"巡回展览画派"　⑦364.4。

七　画

志贺廼家淡海剧团　⑯436.3。
"均田党"　见"土地平分社"。
芸草堂书店　⑮462.1。
花园庄　⑯242.3。
劳动者解放团　④273.21。
苏联大学院　⑤314.3。
苏黎世大学　⑦375.7。
苏联木刻家协会　⑯441.1。
苏联对外文化协会　⑬117.1,
　148.1,178.1,229.3,229.5,
　360.8,486.2;⑭380.2,416.2。
苏联无产阶级作家协会
　⑩399.15。
辰文社　⑮283.1。
来青阁　⑬223.2。
抗日十人团　⑦410.4。
抗日义勇军　⑤67.6;⑬288.6。
求是书院　②308.6。
里昂中法大学　⑪385.3。
里昂商业会议所　⑧21.12。
时代美术社　⑯206.1。
"别发洋行"　⑫126.4;⑯76.8。
作家协会　见文艺家协会。

伴侣杂志社　⑯100.2。
希腊协会　①111.92。
狂飙社　③411.3;⑫78.1。
快活林　⑯184.6。
沉钟社　⑪144.4;⑫9.6;
　⑯184.5。
良友图书印刷公司　⑫328.7,
　330.2;⑬53.1;⑭57.4;
　⑯332.1。
社会主义劳动党　见俄国社会民
　主工党。
社会主义者同盟　⑩246.25。
社会科学研究会(广州)
　⑯6.19。
社会科学研究会(上海)
　⑯263.4。
社会革命党极左派　⑩418.30。
译学馆　⑪336.4。
灵学派　①131.4。
改组派　⑬471.3。
改造社　⑤533.7;⑩443.4;
　⑯364.14。
鸡声堂书店　⑮341.2。

八　画

现代书局　⑫252.5；⑭164.2；
　　⑯103.1。

现代评论派　①6.5；⑦406.6。

现代木刻研究会　⑯271.7。

现代文艺研究社　⑫458.2。

现代学艺讲习所　⑯214.2。

现代创作版画研究会　⑬304.6，
　　322.1。

青云阁　⑮4.11。

青年会　见基督教青年会（香
　　港）。

青光书局　⑫400.2。

青龙山煤矿　②312.42。

"青年援马团"　④363.4。

表现派　④69.10；⑧362.6。

表现主义　见表现派。

其中堂　⑮425.1。

直隶官书局　⑮46.4。

林舍亚克特　见意大利罗马科学
　　院。

枢密院　⑩154.2。

构成派　见构成主义。

构成主义　⑤516.5；⑦279.6，
　　352.6，365.8。

杭州艺术专科学校　⑥530.15；
　　⑪314.2。

杭州国立艺术专门学校　见杭州
　　艺术专科学校。

矿路学堂　见江南陆师学堂附设
　　矿务铁路学堂。

奔流社　⑧308.2。

轮船招商局　⑤71.3；⑫63.3。

招商局　见轮船招商局。

抱经堂　⑯90.6。

欧战协济会　⑮347.2。

欧美同学会　⑮361.4。

拉普　见俄罗斯无产阶级作家联
　　合会。

"虎神营"　②300.8。

非宗教大同盟　见非基督教学生
　　同盟。

非基督教学生同盟　③105.13；
　　④60.9。

尚志学会　⑫92.4。

国联　见国际联盟。

国子监　⑮9.8，81.4。

国史馆　①553.6。

国民军　③257.47。

国权党　⑤221.3。

国际联盟　④363.5，433.6；
　　⑤34.7，356.6；⑥122.2。

国立编译馆　③165.15。

国民新报馆　⑮597.2。

国货制造所　⑮372.3。

国学研究所　见北京大学研究所
　　国学门。

国语统一会　见国语罗马字促进会。

国家主义派　④59.4,249.3；⑦221.164。

国歌研究会　⑮395.1。

国语罗马字促进会　⑬216.1。

国立女子大学后援会　②284.17；③181.8。

昌平学　⑦331.2。

明日书店　④280.15；⑯241.1。

明末的才子佳人作家　①255.5。

易俗社　⑮523.7。

罗曼主义　见浪漫主义。

岭南大学　⑯16.10。

图书杂志检查处　见图书杂志审查委员会。

图书杂志审查委员会　⑤440.9；⑥164.11,230.9,479.3；⑩452.10；⑬226.3。

知用中学　③463.2；⑯32.7。

和记　⑮306.4。

和光学园　⑯465.10。

金鸡公司　⑯165.3。

金陵刻经处　⑧139.5；⑮127.5。

变态性欲主义　⑦279.7。

京师同文馆　⑥372.17。

京师图书馆　⑮18.5,85.5,274.3,277.2。

京华印书局　⑪531.3。

京都帝国大学　⑯436.7。

京师图书馆分馆　⑪367.6；⑮60.1,218.1。

京师通俗图书馆　⑪367.9；⑮85.3。

京师第三普通图书馆　⑮294.2。

庚款委员会　⑤71.4。

废止内战大同盟　⑧398.7。

浅草社　⑥268.32；⑮562.2。

法国医院　⑮467.1。

法国翰林院　⑤314.3。

法国人民阵线　⑥560.9。

学部　⑩62.22；⑮46.5。

学院派　⑦364.3。

学生义勇军　⑦410.5。

学界急赈会　⑮425.2。

宝隆医院　⑫251.2。

宗社党　①242.20。

实业党　④441.2。

实用主义　见实验主义。

实验主义　①148.21；④140.6；⑤52.6。

实业之日本社　⑮246.2。

弥洒社　⑥268.25。

孟什维克　④272.11；⑦211.87。

孟什维克取消派　④272.14。

绍兴会馆　①443.12；④529.4；⑪380.3；⑮3.2。

绍兴教育会　⑮73.1。

绍兴府中学堂　⑪334.4。

绍郡中西学堂　②308.3。

绍兴修志采访处　⑮320.1。

绍兴修志委员会　⑯549.1。

绍兴中学旅京同学会　⑮317.3。

九　　画

春光社　⑮467.3。

春潮书局　⑫241.2。

春阳照相馆　⑯180.1。

春地美术研究所　⑬328.6；
　⑯317.6。

"革命文学社"　③569.6。

革新学生会同盟会　⑪242.2。

荣宝斋　⑫454.2。

荣录堂　⑫502.2。

故宫博物院　⑥46.5；⑫502.3。

南社　④141.9,244.7；⑥46.2。

南江堂　⑩288.9。

南开大学　⑪174.4,584.5。

南宋书院　⑩359.25。

南京政府　③115.7。

南菁书院　③592.11。

南京中央大学　④371.5。

相模屋书店　⑮23.1。

"树的派"　见"士的派"。

威利大戏院　⑯436.8。

研究系　③90.7；⑧200.10；
　⑪144.1。

星光社　⑯624.6。

星星社　⑫276.2。

拜火教　⑩248.3。

香港大学　⑧381.4。

科学社（日）　⑦442.12；
　⑯400.5。

科学社　见中国科学社。

复旦大学　④371.6；⑯45.16。

复旦大学附属实验中学
　④371.6；⑯83.5。

俄国歌剧团　①404.2。

俄款委员会　③288.10。

俄国社会民主工党　⑩348.4。

俄罗斯无产阶级作家联合会
　⑩420.46。

剑桥大学　见堪勃力俱大学。

俞五房过塘行　⑮71.8。

闽南佛学院　⑮644.10。

闽南佛化青年会　⑪168.2。

美的书店　④167.6。

美成印刷厂　⑭142.2。

美术生活杂志社　⑯529.2。

总理衙门　⑥132.2。

洪洋社　⑯454.11。

洪荒月刊社　⑯391.11。

语丝派　⑧255.3。

神思一派　①61.28。

神秘主义　⑦279.7。

神州国光社　⑤433.12；
　⑫471.2；⑬125.1；⑮18.4；

⑯194.2。

神户版画之家　⑯166.7。

神思宗之至新者　①61.29。

"统一派"　④273.17。

十　画

泰东书局　⑮464.1。

耽美派　见唯美主义。

莽原社　⑥273.70。

恶斯佛大学　①112.101。

真光电影院　⑮537.3。

桐城派　④397.15;⑤345.12,
555.5;⑥397.9。

桥梁派　⑬434.3,540.5。

晓风文艺社　⑯381.21。

铁马社　⑭30.1。

铁木艺术社　⑬239.2。

"铁血锄奸团"　⑤480.6;
⑫497.2;⑬69.3。

笔会　④512.6;⑦214.113;
⑬420.1;⑯363.10。

"翁隆盛"　⑫142.3。

爱普庐电影院　⑯125.1。

鸳鸯蝴蝶派　①410.2;
④312.16;⑤113.9,566.5;
⑥434.9,560.8。

悟善社　③116.13。

益昌西餐馆　⑮89.1。

涛声社　⑯385.5。

浙江大学　⑫41.1。

浙江农学院　⑫212.4。

浙江兴业银行　⑮246.1。

浙江旅津公学　⑮332.2。

浙江第五中学　⑮317.3。

浙江两级师范学堂　⑪338.8;
⑮61.4。

浙江省立第五中学　⑮65.5。

浙江第五中学同学会　⑮344.1。

海滨学社　⑯482.14。

海京伯马戏团　④619.10;
⑯406.17。

浪漫主义　⑥420.5。

通俗教育研究会　⑮185.2,
189.2。

"绥拉比翁兄弟们"　④448.11;
⑩357.8。

十　一　画

"教友"派　⑩424.3。

教育改进社　⑦240.2。

教育博物馆　⑪367.10。

教育界公理维持会　见国立女子
大学后援会。

基督教青年会(香港)　④16.2;
⑯10.5。

基督教社会主义　④397.21。

黄埔军官学校 ③442.2;⑧198.2;
　⑪42.2;⑫71.4;⑯20.2。

梅派 ⑫107.1。

梅县松口中学 ⑫515.2。

盛德坛 ①358.2。

辅仁大学 ⑯337.3。

虚白斋 ⑫454.1。

彪门书局 ⑧191.9。

野穗社 ⑥51.4;⑬67.7,328.6;
　⑯385.8。

野风画会 ⑬328.6;⑯324.5。

野草书屋 ⑫441.1;⑯370.15。

野穗木刻研社 见野穗社。

晨光社 ④287.2。

唯美派 见唯美主义。

唯美主义 ⑦280.11;⑩470.4。

"第三种人" ④454.1;⑤28.10,
　350.5;⑥4.2;⑫481.2;
　⑬545.5。

"移动展览会派" 见"巡回展览

画派"。

逸经社 ⑯589.6。

象征派 ⑤497.4;⑦279.7,315.7。

象征主义 见象征派。

猛进社 ⑮579.7。

竟陵派 ⑥455.39;⑭355.3。

商务印书馆 ④541.6;⑫305.2;
　⑬55.1;⑮23.3。

商务印书馆总店 ⑪419.3。

清秘阁 ⑫454.2。

清华大学 ⑯337.4。

清党委员会 ③516.2。

清泰第二旅馆 ⑫124.1。

清室善后委员会 ③287.9。

渔山书院 ⑮286.2。

淳菁阁 ⑬19.2。

梁园（饭店） ⑯494.5。

涵芬楼 ③355.11;⑩135.37。

维尔那大学 ①116.137。

绿帜社 ①358.5。

十 二 画

联华书局 ⑬114.6。

联华歌舞团 ⑯259.4。

联华影业公司 ⑬612.3。

堪勃力俱大学 ①109.72。

越社 ⑪346.5。

超现实主义 ⑥320.6。

博文馆 ⑪375.14。

斯多噶派 ②311.34。

朝花社 ④287.4;⑥50.2;
　⑦359.15;⑫186.3;⑯122.1,
　180.5。

朝日新闻支社 ⑯559.7。

厨川白村纪念会 ⑮607.12。

厦门大学 ⑮631.10。

厦门大学国学研究院 ⑮643.3。

"最大限度派" ⑩418.30。

暑期学校　见社会科学研究会
　（上海）。

景教　①20.23。

黑龙江教育厅　⑪359.15。

智识劳动者协会　④368.2。

集美学校　③422.12;⑮648.8。

集成国际语言学校　⑮514.2。

储材馆　⑮527.1。

奥斯台黎　⑯459.3。

奥迪安大戏院　⑯49.4,103.5。

童子军　①309.1;⑤13.6。

湖风书局　⑫269.2,328.5;
　⑯271.4。

湖风书店　见湖风书局。

湖畔诗社　⑭257.3。

十　三　画

鹊格利面包公司　⑯332.4。

"蒙古王公救济委员会"
　⑤145.5。

想象派　见意象派。

路透社　⑤41.4。

微风社　⑬250.6。

新军　⑧95.3。

新月社　③482.2;④8.7,217.2;
　⑤124.4;⑥421.8;⑧420.11;
　⑩510.3;⑫265.6,201.2;
　⑮514.3。

新月派　⑦7.9;⑫244.8;
　⑬339.2。

新潮社　③250.5;④166.2;
　⑤327.5;⑪459.3;⑮397.1。

新潮社（日）　⑩422.4。

新潮派　见新思潮派。

新月书店　④148.3。

新村主义　⑪410.9。

新思潮派　⑩254.2。

新雅茶店　⑯184.1。

新群众社　⑯254.2。

新生命书局　⑯276.14。

意象派　⑦279.3。

意大利罗马科学院　①41.59。

塞尚派　⑦364.5。

福民医院　⑯83.4。

群众图书公司　④541.6;
　⑫441.2;⑬132.2,293.1。

十　四　画

静文斋　⑬20.5。

嘉业堂　⑥182.25;⑬96.2;
　⑯453.2,488.4。

榴花社　⑫409.1;⑯386.12。

榴花艺社　见榴花社。

榴火文艺社　⑯605.13。

嘤嘤书屋　⑫148.16。

"锻冶厂"　⑦204.25；⑩344.11。

赛棱社　⑯549.4。

谭派　⑫107.1。

暨南大学　⑬503.1；⑯49.5。

十　五　画

踏踏派　见达达主义。

踏踏主义　见达达主义。

黎明中学　①269.21；⑮584.2。

德成钱庄　⑮361.5。

德普兰奇　⑦210.75。

"摩西教派"　⑩451.7。

十六画以上

燕京大学　⑬222.2；⑯136.5。

"醒狮派"　见国家主义派。

篠崎医院　⑬244.3；⑯298.4。

藏经书院　⑮111.3。

蟫隐庐书庄　⑬160.3。

警察厅　⑮375.5。

瀛环书店　⑯224.1。

日　　文

サイレン社　见赛棱社。

ナウカ社　见科学社（日）。

西　　文

ABC ベカーリ　⑯431.4。

Aktion　见行动派。

Astoria　见奥斯台黎。

Brücke　见桥梁派。

C 书局　见商务印书馆。

CP　③471.12；④26.14。

CY　③471.12。

Cezanist　见塞尚派。

Constructism　见构成主义。

Deplanch　见德普兰奇。

Futurist　见未来派。

G 书局　见群众图书公司。

Imaginist　见意象派。

ISIS　见上海大戏院。

Kosmopolitisch　见世界主义。

L 学校　见黎明中学。

L.Y.　③471.13。

M.K. 木刻研究社　⑥51.5；

⑬65.2,143.1,328.6；
⑯406.11。
Nauka 社　见科学社（日）。
New Masses 社　见新群众社。
ODEON　见奥迪安大戏院。
P.E.N.会　见笔会。

S 会馆　见绍兴会馆。
T.Y.　③471.13。
Uchiyama Book-store　见内山书店。
VOKS　见苏联对外文化协会。
Zurich 大学　见苏黎世大学。

国家、民族、地名类

首 字 检 索 表

二 画

十(472)　厂(472)

三 画

三(472)　土(472)　大(472)　上(472)　山(472)　义(472)　女(472)
小(472)　马(472)

四 画

开(472)　天(472)　韦(472)　云(472)　不(472)　太(472)　车(472)
比(472)　戈(472)　区(472)　瓦(472)　日(472)　牛(472)　仁(473)
什(473)　文(473)　巴(473)　水(473)

五 画

末(473)　古(473)　可(473)　龙(473)　东(473)　北(473)　四(473)
禾(473)　代(473)　仙(473)　印(473)　邙(473)　兰(473)　司(473)
弗(473)　加(473)　圣(473)

六 画

式(473)　吉(473)　亚(473)　西(473)　列(473)　匡(473)　毕(473)
因(473)　乔(473)　伏(473)　华(474)　伊(474)　会(474)　杀(474)
多(474)　江(474)　汤(474)　安(474)　访(474)

七　画

麦(474)　　苍(474)　　严(474)　　克(474)　　苏(474)　　吴(474)　　希(474)

犹(474)　　条(474)　　库(474)　　闵(474)　　沙(474)　　灵(474)　　陆(474)

阿(474)　　妙(474)

八　画

武(474)　　耶(474)　　坡(474)　　苗(475)　　松(475)　　明(475)　　盱(475)

昆(475)　　帕(475)　　凯(475)　　罗(475)　　和(475)　　依(475)　　舍(475)

单(475)　　浅(475)　　河(475)　　波(475)　　宜(475)　　该(475)　　陕(475)

迦(475)　　绍(475)　　函(475)

九　画

契(475)　　南(475)　　勃(475)　　顺(475)　　临(475)　　郢(475)　　星(475)

曷(475)　　哈(475)　　钟(475)　　信(475)　　胚(475)　　恒(475)　　首(475)

宣(475)　　突(475)　　神(475)

十　画

泰(476)　　莱(476)　　莫(476)　　格(476)　　哥(476)　　顿(476)　　爱(476)

高(476)　　消(476)　　海(476)　　宽(476)　　诺(476)　　弱(476)

十 一 画

琉(476)　　琅(476)　　基(476)　　菩(476)　　萨(476)　　梭(476)　　奢(476)

捷(476)　　勖(476)　　啸(476)　　崦(476)　　崇(476)　　脱(476)　　商(476)

阕(476)　　清(476)　　淮(476)　　密(476)　　维(476)

十 二 画

塔(476)　　斯(476)　　惠(477)　　雅(477)　　遏(477)　　跋(477)　　御(477)

腊(477)　　敦(477)　　道(477)　　渭(477)　　富(477)　　婺(477)

十 三 画

鼓(477)　蓟(477)　榆(477)　雷(477)　盟(477)　新(477)　塞(477)

十 四 画

嘉(477)　蒇(477)　鲜(477)　察(477)

十 五 画

墺(477)　鞑(477)　横(477)　樊(477)　墨(477)　摩(477)

十 六 画

薄(477)　冀(477)　穆(477)　磨(477)　辩(478)

十 七 画

霞(478)　螺(478)　濠(478)

二 十 一 画

霸(478)

外 文

日文(478)　西文(478)

注　释　条　目

二　画

十刹海　⑮18.6。

厂甸　③323.5；⑪250.3；

⑮51.4。

三　画

三水　⑩137.60。

三河口　⑮527.5。

土耳其　①109.73；⑩173.5，

522.6。

土樋町　⑪332.15。

大划　⑪113.5。

大宛　①211.3。

大马色　③379.4。

大陆新村　⑯332.2。

上野　②319.2；⑩276.28。

山阴道　②192.3。

义兴　⑩106.20。

女真　④330.11。

小俄罗斯　⑩465.1。

马其顿　⑤365.10。

四　画

开罗斐尔　⑩200.6。

天竺　①38.22；⑦104.2。

韦陀　④274.27。

云间　⑥233.2。

不加勒斯多　⑩520.2。

太和岭　④149.6。

车歪炮台　⑪114.1。

比莱纳山　见比利牛斯山。

比利牛斯山　⑦202.9；⑩428.4。

戈尔　①59.8。

区匿培克　⑥494.2；⑧351.2。

瓦仰安提族　⑤235.3。

日内瓦　⑤57.4。

日尔沃　⑪406.19。

日内瓦湖　⑦376.28。

日耳曼人　②247.8；⑧20.9。

日斯巴尼亚　①38.33。

牛入　⑪338.6。

仁济里　⑯68.2。

什赫　⑧39.37。

文华别庄　⑯328.5。

巴库　⑩420.47。

巴黎　⑫521.2。

巴格达德　①38.29。

水户　②319.6。

五　　画

末加　③165.14。

古班　见库班。

可萨克　见哥萨克。

可尔特跋　①38.28。

龙门　①207.12。

东关　②274.15。

东江　⑪529.2。

东阿　⑧165.7。

东交民巷　⑮14.4。

东罗马尼亚　⑩200.6。

北邙　见邙山。

四马路　⑥60.3。

禾　⑪666.2;⑬53.3。

代　⑤620.4。

代北　⑤620.4。

仙台　②319.5;⑪331.4。

印地安　④274.27。

邙山　⑤486.10;⑧59.2;⑮51.1。

兰上　⑧83.3。

司堪第那比亚　①109.70。

弗罗连斯　⑦316.20。

加夫诺　①116.139。

加利福尼亚　③580.10。

圣舍跋斯丁市　⑩428.2。

六　　画

式列阿忒　①112.96。

吉柏希　③383.7。

吉纳史马　⑩418.29。

亚佐夫海　⑩417.22。

亚历山德府　⑤225.8。

西山　⑫125.1。

西蒲斯　⑦17.6。

列京　见列宁格勒。

列宁格勒　⑫315.6,443.2;

⑯145.1。

列图尼亚　①116.136。

匡庐　①402.13。

毕撒　①113.112。

毕明翰　⑦340.3。

因特罗达库　⑦376.27。

乔其亚　见格鲁吉亚。

乔具亚　见格鲁吉亚。

伏洛格达　⑦375.11。

华州　⑮527.4。

华骚　①117.152。

伊兰　①104.13。

伊阙　⑧78.5。

会稽　⑧66.1。

会稽郡　⑩36.1。

杀司骇　⑦17.6。

多岛海　①344.4。

江户　⑩167.24；⑪331.2。

汤岛　⑥330.2。

安南　④17.11。

安息　①211.3。

访嘻斯　⑦17.6。

七　画

麦特赫司脱路　⑤552.6。

苍梧　②3.1。

严州　⑨225.7。

克罗地　见克罗蒂亚。

克利米亚　①116.141。

克罗蒂亚　⑥109.24；⑪395.21。

克尔舍密涅克　①117.151。

克弗洛尼亚岛　①111.94。

苏联　⑬368.2。

苏飞亚　⑩200.10。

吴兴　⑩99.18。

希伯来　见犹太人。

犹太人　①59.11，104.10，
　324.2；⑤543.4；⑧38.21。

犹太遗黎　见犹太人。

条顿民族　④329.8。

库伦　⑩193.2。

库班　⑩418.33。

库兹巴斯　⑩420.47。

闵兴　见明辛。

沙滩　③205.11。

灵宝　⑮522.3。

陆泽　⑨81.9。

陆前国　⑪332.23。

阿兑塞　①116.140；⑩200.9。

阿莱勒　⑩202.2。

阿尔卑斯　①177.2。

阿布鲁齐　⑦376.27。

阿利安人　⑪331.9。

阿灵比亚　⑩398.6。

妙峰山　⑪292.4。

八　画

武林　⑧4.2；⑪338.8。

武康　⑩99.18。

武当山　④363.3；⑤254.4；

　⑥54.6。

耶烈赞城　④149.8。

坡兰德　⑦27.13。

苗瑶　③566.8。

松岛　⑩276.29。

明辛　⑥495.7;⑧351.3。

盱眙军　⑩116.12。

昆冈　③307.5。

帕萨第那城　③580.10。

凯山　⑩205.3。

罗山　⑫244.11。

罗马尼亚　⑬472.1。

和阗　①114.122。

依格那海　⑦17.5。

舍俱思跋　①120.177。

单湄福尔　⑩196.3。

浅间山　⑥507.2。

河南　⑪277.1。

波斯　⑦17.2。

波陀牙　①63.48。

波尔泰跋　见波尔塔瓦。

波尔塔瓦　⑦375.5;⑩327.6。

波希米亚　⑩432.2;⑪395.17。

波尔塔瓦州　见波尔塔瓦。

宜黄　⑤148.2。

该尔兹　⑪395.23。

陕州　③354.3;⑮522.2。

迦勒底　⑤365.10。

绍兴　①197.2;②299.2;
　④283.9。

函谷关　②467.14;⑮527.6。

九　　画

契丹　④330.11。

南苑　④258.9。

南江　⑯244.4。

南武阳　⑪433.3。

南海子　⑮46.3。

南通州　⑮36.1。

勃吕舍勒　⑦337.2。

勃尔格利亚　⑩200.2。

顺直　⑮296.1。

临安　①159.7。

临淄　⑧23.30。

临江军　⑩117.21。

郇　②482.16。

星洲　⑬271.1。

曷尔爱列须　①117.153。

哈尔滨　⑬478.2。

哈理珂夫　⑩185.7。

钟阜　⑤474.8。

信州　⑩491.1。

胚罗蓬　⑦17.6。

恒河　③70.20。

首阳山　②430.25。

宣城县　⑭348.4。

突厥　见土耳其。

神户　②330.13。

神田区　⑩288.7。

十　　画

泰息谛　见塔希提岛。

莱比锡　⑪371.7。

莫干山　⑭128.2。

莫斯科　⑬12.7,37.2;⑯432.6。

格鲁吉亚　⑥502.12;⑩185.5,
　417.17。

哥萨克　②183.5;⑧355.6;
　⑩419.41。

顿州　⑩419.40。

爱尔俾尼　⑦18.16。

高丘　①106.38;⑦150.2。

消摇溇　⑮387.1。

海州　⑧46.6。

海甸　⑬425.1。

海参崴　⑩221.4。

海峡群岛　⑦93.4。

宽田吉思海　④149.6。

诺威　⑤533.6。

诺曼　①109.71。

诺尔曼海岸　⑪395.24。

弱水　①379.3。

十 一 画

琉璃厂　⑧59.5;⑮4.7。

琅邪国　⑩18.9。

基辅　⑦375.6;⑩327.6。

基雅夫　见基辅。

菩特沛思德　①118.166。

萨伦多　①119.169。

萨玛拉州　⑦416.3。

梭波德　⑩200.5。

奢刹利　⑦17.6。

捷克　⑪395.21。

勖列济安　⑥497.24。

啸唫　⑮423.2。

崦嵫　②3.1。

崇仁　⑤148.2。

脱阑希勒伐尼亚　①119.176。

商丘　②482.13。

阌乡　⑮522.4。

清风亭　⑪338.6。

淮南东路　⑩116.12。

密云　⑤148.3。

密淑伦其　①111.95。

维达族　①370.6。

十 二 画

塔希提岛　⑦485.6;⑭266.2。

斯巴达　⑦17.3。

斯德丁　⑤77.7。

斯洛文尼　⑪395.21。

斯大林格勒 ⑩420.47。

斯拉夫民族 ⑩462.2。

惠昙村 ⑭264.1。

雅斯纳雅·波良纳 ⑦214.103。

遏斯吉摩人 ⑤561.6。

跋司珂族 ⑩426.6;⑬112.4。

御茶之水 ⑥331.13。

腊丁民族 ④329.7。

敦煌 ⑥381.8。

道墟 ⑪561.2。

渭南 ⑮527.3。

富士山 ②319.4。

婺州武义 ⑩24.6。

十 三 画

鼓山 ⑮215.5。

蓟县 ⑤148.3。

榆关 ④489.2。

雷池 ⑩165.6。

盟津 ②429.13。

新步 ⑧46.4。

新罗 ⑦332.12。

新潟 ⑯530.7。

新淦县 ③69.7。

塞尔比亚 ⑩200.12。

十 四 画

嘉祥 ⑪434.6。

蔑里吉 ④149.5。

鲜卑 ①113.116。

察哈尔 ②43.6。

十 五 画

墺 ①111.88。

鞑坦 见鞑靼人。

鞑靼 见鞑靼人。

鞑靼人 ①117.158;④330.11; ⑩185.4。

横滨 ②329.9。

樊江 ②283.5。

墨斯克跋 见莫斯科。

摩亚 ①118.163。

摩迦 ①105.25。

摩那科王国 ⑤255.6。

十 六 画

薄墟曼 ④274.27。

冀州 ②403.15。

穆尔陶 ⑩520.4。

磨石山 ⑯137.8。

辩那维　⑦28.31。

十　七　画

霞飞路　⑤552.6。
螺克烈　⑦17.6。

濠州　⑩115.6。

二　十　一　画

霸滩　⑩117.22。

日　　文

ャィブチヒ　见莱比锡。

西　　文

Abruzzi　见阿布鲁齐。
Alps　见阿尔卑斯。
California　见加利福尼亚。
Ceche　见捷克。
Channel Island　见海峡群岛。
Geneva 湖　见日内瓦湖。
Gorz　见该尔兹。
Iasnaia Poliana　见雅斯纳雅·波良纳。
Introdacque　见因特罗达库。
Jorwot　见日尔沃。
Kiew　见基辅。

Kroate　见克罗蒂亚。
Pasadena　见帕萨第那城。
Poltava 省　见波尔塔瓦。
Pyrenees　见比里牛斯山。
Rumania　见罗马尼亚。
S 城　见绍兴。
S 城　见陕州。
Slovene　见斯洛文尼。
Tahiti 岛　见塔希提岛。
Vedda 族　见味达族。
Vologda　见伏洛格达。

历史事件及其他社会事项类

首 字 检 索 表

一　画

一(482)

二　画

二(482)　十(482)　丁(482)　七(482)　八(482)　儿(482)　九(482)

三　画

三(482)　工(482)　土(482)　大(482)　万(482)　上(482)　山(483)
义(483)　广(483)　女(483)　小(484)　飞(484)　马(484)　子(484)

四　画

王(484)　开(484)　天(484)　艺(484)　元(484)　无(484)　云(484)
专(484)　木(484)　五(484)　不(484)　太(484)　比(484)　日(484)
中(485)　内(485)　手(485)　牛(485)　长(485)　反(485)　分(485)
公(485)　文(485)　巴(486)　双(486)　孔(486)

五　画

未(486)　世(486)　古(486)　左(486)　布(486)　戊(486)　东(486)
北(486)　旧(487)　四(487)　白(487)　匈(487)　印(487)　外(487)
立(487)　邝(487)　汉(487)　宁(487)　冯(487)　民(487)　司(487)
弘(487)　台(487)

六　　画

共(487)　西(487)　有(488)　扬(488)　光(488)　回(488)　吕(488)

吊(488)　朱(488)　休(488)　华(488)　全(488)　创(488)　庄(488)

刘(488)　关(488)　江(488)　汤(488)　军(488)　许(488)　农(488)

妇(488)　纣(488)　孙(488)

七　　画

赤(489)　巫(489)　芬(489)　芳(489)　苏(489)　杨(489)　李(489)

护(489)　县(489)　里(489)　利(489)　私(489)　兵(489)　何(489)

希(489)　狂(489)　邹(489)　辛(489)　闲(489)　沪(489)　沉(489)

宋(489)　良(489)　译(490)　灵(490)　张(490)　陈(490)　驱(490)

八　　画

奉(490)　武(490)　青(490)　现(490)　耶(490)　英(490)　直(490)

林(490)　拓(490)　拉(490)　抱(490)　欧(490)　国(490)　明(491)

罗(491)　制(491)　知(491)　垂(491)　牧(491)　彼(491)　金(491)

周(491)　京(491)　庚(491)　郑(491)　性(491)　法(491)　波(491)

注(491)　学(491)　宗(491)　官(492)　居(492)　绍(492)

九　　画

项(492)　赵(492)　革(492)　故(492)　南(492)　查(492)　省(492)

贵(492)　思(492)　科(492)　段(492)　顺(492)　临(492)　保(492)

俄(492)　皇(493)　哀(493)　美(493)　洪(493)　济(493)　洋(493)

剃(493)　语(493)　神(493)　姚(493)　统(493)

十　　画

秦(493)　袁(493)　莽(493)　莱(493)　晋(493)　索(493)　热(494)

监(494)　党(494)　哭(494)　特(494)　铁(494)　殷(494)　航(494)

拿(494)　爱(494)　留(494)　恋(494)　高(494)　唐(494)　拳(494)

浦(494)　浙(494)　海(494)　读(494)　调(494)　陶(494)　通(494)

十 一 画

教(494)　黄(495)　菲(495)　乾(495)　营(495)　萧(495)　曹(495)
盛(495)　捷(495)　排(495)　第(495)　麻(495)　康(495)　章(495)
商(495)　粗(495)　剪(495)　清(495)　淝(496)

十 二 画

越(496)　斯(496)　董(496)　蒋(496)　朝(496)　植(496)　焚(496)
棉(496)　厦(496)　暑(496)　景(496)　晶(496)　遗(496)　黑(496)
销(496)　傅(496)　集(496)　粤(496)　奥(496)　释(496)　湖(496)
温(496)　鲁(496)

十 三 画

塘(497)　勤(497)　蓬(497)　禁(497)　榆(497)　楼(497)　雷(497)
新(497)　意(497)　满(497)　溥(497)　塞(498)　福(498)

十 四 画

嘉(498)　蔡(498)　廖(498)　暨(498)

十 五 画

题(498)　德(498)

十 六 画 以 上

整(498)　赢(498)　戴(498)　瞿(498)　镭(498)　翻(498)　辫(498)

外 文

M(499)　R(499)　S(499)

注 释 条 目

一　画

一·二八战争　⑤12.4；
⑥424.2,507.5,656.4；
⑦157.1,410.2,441.4；⑪7.8；
⑫286.3；⑭208.1,219.2；

⑯298.6,298.7。
一二·九运动　⑥456.49；
⑬608.1；⑭14.2。

二　画

二次革命　①295.10；③115.11；
④108.6,471.5；⑤103.4；
⑪34.2。
二科美术展览会　⑯554.10。
"二十一条"秘密条约
⑥564.35。
十月革命　⑪202.1。
十字军东征　⑧49.2。
丁玲被捕案　⑬207.3,257.3。

丁(玲)事的抗议　⑫412.4。
丁日昌查禁淫词小说
①164.41；⑨214.16。
七国叛乱　⑨407.16。
八国联军入京　⑥580.4。
"儿童年"　⑤524.2；⑥54.3,
590.2；⑧442.5。
九岛出脱　⑤285.3。
九一八事变　⑤217.5；⑦410.2。

三　画

三月革命　见俄国"二月革命"。
三一八惨案　①6.8；③281.6,
287.2,442.3,515.3；④254.6,
490.4；⑧200.12。
工部局禁止倒提鸡鸭　⑤521.2。
土耳其革命　①268.13。

大众语问题的讨论　⑥80.1；
⑬189.1。
万县惨案　⑪186.5。
上海事变　见"一·二八战争"。
上海议和　⑤34.5。
上海邮局罢工　⑫133.2。

上海印局同盟罢工　⑫133.1。

上海小学生劝募飞机捐　⑤148.4。

上海学生长跪于市府前　⑬608.2；⑭14.2。

"上海新文学运动者底讨论会"　⑯185.8。

上海警备司令部搜索书店　⑫252.4。

上海大学生因"一·二八"而流散　⑤12.4。

"上海各界欢迎段公芝老大会"　④489.3。

上海市民反对工部局出售电气处　⑫153.5。

上海工商学联合提出对外谈判条件　③104.8。

山东问题的示威运动　见"五四运动"。

义和团运动　①172.8，320.8；③134.3，312.10；④16.4；⑤374.5；⑥580.4；⑧103.1；⑩276.27。

义和团打击教民　①335.4。

广州光复　⑪202.2。

广州耆英会　⑤473.3；⑥416.8。

广东革命军东征　⑪34.3，529.2。

广西瑶民遭镇压　⑤145.7

广州夏期学术演讲会　③539.2；⑫53.4。

广东女师右派学生闹事　⑪198.2。

女师大风潮　③68.3；⑦96.2，303.3；⑧171.2；⑩288.5；⑪29.4，74.2；⑮514.4，567.4。

女师大失火　⑪231.1。

女师大复校　①297.27；③173.10，295.7；⑮593.10。

女师大新年同乐会　⑮550.6。

女师大在宗帽胡同开学　③295.6；⑮585.7。

女师大两个相反的启事　⑦96.4。

女师大被"停止饮食茶水"　⑦96.6。

女师大史学系学生演剧　⑮558.1。

女师大哲教系游艺会演剧　⑮559.6。

女师大"五七国耻"讲演会事件　⑧171.5。

女师大三个相反或相成的启事　⑦96.5。

女师大四主任联名上书执政府　⑪98.2。

女师大因王谟去留问题的冲突　⑪311.1。

女师大自治会职员六人被开除　③294.5；⑧171.6。

女师大学生反对撤销的两次宣言
　⑪134.5。
小说家座谈会　⑭134.5。
《小猪八戒》事件　⑫336.3，
　347.2,355.1。
小幡酉吉抗议排日运动

①309.3。
飞机捐　见"航空救国飞机捐"。
"马厂誓师再造共和纪念"
　③357.26。
《子见南子》事件　⑥333.24。

四　画

王莽改制　⑤251.9。
王莽篡汉　⑧164.5。
王安石变法　⑤251.10。
王莽诛翟义党　①197.4。
开封铁塔强奸案　⑬363.3。
开明书店杭州分店被封
　⑫473.5,476.4。
"天乳运动"　③491.6,598.8。
天津事件　⑬591.1。
天津混乱　⑫283.2。
天主教士来中国　①58.3。
艺华影片公司等被捣毁事件
　⑥163.8;⑫494.2。
元兵侵日失败　①188.10。
元朝将人民分为四等　⑤458.4;
　⑥575.8;⑦328.6。
元朝打死别人奴隶赔一头牛的定
　律　①230.6。
无线电报的应用　①43.85。
云南起义　③257.46。
云南首义纪念日　⑮305.3。
专门学校成绩展览会　⑮222.2。

木瓜之役　⑪338.2,338.4。
木刻讲习会　⑥50.3;⑬328.5。
"五七"国耻纪念　⑤142.3;
　⑧171.5。
五九国耻纪念　⑤142.3。
五卅惨案　③102.2;⑪85.3;
　⑮571.2。
五四运动　①309.2。
五胡乱华　见"五胡十六国"。
五胡十六国　①206.10,230.9;
　⑦270.7。
"五七"国耻纪念集会遭镇压
　③57.6;⑪73.1。
"五九"执政府前的示威请愿
　③70.17。
不准大学生逃难　⑤15.3。
太平洋学术会议　⑤84.4。
比利时的义战　①350.4。
日俄战争　①443.10;②320.13;
　④272.12;⑦87.12;⑩173.3。
日本的尊孔　④55.3。
日本并吞朝鲜　见"朝鲜被日

侵占"。

日本退出国联　⑤356.6。

日机轰炸汤山　⑫464.2。

日军进攻锦州　⑦397.3。

日英反俄同盟　⑩218.2。

日本从青岛撤兵　⑥133.5。

日军进犯长城各口　⑫382.1。

日本水兵被暗杀事件　⑥507.3；
　⑬581.1。

日本幕府磔杀耶教徒
　④279.13。

日本政府驱逐爱罗先珂令
　⑩221.3。

中苏复交　④479.24。

中法战争　⑥17.26。

《中德协约》　③379.5。

中日在交恶　⑩211.5。

中大校长赴港　⑫282.2。

中大追挽校长　⑫283.2。

中山大学暗潮　⑫36.4。

中日甲午战争　④16.4；
　⑤344.4；⑥17.27；⑩434.2。

中国对德宣战　①364.4。

中华民国用阳历　⑧160.3。

中国古法种牛痘　⑧391.3。

中国版画的出现　⑧361.2。

《中华民国约法》颁布　⑮119.1。

中日绘画联合展览会　⑮514.1。

中东铁路问题的冲突　④148.2。

中国现代木刻的兴起　⑥501.3。

中国和交通银行停止兑现
　①230.4。

"中国为什么没有伟大文学产生"
　的讨论　⑥229.7；⑧419.2。

中国民权保障同盟开除胡适的决
　议　⑯369.3。

内山书店门前施茶　⑯535.4。

手头字的提倡　⑥293.3。

牛李党争　⑨101.1。

长官禁屠　⑤578.5。

反战会议　⑤287.3；⑬281.2，
　288.5。

"反日"爱国储金　④537.9。

反对林文庆风潮　见"厦门大学
　反对校长的风潮"。

反对战争的宣言　⑩290.27。

反基督教的叫喊　③105.13。

反抗永乐皇帝的忠臣义士
　⑤229.7。

分润金款之利　③169.5，181.7。

公车上书　③47.2；⑤566.8；
　⑥47.12。

文艺复兴　⑧230.10。

"文学革命"　②264.2；④471.3；
　⑥22.3。

文艺漫谈会　⑭200.2。

《文学》被禁事　⑬9.7，16.5。

文学遗产问题的讨论　⑬492.9。

文言与白话问题的论战
　⑥80.1。

文津阁《四库全书》调入北京
⑮104.1。
巴黎和会侵犯中国主权
③114.3;⑩211.5。
巴拿马太平洋万国博览会
⑮123.1。

双十节　①266.2;④612.2;
⑤341.2;⑪153.1;⑫210.1;
⑮27.3。
孔庙重修　⑤544.7。
孔另境被捕案　⑫324.2,335.1。

五　画

未名社被封　⑥71.7,574.6;
⑯79.3。
世界版画展览会　⑧361.4;
⑯218.1。
世界经济会议　⑧398.6。
世界语问题的讨论　⑦38.4。
古物南迁　⑤13.8,15.2,105.3,
455.7;⑬594.2。
左联五烈士　④286.1,290.2,
503.2;⑥163.3,496.21,
529.5;⑭78.1。
布勒斯特媾和　④273.18。
戊戌变法　②311.39;③28.7;
⑤566.8。
东北事变　见"九一八事变"。
东皋之乱　⑮74.2。
东林党人案　⑤130.3;
⑥455.41。
东南大学事件　⑪34.1。
东平侨郡的设置　⑧85.21。
东北抗日捐款问题　④605.8。
北大改组　见"北京九大学合并

案"。
北平匪警　⑬504.1。
北京大捕　⑪568.2。
北京戒严　⑪119.3。
北京改称北平　⑫224.3。
北平车夫暴动　⑫212.3。
北平文物展览会　⑫349.2。
北京的捕蝇运动　③354.4。
北海公园炸弹案　⑤49.3。
北平小学生挖地洞　⑤148.4。
北新以文字获咎　见"《小猪八
戒》事件"。
北京九大学合并案　⑫269.2。
北平学生逃难挨骂　⑤12.5。
北京各大学反对合并　⑫140.4。
北平警探逮捕教授学生
⑫354.4。
北大评议员反章士钊宣言
③607.8。
北新书局拖欠未名出版税
⑫155.3。
北京各界为五卅事件总示威

⑪101.3。

北京大学的反对讲义收费风潮
　①429.2。

北京学生为五卅惨案的示威游行
　⑪88.3。

北京图书馆以美国退款为扩充经
　费　③207.22。

北平中德文化学会拟办德国木刻
　展览　⑬350.4,389.4,410.1。

"旧形式的采用"问题的争论
　⑥26.2。

四一五事件　④7.4;⑫31.4;
　⑫516.2。

四省被侵占　⑤285.3。

《四库全书》"珍本"影印问题的争
　论　⑤284.2,544.7。

白话报的兴起　⑥112.40。

匈牙利被侵占　⑧95.5。

印度被英国侵占　①59.7。

外国考古学者掠夺我国文物
　③48.10。

立宪国会　①59.10。

立达学园绘画展览会
　⑯50.16,54.4。

邙山墓地被掘事　⑤486.10。

汉口惨案　③106.20。

汉学大会　⑭323.1。

汉武通大宛安息　①211.3。

宁粤"和谈"　⑦397.2。

冯友兰被捕案　⑬302.3。

民元革命　见"辛亥革命"。

《民国日报》案　⑪71.2。

民国教育家提倡打拳　①326.3。

《民报》和《新民丛报》的论争
　⑤265.5;⑥569.11。

民国以来第二次祀孔盛典
　⑥116.2。

司徒乔在上海的画展　④74.1;
　⑯76.6。

司徒乔在北京的画展　④74.3;
　⑮626.3。

弘文学院学潮　⑪338.6。

台静农被捕案　⑥574.7;
　⑫354.3,397.3;⑬194.1,
　253.1,343.1,376.2;⑭318.1;
　⑯465.15,471.18。

台湾被日本侵占　③445.2。

六　画

共和纪念会　⑮27.4。

共和恢复纪念日　⑮375.2。

西湖抢案　⑤152.3。

西湖博览会　④132.2。

西里西亚织工起义　⑥497.24。

西藏亲英势力闹事　⑤145.6。

西班牙的"安那其"的破坏革命
　⑥564.33。

西蒲斯人被斯巴达王扣留
　⑦18.7。
有线电报的发明　①43.85。
"扬州十日"　①489.4;⑤543.5;
　⑥604.8。
光绪末年废科举　①556.25。
光绪末年废读经　③155.4。
光绪年间兴学堂　②56.3;
　③155.4。
光绪年间改考策论　⑤599.2。
光华书局扣压《铁流》版税
　⑬125.2。
光华书局拖欠《新语林》作者稿费
　⑬176.4。
回教徒之大请愿　见"《小猪八
　戒》事件"。
吕云章被逐事　⑫345.3。
吊祭袁世凯　⑮233.2。
朱宸濠叛乱　⑨289.11。
《休战条约》　见"《康边停战协
　定》"。
华岗被捕案　⑯416.15。
"华北自治"事件　⑤441.12;
　⑥226.4;⑬594.1,613.1。
华北局势危急　⑫382.1。
华北五省自治　见"'华北自治'
　事件"。
全俄作家大会　⑩398.4。
全国木刻联合展览会　⑥351.1;
　⑧443.2;⑬305.2,312.1;

⑭57.2;⑯488.8。
全国儿童艺术展览会　⑮115.3。
全国木刻第二回流动展览会
　⑭125.1,157.2;⑯627.4。
创造社开了咖啡店　⑫129.1。
创造社中人连翩离粤　⑪277.2。
创造社的招股本请律师
　④68.7;⑧307.8;⑩511.6。
"《庄子》与《文选》"问题的争论
　⑦139.2;⑫481.3。
刘庚生炸黄郛案　⑤151.2。
刘百昭率领打手殴拽女师大学生
　③129.12,204.7,216.9。
关东大地震　⑦256.4;⑩258.3。
关税自主的示威游行
　①269.19;③165.17,206.16。
江西水灾　⑮197.1。
江浙等地的战争　②43.3。
汤岛孔庙落成　⑥330.2。
军缩会议　⑤356.7;⑧398.5。
许钦文被拘案　⑫289.5,295.1,
　437.2,445.2;⑬196.1;
　⑭142.1;⑯300.2,470.7。
"农村复兴运动"　⑥320.7。
"妇女年"　见"妇女国货年"。
"妇女国货年"　⑤448.7;
　⑥479.2。
纣兵倒戈　②429.16。
孙中山"奉安典礼"　⑪302.3。

七　画

"赤化"校长事件　⑪134.1。

巫蛊之祸　⑨369.15。

芬兰被俄国占领　⑧95.5。

芳泽来华　⑤99.4;⑦433.2。

《苏报》案　⑥568.6。

苏联国内战争　⑩202.3,
　416.11。

苏联版画展览会　⑥501.1;
　⑦444.2;⑭21.2,30.3,53.4,
　57.3;⑯593.1,593.15。

苏德等版画展览会　见"世界版
　画展览会"。

苏俄文艺政策评议会
　⑦205.29;⑩344.16。

"苏俄的金钱"的分配纠葛
　③312.9。

苏联煤油和麦子大输出
　④437.2。

杨铨被杀案　⑤193.8;⑫403.1。

杨光先指摘新历书案　⑥144.6。

杨森提倡"短衣运动"　见"禁穿
　长衫令"。

李大钊公葬事件　④541.4。

李桦版画展览会　⑬304.3。

护矿风潮　⑧454.2。

护法运动　①361.2。

"护旗运动"　④59.4;⑫287.1。

县知事考试　⑮104.5。

里昂商会考察团在华考察
　⑧21.12。

利俾瑟雕刻展览会　见"莱比锡
　雕刻展览会"。

私立学校游艺大会　①406.2。

"兵谏"　③266.5。

何梅协定　⑬487.4。

希特勒焚书　⑤224.2;⑥14.10。

希特勒禁打外侨　⑤364.3。

希特勒焚烧国会大厦　④619.8。

希腊民族独立运动　③103.4。

狂飙运动　⑧192.16。

邹容等剪留学生监督发辫一事
　①489.7。

辛亥革命　②308.8,330.14;
　③157.17;④16.4,471.4;
　⑬585.1。

《闲话扬州》事件　⑥152.3。

沪宁克复　⑧198.1。

沪汉烈士的追悼会　①256.15。

沉钟社和创造社争执　⑪144.4。

宋陵被掘事　⑤485.5。

宋朝党人案　⑦241.4。

宋朝禁诗事　⑦241.5;⑧162.3。

宋民间话本的发现　①161.26。

宋朝不许南人做宰相　③90.5。

良友图书印刷公司等遭袭击
　⑦433.5。

《译文》和出版所的纠纷
　⑬551.2,560.2。
灵学会的扶乩活动　①131.4;
　⑦39.9;⑪361.4。
张勋复辟　③257.48;④471.7;
　⑥202.34。
"张大元帅"禁止《语丝》
　④179.16。
陈济棠通令读经　⑥281.4。
"驱羊运动"　见"女师大风潮"。

八　画

奉军入关　⑫128.1。
奉军飞机飞临北京　见"奉军与
　国民军的战争"。
奉军与国民军的战争　②230.2,
　236.2;③302.3;④366.4;
　⑪525.3。
武王入商　②429.18。
武王发兵　②428.10。
武昌起义　见"辛亥革命"。
武装接收女师大　⑪120.4。
青岛被德国强占　⑤356.4。
现代书局被封　⑬596.3。
耶路撒冷被毁　①104.12。
英国革命　①60.23。
英夺山西某煤田　⑧23.33。
英国退还"庚款"　⑥233.5。
英国军舰占领广州省港码头
　⑪114.5,126.1。
直皖战争　③307.6;⑮407.2。
直鲁联军总攻击　⑪525.3。
林风眠绘画展览会　⑮614.5。
拓跋氏立国　①250.12;
　②87.16。
"拉丁化新文字"方案　⑥81.3,
　459.2;⑯465.13。
抱犊山绑票事件　⑫36.6。
欧战　见"第一次世界大战"。
欧洲先前虐杀耶教徒
　⑫407.10。
"国货年"　④537.10;⑤94.10。
"国货城"　⑥408.2。
"国技表演"　⑧274.4。
"国货运动"　见"国货年"。
国直议和　⑪525.3。
国子监丁祭　⑮81.4。
国民服役条例　⑬299.5。
国会首次会议　⑮60.2。
国会成立纪念日　⑮326.2。
国民军进逼潼关　⑪221.2。
国民政府迁武昌　⑪205.3。
国民党查禁书籍　⑥163.9;
　⑫473.6;⑬31.2,37.6,43.2;
　⑭266.3。
国民党查禁杂志　⑭40.3。
"国民大会组织"草案　⑤93.4。
国民党四届一中全会　⑦402.2。

国民党政府明令祭孔　⑬204.3。

"国民大会"和"制定宪法草案"
　⑤92.3。

国民党军警搜捕上海九校
　⑭4.3。

国民党特务暗杀的黑名单
　④577.3；⑧391.2；⑫409.2，
　429.2。

国联十九国委员会的"决议草案"
　⑤35.8。

国民党查缉自由运动大同盟发起
　人　⑫236.3，244.6，246.1。

国际工人后援会为五卅惨案发表
　宣言　⑪93.3。

国际革命作家对国民党屠杀左翼
　作家的抗议　④551.6。

国联十九国委员会英国代表西蒙
　的态度　⑤35.9。

"国防文学"与"民族革命战争的
　大众文学"的论争　⑥559.1。

明治维新　①189.13，443.8；
　④146.14；⑦87.11；⑬222.1。

明末大杀清流　⑤130.3。

罗马字拼音方案　⑥81.3，
　459.4。

罗马皇帝焚烧罗马城　④619.6。

罗马教皇的禁书目录
　⑦251.13。

制造商估　①59.10。

知识阶级的言论自由的要求

⑤441.11。

垂鞶　见"剃发令事件"。

牧野大战　②429.15；⑥16.22。

牧野誓师　②428.10。

彼得堡惨案　③281.7；⑤358.4。

金子光晴浮世绘展览会
　⑯128.4。

周师渡盟津　②429.13。

周福清科场案　⑦87.6。

"京派与海派"的争论　⑤454.2；
　⑥310.3，315.2。

庚子赔款　①376.3；③312.10；
　⑥233.5。

郑成功城脚的白沙被偷卖
　③390.5。

性道德问题的讨论　⑧475.1。

法国大革命　①43.82，60.23；
　④16.8；⑫294.3。

法源寺的释迦牟尼圣诞纪念会
　⑮65.4。

波兰抗俄(1830)　①114.119。

波兰起义(1863)　①118.164。

波兰被俄军重占　①117.150。

波斯王进攻希腊　⑦17.2。

波兰被俄普奥瓜分　①59.7。

"注音字母"的审定　⑥112.42。

注音字母的公布　⑥459.3。

学生到南京请愿　见"南京请愿
　事件"。

宗教改革　①20.22。

官员和出版家开会　⑥164.10；
　⑫476.5。
居维叶与圣希雷尔在巴黎科学院
　的辩论　①22.33。
绍兴府光复　①557.41；

②330.15。
绍兴县馆春祭　⑮225.2。
绍兴县馆祭先贤　⑮28.11。
绍兴府中学堂学生罢考
　⑪336.7,338.4,342.4。

九　画

项羽焚烧阿房宫　④619.5；
　⑥15.12。
赵王伦之变　⑨53.4。
"革命文学"论争　④66.1；
　⑥516.7；⑩302.5；⑫482.10,
　482.11。
革命政府成立　⑤136.3。
革命的势力到了徐州
　⑦123.12。
革命的中国之新艺术展览会
　⑫509.3；⑬18.1,142.2。
故宫博物院文物被盗卖案
　⑥46.5。
南北议和　⑩210.3。
南北交恶　①242.21。
南昌陷于危急　⑥530.23。
南京请愿事件　④371.2,433.7；
　⑤12.2；⑥163.6。
南北统一纪念日　⑮51.3,
　107.2,361.3。
南方学校分教员为四等
　⑪383.2。
南社辑印清代文字狱遗集

⑥46.2。
"查办"汤玉麟　⑤60.6。
省界被利用　①243.22。
贵阳惨案　⑤358.2。
"思想革命"　③29.8。
科学大会　⑪416.2。
段祺瑞讨伐张勋事息　⑮291.3。
段祺瑞政府通缉五十人案
　③288.12；⑧344.2；
　⑪524.1,529.3；⑫261.1。
顺直水灾　⑮296.1。
顺直旱灾　⑮413.2。
临时教育会议　⑮13.3,14.6。
保加利亚受土耳其压制
　⑩522.6。
保加利亚反抗土耳其的革命
　⑩200.7。
俄款　⑤155.4。
俄土战争　⑩173.5,200.3。
俄国"二月革命"　⑦314.2；
　⑩327.7。
俄索金州诸矿　⑧24.37。
俄款委员会改组　③302.6。

俄皇屠杀请愿群众　见"彼得堡惨案"。

俄法书籍插画展览会　⑫497.6，512.5，521.8；⑯415.3。

俄国六十年代的改革　⑩518.2。

俄国教会诅咒的人名　⑦251.14。

皇帝停考　见"光绪末年废科举"。

哀求国联　④371.3。

"美麦"　见"棉麦借款"。

美国独立战争　①60.23。

美国南北战争　④342.5。

美国退还庚款　③207.22；⑥233.5。

美洲大陆的发现　①60.22，421.11。

美国禁讲进化论　③156.15，230.13。

美国总统发表"和平"宣言　⑤160.1。

洪宪盗国　见"袁世凯称帝"。

济南惨案　⑤136.2。

洋务运动　①442.5。

剃发令事件　①489.5；③29.12，490.3；⑥201.29，580.2。

《语丝》因指斥"清党"被扣　③510.2。

《语丝》因一个剧本受警告　④179.17。

神州国光社毁约　⑬125.1，277.5。

姚蓬子被捕案　⑬204.6，257.3。

统一纪念日　见"南北统一纪念日"。

十　画

秦始皇焚书　④618.4；⑤224.3；⑥14.9；⑨396.2。

秦理斋夫人自杀事件　⑤509.2，510.4。

袁世凯祭孔　①270.30；⑥116.2，332.21；⑪365.7。

袁世凯称帝　④471.6；⑤103.3；⑪30.11。

袁世凯攘夺政权　①335.3。

袁世凯发布剪发令　③490.5。

袁世凯接见教育部官员　⑮36.5。

袁世凯政府定长袍马褂为礼服　⑤480.4。

《莽原》稿件纠纷　②382.8；⑥71.6；⑧192.15；⑪175.7，595.1。

莱比锡雕刻展览会　⑮89.4。

晋惠帝分义阳立随郡　⑧84.8。

索薪事件　①568.6；③38.4。

热河的战争 ⑤45.2。

监狱出品展览会 ⑮375.6。

"党锢之祸" ①297.22；
③540.5。

"哭庙"案 ④544.2。

特莱孚斯案件 见"德莱孚斯案件"。

铁血团以镪水洒洋服的事 ⑤480.6；⑬69.3。

殷顽作乱 ①322.4。

航空救国飞机捐 ④536.6；
⑤20.3，142.5，214.6。

拿破仑入侵俄国 ⑧347.5。

拿破仑的藏书被拍卖 ⑤285.5。

"爱情定则"的讨论 ②42.2；
⑪67.2，435.3。

留日学生拒俄事件 ⑦16.1。

留日学生集印明末遗民著作 ⑥46.3。

恋爱婚姻家庭问题的讨论 ②42.2。

高等工业学校抬出校长 ⑪384.3。

高尔伊出卖浙东矿产事件 ⑧24.38。

唐译佛经 ④219.17。

"拳匪" 见"义和团运动"。

浦累皆之役 ⑦17.4。

浙江独立 ⑪168.6。

浙江陕西的战争 ④16.3。

浙江的反教会起义 ⑧24.39。

浙江农学院被搜查事 ⑫97.4。

浙江教育厅并入浙江大学 ⑫41.1。

浙江省党部呈请通缉鲁迅 ⑥507.6；⑪7.6；⑫228.4，373.3；⑭25.2。

浙江省党务指导委员会查禁《语丝》 ③608.15；④179.18；⑥480.12；⑧307.4；⑫135.2。

海原地震 ⑮417.2。

《海燕》被查禁 ⑭40.2。

《海燕》出版纠纷 ⑭36.1。

海宁路日兵被杀事件 ⑯624.10。

海军经费被用作修建颐和园 ④536.8。

读音统一会的争论 ⑥112.42。

调核奉天清宫古物 ⑮36.2。

陶元庆西洋绘画展览会 ⑮558.3。

通州兵祸 ⑮27.2。

通缉五个"暴徒首领" ③287.8。

十 一 画

教育部裁员 ⑪438.3。

教育部改理事时间 ⑮13.1。

教育部夏期讲演会 ⑮8.6。

教育部禁止白话文 ③512.12。

教育部会议学祭孔礼 ⑮162.1。

教育部参事辞职事件 ⑮60.3。

教育部削减金事和主事
⑮93.1。

教育部调核清宫(奉天)古物
⑮36.2。

教育部派员调查女师大驱杨问题
⑧171.4。

黄花节 ③429.2;⑯16.9。

黄巾起义 ③539.3。

黄河出轨 ④593.5;⑤285.4。

菲律宾沦为殖民地 ⑧95.5。

乾隆皇帝南巡 ⑥201.24。

营山县长的《禁穿长衫令》
④559.5;⑤210.2,362.7。

萧女士被强奸案 ⑫256.5。

萧纯锦唆使无赖捣乱女师大会场
③182.14;⑮597.1。

曹锟贿选 ③69.8,256.44。

曹白被捕案 ⑥531.26;⑭62.2。

盛宫保大出丧 ⑤431.3;⑬9.5。

盛宣怀的财产案 ⑤141.2。

捷克的独立 ⑥545.2。

排日风潮 ⑫283.4。

第一次世界大战 ③140.4;
⑧351.5;⑩386.22。

第一次苏联作家代表大会
⑬12.9。

麻溪坝事件 ⑮56.4。

康边停战协定 ⑩524.5。

康熙年间修补十三经和二十一史
③389.4。

章宅事件 见"章士钊宅前的示
威"。

章士钊宅前的示威 ③57.6;
⑪73.1。

章太炎老家宅被没收 ⑫407.9。

章士钊呈请罢免鲁迅"金事"案
③121.2;⑪514.3,522.2,
529.3;⑬262.1;⑭141.2。

商务印书馆印道藏 ⑧139.6。

商务印书馆被轰炸 ④503.11。

商务印书馆与职工的争端
⑫305.2,315.2。

"粗人"问题的讨论 ⑧299.2。

剪发垂辫 见"剃发令事件"。

清末党狱 ④108.5。

"清党运动" ③455.11;
⑧403.8。

清朝禁书 ⑥60.2,433.8;
⑫502.5。

清皇室受优待 ⑤103.7,240.3。

清朝的文字狱 ③501.4;
④16.5;⑤156.7。

清末钦颁的俗歌 ⑥111.39。

清末立学校培养译员
⑥372.17。

清朝割台湾旅顺等地 ⑦261.3。

"淝水之战"　②87.15。

十　二　画

越南被法国侵占　⑧95.5。

越铎报馆被毁事　②331.23；
⑮18.2。

斯巴达王援助希腊　⑦17.3。

斯吉尔小画展览会　⑯76.7。

董卓之乱　③539.4。

蒋桂战争　⑫182.3。

蒋冯阎战争　④329.6。

朝鲜被日本侵占　⑧95.2；
⑩213.1。

朝鲜的独立运动　⑪186.4。

"朝鲜人乱杀中国人"
④330.14。

植树节　⑥380.4。

"焚草之变"　⑨114.22；
⑫486.4；⑭269.2。

棉麦借款　④570.2；⑤237.2；
⑥42.5。

厦门大学改革学校运动　见厦门
大学"驱逐刘树杞"风潮。

厦门大学恳亲会上的纠纷
⑪209.3；⑮647.5。

厦门大学反对校长的风潮
③421.6；⑪218.1，266.1；
⑫14.1。

厦门大学"驱逐刘树杞"风潮

③421.5；⑪275.2。

暑期木刻讲习班　⑯267.5。

暑期文艺补习班　⑯210.2。

景云里缉捕绑匪
⑫111.4。

《晶报》与邵洵美打官司
⑫446.3。

遗老预备下山　①335.3。

"黑册子"　见"国民党特务暗杀
的黑名单"。

销毁《小学大全》案　⑥62.14。

傅铜等十教授与林素园大闹
⑪665.3。

集古书画金石展览会　⑯320.6。

粤桂战争　⑫92.11。

粤桂蒋矛盾加剧　⑫512.4。

奥地利人革命(1848)
①119.170。

奥国禁止国社党　⑤226.11。

奥国人的作品展览会　⑬14.1。

释迦牟尼圣诞纪念会　⑮65.4。

湖北水灾　⑮380.3。

湖北水旱虫灾　⑮146.2。

湖风书店经理被捕案　⑫328.5。

温处水灾　⑮32.2。

鲁迅五十寿辰庆祝会　⑯214.3。

十 三 画

塘沽协定 ⑤152.8。

勤工俭学 ⑥372.18。

蓬子转向 见"姚蓬子被捕案"。

禁缠足 ③29.12。

禁用阴历 ④230.2;⑬348.2。

禁杀乌龟 ⑤573.8。

禁穿长衫令 ④559.5;⑤210.2。

禁止女人露腿 ④559.4;
⑤573.9;⑥105.2。

禁止元祐学术 ⑦241.4。

禁止男女同行 ⑤544.7,572.3,
573.9。

禁止男女同食 ⑤572.3。

禁止妇女穿旗袍 ②273.9。

禁止裸体模特儿 ②331.24;
③356.19。

禁止女人养雄犬令 ⑤222.6,
362.7。

禁止男女同场游泳 ⑤572.3。

禁止男女同演电影 ⑤572.3。

禁止女生往娱乐场所 ①276.4。

禁用进口笔,改用毛笔
⑤334.2。

禁用刺激日本的字眼 ⑤156.5。

榆关失守 ⑤12.3。

楼适夷被捕案 ⑫448.2;
⑬162.2。

雷峰塔的再建 ⑤544.7。

新尝祭 ⑮250.2。

《新生》事件 ⑤440.8;⑥424.4;
⑩452.11;⑬489.5;⑭34.3。

"新生活运动" ⑬371.6。

新宁轮被劫 ⑪222.3。

"新式炸弹"案 ⑥574.7;
⑫354.3,397.3。

《新青年》提倡洋字 ①554.13。

新疆回民闹乱子 ⑤144.4。

新兴了十八个小国 ①376.5。

新性道德问题的论争 ⑦81.1;
⑧475.1。

《新青年》与复古派的论争
⑤265.6。

新月社要求"思想自由"受"警戒"
④164.5;⑤124.4。

新闻记者要求"保护正当舆论"
⑤441.11;⑥226.5。

新月社为泰戈尔祝寿集会演出
⑪450.1;⑮514.3。

意大利独立 ①111.91。

"满洲国" ④490.11;⑤34.6,
240.4;⑥298.10。

满人攻明 ⑤130.3。

满清王公大臣提倡打拳
①326.2。

溥仪出宫 ③29.11。

溥仪入关祭祖 ⑤484.2。

塞尔维亚与保加利亚战争　⑩200.12。

福州惨案　①189.11,309.3。

福建事变　⑥17.31,531.24；⑫512.3,516.1；⑬107.11；⑭272.3。

十 四 画

"嘉定三屠"　①489.4；⑤543.5；⑥604.8。

嘉定屠城　见"嘉定三屠"。

蔡显《闲渔闲闲录》案　⑥182.26。

廖承志、余文化、罗登贤被捕案　⑯370.18,370.20。

暨南大学游艺会　⑯72.4。

暨南大学等校被日军毁占　⑤12.4。

十 五 画

"题材的积极性"问题的讨论　④570.3。

德莱孚斯案件　③217.15；④550.4；⑥420.6。

德夺山东各煤田　⑧23.33。

德国版画展览会　⑧361.1；⑬350.5；⑯280.10,316.1。

德俄木刻展览会　⑥496.17；⑫462.2,497.5；⑯405.7。

德国退出军缩会议　⑤356.7。

德国的无产阶级革命　④467.7。

十 六 画 以 上

整顿风俗　④490.5。

"整顿学风"　①270.24；③128.4,169.3,226.11,287.7,355.15,606.3。

整顿教育　⑪57.6。

嬴秦亡周　⑧165.6。

戴季陶等陕西上坟　⑤484.3。

瞿秋白被捕　⑬456.2,459.7,489.3。

瞿秋白遇害　⑬605.2。

瞿秋白遗文的集印　⑬542.2。

镭的发现　⑦27.15。

翻印"珍本"丛书　⑥434.10。

辫子事件　见"剃发令事件"。

外　文

M.K 木刻研究会第四次展览会
⑬66.1,154.2。

Renaissance　见文艺复兴。

SEKIR 小画展览会　见斯吉尔
小画展览会。

引语、掌故、名物、古迹、词语类

首 字 检 索 表

一 画

一(511)　乙(511)

二 画

二(511)　十(512)　丁(512)　七(512)　八(512)　人(512)　入(513)
几(513)　九(513)　刀(513)　刁(513)

三 画

三(513)　干(514)　于(514)　工(514)　士(514)　土(515)　丌(515)
下(515)　大(515)　丈(516)　万(516)　与(516)　才(516)　寸(516)
上(516)　口(516)　囗(517)　山(517)　千(517)　乞(517)　个(517)
义(517)　久(517)　凡(517)　丸(517)　及(517)　门(517)　之(517)
尸(517)　己(517)　卫(517)　也(517)　女(517)　小(518)　飞(518)
叉(518)　马(518)　子(519)　孑(519)　乡(519)　幺(519)

四 画

丰(519)　王(519)　开(520)　井(520)　天(520)　夫(521)　元(521)
无(521)　云(521)　专(521)　艺(521)　木(521)　五(522)　支(522)
不(522)　犬(523)　太(523)　历(524)　车(524)　比(524)　戈(524)
区(524)　匹(524)　巨(524)　互(524)　切(524)　牙(524)　瓦(524)
卅(524)　止(524)　少(524)　日(524)　中(525)　贝(525)　内(525)

见(525)　牛(525)　手(526)　毛(526)　气(526)　升(526)　夭(526)

长(526)　仁(526)　什(526)　片(526)　仇(526)　仍(526)　仂(526)

爪(526)　化(526)　反(526)　刘(527)　父(527)　从(527)　今(527)

凶(527)　公(527)　分(527)　仓(527)　月(527)　勿(527)　丹(527)

风(527)　匀(527)　乌(527)　凤(528)　勾(528)　六(528)　文(528)

方(529)　火(529)　为(529)　计(529)　户(530)　心(530)　尺(530)

引(530)　巴(530)　以(530)　允(531)　劝(531)　双(531)　予(531)

毋(531)　孔(531)　书(531)　水(531)

五　画

末(532)　未(532)　玉(532)　正(532)　功(532)　去(532)　甘(532)

世(532)　艾(532)　古(532)　节(533)　本(533)　术(533)　札(533)

可(533)　左(533)　石(533)　布(533)　龙(533)　灭(533)　平(533)

打(533)　扑(534)　东(534)　卡(534)　北(534)　占(534)　卢(534)

业(535)　旧(535)　归(535)　目(535)　且(535)　甲(535)　申(535)

电(535)　号(535)　叶(535)　田(535)　由(535)　叭(535)　史(535)

兄(535)　只(535)　四(536)　出(536)　生(536)　失(536)　付(536)

代(536)　仙(536)　仪(536)　白(536)　他(537)　伃(537)　斥(537)

卮(537)　瓜(537)　令(537)　用(537)　印(537)　匆(537)　匈(537)

犯(537)　外(537)　处(538)　刍(538)　包(538)　乐(538)　鸟(538)

饥(538)　主(538)　市(538)　立(538)　玄(538)　闪(538)　兰(538)

半(538)　头(538)　汉(538)　宁(539)　冯(539)　写(539)　讨(539)

让(539)　礼(539)　训(539)　必(539)　永(539)　司(539)　尼(540)

弗(540)　民(540)　出(540)　纵(540)　奴(540)　加(540)　发(540)

边(540)　圣(540)　对(541)　台(541)

六　画

式(541)　刑(541)　戎(541)　动(541)　圭(541)　吉(541)　老(541)

考(541)　地(541)　耳(542)　共(542)　芋(542)　亚(542)　芝(542)

朽(542)　朴(542)　机(542)　权(542)　再(542)　西(542)　束(543)

在(543)　有(543)　百(543)　而(543)　存(543)　达(543)　灰(543)
列(543)　死(543)　迈(544)　成(544)　夷(544)　托(544)　尧(544)
毕(544)　扪(544)　臣(544)　至(544)　过(544)　此(544)　乩(544)
贞(544)　师(544)　光(545)　当(545)　吁(545)　虫(545)　曲(545)
吕(545)　同(545)　吊(545)　吃(545)　吸(545)　团(545)　岌(545)
回(545)　则(545)　肉(545)　年(545)　朱(545)　先(546)　竹(546)
伟(546)　传(546)　伍(546)　伏(546)　优(546)　伥(546)　伦(546)
华(546)　仿(546)　自(546)　伊(547)　仰(547)　伪(547)　血(547)
向(547)　似(547)　后(547)　行(547)　全(547)　会(547)　合(548)
杀(548)　企(548)　众(548)　创(548)　肌(548)　杂(548)　危(548)
负(548)　名(548)　多(548)　争(548)　色(548)　庄(548)　齐(548)
刘(549)　交(549)　衣(549)　妄(549)　闭(549)　问(549)　灯(549)
羊(549)　并(549)　关(549)　米(549)　汗(550)　江(550)　兴(550)
汲(550)　汝(550)　汤(550)　宇(550)　安(550)　冰(550)　军(550)
许(550)　讽(550)　农(550)　设(550)　那(550)　异(550)　导(550)
尽(550)　阮(550)　阳(550)　收(550)　阴(551)　如(551)　妇(551)
妃(551)　她(551)　好(551)　戏(551)　观(551)　欢(551)　买(551)
红(551)　纠(551)　纤(551)　纪(551)　孙(552)　约(552)　巡(552)

七　　画

寿(552)　麦(552)　玛(552)　形(552)　进(552)　远(552)　攻(552)
赤(552)　孝(552)　坟(552)　志(552)　声(552)　劫(552)　苇(552)
邯(552)　花(553)　芹(553)　芥(553)　芬(553)　苍(553)　严(553)
苎(553)　芦(553)　劳(553)　苏(553)　芋(554)　克(554)　杜(554)
巫(554)　极(554)　杞(554)　杨(554)　李(554)　更(555)　束(555)
吾(555)　豆(555)　两(555)　辰(555)　否(555)　还(555)　来(555)
扶(555)　轩(555)　抚(555)　抟(555)　连(555)　批(555)　抄(555)
医(555)　折(555)　扮(555)　投(555)　抗(556)　护(556)　把(556)
报(556)　拟(556)　求(556)　步(556)　卤(556)　坚(556)　县(556)
吴(556)　时(556)　里(557)　吠(557)　旷(557)　男(557)　足(557)

呐(557)　员(557)　听(557)　吹(557)　鸣(557)　邑(557)　别(557)

岐(557)　帐(557)　删(557)　钊(557)　告(557)　乱(557)　利(557)

秀(557)　私(557)　吞(557)　我(557)　每(558)　兵(558)　何(558)

体(558)　佐(558)　作(558)　伯(559)　低(559)　你(559)　身(559)

佛(559)　伽(559)　近(559)　役(559)　返(559)　余(559)　希(559)

坐(559)　豸(559)　含(559)　邻(559)　彤(559)　角(559)　劬(559)

狂(559)　犹(559)　狄(559)　迎(559)　鸠(560)　饮(560)　言(560)

库(560)　应(560)　庇(560)　这(560)　弃(560)　忘(560)　怀(560)

闲(560)　炀(560)　状(560)　冷(560)　汪(560)　沙(560)　汽(560)

泛(560)　没(560)　汶(560)　沪(560)　沉(560)　沈(560)　完(561)

宋(561)　穷(561)　社(561)　启(561)　补(561)　识(561)　词(561)

良(561)　译(561)　君(561)　灵(561)　即(562)　屁(562)　局(562)

改(562)　张(562)　陆(562)　阿(562)　陈(562)　陀(564)　妓(564)

妙(564)　努(564)　邵(564)　鸡(564)　纬(564)　纯(564)　纳(564)

纵(564)　纸(564)

八　画

奉(564)　环(564)　玩(565)　武(565)　青(565)　现(565)　责(565)

表(565)　规(565)　盂(565)　取(565)　耶(566)　坦(566)　坤(566)

坡(566)　其(566)　昔(566)　若(566)　茇(566)　茂(566)　英(566)

苟(566)　直(566)　范(566)　茄(566)　茅(566)　苺(566)　林(566)

枇(567)　松(567)　枪(567)　杭(567)　述(567)　枕(567)　或(567)

衺(567)　画(567)　刺(567)　事(568)　雨(568)　卖(568)　郁(568)

矸(568)　刬(568)　奔(568)　奇(568)　垄(568)　拔(568)　顶(568)

转(568)　斩(568)　轮(568)　软(568)　押(568)　拖(568)　拍(568)

拆(568)　拥(568)　拘(568)　势(568)　抱(568)　抵(568)　拉(568)

招(568)　抬(568)　卧(569)　欧(569)　到(569)　匦(569)　叔(569)

卓(569)　虎(569)　非(569)　贤(569)　尚(569)　昊(569)　果(569)

昆(569)　国(569)　明(570)　易(570)　迪(570)　典(570)　忠(570)

咏(570)　怫(570)　罗(570)　帖(571)　峋(571)　凯(571)　罔(571)

制(571)　　知(571)　　迭(571)　　和(571)　　竺(571)　　牧(571)　　物(571)

岳(571)　　供(571)　　侦(571)　　使(571)　　侏(571)　　侨(571)　　侘(571)

依(571)　　侅(571)　　帛(571)　　卑(571)　　的(571)　　征(571)　　质(571)

爬(571)　　彼(572)　　径(572)　　所(572)　　舍(572)　　金(572)　　命(572)

采(572)　　受(572)　　念(572)　　肶(572)　　肺(572)　　朋(572)　　服(572)

昏(572)　　周(572)　　鱼(573)　　犿(573)　　兔(573)　　狐(573)　　忽(573)

狗(573)　　饰(573)　　饱(573)　　变(573)　　京(573)　　享(573)　　庙(573)

夜(573)　　府(573)　　底(573)　　庖(573)　　卒(573)　　庚(573)　　放(573)

於(573)　　妾(573)　　刻(573)　　废(573)　　盲(574)　　性(574)　　怪(574)

炎(574)　　郑(574)　　单(574)　　净(574)　　浅(574)　　法(574)　　河(574)

沮(574)　　油(574)　　泠(574)　　泡(574)　　学(574)　　泥(575)　　沼(575)

泼(575)　　波(575)　　泽(575)　　治(575)　　宝(575)　　定(575)　　空(575)

实(575)　　官(575)　　试(575)　　诗(575)　　诘(576)　　诚(576)　　诛(576)

诡(576)　　询(576)　　建(576)　　肃(576)　　隶(576)　　居(576)　　屈(576)

弥(576)　　姐(576)　　始(576)　　弩(576)　　孥(576)　　承(576)　　组(576)

细(576)　　驰(576)　　驷(576)　　孟(576)　　驸(576)　　孤(576)　　绊(576)

绋(576)　　绍(576)　　经(576)

九　　画

契(577)　　春(577)　　帮(577)　　珂(577)　　玻(577)　　毒(577)　　封(577)

城(577)　　赵(577)　　政(577)　　某(577)　　荆(577)　　革(577)　　荐(578)

荛(578)　　带(578)　　草(578)　　荃(578)　　茶(578)　　荬(578)　　垩(578)

荒(578)　　药(578)　　故(578)　　胡(578)　　南(579)　　标(579)　　枯(579)

柯(579)　　相(579)　　枳(579)　　柏(579)　　柳(579)　　柿(579)　　勃(579)

要(579)　　咸(579)　　威(580)　　研(580)　　砒(580)　　面(580)　　耐(580)

蚤(580)　　残(580)　　殃(580)　　挂(580)　　挟(580)　　拾(580)　　指(580)

挑(580)　　拺(580)　　垫(580)　　轻(580)　　战(580)　　点(580)　　临(580)

省(580)　　尝(580)　　是(580)　　显(580)　　冒(580)　　禺(580)　　映(580)

星(580)　　昨(580)　　昭(580)　　毗(580)　　胃(580)　　思(580)　　贵(581)

虽(581)　　品(581)　　骂(581)　　哈(581)　　贻(581)　　骨(581)　　幽(581)

看(581)　钞(581)　钔(581)　钟(581)　钢(581)　铈(581)　钩(581)

拜(581)　选(582)　香(582)　种(582)　秋(582)　科(582)　重(582)

复(582)　段(582)　顺(582)　俏(582)　修(582)　保(582)　促(582)

俄(582)　俗(582)　信(582)　皇(582)　禹(583)　鬼(583)　衍(583)

须(583)　俞(583)　剑(583)　姐(583)　食(583)　胜(583)　胖(583)

脉(583)　狭(583)　独(583)　狮(583)　怨(583)　急(584)　哀(584)

庭(584)　疯(584)　施(584)　亲(584)　帝(584)　恒(584)　恺(584)

恨(584)　闻(584)　炸(584)　炮(584)　养(584)　美(585)　叛(585)

送(585)　类(585)　迷(585)　娄(585)　前(585)　首(585)　将(585)

总(585)　举(585)　洞(585)　洗(585)　活(585)　济(585)　洋(585)

浑(585)　觉(585)　宣(585)　室(585)　宫(585)　宪(586)　突(586)

穿(586)　客(586)　冠(586)　语(586)　祖(586)　神(586)　祝(586)

诰(586)　诱(586)　说(586)　既(586)　叚(586)　费(586)　眉(586)

除(586)　姨(586)　姚(586)　怼(586)　羿(586)　勇(586)　绑(586)

结(586)　给(586)　绛(587)　绝(587)　骈(587)

十　　画

耗(587)　秦(587)　泰(587)　班(587)　珰(587)　珠(587)　素(587)

顽(587)　载(587)　起(587)　盐(587)　袁(587)　都(587)　恐(588)

盍(588)　壶(588)　聂(588)　恭(588)　莱(588)　莲(588)　莫(588)

荷(588)　荼(588)　获(588)　莘(588)　晋(588)　恶(588)　真(588)

梆(588)　桂(588)　桓(588)　盉(588)　桐(588)　格(588)　桃(588)

校(588)　根(588)　索(588)　速(588)　贾(589)　辱(589)　夏(589)

破(589)　原(589)　轼(589)　捞(589)　匿(589)　捏(589)　捉(589)

捐(589)　轿(589)　换(589)　挽(589)　热(589)　匪(589)　致(589)

柴(589)　虑(589)　监(589)　党(589)　逍(589)　晁(589)　晏(589)

蚍(589)　蚊(589)　蚬(589)　恩(589)　哭(589)　罢(589)　圆(589)

贼(589)　钱(590)　铁(590)　铃(590)　铅(590)　缺(590)　造(590)

笔(590)　笑(590)　积(590)　秩(590)　秘(590)　称(590)　特(590)

借(590)　倚(590)　倾(590)　倒(590)　俳(590)　倘(590)　俱(590)

倭(590)　　臬(590)　　臭(590)　　皋(591)　　射(591)　　息(591)　　倡(591)

候(591)　　健(591)　　徐(591)　　拿(591)　　脊(591)　　爱(591)　　狎(591)

狸(591)　　胸(591)　　脏(592)　　脑(592)　　逢(592)　　饿(592)　　恋(592)

高(592)　　郭(592)　　席(592)　　效(592)　　离(592)　　唐(592)　　站(593)

剖(593)　　旁(593)　　畜(593)　　悖(593)　　悟(593)　　悔(593)　　闻(593)

烧(593)　　烟(593)　　羞(593)　　凌(593)　　粉(593)　　兼(593)　　资(593)

酒(593)　　浙(593)　　消(593)　　涅(593)　　浩(593)　　海(593)　　浮(593)

流(593)　　润(594)　　浴(594)　　浪(594)　　害(594)　　请(594)　　诺(594)

读(594)　　被(594)　　冥(594)　　谁(594)　　调(594)　　谈(594)　　剥(594)

展(594)　　剧(594)　　弱(594)　　陵(594)　　蚩(594)　　陶(594)　　陪(595)

能(595)　　通(595)　　桑(595)　　绣(595)　　骏(595)

十 一 画

理(595)　　域(595)　　教(595)　　培(595)　　职(595)　　基(595)　　著(595)

勒(595)　　黄(595)　　萌(596)　　菊(596)　　营(596)　　乾(596)　　萧(596)

菰(596)　　萏(596)　　械(596)　　梦(596)　　梵(596)　　梅(596)　　梯(596)

梭(597)　　啬(597)　　曹(597)　　副(597)　　殒(597)　　龚(597)　　袭(597)

雪(597)　　描(597)　　掉(597)　　辅(597)　　排(597)　　推(597)　　捭(597)

掏(597)　　掠(597)　　接(597)　　掷(597)　　救(597)　　虚(597)　　堂(597)

常(597)　　野(597)　　晨(597)　　眼(597)　　眸(597)　　悬(598)　　曼(598)

唵(598)　　啮(598)　　唱(598)　　唯(598)　　啸(598)　　崇(598)　　婴(598)

铔(598)　　铜(598)　　银(598)　　笛(598)　　笙(598)　　第(598)　　犁(598)

移(598)　　债(598)　　做(598)　　偃(598)　　悠(598)　　偈(598)　　兜(598)

假(598)　　盘(598)　　斜(599)　　盒(599)　　敛(599)　　彩(599)　　翎(599)

象(599)　　逸(599)　　猫(599)　　猗(599)　　祭(599)　　庶(599)　　麻(599)

鹿(599)　　康(599)　　章(599)　　商(600)　　望(600)　　率(600)　　情(600)

悴(600)　　悼(600)　　惟(600)　　惊(600)　　阒(600)　　粗(600)　　断(600)

剪(600)　　减(600)　　兽(600)　　㺪(600)　　敝(600)　　盗(600)　　清(600)

淌(600)　　混(600)　　涸(600)　　淦(600)　　淡(600)　　深(601)　　婆(601)

梁(601)　　寅(601)　　寄(601)　　室(601)　　密(601)　　谋(602)　　谑(602)

祸(602)　　谒(602)　　谓(602)　　隋(602)　　堕(602)　　随(602)　　隧(602)

隐(602)　　媆(602)　　婥(602)　　绪(602)　　绮(602)　　骑(602)　　绰(602)

绳(602)　　维(602)　　绵(602)　　绿(602)

十 二 画

琴(602)　　琼(602)　　替(602)　　越(602)　　趋(603)　　超(603)　　喜(603)

博(603)　　裁(603)　　联(603)　　斯(603)　　期(603)　　散(603)　　募(603)

董(603)　　敬(603)　　蒋(603)　　萱(603)　　落(603)　　蒽(603)　　韩(603)

朝(603)　　辜(603)　　葭(603)　　棒(603)　　森(603)　　焚(603)　　椒(603)

晳(603)　　惠(603)　　逼(603)　　厨(603)　　厦(603)　　酤(604)　　硬(604)

确(604)　　雁(604)　　厥(604)　　揩(604)　　暂(604)　　提(604)　　插(604)

搥(604)　　雅(604)　　毳(604)　　紫(604)　　悲(604)　　凿(604)　　最(604)

遇(604)　　景(604)　　嵌(604)　　遗(604)　　赋(604)　　赐(604)　　黑(604)

骰(604)　　喀(604)　　销(604)　　铸(604)　　锄(604)　　短(605)　　智(605)

犊(605)　　等(605)　　策(605)　　稭(605)　　程(605)　　慎(605)　　傅(605)

蜑(605)　　集(605)　　储(605)　　粤(605)　　奥(605)　　御(605)　　循(605)

舒(605)　　番(605)　　释(605)　　貂(605)　　腊(605)　　欻(605)　　鲁(605)

猹(606)　　猩(606)　　猴(606)　　颖(606)　　蛮(606)　　敦(606)　　惰(606)

慨(606)　　阔(606)　　焰(606)　　善(606)　　羡(606)　　普(606)　　粪(607)

尊(607)　　道(607)　　遂(607)　　曾(607)　　湘(607)　　湮(607)　　温(607)

游(607)　　割(607)　　富(607)　　漠(607)　　遍(608)　　裤(608)　　裙(608)

谢(608)　　谣(608)　　谦(608)　　属(608)　　屠(608)　　强(608)　　巽(608)

隔(608)　　媒(608)　　登(608)　　骗(608)　　缇(608)　　缊(608)　　编(608)

缘(608)

十 三 画

魂(608)　　鼓(608)　　趤(608)　　塘(608)　　蓝(608)　　墓(608)　　幕(608)

蓬(608)　　蒲(608)　　蒙(608)　　幹(608)　　楷(608)　　楚(608)　　禁(608)

槐(608)　　榆(608)　　榉(608)　　毂(609)　　感(609)　　碻(609)　　碎(609)

碰(609)　　雷(609)　　摄(609)　　摸(609)　　搢(609)　　摅(609)　　搬(609)

频(609)　　虞(609)　　睹(609)　　睚(609)　　嗜(609)　　愚(609)　　暖(609)

歇(609)　　照(609)　　跨(609)　　遣(609)　　蜗(609)　　跪(609)　　路(609)

跳(609)　　鄙(609)　　罪(609)　　蜀(609)　　嵩(609)　　错(609)　　锦(609)

雉(609)　　筹(609)　　签(609)　　简(609)　　稑(609)　　稗(609)　　愁(610)

魁(610)　　微(610)　　鉤(610)　　貉(610)　　遥(610)　　腰(610)　　腹(610)

觥(610)　　触(610)　　解(610)　　猿(610)　　夒(610)　　瘔(610)　　新(610)

意(611)　　雍(611)　　黏(611)　　数(611)　　慈(611)　　满(611)　　溥(611)

滆(611)　　滥(611)　　塞(611)　　谨(611)　　福(611)　　裸(611)　　谬(611)

群(611)　　殿(611)　　辟(611)　　缝(611)　　缠(611)　　缢(611)

十　四　画

静(611)　　碧(611)　　赘(611)　　嘉(611)　　截(611)　　赫(611)　　聚(612)

翰(612)　　蔡(612)　　榛(612)　　模(612)　　槁(612)　　榜(612)　　歌(612)

碟(612)　　愿(612)　　舆(612)　　誓(612)　　裴(612)　　夥(612)　　踊(612)

踆(612)　　蜡(612)　　锲(612)　　锻(612)　　箎(612)　　箄(612)　　管(612)

僭(612)　　傲(612)　　僧(612)　　鼻(612)　　膜(612)　　蜜(613)　　雒(613)

敲(613)　　塾(613)　　旗(613)　　辣(613)　　韶(613)　　端(613)　　慢(613)

鲞(613)　　精(613)　　漆(613)　　漫(613)　　演(613)　　漏(613)　　赛(613)

寡(613)　　察(613)　　蜜(613)　　嫩(613)　　缪(613)　　缩(613)

十　五　画

趣(613)　　聪(613)　　樊(613)　　飘(613)　　醇(613)　　醉(613)　　震(613)

撒(613)　　撮(614)　　撰(614)　　暴(614)　　瞒(614)　　瞎(614)　　影(614)

鹝(614)　　踏(614)　　踔(614)　　蝼(614)　　蝶(614)　　蝴(614)　　蝙(614)

颛(614)　　墨(614)　　镇(614)　　锶(614)　　靠(614)　　箱(614)　　篆(614)

稽(614)　　稻(614)　　黎(614)　　儀(614)　　德(614)　　鹡(614)　　谙(615)

鲦(615)　　熟(615)　　摩(615)　　颜(615)　　遵(615)　　潭(615)　　潘(615)

潢(615)　　额(615)　　翩(615)　　鹤(615)　　慰(615)　　履(615)

十 六 画

磬(615) 燕(615) 薛(615) 颠(615) 翰(615) 整(615) 鹹(615)
霍(615) 操(615) 臻(615) 冀(615) 蟒(615) 噫(615) 圜(615)
鹦(615) 黔(615) 骸(615) 锈(616) 赞(616) 篷(616) 穆(616)
儒(616) 雕(616) 磨(616) 瘰(616) 燔(616) 羲(616) 澡(616)
壁(616) 避(616)

十 七 画

鳌(616) 戴(616) 縠(616) 鞠(616) 藏(616) 檀(616) 磷(617)
龌(617) 瞰(617) 嚎(617) 嚓(617) 髀(617) 魏(617) 簸(617)
黛(617) 爵(617) 襄(617) 膺(617) 貘(617) 孺(617)

十 八 画

瞽(617) 藤(617) 藩(617) 覆(617) 瞿(617) 颢(617) 曜(617)
镰(617) 翻(617) 鹰(617) 襟(617)

十 九 画

孽(617) 警(617) 攒(617) 蠓(617) 蹬(617) 爆(617) 瀛(617)

二 十 画

躄(617) 龉(617)

二 十 一 画

蠢(618) 趯(618) 霸(618) 露(618) 霹(618) 夔(618)

二 十 二 画 以 上

囊(618) 蠡(618)

其　他

5(618)　C(618)　卐(618)　厶(618)

注 释 条 目

一　画

"一洞"　⑥574.4。

一丈红　②192.5。

一撮毛　⑧153.2。

一甲一名　①355.3。

"一治一乱"　①231.14。

一榻括子　⑤282.6。

"一元论的宗教"　⑧38.26。

"一尺布,尚可缝"等语
　⑥108.22。

一打以上总长　③486.5。

"一个女读者"的信　③84.5,
　127.2。

一切斯拉夫主义　见"泛斯拉夫
　主义"。

"一双空手见阎王"　②284.18。

一女愿侍痼疾之夫　①256.13。

"一切的艺术是宣传"　④86.9;

⑩308.6;⑫92.9。

"一日不见,如隔三秋"
　②111.7。

"一名之立,旬月踟蹰"
　⑥370.2。

"一面交涉,一面抵抗"　⑤94.8。

一群坏种要刊丛编　⑪364.5。

"一手奠定中国的文坛"
　④38.16。

"一只狗跑过即闭幕"的剧本
　⑪423.8。

"一若各种智识,必出诸动物之
　口"等语　⑤540.3。

"一方面是庄严的工作,另一方面
　是荒淫与无耻"　⑥297.2。

乙卯　⑩50.3。

二　画

二陆　⑦140.6;⑩82.3;
　⑫147.9。

二竖　⑦136.5。

二三其死　⑦19.23。

二老宣言　⑤152.5。

二六时中　③53.3。

"二桃杀三士"　③317.2;
　⑤582.2。

二陆入晋受轻薄的故事
　⑤457.2。
二〇二五年才发表的大著作
　③209.33,230.10。
十传　①23.44。
十钟　③49.16。
十番　①205.4。
十二章　⑧49.3,49.4。
"十彪五虎"　⑥144.5。
十八个铜钉　①500.5。
"十年一觉扬州梦"　⑥355.3。
十年已后,归于会稽　⑩37.8。
《十竹斋笺谱》预约广告
　⑬318.1。
"十年读书十年养气的工夫"
　③250.6,252.23,261.5。
《十字街头》利用《译文》停刊来中
　伤　⑭6.3。
"十万两无烟火药"炸开"北京的
　乌烟瘴气"　④70.14;
　⑧255.3。
丁亥　⑧412.2。
丁兰刻木　③224.3。
丁氏小八千卷楼　见"八千卷
　楼"。
丁文江自称"书呆子"
　③355.16。
七门　⑪564.1。
七体　⑨416.16。
"七·一六"　⑪509.3。

《七发》的仿作　⑨417.17。
"七日而混沌死"　见"日凿一窍,
　七日而混沌死"。
"七实三虚惑乱观者"　⑨143.8。
"八公"　⑨419.28。
"八仙"　⑬394.7。
"八字"　①511.4;③336.6;
　⑪432.2。
八极　④563.5。
八卦　⑥106.8;⑪62.4。
"八珍"　③357.29。
八索　⑥574.4。
八阙　⑨356.1。
八十千(吊)　②23.13。
八大爷　⑪96.1。
八卦阵　⑬610.3。
八卦拳　②56.2。
八股文　②308.5;③442.4;
　④244.11;⑤112.2;⑥331.9。
八面锋　③91.12。
八千卷楼　⑩11.3,135.39。
八戒招赘　②248.22。
"八岁入小学"　⑨357.5。
"八神将,太公以来作之"
　⑨184.5。
"人气"　③251.14。
人形　①171.3;⑯50.14。
"人权论"　⑤52.2。
"人心惟危"　④503.10。
人立之兽　⑧39.36。

"人头畜鸣" ⑧394.3。

"人伦之始" ①146.6。

人血馒头 ①472.4。

"人乳喂猪" ①147.10。

"人琴俱亡" ④280.16。

人种遗传说 ②401.6。

"人类的艺术" ④314.30。

"人群的蟊贼" ④648.6。

"人之初性本善" ①268.12；
②265.10。

"人之根本在脐"说 ①318.2。

"人生识字忧患始" ②86.3；
⑥307.2。

"人怕出名猪怕壮" ⑤566.7。

"人之患在好为人师" ⑪39.6。

"人之患在好为人序" ①401.7。

"人无远虑，必有近忧"
⑤299.6。

人见犹怜，而况令闾 ⑤293.8。

人肉治痨病的记载 ①455.4。

"人生不满百,常怀千岁忧"
③373.5。

"'人'第一,'艺术底工作'第一?"
⑦208.55。

"人人都是人类的相待"等语

⑩210.2。

"入火坑" ⑤127.9。

"入于心的历史" ③421.4。

"入芝兰之室,久而不闻其香"
①586.3。

几个因我而来的学生 ⑪239.1。

几篇付印的书的序跋 ⑪209.2。

几个转向的文学家 ④297.10。

几个杂志介绍过格罗斯的作品
⑩479.4。

九秋 ⑦159.2。

九神 ⑧54.2。

九校 ③302.6。

九族 ①342.3；⑪83.1。

"九死未悔" ⑨392.18。

九旒云罕旗 ②428.9。

九六足串大钱 ⑪525.4。

九四老人题字 ⑤152.5。

九畹贞风慰独醒 ⑦469.2。

九校代表对改组俄委会的意见
③302.6。

"刀笔" ④10.18。

刀笔吏 ③252.22；⑩289.22。

刀山剑树 ③393.5。

"刁作谦之伟绩" ⑪509.6。

三　画

三凶 ⑬119.2。

三世 ③5.3。

三苏 ⑦70.6。

三昧 ④609.6。

三界 ②206.3。

三皇 见"三皇五帝"。

三桠　⑭542.1。

"三馆"　⑩149.6。

三雄　⑩166.14。

三廉　④38.12。

三色版　⑫250.2。

"三道头"　④503.8。

三鞭酒　⑤254.2。

"三十六体"　⑨102.15。

三大自由　⑧43.9。

"三大奇书"　⑨193.3。

三个"闲暇"　④10.16,70.14；
　　⑦348.5；⑩159.2,317.3。

三个"冷静"　④71.19；⑪57.7。

三老通电　⑤152.5。

"三闲书屋"　⑧504.1；⑫312.3。

三味书屋　②292.8。

"三茶六礼"　②158.8。

三皇五帝　①369.5；⑨357.7。

三家纸铺　⑪302.1。

三教九流　①554.9。

"三教同源"　③116.12。

三教辩论　⑤330.7。

"三寸怪人干"　⑥105.2。

三叶虫僵石　⑮123.3。

"三言"之系统　⑩159.6。

三脚猫郎中　⑫113.2。

三个教育总长　⑪51.4。

"三月不知肉味"　⑥117.4。

三马二周　⑫201.1。

三沈二马陈朱　⑫52.3。

"三河县老妈子"　③216.9。

三重楼的故事　④438.6。

三皇五帝之书　⑨367.2。

三十二张的竹牌　①557.37。

"三千余年古国古"　见"四千余
　　年古国古"。

三百大钱九二串　①557.38。

三大部关于礼的书　⑤323.3。

三告投杼,贤母生疑　⑫256.6。

三个俄款委员会委员
　　③288.10,302.5。

三本欧美作家的作品　⑥529.4。

三篇讲演不收《集外集》
　　⑬291.1。

三篇纯用土话的文章　⑤586.3。

三曲省为二曲,二曲改为一曲
　　⑩322.5。

"三年无改于父之道可谓孝矣"
　　①147.12；②350.27。

"干脩"　⑫41.2。

"干！干！干！"的名言
　　③173.4。

"干着种种无聊的事"　③164.9。

于越　⑧42.2。

"于今为烈"　⑪88.4。

"于我如浮云"　④219.18。

工三百　⑮23.4。

工欲善其事,必先利其器
　　④279.9。

士师　①115.127。

"士别三日便当刮目相待"
　①557.36。
"土司"　⑥371.9。
"土匪"　③181.9。
土谷祠　①555.17;③71.22。
土曜日　⑧160.2。
土秫赢斯　⑧529.2。
土拨鼠的故事　⑥271.59。
土耳其鸡的鸡冠　③471.15。
土耳其女人的面幕　⑤573.5。
土拨鼠和春子的运命　⑩230.4。
"土匪其实是农民革命军"之说
　③225.6。
川　⑨26.7。
下宿　⑪332.12。
"下意识"　③229.8。
"下里巴人"　③402.6。
大历　⑥453.25。
大心　⑦157.3;⑩221.6。
大氏　⑩171.3。
大曲　⑩119.37。
"大戏"　②285.22;⑥643.5。
"大贫"　④115.18。
大阅　①19.13。
大衍　见"大衍之数"。
大菜　②158.4。
大逵　⑦19.29。
大辟　①489.3。
大圜　⑦145.2,450.5。
"大师兄"　③313.11。

大观园　④27.17;⑤126.2。
大欢喜　②165.3。
大典笺　⑫451.3。
"大柱石"　⑦402.5。
"大刀阔斧"　⑤221.4。
"大内档案"　③591.2。
大方之家　③5.2。
"大师"之流　⑬49.4。
大同古砖　⑩68.4。
大同古铭　⑩104.1。
"大同世界"　④233.2。
"大衍之数"　③608.12;
　⑫413.1。
"大雪纷飞"　⑤583.3。
大理寺卿　⑥60.5。
大道艺人　⑯218.3。
大学院编辑费　⑫178.2。
大祭祀的值年　①511.3。
"大丈夫当如此也"　①374.6;
　③48.6。
"大成至圣文宣王"　⑥330.7。
大钟故事的出典　⑫136.4。
"大成至圣文宣先师"　⑧108.6。
大学院任职的谣传　⑫116.1。
"大学教授,下职官员"
　⑤318.4。
大骂人道主义的风潮
　④280.14。
大秦景教流行中国碑　⑮159.3。
大家都变成文学家了

⑥113.48。

大家搬家去住的处所　⑥508.7。

大毒使人死,小毒使人舒服
⑧192.19。

"大众的事情,要大众自己来做"
⑥113.46。

"大清天下得之于闯贼非取之于
明"　③187.6。

丈六　⑥453.29。

丈量家屋　⑭12.1,93.1。

万两　⑯341.2。

万生园　②247.11;③357.27;
⑮4.8。

万民伞　⑥133.6。

万年笔　⑥408.4;⑯401.11。

"万姓胪欢"　①231.13。

"万年有道之长"　①147.16。

"万物皆备于我矣"　①197.6;
⑥183.32。

"万恶孝为先"的谣言　①415.6。

"万岁,天上和地上的革命"等语
④244.5。

"与民同乐"　⑤540.4。

"与父老约,法三章耳"
③558.7。

"与此曹子勃谿相向"　③78.11。

"与其三人不幸,不如一人不幸"
⑩501.4。

"与其信而不顺,不如顺而不信"
④352.2。

"才年"给丁山电　⑫57.3。

寸析　①110.79。

上升　③60.4。

上国　⑤145.8。

上春　⑦462.2。

上真　②367.7。

"上流书"　⑥451.8。

上下未形　①19.16。

上变之嫌　⑩138.68。

上官大夫　⑨389.3。

上海三嘘　⑫383.2。

"上流文章"　②497.15。

"上九潜龙勿用"　②292.12。

"上大人孔乙己"　①461.2。

上章困敦之岁　⑧534.2。

"上了镣铐的跳舞"　⑭89.5。

"上穷碧落下黄泉"　②312.43。

上帝身旁吃糖果　④142.12,
244.8;⑧355.11。

"上帝要用日本征服白人"之说
⑤305.3。

上海交朋友说话须漂亮之说
⑥391.5。

上海只剩四千四百多个大市民
⑤93.6。

"上古结绳而治,后世圣人易之以
书契"　⑥106.5。

"口含天宪"　④559.6。

"口不臧否人物"　③548.50。

"口生垢,口戕口"　⑤513.6。

"口里含一支苏俄香烟"等语
　②404.18；⑥214.5。

□阀　⑬171.3。

□肱为公孙氏之说　⑧73.2。

山吹　⑭338.3。

山会邑馆　见绍兴会馆。

山中厉鬼的故事　④635.3。

"山梁雌雉,时哉时哉"
　⑤530.2。

"山中方七日,世上已千年"
　⑩440.12。

千夫指　见"千夫所指,无疾而
　死"。

"千字课"　⑥110.31。

千夫所指,无疾而死　⑦151.3；
　⑫256.7。

"千金之子坐不垂堂"　③56.5。

乞妇受诓骗的故事　⑤401.5。

个体发生学　①19.12。

义庄　②146.3。

"义角"　①294.4。

义和团传单　④48.10。

"久违芝宇,时切葭思"
　①339.2。

"久已夫千百年来已非一日矣"
　③128.5；⑤398.2；⑪653.3。

"凡为天下国家有九经"
　①205.5。

丸泥封关　②467.18。

"及其老也,戒之在得"　⑥61.8。

门墙　④237.7。

门罗主义　⑧420.5。

之不拉　①109.68。

尸祝　①38.23。

尸位素餐　⑧171.3。

"已生须已养,荷担出门去"
　⑫262.1。

卫宏序《诗》说　⑨371.33。

卫绾请罢贤良　⑨425.1。

也么哥　⑤47.2。

女乐　⑥199.12。

"女佛山"　④154.2。

"女官公"　⑪359.16,371.6。

"女诗人"　⑤293.10,597.11。

"女子与小人"　见"惟女子与小
　人为难养也"。

"女子书店"开幕　⑫304.5。

"女作家"做招牌　⑫196.3。

"女作家"分为一类　④167.5。

"女婿问题"的小评　⑫446.4。

女娲造人的神话　②366.2。

"女娲氏之肠"的神话
　②368.16。

女娲炼石补天的神话
　②368.12。

女人和谎话分不开之说
　⑤447.4。

"女师大领得俄款"的消息
　⑪255.5。

"女人讲谎话比男人来得多"

⑤447.2。

女子再嫁遭遇惨苦的故事
　①133.16。

"女学生都可以叫局"的诬蔑
　③249.2;④609.5。

"女婴之婵媛兮,申申其詈予"
　③216.6。

女人的才力因男性关系而受影响
　之说　⑤596.9。

小市　⑮28.10。

小序　⑨14.25。

"小取"　②285.21。

"小贫"　⑤94.9。

"小学"　⑤543.3;⑫406.7。

小品　⑩171.1。

小洋　⑯7.20。

小白象　见"白象"。

"小东人"　③173.7。

小学家　⑩297.8。

小草斋　⑩135.38。

"小补之哉"　⑧345.2。

小英雄们　⑭118.3。

小金阮宅　⑮518.2。

"小家碧玉"　④523.6;⑤611.6。

"小姐抛彩球"　⑤280.5。

"小人不欲成人之美"
　⑥571.20。

"小时了了,大未必佳"
　⑤152.6。

小说千三百九十篇　⑨13.17。

小说"出于稗官"之说　⑩4.2。

《小说月报》重出的传言
　⑬428.2。

"小资产阶级革命文学"
　④649.9;⑤195.22;⑥454.36。

《小说史略》之类我不要看
　⑧193.22。

"小说家合残丛小语"等语
　⑨11.2。

"小资产阶级文学之抬头"
　④142.13。

"小三子可乎之及及也"等语
　⑥243.2。

《小小十年》作者不愿称它为小说
　④152.4。

《小说年鉴》对鲁迅小说妄加评论
　③164.7。

小说起源于宋仁宗日进怪异故事
　之说　⑩72.7。

飞艇　④545.9。

飞鸢　见"木鸢"。

"飞脚阿息普"、"飞毛腿奥雪伯"
　⑥574.2。

叉袋　②292.5。

"马头"　②274.14。

"马"郎妇　⑦460.3。

马梯尼铳　⑩173.7。

马振华投水　⑫256.4。

马志尼评拜伦　①111.89。

马占山将军牌香烟　⑤20.2。

马湘影遇见假"鲁迅"　④76.2；
　⑫104.2,115.3。
马克思谈到莎士比亚　⑤601.3。
孑时　②452.3。
子规　见"杜鹃"。
子夜歌　⑥111.37；⑦143.21。
子见南子　④56.10。
"子孙绳绳"　③281.8。
"子路负米"　②266.18。
"子路止宿处"　⑤486.12。
"子夏不序诗"　⑨371.31。

"子部医家类"　⑧391.5。
子房为韩报仇　⑪71.1。
子路"结缨而死"　⑪22.3。
子路被斫为肉糜　⑪19.2。
子呼父名的故事　③548.51。
"子有钟鼓,弗鼓弗考"　⑧20.6。
孑　①60.25。
孑遗　⑤458.6；⑩36.4。
乡下　⑬37.4。
"幺匿"　⑤394.9。

四　画

"丰收成灾"　⑤237.3。
王羊　⑪480.2。
王官　⑥111.35。
王谢　⑩156.16。
"王之爪牙"　⑤47.3。
"王祥卧冰"　见"卧冰求鲤"。
"王道政治"　⑬299.6。
王道与霸道　⑥15.17。
"王不死则国亡"　⑦18.9。
王尔德的自述　⑥429.3。
王妃产铁的故事　②452.4。
王敬轩的双镄信　⑤566.6；
　⑥76.6。
王世贞评《子虚》《上林》
　⑨439.18。
"王者之迹熄而《诗》亡"
　⑦42.4；⑨378.1。

王独清"Pong Pong Pong"的诗
　④142.14。
王独清谈唤醒"知识阶级"
　⑦213.97。
王浮与帛远的辩论　⑨61.6。
王衍口不言钱的故事　⑥179.7。
王金发要杀鲁迅的传言
　⑧403.5。
王昶对龙朝夫诗的释文
　⑧68.11。
王公大夫士皂舆隶僚仆台
　①231.20。
王平陵告发何家干即鲁迅
　⑤7.8；⑫428.2。
王士禛欲市《聊斋志异》稿的传说
　⑨225.6；⑩71.5。
"王者欲知闾巷风俗,故立稗官"

⑨18.43。

王世贞为报父仇而作《金瓶梅》说
　⑨194.5;⑩72.8。

开元　⑩100.27。

开成　⑩100.27。

开口跳　⑥201.30。

"开步走"　④72.28。

"开化瑶民"　⑤311.6。

"开放政权"　⑤127.5。

"开风气之先"　③147.10。

井华水　②452.5。

天王　⑫408.4。

"天讨"　⑤578.8。

天坛　⑮8.5。

天花　⑥147.5。

天学　①38.25。

天官　⑦331.6。

天禄　①212.5。

天人师　③5.3。

天择论　①22.38。

天眼通　①319.5;③5.3。

天演家　⑦233.13。

"天之僇民"　②227.2。

天女散花　⑤477.5。

"天马行空"　⑥433.7;
　⑩259.10。

"天生蛮性"　⑧432.1。

天夺其魄　①268.17。

天师作法　见"张天师作法求
　雨"。

天行自逊　⑩165.5。

"天何言哉"　⑥381.7;
　⑧237.10。

天物之学　⑪334.5。

天玺刻石　⑧67.7。

"天朗气清"　⑤500.4。

天球河图　③50.21。

"天祸中国"　⑦53.2。

"天道宁论"　①379.2。

"天下之大老也"　②430.23。

"天地玄黄"等语　①268.12;
　②496.8。

"天灵盖"的谐谑　③114.4。

天籁地籁人籁　⑦57.5。

"天下兴亡,匹夫有责"
　⑪238.1。

"天下纷纷,何时定乎?"
　③421.8。

"天上地下,惟我独尊"
　⑤149.7。

天秤称犯人的办法　④360.3。

"天道无亲,常与善人"
　②430.20。

"天下有道,则庶人不议"
　⑥297.5。

"天之降大任于是人也"
　①255.3。

"天地解兮六合开"等语
　③549.53。

"天之所生,地之所养"等语

⑥281.4。

"天子重英豪,文章教尔曹"等语
　⑤272.4。

"夫子何为者,栖栖一代中"等语
　⑥303.12。

元年　⑩13.2。

"元帅"　⑬492.11。

元质　①37.13,392.2。

元谕　⑫451.1。

元禄　⑧212.5。

"元和体"　⑨91.1;⑩130.1。

元译上谕　④219.17。

元驹贲焉　⑧36.4。

元祐党碑　⑥455.42。

元明两朝崇奉真武帝　⑨166.4。

元杂剧取材于水浒故事
　⑨155.3。

无常　②23.12。

无情　①106.32。

"无事忙"　⑬161.2。

"无噍类"　⑪99.4。

"无权势者"　③134.6。

无过雷池　⑩165.6。

"无产"咖啡　见"革命咖啡店"。

"无告之民"　②57.8。

"无枪阶级"　①6.6;③382.5。

"无病呻吟"　①268.14。

无趾之书　⑪342.7。

无支祁故事　⑨92.16,93.17,
　93.18;⑩115.4,115.6。

"无何有之乡"　⑪79.5。

"无是非之心"　①568.2。

"无为而无不为"　②467.20;
　⑤468.2;⑥543.16;⑦54.4。

无祖国的文学　⑦418.4。

无产阶级的定义　④253.4。

"无刺的蔷薇"等语　③275.2。

无治的个人主义　⑩185.10。

无脊椎动物化石　①23.52。

"无敌国外患者,国恒亡"
　⑤158.2。

"无政府是三千年以后的事"
　③480.17,599.12;⑤113.7。

"无产阶级作家不一定出自无产
　阶级"等语　④69.12。

"无产者未曾从有产者意识解放
　以前"等语　④72.26。

云冈石窟　④593.3。

"云想衣裳花想容"　⑫90.2。

"专制使人们变成冷嘲"
　③48.9,557.3;④516.3。

"艺术府"　见"艺术之家"。

"艺术之宫"　④68.8,225.44;
　⑩318.5。

"艺术之家"　⑩357.9,384.4。

木丁　⑪359.12。

木主　③187.5;⑪104.2。

木鸢　⑤213.5;⑧359.3。

木鹊　②484.25;⑤213.5。

木铎　⑧236.7。

木叶蝶　①359.7。

"木肤肤"　⑫210.2。

"木口木刻"　④627.3;⑦337.5。

木口雕刻　见"木口木刻"。

木兰从军　②348.11;③118.27;
⑤470.5;⑥209.6。

木聚珍板　⑪432.4。

五代　①231.11。

五印　⑧20.2。

五伦　见"伦常"。

五材　①110.79。

"五侯"　④161.8。

五常　见"伦常"。

"五臣注"　⑦142.13。

五色旗　①489.2;③204.5;
④59.4,279.6;⑦217.129。

"五更调"　⑤345.11。

五私大　③302.6。

五七呈文　见"章士钊五七呈文"。

"五日京兆"　⑫22.2。

五世同堂　③116.15。

五行缺土　①511.4。

"五经"博士　⑨425.2。

五族共和　⑦270.8。

"五夫村"辨正　⑮70.3。

"五分钟热度"　③117.25。

"五鬼闹中华"　⑤83.2。

"五瑞图"石刻　⑧49.5。

"五十而知天命"　⑥210.10。

五十万元大洋奖　⑤279.3。

五月人形金太郎　⑯251.4。

"五经纷纶井大春"　⑥397.5。

"五日一风,十日一雨"　⑥380.5。

五十寿辰时所摄的照片　⑭491.4。

"支那通"　②309.15。

不届　⑪394.7。

"不隔"　⑥420.3。

不伏箱　见"服箱"。

"不好惹"　②246.4。

"不抵抗"　⑤21.5。

不鸣条　⑧539.4。

"不□癫儿"　⑭217.1。

"不为戎首"　③157.20。

"不为祸始"　③157.20。

"不为福先"　③157.20。

"不用古典"　④364.9。

"不亦快哉"　⑥199.14。

不周之山　②367.10。

"不耻下问"　①188.3。

"不耻最后"　见"不为最先,不耻最后"。

"不虞之誉"　④177.4。

"不撤姜食"　④524.10;⑤330.13。

"不朽之大业"　③230.9。

不"再来开口"　⑧382.9。

"不抵抗将军"　⑤158.1。

不骂军阀　①6.6;④178.11。

"不完全则宁无" ①353.4；
　⑥330.4；⑪424.12。
"不幸短命死矣" ⑤473.2。
"不学《诗》，无以言" ⑨391.12。
"不能收其放心" ①556.29。
"不齿于四民之列" ③491.9。
"不革命"的语丝派 ⑧271.3。
"不薄今人爱古人" ③34.8。
"不为最先，不耻最后"
　③118.29，157.19。
"不孝有三无后为大"
　①149.25，556.27；⑦233.6。
"不识不知，顺帝之则"
　⑦412.2。
不要再请愿的主张 ⑥456.50。
"不胜屏营待命之至" ②283.4。
不准盗发魏襄王冢 ⑨26.6。
"不负责任的文体"等语
　⑤139.2。
"不战不和不守"的对联
　⑦59.4。
"不满于现状"的"杂感家"
　④7.2，198.15，249.2。
不入三教九流的小说家
　①554.9。
"不可与言而与之言，失言"
　③486.4；④397.14。
"不图今日重见汉官威仪"
　④141.10；⑤479.2。
"不闻夏殷衰，中自诛褒妲"

⑤448.6。
不准做"权威"，只准做"前驱"
　③495.4。
"不招待"是最高尚的欢迎
　④516.6；⑫377.9。
不动笔是为了保持自己的身份
　③70.16。
"不得中行而与之，必也狂狷乎"
　等语 ④524.9；⑧436.2。
"不知周之梦为蝴蝶欤，蝴蝶之梦
　为周欤" ②496.11；
　④588.16。
"不是东风压倒西风，就是西风压
　倒东风" ⑧398.8。
"不很高明而却奋勇的战士的面
　目"等语 ②382.8。
不含利害关系的文章当在将来另
　一社会里 ④116.20。
犬儒 ③557.2；⑫109.3。
"犬声如豹" ⑤268.2。
太牢 ①556.24。
太夫人 ⑦300.3。
太古代 ①23.51。
太平歌 ⑥111.39。
太极图 ⑧112.6。
"太狂生" ④339.5。
太平成象 ⑦150.3。
太阳之生日 ⑪465.6。
太阳的圆圈 ⑥508.10。
"太实则近腐" ⑨143.7。

太保阿书在杀头　⑫263.2。

太史职守原出道家　⑨440.25。

太岁在阏逢摄提格九月既望
　⑩37.11。

历代帝王庙　⑮471.4。

"历史癖与考据癖"　①555.15；
　⑥15.15。

车同轨，书同文　⑤225.7。

比翼鸟　⑤213.3。

戈尔　①59.8。

戈谛克式　⑥497.29。

戈谛克的精神　⑦208.58。

"区区"金事　①271.31；
　③215.3。

"匹夫匹妇之为谅也"等语
　⑪238.2。

巨(钜)桥　②429.17。

巨鳌　②367.8。

巨灵的努力　⑦382.3。

互助说　④234.6。

切支丹　⑬119.5。

牙门　⑪358.2。

瓦松　②211.2。

瓦肆　①159.6。

瓦将军　⑧59.3。

瓦棺寺　⑩145.3。

卅　⑧23.28。

"止于礼义"　⑥450.5。

"止于至善"　③430.7。

"少兴府"　⑪378.3。

"少阿妳"　⑪535.4。

少女多丰臀　⑦460.4。

"少看中国书"　⑤380.2；
　⑧315.6。

少翁招魂的故事　⑨426.8。

"少负不羁之名，长习自由之说"
　①276.7。

"日者"　⑥459.5。

日曜　⑪298.1。

日本浪人　②329.7；③182.12。

"日本侦探"说　⑥136.3；
　⑦433.7；⑫481.9；⑬106.10，
　132.3，281.1；⑭260.3，301.2。

日本的报章　⑥507.4。

"日本古名倭奴"　⑧359.2。

"日本应称贼邦"　⑧359.2。

日本所出玩具集　⑬508.2。

"日本施行征兵之制"　⑧359.2。

日文重译不可靠之说
　⑬459.12。

日本报称鲁迅生大病　⑬509.1。

"日军所至，抵抗随之"等语
　⑤67.4。

"日凿一窍，七日而混沌死"
　④588.16；⑩290.23。

"日月星辰，取其照临也"等语
　⑧49.4。

日本人称赞饶汉祥的骈文
　③502.11。

日本字新闻对萧伯纳的报导

④513.12。

"日本见中国南方共产潮流渐起，为之焦虑" ⑤57.6。

中元 ⑧412.2。

中权 ⑤433.19。

中州 ③56.4。

中庸 见"中庸之道"。

中道 ⑩274.14。

中古代 ①23.51。

中交票 ①230.4,569.9；⑮250.1,302.4。

"中日亲善" ⑥278.4。

"中日提携" ⑥278.4。

中央公园 ③359.44；⑮184.1。

中经游涉 ⑩37.6。

"中庸之道" ①294.6；②44.11；③30.16；④279.11。

中焦塞着 ①479.2。

"中国无幽默" ⑤488.3。

"中国的济慈" ⑦284.8。

"中国元气太损" ③501.2。

中国现代圣经 ⑤67.2。

中国的法斯德 ③598.7。

"中国文坛的混乱" ⑤264.2。

"中国画久臻神化" ⑧97.3。

中世纪正教的火刑 ④619.7。

"中国人失掉自信力" ⑥123.4。

"中学为体，西学为用" ①330.5；③33.7；⑤572.4。

中国戏属象征主义说 ⑤614.5。

中国戏用"象征手法"之说 ⑥139.2。

中国人所作之中国文学史 ⑨4.1。

"中国人起码要学狗"的谬说 ⑥416.9。

《中国新文学大系》编者照片 ⑬381.3。

"中世纪主义与乌托邦相遇"等语 ⑦375.13。

"中国工人没有外国工人那么苦" ⑤142.7。

"中国历史上标准伟人选举奖学金" ⑤596.4。

"中世纪的东欧是三种思想的冲突点" ④330.15。

贝壳 ②404.19。

内 ⑮274.1。

内传 ①553.4。

内籀 ①22.40。

内道场供奉 ⑩250.2。

"内言不出于阃" ①276.10。

"见怪不怪，其怪自败" ⑤608.9。

"见面时一谈，不见时一战" ③416.7。

"见买若耶溪水剑，明朝归去事猿公" ⑤258.4。

牛马走 ⑧440.4。

"牛奶路" ④357.9；⑦460.3。

"牛克司"　⑥271.60。

"牛溲马勃"　⑫535.4。

牛声荣的"开倒车"论
　　③356.18。

牛李之争的姓应图谶说
　　⑩133.25。

手民　①408.6；⑧162.4；
　　⑪614.2。

手毕　⑪334.2。

手头字　⑥293.3。

"手执钢刀九十九,杀尽胡儿方罢
　　手"　⑤240.2。

毛边　⑬437.2。

毛角　①107.43。

"毛丫头"　③129.12,379.7；
　　⑫346.1。

毛瑟枪　②220.2；⑪68.10。

"气杀钟馗"　②158.7。

升汞　⑩451.6。

"升中于天"　⑥106.6。

夭阏　①38.34。

"长毛"　①489.6；②69.5；
　　⑥201.25；⑦233.8。

长城　③61.2。

"长卷"　④574.2。

长班　①582.4；②133.3；⑮4.6。

长笛　⑧539.5。

长方板　②368.14。

长明灯　②69.3。

长三么二　④533.4。

长股奇肱　⑩166.19。

"长期抵抗"　⑤21.5,299.9。

"长揖横刀出"等语　④94.8。

"长生天气力里大福荫护助里"
　　①132.11。

"仁王护国法会"　⑤299.5；
　　⑥123.3。

"仁远乎哉我欲仁斯仁至矣"
　　②292.12。

什　①105.21。

"什么马克斯牛克斯"
　　③598.10；④220.24；⑤590.6。

片上伸和有岛武郎的争论
　　⑩308.8。

"仇偶"　⑪378.2。

"仍旧贯如之何"　①313.4；
　　⑦328.3。

仍句　④218.6。

爪哇之猿人化石　①23.54。

"化生"　③78.6。

"化峭僻之途为康庄"
　　⑥451.11。

化名写文章为自己的作品辩护
　　⑦78.4。

反汗　⑫400.3。

反张　①112.99。

反种　①109.67。

反对读书的议论　⑤496.3。

"反过来征服中国民族的心"
　　⑤544.6；⑥15.15,297.6。

刘田岳碛河底石小地藏
⑯275.9。

"父兮生我" ①146.8。

"父母之命媒妁之言" ①256.6。

从于唱喁 ⑧37.15。

"从井救人" ⑪668.2。

"从优拟恤" ③302.4。

"从前种种如昨日死" ③558.5。

从外国人嘴上抄来的 ⑤327.6。

今夏失业,幽居南中 ⑩90.8。

"今日之我与昨日之我战" ③60.5。

"今日乌合,明日鸟散"等语 ⑤488.4。

今代书店对《今代文艺》编辑的要求 ⑭101.1。

"凶兽样的羊" ⑪75.2。

公论 ①41.63。

"公民科" ⑦398.2。

公谟学院 ⑭169.1。

"公理"和"正义" ②247.9;③6.8,482.3。

"公理战胜强权" ①336.6;⑧107.3。

"公理战胜"的牌坊 ③114.2,515.2;④442.6;⑪306.2。

公子成反对主父改胡服 ①369.3。

分剂及光图 ⑦28.19。

仓颉四目 ⑥106.4;⑦39.5。

仓颉鬼哭体 见"苍颉造字夜有鬼哭"。

"仓颉,黄帝史" ⑥106.7。

月见草 ⑧127.3。

月落参横 ⑦232.2,475.2。

月中有蟾蜍 ①212.4。

"月白风清,如此良夜何" ⑤201.4。

月经毛发等入药之说 ①197.7。

"月黑杀人夜,风高放火天" ⑤201.5。

"勿念旧恶" ⑥644.15。

勿视勿听勿言勿动 见"非礼勿视,非礼勿听,非礼勿言,非礼勿动"。

丹田 ②452.8。

风化 ②465.5。

风轮 ②189.2。

"风马牛" ①428.2;④356.1。

风雨如磐 ⑦447.2。

风终《豳》,雅终《召旻》 ⑥183.28。

匀 ⑮200.1。

乌托邦 ①401.9;④141.8;⑦216.122;⑩373.3;⑪332.16。

乌衣巷 ⑩156.16。

"乌托之邦" ①400.5。

"乌鸦主义" ⑤194.13。

乌克兰的怪谈　⑩515.2。

"乌鸦为记"的刊物　④577.5。

凤城　④339.4。

勾萌绝朕　①103.3。

勾践遗迹　⑩37.9。

"六艺"　⑨357.5。

"六书"　⑥107.13。

六代　⑦452.2。

"六法"　⑥377.8。

"六麻"　①401.12。

六臣注　⑤396.2;⑦142.13;
　　⑩66.7。

六零六　①332.12。

六三花园　⑯132.2。

六朝译经的和尚　①421.6。

六朝焚身的和尚　①373.2。

"六个文学团体之五"　⑫225.1。

六个学生自治会职员　③79.13。

文士(犹太)　②180.5。

文冢　⑧535.8。

文理　①38.30。

"文探"　⑫470.4。

"文童"　①555.18。

文士们　③6.10。

"文化城"　②401.6;⑤15.6,
　　455.7。

文曲星　⑤90.7。

文字狱　⑬69.4。

"文明戏"　见"新戏"。

文学科　⑦332.9。

文学掾　⑪433.3。

文笔对　④47.7。

文澜阁　③501.6;⑮177.1。

"文人无行"　⑥309.2;⑧394.2。

"文人相轻"　⑤580.3;⑥310.4。

"文化统制"　⑥62.16。

"文以载道"　⑦406.4。

"文妖"之说　⑬250.6。

"文学青年"　④334.6。

文学奖金　见"良友文学奖金"。

"文房四宝"　⑥408.3。

文章小道　③543.23。

"文章病院"　⑪7.9。

文人误国说　⑬88.3,132.4。

"文艺的分野"　④113.2;
　　⑧273.3。

"文艺漫谈会"　⑤233.8。

"文以气为主"　③542.17。

"文坛的悲观"　⑤580.2。

文武周公墓　⑤486.15。

"文学小囡囵"　④334.6。

"文章冠天下"　⑨437.10。

"文艺"是"整个"的　⑪509.7。

"文"和"字"的解释　⑥294.10。

"文学子游子夏"　⑥110.32。

文学不是宣传说　⑧426.2。

"文学家"做检查官　⑬264.2。

文章是挤出来的　⑥370.6。

文稿吞进肚子去　⑤238.5。

"文人的化名"的议论　⑤493.2。

文艺鉴赏的四阶段　⑩265.1。

"文化山"上的学者们　②401.6。

文法科大学生过剩　⑤238.6。

文宣王大成至圣先师　④55.2。

《文化批判》拖住辛克莱
　　④72.27。

文坛故事的小说、外史
　　⑤391.4。

文艺复兴前期的壁画家
　　⑧357.4。

文学不必如奶油的主张
　　⑥273.73。

《文学》关于不退稿的广告
　　⑬474.4。

"文学家究竟有什么用处?"
　　③105.18。

文章事可以留名声于千载
　　③543.22。

文学不问时地永远不变之说
　　⑩477.4。

《文学导报》(北平)引"第三种人"
　　为知己　⑭61.6。

文学社不先征同意而登广告
　　⑬475.1。

"文艺的政治宣传员如宋阳之流"
　　⑥113.47。

"方糖"　③337.17。

"方巾气"　⑥237.4。

"方向转换"　④226.53。

方孝孺被灭十族　⑪85.1。

方传宗谈毛边装订　③511.9。

"火云"　⑩288.15。

火刑　④619.7。

火宅　②202.2。

火聚　②202.4。

火牛阵　⑤358.3。

火克金　①479.3。

火神庙　③206.18;⑮51.2。

火线里的寓所　⑦410.3;⑪7.8。

"火炎昆冈,玉石俱焚"
　　③307.5。

"为王前驱"　④329.3;⑤121.5。

为人生的文学　⑥267.24。

"为人峭直刻深"　⑨408.20。

"为人类的艺术"　④317.2。

为艺术而艺术　见"为艺术的艺
　　术"。

"为艺术的艺术"　③543.21;
　　④108.3;⑤27.5;⑦213.101;
　　⑧231.11。

为文学的文学　⑥267.24。

"为圣天子驱除云尔"
　　①231.15。

"为战略关系,须暂时放去北平"
　　⑤34.2。

"为之斗斛以量之,则并与斗斛而
　　窃之"　④601.3;⑤507.6。

"为支配阶级作他底统治的工作"
　　等语　⑩319.11。

计然以越王鸟喙　⑩31.7。

户部　①117.152。

心印　⑬484.2。

心传　①336.5；④635.1。

心声　见"言者心声也"。

心学　⑪348.2。

"心存魏阙"　见"身在江湖，心存魏阙"。

"心理抵抗"　⑤21.5。

"心事如波涛"　⑥201.27；⑬290.1。

"心上有杞天之虑"　③115.5，491.8；⑦114.4；⑧236.6；⑪501.4。

心死的应该出洋　⑤108.5。

"心"字辈的文学家　⑪74.4。

"《心的探险》。实价六角"⑧190.4。

尺蠖斋　⑨158.25。

"引车卖浆者流"　①199.27，554.8；③146.4；⑭191.3。

《引玉集》作者的名单　⑬102.3。

巴且实　⑮71.7。

巴尔底山　⑧347.3；⑩357.11。

以脱　⑪88.1。

"以友辅仁"　⑧237.13。

"以夷制夷"　⑤121.2。

"以华制华"　⑥226.2。

以酉为申　⑫372.2。

"以斧斯之"　⑪343.13。

"以待来年"　③6.9。

"以党治国"　③597.4。

"以怨报德"　④650.14。

以誊为郎　⑨436.4。

"以主帅自诩"　③401.4。

以色列的王　②179.2。

"以孝治天下"　③116.17；⑤324.6。

"以天下与人易"　⑤127.8。

以肖像示青年　⑬56.2。

"以其好喝醋也"　⑧193.23。

以黄老治天下　⑤324.6。

"以人血染红顶子"　①295.8。

"以眼还眼以牙还牙"①296.17；⑥128.1。

"以己之心，度人之心"⑤470.4。

"以子之矛，攻子之盾"③230.12；⑤388.2。

以窥觎神器为大戒　⑩138.66。

"以意逆志，自谓得之"⑤241.6。

"以力服人者，非心服也"⑤385.3。

"以不教民战，是谓弃之"④490.9。

"以趣味为中心的文艺"④10.16，115.13。

以《五言古意》为赠秀才诗⑩82.5。

"以《红楼梦》为成佛之要道"

⑥570.13。

"以爱及爱,伊父母自作冰人"
⑭233.2。

"以德服人者王,其心诚服也"
⑤83.3。

"以马上得天下,不能以马上治
之" ⑥163.4。

"允执厥中" ④234.7。

"劝孝"乐府 ①146.9。

"劝百而讽一"等语 ⑨438.13。

"劝治史学"以"保存国性"
⑦240.2。

"双烈合传" ①132.13。

"予岂好辩哉,予不得已也"
⑤259.11;⑦42.5。

"毋友不如己者" ①244.28。

孔庙 ⑮9.8。

"孔方兄" ⑪99.3。

孔融让梨 ⑤452.3。

"孔子小天下处" ⑤486.13。

孔子周游列国 ④524.11。

孔融讥讽曹操 ③544.26。

孔子作《书》序之说 ⑨367.6。

孔丘不肯谈鬼神 ①206.6。

孔丘对子路赌咒 ①206.6。

孔墨的"天"的观念 ④160.2。

孔子倒肉酱的故事 ⑥332.18。

孔丘排行第二之说 ③141.14。

孔子"厄于陈蔡"的故事

⑪22.4。

孔丘见老子的传说 ②464.3,
465.5;③141.14。

孔子删诗问题的不同说法
⑨370.27。

"孔子作《春秋》而乱臣贼子惧"
③218.20;⑥332.20。

孔安国以今文校古文《尚书》之说
⑨368.14。

书记 ⑫406.5。

"书名" ⑬55.2。

书券 ②134.11;⑮294.3。

书脑 ②87.13。

书厨 ⑤496.2。

"书者,如也" ⑨357.5。

"书中自有黄金屋" ④167.4;
⑤293.9。

水鼋 ⑩298.15。

水道 ①38.21。

"水银浸" ②158.6。

水晶顶 ⑤282.2。

"水横枝" ②236.3。

"水平线下" ①267.10;
③218.16。

水灾摄影 ⑧366.3。

"水满金山" ①181.3。

《水浒》《红楼》等新序 ⑪451.4。

《水浒传》编撰者问题的不同说法
⑨155.5,157.16。

五　　画

"末人"　⑤296.6;⑥274.78;
　⑩484.5。

末减　⑦59.5。

末解　①115.127。

"未达一间"　①344.3。

"未字先寡"　①285.14。

未名社结束声明　⑫377.11,
　380.1。

未名社欠款归还问题　⑫380.2。

"未名社诸君的创作力并不十分
　丰富"等语　⑧178.8。

"玉楼赴召"　①171.4。

"玉皇香案吏"　②86.8。

"正史"　①553.5;②349.16;
　⑥123.5。

"正人君子"　①6.5;②286.29;
　③5.4,182.11;④8.7;
　⑤155.2;⑧307.5;⑩288.12,
　335.23。

"正始名士"　③546.39。

"正确"的信　见"'左联'向国际
　革命作家联盟汇报信"。

正人君子大骂"偏激"　④86.7。

正人君子化为教授主任
　⑤155.3。

功令　⑤113.4。

功曹　⑪433.3。

"功亏一篑"　③39.11。

"去年不过四十五岁"等语
　②382.8;③501.3;④190.7;
　⑧178.6。

甘鲷　⑯358.7。

"世"　⑪375.12,378.5。

"世纪末"　⑥269.37;⑩491.5。

世界语　①358.5;⑦38.4;
　⑧449.2,477.4。

"世故老人"　③401.3,411.6,
　486.2,521.2;④115.15;
　⑪623.2。

"世界苦恼"　④25.5。

"世袭云骑尉"　⑥201.26。

《世说新语》的模拟书
　⑦141.11。

"世无英雄,遂使竖子成名"
　④563.4;⑤433.18。

世家王源与暴发户联姻的故事
　⑥355.5。

艾思奇谈连环图画　⑥29.4。

古貌林　②403.8。

"古已有之"　⑪88.4。

古今体诗　④311.3。

"古尔波夫"　⑩518.10。

"古轩亭口"　①472.1。

古燕半瓦　⑯320.3。

古罗马的剧场　⑥139.6。

古代言文合一说　⑤557.4;

⑥108.17。

古久先生的陈年流水簿子
　①455.3。

古典主义者与罗曼主义者相骂
　见"雨果剧本演出时的冲突"。

"节育问题"的议论　③312.8。

本生　④461.7。

"本色"　⑥451.13。

《本草》　⑩297.9。

"本朝"　③140.9。

本草家　⑤98.3。

"术擅岐黄"　⑥377.7。

札尔　①105.16。

"可惜"　③204.4。

"可观者九家"　⑨12.7;⑩4.4。

"可怜无益费精神"　④190.5。

"左士陈阔"　⑬439.2。

"左而不作"　④455.6。

左琴科谈创作法　⑬491.3。

左琴科谈自己的思想
　④448.12。

左拉为特莱孚斯辩诬
　③217.15;④550.4;⑥420.6。

"左联"五作家被害的消息
　④503.3。

"左联"向国际革命作家联盟汇报
　信　⑬459.9。

石炭　⑧20.8,22.20。

石头城　⑦452.2。

石墨纪　①23.51。

"石破天惊"　⑪227.2。

石窟诸署令的品级　⑧78.4。

布尔乔亚　⑤315.8;⑥397.7;
　⑭3.2。

布衣暖菜根香　⑩11.7。

布鲁多既杀该撒　①62.38。

布袋和尚的故事　⑪436.5。

"布尔乔亚"恶意的嘲笑
　④225.41。

"龙虱"　⑪196.2。

龙准　②453.16。

龙门石佛　①207.12。

"龙驭上宾"　见"龙御上宾"。

"龙御上宾"　①220.16;
　③513.17。

龙朝夫诗　⑧67.10。

"灭此朝食"　④334.11。

平楚　⑦163.3。

平地木　①442.2;②300.7;
　⑯341.2。

平安朝　⑩247.37。

"平湖调"　⑮254.6。

《平定什么方略》　⑩193.6。

打本　⑧83.5。

"打发"　见"打发他们去"。

打脸　①332.11;⑦39.9。

打棚　⑥316.9。

打醮　⑤299.5。

"打把子"　①332.11。

打油诗　②174.2;⑫408.2。

打茶围　②146.2。

"打结字"　⑥106.9。

打粟干　⑯94.2。

"打落门牙"　③165.17,207.19。

"打发他们去"　⑦218.139；
　　⑧307.3；⑩319.14。

"打是不打,不打是打"
　　④517.7。

扑落　⑥370.4。

扑满　⑤152.7。

"东皮"　⑫47.5。

东樱馆　⑪332.13。

"东学西渐"　①344.5。

东交民巷使馆界　⑦53.3。

"东面而征西夷怨"　⑤145.10。

东方朔的八言七言诗
　　⑨429.23。

东吉祥派的正人君子
　　③182.11。

《东方杂志》只作附录的文章
　　⑫319.3。

"卡尔和伊理基"　⑤195.21。

卡莱尔论但丁　①104.14。

卡尔亲王谈游中国的印象
　　⑤327.4。

北军　⑫95.2。

"北大"徽章　⑮294.1。

北平五讲　⑫352.8。

北京传来的话　见"鲁迅等将离
　　开厦门大学的传言"。

北新被封两回　⑫373.2。

《北平笺谱》的广告　⑫470.1。

北边忽地起烽烟　⑦397.3。

北京大学的谣言　见"林纾等对
　　《新青年》编者的谣言"。

《北平笺谱》出版预告　⑫462.1。

北新书局出书广告　⑫47.11。

北局又有变化的消息　⑫226.5。

北京大学快要关门大吉
　　③324.9。

北平关于全国木刻展览的刊物
　　⑬350.2。

"北京城内的外国旗"使学者愤慨
　　③311.3。

"北大教授在女师大兼主任实属
　　违法"　③261.7。

北平中德文化学会拟办德国木刻
　　展览　⑬350.4,389.4,410.1。

占星　①38.26。

"卢布"说　③141.18,312.6；
　　④9.12,197.9,478.17,490.6；
　　⑤155.2；⑥202.32,215.10；
　　⑦433.7。

卢弓卢矢　②382.6。

"卢布换去了良心"　③141.18。

卢梭的儿童教育主张　④94.10。

卢那察尔斯基主张保存俄国农民
　　美术　④244.13。

卢那察尔斯基谈古怪的作品的产
　　生和贩卖　⑦218.140。

"业儒" ①132.9。

"旧瓶不能装新酒" ⑤344.10。

旧小说家以为已经战胜
⑧140.8。

"归马于华山之阳,放牛于桃林之
野" ②430.21。

"目连戏" ②285.22;⑥643.5。

"目连嗐头" ②285.24。

且介亭 ⑥5.9。

甲骨文 ⑥293.6。

甲骑兵官 ⑩501.2。

《甲寅》周刊用吴稚晖、蔡元培之
名作广告 ⑪511.6。

申年 ⑯359.16。

《申报》对《小小十年》的批评
④234.4。

"电影" ②320.15。

号衣 ①472.3。

叶紫小说遭攻击 ⑬610.1。

叶紫的三条请求 ⑬513.2。

叶灵凤活剥毕亚兹莱
⑤608.10;⑦206.36。

叶紫在鲁迅信后附注 ⑬331.1。

叶灵凤模仿构成派绘画
⑦352.6。

叶灵凤讽刺鲁迅的漫画像
④119.7。

叶灵凤侮称撕下《呐喊》上茅厕
④314.29;⑥153.11。

"田园诗人" ③552.67。

田、华两公之自由 ⑬527.8。

田汉为《调和》辩解 ⑬376.6。

田汉等开咖啡店的广告
⑫129.2。

田汉在南京大演其戏
⑥564.30。

田汉对郑正秋的挽联 ⑬527.9。

田汉、野容的两篇化名文章
⑭4.6。

"由艺术的武器到武器的艺术"
④71.18。

"由批判的武器到用武器的批判"
④71.23。

"叭儿狗" ③252.21。

《史记》有缺之说 ⑨441.27。

《史记》补缺之作 ⑨441.28。

史济行化名诓骗 ⑥516.5。

史志元批评《新潮》未提倡科学
⑦236.4。

"兄弟怡怡" ②147.7。

"兄弟素不吃饭" ⑪103.2;
⑬198.1。

"兄弟阋于墙,外御其侮"
④198.16。

"只在此山中,云深不知处"
⑥453.21。

"只许州官放火不准百姓点灯"
③172.2。

"只在心里动了恶念,也要算犯奸
淫" ⑤302.4。

"四凶"　⑦76.4。

四夷　①424.3。

"四条"　⑪539.1。

四省　④541.5。

"四海一"　⑥459.7。

"四大奇书"　⑨288.1。

"四条胡同"　⑪288.3。

四郊多垒　③39.5。

四烈士坟　①430.3;③299.5。

"四十而不惑"　⑥201.28。

四角号码王公　⑬428.3。

"四千余年古国古"　①230.8;
　　④146.12。

"'四书',南宋以后之名"
　　③208.26。

"四十岁以上的人都应该枪毙"
　　⑦460.2。

"四五十岁的人爱说四五岁的孩
　　子话"　③187.4。

"出版"　⑪584.1。

"出相"　⑥462.5;⑦428.4。

"出洋考察"　⑥132.3。

"出疆载质"　③140.7。

"出乎意表之外"　①188.7;
　　③519.1;⑪529.1。

出限定版团体　⑭331.3。

出让《四部丛刊》的广告
　　⑭67.1。

《出关》是讽刺傅东华之说
　　⑥541.4。

生西　③59.3。

生的　⑦29.40。

生学　①22.39。

"生剖驴肉"　⑤521.4。

"生降死不降"　⑧122.2。

"生存竞争,天演公例"
　　⑧191.9。

"生物自然发生"的实验
　　④588.12。

"生儿不用识文字,斗鸡走马胜读
　　书"　⑩120.45。

生活书店要求撤换《译文》编辑黄
　　源　⑬560.2;⑯554.5。

"失掉的童心"等语　⑥273.76。

"付洪乔"　⑪90.1;⑫124.5。

代金引换　⑪374.5。

"代表无耻的章士钊"
　　③256.45。

"代表无耻的彭允彝"
　　③256.45。

"代被群众专制所压迫者说了几
　　句公平话"　③134.4。

仙居术　②112.14。

"仙人下棋"的故事　⑩439.11。

仙人岛上做皇帝　⑧355.10。

仪的　①23.42。

仪凤门　②308.10。

"白匕"　⑮197.2。

白下　⑦465.2。

白水　⑧43.13。

"白光"　⑪90.3。

白眚　⑧23.36。

"白象"　⑪288.1。

白眼　见"青白眼"。

白摺　⑮27.1。

白云楼　②165.6；⑧212.8。

白玉佛　④492.3。

"白名单"　⑭252.1。

白塔寺　⑮506.7。

白云苍狗　③192.7。

白毫毛相　⑨55.24。

白鹅的歌　⑩231.7。

"白发三千丈"　⑤63.4。

"白状元祭塔"　①181.3。

"白话的文言"　⑤557.5。

白话"反而难懂"说　⑤555.2。

白话文"鲁里鲁苏"说　⑤555.3；
　　⑥349.2。

白话将被"扬弃"或"唾弃"之说
　　⑤552.3。

白俄的新闻对萧伯纳的报导
　　④512.5。

白整为魏高祖等营建石窟的记载
　　⑧78.3。

"他山之石"　③104.12；
　　⑧446.2。

他"家翰笙"　③205.13。

"他的战略是'暗示'"等语
　　⑧178.2。

"他说不能做批评"等语

　　⑧178.6。

"他想得到一个'思想界的权威
　　者'的空名"等语　⑧178.6。

仿　⑧37.13。

"斥革功名"　①132.12。

厄言　⑮27.7。

"瓜蔓抄"　⑪6.4。

令威来华表　⑧541.2。

"用夷变夏"　③229.3。

用"阿Q"称鲁迅　⑤155.1。

用"好事"来打击祷告　⑩522.5。

"印可"　⑤477.7。

印铢　⑪359.10。

印鉴　⑫334.3。

印度麻　①344.2。

"印度诗哲"　⑦78.3。

"印贴利更追亚"　④115.14；
　　⑦213.97；⑩319.12。

"印度波兰马牛奴隶性"
　　①105.20；⑧95.4。

"匆匆不暇草书"　⑥429.2。

"匈奴未灭何以家为"　⑪39.3。

"犯而不校"　①296.16；
　　⑥644.15。

犯人之性欲问题　⑥17.29，
　　17.30。

犯人可以用英语自由谈话之说
　　⑤388.3。

外史　⑨367.2。

"外典"　⑨193.2。

外籀　①41.62。

外国文写的序　⑭70.4。

"外国文氓"的恶谥　⑤444.5。

外洋养病，名山拜佛　⑤149.8。

外国人所作之中国文学史
　　⑨4.1。

"处片"　⑦143.22。

"处于才与不才之间"
　　⑦271.10。

刍狗　④145.9。

刍荛　⑥339.20。

刍豢　⑧237.14。

刍灵木寓　⑧90.20。

包公殿　②283.8。

包拯铡包勉的故事　①197.10。

包拯"审乌盆鬼"的故事
　　⑨289.8。

包拯"断立太后"的故事
　　⑨289.8。

"乐户"　⑤229.6。

"乐园"　见"伊甸园"。

乐府令　⑨401.7。

"鸟尽弓藏，兔死狗烹"
　　⑥652.6；⑬339.3。

"饥来驱我去"　③78.5；
　　⑥178.5。

主催　⑧307.10。

"市民"之演说　⑦303.6。

"立言"　①553.2。

立拨　①43.81。

"玄圭"　②407.38。

玄念　①37.17。

玄纽　①37.19。

玄酒　⑦468.3。

玄奘父母遇难故事　⑨175.12。

闪闪如岩下电　②384.12。

兰学　⑩274.19。

"兰谱"　③519.2。

"半仇子女"　⑪378.2。

"头儿"　⑩440.14。

头陀　②273.5。

头钱　②223.2。

"头颅谁斫"　①268.15。

头里惑罗卜　⑪408.2。

"头戴瓜皮小帽"的阿Q像
　　155.3。

"汉官威仪"　④141.10。

汉派篆刻　⑫489.4。

"汉奸"的称号　见"'日本侦探'
　　说"。

汉武帝获白麟故事　⑨439.21。

汉武梁祠石刻画像　①188.8；
　　②349.20；⑪433.2。

汉武帝寻仙山的故事
　　②368.18。

汉的大侠与权贵相馈赠
　　④161.6。

汉重孝廉而有埋儿刻木
　　③224.3。

汉高祖为戚夫人作歌　⑨401.6。

汉字新闻对萧伯纳的报导
　④513.13。

《汉书·艺文志》录小说十五家
　⑩4.5。

汉人以《书》二十八篇拟二十八宿
　⑨368.8。

宁式床　①558.43。

宁馨儿　③157.22；⑪68.11。

"宁古之塔"　①400.5。

宁"雅"而不"达"　⑤217.7。

"宁我负人，毋人负我"
　⑪204.1。

"宁赠友邦，不给家奴"
　⑤130.9。

宁错而务顺，毋拗而仅信
　④396.7。

冯妇搏虎　③487.6；⑤604.4。

冯起炎投呈　⑥46.6；⑬135.8。

冯乃超谈北伐以后的形势
　④67.4。

冯玉祥通电实行三民主义
　⑪164.2。

冯乃超讥鲁迅跟着弟弟说人道主
　义的美丽话　④115.12。

写利　⑪349.6。

写真干板　⑦27.5。

写两汉的小说　⑨158.22。

写两晋的小说　⑨158.23。

写宋代的小说　⑨158.25。

写唐代的小说　⑨158.24。

写通史的小说　⑨158.26。

写东西周的小说　⑨158.21。

写荒古虞夏的小说　⑨157.20。

写好外文姓名地址的信封
　⑫300.2。

"讨赤"　③302.2；⑩297.2。

讨替代　②309.16。

"让娘儿们来干一下"　⑧397.2。

礼门义宗　③116.15。

"礼让为国"　⑤324.5。

"礼拜五六派"　⑤113.9。

"礼部总长"　⑧236.3。

"礼不下庶人"　③235.5；
　⑤324.7；⑥198.3，333.26。

"礼失而求诸野"　①220.14。

"训"　⑨368.9。

"训政"　⑥424.3。

训方氏　⑨14.23。

"必也正名乎"　⑥391.3。

永无意必　⑥204.2。

永乐的上谕　⑥184.37。

永田一修评凯绥·珂勒惠支
　⑥496.19。

司马迁造赋　⑨442.31。

司马昭杀稽康　③550.58。

司马相如装病不出　⑦406.2。

司马相如遗封禅书　⑥358.6；
　⑨438.14。

司马相如制作迟缓之说
　⑨439.17。

司马相如讽谏游猎信谗
　⑨437.7。
司马温公敲水缸的故事
　⑩439.9。
尼采咒骂妇女　③217.14。
尼采自诩为太阳　⑥41.4。
尼采谈弃旧求新　①103.2。
尼采谈无望于"庸众"　①61.27。
尼采著作中译本只半部
　④227.60。
尼采样的格言式的文章
　⑥273.71。
弗　⑦28.25。
"民之父母"　⑦242.8。
民众主义　④271.2。
"民德归厚"　⑤391.7。
"民无信不立"　⑤385.4。
《民报》的广告　③253.25,
　472.16。
"民族英雄"的肖像　⑤45.3。
"民亦劳止,汔可小康"
　④577.7。
民气论与民力论之说
　③104.10。
"民族主义文学"者讪笑吴稚晖
　⑤133.3。
"民不出米粟麻丝以事其上则诛"
　⑤305.5。
《出关》中的老子是作者的自况说
　⑭37.1。

伖　⑪511.3。
"奴"　①249.8。
加罗厘　⑦29.37。
加答儿　⑯312.6。
加尔玛弱儿　⑥497.27。
发标　⑦42.2。
"发热"　②246.5;③251.15,
　496.7。
发隐地　①60.22。
"发扬国光"　⑤515.3;⑥41.2。
发昏章第十一　⑩491.4;
　⑪168.5。
"发思古之幽情"　见"摅怀旧之
　蓄念,发思古之幽情"。
发明一个字的古义等于发现一颗
　恒星　③173.5。
"边疆"　⑤105.4。
"圣武"　①373.4。
圣觉　①40.49。
"圣人之徒"　①145.2。
"圣叹外书"　⑨143.9。
"圣之时者也"　③129.10;
　⑥117.6,331.14;⑧237.11。
"圣祖仁皇帝"　①212.7;
　③389.3。
"圣人之道,为而不争"
　②467.20。
"圣人不死,大盗不止"
　⑩481.9。
圣贤将人们分为十等

①231.20;⑦86.3。

对课　②292.11。

"对空策"　③429.3。

对于姓的开玩笑　④467.5。

对付三先生之法　⑪592.2。

"对日妥协,现在无人敢言"等语

⑤160.3。

"对于学生品性学业,务求注重实
际"　⑦304.9。

"对日本的中国文学研究者的期
望"　⑭376.2。

台隶　⑧43.11。

六　画

式微　⑦19.26。

"式相好矣,毋相尤矣"
⑥603.5。

"刑名师爷"　③250.9。

"刑不上大夫"　③235.5。

"刑天舞干戚,猛志固常在"
①221.18;⑥450.6。

戎菽　⑦234.16。

"动机"说　②247.6;③163.2,
318.8;④46.2。

动物说人话有失人类尊严之说
④296.6;⑧355.9。

圭　②407.38。

吉旦　②86.4。

吉祥草　⑧529.3。

吉士骈填　⑧237.9。

"老狗"　①249.9。

"老佛爷"　⑤610.3。

"老复丁"　①147.13。

老子尚柔　⑥543.13。

"老而不死"　⑩511.7。

"老莱娱亲"　②267.23。

"老婆儿女"　②286.30;
③312.6。

"老鼠成亲"　②249.23。

"老大的失望"　⑬557.1。

老京派的题签　⑥315.4。

老京派开路的刊物　⑥316.5。

老子骑青牛的传说　②466.13。

老子与庚桑楚的对话
②466.12。

老子西出函谷之说　②466.10;
⑥542.12。

"老娘是指头上站得人"等语
⑤258.7。

老京派打头小海派煞尾的刊物
⑥316.5。

"老子犹堪绝大漠,诸君何至泣新
亭"　⑤258.5。

考虐杀法　⑬119.4。

地主　①111.86。

地囵　①105.26。

地面　②165.5。

"地上的天堂是在圣贤的经书上"

等语　④533.3。

"耳顺"　⑪67.5。

"耳食之言"　③250.7。

共和纪年　①241.15;⑥581.10。

"共党联日"的谣言　⑤99.5。

共工怒触不周山的神话
　②367.5;⑨11.3。

"共产是三百年以后的事"
　③480.17。

"共产党不妨碍做诗"等语
　④37.5。

芋梗汤　②319.10。

亚门　⑤238.8。

亚斐木　①109.65。

亚当之故家　见"伊甸园"。

亚勒泰米拉洞　⑥107.11。

亚斐那留斯评凯绥·珂勒惠支
　⑥496.16。

芝宇　①339.2。

朽索之御六马,懔乎其危
　⑪236.2。

朴学　⑤567.10;⑦428.5。

机心　⑪170.2。

机括　①64.49。

机兜　⑦27.8。

机缄　①62.41。

机关科　⑦87.8。

"机械的市民"　⑦220.161。

权舆　⑧37.7。

权贵南迁　⑤458.7。

"再亮些"　⑤614.7;⑥229.2,
　398.12。

再作冯妇　见"冯妇搏虎"。

"再而衰,三而竭"　③104.11;
　④604.4。

西宾　③79.12。

西崽　④140.2;⑤522.6;
　⑥371.8。

西欧名作　⑬558.2。

西施沼吴　⑥210.8。

西湖吟诗　⑥620.4;⑧369.4。

西山碧云寺　⑪390.4;⑮433.2。

西伯肯养老　②428.7。

西京勘磨司　⑩149.7。

西班牙斗牛　⑥14.7。

西三条胡同寓所　②236.5。

"西王母暮必降尊像"　⑨42.6。

西洋人称赞中国菜　②43.9。

"西洋画无派别可言"　⑧97.4。

西班牙的骑士故事　⑩385.15。

西湖上写长篇著作　⑧369.4。

西湖之避暑吟诗堂　⑩424.4。

《西游》中两提"无支祁"
　⑪432.7。

西门庆变骏憨男子的情节
　⑨342.2。

《西游记》的魔王吃童男童女
　④579.2。

西洋人用神话哄骗土人的故事
　⑦328.7。

束 ⑧46.3。

"在珠咏隋,于璧称和"
⑧85.19。

"在德国手格盗匪数人"
③187.10,216.9。

"在上为乌鸢食,在下为蝼蚁食"
⑥621.5。

"有根" ③216.7,252.20,
276.7;④178.8。

有平糖 ⑭351.2;⑯369.9。

"有闲阶级" ④8.8,639.2;
⑧297.2;⑩159.2,318.7。

"有闲即有钱" 见"有闲阶级"。

"有厚望焉" ③335.4。

"有病之呻" ①400.5。

"有不为"斋名 ⑧436.3。

"有奶便是娘" ⑥603.4。

有齿之大鸟 ⑧23.26。

有枪阶级的打架季节
③106.22,117.22。

"有产者差来的苏秦的游说"
④68.6,71.25。

百祀 ①36.3。

百昌 ⑧38.23。

"百行之先" ②348.14。

"百宋千元" ③50.20。

"百姓不足,君孰与足"
④337.2。

"而立" ①557.33;③59.2。

"而母婢也" ①249.10。

"存在之可能" ⑫527.2。

"达恉" ④397.17。

"达我文" ⑥271.60。

"达尔文的咬狗" ④588.13。

达尔文谈人类始祖 ④587.11。

达尔文著作中译本只一种
④227.59。

灰棚 ⑦287.4。

"灰色的勇气" ⑪610.2。

列巴 ⑬511.1。

列宁谈高尔基 ⑦418.3。

列宁爱看冈察洛夫的作品
④314.28。

"列宁不消说还是过激主义哩"
①365.7。

列宁谈革命胜利后的三件事
⑧199.7。

列宁劝青年研究普列汉诺夫著作
④273.23。

"死公" ①249.8。

"死书" ④574.3。

"死地" ③284.3;④490.6;
⑧200.12。

"死生有命" ②496.10。

"死而后已" 见"鞠躬尽瘁,死而
后已"。

"死之说教者" ⑥5.7,421.9。

"死诸葛吓走生仲达" ⑥515.3。

"死抱住文学不放的人"
④454.3。

死人之力比生人大之说
　　③156.14。

"死之恐怖"为古今人相同说
　　④129.4。

迈尔　⑧23.31。

成然　①43.80。

"成人之美"　③39.9。

成仿吾评"语丝派"　⑧255.3。

成仿吾谈《阿Q正传》　⑦86.4。

成仿吾谈创造社的功业
　　④70.15。

成仿吾批评王统照的误译
　　④313.23。

成仿吾谈安慰指导农工大众
　　⑦212.96。

成仿吾评《呐喊》为"庸俗"之作
　　②355.3;⑫482.12。

夷坚　⑨25.1。

夷歪　⑪377.2。

夷场　⑥117.3。

"夷狄之有君不如诸夏之无也"
　　④330.16。

"托尔斯小"　⑥271.60。

托尔斯泰的"矛盾"　⑩318.8。

托尔斯泰分田给农民
　　⑦210.80。

托尔斯泰对艺术的定义
　　④273.24。

托尔斯泰致俄国和日本皇帝信
　　②320.14;⑤433.14;

⑦210.80。

托洛茨基谈勃洛克　⑦315.10。

托洛茨基谈"革命艺术"
　　⑦307.6。

"尧问孔子"　⑨11.3。

毕栗　⑮527.8。

"扪虱而谈"的故事　③545.34。

"臣工"　①384.2。

"臣罪当诛兮天王圣明"
　　③130.15;④198.13;
　　⑥452.16。

"至尊"　⑫147.3。

至心朝礼　②496.7。

至圣先师　见"大成至圣文宣先
　　师"。

至纫公谊　③455.17。

"至心归命礼,玉皇大天尊"
　　⑥453.22。

"过客"　⑪19.1。

"过激派"　见"过激主义"。

"过激主义"　①364.2;③33.5。

"过屠门而大嚼"等语　④423.5;
　　⑩288.8。

过激主义的符牒　⑩248.4。

"此生或彼生"　⑤528.2。

"此士大夫之孝也"　④588.18。

乩坛　②86.9。

乩笔　④48.11。

贞虫　⑧37.12。

"师古"无用　⑪509.8。

"师严然后道尊" ⑪67.1。

"光被四表格于上下" ⑤144.2。

"当面输心背面笑" ③422.10。

"当年唯恐其不起者，今日唯恐其
　不死" ⑤108.2。

"当我沉默着的时候，我觉得充
　实"等语 ②165.2；④25.4。

"吁请海内文豪，从兹多谈风月"
　⑤201.1；⑫400.1。

虫二 ⑫408.3。

"曲律" ①132.11。

"曲辫子" ⑤217.6。

"曲终奏雅" ⑥184.36。

吕洞宾考辨 ⑩100.27，100.28，
　100.29。

吕洞宾的传说 ③164.6。

吕端大事不糊涂 ③337.13。

吕不韦将孕妇送人得王位
　⑧157.3。

吕蓬尊对《鼻子》译文的意见
　⑬258.1。

同门 ⑥571.23。

"同路人" ⑩357.7。

同情文学 ③584.2。

"同情"战略 ③521.2，598.7。

同人的匿名攻击 ⑬344.6，
　450.4。

吊诡 ①61.30。

吊膀 见"吊膀子"。

"吊膀子" ①383.2；④311.12。

"吊民伐罪" ⑥129.7。

"吊膀子秘书长" ⑥105.2。

吃素谈禅 ②111.5。

吃人的筵席 ③478.5。

"吃外国火腿" ⑥133.7。

吃西瓜要想到爱国之说
　⑥626.6。

吸入器 ⑯158.3。

团城 ④492.3。

团结的人们"如入无人之境"
　④565.3。

"岌岌乎殆哉" ③582.3；
　④279.5。

回字有四种写法 ①462.5。

"回猪猡普米呀咔" ②309.20；
　⑤299.3；⑫148.14。

"回资啰" 见"回猪猡普米呀
　咔"。

回敬他一通骂街 ③223.1，
　254.31。

"则不得免焉" ⑤217.4。

肉苁蓉 ③358.37。

"肉食者" ⑤246.2。

"年方花信" ⑤359.5。

年红电灯 ⑤526.6。

年必逃走一次 ⑫300.1。

朱宅 ⑮571.4。

朱拓 ②22.7。

朱寅 ⑫306.1。

朱鸟玄武 ⑪434.5。

朱育造字　⑥107.12。

朱育对王朗语　⑩33.3。

朱熹不信《诗序》　⑨371.32。

朱熹给官妓吃板子　⑥213.2。

朱熹斥僧伽降伏无支祁事为俚说
　⑨92.15。

朱家骅要专心办中大的消息
　⑫63.6。

朱家骅在中大位置不稳的传闻
　⑫60.3,67.3。

先农坛　⑮8.5。

"先意承志"　③422.14。

"先父兄之教"　③128.4。

"先帝爷唉唉唉"　①393.6。

先祖父殿试卷　⑮23.6。

"先安内而后攘外"　④490.7;
　⑤129.2;⑥560.5。

"先帝爷,在白帝城"　②146.4。

"先生犯了弥天罪,罚往西洋把学
　流"　⑤353.4。

竹枝词　⑤611.5;⑥111.38。

"竹林七贤"　③547.45。

竹笋能引起色情的想像之说
　⑥277.3。

伟大尊严的新期刊　③597.2。

"伟大的作品在废纸篓里"
　⑧420.4。

传　⑤67.3。

伍相随波　⑦162.2。

伏藏　⑧37.6。

伏羲八卦体　②404.22。

伏生藏《书》之说　⑨367.7。

伏生口传《尚子》予亹错之说
　⑨367.7,368.11。

伏地看书的好姿势　⑥181.21。

伏羲朝小品文学家　②404.18。

优孟　⑩166.15。

优生学　④218.13;⑤466.5。

"优伶蓄之"　⑪627.8。

"优美的差缺"　③288.11,
　606.2。

"伥鬼"　②350.28;⑥303.10。

伦纪　见"伦常"。

伦常　①146.3;②267.30;
　⑤81.5;⑥391.2。

伦教糕　⑤526.3。

华工　①364.3;③140.6;
　④441.5。

华盖　③6.6。

华颠　⑦450.2。

华严界　⑪332.17。

华伊斯奇　①116.147。

华盖罩命　③6.6,495.2;
　⑦151.2。

华惠尔论学术衰微的四个原因
　①40.47。

仿单　①199.25。

自繇　①106.36。

自动车　①189.12;⑪418.4;
　⑮523.5。

自来火 ⑯207.4。

"自求多福" ③157.18。

"自己的园地" ⑥392.8。

自由早被剥夺 ⑥507.6。

自然母的言辞 ⑩230.3。

"自然的不平等" ③580.6。

"自行失足落水" ④433.7;
　⑤12.2,261.3;⑥163.6。

自杀是"弱者的行为" ②496.5。

"自经于沟渎而莫之知也"
　⑤510.5。

自编辞典收入自己的大名
　⑥411.7。

"自弃其先祖肆祀不答"等语
　②429.14。

自编名画集收入自己的作品
　⑥411.8。

"自我得之,自我失之,我又何恨"
　③270.4。

"自由自由,天下几多罪恶假你之
　名以行" ⑤504.4。

伊 ①442.4;②367.3。

"伊凡" ⑥574.4。

伊甸园 ①105.27;⑩166.11。

伊日字典 ⑬518.5。

伊阙石窟 ⑧78.5。

伊尹割烹要汤 ⑨32.4。

仰东石杀 ⑪362.2。

《伪自由书》的出版是为了一篇
　"后记"之说 ⑤431.1。

血蝙 ①118.161。

血迹石 ①242.17。

"血流漂杵" ⑥16.22。

"向隅" ③366.16。

"向来不敢狂妄" ⑤233.7。

向罗马教皇诉苦 ③105.15。

"似战似和,又战又和"等语
　⑤127.7。

后 ②367.9。

"后生可畏" ⑧237.12。

"后之视今,亦犹今之视昔"
　⑥412.9。

"行状" ①555.16。

行卷 ⑥339.21。

行都 ⑤35.10。

行素堂 ⑪568.1。

"行年五十而知四十九年非"
　①5.4。

全图 ⑧414.5。

全像 ⑦428.4。

"全部,或全无" 见"不完全则宁
　无"。

全国木刻展览会的天津报纸专栏
　⑬358.1。

会馆 ②133.2。

会考制度 ⑤238.7。

会考复试 ⑪348.3。

"会逢其适" ③402.10。

"会稽竹箭" ③358.36。

"会面不止百次" ②382.8;

③401.4,521.2。
"会稽乃报仇雪耻之乡"
　⑥642.2；⑧450.3；⑭25.3。
"合辙"　①243.23。
"合十赞叹"等语　⑥604.11。
"合吾人之胃口者则容纳之"等语
　③580.7。
"杀，杀，杀！"　④10.13；
　⑪324.4。
"杀身成仁"　③569.7。
"杀人如草不闻声"　④68.5。
"企予望之"　⑪617.1。
"众口铄金"　⑫252.2。
众女嫉蛾眉　⑦471.2。
"创作冲动"　③163.2,164.3。
"创作是处女"　见"翻译是媒婆，
　创作是处女"。
《创世纪》作者正误　⑪631.4。
《创造月刊》背了维尼　④72.28。
创造社君子三人照　①200.29。
创造社成员称鲁迅为"堂吉诃德"
　⑦202.7。
创造社"出马的第一个广告"
　④313.22。
"肌肉发源于手指和足趾"之说
　③19.2。
"杂文"是"古已有之"　⑥5.6。
危心　⑧37.8。
"负弩前驱"　⑤10.3。
"负有指导青年责任的前辈"

②246.3；③261.3,495.5。
名学　①37.18。
名教　①367.3；⑩255.5。
"名士"脾气　②309.21；
　③479.10。
"名利双收"　⑥541.3。
"名著绍介"　⑥267.21。
名人名教授　②246.2。
名人选小说　⑦460.5。
"名者，实之宾也"　②350.26。
"名不正则言不顺"　①553.3。
"多数主义"　①365.8。
"多乎哉不多也"　①462.6。
"多行不义，必自毙"　⑤324.10。
争存说　④234.6。
色儿路多　⑦28.28。
色刷木刻　⑬328.4。
"色借日月借烛借……"的标点
　⑤616.2。
庄周梦变蝴蝶　②496.11；
　④588.16。
庄子死后被劈棺的故事
　⑤350.3。
庄子轻视有是非的言行
　⑥311.13。
"齐谐"　⑥336.4；⑨25.1。
齐东野语　⑪85.2；⑭76.3。
"齐天大圣"系渔人之子说
　⑩72.8。
"齐天大圣"翻不出如来佛手心

⑬307.2。

齐燮元"放下枪枝拿起笔干"
　③191.5。

刘勰谈《离骚》　⑨391.11。

刘勰的"三才"之说　⑨358.14。

刘勰论作者的才能　①107.41。

刘勰梦随孔子之说　⑤329.2。

刘勰关于人禀五才的话
　①110.79。

刘老老骂山门　⑤126.2。

刘伯温卜烧饼　⑪68.12。

刘大将军摆"夜壶阵"　⑩434.3。

刘□系"刘玄明"之说　⑧85.16。

刘百昭居然做骈文　③216.9。

刘百昭诡称家藏公款被劫
　③206.17。

刘媪得交龙而孕季　⑨26.3。

刘大杰误点明人小品　⑥153.6，
　166.2，307.3。

刘半农自认"没落"的话
　⑤567.15。

刘半农嘲笑欧化句法　⑥285.5。

刘半农自称"喜为打油之诗"
　⑤566.4。

刘半农做打油诗弄烂古文
　⑥77.12。

刘伶裸形见客的故事
　①198.11；③549.52。

刘易士被打了一个嘴巴
　⑧369.6。

刘时中讽刺暴发户的曲子
　①250.13。

刘知几谈《晋书》多取《幽明录》
　⑨54.18。

刘信抛痴儿入火盆的故事
　①256.11。

刘和珍等驳斥薛燮元公开信
　⑪39.2。

刘歆向扬雄借《方言》手稿的故事
　⑥109.25。

"交臂失之"　③207.20。

"衣食足而知礼节"　②111.9。

"妄有主张"　②215.3。

"妄谈法理"　①361.2。

"闭门投辖"　⑥182.23。

"问名"　②248.16。

"灯火倍可亲"　⑧420.3。

羊肚　⑭137.1。

羊衒之轻视南人的话　⑤458.3。

"并云古诗，盖不知作者"等语
　⑨418.22。

关关雎鸠　⑧236.8。

"《关雎》之次章"　⑪390.6。

《关于红笑》的争执　⑬302.1。

关于种胡麻的话　⑫267.1。

"关东觥觥郭子横"　⑥396.4；
　⑨42.8。

"关外战事不日将发生"
　③216.8。

米巫题字　④47.9。

米点山水　⑥26.6。

汗不敢出　③582.4。

汗牛充栋　⑥234.7;⑩167.22。

江北人　⑤524.3。

江瑶柱　⑪257.1。

江亢虎误谈"德"的古字
　　⑥377.5。

江震亚谈学者教授的文章不该署
　　名　③19.1。

兴行场　⑥18.34。

"兴矣摩迦人"　①119.171。

汲古阁　②111.6。

"汲汲乎殆哉"　见"岌岌乎殆
　　哉"。

"汝旅人兮,我从国法而战死"等
　　语　⑦19.18。

汤尔和诬蔑爱国学生的话
　　③117.26。

汤增敭攻击曾今可的启事
　　⑫416.2。

"汤汤洪水方割,浩浩怀山襄陵"
　　②401.2。

"宇宙之大,苍蝇之微,皆可取材"
　　⑥234.10。

"安内与攘外"　见"先安内而后
　　攘外"。

"安那其主义者"　⑥564.31。

安冈秀夫污蔑中国"淫风炽盛"
　　②309.15。

冰糖壶卢　②175.3。

军国民主义　①283.3。

"军事裁判"的暗示　⑤432.6;
　　⑬40.5,135.7。

军人骑在马上的封面画
　　③511.8;⑫77.2。

许褚赤膊上阵　③300.6;
　　⑬409.1。

许寿裳谈佛教救国　⑭154.1。

许敬宗观操练的故事　⑧230.5。

许崇清留任教育厅长的消息
　　⑫60.2。

讽刺已是前世纪的老人的梦呓
　　⑤211.5。

农业救国论　③319.11。

农事试验场　⑮225.1。

设译社　⑬277.4。

"那摩温"　⑥371.9。

"异端"　③229.2。

"导"　②405.30。

"尽忠报国"　⑤63.5。

阮籍不愿儿子效己　③551.63。

阮籍借醉辞婚的故事
　　③549.54。

阮籍求为步兵校尉的故事
　　⑥178.4。

阮籍遇"穷途"大哭而回的故事
　　⑪17.3。

阳宅先生　②86.6。

"收之桑榆"　③192.8;⑫290.2。

"收买废铜烂铁"　④146.13。

阴沉木 ⑤113.3。

"阴阳脸" ④125.12。

阴阳五行 ①332.10。

"阴险的暗示" ②248.17。

"如夫人" ①199.26;⑦233.7。

如律令 ②496.9。

"如苍生何" ③205.10。

"如鱼饮水,冷暖自知"
　①310.6;⑬198.3。

"如能得到你的助力"等语
　⑧178.5。

"如自谓老人,是精神的堕落"等
　语 ②382.8。

"如含攻讦个人或团体性质者恕
　不揭载" ⑤62.2。

"妇者服也" ①133.15。

"妇姑勃谿" ①147.14;
　③78.11;⑪103.1。

"妇人弱也,而为母则强"
　⑪367.4。

"妇女园地"的征稿启事
　⑬25.6。

"妃红俪白" ③77.3。

"她"字和"牠"字的创造
　⑥76.7。

"好人政府" ④230.5,249.1;
　⑤71.5,330.9。

"好杜有图" ②403.9。

"好事之徒" ⑪161.5。

"好白相来希" ⑤206.2。

"好政府主义" 见"好人政府"。

"好读书不求甚解" ⑤161.5。

"戏剧年鉴" ⑤614.6。

戏场失火丑角打诨的故事
　⑤290.2。

观古堂 ⑩135.36。

观音手 ①511.5。

"欢" ⑦160.3。

"买办意识" ⑥153.12;
　⑬376.3。

买一本好字典 ③146.8。

"买办"的白话文 ⑤546.2。

红豆 ⑧539.6。

红毛书 ⑪403.8。

红绿帖 ②159.9。

红头阿三 ⑤145.9。

红卍字旗 ③311.4。

红背心 ⑬88.1。

红旗勋章 ⑩418.34。

《红楼梦》是作者自传说
　⑥542.9。

《红楼梦》命意的各种说法
　⑧180.3;⑨247.2。

纣王砍脚剖心的故事 ②427.6。

"纣虽不善,不如是之甚也"
　③358.35。

纤儿 ⑩166.16。

纪昀指责《聊斋志异》 ④27.18;
　⑨226.20。

纪昀谈简质的文风 ⑨226.20。

纪昀排击道学先生　⑥61.12。

纪昀以"浑良夫梦中之噪"解嘲
　④27.19。

孙陵　④363.8。

孙中山谈邹容　④132.7。

孙中山逝世后出现的风凉话
　⑦306.2。

孙中山不服中药之类的新闻琐载
　⑦307.5。

孙伏园谈雷峰塔　⑦244.2。

孙伏园谈鲁迅反对将自己的小说

做教科书　③253.26。

孙福熙称颂林风眠　⑫113.3。

孙传芳禁止裸体模特儿
　②331.24；③356.19。

孙悟空由印度传来之说
　⑨328.2。

孙行者和二郎神斗法的故事
　⑤493.5。

"约翰"　①178.6。

巡抚　②328.3。

七　　画

"寿终正寝"　③70.14。

麦考莱评拜伦　①110.78。

玛察评格罗斯　④158.6。

形上　⑧38.18。

形义学　⑪79.2。

形气学　①60.21。

"进学"　①462.4；④244.12。

进化论　①421.9；③156.15。

"进退维谷"　⑧391.10。

"进步的青年"　④190.7。

"进研究室"主义　①220.11；
　③30.15，464.10；⑩305.2。

"进研究室"问题的异议
　⑩305.3。

"远人"　⑤146.11。

"远览马《史》班《书》，近观王阮
　《志》《录》"　⑥337.6。

"攻周专号"　③261.2。

赤练蛇　②175.4。

"孝子"　⑤196.28；⑥416.6。

孝廉　⑩16.4。

孝光两朝　①159.8。

孝悌力田　①147.17。

孝堂山祠　⑬30.11。

孝廉方正　①147.17；④51.6。

孝子"割股"的笑话　⑥372.21。

"坟"　②199.3。

志石　⑤486.11。

志神怪者十五家　⑨15.29。

"声明误会，表示歉意"
　⑤362.5。

劫波　⑦158.5。

苇　⑧22.21。

邯郸学步　⑦412.3。

"花边" ⑤440.6。

花纸 ④529.6。

花信 ⑤359.5。

花调 ⑮253.4。

花旗 ④524.12。

花爆 ⑤464.5。

花绿头 ⑥201.25。

花旗国 ④423.8;⑥372.15。

花旗白面 ④524.12。

"花之富贵者也" ①249.7。

芹子 ⑩91.12。

芹茂稤香 ⑧535.12。

《芥子园画谱三集》广告的自夸
  ⑧422.2。

芬涅 ⑩288.11。

芬芳□□ ⑩53.5。

苍颉造字夜有鬼哭 ①220.15;
  ②405.23。

"严正态度" ④227.61。

严复"做"《天演论》 ①313.3。

严复关于儿童命运的话
  ①313.2。

"严禁转载"的告白 ⑬538.1。

"严饬所部切勿越界一步"
  ⑤67.5。

"严防反动分子乘机捣乱"
  ⑤136.4,464.4。

苎麻丝 ②112.13。

芦 ⑫285.2。

劳什子 ②452.7;⑦368.2。

"劳心者治人,劳力者治于人"
  ⑤541.6。

苏木汁 ④28.21。

苏州俏 ②75.5。

苏李别诗 ⑨429.26。

苏联书画 ⑫300.7,473.7;
  ⑬220.1。

苏联木刻家传略材料 ⑫474.8,
  494.1。

苏联排演莎士比亚剧的"丑态"
  ⑤601.2;⑥128.5。

苏汶为自己吹嘘 ⑤493.3,
  614.6。

苏汶反对文人用化名 ⑤493.6。

苏汶攻击杂文 ⑥4.4。

苏汶谈"不敢动笔" ④455.6。

苏汶谈作家被迫"搁笔"
  ⑤195.24,503.3,614.8;
  ⑥163.7。

苏汶谈莎士比亚剧中的群众
  ②405.29;⑤590.5,602.5;
  ⑧429.4。

苏汶讥讽梅兰芳的莫斯科之行
  ⑤613.4。

苏汶谈连环图画等不能产生好作
  品 ④455.9。

苏汶谈被指为"资产阶级走狗"的
  预感 ④455.4。

苏汶讥讽左翼作家从资本家取得
  稿费 ④455.8。

苏汶讥讽左翼作家的"偏见"还没
　有克服好　④455.7。
苏东坡要客谈鬼的故事
　⑤63.6;⑥183.33;⑨224.4。
苏秦张仪共师鬼谷子的传说
　③117.20。
芋食　①64.50。
克尔格司管　⑦29.38。
"克鲁屁特金"　⑥271.60。
克鲁泡特金的照片被弄掉
　①421.7。
杜鹃　②183.3;⑦463.4,473.3。
巫蛊　⑨369.15。
"极峰"　①220.10。
"杞天之虑"　见"心上有杞天之
　虑"。
"杨妃红"　⑦33.2。
"杨家女"　⑥644.13。
杨家将　⑪82.3。
杨妃乱唐　⑥210.9。
杨朱无书　③558.6。
"杨树达"事件　⑪455.3。
杨邨人的"自白"　④649.10;
　⑤401.4。
杨邨人误认徐诗荃文章为鲁迅所
　作　⑬58.1。
杨邨人诬鲁迅领国民党奖金开汤
　饼会　④649.11。
杨府录事李公佐事　⑩114.3。
杨振声谈《玉君》的修改

⑥267.19。
杨荫榆以聘职收买师生
　⑪13.1。
杨荫榆诋毁学生的"品性"
　⑧171.9。
杨荫榆攻击七教员宣言
　⑦303.6。
杨荫榆请警厅派警的信
　⑦303.7。
杨荫榆向学生家长发启事
　⑦303.4。
杨荫榆策划女师大提前放假
　⑧171.8。
杨荫榆的女师大招生广告
　⑪98.1。
杨慎伪作《杂事秘辛》之说
　⑨44.20。
李"天才"　⑬545.4。
李娥投炉　②348.9;⑫136.3,
　137.1。
李徵及第考　⑩91.11。
李徵化虎的故事　⑨213.10;
　⑩91.11。
李桦拟办画展　⑬328.3。
李逵劫法场的故事　④161.9。
李慈铭攻击赵之谦　⑤265.4。
李霁野建议写鲁迅传　⑭96.1。
李景林谈他"卷土重来"
　③225.10。
李世民射杀建成元吉事

⑥452.15；⑨166.5。

李鸿章侄是日本驸马之说
⑭612.6。

李文范接任民政厅长之红示
⑫260.2。

李四光比女师大风潮为"文明戏"
③127.3。

李四光对京师图书馆副馆长月薪
的说明　③252.23。

李初梨讥鲁迅被板斧劈着"记忆
中枢"　④71.20。

李初梨谈参加无产阶级文学要
"审察动机"　④70.16。

"更于没字处求之"等语
⑨288.5。

"束发小生"　①267.7；
③118.28,208.26,229.6。

"吾家 rky"　③11.5。

"吾家"彦弟　⑧477.3。

"吾未如之何也矣"　⑧307.9。

豆工　⑪158.2。

两仪　②87.12。

"两脚羊"　⑤216.3。

"两耳垂肩"　⑤63.3。

两江总督　②311.40。

两面脱柄　⑫355.4。

两位漂亮太太　⑩456.3。

两大古文明国的艺术家握手
⑦78.2。

辰江谈鲁迅在香港的演讲

③453.3。

"否则要此膝何用"　③20.5。

"否定的否定"等语　④70.15。

"还我头来"　④102.4。

来孙　③355.10。

"来者犹可追"　⑩319.17。

"来笃话啥西"等语　②467.21。

扶乩　①358.2；②86.9；③33.3；
⑥85.2。

扶桑　⑤60.9；⑦454.2；
⑫256.8。

轩辕氏戡蚩尤　①58.2；
⑧39.31。

"抚哭叛徒的吊客"　③480.16。

抟埴　①20.19。

连驾　②482.15。

批评与漫骂　③146.6。

批评家好"漫骂"　⑤452.2。

批评"打拳热"的文章　⑧273.2。

"批评工作的开始"等语
⑧190.3。

"批评家的圈子"的议论
⑤450.2,493.2。

"批评都本于学理和事实"等语
③183.16,251.11。

抄更纸　⑫499.1。

"医者,意也"　②299.5。

折冲樽姐　⑤365.8；⑬277.6。

扮演的函件　⑩289.16。

投壶　③382.4；⑤567.13；

⑥332.22,571.18；⑫406.8。

"投石下井"　①296.18。

投我琼瑶　⑫413.2。

"投畀有北"　③183.18。

"投畀豺虎"　③181.8,183.18,
　219.22。

"投降"之说　④226.52,478.18；
　⑩345.22。

"投笔从戎"　④604.2。

投诸四裔　③479.9。

投梭之拒　⑦19.28。

"投降南京"的谣言　⑥564.29；
　⑭10.6。

"抗日英雄"　④605.8。

护心镜　②220.3。

护国寺　⑮372.1。

护教团　⑫349.3。

把总　①558.46。

"把知识阶级打倒以后"等语
　⑦114.3。

报以数鞭　⑭170.1。

拟古新打油诗　②174.2。

求神拜佛　⑥123.3。

"求仁得仁又何怨"　①297.25。

"求仕不获无足悲"等语
　⑤393.4。

步　⑧23.32。

"步步生莲花"　⑪168.3。

卤簿　②283.3。

"坚壁清野"　①275.2。

县圃　②3.1。

吴钩　⑧535.9。

"吴均体"　⑨55.22。

"吴兴才人"　⑨82.18。

吴稚晖的"献策"　⑥569.12。

吴稚晖谈"抗日"　⑤133.3。

吴稚晖大战蔡钧　③229.7；
　⑥580.7。

吴稚晖发起"清党"　③480.17,
　569.5；⑤126.4。

吴稚晖为"献策"事辨解
　⑥581.9。

吴稚晖谈不打死老虎　①294.5。

吴佩孚入京的报导　③338.22。

吴佩孚"登彼西山赋彼其诗"
　③191.4。

吴谦被误作鲁迅笔名　⑬151.5。

吴三桂等配享太庙之说
　⑥651.3。

吴均撰《齐春秋》失实免职
　⑨55.21。

吴宓反对文学写下流社会
　①243.24；③443.6；④477.12。

时宪书　①212.8。

"时代错误"　④119.4。

时轮金刚法会　⑤476.2,506.4；
　⑥54.8,123.3；⑦473.2。

《时报》的讽刺画　①310.5。

"时日曷丧,予及汝偕亡"
　①231.12；⑤473.4。

"时期性"和"时候性"之说
　⑥562.19。
《时事新报》对鲁迅的谩骂
　①146.5。
里低母斯　⑧529.4。
吠陁　⑧38.19。
旷野将军的品级　⑧78.4。
"男女之大防"　①556.31。
"男女授受不亲"　①276.10，
　428.5；③33.4。
"男女七岁不同席"　⑤572.2。
"男女骨数不同"之说　③19.3。
男秉乾刚，女占坤顺　④56.7。
"足证华人传统的不感觉苦痛性"
　④516.5。
《呐喊》"由令弟编了出来"等语
　④115.11。
"员外"说　⑤192.1。
员峤真逸题字　⑧67.9。
"听其自然"　②349.25；
　⑪274.1；⑫212.2。
"听候开审"　②403.13；⑪7.11。
"听候法律解决　见"听候开审"。
"听其言而观其行"　⑤247.3。
"吹箫不用竹，一箭贯当胸"
　⑤251.13。
"呜呼哀哉，尚飨"　⑤567.14。
邑犬　①284.9。
别及不兰　⑦27.12。
别字问题的议论　⑥293.2。

别一种维持治安法　④164.5。
别人批评是报私仇之说
　⑧394.4。
岐黄　②300.9；⑥377.7。
帐构铜　⑧88.7。
删节Hugo文的案语　⑫53.5。
删去的几篇讲演　⑦7.10。
钊　③69.6。
告帮　②482.19。
"乱党"　③287.5。
"乱之上也，治之下也"
　⑧39.33。
"乱离人不及太平犬"　①230.5；
　⑤522.7。
利屣　④523.3。
秀才　①462.4，554.12；
　③115.6。
秀才科　⑩119.38。
"秀才皆是讨债者"　⑧222.2。
私门子　⑬40.2。
私窝子　①339.3。
"私禀执政"　⑦101.3。
吞藤黄　⑪494.2。
我侬　⑪421.3。
"我大清"　⑥144.7。
"我生不辰"　③48.8。
我家姑奶奶　⑬526.2。
"我爱血写的书"　④25.6，
　577.2。
"我不生气"的文章　④253.3。

"我生不有命在天"　③270.5。

"我幸而没有女儿"　⑦97.8。

《我的失恋》的纠纷　⑦287.3。

"我的朋友胡适之"　⑧374.2。

我们有好几种杂志　④244.9。

"我穿的也是外国服"　⑤480.3。

"我手执钢鞭将你打"
　　①557.35。

我在留学时登过几篇文章
　　⑦88.16。

我曾经弄过几个文学团体
　　④244.10。

我真不能不叹人心之死尽矣
　　⑧190.8。

"我们思想上的差异本来很甚"等
　　语　⑧178.5。

"我有一匹好东绢,请君放笔为直
　　干"　⑦337.7。

"我即以其人之道反诸其人之身"
　　等语　②382.8;⑧178.9。

"每下愈况"　①267.5;③121.5,
　　318.5。

每斤八文的孩子　①231.21。

兵阴阳家　⑨32.6。

"何必改作"　③366.17。

《何典》的广告　③324.8。

《何典》标点本的空格　⑦309.4。

何家槐偷稿事　见"何徐创作问
　　题之争"。

何家槐引鲁迅语谈"联合战线"

⑥560.7。

何家槐谈林语堂同情"联合战线"
　　⑭9.3。

何晏服药的故事　③545.32。

何晏搽粉的故事　③545.31。

"何以解忧?惟有杜康"
　　③544.27。

何徐创作问题之争　⑬76.2,
　　107.13。

何曾劝司马昭杀阮籍
　　③550.61。

"何物老妪,生此宁馨儿"
　　⑪68.11。

"何立从东来,我向西方走"
　　④504.13。

"何所闻而来,何所见而去"
　　⑤501.6;⑥349.5。

何键反对课本中写动物说人话
　　④296.6;⑧355.9。

体元表正　⑥183.29。

佐藤屋　②319.8。

"作俑"　⑤282.5。

"作之师"　③169.4。

作法求雨　⑤573.7;⑥105.2。

"作善降祥"　①256.9;⑪255.2。

作壁上观　⑪29.2。

作者姓氏一大篇　④587.8;
　　⑬94.4。

《作家》目录上的作家小像
　　⑭53.1。

伯夷叔齐扣马而谏的故事
⑥16.21。

伯夷叔齐饿死首阳山的故事
②431.31。

"低徊趣味" ⑩244.5。

"你悔改吧" ⑤433.16。

"你们已经走了从虫豸到人的路"
等语 ⑥266.8。

"身心交病" ③501.3,521.2;
④115.15。

"身败名裂" ④635.5。

"身在江湖,心存魏阙"
⑦406.3;⑫481.7。

"身后名,不如即时一杯酒"
⑪209.1。

"身体发肤受之父母不敢废伤"
③56.5;⑥281.4。

佛陀 ④461.7;⑤355.3。

佛戾 ①59.14。

伽蓝 ②192.4;④135.2。

近古代 ①23.51。

"近视眼看匾" ④89.2;
⑦203.16。

"近取诸身,远取诸物"
⑥107.14。

"役夫" ①249.8。

返顾高丘,哀其无女 ①106.38;
⑧43.13。

余姚农民迎神求雨 ⑤577.2。

余姚徐某被咬死事 ⑤578.6。

余赵剪窃问题之争 ⑤308.3;
⑫423.2。

希特拉 ①23.50。

希特勒谈"权威" ⑤304.2。

希特勒生平勋业的书籍
⑦426.8。

希腊教徒诅咒托尔斯泰
⑤433.14。

"坐化" ④504.13。

坐驰 ⑦136.3。

坐馆 ③78.8。

"坐不改名,行不改姓"
⑤258.8。

豸 ⑮305.2。

"含电人参胶" ⑤29.2。

"含泪的微笑" ⑥384.2。

"邻猫生子" ③205.9;⑬69.5。

彤弓彤矢 ②382.6。

角黍 ⑮119.5。

劬古 ③49.14。

"狂吠" ④605.7。

"狂言" ⑦203.17。

"犹河汉而无极也" ①249.3。

犹太学校要学生行磕头礼
③49.17。

"狄克推多" ⑫53.5。

狄思威路的存书室 ⑫464.6。

迎神赛会 ①353.3,555.22;
②273.2;⑥14.8。

"迎头赶上" ⑤67.2。

鸠　⑦157.2。

"饮河不过满腹"　⑩236.2。

言筌　④609.7。

"言行一致"(陈西滢语)
　　②266.15。

"言行一致"(施蛰存语)
　　⑥202.33,411.6。

"言词争执"　⑦402.2。

"言语道断"　③284.2;⑫401.1。

"言者心声也"　①103.4;
　　②264.6。

"言论自由"的通电　⑬299.7。

库券　⑫22.7;⑯7.21。

"应声虫"　①320.13。

庇波地　⑩173.7。

"这里的广告都是批评"
　　⑧189.2。

"弃文就武"　⑧426.3。

"忘八"　②405.26;④524.14。

忘忧馆作赋　⑨416.13。

怀沙自沉　⑪96.2。

"怀铅提椠"搜求方言的故事
　　④94.9。

"闲适"　⑤500.3;⑬94.3。

《闲话》的广告　⑫71.9。

《炀帝海山记》题下小注
　　⑩145.7。

状元　①255.4,355.3,555.19。

冷色　⑫378.2。

"冷一冷"　⑪89.7。

冷板凳　③78.9。

"汪跻卫国"　⑤470.5。

汪原放先生"已作古人"案
　　③250.8。

汪懋祖的"相煎益急"之说
　　③93.3。

汪懋祖致"全国教育界"意见书
　　⑪86.4。

沙龙　⑧357.5。

沙袋　⑥370.4。

汽车　①189.12;⑮522.1。

泛斯拉夫主义　⑧39.38。

没药　②180.4。

"没落"　⑤204.2。

"没出色"　⑪653.2。

"没落者"　④8.8。

"没有花,没有诗"　③215.4。

没有"孤独"感觉　⑬257.4。

"没齿而无怨言"　③284.4。

没有敢讲共产党话的勇气
　　④197.7。

"没有谈及革命对不起读者"的
　　"附白"　③511.11。

汶汶乡　②453.14。

沪北小阁　⑩346.25。

"沉默,金也"　⑧420.8。

"沉自己的船"　⑥269.40。

"沉钟"的故事　⑥270.44。

沈雁冰批评威纳的《中国神话与
　　传说》　⑪465.4。

"完泽笃" ①132.11。

宋人语录 ⑬94.2。

宋的院画 ⑥26.5。

宋代"合生" ①160.14。

宋人印行的丛书 ⑥239.2。

"宋玉含才,始造'对问'"
　　⑨393.25。

宋太祖添造《推背图》 ⑤99.6。

宋重理学而有高帽破靴
　　③225.4。

"宋江没有受招安平方腊"说
　　⑨157.19。

穷奇 ②430.22;⑪338.3。

"穷人哲学" ⑤466.3。

"穷愁著书" ③77.2。

"穷工巧于台榭兮,民露处而寝
　　湿" ⑥450.4。

社戏 ①598.6。

社稷 ①376.4。

《社会日报》对鲁迅答徐懋庸信的
　　议论 ⑭134.7。

启节 ②403.15。

启罗 ⑫328.4。

启罗格兰 ⑦28.23。

启事文章可使仇头落地的奇想
　　⑤255.7。

补苴 ⑪196.3。

"识荆" ①199.24。

识玄冬于瓶水 ⑧371.5。

词的解放 ⑤59.2,193.11,

232.4。

"良友文学奖金" ⑭115.3。

译婿 ⑪406.18。

译须信雅达,文必夏殷周
　　④395.5。

"君子固穷" ①462.3。

"君车"残石 ⑬151.2。

"君子远庖厨" ④537.13;
　　⑤53.8;⑥181.20。

"君子死,冠不免" ⑥332.17。

君政复古时代 ①131.7。

"君子忧道不忧贫" ③39.8。

"君子务其大者远者" ⑤299.7。

"君子劳心,小人劳力"
　　①219.6。

"君子中庸,小人反中庸"
　　⑤94.11。

"君子为猿鹤,小人为虫沙"
　　④565.4。

"君王城上竖降旗,妾在深闺那得
　　知" ⑤448.8。

灵长 ①18.10。

灵台 ①107.47;⑦447.2;
　　⑧40.41。

灵琐 ②3.1。

灵粮 ①39.37。

"灵魂照相" ⑪361.4。

"灵魂的战士" ⑦211.81。

"灵魂的冒险" ②355.3;
　　③146.6;⑩279.2。

"即以其人之道,还治其人之身"
　①297.23;④164.3;
　⑥310.6;⑪104.1。
"屁塞"　②158.6。
局脊　①23.45。
改"遇故"为"射雁"　⑧161.3。
改"越"为"粤",尤近自扰
　⑩149.2。
张园　④588.15。
张飞鸟　②291.3。
张角兽　⑧23.29。
张睢阳庙　⑦233.9。
张慧冲谈义军　⑤68.8。
张天师作法求雨　⑤578.4;
　⑬204.4。
张孟闻指责鲁迅　⑫142.1。
张资平攻击《拓荒者》　④236.2。
张俊被咬死的故事　⑤578.7。
张献忠祭梓潼神文　⑥184.38。
张献忠剥人皮的传说　④601.4。
张献忠考秀才的传说　⑤450.3。
张顺水淹李逵的故事　⑦7.13。
张崧年引"罗素之所信"
　③130.13。
张若谷谈他讽刺萧伯纳
　④512.9。
张霸伪造古文《尚书》之说
　⑨369.16。
张广定置女于古冢的故事
　⑨43.15。

张歆海见美国兵打中国车夫巡警
　③133.2。
陆王　⑨262.7。
"陆稿荐"　④87.10。
陆黄恋爱　⑫256.3。
"陆绩怀橘"　②266.20。
陆机荐贺循　⑩45.2。
阿屯　⑧22.17。
阿拉　⑦399.4。
阿堵　⑧535.5。
阿鼻　⑧20.5;⑪339.9。
"阿木林"　⑤217.6;⑥392.6;
　⑫124.4。
"阿其那"　⑤216.2。
阿房宫　⑥15.12;⑧165.7。
阿弥巴　①23.47。
阿伽陀药　⑦104.8。
"阿狗阿猫"　④226.55,234.8,
　247.2。
"阿尔特肤尔"　②57.6。
阿纯发生机　⑯624.5。
阿强陀石窟　④461.5。
《阿Q正传》"讽刺"说　⑦86.5。
《阿Q正传》"病态"说　⑦86.5。
《阿Q正传》"滑稽"说　⑦86.5。
《阿Q正传》使人疑惧之说
　③402.7。
"阿哥,你不要再做文章得罪人家
　了"　③215.5。
陈死人　②165.4。

陈涉帛书　④47.8。

陈同福的自杀　⑤509.3。

陈源的"怀疑"　③90.6。

陈源谈《玉君》　③357.28。

陈源的批评法　见"陈源称赞鲁
　　迅小说攻击鲁迅杂文"。

陈源以左拉自况　③217.15。

陈源诬鲁迅"剽窃"　③254.31；
　　⑥479.5；⑩71.3。

陈源给岂明的信　③250.4。

陈源谈"不管闲事"　③203.3。

陈源一再谈法朗士　③367.23。

陈源评七教员宣言　③85.8，
　　166.18；⑪82.1。

陈源谈"多数"与"少数"
　　③183.15，186.3，187.8。

陈源关于"完人"的议论
　　③173.8。

陈源教授的一顿"教训"
　　③257.50。

陈源比爱国群众为"拳匪"
　　③134.3。

陈源到南京活动的消息
　　⑫57.5。

陈源称颂吴稚晖读古书
　　③229.5。

陈源以谈威尔士等自炫
　　③367.22。

陈源以读过莎士比亚自炫
　　③6.10。

陈源以访问过萧伯纳自炫
　　③261.4，367.22。

陈源对陈大悲翻译的批评
　　③455.15。

陈源谈走"狭窄险阻的小路"
　　②284.16。

陈源谈著作权和创作动机
　　③163.2。

陈源谈塞万提斯"像叫化子"
　　③255.39，306.3。

陈源为凌叔华抄袭行为辩解
　　③255.40。

陈源谈中国重女轻男的"闲话"
　　③129.8。

陈源颂扬芮恩施所办图书馆
　　③207.21。

陈源称女师大强占女大校舍
　　①297.27；③173.10。

陈独秀谈《域外小说集》重印条件
　　⑩179.3。

陈源引张歆海语攻击五卅运动
　　③133.2。

陈源称杨德群不愿参加群众运动
　　③311.5。

陈源为《现代评论》收受津贴事辩
　　解　③280.4。

陈源讥讽进步人士安居东交民巷
　　③607.10。

陈源称赞鲁迅小说攻击鲁迅杂文
　　②264.7；③306.2；④114.8，

279.4。

陈源对梁启超的开刀医生的嘲讽
　　③336.7。

陈源挖苦"思想界的权威者"的名
　　称　③472.16。

陈源对三一八惨案死难者的诬蔑
　　④490.6；⑧200.12。

陈源把章士钊、杨荫榆比做特莱
　　孚斯　③217.15。

陈源谈章士钊下台后《甲寅》有了
　　生气　③230.11,281.5。

陈源谈章士钊家藏社会主义德文
　　书甚多　③206.16。

陈源谈章士钊想到学者应有固定
　　收入　③207.24。

陈源称徐志摩有中国文学不曾有
　　过的风格　③276.8。

"陈叔宝全无心肝"　②348.13；
　　⑤49.5。

陈子英登报招寻鲁迅　⑫286.2。

陈济棠提议恢复关岳祀典
　　⑤530.4。

陀思妥耶夫斯基赌博的事
　　⑤365.5。

陀思妥耶夫斯基谈自己的创作
　　⑦109.3。

妓家故事题材的小说　⑨275.4。

妙峰山香市　⑪292.4。

"努力表现自己"　④71.22。

邵洵美攻击杂文　⑥4.1。

邵诗人贬落黑诗人　⑤432.8。

邵洵美骂《北平笺谱》
　　⑦442.16；⑬8.3。

邵飘萍为《〈莽原〉出版预告》加案
　　语　⑪56.2。

鸡虫　⑦450.2。

鸡肋　④105.2；⑫144.5。

"鸡头肉"　③491.7。

鸡犬飞升　④236.4,637.3；
　　⑥162.2。

鸡鸣风雨　⑦474.5。

鸡汤代猪肉　⑦460.4。

纬书　⑨367.4。

"纯文艺"的思潮　③30.15。

"纳采"　②248.16。

纳款　⑥620.3。

纵横家　⑪349.5。

"纵令有时用其他笔名,均自负
　　责"　⑤258.8。

纸钱　①472.5。

纸锭　①472.5；②283.7。

"纸糊的假冠"　③411.6,471.7；
　　④38.13；⑥643.7；⑧178.7；
　　⑪218.2,623.2。

八　画

"奉母命权作道场"　①283.4。

环亚林　⑩386.21。

环境说 ④257.5。

"玩笑玩笑" ⑥282.6；⑧437.3。

武 ⑧46.5。

武怒 ①105.19。

武士道 ④536.2；⑧105.7；
⑩255.4。

武英殿 ⑮243.1。

武氏石室 见"汉武梁祠石刻画
像"。

武则天造字 ⑥107.12。

武梁祠画象 见"汉武梁祠石刻
画像"。

"武装保护苏联" ④254.5。

武官们开的书店 ⑤433.12。

武学家的笑迷迷的期刊
④72.30。

武官屈打说书人的故事
④315.34。

武者君关于"糖衣的毒刺"的话
③68.2。

青蚨 ⑤213.4。

青眼 见"青白眼"。

青白眼 ②87.11；③548.49；
⑦450.2。

青酸钾 ①582.5。

"青年必读书" ③191.2；
⑦261.2。

"青年指导者" 见"负有指导青
年责任的前辈"。

"《青史》由缀于街谈" ⑨32.5。

青年作者出风头 ③147.9。

"青年必读书"启事 ③12.1。

"青年叛徒的领袖" ③496.6；
④59.3。

现任的皇宫 ⑬545.6。

"现代评论主角" ③479.15；
④197.11。

《现代评论》代售处 ③598.11。

《现代评论》改变论调
⑧200.11。

《现代评论》收受官僚津贴
③165.16，280.4，515.5。

《现代评论》讨得银行广告费
③165.16。

《现代评论》赞颂国民政府的广告
③608.14。

《现代评论》积压周建人等答辩文
章 ⑦82.5。

现行教育制度是农村破产的主要
原因说 ⑤237.4。

"责备贤者" 见"《春秋》责备贤
者"。

"表现自我" 见"努力表现自己"

"表彰节烈" ①131.6。

《表》将编为电影的报导
⑬442.2。

规那丸 ⑮85.4。

盂兰盆 ②309.17；⑤299.4；
⑥603.3；⑪30.13。

"取乱侮亡" ⑩274.16。

"取纯火精以协其数"　⑧88.6。

耶和华　①120.180。

耶耶乎　⑦399.3。

耶彼第之语　①110.84。

耶稣被钉十字架　①385.4；
②179.3。

耶稣临死前的呼喊　②180.6。

耶稣被辱骂讥诮的故事
②180.5。

坦波林　⑩525.1。

坤之剥　⑩98.13。

坡罗尼恩　⑦27.14。

"其妙"在此　⑪509.5。

"其州在尾上"　④38.8。

"其功德不在禹下"　⑤273.8。

"昔之说《书》者序以百"
⑨368.12。

"昔人已乘黄鹤去,此地空余黄鹤
楼"　⑤455.6。

"若杀其父兄"　①284.7。

"若敖之鬼馁而"　①556.28。

"若大旱之望云霓"　⑪51.5。

"若药弗瞑眩厥疾弗瘳"
⑩259.5。

"若要官,杀人放火受招安"
⑤455.5；⑥297.4。

芰　①60.17。

茂才　①554.12。

英洋　见"鹰洋"。

"英文标点"　①415.5。

"英吉之利"　①400.5。

英雄们杀我祭旗　⑭118.4。

英字新闻对萧伯纳的报导
④513.11。

英国主人主张给甘地吃鞭子
④588.17。

苟余情之洵芳　⑪339.11。

"苟延性命于乱世"　⑤106.5。

"直接行动"等语　④68.6。

"直言曰言,论难曰语"
⑨358.13。

"直接或间接用苏俄的金钱"
③312.6；④490.6；⑤155.2。

范丹饭后投钱的故事
③541.12。

茄门　④356.7；⑥372.15；
⑭127.3。

"茅盾被捕"的谣传　⑫429.3。

苺　⑮119.6。

"林"兄　⑪600.2。

林语堂的"启事"　⑫63.5。

林语堂讲"潇洒"　⑥281.3。

林庚白来信谩骂　⑯166.8。

林语堂首译"幽默"　⑩303.2。

林语堂提倡"幽默"　④587.5；
⑤362.2。

林语堂错点古文　⑥349.2。

林语堂与《人言》之争
⑬107.12,135.5。

林语堂谈"西崽口吻"　⑥371.8。

林语堂推崇袁中郎　⑤500.5。

林纾骂"铲伦常"的言论
　　①145.2;⑧107.2。

林语堂称赞《野叟曝言》
　　⑥281.2。

林语堂谈不打落水狗　①294.5。

林语堂推荐廿种书目　⑬378.1。

林语堂提倡"费厄泼赖"
　　①293.2;④586.4;⑥214.4。

林语堂为洁身自好者辩
　　⑤488.4。

林语堂秘密到福建之说
　　⑬107.11。

林语堂谈各报攻击《人间世》
　　⑤489.5。

林语堂谈洋服不合于卫生
　　⑤480.5。

林语堂攻击介绍波兰等国文学
　　⑥371.13。

林语堂谈请罗曼·罗兰等"治天
　　下"　⑧398.4。

林希隽攻击杂文　⑤592.2;
　　⑥5.5,303.5,349.3。

林希隽谈作家成了"商贾"
　　⑤592.3。

林森"微服"购古玩　⑤137.6。

林纾斥"父子无恩"之说为不伦
　　①146.7。

林纾谈欧美家庭无"逆子叛弟"
　　①147.15。

林纾等对《新青年》编者的谣言
　　⑧108.7。

林则徐被英人俘虏之说
　　④179.19;⑥77.10。

林庚白评鲁迅悼柔石诗
　　⑬307.4。

林素园诬徐祖正为"赤化"
　　⑪134.6。

"林回弃千金之璧,负赤子而趋"
　　③50.22。

枇杷笺纸　⑪310.1。

松茸　⑯218.5。

"枪终路寝"　③455.14。

"枪炮不入"　①326.4。

枪炮战胜了投壶　③515.4。

杭州岳王坟　⑤229.8。

"杭育杭育派"　⑥110.33,
　　179.8;⑬91.3。

杭州以"九"、"钩"读音辨杀旗人
　　之说　④612.3。

"述而不作"　①133.18。

"枕戈待旦"　⑤63.5。

"或厈台□"　⑪380.5。

"或消自业,或淡他灾"
　　⑤476.3。

丧人民元　⑧39.39。

"丧乱死多门"　④577.6。

画人的特点最好是画眼睛说
　　④529.9。

剌伽刻伕夫体　⑦27.9。

"事大"　⑥371.11。

"事理通达心气和平"　②22.9。

雨花台　⑦452.3。

雨果剧本演出时的冲突
　⑤265.7；⑥420.5。

卖孝的文人　⑥416.6。

卖富的文人　⑥415.4。

卖稿的文人的作品要不得之说
　⑥415.4。

"郁郁乎文哉"　③70.18。

郁达夫北上之说　⑫226.4。

郁达夫关于北新的话　⑫174.3。

郁达夫受反动派攻击的文章
　③512.13；④26.15；⑫271.5。

郁达夫谈翻译《阿河的艺术》之苦
　⑦220.159。

郁达夫谈高尔基的未完的《一封
信》　⑦216.124。

郁达夫谈鲁迅提议选拔青年新作
　③166.20。

矽　③11.8。

剞木剞木　⑩165.4。

奔星　⑦161.5。

奇觚　⑧39.34；⑪342.5。

奇肱国　②402.7。

"垄断文坛"　⑥268.29。

拔贡　②134.12。

"拔宅飞升"　见"鸡犬飞升"。

拔剑逐蝇的故事　③547.44。

顶子　①558.48。

顶礼　⑥604.11。

顶费　⑯194.1。

转轮　①60.20；⑧43.7。

"转变"的谣传　见"南京盛传转
变"。

"斩监候"　⑥47.9。

斩衰凶服　②283.6。

"斩关羽"的笑话　⑧217.8。

轮回　③21.11；⑥636.4。

"轮盘赌"　④167.3；⑬40.2。

"软刀子"　见"软刀子割头不觉
死"。

"软刀子割头不觉死"　①6.7；
③384.1；⑦328.9。

押牌宝　①555.20。

"拖鞔"　⑫96.2。

"拍花"　⑦287.2。

拆白　①383.2。

拆灶　②158.2。

拆梢　②349.18；③435.7；
④311.12。

"拥旗党"　④59.4。

拘于虚　①62.36。

势所必至，理有固然　⑧426.1。

抱瓮　⑧536.2。

抵当辩证法　⑦460.2。

拉丁化书三种　⑬609.1。

"招贴即扯"　⑥236.1。

"抬阁"　②274.14。

抬驴的寓言　③463.9。

卧佛寺　⑮436.2。

"卧冰求鲤"　①149.22；
　②266.22；⑥53.2。

"卧薪尝胆"　⑤63.5。

欧阳兰抄袭雪莱诗　③256.42。

欧阳晓澜不许剪发女生报考
　③490.2。

"到了汉口"　③455.13；⑫39.6。

"到民间去"　③106.21；
　⑥494.3；⑦212.95；⑪101.4。

"到底要不要自由"　⑤225.10；
　⑫420.2。

匼　⑧20.3。

叔本华咒骂妇女　③217.14。

叔本华的梅毒药方　③215.2。

叔本华用梵文记账　⑥430.5。

叔本华将绅士比作豪猪
　③234.3。

叔本华谈精神伟大与人格伟大
　③41.2。

卓姝　⑬12.3。

虎伥　见"伥鬼"。

虎贲　②404.21。

"非心"　⑪74.3。

"非常处分"　①271.34。

"非人磨墨墨磨人"　⑤334.3。

"非人道主义"的高唱　见"大骂
　人道主义的风潮"。

"非小人无以养君子"　⑥117.7。

"非徒无益,而又害之"

③39.10；⑦426.4。

"非其鬼而祭之,谄也"
　⑤486.17。

"非亲是亲,我官府权为月老"
　⑭233.2。

"非常之人必能行非常之事"
　②111.11。

"非礼勿视,非礼勿听,非礼勿言,
　非礼勿动"　①220.13；
　⑤324.9。

"贤者避世"　⑥215.11。

贤母良妻主义　①283.3。

尚古　①63.43。

尚宅　⑯298.3。

"昊天不吊"　①269.23。

"果然"　⑥459.6。

果戈理谈诨名　⑥396.3。

果戈理谈《死魂灵》的结构
　⑩454.3。

昆仑山上古森林的大火
　②368.13。

"国步"　⑤121.4。

"国朝"　③592.9。

国库券　⑮111.2。

国粹戏　⑩491.3。

"国民之敌"　①330.3。

"国民公仆"　⑤103.5。

国事鞅掌　⑫321.3。

"国家博士"　⑫534.4；⑬74.2。

"国民之母之母"　⑪45.1。

"国军一致拥段"　③216.8。

"国难后第六版"　⑥38.2。

国防文学"最中心之主题"
　　⑥561.10,626.3。

"国防文学"以外是"汉奸文学"之
　　说　⑥561.10。

明社　②273.8。

明治　⑩245.10。

明前　⑯244.1。

明器　⑧59.1;⑪359.10;
　　⑮51.1。

明日黄花　⑪30.8。

明末小品　④593.9。

明因果者九家　⑨15.30。

明亡归罪于东林　见"文人误国
　　说"。

"明人好刻古书而古书亡"
　　⑤285.7;⑥200.20。

"明于礼义而陋于知人心"
　　③551.62。

明亡后坚持抗清的志士
　　③187.9。

"明见侮之不辱,使人不斗"
　　⑨33.11。

明嘉靖以来的说部丛集
　　⑨224.2。

明太祖对于元代势力不肯放肆
　　⑤229.5。

明季大臣跑在安南还打牌喝酒
　　⑬512.3。

"易子而食"　①455.5。

"易地则皆然"　①568.4。

易卜生"救出自己"的遗训
　　①270.27。

"易卜生——是个天才的问
　　号'?'"　④587.10。

"迪威将军"　③366.14。

"典"　⑨368.9。

"忠孝仁爱信义和平"
　　④524.13;⑬384.2。

咏知县老爷探梅诗　⑥214.9。

"咈哉"　⑦39.8。

罗曼　①63.43。

罗生门　⑩252.1。

罗汉豆　①598.7。

罗曼·罗兰的日记　⑥430.4。

罗曼·罗兰评《阿Q正传》
　　⑫521.7。

罗曼·罗兰评凯绥·珂勒惠支的
　　画　⑥496.15。

罗家伦称赞芮恩施　③204.8。

罗清桢学生的作品　⑫422.1。

罗丹谈艺术中"性格"美
　　⑩189.9。

罗振玉买卖大内档案资料
　　③591.3。

罗马字母代替人名地名的争议
　　②43.5。

罗加切夫斯基谈契诃夫和安特莱
　　夫　④108.4。

罗贯中著《水浒》"子孙三代皆哑"
　的传说　⑩71.5。
帖括　③225.5。
"岣嵝碑"　⑥107.10；⑨357.6。
岣嵝禹碑　见"岣嵝碑"。
凯白勒　⑩297.10。
罔象　⑧89.15。
制艺　①575.3；②256.6；
　⑥16.25；⑧420.9。
制军　③455.16。
制艺的选家　③166.19。
"知难行易"　④349.8。
"知人论世"说　⑨372.35。
"知识是罪恶"　①392.3。
"知耻近乎勇"　④632.10。
"知有母不知有父"　⑤302.2。
"知其不可为而为之"　③486.4；
　⑥543.15。
"知命者不立于岩墙之下"
　③56.5；⑫417.1。
迭逢纪　①23.51。
"和番"　⑤596.6。
和歌　⑫234.2。
"和长虹战"　④114.4。
"和平老翁"　⑤41.3。
"和西滢战"　④114.4。
"和光同尘"　③84.3。
《和平与战争》　⑤593.4。
和尚被焚的故事　③454.8。
"竺震旦"　①198.17；③365.4。

"牧"　⑤386.5。
牧师劝说"生前受苦死后赐福"的
　故事　⑪16.1。
"物相杂,故曰文"　⑨358.15。
"物质文明吃穿居住享用还是咱
　们黄帝子孙内行"　⑧437.2。
岳飞奉旨不抵抗　④537.12。
岳武穆王脊梁刺字　⑩439.10。
供奉　⑤610.4。
供奉(日本名称)　⑩250.2。
"侦心探龙"　⑪365.6。
侦察的眼光　⑩289.16。
"使之闻之"　③382.3。
侏儒　②453.12。
侨俄　⑩359.30。
"侨民文学"　⑥271.55。
侘　①108.59；⑧37.10。
"依定律请若尝试此六阅月间"
　⑩481.7。
侁事　⑧55.7。
"帛"　①271.32。
"卑污的说教人"　④67.3；
　⑦211.88；⑫141.3。
的中　②218.2。
征申公枚乘　⑨425.2。
质力　⑧38.24。
质学　①38.30；⑪346.2。
"质点论"　①36.8。
质力不灭律　①24.56。
爬翁　⑪375.10。

"彼得"　①178.6;⑥574.4。

"彼可取而代之"　①374.6;
　　③48.5。

"彼亦一是非,此亦一是非"
　　③91.10;④588.16;⑤266.8;
　　⑥311.11;⑦140.3。

"径一周三"　⑥269.36。

所得税　⑮438.4。

"舍密学"　④218.10。

金文　⑥294.8。

金石　⑤282.4。

金款　③169.5。

"金心异"　①443.14;⑧127.2;
　　⑪377.1。

"金石例"　③390.10。

金鸡那　⑥408.5。

"金刚怒目"　⑥450.7,604.14。

金华斗牛　⑤10.2。

金鸡纳霜　⑩276.26;⑪124.8。

"金铁主义"　①60.15。

金玉的粉末　②367.6。

"金光明道场"　④537.11。

金屋贮阿娇　⑧539.3。

金圣叹删《水浒》　④544.5。

金圣叹批改《西厢》　④544.4。

金圣叹批《三国演义》　①499.3;
　　⑤139.4;⑨143.9。

金圣叹抬起小说传奇　④544.3。

金老鼠的笑话　③157.16。

金山程氏藏镜释文　⑧88.4。

金兵骂孔丘像的故事
　　④330.16。

"金淑姿是鲁迅小姨"之说
　　⑬284.2。

"命"　⑨368.9。

"采菊东篱下,悠然见南山"
　　③552.67;⑥178.5。

"采诗之官,王者所以观风俗知得
　　失"　⑩4.3。

"受一廛而为氓"　④56.12。

"受了帝国主义者的指使"
　　⑥85.4。

"念兹在兹"　③593.19。

朒朒　⑧23.34。

"肺腑而能语,医师面如土"
　　⑥22.4。

"朋友,以义合者也"　⑤482.2;
　　⑥392.7。

服箱　①109.69;⑧24.40。

服辩　①462.7。

服散作假的故事　③546.36。

昏黄　①39.43。

周　⑪338.5。

周晬　⑯272.9。

"周连兄"　⑫330.2。

周尺一丈　②428.12。

周召共和　①241.15;⑥581.10。

周作人的自寿诗　⑬88.2。

周木斋指责学生逃难　⑤90.8。

周立波谈苏汶态度好　⑭9.2。

周作人谈不打落水狗　①294.5。

周文抗议傅东华删改小说
　　⑥563.28；⑭15.4；⑯589.7。

周建人与王蕴如相爱之事
　　⑪547.2。

周作人谈各阶级都要升官发财
　　④102.3。

周作人谈"载道"文学和"言志"文
　　学　④484.3。

周作人对《域外小说集》新版的说
　　明　⑩178.1。

周建人谈在商务印书馆情况的字
　　条　⑪499.2。

鱼与熊掌　⑪67.4。

鱼龙曼衍　⑪339.12。

狉獉　①105.17。

兔死狗烹　见"鸟尽弓藏，兔死狗
　　烹"。

"狐狸吃不到葡萄，说葡萄是酸
　　的"　⑤362.6；⑥415.4。

忽遭寇劫　⑩68.3。

狗监　⑨437.5。

狗儿年　⑧413.2；⑬385.1。

《狗儿年杂文》的拟名　⑬385.1。

"饰小说以干县令"　⑨11.1。

"饱食终日，无所用心"
　　④38.14；⑤459.8。

"变动说"　①21.32。

"京瓦技艺"　①159.6。

京式的流言　⑩289.16。

享保　⑨156.11。

庙会　①581.2；②134.5。

庙讳　⑪457.1。

庙祝　②23.15。

"庙谟"　⑩193.3。

夜台　⑧541.3。

府县志书　③140.3。

"底平趾敛"　④523.2。

"庖人虽不治庖，尸祝不越尊俎而
　　代之"　①269.18；⑤299.8。

卒业之券　①107.48。

庚子冬杪　⑧4.3。

"放心"　①556.29。

"放冷箭"　②285.19；③275.4；
　　④650.13。

"放郑声"　⑨372.40。

放焰口　②309.17；⑥603.3；
　　⑫148.14。

"放诸四夷"　①424.3。

"放屁放屁"　⑤126.3；⑦402.3。

放鬼债的资本　②452.10。

"放进了应该去的地方"
　　③276.10，384.2。

於铄　⑦18.12。

於菟　⑦464.2。

"妾"字的谬解　⑪71.4。

刻陨石以诅始皇　⑨397.5。

"废历"　⑤464.2。

废止朝食　②382.7。

废止汉字和提倡罗马字的主张

①554.13；④17.9。

"盲目盲心"的美术家　①358.6。

"性灵"　⑤605.5；⑥63.20，
　433.6；⑧433.4；⑬378.1。

"性官"　⑤320.3。

性解　①106.33；⑧38.17；
　⑩169.5。

"性相近"　①568.3。

性非如梧栳　⑪24.1。

"怪哉"　②292.10。

"怪力乱神"之书　⑨288.4。

炎汉　④523.5。

"炎黄之胄"　⑥47.10。

郑孝胥讲"王道"　⑧433.3。

郑振铎谈《阿Q正传》
　③401.2。

"郑康成行酒伏地气绝"
　③542.14。

单幺　①18.7。

净火天　⑦376.19。

"浅薄的人道主义"　④103.7；
　⑩510.3。

"浅薄的社会主义者"　④86.9。

法王　①20.20，60.18。

法事　②110.3。

法皇　见"法王"。

"法眼"　①480.4。

法源寺　⑮65.3。

"法兰西派"　⑫244.8。

法鲁的嘲笑　见"到底要不要自

由"。

"法立然后知恩"　⑧255.2。

法兰西的乐剧　⑩385.16。

法朗士在左拉改葬时的讲演
　④550.5。

"河间妇"　⑭371.1，451.4。

沮核　①36.2。

油浸曹白　⑯247.1。

油漆布雕刻　⑦355.6。

泠然　⑩165.8。

"泡制醉虾"　见"醉虾"。

学宫　见"孔庙"。

学宪　⑪336.8。

"学匪"　见"学棍学匪"。

学洋务　①442.5。

"学于古训"　①149.24。

"学而一章"　④586.3。

学费之事　⑫285.1。

"学棍学匪"　③218.16，224.2；
　④254.10，522.1；⑫5.3。

"学而优则仕"　③141.15。

"学校犹家庭"　③78.7。

学者们的排挤　②237.7。

"学笈重洋，教鞭十载"
　⑦303.8；⑪101.2。

"学笈单洋，教鞭17载"
　⑪101.2。

学生自治会职员六人　⑧171.6。

"学而时习之，不亦说乎"
　③155.3；⑤201.2，552.4。

学生因投稿被教授谋害之事
　　⑦113.2。

泥金　⑦19.22。

"沼吴"　⑥210.8。

"泼赖妈"　②309.13。

波的　⑦29.39。

波黎版　⑧422.3。

波尔雪维　⑦280.10。

波希米亚文　⑩463.4。

波希米亚者流　⑩432.2。

波斯诗人的酒杯　④447.6。

泽畔吟诗　⑦153.3。

治外法权　①376.2。

"治国平天下"　④348.3。

治饼饵守囹圄之术　①120.182。

"治于人者食人,治人者食于人"
　　①219.7。

宝历　⑧212.5;⑨156.11。

宝永　⑩49.2。

宝相花　①412.3。

宝珠山茶　②186.3。

"定要有自信的勇气,才会有工作
　　的勇气"　④456.13。

"空穴来风,桐乳来巢"　③91.9。

实录　③593.16。

"实际解决"　⑭139.3。

"实繁有徒"　⑤526.2。

"官话"　⑤433.15。

官品　①19.14;⑧38.27。

"官僚"　④609.4。

"官奴分直上下"　⑭269.2。

官准的"作者"连姓名也"已忘却"
　　⑩476.6。

试帖诗　①575.3;②256.6;
　　⑫510.1。

"试他一试"　⑪42.3。

"诗囚"　⑧535.11。

诗史　⑥5.8。

"诗孩"　⑦249.2。

"诗哲"　③192.6;⑫71.8。

《诗》大序　⑨371.30。

《诗》小序　⑨371.30。

诗言志　①106.34。

诗的指数　⑫265.4。

诗的解放　⑤232.3。

《诗》学三家　⑨370.28。

"诗赋欲丽"　③542.17。

诗持人性情　①106.35。

诗三百,思无邪　①106.35;
　　⑤473.5;⑨372.40。

"诗为人生评骘"　①107.52。

"诗歌和游戏一样"之说
　　⑦250.7。

"诗人就像赛跑的马"等语
　　⑦252.18。

"诗者,非有少许稳定者也"
　　⑦250.7。

《诗经》的编次寓微旨之说
　　⑨372.39。

《诗》大、小序的作者问题诸说

⑨371.30,371.33。

"诘谣謷牙"　⑩179.4。

"诚于中,必形于外"　⑥139.5。

"诛心"　①556.32。

诛少正卯　④56.6。

诡形之龙类　⑧23.25。

"询于刍荛"　⑥339.20。

建中　⑩99.19。

建初尺　见"虑傂尺"。

建安竟　⑧89.17。

"建安七子"　③543.25。

肃王射杀张献忠之说

　⑤251.12,251.13;⑥183.30。

隶书　⑥107.16,294.11;

　⑨396.3。

居士　④38.11。

"居移气,养移体"　⑤455.4;

　⑨391.16;⑭139.4。

屈原怀疑自遂古之初

　①106.40。

弥洒　⑥268.25。

妲己亡殷　①556.30;⑥209.7。

始元　⑨430.27。

"始制文字,乃服衣裳"

　④556.4。

弩机　②382.6。

"弆戮"　⑥411.3。

"弆弆阿文"　⑪511.1。

"承重孙"　②110.2。

组织　⑪332.18。

细辛　③20.4。

"细胞说"　①22.37。

细腰蜂　①218.2;②465.5。

驰　③118.29。

"驷不及舌"　⑥77.9。

"孟宗哭竹"　见"哭竹生笋"。

孟子羞谈霸道　⑥16.24。

孟森评清代《字贯》案　⑥46.4。

驸马　⑤311.7。

孤哀子　⑥481.15;⑫120.3。

"孤桐先生"即章士钊

　③206.15。

"绊脚石"　见"绊脚石式的开倒

　车"。

"绊脚石式的开倒车"　④190.4;

　⑧178.8;⑫254.2。

绋讴　⑧371.3。

"绍兴师爷"　②284.15。

绍兴酒坛后　⑧284.3。

绍伯攻击鲁迅"调和"

　⑥153.10;⑬302.2,376.4。

经学家　⑩297.7。

"经验"的利器　①335.3。

"经营腐烂事业"　⑩288.14。

经书能驱邪却敌之说　③140.5。

九　画

契诃夫斥不识羞耻,傲视一切
　　⑥349.4。

春江　⑦149.2。

《春秋》笔法　①428.12;
　　③479.11;⑥183.31。

春×三月某日　⑤68.10。

《春秋》之义　见"复仇乃春秋大
　　义"。

"《春秋》责备贤者"　③38.2,
　　208.29;⑦307.3。

"春非我春,秋非我秋"
　　⑥269.41。

春台为叭儿辈效力　⑫57.9。

"帮闲文学"　⑥357.2。

珂罗版　⑯254.6。

珂勒惠支四种连续画　⑧351.4。

玻璃镜不如铜镜好之说
　　①213.12。

"毒遍四海"　⑩193.4。

"毒蛇化鳖"等奇闻　⑧435.2。

封翁　⑦300.3。

"封建余孽"　④8.8;⑤563.3;
　　⑥397.6;⑧300.6。

封豕长蛇,荐食上国　⑧40.40。

城下之盟　④330.17。

城狐社鼠　③183.20。

"城门失火,殃及池鱼"
　　⑪501.3;⑫97.4。

《城与年》木刻插画题字
　　⑭97.2,99.1。

"赵钱孙李"　②496.8;⑥152.4。

赵与陛题名　⑧67.8。

赵子昂画马　③251.17,606.6。

赵景深驸马　⑫312.5。

赵景深氏的"鸟瞰"　⑦219.146。

赵景深谈"文艺论"　⑧369.3。

赵代秦楚之讴　⑨426.5。

"政如飘风,民如野鹿"
　　⑤42.8。

政府权力庞大是世界的潮流之说
　　⑤305.4。

"某系"　③85.8。

"某翁"　见"鲁迅翁"。

"某籍"　①248.2;③85.8,
　　607.7;⑦97.7;⑪101.1。

某生者　①412.5。

"某刊物"解　⑥316.6;⑧430.2。

"某籍"小姐　⑪101.1,501.2。

"某校"和"□□□"　⑦96.3。

"某女士"说了留学生的不好受讨
　　伐　⑧307.7。

荆有麟捧林风眠　⑫113.3。

"革党"　①295.7;③287.4。

"革命小贩"　⑥398.11。

"革命成功"　④144.2。

"革命后方"　③470.3。

"革命文学家"　⑩309.10，335.24。

"革命咖啡店"　④119.2；⑩494.4；⑫129.1。

"革命策源地"　⑩297.3。

"革命尚未成功"　③429.6；⑦307.4；⑧195.3。

革命的批评家　⑦348.6。

"革命文学家"的警告信片　⑧314.3。

荐绅　①401.10。

尧翁三跋　⑩63.25。

带句　⑧88.7。

"带住！"　③261.3。

草标　②134.7。

"草字头"　③115.8。

草露易晞　⑧349.3。

"草野小民，生逢盛世"等语　⑤146.12。

"荃不察余之中情兮"　⑤124.5；⑦447.3。

茶腿　⑯250.1。

"茭白"　⑫57.2。

垩笔　⑧23.27。

荒鸡　⑦475.2。

"药渣"　⑤134.4。

故宫　④491.2。

胡须的名号　①188.4。

胡须的样式问题　⑬69.2。

胡须颜色的警告　③566.7。

胡适进见溥仪　④348.4。

胡适推崇清代学术　⑤543.2。

胡适提倡"文学革命"　④16.7。

胡适的英国庚款答问　③356.17。

胡适受国民党当局"警戒"　④164.5。

胡适攻击民权保障同盟　⑫377.10，406.2。

胡适谈对萧伯纳的"招待"　④516.6；⑫377.9。

胡适批评"知难行易"学说　④349.8。

胡适对王统照译诗的批评　③146.8。

胡适谈《庄子·天下篇》的作者　⑨380.16。

胡适应何键之邀至长沙讲演　⑤52.5。

胡适要《新青年》"不谈政治"的信　⑪387.2；⑮423.3。

胡适称赞蒋汪"言论自由通电"　⑬299.7。

胡适等反对北大脱离教育部　③182.11。

胡适忠告日本"不能用暴力征服中国"　⑤84.4。

胡蝶嫁人的报导　⑬574.6。

胡应麟谈唐宋传奇文　⑩90.2。

胡怀琛改削《尝试集》　①412.4。

胡梦华批评《蕙的风》　①427.2；
　②355.2；④529.8。

胡汉民谈青年应养"力"勿使"气"
　④334.4。

胡绳谈三篇用土话写的文章
　⑤586.4,587.6。

南画　⑭256.1。

南镇庙　⑬77.2。

"南方之强"　⑤458.5。

南北两京　④437.3。

南江店友　⑯244.4。

南星精舍　⑯640.2。

"南腔北调"　④429.1。

南普陀寺　①303.2；⑮639.3。

南无阿弥陀　⑦451.2。

南阳魏公桥　⑭129.2。

南京盛传转变　⑭15.3。

南边整天开大会　⑦397.2。

南阳汉墓石刻画像　⑬519.1。

南北朝时演剧的"假面"
　⑥139.3。

南京中央监狱寄来的邮片
　⑭10.6。

"标准美人"　⑤477.6。

标点古文谬误四例　③337.14。

枯煤　⑩420.49。

"柯伯坚"　①420.4。

"相人术"　⑥139.4。

相对论　①421.10。

"相斫书"　③20.8。

"相濡以沫"　⑥508.8；⑧423.4；
　⑭404.2。

"相反而实相成"　⑥214.6。

"相视而笑,莫逆于心"
　③519.3。

枳首之鹰　⑧39.36。

柏栗丛边　⑦473.2。

柏勒思　⑦406.5。

柏梁台　⑨429.24。

柏拉图一流的欢喜　⑩398.10。

柏拉图式的恋爱论　⑧392.11。

柏拉图《共和国》不是"文艺论"之
　说　③369.3。

柳枝词　⑥111.38；⑦462.3。

柳毅传书故事的杂剧　⑨93.19。

柳下惠与盗跖见糖水的故事
　⑤201.3。

柿油党的顶子　①558.48。

"勃豀"见"妇姑勃豀"。

勃劳绥特尔评阿霍　⑪403.6。

勃朗宁夫妇是讲恋爱的模范
　③217.13。

勃尔根骂中国学生忘却孔子之教
　③280.2。

要人赠飞机给朋友　⑤136.5。

要登文坛,须阔太太　⑤293.6。

"要以'今雅'立国"等议论
　④627.4。

咸肉庄　⑥563.23。

"咸与维新"　①295.9,558.44。

"威武不能屈,贫贱不能移"
　　⑥501.2。

研究古代舞法　⑤573.9。

研究系宣传鲁迅为"语丝派"
　　③478.8。

"砒霜,大毒"　⑤98.3。

面有蚩尤氏之雾　②404.18。

"耐自家写子出来末哉"
　　②467.22。

"耐阿是勒浪勿要面孔哉"
　　①383.3。

蚕盆　⑪13.2。

残念　⑬545.7。

"残酷的天才"　⑦109.4。

"殃及池鱼"　见"城门失火,殃及
　　池鱼"。

"挂脚韵"　①401.11。

挂冠归隐　②405.24。

"挟天子以令诸侯"　③270.2。

拾煤渣的老太婆灵魂中的拜金主
　　义　③572.2,597.3。

指挥刀下的"革命文学"
　　③569.6。

"挑剔风潮"　②111.10;③85.8,
　　250.5;⑩289.21;⑫5.3。

挦撦　③122.6。

垫鹿台脚　②497.12。

轻二硫　⑦28.20。

"轻清者上浮而为天"　⑥381.6。

战士和苍蝇　③40.1。

战时共产主义　⑦279.2;
　　⑩356.5。

战略家谈"战略关系"　⑤34.4。

点金术　①38.27。

"临时抱佛脚"　③205.13。

"临睨夫旧乡"　⑦429.11。

"省试"　⑥453.26。

"尝粪心忧"　①149.22;
　　②349.19。

"是乃天授,非人力也"
　　③117.23。

"显学"　⑨378.2。

显镜衡机　①43.79。

冒头　⑩373.6。

禹　①64.50;②403.12。

禹彊　⑧89.12。

映午　⑦233.4。

星表　①38.32。

星云说　①106.31;⑧22.14。

星气凝聚　见"星云说"。

星斗阑干　见"月落参横"。

"星期标准书"　⑥587.3。

"昨日的文学家"　④87.11。

昭代　⑬56.1。

昭君出塞　⑥209.5。

昭陵六骏　①212.6。

毗心　①189.14。

毗卢帽　②309.18;⑥603.3。

胃加答　⑩451.6;⑫340.2。

思士　⑦136.2。

"思无邪" 见"诗三百,思无邪"。

思归其雌 ①106.29。

"思想自由" ④164.4。

"思不出其位" ⑥47.11。

"思想界先驱者" ③495.4；
④77.5。

"思想界的权威者" ③253.25,
495.4；④59.7。

"思想昏乱""是我们民族所造成
的"等语 ①331.6。

"'思想界权威者'的大广告便登
出来了"等语 ⑧178.6。

"贵为天子" ③47.2。

"虽覆能复" ③116.19。

"虽有忮心,不怨飘瓦"
②286.28；⑥271.57。

"虽有周公之才之美"等语
①271.35。

"虽小道,必有可观者焉"等语
⑨13.18。

《品花》考证之宝书 ⑪430.14。

骂倒一切古今人,只留下自己之
说 ⑥236.2。

骂人文字流行使正经文章没人看
之说 ③393.2。

哈德门 ⑪39.6。

哈雷慧星 ⑩496.4。

哈姆生被列为左翼作家
⑦348.3。

"贻尘谤于后王" ③542.16。

"骨肉归于土,命也"等语
④637.2。

幽闭 ①489.3；⑥180.16。

"幽默" ④587.5；⑩303.2。

"幽默"既非国产 ⑤47.4。

"幽凍三商"的解释 ⑧89.8,
89.9。

"幽默与批评的冲突" ⑧190.5。

看假洋 ⑩454.5。

"看见别个捉去被杀比自己被杀
更苦恼" ⑩225.3。

"钞刊文" ⑤599.3,599.4。

钼 ⑦26.1。

钼绿二 ⑦28.22。

钼炭养三 ⑦28.21。

钼硫养四 ⑦28.21。

钟鼎碑版 ②310.26。

钟离为会稽望族 ⑩42.5。

钢叉叉舌头的封面画
④142.16。

钒验 ①21.27。

"钩辀格磔" ①408.3。

拜伦评彭斯 ①111.93。

拜伦谈权力之剑 ①110.76。

拜伦述离英的原因 ①110.80。

拜伦临终时说的话 ①112.97。

拜伦关于爱自然的话
①115.132。

拜伦对世俗舆论的批评
①110.81。

拜流氓做老子的文学家
　　④315.35；⑤596.7。
拜服约翰生博士的教授
　　⑤590.6。
拜伦谈为他国的自由而战
　　①110.84。
拜伦称希腊人为"世袭之奴"
　　①111.93。
选体　⑤555.4。
"选学妖孽"　⑤345.12；
　　⑥397.9；⑦142.14。
香象　⑩90.6。
香港总督　⑤41.5。
香港余蕙卖文广告　③456.21。
种人　①103.5。
种族发生学　①18.11。
秋门　⑦150.3。
秋油　⑧528.2。
秋胡歌　⑩83.10。
秋瑾案的谋主　①295.13。
"秋风秋雨愁杀人"　⑥182.24。
科道　⑥456.45。
科斗字　②368.16。
重九　①269.19。
重言　⑧39.35。
"重适"　①132.10。
重台花　②368.15。
"重上征途"　④152.2。
"重女轻男"　③129.8，252.19。
复古（欧洲）　①40.53。

复仇文学　③443.5。
"复仇乃春秋大义"　⑦59.3；
　　⑪62.5。
段祺瑞的《内感篇》、"外冒篇"
　　③335.2。
"顺民"说　⑬509.2。
顺我者"通"　③226.12。
"顺"的翻译　⑦396.13。
"俏皮刻薄"　①206.7。
修能　①106.39。
修多罗　⑦104.6。
修善寺温泉浴场　⑦213.98。
保甲　②497.13。
保俶塔　①181.4。
保氏教国子　⑨357.5。
"保障正当舆论"　⑬604.1。
保守文言的第三道策　⑥376.3。
保罗生谈海格尔的著作
　　①18.8。
促狭　⑩434.4。
俄捕　⑤261.2。
俄国人姓名的组成　⑩171.4。
"俗语不实流为丹青"
　　⑩156.18。
信士像　①188.9。
信仰自由而又特别尊孔
　　①362.6。
"皇汉医学"　④144.1。
"皇帝的新衣"　⑤512.4。
皇皇然若丧家　⑫66.7。

皇帝何在,太妃安否 ③29.11。

《皇汉医学》出版预告 ④145.4。

皇甫谧自述吃散后的苦痛
　③547.43。

"皇天平分四时兮窃独悲此廪秋"
　③393.4。

禹穴 ⑤486.14。

禹陵 ⑧42.4;⑩37.9;⑬77.2。

禹祠 ⑧46.2。

禹域 ⑦468.2。

禹鼎 ⑥455.38。

禹是一条虫 ②401.6;⑤15.4,
　273.8;⑫265.3。

禹生"偏枯之疾" ②405.27。

禹化为熊的传说 ②406.35。

禹过家门而不入 ②405.25。

禹捉无支祁的传说 ②406.36。

"禹入裸国亦裸而游" ③38.3。

禹与舜及皋陶的谈话
　②407.40。

"鬼才" ⑤257.3。

鬼见怕 ①511.5。

"鬼打墙" ③79.14。

"鬼画符" ③33.2。

鬼的颜色是红的之说
　⑥644.12。

"鬼神者二气之良能也"
　②23.11。

衍圣公 ⑧107.4。

须头 ⑩452.9。

须弥 ⑧36.3。

俞樾谈《女仙外史》的作者
　⑧212.10。

剑仔 ④47.3。

剑树 ②206.4。

"俎豆之事"等语 ①276.3。

"食蛤利" ③266.3。

"食肉寝皮" ①362.3,455.6;
　④524.8。

"食菜事魔" ⑥143.4。

食荍而已 ⑫323.8。

"食不厌精,脍不厌细"
　④524.10。

"食桑而吐丝,前乱而后治"
　⑩53.6。

胜民 ⑧37.14。

"胜朝遗老" ①362.7。

"胖女"表演 ⑤573.8。

脉望 ⑧535.6。

"狭斯丕尔" ⑤589.2。

独乙 ⑪332.19。

"独头茧" ②111.8。

独鹤与飞 ⑧4.3。

"独夫的家谱" ③20.8;
　⑥123.5。

独孤后的故事 ①369.4。

"狮吼" ⑥604.15。

狮子身中的害虫 ⑤196.27;
　⑦220.162。

"怨诽而不乱" ⑨372.37。

急急如律令　②496.9；③33.3；
　⑫65.5。
急于换几个钱　⑬515.5，521.1。
"哀莫大于心死，而身死次之"
　⑤108.3。
"庭训"　①557.39；②56.5。
庭燎　②404.20。
疯狂状态产生艺术作品之说
　⑦250.8。
"施担囊而坐"　⑩100.30。
施蛰存攻击杂文　⑥4.3。
施蛰存的"动机论"　⑦140.3。
施君美即施耐庵之说　⑧173.4。
施蛰存对《集外集》的评论
　⑥449.2。
施蛰存答"目下所读之书"
　⑤374.6。
施蛰存为"忠而获咎"者鸣不平
　⑥47.13。
施蛰存谈从《庄子》《文选》寻字汇
　⑤394.8，474.6，590.8；
　⑥310.7；⑫481.6。
施蛰存讥讽鲁迅也刻佛经考版本
　⑥310.9。
施蛰存讥笑鲁迅翻印珂罗版木刻
　④624.7；⑤393.3。
施蛰存谈大众文学是文学中的旁
　支　⑤394.7。
施蛰存讥鄙薄佛教是"想为儒家
　争正统"　⑤394.5。

施蛰存谈用古字和外来字拼成新
　文学　⑤394.10。
施蛰存谈苏联"沾染了资产阶级
　的余毒"　⑤590.7。
亲策贤良　⑨425.3。
"亲戚或余悲"等语　③295.9。
"亲是交门，五百年决非错配"
　⑭233.2，531.2。
"'亲见亲闻'者，亦可自旁观者之
　口言之"等语　⑨248.14。
帝江　②256.9。
帝王将相的家谱　见"独夫的家
　谱"。
"帝城不禁东流水，叶上题诗欲寄
　谁"　⑩154.4。
恒河沙数　⑦205.34。
恒河边上杀人祭天的传说
　③70.20。
恺多图线　⑦29.38。
"恨人"　①379.2。
"恨恨而死"　⑥85.3。
"闻之喜而不寐"　⑪165.3。
闻诽而哭的故事　③546.37。
"闻诛独夫纣矣，未闻弑君也"
　④279.10。
炸大　③257.49。
炮烙　②23.17。
"养生主"　⑥586.4。
养花天　⑧540.10。
"养生有五难"等语　⑩84.23。

"养就祸胎身始去" ⑤474.8。

"养生者不足以当大事"
⑧398.3。

"养成一种'看热闹'的情趣"
⑥416.11。

"美人鱼" ⑥302.3;⑬204.2。

美育代宗教 ①362.4。

"美国驻兵中国为条约所许"等语
⑤160.2。

美国富豪称北京捡煤渣老婆子为
"同志" 见"拾煤渣的老太婆
灵魂中的拜金主义"。

"叛徒的首领" 见"青年叛徒的
领袖"。

送灶 ②22.2;③266.2;
⑧533.1。

"类" ②465.5。

类书 ②349.23。

迷阳 ⑦473.3;⑪342.3。

娄公子被张铁臂骗取白银的故事
④536.4。

"前驱" 见"思想界先驱者"。

"前不见古人,后不见来者"
⑬9.4。

首善 ②75.2;③106.23;
⑫132.2。

首善之区 见"首善"。

"首若飞蓬,非无膏沐"
⑦19.20。

"将欲取之必先与之"的战略

④114.7。

总督 ②311.40。

举孝 ①147.17。

洞庭木落 ⑦153.2。

"洗煤炭" ①342.2。

洗刷牺牲者罪名的议论
③103.3。

"活烤鹅掌" ⑤521.4。

"活字"与"死字"之说 ⑥294.7。

济慈被批评文章骂死之说
⑤503.2。

"洋米" ⑥105.2。

洋钱 ①472.2。

洋烈士 ⑤20.4。

"洋场恶少" ⑥398.11。

洋装二十五六史 ⑥178.2。

"浑良夫梦中之噪" ④27.19。

觉罗 见"爱新觉罗"。

"觉今是而昨非" ⑤530.3。

"宣外" ⑪509.4。

宣德炉 ①558.45。

宣付国史馆立传 ①553.6。

宣统三年九月十四日
①557.41。

室女 ①133.19。

室女不应守志殉死的议论
①133.19。

宫刑 ①489.3;⑥180.16。

宫保 ⑥636.8。

宫人斜 ⑦251.15。

宫川方　⑪332.24。

宫川宅　②319.9。

宫为土,商为金　⑧89.10。

宪政国家　⑤93.5。

"突变"说　④257.4;⑦217.131。

"突而弁兮"　①401.8。

穿　⑧66.3。

穿着崇正皇帝的素　①558.42。

"客卿"　⑤225.4;⑥200.22。

冠礼　⑥604.12。

"语录体"　②404.18;⑤433.11;
　⑥320.6,349.2,630.2;
　⑬94.2。

"语丝派"　⑧255.3。

"语丝派首领"　③478.8;
　⑫71.9。

《语丝》与《现代评论》是"兄弟周
　刊"之说　⑪93.4。

"祖述尧舜"　⑨379.8。

祖述释迦牟尼的哲人　③215.2。

神矢　⑦447.2。

神思　①37.20。

神堂　②146.5。

"神童"　①319.4。

神器　⑩138.66。

"神道设教"　①284.5。

神赫斯怒　⑪342.6。

神农尝百草的传说　④556.3。

神农氏重八卦为六十四爻
　⑨357.3。

祝由　①59.12。

"祝福"　②22.6。

祝秀侠谈"新八股"　⑤113.5。

祝秀侠等攻击《辱骂和恐吓决不
　是战斗》　⑬449.3。

"诰"　⑨368.9。

"诱敌深入"　④536.7。

"说话"　①159.2。

"说不出"的诗　③130.14;
　⑦42.1。

既望　⑩37.11。

叚　⑧89.11。

"费厄泼赖"　①294.3;④586.4;
　⑥214.4。

眉绿　①213.11。

眉间尺复仇的传说　②451.2。

"除恶务尽"　④524.8。

"姨副"　⑫65.1。

姚锦屏化男　⑥298.8。

怼世俗之浑浊,颂己身之修能
　①106.39。

羿射十日的神话　②384.13。

羿射封豕长蛇的神话　②382.5。

《勇敢的教义》的诗句
　⑦340.10。

绑票　②43.4。

"绑急票"　①276.9。

"结婚纪念册"　⑫110.9。

结发临阵的风俗　⑦18.8。

给同籍人帮忙　③85.9。

绛灌冯敬毁贾谊　⑨406.6。

"绛即东雍为守理所"　①408.5；
　　⑥109.26。

"绝对不能言抗日"　⑤108.4。

"绝望之为虚妄,正与希望相同"
　　②183.2,183.6；④471.8。

骈体文　③77.3。

骈四俪六　④632.11。

十　　画

"耗痢窝"　⑭521.3。

秦女　⑦160.4。

秦醉　⑦148.2。

秦篆　⑨396.3。

秦时杂赋九篇　⑨397.7。

秦始皇封松树　⑮70.3。

秦始皇寻仙山的故事
　　②368.17。

秦重小儿赵重妇人　⑤225.5。

秦桧用麻条鱼鳔逼供的故事
　　④601.2。

"泰山"　⑫153.2。

"泰水"　⑫153.2。

泰东　⑩171.2。

泰茄　⑩369.5。

泰陵　⑥47.7。

"泰山石敢当"　⑤461.5；
　　⑧59.3。

泰噶托士之谷　⑦19.25。

泰戈尔对"撒提"的态度
　　⑩219.5。

泰戈尔自称"英国治下的印度人"
　　⑤617.3。

泰纳《艺术哲学》不是"文艺论"之

说　⑧369.3。

班陀黎那　①23.48。

班固谈枚皋文　⑨428.20。

班彪非议《史记》　⑨440.24。

"珰鲁迅"　④125.13；⑦202.7。

"珠花"的订正　⑭348.1。

"素人"　⑬433.2。

素心　⑧539.8。

素描　⑫427.6。

"顽民"　⑯16.23。

"载飞载鸣"　⑥397.10。

"载道"的梦和"言志"的梦
　　④484.3。

起今随今　⑨123.6。

盐谷温谈中国神话少的原因
　　⑨28.20。

袁朝　⑪365.7。

袁世凯银元　⑪99.3。

袁宏道赞《金瓶梅》　⑥237.8。

袁宏道做官叫苦　⑦141.12。

袁绍杀田丰的故事　④94.7。

袁世凯看特印的报纸
　　③513.15。

都督　②330.17。

"都是音乐"　⑦57.4。

都察院刻本　⑨18.50。

恐鸟　⑧23.29。

"盍各言尔志"　④485.4；
　　⑪45.4。

壶矢代兴　①163.36。

聂绀弩谈"民族革命战争的大众
　　文学"　⑥562.18。

恭人　⑧122.3。

莱蒙托夫谈拜伦　①114.125。

"莲姊家"　⑭87.1。

莲蓬笺纸　⑪310.2。

莲花似六郎　⑦474.4。

莫愁湖　⑦452.3。

"莫谈国事"　①220.12；
　　②273.10。

"莫斯科的命令"　③479.15；
　　④115.9,197.11。

"莫作乱离人,宁为太平犬"　见
　　"乱离人不及太平犬"。

荷锸而随的故事　①303.3。

荼蘪　⑧540.9。

"获得大众""保障最后的胜利"
　　④68.9。

"莘莘学子"　③39.7；⑤604.3。

晋人赤身露体　①198.11。

"恶札"　⑨157.18。

"恶党"　⑥17.28。

"恶魔派"　①108.57。

"恶郑声之乱雅乐也"

⑨372.40。

真笔板　⑫25.1。

"真勇主义"　⑩467.1。

"真理哭了"　⑥310.5。

"真正的艺术家的面目"等语
　　②382.8。

梆子面　⑪324.5。

"桂花蝉"　⑪196.2。

《桂公塘》被说成"民族文艺"
　　⑬106.7,135.3。

桓桓　⑧43.8。

蚩鱼　⑧535.6。

桐城气息　④397.15。

"桐城谬种"　⑤345.12；
　　⑥397.9；⑦142.14。

格五　⑨427.11。

格兰　⑦28.24。

格物　③20.6；⑤113.6。

格致　①442.6；②310.25。

"格致之书"　⑨288.4。

格尔歌王后与夷国女王应答之言
　　⑦19.21。

"桃之夭夭"　③393.6。

校雠　①59.5。

根干细胞　①23.46。

"根本不懂唯物史观"
　　⑦212.93；⑩319.15。

索虏　⑧43.10。

速死　⑭155.3。

速斋　⑪377.3。

贾子祭诗　⑧535.3。

"贾生晁错明申商"　⑨408.19。

"贾谊升堂,相如入室"
　　⑨437.9。

贾谊请改正朔易服色
　　⑨407.18。

"辱骂"与"恐吓"　⑤113.10。

夏言　⑩458.3。

"破罗"　④478.19;⑥397.8。

破坏"联合战线"　⑥541.6。

原肠　①23.49。

原质　③11.7;⑦26.2。

原被两造　⑤308.4。

轼　②465.7。

捞儿　②430.26。

匿名信件、化名文章　⑤255.7。

"捏合"　①160.16。

捏诀　②309.19。

"捏蚊"的投稿　⑪511.4,511.5。

"捉住了心中所实验的事实"等语
　　⑦109.6。

捐班　⑤92.2;⑥354.2。

"轿夫含笑"之事　①232.22;
　　③502.8。

换帖　②158.3。

"挽狂澜于既倒"　⑤474.12。

热汤　⑤60.4。

热电柱　⑦29.35。

"匪今斯今,振古如兹"
　　③49.12;⑫114.2。

"致远恐泥"　⑩5.8。

"柴愚参鲁"　⑪45.3。

虑傂尺　③575.5;⑧66.2,88.3。

监生　②22.3;③115.6。

监学　①489.9;⑧402.3。

"党同伐异"　①296.20;
　　②247.12;③6.7,606.4;
　　⑪247.4。

"逍遥游"　⑤374.3。

晁错请削吴　⑨407.14。

晁公武谈《周秦行纪》的作者
　　⑩132.17。

晏殊删并《世说新语》　⑨69.5。

"蚍蜉撼大树,可笑不自量"
　　⑥571.21。

蚊子负山　⑪347.6。

"蜆,缢女"　⑥643.4。

恩格斯论小说的倾向问题
　　④570.6。

哭丧棒　①556.26。

"哭秦庭"　④363.7。

"哭竹生笋"　①149.22;
　　②266.21;⑥53.2。

"罢工"　④396.10。

圆图　①575.2。

圆明园　③299.5。

"圆机活法"　⑥133.8。

圆桌会议　④587.6。

"贼来如梳,兵来如篦,官来如剃"
　　④545.8。

钱王登假　⑦162.2。

钱大王逼捐滥刑　④612.4。

钱杏邨和茅盾扭结　④247.8。

钱杏邨谈标语口号式文学
　④224.36。

钱玄同用篆字抄《小学答问》
　⑥110.30。

钱玄同谈前辈应多听后辈的教训
　⑪477.2。

钱曾并《灯花婆婆》等十五种谓之
　"词话"　⑨131.4。

铁线蛇　②202.3。

铁铉被油炸事　⑥184.34。

"铁公妻女以死殉"　⑥202.37。

铁铉二女入教坊　⑥184.35。

铁铉女诗的订讹　⑥184.39。

《铁流》被称为"诗史"　⑬491.2。

"铁如意,指挥倜傥"等语
　②293.13。

铃语　⑧539.2。

铅　④94.9。

缺笔　③408.6;④283.8;
　⑥182.27;⑧92.3。

"造谣者的卑鄙龌龊更远过于章
　炳麟"　③134.4。

笔海　⑧535.8。

笔、刀、木札　②467.19。

"笑人齿缺曰狗窦大开"
　②292.12。

"笑吟吟"的天才的讽刺

③251.12。

积山长波　⑩165.3。

积毁销骨　⑦466.2。

"积善不报,终自欺人"
　①256.10。

"秩秩斯干幽幽南山"　①597.5。

秘阁　⑥109.23。

秘魔厓的传说　⑪449.2。

称娖　②273.7。

"特别国情"　①219.9;
　③336.12;⑤41.7;⑦328.2。

"特殊知识阶级"　①219.8。

特制钢刀九十九赠送前敌将士
　④536.5;⑤240.5;⑥120.3。

借大众语打击白话文的论者
　⑬189.2。

"倚老卖老"　⑥415.3。

"倾向派作家"　⑩518.3。

"倒悬"　⑤521.3。

俳谐　⑩244.8。

"俳优蓄之"　⑥358.5;⑪257.2。

"倘若无我,不知有多少人称王称
　帝"　③541.11。

"俱分进化"　⑥569.10。

"倭奴"　④333.2。

"倭支葛搭"　⑫124.2,347.3;
　⑭118.2。

"臬司"　③454.6。

"臭毛厕"　③85.10,251.13;
　⑪89.6。

皋比　⑦233.12。

射人　⑪339.10。

"射天"　③270.6。

射的谚　⑩47.7。

息壤　②406.31。

"倡予和女"　⑤353.3。

"倡明文化"　⑤353.2。

候补　①455.2。

候补道　②329.5;③70.12。

"健全的精神,宿于健全的身体之
　　中"　⑤569.2。

徐志摩的神秘诗　③146.7。

徐志摩的神秘谈　⑦56.2。

徐志摩介绍《妇人论》　③173.9。

徐志摩向《语丝》投稿事　⑦6.7。

徐志摩谈各人身上都有鬼
　　③262.9。

徐志摩以读过莎士比亚自炫
　　③6.10。

徐志摩赞美曼殊斐儿的漂亮
　　⑦134.3。

徐志摩称看鲁迅作品等于白看
　　③276.9。

徐志摩称陈源是有耐心的天才
　　③218.17。

徐志摩谈他上过曼殊斐儿的坟
　　③367.23;④141.7。

徐志摩称赞陈源谈法朗士的"闲
　　话"　③215.5,252.20。

徐志摩对"打倒帝国主义"口号的

感慨　③276.6。

徐志摩称陈源"才当得起学者的
　　名词"　③276.7;④178.8。

徐树铮等人逃匿日本公使馆
　　③307.6。

徐懋庸批评新口号"标新立异"
　　⑥561.13。

"拿出货色来看"　⑤586.2。

脊令　⑥452.14;⑧537.3。

爱智　①38.30。

爱之神　⑦32.1。

"爱世语"　①358.5。

"爱和平"　⑤10.4。

爱美的　⑧150.6。

爱日精庐　⑩62.18。

爱客地恩　⑦28.18。

爱智之士　①18.9。

爱新觉罗　⑤130.6;⑥60.5。

"爱国歌舞表演"　④334.5。

"爱憎不相离"等语　⑩189.8。

爱罗先珂关于"沙漠"的议论
　　①404.3。

"爱情定则"讨论中的怪论调
　　⑪435.3,436.4。

爱罗先珂谈自己"悲哀的微笑"
　　⑩223.3。

狲狘　①206.9。

"狸猫换太子"　③164.4;
　　⑤362.4。

"胸中不正,则眸子眊焉"

③434.2;⑤194.18。

脏躁症　⑤613.3。

"脑膜炎"　见"鲁迅患脑膜炎的
　谣传"。

"脑子里给别人跑马"
　③464.12;⑤496.3。

逢蒙射羿的传说　②383.10;
　④631.2。

"饿死事小失节事大"　①132.9。

"恋爱"和"鲤鱼"双关语
　⑩228.2。

高岑　⑦163.3。

"高照"　②274.13。

"高跷"　②274.14。

高丘无女　见"返顾高丘,哀其无
　女"。

"高头讲章"　③165.10。

高长虹指责韦素园　②382.8;
　⑥71.6;⑧192.15;⑪175.7,
　595.1。

高长虹称赞周建人　⑪649.3。

高长虹自比亚拉借夫　⑧190.6。

高长虹自比绥惠略夫　③402.9。

高长虹要鲁迅学果戈理
　⑧190.6。

高长虹争"他妈的"之发明权
　⑧191.14。

高长虹诬蔑鲁迅反对批评
　③415.4。

高长虹关于"太阳"、"爱人"的议

论　③521.2;⑪282.1。

高长虹要未名社诸君接触罗曼·
　罗兰　⑧190.6。

高尔基谈大众语是文学的毛胚
　⑤558.6。

高尔基谈巴尔扎克小说中的对话
　⑤560.2。

高仁山称不许兼任教员干涉学校
　事务　③128.7,169.2。

"郭歌里"　①420.2。

"郭巨埋儿"　②267.24;
　③224.3。

郭沫若谈"国防文学"
　⑥561.12。

席子　②481.5。

"席卷天下"　⑤569.3。

"效颦"　①433.3。

"离骚"的含义诸说　⑨389.6。

《离骚》的不同评价　⑨390.10。

唐餐间　⑪283.1;⑫18.3。

唐餐楼　见"唐餐间"。

唐虞之世　⑥380.5。

唐宋八大家　③121.4;⑤474.9;
　⑥106.3。

唐有壬的信札　④197.11。

唐宣宗放宫人　⑩155.7。

唐人小说的分类　③254.34。

唐朝火烤醋灌的酷刑　⑤18.4;
　⑬119.6。

唐弢文章被误为鲁迅之作

⑫506.7。

唐朝砍下臂膊布施的和尚
　①373.3。

"站在云端里呐喊"　⑥179.6。

"剖西瓜"的恐吓　④467.6。

剖南山之竹,会有穷时
　⑩481.10。

"旁观"　⑩319.16。

"畜生"　③78.6。

"畜神奇于温厚,寓感怆于和平"
　等语　⑨418.24。

"悖谬"　⑥433.8。

悟新秋于坠梧　⑧371.6。

"悔其少作"　⑦6.2。

"悔不该,酒醉错斩了郑贤弟"
　①557.35。

阆　⑤293.8。

烧香拜龙　⑤573.7。

烟篆　②231.8。

"烟士披里纯"　③164.8;
　⑤293.4;⑫510.2。

"羞恶之心"　⑧244.6。

凌叔华剽窃小说图画的问题
　③256.43,495.3。

粉本　⑦351.3。

兼爱无父　②481.9。

"资本家的乏走狗"　④253.2。

"资产是文明的基础"
　④221.28。

"酒酣耳热而歌呜呜"　③266.3。

浙派篆刻　⑫489.4。

浙水的涛声　②407.39。

消魂　⑧537.6。

涅伏　⑦6.5。

涅槃　③49.13;④504.14;
　⑧237.15;⑪174.3。

浩歌　⑦453.4。

海子　②496.4。

海青　⑥603.6。

海禁　①58.4,322.2。

"海乙那"　①455.7。

海山仙馆　⑧130.3。

"海宁观潮"　⑤595.2。

海州常山　⑧46.6。

海关外人　⑪114.2。

海草国门碧　⑦450.3。

"海岳精液,善生俊异"　⑧42.3;
　⑩36.2。

海克尔谈人和人的差别
　①256.8。

海克尔谈罗马教史之大欺罔
　①20.21。

海婴出生被骂了两三回
　⑫254.3。

《海上花列传》人物皆有所指说
　⑨277.14。

"浮世绘"　④311.11;⑬373.2;
　⑯128.4。

浮一大白　⑪79.6。

"流火"　⑬227.4。

"流产"　③147.9。

流沙　②466.11。

流质力学　①36.9。

"流弊流弊"　⑦82.7。

润笔　①568.7。

"浴盘的水槽了就连小宝宝也要
　倒掉"　⑤388.4。

浪漫古典　④230.4。

"害马"　③389.2;⑪82.4;
　⑫7.2,340.8;⑮611.7。

"请君入瓮"　①296.19;
　③253.27。

请酒开会　③204.6。

"请大家认清界限"等语
　⑧178.8。

诺亚方舟　①62.40;⑦348.7。

诺贝尔奖金　⑦207.44;⑫74.1。

诺亚时洪水之难　①21.29。

读曲歌　⑥111.37。

"读经救国"　③141.12,155.2。

"读游侠传即欲轻生"等语
　⑨440.26。

"读书者"、"思索者"和"观察者"
　的议论　③464.11。

被炉儿　⑭342.3。

"被侮辱和被损害的"　⑥529.6。

"被发大叫,抱书独行"等语
　⑦6.4。

"被昏蛋所称赞,不如战死在他手
　里"　⑥303.4。

冥昭瞢暗　①19.16。

"谁能为此谋？相国齐晏子"
　③318.4。

"调和"说　见"绍伯攻击鲁迅'调
　和'"。

谈风月　③266.3。

"谈人闺阃五十过"　①284.6。

"谈言"宣言停止讨论大众语
　⑬181.4。

"剥猪猡"　②430.24。

"剥极必复"　⑥62.15。

剥制的鹿　①359.8。

展堂同志血压高　⑦402.6。

"剧秦"　⑤225.6。

弱水　①353.2;③49.11;
　⑧20.4。

陵天毁羽翮的故事　⑦136.2。

蚩尤"即赤化之祖"　②404.18;
　③355.13。

蚩尤的脸子不能印在文章上
　①206.8。

陶宅　⑯619.4。

陶然亭　⑮4.9。

"陶斯道"　①421.5。

陶元庆纪念堂　⑭142.1。

陶潜关于"死"的诗文
　③553.70。

陶潜令官田种秫的故事
　⑥178.5。

陶孟和谈"现代教育界的特色"

③218.19。

陪都　⑤35.10。

能力保存说　⑦26.3。

"能创窈窕之思"　⑨81.18。

"能言距杨墨者,圣人之徒"
　　④56.9。

"通人"　③6.5。

通事　③454.8。

"通房"　④198.12。

"通品"　③6.5,187.7。

通幽　①38.27。

"通海"　④198.12。

"通信从缓"等语　⑬171.1。

桑门　⑧39.32。

桑间濮上　①379.4。

绣像　②293.14;④311.9;
　　⑥462.5;⑦428.4;⑧361.3,
　　414.5;⑩370.14;⑫426.3。

骏骨　⑬106.3。

十 一 画

理学　②22.3;③225.4;
　　⑤500.2;⑦328.4。

域外奇书,沙中残楮　⑫323.3。

《域外小说集》的寄售处
　　⑩179.2。

《域外小说集》译文被抄袭
　　⑩179.7。

"教坊"　⑤229.6;⑥184.35,
　　199.12。

教士的公证　③105.14。

教堂斯拉夫文　④395.3。

"教育之前途棘矣"　⑪509.1。

教人安分的老婆子　③379.6。

教育家提倡民族主义　③365.7。

教员要薪水"不清高"之说
　　③38.4。

《教科书大倾销》引起的争论
　　⑫423.2。

《教育纲要》"说帖"讨论的各种意
　　见　⑧64.2,64.3,64.4。

"教员一手挟书包一手要钱不高
　　尚"　①568.5。

培根(弗兰西斯)谈研究的方法
　　①41.64。

培根(罗吉尔)谈造成人类无知的
　　四原因　①40.46。

职方氏　⑨14.23。

基督　③116.14。

基础系统　⑧22.16。

"著之竹帛"　①554.11。

勒浪　⑥288.4。

黄历　②69.2。

黄鸟　⑩298.13。

黄族　⑩166.12。

"黄伞格"　①558.47。

"黄祸"论　④330.12;⑤355.2;

⑧40.42。

"黄口小儿"　③229.5。

黄元工房　⑭366.2。

黄羊祭灶　⑧533.2。

"黄香扇枕"　②266.19。

黄帝乐词　⑨370.22。

黄神啸吟　⑧23.36。

黄神徙倚　⑥204.3。

黄胖椿年糕　⑪410.2。

黄帝伐蚩尤　见"轩辕氏戡蚩
　　尤"。

"黄书"文士的手杖　④447.6。

黄巢时候人相食　④86.8。

"黄仲训霸占公地"　③415.3。

"黄昏到寺蝙蝠飞"　⑤214.7。

"黄帝之灵或当不馁"
　　⑪332.11。

黄坚等人散布的谣言　③421.7,
　　479.12。

"黄金万两"拼成的怪字
　　③11.9。

"黄帝即亚伯拉罕"的考据
　　③356.20。

黄震遐受了傅彦长的熏陶
　　④329.9。

"萌科学之芽"　⑤353.2。

菊月吉旦　②86.4。

营卫　⑧37.9。

营撊　①59.13。

营造尺　③575.6。

乾隆的"无名臣亦无奸臣"说
　　⑥61.11。

"乾隆皇帝是海宁陈阁老的儿子"
　　⑤595.3,596.5。

萧艾　⑦469.3。

萧索　⑧37.6。

萧三给"左联"信　⑬602.1。

"萧伯纳宣传共产"　⑤41.4,
　　444.2。

萧军不必加入"左联"　⑬544.2。

萧军拟作鲁迅漫画　⑬423.1。

萧伯纳答"打听印象"　⑤326.3。

萧伯纳与梅兰芳的问答
　　⑫376.4。

"萧伯纳——是个伟大的惊叹
　　号'！'"　④587.10。

萧纯锦为捣乱会场辩解的启事
　　③182.14。

菰蒲　⑦470.2。

菌　⑧24.39。

械具学　①37.11。

梦为隐士渔樵的名人　④485.7。

梵文　⑥430.5。

梅姑庙　②274.16。

"梅郎"之流　⑬49.6。

梅兰芳赴苏催进"象征主义"之说
　　⑥41.3。

梅兰芳等为时轮金刚法会演出的
　　报导　⑤477.4；⑦474.4。

梯　⑧528.4。

"梯子"之论　⑫228.1。

梭罗古勃所写的早熟的少女
　④579.3。

啬夫　⑪433.3。

曹操杀孔融　①148.19；
　③544.28。

曹操的遗令　③542.15。

曹操的求贤令　③541.13。

曹操七十二疑冢的传说
　⑤485.7。

曹操尸不在七十二冢之说
　⑤486.9。

曹公子的演说　②482.14。

曹丕评论孔融　③544.26。

曹娥投江觅父　②348.15。

曹白函询鲁迅病情　⑭109.2。

曹聚仁对《蜜蜂》的批评
　④553.2。

曹聚仁征求大众语意见的信
　⑥80.1；⑬189.1。

副放射线　⑦29.34。

殒颠　②208.3。

龚果尔奖金　⑤608.7。

袭用《金瓶梅》取书名方法的小说
　⑨202.1。

雪莱关于"死"的话　①113.113。

雪莱自言"吾诗为众而作"
　①113.107。

描红纸　①461.2。

掉文袋　③90.3；⑤530.5。

辅车相依　④272.9。

"排货"　③105.16。

排错讲义千余条　⑧300.5。

推事　⑤261.4。

"捭阖飞箝,今之常态"等语
　③117.21。

"掏腰包"自办刊物　⑥411.5,
　415.5。

"掠袖擦掌"　③68.3。

接脚　⑪423.8。

掷瓶礼　④616.4。

救世主　⑥15.13。

"救救老人"等语　⑧178.8。

"救国必先求学"的名言
　③173.4。

"虚君共和"　①130.2；⑤401.6。

"虚无的反抗者"等语
　⑥274.77。

堂·吉诃德掘坟　⑦426.5。

堂·吉诃德战风车　④536.3。

常燕生称《狂飙》停刊是鲁迅的阴
　谋　④115.10。

常燕生讥评鲁迅作品还有"十年
　生命"　④278.2。

野蓟　②230.6。

野火饭　⑯379.4。

"《晨报副刊》特约撰稿员"
　③455.12。

"眼学"　②273.11。

眸子能判断人心之说　见"胸中

不正,则眸子眊焉"。

"悬剑空垅"　⑥606.6。

"悬诸日月而不刊"　⑥378.13。

曼陀罗花　②206.5;③390.7;
　⑩219.6。

唵　④609.9。

"唶镞法"　②384.11。

唱歌迎邹韬奋　⑬572.1。

"唱尽新词欢不见"　⑦160.3。

"唯识"　⑪174.3。

"唯饭史观"　③607.11。

"唯女人与小人为难养也"　见
　"惟女子与小人为难养也"。

"唯辟作福,唯辟作威,唯辟玉食"
　①219.5。

啸傲阮宅　⑮423.2。

崇陵　⑦455.2。

崇效寺　⑮65.2。

崇奉关岳　③359.43;⑤530.4。

"崇拜创作"　见"翻译是媒婆,创
　作是处女"。

崇拜孔丘关羽　①350.5。

"崇拜失败的英雄"等语
　⑥529.10。

崇拜教授名流的脾气　⑦82.8。

"婴儿杀戮"　⑤359.6。

婴孩自己药片　⑫244.9。

钾二硫　⑦28.20。

铜盏　②75.3。

铜和银　②203.2。

铜钱祀鬼的习俗　⑤461.6。

"铜板换角子,角子换大洋"
　③598.9;⑪168.4。

银氏　⑧458.5。

银绿二　⑦28.26。

笛福带架示众　⑤365.6。

笛卡尔谈几何学方法　①41.65。

"笙歌归院落,灯火下楼台"
　③569.8;⑥453.21。

第四阶级　④70.17。

"第四阶级文学家"　⑫110.5。

第三顶"纸糊的假冠"　③411.5。

犁然　①19.13;⑩169.4。

"犁然有当于心"　⑩169.4。

移祸东吴　⑪88.5。

债事　⑫194.2。

"做鸡蛋糕"　⑪584.3。

"做好白话须读好古文"的议论
　①304.4。

"偃武修文"　④348.2;⑤90.6。

悠悠我思　⑪372.3。

"悠哉游哉,聊以卒岁"
　⑥233.3。

偈子　④504.13。

兜牟　①59.9。

"假名"　⑥112.43。

"假想敌"之说　⑥454.37。

"假冒王麻子灭门三代"
　⑤63.9。

盘古开天劈地　①19.15。

斜角纸　②111.12。

盒子炮　②220.2。

敛衽　②86.4。

彩票　①569.11；⑤255.5。

翎子　⑥62.13。

"象意"　⑥107.15。

"象牙之塔"　②264.8；④196.5；
　⑥420.2；⑦122.5；⑧231.12；
　⑩273.6。

"象征主义"　⑥41.3。

"逸兴遄飞"　①355.2。

"猫鬼"　②248.21。

"猫婆"　②248.20。

"猗欤休哉"　③91.11。

祭酒　②430.28；⑪365.6。

祭司长　②180.5。

"祭如在祭神如神在"　①206.6。

"庶几得免于罪戾"　④197.8。

麻将　①557.37。

鹿台　②429.17,497.12。

鹿奶的传说　②431.33。

"康党"　①295.7；③287.3。

"康白度"　⑤280.4,552.8。

"康圣人"　③20.5。

康缪尼斯脱　⑥610.2。

康有为谈外国常有"弑君"的原因
　④560.8。

章和　⑪434.4。

"章士钉"　⑪93.2。

"章疯子"　③116.18。

章士钊谈政法　①271.34。

章士钊五七呈文　③69.5。

章士钊主张读经　③140.2,
　155.2。

章士钊压迫北大　③169.8。

章士钊谈"开倒车"　③230.13。

章士钊潜逃天津　③226.14,
　318.9,607.9。

章士钊在保障"民权"　⑤582.2。

章士钊暗地做总长　③169.7。

章士钊挽孙中山的对联
　⑪57.3。

章士钊等逃匿东交民巷
　③607.9。

章士钊侮辱女学生的呈文
　①285.13；③134.5。

章士钊谈吴稚晖的白话文
　③229.5。

章士钊关于"二桃杀三士"的辩解
　③319.10。

章士钊称藏书为示威群众所毁
　③206.16。

"章小人 nin"时代　⑪437.3。

章学诚攻击袁枚　⑤265.3。

章廷谦之父被拘捕的谣传
　⑫63.8。

章衣萍讽刺感叹号是"亡国之音"
　说　⑦241.3。

章炳麟的狱中诗　⑭155.2。

章炳麟与梁启超的论争

⑥569.11。

章炳麟对蓝公武的批评
　　⑥570.13。

章炳麟谈"七被追捕"等情况
　　⑥571.19。

章炳麟斥责吴稚晖的"献策"
　　⑥569.12。

章炳麟指责吴稚晖"诈为自杀"
　　⑥580.8。

章炳麟谈"用宗教发起信心"等
　　⑥570.15。

"商人与贼"　⑧395.5。

望帝　见杜鹃。

"望江南"　⑩146.9。

"望门投止思张俭"　⑥182.23。

"率尔而对"　⑪25.5。

"情面者,面情之谓也"
　　③266.4;⑫100.3。

"悻悻的狗"　③251.18。

悼柔石诗　⑬307.1。

惟精惟一　⑥204.6。

"惟女子与小人为难养也"
　　④616.2;⑤152.4,471.6。

惊叹号是"亡国之音"说
　　①205.3;③33.6;⑦242.7;
　　⑧164.2。

阏逢　⑩37.11。

"粗疏的美人"　⑧299.3。

"断发文身"　⑥581.11。

断指和晕倒　③105.17。

剪柳春风　⑦159.2。

剪集报载的谣言　⑭45.3。

"减膳"执政　③226.13。

兽环　②482.18。

兽炭　②453.15。

敠　⑧90.19。

"敝精神于无用之地"　⑪156.2。

"盗泉"　⑥133.9。

"清言"　④593.6。

清流　①297.22。

"清道"　③513.18。

"清一色"　②87.17。

清平山堂　①161.26;⑥360.3。

"清封什么人"　⑦300.2。

"清封什么大夫"　⑦300.2。

《清人杂剧》的广告　⑫470.1。

清刻《容斋随笔》的删削
　　⑥199.18。

"清算无益之抗日"等语
　　⑤161.4。

清重帖括而有"且夫""然则"
　　③225.5。

"淌牌"　①383.2。

混成旅　③70.19。

"混沌初开,乾坤始奠"等语
　　⑤272.5。

"涸辙之鲋"　①172.9;
　　⑥508.8,510.2。

淦　③69.6。

"淡淡的血痕中"　③480.18。

深文周纳　③287.6。

"婆理"　①297.21。

梁尘踊跃　⑦160.4。

梁实秋谈"人性"　③582.2。

梁实秋谈人的差别　③579.5。

梁实秋攻击"骂人的人"
　　⑥213.3。

梁实秋攻击"硬译"、"死译"
　　④217.4；⑥285.4。

梁实秋批评两首译诗
　　④219.17。

梁实秋等讥讽鲁迅怕死
　　④556.5。

梁实秋反对文学写人力车夫
　　⑦122.6。

梁实秋不愿因他而牵连白璧德
　　④429.6。

梁实秋谈穿橡皮鞋是"第三种人"
　　⑤214.9。

梁实秋歪曲阶级斗争学说
　　④220.25。

梁实秋谈文学表现基本人性
　　④222.30。

梁实秋翻译马克思著作片断
　　⑤590.6。

梁实秋反对以文艺为斗争的武器
　　④224.35。

梁实秋在青岛大学取缔鲁迅译作
　　⑥450.3。

梁实秋谈作者的阶级与作品无关
　　④222.31。

梁实秋翻译莎士比亚剧本得高酬
　　⑤602.4。

梁实秋关于革命不能永久等议论
　　④221.29。

梁实秋谈无产文学理论"比天书
　　还难"　④220.21。

梁实秋谈好作品是少数人的专利
　　品　④223.34；⑤563.4。

梁实秋谈无产阶级不应争夺文学
　　领域　④225.43。

梁实秋谈无产者应辛辛苦苦地取
　　得资产　④220.25；⑤279.2。

寅半生大骂林译《迦茵小传》
　　④312.14。

"寄沉痛于幽闲"　⑥320.3。

"寄意一言外，兹契谁能别"
　　③338.23。

窒扶斯豫防药　⑮302.1。

密里　⑦29.33。

密栗　①107.42。

"密斯"　③366.15；④344.2；
　　⑤477.9；⑥77.11；⑧244.4。

密达尺　③575.4。

"密斯偷"　⑫364.3。

"密斯得"　③366.15。

密里格兰　⑦28.29。

"密集突击"　⑬560.1。

密茨凯维支会见歌德
　　①116.146。

“谋隐谋官两无成”　⑥234.8。
谑画　⑦214.107。
“祸水灭火”　⑨43.17；⑩155.12。
谒灵　见“谒陵”。
谒陵　⑦400.2,455.2。
“谓偷闲学少年”　⑪67.6。
《隋志》录《后汉书》八家　⑩8.13。
《隋书》《经籍志》所著录的别集　⑩82.2。
《隋书》《经籍志》所载会稽典籍　⑩36.3。
堕民　⑥199.12。
堕裀　⑧539.7。
“堕马髻”　④533.2。
“堕落文人”　④492.4。
堕民的“解放”　⑤230.10。
堕三都,出藏甲　④55.5。
随喜　①342.6。
“随波逐流”的玩意　⑤605.5。
随文帝恶随从辵之说　⑧85.17,85.18。
“随语成韵,随韵成趣”　⑨418.24。
隊　⑨26.7。
隐鼠　②248.18。
“隐君子”　⑥234.6。
“娵隅跃清池”　⑥180.11。
婞　③127.2。
绪言　⑦450.6。
“绮语戒”　①428.9。
骑士精神　④536.2。
绰古辣　⑯6.10。
“绳其祖武”　①109.66；③21.10。
“维止”之事　⑭76.1。
维他命W　②404.17。
绵连　①410.3。
绿营兵　②220.2。
绿林大学　②331.20。
绿林书屋　③7.12。

十　二　画

“琴心”问题　③84.6；⑦78.4,284.4；⑪52.4。
“琴心”批评“芳子”　⑪57.10。
“琴心”批评向培良　⑪53.5,57.10。
“琴心”的红绿信纸抒情诗　⑦284.5。
琼　⑦234.15。
“替天行道”　④161.10。
越女　⑦160.2。
越吟　⑦148.2；⑧370.2。
越王城　⑩37.9。
越界筑路　④581.2。
越俎代谋　①269.18。

"趋时" ⑤565.3。

超人 ⑩484.4。

超形气学 ①60.21。

"超时代"说 ④86.6。

"超然象外" ③355.14。

喜神 ⑫454.3。

"喜笑怒骂,皆成文章"
　　④467.8。

博物 ③463.3。

裁厘加税 ③502.12。

"联合战线"(霉江语) ③280.4。

"联合战线" ⑥620.2。

联华书局有关鲁迅等人著译的广
　　告 ⑭166.1。

"斯基" ⑥202.32。

斯拉夫文人 ⑩501.5。

"斯亦不足畏也矣" ①557.40。

期期 ⑧299.4。

"散胙" ①430.4。

散拿吐瑾 ⑪126.2;⑬333.1。

"散漫"居士 ⑭272.1。

募捐救国 ②484.26。

董仲舒的祈雨法 ⑤578.3。

敬鬼神而远之 ④25.3。

蒋腿 ⑫171.3。

蒋光慈谈中国的重译
　　④227.57。

萱帏 ⑧541.4。

"落伍" ④67.2,77.5;⑧307.6;
　　⑩319.13;⑪302.4。

"悫"字解 ⑥377.6。

韩彭报施之说 ⑧216.4,217.7。

韩侍桁和徐懋庸的辩论
　　⑫527.1。

朝笏 ①576.4。

朝议大夫 ⑧122.3。

朝北的楼上 ⑫464.3。

朝南的房子 ⑫464.3。

朝阳等五校给段祺瑞的呈文
　　③180.6。

辜鸿铭赞小脚 ⑧432.2。

葸思 ①339.2。

"棒喝主义者" ④8.8。

森林民族 ⑧20.9。

焚《史记》于国子的故事
　　⑧222.4。

椒兰 ⑥453.27。

椒芽菹 ⑯380.14。

晢人 ①58.4。

惠格纳讲训练动物 ⑤385.2。

"逼死"别家副刊 ③251.16,
　　318.6。

"厨川白村的灰色" ⑧192.21。

厨川白村对于文学的见解
　　⑩279.3。

厨川白村谈创作不必亲身经历
　　④314.31。

厦门的石屋 ②356.5。

厦门大学革新的消息 ③415.6。

厦门大学要夫妇分居的谣言

⑪627.3。

丽宋 ③49.15。

"硬译乱译"、"不知所云"等语
　⑤275.2。

确荦 ⑧22.23。

雁鹅为礼 ②466.9。

厥目之坚 ⑪336.5。

"厥土下上上错厥贡苞茅橘柚"
　②292.12。

"揩油" ④311.12。

揩洋商的油 ⑤270.2。

"暂署金事" ③254.30。

"暂勿离粤,以俟开审"
　③471.10。

"提破" ①160.16。

"提倡风雅的封藩大臣"
　③208.26。

插棘 ⑧539.4。

搋 ②134.9。

雅命三种 ⑬123.1。

髹 ①489.3。

"紫色鼃声,余分闰位"
　④631.7。

"悲哉秋之为气也" ⑤332.2。

"凿壁偷光" ⑥54.4。

最人涅伏 ⑦29.41。

"最合时的书" ⑧409.2。

遇了洪乔 见"付洪乔"。

"遇见森林,可以辟成平地"
　⑦93.2。

景行 ⑩37.10。

景教 ①58.3;⑧39.29。

景教父师 ①58.3。

景清被剥皮 ④601.5;
　⑥181.19。

"嵌字格" ③502.10。

"遗臭万年" ⑤13.7。

赋 ⑤68.9。

赋九篇 ⑨392.22。

赋萌于《骚》说 ⑨392.24。

"赋得革命,五言八韵"
　③569.9。

赋得"冬至阳生春又来"
　⑫510.1。

赐同进士出身 ⑤93.7。

"赐也尔爱其羊,我爱其礼"
　⑤324.8。

"黑土" ④479.25。

黑臀 ①267.9。

黑口本 ②218.4。

"黑幕小说" ⑨305.25。

"黑暗与虚无乃是实有"
　②170.1。

骷髅 ⑨428.20。

"喀杰特" ⑫279.5。

销毁友人信件 ⑬575.2。

《铸剑》黑色人的歌 ②452.11。

《铸剑》故事的出典 ⑭31.2,
　386.1。

锄烧 ⑯328.2。

"短毛" ⑥201.25。

短书 ⑦429.12。

"短书不可用" ⑨11.3。

短柱天净纱 ⑤60.5。

"智者千虑必有一失" ⑤293.5。

犊鼻裈 ⑥643.10。

等身 ②199.2。

等身著作 ⑪67.7。

策论 ⑤599.2。

嵇康怠慢钟会的故事
　　③551.64;⑥349.5。

"嵇康师心以遣论,阮籍使气以命
　　诗" ③552.66。

程朱 ⑨262.7。

程门飞雪 ⑪540.2。

程雄家婢故事 ⑩97.4。

程演生与章衣萍的聘约争执
　　⑪315.2。

傎 ⑧38.25。

傅斯年关于"理想家"的议论
　　①335.2。

蜑户 ⑩288.13。

《集外集》重出之文 ⑬394.2,
　　590.4。

《集外集》被删的文章 ⑬363.2。

《集外集》书名被颠倒 ⑬364.5。

《集外集外集》的拟名 ⑬385.4。

储蓄票 ⑮146.1。

"粤若稽古" ①408.4。

粤军阵亡将士纪念碑 ⑦452.3;

⑧199.4。

奥陶纪 ⑧22.19。

"奥伏赫变" ④71.21。

御沟 ⑩155.6。

御车女 ⑭269.2,426.2。

御赐菜帐 ③357.30。

"御女"长生之说 ⑤254.3。

"循规蹈矩"之道 ③502.7。

"舒愤懑" ⑥199.13。

番 ⑮320.2。

番地 ⑪332.24。

番饼 ②86.7。

番番良士 ⑧43.12。

释迦牟尼见宫女睡态而出家之说
　　④152.3。

"貂不足,狗尾续" ⑤296.5。

腊丁 ⑪332.20。

欻然 ①63.47。

鲁拜 ⑩318.10。

"鲁迅翁" ⑬400.4。

鲁迅病重之说 ⑬509.1;
　　⑭145.2。

"鲁迅相当于杜甫" ⑭327.1,
　　327.2。

"鲁迅被捕"的谣言 ⑫252.1,
　　254.1,257.2,261.3。

"鲁迅不懂唯物史观" 见"根本
　　不懂唯物史观"。

《鲁迅全集》出版广告 ⑭224.1。

"鲁迅是不朽了"等语

④116.19。

鲁迅漫画像被禁用　⑬437.3。

鲁迅与门肯相像之说　④429.4。

鲁迅"公馆在租界口上"
⑩319.18。

鲁迅逃到青岛的谣言　⑭254.2。

鲁迅受聘中大的报导　⑪213.1。

"鲁迅是第几阶级的人?"
④70.13。

鲁迅患脑膜炎的谣传　⑥404.2;
⑦471.1;⑬44.1,49.1,252.1;
⑯441.4。

"鲁迅遁往香港"的谣传
⑬45.2。

鲁迅与许广平相爱之事
⑪547.2。

"鲁迅即教育部金事周树人"
③253.29,401.4;⑤6.7;
⑧403.7。

"鲁迅始于'呐喊'而终于'彷徨'"
④178.13。

《鲁迅翁之笛》引起的小风波
⑤432.9。

鲁迅等将离开厦门大学的传言
⑪627.1。

"鲁迅是一个深刻的思想家"等语
③401.3;⑧178.4。

"鲁般门前掉大斧"　⑦250.4。

鲁共王坏孔子旧宅得藏书之说
⑨368.13。

猵　①511.2;⑫163.2。

猩红色的栀子　②168.2。

"猩猩与猩猩战"　④225.46。

猴头　⑭137.2。

"颍考叔可谓纯孝也已矣"等语
②309.12。

"蛮子骨气,江浙人不大懂"
⑧432.1。

"敦伦"　⑥179.9。

敦睦邦交　⑥659.2。

敦煌千佛洞　⑦428.3。

惰民　见堕民。

"慨自欧风东渐以来"　⑤400.2。

"阔的聪明人种种譬如昨日死"
③558.5。

焰口　②309.17;⑤299.4;
⑥603.3。

焰摩天　②284.12。

善书　⑪638.3。

善生　①107.50。

善女人　②23.14。

善知识　④609.8。

善种学　①147.11。

羡画　⑧89.14。

普罗　见"普罗列塔利亚特"。

普罗文学　⑫314.1。

普罗列塔利亚特　④218.8;
⑧306.2;⑩359.29;⑫314.1。

"普天之下,莫非王土"
②431.30;③270.3。

普洛克路斯忒斯之床　⑥230.8。

"普通的批评看去象广告"
　　⑧189.2。

"普罗塔列亚特苦理替开尔"
　　⑩392.3。

"普罗列塔里亚特意德沃罗基"
　　⑩318.9。

"粪车"　③252.24。

尊王攘夷主义　①283.3。

尊孔子拜活佛者　⑥54.8。

道台　①511.7。

道场　⑦473.2。

道学　①332.9；③50.18。

道冠　②496.3。

道情　④28.23；⑤500.5。

道学先生　②267.31。

"道路以目"　④516.4；⑤77.6。

"道可道,非常道"　②467.20；
　　⑦42.3。

"道不同不相为谋"　⑪57.4。

"道不行,乘桴浮于海"
　　④56.11,311.4；⑥332.16；
　　⑦328.8；⑧236.7。

道登谈文学的作用　①107.49。

道士诡称长生不老的故事
　　⑤400.3。

"道家者流皆出于史官"等语
　　⑨379.7。

道学先生以"和尚"为小儿贱名的
　　故事　⑥603.2。

遂古　①106.40。

曾今可自辑"好评一束"
　　⑤233.6。

曾今可自白可怜和无用
　　⑤257.2。

曾今可退出文坛的启事
　　⑫420.5。

曾今可用崔万秋之名为自己诗集
　　作序　⑤195.20,233.6；
　　⑫416.4。

湘灵鼓瑟　②482.17。

"湘省共产党省委破获"的报导
　　④108.2。

"湮"　②405.30。

"温柔敦厚"　②431.29；⑤60.3；
　　⑨372.37。

游仙诗　⑨397.6。

游戏三昧　③164.5。

游侠的"死"的观念　④161.5。

"割去舌头"　⑪61.3。

"割股疗亲"　①148.18,456.10。

"割不正不食"　④524.10；
　　⑪25.6。

"富有天下"　③47.2。

富家赘婿　⑤596.7；⑦442.16。

"富是使个人加强的"等语
　　⑦109.10。

富翁想进天国比骆驼穿过针眼还
　　难　④574.6。

谟　③38.1；⑨368.9。

"遍掘七十二疑冢,必有一冢葬君
　　尸"　⑤485.8。

"裤子后穿"　⑤126.3;⑥580.8。

"裙带官儿"　⑤30.3。

谢小娥故事的平话　⑨92.14。

谢承虞预为讥于世　⑩37.7。

"谣言不可信,大批要人来"
　　⑬574.4。

"谦逊之力"　⑦109.9。

属对　⑦233.3。

屠头　③53.2。

强水　⑤390.2。

"强聒不舍"　③28.6;④397.13。

强汝询谈小说　③359.42。

"巽语之言,能无说乎"
　　⑥128.4。

"隔壁戏"　⑮253.5。

媒嫼　①285.13。

登假　⑦162.2。

"登徒子"　⑥180.10。

登楼陨涕　⑧537.5。

"骗一口饭"　③183.17。

缇萦救父　③118.27。

缯出　⑮215.5。

编丛书　⑬277.4。

缘督　①60.24。

十　三　画

魂魄　⑦19.27。

鼓铸　⑦18.13。

"鼓动学潮"　③166.18。

跫然的足音　③408.3。

"塘报"　②274.12。

蓝尾　⑧539.8。

蓝翎　⑤282.2。

蓝青官话　③420.2。

墓碣　②208.2。

幕府时代　⑤18.2。

"蓬鬓荆钗世所稀"等语
　　⑫54.5。

蒲陶　①211.2。

蒲鞭　⑫530.3。

蒲松龄强执行人谈异闻的故事
　　⑨225.5。

蒙泉剥果　④56.8。

蒙古人焚爇的记载　⑥15.11。

"幹父之蛊"　②406.32;
　　⑥294.9。

楷书　⑥107.16,294.11。

楚辞　⑦140.5;⑨389.2。

楚虽三户必亡秦　⑨400.3。

楚霸王饮酒作诗　③191.3。

禁称"密斯"的主张　⑥77.11。

禁止中学生使用"时髦字眼"的主
　　张　⑤575.2。

槐蚕　②177.2。

榆关　⑤12.3。

"榉树,山中处处有之"等语

⑩298.12。

毂　①23.43。

"感慨系之矣"　④37.6。

碻　⑧59.4。

"碎割"之说　⑬95.10。

"碰壁"　②283.10。

雷峰塔　①181.2。

摄提格　⑩37.11。

"摸金校尉"　⑤485.6。

"搢绅先生难言之"　①401.10。

"摅怀旧之蓄念，发思古之幽情"
　　③456.18；⑤602.8；⑥200.23。

"搬到外国去"　③90.2，146.3。

频那夜迦　⑩481.8。

虞预本名犯讳之说　⑩18.4，
　　39.2。

虞喜驳难郑玄谯周等　⑩27.3。

"睹史之陀"　①400.5。

"睚眦之怨"　②265.14；
　　③318.7，606.5。

"嗜痂之癖"　①424.2。

愚人节　⑬69.1。

"愚者千虑，必有一得"
　　⑤512.3。

暖国　②186.2。

暖红室　⑩132.11。

"歇后郑五作宰相，天下事可知"
　　⑥628.3。

照影成三　⑦19.19。

跨灶　④619.9。

"遣唐使"　⑩275.21。

"蜗牛庐"　④196.6；⑦468.2。

跪香　④565.2。

路透社报导北京学界的新旧冲突
　　⑪375.11。

"路漫漫其修远兮，吾将上下而求
　　索"　④471.9。

"跳加官"　⑥643.9。

"跳黄浦"　⑥109.25。

"跳到半天空"等语　②264.5。

鄙倍　⑦429.7。

罪齐田恒　④55.4。

罪状十条　④103.9。

"罪孽深重不自殒灭"
　　①242.19；②300.11。

"罪孽深重祸延父母"　见"罪孽
　　深重不自殒灭"。

蜀石经　③594.22。

嵩山三阙　⑬151.3。

错　③11.8。

锦帙　①410.3。

锦绘　⑯406.12。

雉堞　②452.6。

筹安君子　⑧108.5。

签子手　②467.17。

简放　②403.14。

简狄吞燕卵生商的传说
　　⑨25.2。

棋　①113.108。

稗史　⑩360.2。

稗官　⑩4.2。

"愁眉啼妆"　④533.2。

魁星阁　②158.5。

魁星像　②265.11。

"微行"　⑤213.2。

"微服"　⑤137.6。

《微言》"改组启事"　⑤391.8。

鉤拒　②482.11,483.24。

"貉子"　①249.9。

"遥遥茫茫的目的地"　③496.8。

"腰斩张资平"　⑤193.10;
　⑫430.1。

"腹地"　⑤105.4。

觚觚大谈　⑩166.13。

触著　⑩244.7。

"解散方"　③547.42。

"猿公"的故事　⑤258.4。

婴来带者　⑪627.9。

瘠子　⑪356.2;⑮286.1。

"新戏"　⑤362.3;⑩417.23。

"新坑"　②158.6。

新闻　⑩205.4。

新宫　⑦145.3。

新党　①197.9;②22.4,310.27;
　⑤344.3。

新剧　⑮8.2。

新土地　④342.8。

新大陆　⑤35.11。

新华门　①568.6。

"新娘茶"　⑬405.2。

新月博士　⑭2.2。

新旧三都　④437.3。

新亭饮泣　⑤258.5。

"新定画帖"　⑩460.2。

新台门周家　⑬262.2。

新江户艺术　⑩245.11。

新经济政策　④448.10;
　⑩356.6,385.18。

"新流氓主义"　④311.10。

新拉马克主义　④257.6。

"新鬼大,故鬼小"　⑤323.4。

"新时代的青年"　③422.11,
　501.3,521.2。

"新时代"的"文学家"　⑤232.5。

《新生》杂志的筹备者
　①443.11。

新年第一回的《申报》　④432.2。

新月社的声明　④218.7。

新月社主张"宽容"的宣言
　⑧420.11。

新月社争"言论自由"的文字
　④217.3。

《新青年》六卷二号出版广告
　⑪374.9。

《新青年》第五期有拙作少许
　⑪362.3。

新安虞氏刊本全相平话五种
　⑨142.1。

新月书店关于苏俄的书籍广告
　④148.3。

新月社批判家憎恶"不满于现状"
　④7.2,164.2,198.15,
　249.2;⑥213.3。
新年不停刊的报章的感慨
　⑤464.3。
意力　①62.39。
意在投降　见"投降"之说。
"意表之外"　见"出乎意表之外"。
"意德沃罗基"　⑥451.10;
　⑩318.9。
意大利式的团体　⑫244.7。
意大利的教皇宫　④461.2。
雍正令他兄弟改名的故事
　⑤216.2。
黏灼　①17.2。
数理　①38.30。
慈禧太后赏识谭叫天　⑤610.2。
"慈悲而残忍的金苍蝇"等语
　⑦57.6。
满邮　⑫331.3。
"满口黄牙"　④119.6,225.46。
"满洲国地图"禁止入口
　⑬387.2。
"溥仪弟妇恋奸案"　⑤144.3。

浯淖　⑪342.2。
"滥竽充数"　⑤390.3。
"塞思黑"　⑤216.2。
"塞翁失马安知非福"
　①555.21。
"塞意斯完成四部曲"　④356.6。
谨避"学者"　③454.9。
福地　⑩165.10。
福橘　②256.3。
"裸体游行"　④360.6。
"裸体运动大写真"　⑤470.2。
"谬以千里"　③141.13。
群学　①108.54。
"群居终日,言不及义"
　④38.15;⑤459.8。
"群众领袖应负道义上的责任"
　③299.3。
"殿板"　③389.4。
殿试　③593.15。
辟邪　①212.5。
缝纫先生要当校长　⑪68.9。
缠足见于后汉说　④523.2。
缢鬼与溺鬼争找替代的故事
　⑧190.7。

十　四　画

静女　⑦136.4。
碧云寺　见西山碧云寺。
"赘阉遗丑"　①249.10。
嘉靖　②218.4。

嘉禾章　⑮162.2。
"截指"　④363.6。
"赫尔岑之家"　⑩358.21。
赫尔库来斯紧抱巨人安太乌斯

⑥349.6。

"聚而歼旃"　④103.6。

"聚宝之门"　①400.5。

"斡罗斯"　⑥145.9。

蔡宅　⑬1.2。

蔡元培与林纾的辩难
　⑪375.11。

蔡元培关于"埋头研究"的谈话
　③276.5。

"榛楛弗剪"　⑥454.35。

"模范县"　①296.14;②284.13。

模特儿　④374.3。

模范的名城　见"模范县"。

槁梧　⑧36.2。

榜人　⑪354.7。

榜陀罗之万祸箧　⑧22.24。

歌吟动地哀　⑦472.2。

歌德称赞拜伦《该隐》
　①109.64。

"碟仙"　⑤506.2。

"愿汝持盾而归来"等语
　⑦19.24。

"愿在丝而为履,附素足以周旋"
　⑥450.5。

舆台　①61.32;⑤522.5。

舆地　②310.26。

"舆榇"　④363.6。

"舆论界的新权威"　⑤362.5。

"誓"　⑨368.9。

"誓不签订辱国条约"　⑤142.4,

160.3。

裴多菲谈自己的写作
　①119.172。

裴多菲谈他在奥地利革命后的心
　情　①119.173。

裴启《语林》记谢安语失实事
　⑥338.13;⑨69.2。

"夥颐,涉之为王沉沉者"
　⑥108.20。

踊跃三百　⑦18.17。

踆乌退舍　⑦18.14。

蜡人和活人下棋　④559.7。

"锲而不舍"　③157.21;⑪48.4。

锻炼　③299.4。

锻炼周纳　①427.4;④10.17。

箄　⑯342.5。

箪食壶浆以迎王师　⑦233.10。

管城侯　⑧535.7。

"管中窥豹"　③218.18。

儇驰　①108.55。

偢思　①38.24。

偢罗纪　①23.51。

僧正　①60.19。

僧伽降无支祁的附会
　⑩116.11。

僧志彻得《隋遗录》稿于瓦棺寺阁
　⑩145.3。

鼻烟壶　②159.10。

鼻子垂下　⑫174.2。

膜拜曼殊斐儿的绅士

④478.15。

蜇虫 ⑮3.4。

雒诵 ④26.9。

"敲了旧时代的丧钟"等语
　②382.8。

塾师咏"花"的故事 ④632.9。

旗人 ①242.18;④612.3。

旗籍 ⑥61.6。

"辣椒虽辣,辣不死人"等语
　⑤77.5。

"韶乐" ⑥117.4。

端平 ①159.9。

慢藏 见"慢藏诲盗,冶容诲淫"。

慢慢交 ⑭298.2。

"慢藏诲盗,冶容诲淫"
　①276.5;⑧23.35。

鏊头 ②177.3。

精卫 ⑦158.4。

"精神的冒险" 见"灵魂的冒险"。

精卫先生糖尿病 ⑦403.7。

"精卫衔微木,将以填沧海"

⑥450.6。

漆妃 ⑧535.7。

漫与 ④604.1。

《漫画和生活》的"献词"
　⑬589.3。

"演讲录" ③557.4。

"漏卮" ⑤334.4。

赛会 见"迎神赛会"。

赛神 见"迎神赛会"。

"寡妇"舍监 ①284.10。

"寡妇"校长 ①284.10。

察人 ⑪331.3。

"察见渊鱼者不祥" ③250.10;
　⑪34.6。

蜜蜂排衙 ②452.9。

"嫩棣棣" ⑪509.2。

"缧绁之忧" ③471.11。

"缩短阵线" ⑤57.5。

"缩小像细菌放大像炮弹"
　⑦242.7。

十 五 画

"趣味文学" 见"以趣味为中心
　的文艺"。

"聪明误" ④190.6。

"聪明正直之谓神" ②286.27。

樊仲云谈鲁迅小说 ③456.20。

飘风 ⑤42.8;⑥204.5。

醇酒 ①38.31。

"醉虾" ③478.6;④102.2。

"醉眼陶然" ④67.2;⑩302.5。

醉心的大乐 ②206.2。

震旦 ①36.4;⑧39.30;
　⑪331.10。

撒但 ①105.23。

"撒提" ⑩218.4。

"撒芷波"　①239.4。

"撒园荽"　⑫54.4。

撒酸铋重曹达　⑮237.2。

撮影　⑧542.2。

撰稿人名单一大串　见"作者姓
　　氏一大篇"。

"暴殄天物"　③478.4。

瞰眣　⑦333.18。

"瞎嘴"攻击鲁迅的信　③90.2。

影画　⑦366.18。

影国　①103.6。

鹦枪鹊起　⑥204.4。

踦偝　①59.6。

"踔厉风发"　⑪48.5。

"蝼蚁尚且贪生"　③172.3；
　　⑤105.2。

蝶装　③409.9。

蝶尔飞　⑦20.31。

"蝴蝶铰"　④605.6。

蝙蝠的寓言　⑤214.8。

颙蒙　⑧37.11。

墨刑　⑪79.4。

墨面　⑦472.2。

墨憨斋　①163.32。

墨子之徒为侠　④160.3。

墨子赴郢的故事　②482.12。

"墨翟为印度人"之说
　　⑤193.12；⑧374.3。

墨翟为飞机鼻祖之说　⑧359.3。

墨子坐不暖席的故事

②482.20。

墨子献书楚王的故事
　　②483.21。

墨子和子夏之徒的对话
　　②481.6。

墨子见"歧路"而哭的故事
　　⑪17.2。

墨子与公输般关于行义的对话
　　②483.22。

墨子与公输般关于予天下的对话
　　②483.23。

墨子与公输般关于鉤拒的对话
　　②483.24。

镇南关　⑪660.7。

锶　③11.8。

《靠天吃饭图》的碑　⑥380.2。

箱船　⑦348.7。

篆字　⑥107.16，294.11。

稽察觉罗学　⑥60.5。

稻子豆　⑩499.3。

"稻香村"　④87.10。

黎锦明评《柚子》　⑥272.61。

黎锦明谈文体家　④529.7。

黎明书局拟印《译文》　⑭23.3。

黎明书局印行法西斯书籍
　　⑭22.2。

"仪"字缺笔　⑥182.27。

德律风　⑮104.2。

德莫克拉西　⑦376.26。

"鹡鸰在原"　②147.8。

韽　⑨26.7。

鲧治水的故事　②401.4。

鲧化三足鳖的传说　②405.26，
　406.34。

"熟"而不"信"　⑩522.4。

"熟悉商情的朋友"说"某"字
　⑥316.6；⑧431.3。

摩罗　①105.22。

摩登　②406.33。

摩托车　②134.8；③337.19；
　⑯137.7。

摩托卡　⑥462.2。

"颜厚有忸怩"　②247.10；
　⑫406.3。

颜师古谈计然　⑩30.6。

颜之推关于学鲜卑语的议论
　③454.7；⑧236.5。

遵命的批评家　⑦348.6。

"潭腿"　④523.4。

潘叶之流不算"革命文学"之说
　④125.11。

潘汉年挖苦《在上海的鲁迅启事》
　④119.8。

濈酒救火的故事　⑨42.8。

额黄　①213.11。

"翩然一只云中鹤，飞去飞来宰相
　衙"　⑥233.2。

鹤膝风　②405.27。

"慰情聊胜无"　②249.24。

"履穿踵决"　③77.4。

十 六 画

磬口的蜡梅花　②186.4。

"燕巢危幕"　⑪255.7。

"燕山雪花大如席"　⑥243.6。

"薛禅"　①132.11。

颠倒阳春曲　⑤60.7。

翰林　①558.49。

翰林院大学士　⑫412.6。

"整理国故"　①177.3，220.11；
　③30.15，464.10；⑩305.2。

"整顿茶馆"　⑤210.3。

"馘，彣彰也"　⑨359.17。

霍布草　⑩298.14。

霍普特曼剧本演出时的冲突

⑤265.7。

霍普德曼评凯绥·珂勒惠支的画
　⑥495.14。

操人形　⑯317.3。

臻臻至至　②273.6。

冀州启节　②403.15。

螓首　⑬5.2。

"噫嘻吗呢之为障也"　③146.5。

圜钱　②497.14。

鹦鹉救火的故事　⑤52.3。

黔首　③48.3；⑨12.4。

"骸骨的迷恋"　⑤343.2；
　⑥515.2。

锼　③11.8。

赞颂悠闲,鼓吹烟茗　⑥234.9。

篷然测热器　⑦29.36。

穆那罗　①23.53。

穆木天反对写游记　⑤532.2。

穆木天反对"间接翻译"

　⑤532.3。

穆木天谈"一劳永逸"的翻译

　⑤535.2。

穆木天怀疑自己的重译本《塔什

干》　⑤536.5。

"穆穆重华,託心五弦"等语

　⑩53.7。

"儒行"　①284.8。

"儒者柔也"　①133.17;

④161.4;⑥543.14。

《儒林外史》人物的原型

　⑨234.4。

"儒以文乱法,而侠以武犯禁"

　④161.7。

"雕龙"　③145.1。

雕镂画　⑦366.20。

磨勘司　⑨113.17;⑩149.7。

瘰疬病　②404.17。

"燔灭文章以愚黔首"　⑨12.4。

羲皇上人　①370.7。

羲皇时代　①559.52。

澡雪　①113.110。

壁克耳　①23.41。

"避讳"　①320.10。

"避逆从顺"之教　⑨33.10。

十　七　画

"鳌载山抃,何以安之"

　①19.17。

戴季陶"讲文德"　⑤49.4。

戴季陶发起"法会"　⑤299.5,

330.12。

戴季陶捐款修孔庙　⑥54.8;

⑬84.2。

戴季陶造塔藏主义　⑤149.6,

299.5,330.12。

戴季陶反对国学家掘墓

　⑤485.4;⑬84.2。

戴季陶命学生向鲍罗廷行鞠躬礼

　⑤27.7。

戴着白玫瑰花圈的耶稣基督

　⑦315.12。

觳觫　①173.11。

"鞠躬尽瘁,死而后已"　③48.7;

⑤250.8。

藏室史　②465.6。

"藏诸名山,传之其人"

　③165.11;⑤232.2;⑥454.34。

"藏之秘阁,副在三馆"

　⑥109.23。

檀越　③373.3。

磷光体铀盐　⑦27.7。

"醒醒的农工大众"　④119.3。

"瞰亡往拜"　③140.7。

"嚎丧"　④605.5。

《嚓》的两幅画　⑬61.2。

"髀肉复生"　①268.15。

魏猛克嘲笑鲁迅的《萧伯纳颂》　⑧382.9。

魏金枝讥讽茅盾的亲戚到教会学

校谋职　⑥311.10。

箴片　③217.15。

"黛玉葬花"的照相　⑤561.4。

"爵"　①271.32。

襄城小童　⑩85.31。

"膺惩"　④318.2。

貘　⑧23.29。

孺子牛　⑦151.3。

十 八 画

瞽瞍害舜的传说　⑨26.4。

藤黄　⑪494.2。

"藩司"　③454.6。

覆载　⑧38.22。

瞿秋白全集事　⑬521.3。

瞿秋白纪念册的提议　⑬502.1。

颢气　①106.28。

曜灵　⑧89.13。

镰仓别邸　⑩262.2。

"翻译年"　⑥285.2。

"翻译是冒险"之说　⑫122.2。

"翻手为云覆手雨"等语　⑥391.4。

"翻译是媒婆,创作是处女"　①178.4;④477.13;⑤296.3;⑥285.3;⑧315.4。

鹰洋　②23.16,299.3。

"襟上杭州旧酒痕"　⑥355.4。

十 九 画

《孽海花》的续书　⑨304.24。

"警犬"　⑤192.1。

警视总监　⑥332.15。

"攒十字"　⑤345.11。

蠓飞蠕动　⑧37.5。

鼖鼓　②267.25;⑧391.7。

爆击　⑤77.4。

瀛洲　⑦157.3。

二 十 画

孽　①60.25。

鼯鼠蒲桃镜　⑮166.1。

二 十 一 画

"蠹迪检枻"　④632.8。

"趯趯毚兔，遇犬获之"
　　④490.12。

霸王鞭　③390.8。

露布　⑮28.13。

露西亚　⑥530.20；⑪418.7；
　　⑬403.3。

霹雳手　⑩277.2。

夔以相欺　⑩165.7。

二 十 二 画 以 上

"囊萤照读"　⑥54.4。

《蠹苍载》　⑪378.4。

其　他

5·4 的装饰画　⑭62.1。

"CF 男士"　④51.3。

卐　④478.21；⑥147.4。

厶　⑫57.4。

外 文 词 语 类

注 释 条 目

日 文

アルトス吐デント　⑪375.13。

アブサン　⑪414.8。

カワリノ　⑬545.8。

クラシク　⑪395.16。

ジヤク　⑩298.11。

ツカレル　⑪395.12。

デカーダン　⑪414.9。

ナウカ　⑫528.7;⑯400.5

バンダン　⑪405.7。

ベカリ　⑯307.2。

ボンタン飴　⑯255.10。

ム　⑮317.1。

九の一　⑪409.6。

円　⑧456.3;⑪332.14。

"夕方"　⑪289.6。

代金引換　⑮367.1。

行衛　⑪423.3。

彼の女達　⑭342.2。

若後家の墓参　⑭191.4。

念の為メ　⑪390.3。

為替券　⑮123.4。

神経ノセイ　⑪395.13。

株式会社　⑪427.1。

時計　⑪332.21。

鹿爪シイ　⑪423.7。

葉書　⑮23.5。

軽ィ　⑪425.3。

雲丹　⑯524.5。

歯磨　⑮36.6。

御宅　⑪418.4。

御伺フ　⑪418.4。

御座リマス　⑬441.1。

勝手而且我侭　⑪421.3。

西　文

A

ABC　⑤296.4。

Academia　⑤314.3。

Ach　③146.2。

Ade　②292.6。

"Akon,Agon!"　②367.4。

Album　⑮635.1。

Aktion　见行动派。

"All or nothing!"　①353.4。

Amateur　⑥643.6。

and　⑫57.8。

Andreev　⑦50.9。

Anthriscus　⑩297.10。

Apetin　⑯614.3。

Appulu　⑥320.4。

Arabeske　⑬274.7。

Ars　⑦208.61。

Aspirin　⑫47.1。

Astor House　⑯416.7。

Aug　⑭395.1。

B

B.EL B.　⑪288.1。

Baby Light　⑯524.10。

Banana　⑥320.4。

bar　⑭202.1。

Boxer　⑧105.9。

Boxing　⑧105.8。

C

C.P.　⑥530.21。

C.P.Being the Exception　⑧284.4。

C.Y.　⑥530.21。

Capstan　⑯279.3。

Mr. Cat　④296.4。

Censors　④485.6。

Cerose　⑯624.3。

Chocolate apricot sandwich　①406.4。

Colon　⑧250.3。

"Come in,Please,my dear."　②44.12。

Credo　⑪395.20。

Cynic　⑫109.3。

D

D ⑪292.1。

Democracy ①231.18。

Doctor ⑩426.4。

"Don Quixote type" ⑦202.6。

Don Quixoteism ⑦202.6。

Drama ⑧150.7。

E

ELEF ⑪296.3。

Elizabeth Tolstoi ⑦70.3。

Erotic ⑩422.3。

Esperanto ⑦38.4;⑧477.4。

Essay ⑥303.8;⑦202.8;

⑪396.25;⑫292.5。

estas ⑫249.4。

etc. ⑭197.2。

Etching ⑬304.4。

extensive reading ⑧293.4。

F

Facisti ⑬524.4。

G

Gannove ⑩440.14。

Gentleman ①267.8;⑪52.3。

Germanium ⑦28.16。

God ⑦122.4。

Grotesk ③402.12。

Grotesque ⑫508.3;⑬540.4。

H

H.M. ⑫340.8。

Hana ⑥320.5。

Hehe! he,hehehehe! ②213.2。

Help ⑮523.6。

Here is also a man ⑩246.30。

Herr Hitler ⑬339.5。

Hili ⑭134.3。

Huazaa ④28.20;⑤96.2。

I

Ido ①358.5。

Inspiration ⑥268.27。

Is it a rat?　②308.11。　　It is a cat.　②308.11。

J

Journalism　⑧369.2。

K

MR.K.Chow　⑫343.1。　　Kind　⑫148.14。

Karikatur　⑥243.3。　　Komposition　⑦365.9。

"Keep your distance"　③234.4。　　Konstruktion　⑦365.9。

Das Kind　②309.23。

L

"Life and Love Among the　Lithography　⑬304.4。

　Acrobats Told Entirely in　Love　④356.5。

　Pictures"　④356.4。

M

ma ks　⑧112.3。　　Miss Rose　④296.4。

Mammon　③580.11。　　mob　①330.4。

Der Mann　②309.23。　　Monotype　⑬304.5；⑭65.2。

many　⑭442.2。　　Mǔtter　⑭451.2。

Marxism　⑦202.6。　　"My dear,Please"等语

Mary Tolstoi et Hilda Tolstoi　　②44.10。

　⑦70.4。　　My Dear Teacher　⑪112.1。

Massliebchen　⑩298.16。　　Mystic　⑦57.3。

Melon　⑯549.11。

N

"nation"　⑦219.148。　　"Nga! nga"　②367.4。

ne　⑦39.7。　　No　④140.4；⑦39.7。

Note－book　①172.7。

O

O.K.　②403.10。

"Ochez－Mal'Yar"　⑩359.24。

or　⑦221.165;⑭219.1。

Organ　⑧150.4。

P

Parenthesis　⑧276.3。

Pectol　⑯624.1。

Pepana　⑮349.1。

Phrase and clause　⑧250.2。

Pirol　见黄鸟。

Proem　⑥269.43。

Proletariat　①231.17。

Proletary　④218.8。

Propaganda　④346.2。

Q

question mark　⑧250.3。

R

"R.S.F.S.R."　⑦206.39。

Reds　⑥610.2。

Ringo　⑥320.4。

Robin good fellow　⑩290.26。

Romantic　③71.21。

rote Dessert　⑩419.38。

S

Sandwich　③592.7。

"Schkid"　⑩438.3。

Semicolon　⑧250.3。

Sentimental　③592.8。

She　⑦76.2。

Shilling　⑪374.8。

Sire　⑩200.11。

Sirup Simpel　③336.10。

Sketch　④374.4;⑩472.3;
　⑪412.3。

Sobaka　⑭60.5。

Somotase　⑯604.9。

Stylist　④529.7。

Syllables　⑦71.9。

T

Takamol　⑯614.1。

"To be or not to be, that is the
　question"　⑩273.8。

Tolstoi　⑦50.9。

Type　⑦220.157。

U

"Uvu,Ahaha"　②367.4。

V

Viel　⑭442.3。

Villa-Romana 奖金　⑥495.10。

Violin　⑧150.5。

W

Watson's Lotion for Prickly Heat
　⑬502.4。

Wood-cut　⑦351.2。

Wood-engraving　⑦351.2。

Das Weib　②309.23。

Y

Yes　④140.3;⑧230.9。

Your H. M.　⑪113.6。

鲁迅生平活动类

年 序 表

一九一二年以前(626)

一九一二年(626)

一九一三年(627)

一九一四年(627)

一九一五年(627)

一九一六年(628)

一九一七年(628)

一九一八年(628)

一九一九年(629)

一九二〇年(629)

一九二一年(629)

一九二二年(630)

一九二三年(630)

一九二四年(630)

一九二五年(631)

一九二六年(632)

一九二七年(633)

一九二八年(635)

一九二九年(636)

一九三〇年(637)

一九三一年(638)

一九三二年(639)

一九三三年(641)

一九三四年(643)

一九三五年(644)

一九三六年(645)

注　释　条　目

一九一二年以前

南京求学　①442.3。

江南水师学堂学习　③69.11。

矿务铁路学堂学习　③69.11。

东京弘文学院学习　⑪331.2。

剪去辫子　③490.4。

仙台医学专门学校学习　⑪331.4。

创办《新生》杂志　⑦88.13。

章太炎处听讲小学　⑥570.14。

杭州浙江两级师范学堂任教　⑧402.2。

绍兴府中学堂任教　⑧46.1，402.3；⑪334.4。

荟集古逸书　⑪336.10。

再往日本　⑪349.2。

山会师范学堂任职　⑧403.4。

一九一二年

教育部任职　⑦88.15。

舟抵天津　⑮3.1。

山会邑馆寓居　①443.12；④529.4；⑪380.3；⑮3.2。

教育部办公　⑮3.3。

教育部发津贴六十元　⑮4.13。

考察新剧　⑮8.2。

赴天坛考察　⑮8.5。

赴先农坛考察　⑮8.5。

教育部夏期讲演会讲演　⑮8.6。

共和党来信　⑮8.7。

国子监视察　⑮9.8。

临时教育会议开始　⑮13.3。

受任教育部佥事　⑮18.7。

拟国徽成　⑮18.8。

出席大学专门课程讨论会　⑮23.2。

得先祖父殿试卷　⑮23.6。

周作人寄来越人著书逸文抄本　⑮27.6。

捐贫儿院银　⑮27.9。

得袁总统委任状　⑮32.1。

赴贤良寺见章太炎　⑮36.4。

同教育部员见袁世凯　⑮36.5。

一九一三年

游先农坛　⑮46.1。

简作读音统一会会员　⑮51.5。

赴京师图书馆谈交接事
　　⑮51.6。

出席读音统一会　⑮55.2。

为儿童艺术展览会选择会场
　　⑮56.8。

观京师图书馆分馆租屋
　　⑮60.1。

敦促董恂士回部视事　⑮61.6，

65.1。

观历史博物馆明器土偶
　　⑮70.4。

绍兴省亲　⑮70.5。

往国子监观部员行孔子生日礼
　　⑮81.3。

议京师图书馆改组事　⑮85.5。

为全国儿童艺术展览会布置展品
　　⑮89.3。

一九一四年

为文津阁《四库全书》调京事办交
　　涉　⑮104.1，189.1。

计万全等托保应试知事
　　⑮104.5。

为许世瑛开蒙　⑮107.1。

往国子监观孔教会丁祭
　　⑮111.1。

全国儿童艺术展览会开会
　　⑮115.3。

出席儿童艺术审查会　⑮119.3。

为京师图书馆觅新址　⑮119.7，

166.3。

为儿童艺展选择送巴拿马博览会
　　的作品　⑮123.1。

进叙四等官　⑮130.1。

至钱粮胡同谒章太炎　⑮131.3。

收文官甄别合格证书　⑮135.2。

游武英殿古物陈列所　⑮138.3。

寄周作人绍兴许广记刻书条例
　　⑮142.1。

捐湖北赈济银　⑮146.2。

一九一五年

至第一舞台观剧　⑮158.1。

受五等嘉禾章　⑮162.2。

在崇圣祠执事　⑮166.4。

许寿裳交来章太炎书一幅
　　⑮177.2。

兼任通俗教育研究会职务

⑮185.2。

参加通俗教育研究会成立大会
⑮189.2。

主持通俗教育研究会小说股会议
⑮189.3，190.5、6，193.1，

194.2、4，197.3、4。

出席通俗教育研究会第二次全体
大会　⑮194.5。

捐江西赈济银　⑮197.1。

钞古碑　①443.13。

一九一六年

出席教育部茶话会　⑮215.2。

参观医学专门学校　⑮215.4。

出席京师图书分馆开馆茶话会
⑮218.1。

参加专门学校成绩展览会筹备工
作　⑮222.2。

游农事试验场　⑮225.1。

移居补树书屋　⑮229.1。

总统府吊祭　⑮233.2。

收俸泉中券三、交券七
⑮250.1。

绍兴省亲　⑪354.2；⑮253.1。

绍兴浙江省立第五中学访友
⑮253.2。

母亲六十寿辰　⑮253.3。

一九一七年

请蔡元培为周作人介绍任职
⑪356.2；⑮274.2，280.1。

出席京师图书馆开馆式
⑮274.3。

出席通俗教育研究会茶话会
⑮277.1。

赴午门阅屋宇　⑮277.2。

寄周作人来京旅费　⑮280.1。

为张勋复辟事脱离教育部

⑮291.1。

新华旅馆避居　⑮291.2。

往义兴局觅齐寿山　⑮291.4。

拟北京大学徽章　⑮294.1。

往视中央公园内图书阅览所
⑮294.2。

捐顺直水灾银　⑮296.1。

审听国歌　⑮302.3。

一九一八年

周作人寄来郑蔓镜拓本
⑧88.2。

寄周作人省亲回京旅费
⑮339.1。

捐欧战协济会款　⑮347.2。

一九一九年

观北京大学游艺会　⑮361.1。

往报子街看屋　⑮361.2。

赴警察总厅报告购房事宜
　⑮375.5。

周建人寄来绍兴老屋售款
　⑮380.1。

往市政公所议先农坛设图书馆事

⑮380.2。

捐湖北水灾款　⑮380.3。

八道湾寓居　⑮384.1。

绍兴迁居　②320.16；③382.2；
　⑮384.2。

往消摇泷扫墓　⑮387.1。

一九二〇年

国歌研究会任职　⑮395.1。

往午门整理德国商人俱乐部藏书
　⑮401.2。

出席胡适邀集《新青年》编辑会
　⑮403.1。

至北京大学得陈望道译《共产党
　宣言》　⑮405.1。

马裕藻送来北京大学聘书
　⑮409.2。

收北京高等师范学校聘书

⑮409.4。

时事新报馆约稿　⑮411.2。

孙伏园来谈出版《文艺丛书》
　⑮411.3。

往美术学校听国歌演唱会
　⑮413.1。

往中央公园观顺直赈灾游艺会
　⑮413.2。

北京大学授课　⑮417.3。

一九二一年

北京高等师范学校授课
　⑮423.1。

以胡适信转寄钱玄同　⑮423.3。

往学界急赈会　⑮425.2。

索薪罢教前最后一次讲课
　⑮428.2。

借款供周作人养病　⑮428.4，
　433.2。

茅盾约撰介绍新犹太文学的文章
　⑪405.1。

茅盾约撰介绍小俄罗斯文学的文
　章　⑪418.7。

为许羡苏入北京高等师范学校作
　保　⑮447.1。
补授因罢教所误课程　⑮444.3。

午门索薪　⑮447.4。
教育部发还所扣赈捐　⑮447.5。

一 九 二 二 年

寄胡适有关《西游记》作者材料
　⑪429.1。
往女师校听爱罗先珂讲演

⑯641.7。
观燕京女校学生演剧
　⑯641.11。

一 九 二 三 年

为永持德一书《诗经》句
　⑮459.2。
许钦文首次来访　⑮460.4。
往北京高等师范学校听爱罗先
　珂讲演　⑮460.5。
摔落门牙二只　①271.33。
出席为爱罗先珂饯行宴
　⑮467.2。
观阿博洛展览会　⑮471.5。
往世界语学校筹款游艺会
　⑮474.1。
商务印书馆寄来爱罗先珂画像一
　千枚　⑮476.2。
作大学文艺季刊稿一篇
　⑮476.3。
与周作人决裂　⑮476.4,477.6。
往砖塔胡同看屋　⑮477.7。

砖塔胡同寓居　⑭141.1;
　⑮479.1。
往菠萝仓一带看屋　⑮480.2。
世界语专门学校授课　⑧391.8。
晨报馆来信征文　⑮482.2。
肺病复发　⑮483.3。
北京女子高等师范学校授课
　⑮485.2。
周建人寄来钱稻孙卖稿契约
　⑮486.3。
观人艺戏剧专门学校演出
　⑮486.5。
买定西三条胡同旧屋六间
　⑮486.6。
北京女子高等师范学校文艺研究
　会讲演　⑪48.3;⑮492.2。

一 九 二 四 年

北京师范大学附中讲演

⑮500.2。

寄胡适百廿回本《水浒传》
　⑮503.1。

运来旧存张梓生家之书一箱
　⑮506.2。

辞北京师范大学讲师　⑪447.1;
　⑮506.6。

北京师范大学学生来访
　⑪447.2。

李秉中托卖《边雪鸿泥记》稿
　⑪448.1。

观中日绘画展览会　⑮514.1。

往集成国际语言学校兼课
　⑮514.2。

观新月社为泰戈尔祝寿演出
　⑮514.3。

调解女高师风潮　⑮514.4。

移居西三条胡同新屋　⑮514.5。

接受往西安作夏期讲演之约
　⑮519.5。

拟作长篇小说《杨贵妃》
　⑭280.2。

西安之行　①187.2;⑮522.1。

往易俗社观剧　⑮523.7。

赴夏期学校开学式并摄影
　⑮523.8。

暑期学校讲演　⑮523.9。

陕西省长招宴　⑮523.10。

讲武堂讲演　⑮523.11。

刘镇华省长设宴饯行　⑮527.2。

退女师大聘书　⑮527.7。

集《离骚》句为联　⑮531.2。

访许寿裳商量译文　⑮534.2。

为荆有麟校读《民众文艺周刊》稿
　⑮541.3。

傅筑夫等来议收辑中国神话
　⑮541.4。

会见世界语学者绥理绥夫
　⑮541.6。

一九二五年

邵元冲邀饮为《北京民国日报》约
　稿　⑮554.6。

观女师大史学系学生演剧
　⑮558.1。

观陶元庆西洋绘画展览会
　⑮558.3。

观女师大哲教系游艺会演剧
　⑮559.6。

商办《莽原》周刊　⑮563.3。

旭社来信约稿　⑮563.5。

致王希礼信并答疑　⑮567.3。

赴女师大师生联席会议
　⑮567.4。

女师大学生会约往商议校务
　⑮567.5。

为《阿Q正传》俄译本之需往容
　光照相　⑮567.6。

为五卅事件捐款　⑮571.2。

得梁社乾英译《阿Q正传》誊印
　　本　⑮571.8。

为英译本《阿Q正传》照相二枚
　　⑮575.1。

往太和殿检查文溯阁《四库全书》
　　⑮575.5。

赴女师大校务维持会
　　⑮579.2、3、4、5、6、8，
　　580.10、11、12、13、14、15，
　　581.17,585.11,597.7,606.2,
　　607.4。

佥事免职令发表　⑮579.9。

魏建功等邀往黎明中学任教
　　⑮580.16。

创办未名社　⑮581.18。

向平政院交诉讼费　⑮581.19。

访马裕藻商议女师大授课事宜
　　⑮584.1。

黎明中学兼课　⑮584.2。

出席女师大教务委员会会议
　　⑮585.3,593.2。

大中公学兼课　⑮585.4。

为女师大监考新生　⑮585.5。

出席女师大开学典礼　⑮585.7。

周建人寄来文学研究会版税
　　⑮585.8。

中国大学兼课　⑮585.9。

肺病复发　⑪519.1;⑮585.10。

平政院通知答复章士钊答辩书
　　⑮589.5。

以未名社开办费交韦素园等
　　⑮590.6。

得《新女性》约稿信　⑮593.1。

送女师大学生复校　⑮593.10。

编辑《国民新报副刊》乙刊
　　⑮597.2,607.3。

出席北大二十七周年纪念会
　　⑮597.6。

一九二六年

观于是剧社演出　⑮606.1。

出席女师大校长欢迎会
　　⑮607.5。

以《莽原》编定稿交台静农
　　⑮607.6。

出席女师大纪念会　⑮607.7。

出席北京国立九校教职员索薪联
　　席会　⑮607.9。

往教育部复职　⑮607.10。

得敬隐渔自里昂来信　⑮611.6。

出席女师大评议会　⑮614.3。

观林风眠绘画展览会　⑮614.5。

平政院裁决书下达　⑮615.6。

赴刘和珍、杨德群追悼会
　　⑮615.8。

山本医院避居　②237.6;
　　④366.3;⑮615.9。

德国医院避居　⑮618.4。

东安饭店暂住　⑮618.5。

法国医院避居　⑮618.6,622.2。

林语堂邀往厦门大学任教
　⑮622.4。

女师大五卅纪念会讲演
　⑮622.8。

观司徒绘画展览会　⑮626.3。

《世界日报副刊》约稿　③335.5。

得敬隐渔所寄《欧罗巴》一本
　⑮630.2。

东亚考古学会招宴　⑮630.3。

得"三言"等小说目录并表
　⑮631.6。

寄敬隐渔中国小说等三十三种
　⑮631.8。

教育部发还前年二月欠薪
　⑮631.9。

接受厦门大学聘请　⑪119.1;
　⑮631.10。

女师大毁校周年纪念会讲演
　⑮635.2。

离京前与许广平之约　⑪112.2。

离北京赴厦门　⑩288.12。

厦门大学国学院寄居　⑮639.1。

赴厦门大学开学礼　⑮639.5。

许寿裳托谋职务　⑪543.3。

集美楼居住　⑮639.6。

出席国学研究院成立会
　⑮643.3。

厦门大学周会演说　⑪161.5;
　⑮643.5。

朱家骅来电邀往中山大学"议定
　学制"　⑪612.3;⑮643.7。

闽南佛学院招宴　⑮644.10。

致函朱家骅为许寿裳谋职
　⑮644.11。

接受中山大学聘书　⑮647.3。

指导《中国图书志》小说书目的编
　撰　⑪123.3。

出席厦大恳亲会　⑪209.3;
　⑮647.5。

集美学校讲演　⑪227.1;
　⑮648.8。

为厦大平民学校捐款　⑮651.1。

孙伏园来信谈中大聘任事
　⑪268.1,670.2;⑫5.2。

朱家骅来信催赴广州　⑮652.5。

中山大学来信请赴粤任职
　⑮652.6。

参加国学研究院会议　⑮652.8。

为李霁野筹措学费　⑪668.1;
　⑯5.7。

一九二七年

离厦大前与学生照相　⑯5.1。

厦门大学送别会　⑯5.4。

离厦门赴广州　④541.3;
　⑥71.8;⑩288.12;⑪259.1;

⑯6.13。

中山中学讲演　⑯6.8。

往民钟报馆晤谈　⑯6.9。

为汇款单发生纠葛　⑯6.11。

访许广平　⑯6.14。

大钟楼寓居　⑯6.15。

世界语会讲演　⑯6.16。

中山大学学生会欢迎会演说
　⑯6.18。

社会科学研究会讲演　⑯6.19。

主持中大教务会议　⑯10.1。

出席文科教授会议　⑯10.2。

主持第二次教务会议　⑯10.3。

夜宿上海旅馆　⑯10.4。

香港讲演　③453.2,454.4;
　⑫20.4;⑯10.6,11.7。

晤许寿裳　⑯11.8。

主持第三次教务会议　⑯11.9。

筹办北新书屋　⑯11.10。

主持第四次教务会议　⑯11.11。

出席中山大学开学典礼并讲演
　⑯15.1。

谢玉生等七人自厦门追随至广州
　⑯15.3。

主持第五次教务会议　⑯15.4。

孙中山二周年纪念会讲演
　⑯15.5。

白云楼看屋　⑯15.6。

岭南大学讲演　⑫27.5;
　⑯16.10。

白云楼寓居　②165.6;③454.9;
　⑧212.8。

主持第六次教务会议　⑯15.8。

出席中山大学组织委员会会议
　⑯16.11。

黄埔军校讲演　⑯20.2。

主持第七次教务会议　⑯20.4。

出席中山大学各主任紧急会议
　⑯20.5。

辞中山大学职务　⑩90.8;
　⑫68.1;⑯20.6。

文科学生代表来访　⑯20.6。

寄荆有麟文稿一篇　⑯20.7。

中山大学委员会寄来挽留信及聘
　书　⑯20.8。

介绍谢玉生二人至武汉谋职
　⑯23.2。

收集《朝花夕拾》插图　⑯27.5。

致函香港《循环日报》　⑯27.6。

寄李霁野《中央日报》副刊
　⑯27.4。

寄李霁野北新书屋卖书款
　⑯31.1。

蒋径三等约往夏期学术讲演会讲
　演　⑯32.4。

知用中学讲演　⑯32.7。

夏期学术讲演会讲演　⑫53.4;
　⑯32.8。

顾颉刚来信令"候审"　⑫58.1;
　⑯32.9。

复顾颉刚令"候审"信　⑯35.1。

北新书局寄来北新书屋代售书总账　⑯35.7。

往共和书局商谈转让北新书屋存书事宜　⑯35.8。

以北新书屋代售书清帐寄北新书局　⑯38.4。

为离粤准备行装　⑯38.10。

往创造社出版部广州支部选取书刊　⑯39.13。

辞诺贝尔奖金的提名　⑫74.1，307.1；⑯39.14。

离粤赴沪　⑯39.16。

共和旅馆暂住　⑯43.1。

往北新书局门市部　⑯43.2。

访周建人　⑯44.4。

景云里寓居　⑯44.6。

以北新书屋代售书刊余款寄未名社　⑯44.8。

商办济难会刊物《白华》杂志　⑯44.10。

蔡元培拟聘为大学院特约撰述员　⑫80.2。

劳动大学讲演　④7.3；⑯44.13。

立达学园讲演　④7.3；⑯45.15。

陈望道来约往复旦大学讲演　⑯45.16。

复旦大学讲演　④7.3；⑯49.1。

暨南大学同级会讲演　⑯49.5。

劳动大学授课　⑯49.6。

创造社代表来谈联合问题　⑯49.7。

光华大学讲演　④7.3；⑯50.12。

大夏大学讲演　④7.3；⑯50.13。

以画象拓本交立达学园绘画展览会展出　⑯54.2。

北大廿九周年纪念会来信邀请赴会　⑯54.3。

观立达学园绘画展览会　⑯54.4。

收大学院特约撰述员聘书　⑫100.4；⑯54.6。

以《语丝》四卷二期编定稿寄李小峰　⑯54.7。

暨南大学讲演　④7.3；⑯54.9。

以望·蔼覃像寄未名社　⑯54.8。

一 九 二 八 年

辞劳动大学教职　⑯68.1。

寄未名社望·蔼覃像五十枚　⑯72.2。

观暨南大学游艺会　⑯72.4。

马湘影来信称在杭州遇"周树人"　⑫104.2。

司徒乔来作速写画像　⑯72.5。

陶元庆来谈制作《朝花夕拾》封面画　⑯75.1。

往司徒乔寓所观画　⑯75.2。

为《良友画报》之索照相
　　⑯76.3。
往祥丰里制版所洽谈《奔流》创刊
　　号制版　⑯76.5。
观 SEKIR 小画展览会　⑯76.7。
以《语丝》四卷十四期编定稿交李
　　小峰　⑯76.9。
陈望道来约往复旦大学附属实验
　　中学讲演　⑯82.1。
章廷谦邀游杭州　⑫116.2。
肺病复发　⑯83.3。
复旦实验中学讲演　④7.3；
　　⑩373.4；⑯83.5。
徐诗荃寄来复旦实验中学讲演记
　　录稿　⑯83.7。
以《奔流》一卷二期编定稿寄李小
　　峰　⑯86.2。
徐霞村、赵景深来约稿　⑯90.1。

翟永坤请编小说稿　⑫121.2。
以《语丝》四卷二十九期编定稿寄
　　李小峰　⑯90.2。
杭州游憩　⑯90.4。
西泠印社茗谈　⑯90.5。
景云里内觅新寓　⑯94.1。
以《奔流》一卷五期插图铜版寄李
　　小峰　⑯100.1。
大陆大学讲演　④7.3；⑯103.2。
以《奔流》一卷六期插图铜版寄李
　　小峰　⑯103.3。
江绍原请转托许寿裳等谋职
　　⑫139.1。
冯雪峰来谈编印《科学的艺术论
　　丛书》事　⑯107.2。
赵景深来信谈欧洲纪念托尔斯泰
　　消息　⑯107.4。

一九二九年

景云里十七号寓居　⑯125.3。
李小峰寄来高峻峰稿费
　　⑯125.4。
校《奔流》一卷九期清样
　　⑯128.1。
许钦文寄来信笺四十余种
　　⑯128.2。
韩侍桁寄来当票请代赎
　　⑯132.4。
观宇留川绘画展览　⑯132.8。

以《奔流》二卷一期编定稿交张友
　　松　⑯136.2。
北平省亲　⑯136.4。
燕京大学讲演　④7.3；⑪300.1；
　　⑯136.5。
北京大学第二院讲演　④7.3；
　　⑫179.2；⑯137.6。
往西山病院访韦素园　⑫179.2；
　　⑯137.8。
北平大学第二师范学院讲演

④7.3；⑯141.1。

北平大学第一师范学院讲演
　　④7.3；⑯141.2。

为朝花社增股　⑯142.6。

为许钦文谋职　⑫191.3。

曹靖华寄来新俄画片　⑫195.1。

函问李小峰拖欠《奔流》稿费事
　　⑯145.2。

停编《奔流》　⑯146.6。

委托律师杨铿交涉北新书局积欠
　　版税　⑯149.1。

李小峰来谈版税问题　⑯150.3。

郁达夫来调解版税事　⑯150.5。

与北新书局达成版税协议
　　⑫204.1；⑯150.6。

许钦文来谈筹建陶元庆墓
　　⑯150.7。

南云楼席间斥林语堂　⑯150.8。

张友松寄来铅字二十粒
　　⑯153.1。

为购陶元庆墓地捐款　⑯153.2。

杨铿交还诉讼费　⑯153.3。

交杨铿律师办理费　⑯154.4。

付冯雪峰校对费　⑯158.2。

李小峰寄来《奔流》稿费
　　⑯161.1。

约曹靖华翻译《铁流》　⑯161.3。

往制版所为《奔流》二卷五期插图
　　制版　⑯161.4。

《奔流》二卷五期稿编讫
　　⑯162.6。

暨南大学讲演　④7.3；⑯165.2。

北新书局旧欠版税付讫
　　⑯165.6。

一九三〇年

赠绒衫等贺郁达夫得女
　　⑯180.3。

收大江书店所付《艺术论》版税
　　⑯180.4。

结束朝花社社务　⑯180.5。

大江书店招饮约稿　⑯184.1。

出席自由运动大同盟成立大会
　　⑯184.7。

出席"上海新文学运动者底讨论
　　会"⑯185.8。

中华艺术大学学生来邀讲演

⑯185.10。

中华艺术大学讲演　④196.4；
　　⑯185.12。

冯乃超来请审"左联"纲领稿
　　⑯185.13。

乐天文艺研究社来信邀讲演
　　⑯185.14。

许羡苏寄还家用帐簿　⑯189.1。

出席左翼作家联盟成立大会
　　⑯189.2。

中华艺术大学讲演　④196.4；

⑫226.3；⑯190.4。

大夏大学乐天文艺研究社讲演
　　④196.4；⑫226.3；⑯190.5。

泰东书局招饮约稿并请办刊物
　　⑯190.6。

中国公学分院讲演　④196.4；
　　⑫226.3；⑯190.7。

内山书店避居　⑫228.4，229.6；
　　⑯190.8。

许德珩来信为创办社会科学院募
　　捐　⑯190.9。

往近处看屋　⑯190.10。

往北四川路看屋　⑯194.1。

收神州国光社编译《现代文艺丛
　　书》合同　⑯194.2。

《文艺研究》第一期稿编讫寄陈望
　　道　⑯194.3。

寄章廷谦之《萌芽》第四期被扣
　　⑯194.4。

赴爵禄饭店会见李立三
　　⑯198.1。

北川公寓寓居　⑯198.3。

以德文版《静静的顿河》交贺非
　　⑯198.4。

出席"左联"第二次全体大会
　　⑯198.5。

收水沫书店所付《文艺政策》版税
　　⑯202.1。

捐助互济会经费　⑯202.3。

柔石交来朝花社售书款
　　⑯203.7。

观时代美术社展览会　⑯206.1。

为许世瑛开列必读书目
　　⑯206.2。

将陶元庆画稿交许钦文陈列
　　⑯206.3。

曹靖华寄来信封　⑯207.5。

世界语学会来信　⑯210.1。

夏期文艺讲习会讲演　④196.4；
　　⑯210.2。

内山完造邀往漫谈会　⑯210.3。

曹靖华所寄列宁像被扣
　　⑯214.1。

五十寿辰庆祝会　⑫244.12；
　　⑯214.3。

举办世界版画展览会　⑯218.1。

赠周建人《毁灭》校阅费
　　⑯224.3。

一 九 三 一 年

花园庄避居　④504.15；
　　⑥72.12；⑫252.3，259.7；
　　⑯242.3。

诗赠小原荣次郎　⑯244.2。

书钱起诗赠长尾景和　⑯244.3。

付南江店友赎款　⑯244.4。

诗赠升屋治三郎、内山松藻、松元
　　三郎　⑯248.4。

韦丛芜来谈结束未名社社务事
　　⑯248.5。
同文书院讲演　⑯250.2。
与冯雪峰两家合影　⑯250.3。
退出未名社　⑫267.4；⑯254.1。
新群众社寄来书刊　⑯254.2。
王育和交还景云里顶费
　　⑯254.4。
书籍八箱运往京寓　⑯255.9。
徐诗荃寄来集《文选》句咏怀诗
　　⑯255.11。
妇女之友会讲演　⑯259.3。
观一八艺社展览会　⑯259.5。
诗赠宫崎龙介　⑯259.7。
观上海艺术专科学校学期成绩展
　　览会　⑯260.9。
为增田涉讲《中国小说史略》毕
　　⑯263.3。
社会科学研究会讲演　⑯263.4。
合家照相寄释母念　⑯263.5。
为丁玲等提供《北斗》插图

⑯263.6。
捐柔石遗孤教育费　⑫297.3；
　　⑯267.3。
举办暑期木刻讲习班　⑯267.5。
为一八艺社木刻部讲解作品
　　⑯267.9。
寄曹靖华《前哨》杂志
　　⑯268.11。
书欧阳炯《南乡子》赠内山松藻
　　⑯271.2。
现代木刻研究会寄来募捐信
　　⑯271.7。
湖风书局交还《勇敢的约翰》印图
　　费　⑯271.8。
汉堡嘉夫人来借版画
　　⑯280.10。
大学院特约撰述员职被裁
　　⑫288.2。
诗赠增田涉　⑯283.1。
寄曹靖华中国纸两包　⑯283.3。

一九三二年

诗赠高良富　⑯298.5。
避居内山书店支店　④6.1；
　　⑧392.13；⑫293.1；
　　⑯298.7，300.1。
函托陶书臣营救许钦文
　　⑯300.2。
代付内山书店店员工资

⑯301.3。
访陈澍　⑯301.4。
史沫特莱等来访谈营救牛兰夫妇
　　事　⑯304.1。
书李贺诗赠周颂棣　⑯304.2。
诗赠沈松泉　⑯304.3。
诗赠姚蓬子　⑯304.4。

收李霁野寄还所借学费
　　⑫301.1;⑯307.3。
谢绝内山完造等邀往日本任教
　　⑯308.4。
收李霁野所寄未名社账目
　　⑯308.7。
周建人买来寄苏联画家的宣纸一
　　批　⑯308.8。
以《铁流》、《毁灭》存书半价售与
　　光华书局　⑯308.9。
汉堡嘉夫人来借镜框
　　⑯308.10。
寄苏联木刻家所要中国宣纸
　　⑫300.5。
李秉中寄赠所镌印章　⑫303.1。
寄增田涉《中国论坛》与《文艺新
　　闻》　⑯312.3。
寄增田涉《水浒传》等八种
　　⑯312.7。
观德国版画展览会　⑯316.1。
许钦文寄来有关自己被拘案的剪
　　报　⑯317.2。
王育和寄来柔石子女教育费捐款
　　收据　⑯317.4。
以《铁流》版权售与光华书局
　　⑯317.5。
观春地美术研究所展览会
　　⑯317.6。
李霁野寄来信札抄本　⑯320.1。
诗赠山本初枝　⑯320.4、5。

曹靖华寄赠儿童画　⑫328.1。
观集古书画金石展览会
　　⑯320.6。
为周建人复职事访蔡元培
　　⑯324.2。
往开明书店询未名社欠款事
　　⑯324.3。
以《二心集》版权售与合众书店
　　⑯324.4。
国际革命作家联盟邀赴苏联游历
　　⑫328.3,351.2;⑯324.8。
徐诗荃归国来访　⑯324.9。
访瞿秋白　⑯328.1。
往文华别墅看屋　⑯328.5。
郁达夫招饮　⑯332.3。
野风画会讲演　⑯332.6。
北平探亲　⑫337.1;⑯337.1。
北京大学第二院讲演
　　⑫343.2;⑯337.2。
辅仁大学讲演　⑫343.2,372.4;
　　⑯337.3。
北平大学女子文理学院讲演
　　⑫343.2;⑬298.1;⑯337.5。
在范文澜寓会见北平左翼文化团
　　体代表　⑯337.6。
北平师范大学代表来邀讲演
　　⑯337.7。
台静农来邀出席北平左翼社团欢
　　迎会　⑫347.2;⑯337.8。
北平师范大学讲演　⑫347.2,

352.3;⑬298.3;⑯337.9。

中国大学讲演 ⑬298.2;
⑯337.10。

答增田涉关于《中国小说史略》质
疑 ⑯341.3。

往野风社闲话 ⑯341.4。

书横幅赠台静农 ⑫352.1。

诗赠杉本勇乘 ⑯342.5。

瞿秋白移居后来信 ⑯342.6。

瞿秋白赠诗 ⑯342.7。

诗赠梦禅、白频 ⑯342.8。

郁达夫来为《自由谈》约稿
⑯342.9。

诗赠内山美喜、滨之上信隆、坪井
芳治 ⑯342.10。

诗赠郁达夫 ⑫361.1;
⑯342.10,358.5。

一 九 三 三 年

出席民权保障同盟干事会
⑯357.3,369.3,375.12。

出席民权保障同盟会议
⑯358.6,358.10,359.21,
370.18,370.20,380.8。

出席民权保障同盟上海分会成立
大会 ⑯358.9。

蔡元培赠诗 ⑫363.2;
⑯358.11。

郁达夫赠诗 ⑫361.3;
⑯358.12。

柳亚子赠诗 ⑫361.3;
⑯358.12。

诗赠坪井芳治 ⑯358.13。

许寿裳赠诗 ⑯359.15。

诗赠许寿裳 ⑫366.1;
⑯359.17。

诗赠望月玉成 ⑯359.18。

诗赠内山完造 ⑯359.19。

张天翼寄来自传 ⑫364.2。

名列于暗杀之林 ④577.3。

首次在《自由谈》发表文章
⑤6.6。

代转瞿秋白致曹靖华信
⑯363.6。

赴宋庆龄寓会见萧伯纳
⑫376.3;⑯363.8。

斯诺来晤 ⑯363.13。

李霁野寄来向开明书店取款单据
⑯364.17。

为瞿秋白往东照里看屋
⑯368.1。

诗赠山县初男 ⑯368.2。

台静农寄来《晨报》所载未名社声
明 ⑯369.7。

以与萧伯纳蔡元培合影寄台静农
⑫382.2。

出席民权保障同盟上海分会执行

委员会　⑯369.10。

为史沫特莱赴苏饯行　⑯380.7。

姚克邀访客兰恩夫人　⑫384.1。

迁移书籍至狄思威路藏书室
　　⑯370.17。

与 M.K.木刻社洽办木刻刊物
　　⑬65.2,73.1。

商办《文学》月刊　⑯374.3。

大陆新邨寓居　⑫388.2；
　　⑯328.5,374.7。

介绍姚克与上海文艺界友人会面
　　⑯374.10。

为《文学杂志》捐款　⑫391.2。

为公葬李大钊捐款　⑯379.5。

至德国领事馆递交抗议书
　　⑯380.10。

以《两地书》版税印花交李小峰
　　⑯380.12。

应姚克之请往大马路照相
　　⑫403.3;⑯381.20。

崔万秋函询对柳丝文章的意见
　　⑯385.9。

送杨铨殓　⑯386.11。

诗赠樋口良平　⑯386.13。

诗赠西村真琴　⑯386.14。

诗赠黄萍荪　⑯386.16。

诗赠陶轩　⑯386.17。

以《鲁迅杂感选集》版税印花寄李
　小峰　⑯390.5。

许钦文出狱来访　⑯390.7。

收分良友图书公司版税
　　⑯391.8。

诗赠森本清八　⑯391.14。

李霁野寄来曹靖华版税
　　⑫432.1。

台静农寄来向开明书店取款单据
　　⑯396.16。

曹靖华寄来《铁流》作者自序
　　⑯396.17。

姚克来赠照片二枚　⑯396.18。

韦从芜以开明书店的版税归还鲁
　迅　⑯400.9。

寄郑振铎《北平笺谱》印刷费
　　⑯405.2。

《文学》拟请担任顾问　⑭162.1。

举办德俄木刻展览会　⑯405.4,
　405.7。

观 M.K.木刻研究社第四次展览
　会　⑯406.11。

观海京伯兽苑　⑯406.17。

诗赠山本初枝　⑭271.5。

诗赠土屋文明　⑯410.10。

举办俄法书籍插画展览会
　　⑯415.3。

曹靖华寄来苏联第一个五年计划
　图表　⑯415.11。

冯雪峰赴瑞金途中来信
　　⑯415.12。

为营救华岗借款给葛琴
　　⑯416.15。

诗赠王映霞　⑯416.16。

诗赠黄振球　⑯416.17。

一 九 三 四 年

瞿秋白赴瑞金前来叙别
　⑯431.1。

出席《申报·自由谈》新年招待会
　⑯431.2。

苏联作家代表大会邀请赴苏
　⑬12.9。

寄魏猛克稿二篇　⑯432.8。

寄谭丽德中国木刻画
　⑯432.10。

姚克寄来王钧初木刻
　⑬16.1。

寄谭丽德木刻目录　⑬16.2,
　18.1。

致函苏联木刻家　⑬15.2。

介绍曹靖华与上海"左联"人士会
　见　⑯436.5。

天下篇社来信　⑬46.2。

诗赠台静农　⑯441.5。

寄《自由谈》稿一篇　⑯441.6。

托魏猛克为斯诺所译《阿Q正
　传》作插图　⑯441.8。

拒陶亢德索照片　⑬56.2。

书项圣谟诗赠南宁博物馆
　⑯447.7。

黎烈文还稿一篇　⑯447.11。

M.K.木刻社送来原版六块
　⑬110.1。

寄《动向》稿二篇　⑯453.1。

诗赠新居格　⑯454.17。

与茅盾等商议创办《译文》月刊
　⑯459.4。

楼适夷来信请营救　⑯460.13。

为张慧木刻集题字　⑬180.2。

许钦文获释来访　⑯470.7。

千爱里内山家避居　⑬204.5,
　207.5;⑭321.1;⑯471.17。

李霁野请营救台静农
　⑯471.18。

陈望道招饮研究《太白》事
　⑯475.2。

得楼适夷狱中笺　⑯475.7。

《译文》第三期稿阅毕　⑬236.2。

为《松中木刻》题字　⑬219.1,
　235.1。

寄《动向》稿一篇　⑯482.11。

寄生活周刊社一稿　⑯482.15。

吴朗西招饮为《漫画生活》约稿
　⑯482.16。

拟印文人画像　⑬412.2。

收史沫特莱寄《现代中国》预支稿
　费　⑯488.1。

为《新诗歌》杂志捐款　⑬250.4。

萧军借款　⑬261.4。

拟译《果戈理选集》　⑬277.3。

梁园菜馆宴请茅盾等　⑬300.1。
介绍萧军、萧红与上海左翼作家

见面　⑯494.5。

一九三五年

黎烈文黄源来商谈编印《译文丛
　书》　⑯514.2。
赵家璧寄来《小说二集》出版合同
　⑯514.5。
王志之约稿　⑬348.1。
郑振铎来为《世界文库》约稿
　⑯514.9。
茅盾寄来代购的小说一包
　⑯514.10。
黄源来取《译文》稿件
　⑯514.11。
宋子佩寄来平寓所存报刊十二包
　⑯514.12。
寄赵家璧所需照片一枚
　⑯515.15。
寄徐懋庸《春牛图》画页
　⑯519.1。
钱杏邨寄来刊物一包　⑯519.2。
退还生生美术公司稿费
　⑯519.6。
与叶紫等商谈出版《奴隶丛书》
　⑯524.2。
书所南翁句赠今村铁研、增田涉
　⑭349.1;⑯524.11。
书所南翁等人句赠冯剑丞、徐诗
　⑯524.11。

书"张慧木刻画"题签寄张慧
　⑬418.1。
寄郑振铎《十竹斋笺谱》印费
　⑯525.14。
寄郑振铎《十竹斋笺谱》第一册出
　版说明　⑬428.5。
托黄源赎回瞿秋白等译稿
　⑬521.1;⑯535.6,549.6。
会见长与善郎　⑯535.7。
李桦拟来观所藏外国版画
　⑬483.1。
拒陶亢德请接待访问　⑬123.1。
以文学社稿费较交段干青
　⑬487.1,558.3。
李霁野请为杨善荃谋职
　⑬505.1。
捐中文拉丁化研究会款
　⑯544.3。
寄黄源俄意木刻两种　⑬515.8。
寄徐懋庸《大公报》副刊一纸
　⑯550.13。
寄李长之所索照片一枚
　⑯550.14。
为《文艺群众》捐款　⑬539.2。
与文化生活出版社商谈《译文丛
　书》出版事　⑬543.1;

⑯554.4。

寄黄源《译文》第二年出版合同
　⑬548.1。

生活书店招饮谈撤换《译文》编辑
　黄源　⑯554.5。

茅盾等来商议续订《译文》合同事
　⑯554.6,554.9。

台静农寄来《嵇中散集》校本
　⑬552.2。

茅盾等来告《译文》停刊事
　⑯555.11。

寄叶紫《丰收》售书账单
　⑯558.2。

吴朗西来签订《译文丛书》合同
　⑯559.4。

寄王冶秋南阳石刻拓费
　⑬577.6,583.2。

徐懋庸来信为《每周文学》约稿
　⑬588.1。

莫斯科寄来刊物转曹靖华
　⑬588.2。

诗赠许寿裳　⑯569.4。

书钱起诗赠冯宾符　⑯569.2。

书《离骚》句等赠杨霁云
　⑬602.1;⑯569.3。

以《死魂灵百图》印费交文化生活
　出版社　⑯569.6。

书刘长卿诗赠增井经夫
　⑯570.8。

一九三六年

托胡风编写茅盾的材料
　⑭9.1,19.1,32.2。

书杜牧诗赠浅野　⑯589.3。

萧三劝往莫斯科　⑭12.2。

调解周文、傅东华纠葛
　⑯589.7。

苏联版画展览会寄来画及目录
　⑯593.1。

苏联木刻家来信　⑭24.2。

黄源招饮议定《译文》复刊事
　⑯593.5。

内山招饮商议向日本介绍中国左
　翼作家作品事　⑯593.7。

与横光利一见面　⑯594.17。

书爱伦堡语寄汪金门　⑯598.1。

约萧军写东北义勇军的文章
　⑭32.2。

骤患气喘　⑯599.2。

邀萧军等为史沫特莱介绍义勇军
　情况　⑯599.7。

寄颜黎民书刊　⑭67.2。

黄源来谈《在人间》译稿事
　⑯604.5。

何家槐寄来《作家协会组织缘起》
　⑭83.2。

就"文艺家协会"等事复何家槐信

⑭85.1。

拟印"三十年集"　⑭98.2，
　　115.2。

史沫特莱引邓医生来诊
　　⑯610.6。

收杨之华自苏联寄赠礼物
　　⑭118.6。

复函拒李秉中疏通解除通缉令之
　　议　⑯614.4。

题《凯绥·珂勒惠支版画选集》赠
　　许寿裳　⑧447.1；⑯615.6。

茅盾约写纪念高尔基文章

⑭127.1。

徐懋庸来信辩论统一战线问题
　　⑭134.6。

许杰约写纪念蒋径三文章
　　⑭150.2。

分送《海上述林》赠友人
　　⑯627.1。

观全国木刻第二回流动展览会
　　⑯627.4。

为《文艺周报》撰稿　⑯628.7。

往法租界看屋　⑯628.8。

同胡风访鹿地亘　⑯628.10。

鲁迅笔名类

注 释 条 目

二 画

丁 萌 ⑤133.1,136.1,141.1, 234。

三 画

干 ⑤29.1,51.1,56.1, 126.1,148.1;⑥354.1。

及 锋 ⑤591。

子 明 ⑤392。

四 画

丰 瑜 ⑩473.1。

丰之余 ⑤205,207,242,260, 283,328,331,342,346,351, 366,376。

元 艮 ⑤387。

韦士繇 ⑤478。

不 堂 ④362.1。

尤 刚 ⑤354。

中 头 ⑧408.2。

中 拉 ⑧239.4。

长 庚 ④339.1,352.1,356.1, 360.1;⑥233.1,239.1。

公 汗 ⑤505,508,517,537, 545;⑥ 53.1, 116.1, 120.1, 122.1,136.1,143.1,236.1。

风 声 ①392.1,395.1,400.1, 404.1, 415.1, 420.1, 424.1, 427.1,432.1;⑧121.1,124.1, 127.1,133.1,157.1,164.1; ⑩485.1。

巴 人 ①553.1。

邓当世 ⑤467,495,539; ⑩477.1;⑬273.2。

五　画

且　介　⑥213.1,244.1。

史　赉　⑤531,534,568。

史　癖　⑤337。

白　舌　④432.1。

白　道　⑤492,527,571,574,
　　594,606。

白在宣　⑤397。

令　飞　①17.1,36.1,103.1;
　　⑩457.2。

冬　华　④337.1,344.1,346.1。

乐　赉　⑧359.1,361.1。

乐　雯　⑤42.9;⑩498.1。

它　音　④333.1。

六　画

动　轩　④491.1。

仲　度　⑤584。

华　圉　⑥105.1。

华约瑟　④55。

自　树　⑦16.1,26.1。

齐物论　⑥585。

许　遐　⑩515.1,517.1;
　　⑬273.6。

迅　　　①330.1。

迅　行　①58.1;⑧36.1。

七　画

苇　索　⑤209,256,269,291,
　　322,360。

杜德机　⑥45.1,60.1,281.1,
　　411.1。

何　干　④522.1;⑤144.1;
　　⑥351.1,587,589,591;
　　⑧428.1。

何家干　⑤10.1,12.1,15.1,
　　18.1,20.1,27.1,34.1,41.1,
　　44.1,47.1,49.1,59.1,62.1,
　　67.1,77.1,80.1,83.1,90.1,
　　92.1,96.1,98.1,103.1,
　　105.1,108.1,112.1,121.1,
　　123.1,129.1,139.1。

余　铭　⑤382,384。

张　沛　⑤581,603,609,612。

张承禄　⑤443,463,529。

张禄如　⑩426.2,429.1,430.3,
　　431.1;⑬181.1。

阿　二　⑦397.1,398.1,402.1。

阿　法　⑤615。

八　　画

焉　于　⑤559,562,579,618。

苗　挺　⑤588,600。

直　　　⑧419.1。

直　入　⑧426.1,430.1,436.1,
437.1,439.1。

明　瑟　④371.1。

罗　怃　④489.1,553.1,637.1；
⑤389,395；⑦485.5。

佩　韦　④348.1,368.1。

周　逴　⑦232.1。

周　尌　⑩22.5。

庚　　　⑥285.1,307.1。

庚　辰　⑩481.1。

宓子章　⑤469,523。

孟　弧　⑤475,483。

九　　画

封　余　⑧300.6；⑩523.1。

赵令仪　⑤446；⑥346.1。

某生者　①408.1,410.1,412.1；
⑦240.1；⑧162。

荀　继　⑤278。

茹　纯　⑩478.1。

俟　　　①323.1,351.1,353.1,
355.1。

俟　堂　⑧129；⑮250.3。

姜　珂　⑥380.1。

洛　　　⑥322.1。

洛　文　④532.1,536.1,555.1,
559.1,562.1,565.1,579.1,
581.1,601.1,604.1,608.1,
612.1,618.1,631.1；⑤274,
281,294,312,316。

神　飞　⑧120.1。

十　　画

敖　　　⑥288.1。

敖　者　⑧160.1,434.1。

莫　朕　⑤525,542。

桃　椎　⑤231,289,325。

索　子　⑧20.1。

晓　角　⑥627,629,645,650,
653,655,657。

晏　敖　④328.1。

倪朔尔　⑤449,451,465。

隼　　　⑥128.1,309.1,349.1,
388.1,391.1,396.1,415.1,
420.1。

翁　隼　⑤472。

栾廷石　⑤453,456。

唐　俟　①130.1,145.1,312.1,
318.1,322.1,335.1,339.1,
342.1,349.1,361.1,364.1,
366.1,369.1,373.1,376.1,
379.1,381.1,382.1,384.1,
387.1；⑥34.1,38.1；⑦31.1,
32.1,33.1,34.1,35.1,38.1,
139.1；⑧110.1,139.1；
⑩462.1,465.1,484.1。
唐丰瑜　④341.1。

旅　隼　④623.1；⑤215,218,
245,263,271,286,297,302.1,
319,357；⑥293.1,315.1,
433.1,459.1；⑧447。
旅沪记者　⑧275。
旅沪一记者　⑧251,489。
旁　　　⑥384.1。
朔　尔　⑤556。
宴之敖者　②453.13；⑩69.5。
冥　昭　①218.1；⑪61.2。

十 一 画

黄　棘　④236.1；⑤490,598；
⑥408.1；⑦145.1,450.1；
⑧42.1,112.1；⑪380.4。
黄凯音　⑤481。
梦　文　⑤502。
戛剑生　⑧527.1,532.1,533.1,
534.1,536。
雪　之　③318.6。

常　庚　⑤514；⑥26.1。
曼　雪　⑤499,511。
崇　巽　⑤487。
符　灵　⑤363。
康　郁　⑥320.1。
康伯度　⑤547,553,564。
隋洛文　⑦426.11；⑩393.1,
424.1。

十 二 画

越　丁　⑥376.1。
越　山　⑧432.1,435.1。
越　侨　⑤576。
越　客　⑤227,460。
葛何德　⑦206.40。

敬一尊　⑤399。
楮　冠　⑧216.1,219.1,222.1。
游　光　⑤203,212,253,267,
306,335。
遐　观　⑧365.1。

十 三 画

虞　明　⑤236,239,299.1,300,

303；⑧397.1。

十六画以上

燕 客　⑥29.1。

霍 冲　⑥41.1。

孺　牛　⑤220,223,248,309,
333;⑥85.1;⑧374.1。

拉 丁 字 母

L　　④422.1。

L.S.　④290.1;⑦219.151。